# 行大道于天下

XING DA DAO YU TIANXIA

一位新华社记者的独特视野

汤延涓 著

TANGYANJUAN ZHU

人民出版社

# 目　录

## 第一辑　社会调查

## 第二辑　专题荟萃



## 第三辑　人文视野

## 第四辑 经济广角



## 第五辑 人物特写

## 第六辑　访谈辑要

## 第七辑　民生话题

## 第八辑　新闻随笔

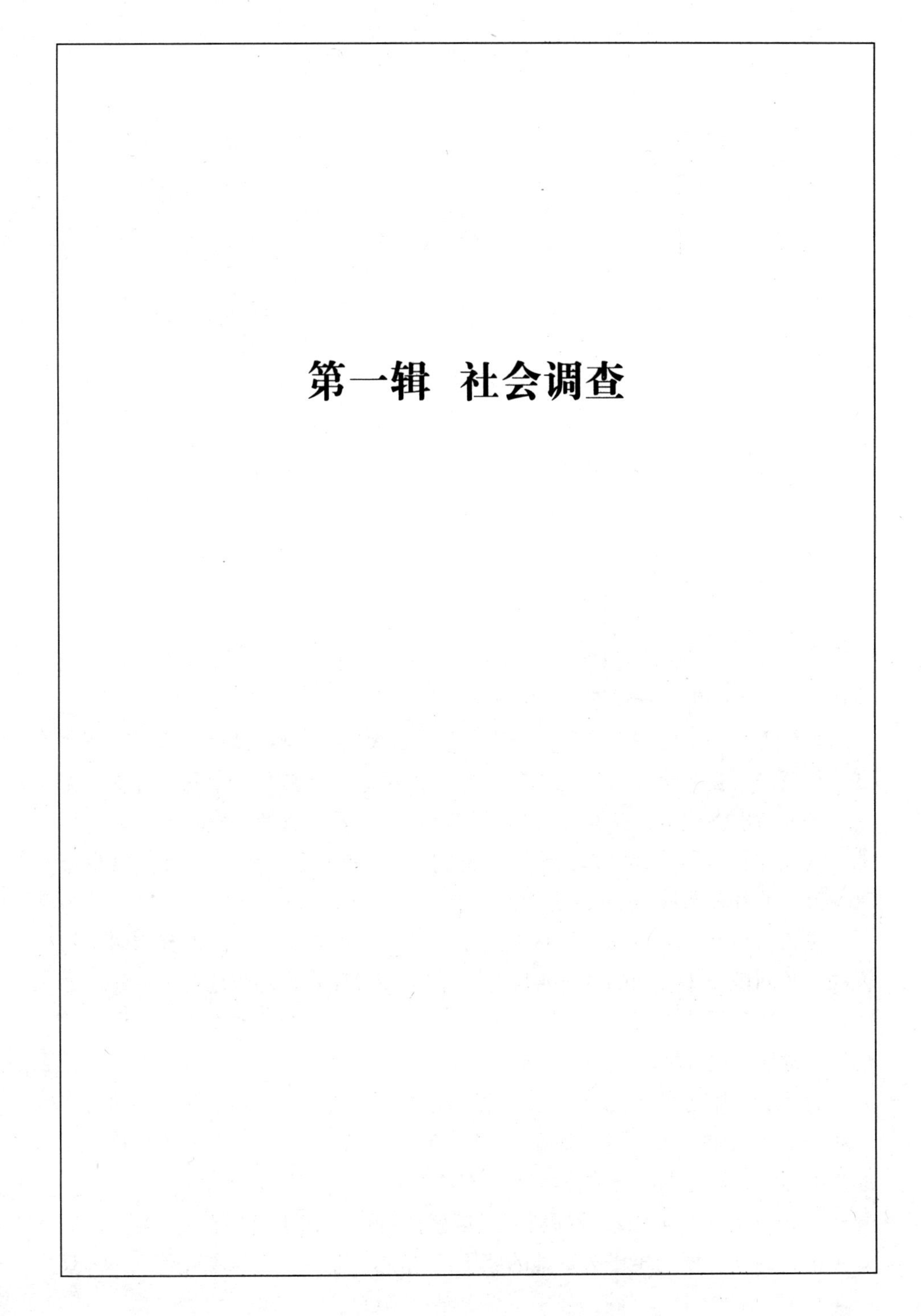

# 第一辑　社会调查

# 公道自在人间

## ——吴祖光先生与维权官司

### 一

1993年，中国大陆影响最大的民事官司，当推中国国际贸易中心告著名剧作家吴祖光侵害名誉权案。

原告方，乃中国国内最大的合资企业，财大气粗，声威赫赫，背景不凡。

被告方，虽一介文人，无党无派无职无权，却因其几十年耿介直言，无所顾忌而蜚声海内外。这样一桩“棋逢对手”的官司，自然引起了海内外传媒的普遍关注。又因该官司起因于国内首例“消费者名誉权案”，因而同时也令千千万万消费者瞩目。

更值得玩味的是，该官司从猴年年末直打到鸡年年尾，仍未有个明确的说法，其间散布于民间的种种传闻和所谓的“内部消息”，倒是屡屡不断，如一度曾广为传播的“法院已内定吴祖光败诉”等等，无疑给本案添上一层神秘色彩，也给各报刊增添不少花边新闻。

直到狗年临近的前几天，此案的受理者——北京市朝阳区法院才贴出一纸布告:“本院定于1993年12月29日上午8时30分在院二楼法庭公开审理原告中国国际贸易中心与被告吴祖光侵害名誉权一案。”

公告一出，立刻触动首都新闻界敏感的神经。12月29日一大早，首都众多报刊的记者便云集于芳草地的朝阳区法院门前，以期亲临法庭，一睹双方当事人的风采。更重要的是那个结局——那个令千千万万消费者关心和瞩目的审判结果，因为事关民心和民意。

瑟瑟寒风中，吴祖光先生迈着沉稳的步子，在其二公子吴欢等人的陪同下，准时来到朝阳区法院门口。一时间，等候在法院门前的记者们纷纷举起相机，摄下了面带微笑的吴祖光走上法庭时坦然自若的潇洒风度。

一位耿直正派的剧作家，一位饱经沧桑的古稀老人，何以在他生命之秋迈进法院之门？

## 二

“大半世登山涉水，颠沛流离，艰苦备尝，千锤百炼，充军北大荒，出入劳改队，只为爱鸣不平，爱说真话，竟以75岁之年进了法院，而且成为被告。”

吴祖光先生在一篇题为《一个被告的回答》一文中，对自己成为这桩轰动海内外的官司中的“被告”作了如上说明。

的确，导致吴祖光先生卷入这场持久又麻烦的诉讼中的直接原因，是他写下的一篇论及消费者权利的文章。

1992年6月上旬，一位从安徽来的客人送给吴先生一盒新茶，茶叶盒外面包裹着一张出版不久的《中国工商时报》，吴先生信手展开报纸，一行极为醒目的标题映入眼帘：“红颜一怒为自尊”。文章写的是两位中国姑娘——倪培璐和王颖，在中国国际贸易中心惠康超级市场购物时，因被怀疑盗物而遭非法搜身，备受委屈而走上法庭，维护自己人格与尊严的经过。这篇不足3000字的报道，引起吴先生一连串感慨，他当即展开稿纸，情不自禁地写下一篇酣畅淋漓的杂感，命题为：《高档次事业需要高素质员工》。在文章的结尾处，吴先生写道：“我认为这个市场（指惠康超级市场），从主管人到全体职工都要加强学习。学习什么呢？首先是学习文化，文化是为人处世的基础；当今社会，没有文化就不能进入文明社会，也就谈不上文明经商，何况你还是接待外国顾客的商场。高档次的事业，低水平的职工，怎么能把工作做好？”

该文于1992年6月27日发表于《中华工商时报》“雅园杂谈”栏目。

就是这么一篇旨在给管理者提出忠告，替受辱女鸣不平的千字杂文，竟给吴先生引来一场长达一年之久的官司。

文章发表一个月后，国贸中心的常年法律顾问韩小京致函吴先生，指责他的文章“内容失实，判断错误，是对国贸中心有关工作人员的侮辱，严重地损害了他们的名誉”。

吴先生阅过此信，便搁置一旁未予理睬。他觉得韩小京心中所谓“内容失实，判断错误”云云，即使成立，也只适用于《中华工商时报》及其他对倪、王事件进行报道的报纸，他不过是根据报纸发表了一通感想而已，并没有增加关于事实本身的“内容”，因而心里十分坦然，依旧做他的文章，过他的平静生活。

却说前述倪、王二位小姐状告国贸中心惠康超级市场名誉权一案，经过朝阳区法院近半年的斡旋、调解，终以国贸中心有关负责人向原告赔礼道歉并支付2000元精神赔偿费而告终，这是1992年11月18日的事。

这期间，首都新闻界分别以《姑娘无端受辱找包公 国贸当堂道歉又赔款》、《中国人的名誉值多少钱》、《上帝，先假设你是个贼》、《商业企业，你有权检查顾客吗》、《上帝，请理直气壮争自尊》等为题，对倪、王两位小姐与国贸的官司进行了大量的报道和评说。很明显，在这场官司中，新闻界理直气壮地站在了消费者一边。

岂料，仅仅隔了20多天，吴祖光先生就成了国贸中心的起诉对象！

这一消息，地地道道是一则“出口转内销”的新闻。

1992年12月13日深夜，香港《明报》记者林翠芬女士通过国际电话告诉吴先生：“北京国贸中心的法律顾问韩小京律师日前透露，国贸中心已以吴祖光侵害其名誉权向北京市朝阳区人民法院起诉……”

75岁高龄的吴祖光老先生，乍一听到这个消息，直觉得热血上涌，愤愤不能自已：“真是岂有此理！”激愤之下，他一头栽倒在书案边上，顿时右额血流不止。

3天之后，朝阳区法院的传票送达吴祖光的手中。从此，吴祖光家的电话铃便频繁地响个不停。来自海内外各方人士的询问、安慰、压惊、采访等络绎不绝，完全打乱了吴祖光、新凤霞夫妇的正常生活秩序。

三

1992年12月26日，吴祖光在北京昆仑饭店举行新闻发布会。他诙谐地表示，国贸中心找他打官司是找错了对象。“最多只能理解为是这位律师（指韩小京）不敢触犯各家报纸，而以为我吴祖光个人可欺，打算从我身上捞回点颜面，找回点便宜。”

吴祖光的律师彭学军也表示：根据新闻报道发表评论、感想，完全是正常的事情，如果说在评论、感想中引述的情节有不实之处，那也只能是始作俑者，即发表有关报道的新闻媒介、作者或者被采访者负责，任何人都没有理由要求发表感想的公众对新闻报道的真实性进行审查……

同一天下午，国贸中心也在京举行了新闻发布会，并向与会者散发了有关材料。他们在会上对有关“首例消费者名誉权侵权案”调解的某些报道作了“纠正性”说明，他们说，国贸中心向原告支付了2000元人民币，那只是一种善意性质的给付，而不是精神损失费或赔偿抚慰金……

当有记者问及国贸中心是否对“保留检查顾客包袋权力”的制度有所反思时，他们回答，坚持原则不变。

有鉴于此，首都一家报纸慨然指出：吴祖光成为被告，有关此案调解（指国贸“侵害消费者名誉权案”）报道中给人留下的消费者名誉得到保护的印象荡然无存。

与此同时，全国众多报刊（包括首都以外的各省、地、市多家新闻单位）也纷纷载文，就吴祖光被卷入官司和国贸的所作所为发表各家看法。

著名作家牧惠写道：“真可谓‘不看不知道，世界真奇妙’了，且莫说祖光的文章根据的是被告（如今已成为原告）已为此认错的事实，退一步说，如果根据的报纸采访有误，被告也应当是报纸而不是吴祖光。据说人家‘有选择被告的权利’（国贸律师韩小京语），也的确有，但是，人们不能不问一下，这是为什么，这里头到底有什么文章？”

署名“樊立勤”的文章认为：“国贸中心是一个经济实体，不管他实力多大、级别多高，他的保卫部门也不具有社会上政府任命、为人民代表大会认可的公安、法律部门的任何权利和职能，任何取代、仿效国家法律、公安部门职能的行为都是违法的，是触犯刑律。”

1993年2月18日，《购物指南》发表文章指出：“许多人包括一些商店的经理都认为太便宜惠康了，都认为消费者的名誉权不得侵犯……”

“在市场经济中搏浪有一定的风险性，企业厂家如此，商店也如此。商品的损耗、丢失都是商店所必须承担的风险。难道为了避免承担这种风险，商店就可以藐视法律，随意侵害消费者权力吗？如果你不敢面对风险，如果你将每一位消费者都视为潜在的敌人，你又何必开商店呢？”

……

总之，打从国贸状告吴祖光开始，几乎所有的新闻舆论都一边倒，站在被告方面，支持被告，声援被告；人们认为，这实际上是支持消费者讨回公道，维护法律赋予消费者本身的合法权益。

对于吴祖光本人来说，他认为个人的荣辱算不了什么。几十年的风风雨雨，他都顽强地挺过来了，眼前这一场黑白分明的是非，值得他放在心上吗？

1993年3月，吴祖光、新凤霞作为全国政协委员双双出席第八届全国政协会议。临近休会的前几天，江泽民、李瑞环、丁关根等中央领导同志特意来到京丰宾馆，看望下榻在这儿的300多位文艺界代表。面对这种难得的机会，大家争先恐后地向中央领导同志汇报文艺界的困难和问题。就在大家谈得十分热烈的时候，与江泽民同志隔得不远的新凤霞发言了。她坐在轮椅上，有些激动地说:“我很难得出来，也难得与中央领导见面。今天，我要说一件个人的事，就是我先生吴祖光因为千儿八百字的文章被国贸告了，他替两个女孩子说句公道话，为什么要告他呢？他们认为吴祖光好欺负，因为吴祖光多年挨整，我也受牵连……今天我要讲，吴祖光是爱国的，他在最关键的时刻总是维护国家利益。吴祖光是好人！”新凤霞出自肺腑的一番话，赢得了满堂长时间的热烈掌声。事后人们纷纷称赞她敢于“告御状”的勇气。

“两会”过后，中央某部委的领导专门派秘书和有关部门的干部登门看望吴祖光，并与之商谈与国贸的官司问题。他们曾建议请国贸的董事长和业务发展部总监带些礼物来向吴祖光赔礼道歉。吴祖光却断然拒绝了他们的好意。他直言不讳地说:“我绝对不能接受。假若他们来了，我也不接见。否则，他们又会说，那两个女孩子被我们两千元就打发了，吴祖光更简单，两瓶茅台酒就打发了……我个人倒是无所谓，只要他们向消费者赔礼道歉，将那块违背法律的牌子(指挂在国贸惠康超级市场门口，写有‘本公司保留在收银处查阅带进本店各类包裹之权力’的告示牌)摘下来就行了。”

## 四

法庭审判依程序进行。

审判长已中途换人，原来担任该案审判长的那位副院长此时已坐在旁听席上；如今端坐在庄严国徽下的审判长名叫康长庆，他头顶国徽，肩扛天平，精神抖擞。也许此刻他更深切地意识到了自己肩负的神圣使命，因而不敢有丝毫懈怠。

法庭辩论中，原告坚持诉吴祖光“捏造事实，使用侮辱性语言。并且，从起诉到开庭，一直对国贸进行持续性侵权”。此外，原告还指责吴的侵权具有广泛性，严重地误导了社会公众对原告的综合印象。

与原告相对而坐的吴祖光先生一直冷静地倾听原告对他的指控，直到审判长示意已轮到他辩驳时，他才从容不迫地说道：“不知在座诸位听到没有，今天早晨北京人民广播电台播发了这样一则消息，国贸至今仍在惠康超级市场门口挂着那块坚持搜查顾客包袋的告示牌(注：已于1994年元月1日起实施的《中华人民共和国消费者权益保护法》明确规定：“经营者不得对消费者进行侮辱、诽谤，不得搜查消费者的身体及其携带的物品，不得侵犯消费者的人身自由。”)看来国贸是以改正错误、遵纪守法为耻，以坚持错误、违纪违法为荣。其次，前不久出现了与国贸性质完全一致的‘华威事件’，但华威做得漂亮。他们发现错误，马上向消费者道歉，并在电视上曝光，反而使华威声誉大振。而国贸自成立以来，曾非法搜查顾客一百多人，他们的服务员说：‘哭的人多了去了！’”吴祖光再次表示，他绝不放弃伸张正义的权利与义务，绝不放弃对违法行径的鞭挞。

吴祖光的律师彭学军在答辩时问道：“对于违法行为，社会公众、报刊是否有批评的权利？”他认为，任何一个正常的法治国家，社会舆论鞭挞丑恶现象都是正常的，而正常的批评与侵害名誉权是有区别界限的。他还指出，既要鞭挞丑恶就要切中痛处，在批评某些错误行为和事件时，其用语尖锐、锋利是理所当然，如果和风细雨，那还叫什么批评？他声明，吴祖光的文章无论从客观、主观和结果诸因素来讲，都没有构成对国贸的侵权行为，反倒是国贸的一系列行为构成了对吴祖光本人的侵害。因此，他代表吴先生当庭向国贸提出反诉，并向法庭请求，驳回原告诉讼。

11时30分左右，法庭辩论结束。当审判长问明双方都没有调解意向时，当众宣布："法庭不再调解。本案审判结果待合议庭合议后，再宣告判决结果。"

至此，这场拖了一年之久的"马拉松"式官司，仍然没有落下帷幕。

对于新闻传媒和广大消费者来说，这个案子外面仍然裹着层层迷雾，它的结局的不可知性，仍然困扰着许许多多始终关注着此案的人们。

而对于吴祖光先生来说，既然走到了今天这一步，官司的胜败已经无足轻重。他相信："公道自在人间"，无论日后法院的判决结果如何，他都不会在乎。他认为，在事实上，他已是不可否认的胜者。从那一年多来络绎不绝、成百上千的来访者中，他看到了站在他身后的千千万万的支持者；从鸡年岁末雪片一样飞来、多得数不清的贺年卡中，他感到了人间的千般温暖、万种亲情。

是啊，人间自有公道在，何以成败论英雄。

1994年于北京静心斋

**后记**：1995年5月12日，拖了三年之久的中国国际贸易中心告著名剧作家吴祖光侵害名誉权案终于划下句号。北京市朝阳区人民法院民事判决书(1992)朝民字3178号判决如下："驳回原告中国国际贸易中心要求被告吴祖光赔礼道歉、消除影响、恢复名誉的诉讼请求。"

吴祖光先生事后撰文写道："这出滑稽戏拖了三年就算结束了。官败民胜，甚为罕见，就算不易了。"如此正应了本文的主旨：公道自在人间。

1995年5月补记

# 社会呼唤见义勇为

## ——由姜贵堂事件引出的话题

**编者按：**本期的“请您参与”专栏，刊登了本刊记者采写的《社会呼唤见义勇为》的稿件，记叙了一个武警战士勇斗歹徒的故事。

这个故事告诉我们这样一个事实：在我们社会主义国家，当人民的生命财产遭到侵害的时候，总会有人挺身而出，用正义和勇敢去搏击邪恶，用生命和热血来谱写正气之歌。这是中国的脊梁，也是民族的希望！

但是，当我们的英雄为着人民的利益，奋不顾身地冲向歹徒的时候，也常常有众多的旁观者无动于衷，麻木不仁，充当“看客”。这究竟是什么原因呢？是市场经济使人变得越来越自私了吗？是我们遗忘了见义勇为的民族传统美德了吗？还是其他原因呢？

为此，本刊在本期出一个题目：“你能见义勇为吗？”欢迎广大读者参与讨论。讨论稿长短不限，既可以结合现实生活中你的所见所闻所思，也可以根据本期此稿作事实依据，对能不能“见义勇为”发表意见。

我们将把大家的看法整理发表，以期推动我们的精神文明建设和社会治安有更为明显的效果。来稿请寄本刊“请您参与”专栏。

## 一

当少校警官姜贵堂带着满身血迹，忍着巨大伤痛，在白发苍苍的老母亲搀扶下走上山西晋城东站站台时，这个有着18年军龄的刚强汉子，终于忍不住悲怆的泪水，抱头痛哭……

这一天，是1995年8月1日，共和国全体军人的节日。武警山西总队三支队财务助理姜贵堂携老母去晋城探亲。当他们乘坐的201次列车行经沁县至襄垣路段时，正值午休时分，一个粗壮的光膀子歹徒正挨个翻搜旅客行包。当歹徒从一个蓝色行包内掏出一叠人民币正欲装进自己的裤兜时，姜贵堂倏地站起身大喊："同志们，谁的包里丢了钱，就是这个人偷的！"歹徒恶狠狠地向他威胁道："少管闲事，小心放你的血！"

歹徒正欲夺路逃跑，姜贵堂挺身上前拦住歹徒："不要走，把偷来的钱还给人家！"众目睽睽之下，歹徒悻悻地把钱包扔向失主，却恼羞成怒地对姜贵堂说："现在该给你放血了！"说罢挥拳向姜贵堂猛击，这时潜伏在车厢内的另两名歹徒也上来助纣为虐，一歹徒甚至穷凶极恶地抽出尖刀向姜脸上连刺两下，并打断了他的鼻梁骨和三颗门牙……许多乘客却无动于衷。

## 二

路见不平，拔刀相助，见义勇为，助人为乐。这是中华民族的传统美德。当人民群众生命财产遭受侵犯的时候，我们不乏徐洪刚、崔大庆、姜贵堂式的英雄，这是我们社会正义战胜邪恶的主流。人民群众协助公安干警抓坏人、围追堵截刑事犯罪分子的场面也时而可见。

但是我们也不能否认，在英雄与歹徒搏斗的时候，也有人害怕退却。各地也发生了一些令人不可思议的事情：有人落水遇险，救人者要先讲价钱或干脆见死不救；有人横遭车祸，肇事者迅速逃离或破坏现场；救人者有时反被事主家属诬为肇事者。听见街上有坏人为非作歹，楼上有人却关起了窗户……

虽然这些消极的场面并不常见，也不影响我们社会生活的主流，但它却不能不引起我们的深思。8月25日，记者随当时案发的201次列车第5包乘组进行采访，许多旅客说，他们从电视上看到姜贵堂的事迹后十分钦佩。问及如果他们也在现场，是否会勇敢地站出来帮助英雄或出面作证时，他们表示：应该像姜贵堂那样，与歹徒搏斗，不怕流血，但也有人明确表示说不敢。一位退休女工说，她怕坏人报复。铁道部第三工程局的几位职工说，火车上的犯罪分子大都是沿线无业人员，好些人是在公安机关几进几出的惯犯，谁敢惹他们？让乘客和这种歹徒拼，怎能拼得过？

据了解，在201次列车上偷盗并疯狂打伤姜贵堂的主犯翟国臣就是一个长期在列车上盗窃、抢劫的惯匪，他居然靠洗劫旅客财物而聚财数十万。被采访的群众担心：像这样的坏人还不抓起来，我们有些乘警是干什么吃的！

应该说，这都是实情。那么，我们就因此而不见义勇为了吗？

## 三

当记者见到姜贵堂时，他正在山西武警总队医院接受治疗。左眉骨上两道刀伤清晰可见，被歹徒打落的三颗门牙仍然豁缺。记者问他，以后遇到此类情况，是否还会挺身而出时，姜贵堂很肯定地回答："会，因为我是军人，军人就意味着奉献！"

是的，军人意味着奉献，社会需要英雄！

然而，社会需要的又不仅仅是英雄，它需要广大的人民群众，需要他们用强有力的合力战胜邪恶；需要他们筑起犯罪分子不可逾越的铜墙铁壁，来维系我们社会的平安；需要他们理解并支持敢于面对歹徒屠刀冲上前去的英雄。我们的社会已经具备了这种条件。

8月1日下午5时多，当姜贵堂与老母亲到达晋城车站后，解放军5716工厂的同志闻讯，即把他送到晋城市人民医院。医护人员得知伤者是一位见义勇为的英雄时，都主动推迟了下班时间，医院腾出了最好的房间，院领导亲自安排，给姜贵堂以精心救治和护理。5716工厂的领导及工人也纷纷赶到医院看望。晋城市政法委书记还代表市委、市政府给姜贵堂送来了鲜花和慰问品。当姜贵堂被部队接回太原继续治疗后，仍有川流不息的人前来看望他，慰问他，给他送来鲜花和锦旗。武警山西总队还在全队开展向姜贵堂同志学习的活动，并为他报请了一等功。

与此同时，中央书记处书记、中央政法委书记任建新及时作出指示，要求严惩案犯，严肃查处有关责任者。山西省委书记胡富国、省长孙文盛也专程赶到医院看望姜贵堂，武警总部还从北京给他发来了慰问电，肯定他见义勇为的英雄精神。目前郑州铁路局已处理了 201 次列车长及有关乘警，逃跑的歹徒正在被追捕之中……

弘扬正气，打击邪恶，始终是我们这个社会不可动摇的主旋律。从姜贵堂同志的身上，我们不正是看到了这种希望的闪光点吗？

1995 年 8 月

# 来自独生子女群体的叹息

## ——独生子女犯罪现象探源

### 一、信手拈来的数据

随手翻阅报刊，偶得几组数据，兹摘录如下：

A：一位9岁的女孩，靠父母给的零花钱竟成了“万元户”。在三年时间内，除去用掉的零花钱，她还攒下11000多元。

B：辽宁某市对2周岁至12周岁的93名儿童、少年进行问卷调查，他们平均年龄8.3岁，其中喝酒的占88.2%。令人担忧的是，孩子们开始喝酒的年龄越来越小。7岁至12岁的儿童和少年开始喝酒的平均年龄为7.6岁，2岁至6岁儿童开始喝酒的平均年龄为2.9岁。开始喝酒儿童年龄最小的仅有1.5岁。

C：据教育部门对32所中学2000名12至17岁的学生吸烟情况的调查，发现35%的男生都在悄悄吸烟，吸烟人数是80年代初期中学生吸烟人数的5倍以上。

D：北京市某公安分局统计数字表明，近年犯罪的人员中，25岁以下的青少年占95%，其中独生子女又占了相当比例。

上述9岁的“万元户”是独生子女，为数众多的“小烟民”、“小酒民”亦绝大多数是独生子女。独生子女是产生于中国这一方古老土地上的一个特殊群体。他们备受家庭、社会的宠爱，亦深受当代物质文明与新潮文化的影响。一个独一无二的“独”字，决定了他们在各自家庭中的特殊地位，因而被称为

“家庭的小皇帝”。

随着国家计划生育政策的深入落实及独生子女的大批涌现，独生子女问题也日渐引起了社会各界的关心和重视。特别是独生子女犯罪率的不断上升，更是给人们敲响了一记警钟。

以下所记，只是笔者对部分犯有罪错的独生子女进行采访的实录。笔者无意在此进行独生子女罪案大曝光，亦不想借此机会哗众取宠。而只是想通过一个个活生生的案例，对独生子女犯罪的各种成因进行一番剖析，以期引起社会各方的关注和重视，并从中找出疗救的措施。

## 二、一念之差铸大错

他今年 18 岁，高中毕业后来到了宾馆。他长着一张白净的脸，一双水灵灵的大眼睛特别招人喜爱。

他出生在一个普通的家庭，在这个家庭中，应该说父母对他的教育是严格的，但是来自姥姥、姥爷的宠爱却纵容了他一些不良行为的养成，父母的严厉批评总能在老人那里烟消云散，还使他养成两面性格。学习放松了，成绩下降了，高中毕业后，他没有取得好的成绩，过去一帆风顺的日子，过分的溺爱，富足的生活，已经在他心里投下的阴影，使他不知道幸福生活要靠双手创造、靠劳动去换取，特别是自从进入宾馆工作后，他的思想发生了变化。他每天看到的是身穿西服革履、大把大把花钱的“阔佬”；听到的是在摆满山珍海味的餐桌前的欢歌笑语和碰杯声。在他的脑子里，更形成了一些畸形的思想：他们能如此生活，我怎么不能？可这些凭工资吃饭的长辈就是再疼爱孩子也满足不了他的欲望了。他明白了钱在生活中的重要。人一旦有了钱，确实是件很美好的事情。

那一天，下班时分，他和一位姓唐的同事一道从宾馆的小库房门口经过，无意间瞥见库房门上的小窗子张开一条缝，他随口说道：“这里面有好烟。”唐没有吭声，两人四目相对，就像通了电似的，彼此都心领神会，突然，他蹲下身子，唐踩在他肩上，从小窗口爬进了库房内，偷了两箱高级外国香烟，然后翻墙出了宾馆。

第二天，他们将两箱外国香烟拿到黑烟市场卖了四千多元钱，二一添作五分了。当他平生首次拿到这么多花花绿绿的钞票时，心里竟觉得十分恐惧。

他感到钱攥在手里烫得慌，仿佛手心里攥着的不是一叠纸币，而是一团火，这火从他手心顺着胳膊直烧到他心窝……

一连几天，他都神不守舍，走路东倒西歪，吃饭不知滋味。他第一次有怕见父母的感觉，他觉得自己没脸见父母，更不敢跟父母说，怕惹他们伤心。他也想到过要去自首，但又担心自己若被抓了去，疾病缠身的父母会无人关照……他心里七上八下，矛盾重重。就这样在忐忑不安中提心吊胆地过了几天，同案给他出主意说："你出去躲一躲吧，躲过这两年就没事儿了！"于是，他们双双许下诺言，万一有谁被抓了，都要一个人把事儿扛着，留下另一个人去照顾双方的父母亲。

他跟着一个当厨子的朋友逃到了安徽。然而犯罪感折磨着他，终于给家里写了封信，几天后，他走进了公安机关。

问起他的作案动机，他说："什么动机也没有，就是一时兴起，闲得无聊，找点事干。同时也想报复一下单位的领导。"

"为什么？"

"我们进去的时候，说好了三个月转正。前三个月我干得特别卖劲，可三个月过去之后，他们又不给转正了，说是没有名额，我觉得当领导的讲话不算数，骗人，心里憋着一股气。"

"你现在有什么感受？"

"我用失去自由的代价换来的这个教训，我以为是值得的，我永远也不想再去犯罪……"

采访将结束时，他突然说："希望您把我的事写出来，拿我当反面教材，教育像我这样的孩子千万别犯罪。"

在谈话过程中，他不止一次地流出了痛悔的泪水。最后，他说："不管怎么着，我得咬牙好好服刑，不给父母再惹事。出去以后，我要告诉比我小的人和没有这种经验的人，千万千万不要犯罪。"

一失足成千古恨。不是过来人，又何以有如此深切的感受？！

## 三、挡不住的诱惑

一张白净、秀气的脸庞，一副倜傥、潇洒的公子派头，即使深陷囹圄，也抹不去他那铸进骨子里的优越感。"为这么点钱，犯这么大的事，不值当，挺不值当的！”谈到他的抢劫罪行，他这么轻轻松松地对我说。

尚未满十七岁的他，是北京某职业高中一年级的学生。父母年过半百，膝下就他这么一个宝贝儿子。父亲提早退休后，去一家实业总公司当经理，母亲也经商做买卖，家中虽然说不上是资产万贯，却也不缺他的吃喝与花销，只要他伸手，父母总是慷慨地给予，几十上百元钱，在他眼里几乎不算回事。可他偏偏就干了违法的事。倒不是因为手头拮据铤而走险，用他自己的结论，纯粹是为了好玩，为了寻找乐趣。

下面是笔者与他的一段对话：

“你为什么去抢劫？”

“不为什么，就是觉得好玩。平时与朋友们一块儿聊天，他们常常说起他们抢劫的经过，既刺激，又有乐趣，钱也来的容易。”

“你有多少朋友？”

“二百来人。”

“都是些什么人？”

“主要是些个体户，有开饭馆的，卖服装的，卖烟的，还有倒爷……”

他常常爱混在他的这班朋友们中间，听他们昏天黑地地侃大山，胡吹海聊，聊他们怎么坑蒙拐骗，怎么发不义之财。他听着竟挺上瘾，挺受刺激，心里痒痒地，暗暗盘算着：自己毕业后也弄个小摊练练……闲暇时，他就跑到朋友们的小摊上“实习”，帮他们吆喝买卖，十分眼馋地看着他们大把大把地捞进钞票。

1991年春节期间，他几天几夜不归家，与一群乌合之众搅在一起，狂饮滥喝，喝昏了头，喝昏了理智与理性。喝到穷极无聊处，座中一位被酒精烧得血液都快达到沸点的个体户突然提议：“咱们出去弄点钱花吧，玩一玩，乐一乐。”大家立刻响应。他平时总恨自己阅历太浅，没有机会体验武侠小说中的绿林好汉和身边这些哥们所曾有过的冒险经历，眼下，机会终于来了，他激动得两眼发光，心里揣摩着那即将体验到的“劫道”是怎样一种滋味，想来一定很富刺激性，既惊险，又奇特，完事了还可以将这番经历作为一种资本向哥们炫耀……只可惜自己面相太文弱了一点，缺乏过去的绿林好汉那种骠悍与骁勇……他就这么脑子一团麻似的跟着几个哥们上了道。

在离公路不远的一个基建工地上，他们截住了两个外地民工。

“哥们，过年了，给两个酒钱吧！”一伙无赖围住这两个民工，强行索钱。

其中一个民工见势不妙，乖乖地从身上掏出15元钱，然后脱身跑了。

另外一个民工起先还有些胆气，心想，光天化日之下，哪来的强盗？何况还是在堂堂京城里。于是，他理直气壮地斥责这伙无赖："想抢钱？也不看看这是什么地方？"话音未落歹徒们的拳头已如雨点般落在他的头上，身上，接着，又飞来一脚，正踢在他的要害部，他"哎哟"一声蹲下去，半天直不起腰来。

"掏钱吧，乖乖地掏钱，饶你一条狗命！"

歹徒们继续威胁着孤独无救的民工。民工于绝望中极不情愿地掏出身上仅有的10元钱，然后拖着伤痛的身子仓皇离去。

一伙歹徒望着那蹒跚远去的背影，发出一阵狰狞的狂笑。虽然一次打劫所得，还不够他们的一瓶酒钱，但他们却仿佛得到了巨大的满足。他们的本意并不是要钱，而仅仅是因为穷极无聊、无事生非罢了。在别人的痛苦和灾难中，他们得到了刺激和满足。

然而，物极必反，乐极生悲。就在他们举杯庆贺、得意忘形之时，几位公安人员如天兵神将般出现在他们面前……

他做梦也不曾想到，为了这一次挡不住的诱惑，他将付出如此惨重的代价。而他那可怜的父母亲，直到他们心爱的独生儿子在高墙深院的铁窗里做了囚徒，他们才如梦初醒。

## 四、少年抢劫犯

"抢劫犯"一词，实在不应该与一个14岁的少年连在一起。然而，现实却是那样无情，某看守所的高墙铁网，将他隔离在自由世界之外。他看起来十分瘦弱，还没有发育完全的身子就像芦苇那样纤细，两只干瘦的手腕，都留下了他愚昧无知的永恒纪念：右手腕上纹着由一颗心形、两根骷髅组成的醒目的"忍"字，左手腕上则纹着一把暗蓝色的剑。

这是一个既缺乏营养又缺乏教养的孩子。父母的离异不仅在他心灵上留下重重的创伤，也使他成为一匹脱缰的野马，四处放浪。他六七岁就开始抽烟，稍大一点就跟着一群野孩子打架、偷窃。他们从居民楼里把一辆辆自行车偷到僻静处，撬开锁，然后以极低的价格卖给外地来京的民工；有时候，他们又结伙到一个五金公司仓库偷铝锭，同样以低价卖给个体户开的废品收购站，所得赃款，便一股脑儿输在台球场上。

他就这样消磨着他的少年时光：逃学，打架，偷窃……

好在做父母的并不望子成龙，蹲班留级，也只当是多养他几年罢了，谁也不去深究这其中的缘由。

腿有残疾的父亲，脾气暴躁，又常酗酒，对这位判给他抚养的儿子，爱之有过，管之不及。母亲呢，虽然对儿子的爱心不逊于任何人，但毕竟母子不生活在一起，即使她有心管管儿子，也是鞭长莫及。她那一份爱心最直接的体现，便是每次见面塞给儿子一把零花钱，顺便再叮嘱几句"好好读书"之类的话，至于她的儿子究竟干了些什么，她一概不知。

他乐得有这份天不管地不管的逍遥自在，成天与一伙跟他处境大致相同的顽劣少年为伍，穷极无聊，无事生非，便极自然地走上了打劫的道路。

那是今年(1991年)早春时节，一个姓陈的男孩要过生日，想排场一下，又没有钱，于是，哥们几个挺身而出，一同去劫道抢钱。

正式行动之前，为了壮胆，他们去一家餐馆要了一箱啤酒，几盘菜，吃光喝光之后，便"雄赳赳"地上路了。春寒料峭的夜晚，他们一伙人带着铁棍等凶器，在北京安贞立交桥一带溜达，观察过往行人。一位外地人模样的中年男子走了过来，他迎上前去，故意问："几点了？"那人答曰："没带表。"说着要走。这时，其他几个帮手一拥而上，将那外地人拳打脚踢棍棒相加打翻在地，然后发问："有钱没有？"答曰："就一盒烟，一盒火柴。"于是，他们令他脱光衣服。瑟瑟寒风中，中年人颤抖着脱下上衣，正欲脱下身，忽然，不远处有人高喊："站住！"几个小劫道者吓得哄然而散，被劫者亦赶快逃命。

出师不利，令几位少年绿林大为扫兴。他们集合之后，决计再次发动进攻。去稍为僻静一点的城郊结合地带，他们又盯住了一位四十多岁的外地人。无须任何借口，便胡乱挑衅。先由一个人出面找茬子跟那外地人吵架，然后几个人一拥而上，有的揪脖子，有的抡砖块，有的挥舞铁棍，把那人打得头破血流，再令他乖乖地掏钱……

仅这个晚上，他们就先后向过往行人发动了四次猖狂进攻，虽然战果并不辉煌，却搅得这一方土地惶惶不安。

当然，没容他们作恶太久，公安机关便将他们收归了法网。

令人震惊的是，这一伙"少年绿林"，年龄最大的十六岁，最小的才十二三岁。

## 五、法盲、“小皇帝”及其他

某服务公司汽车修理工，25 岁了，正儿八经的成年人，却稀里糊涂地被人推上了贼船。

他出生在一个干部家庭，打从小起，父亲就千遍万遍地告诫他：“法律无情，你要犯了事儿谁也救不了你！”尽管是家中的独苗，因为父母对他施以严格的家教，使他较平稳地走过了青少年时期最迷茫、最危险的那一段路程。初中毕业后，他没有正式工作，当过电车售票员，学过烹调。虽然工作不稳定，收入微薄，他却从来没有干过越轨的事情。

1987 年，他有了一份正式工作，从而有机会接触各色各样的人。在他结交的朋友中，有一位姓李的无业人员，平时啥也不干，却阔绰得很，腰包里总是揣着千儿八百的带情妇上舞厅，下酒店，小汽车招手即来，挥手即去，甭提有多神气。开始，他还以为李是在赌场上发了，毫不在意地跟他往来。直到有一天，李来找他，邀他一起去“溜撬”，他这才醒过神来，明白了李之所以阔绰神气的真正原因。不过，他并没有接受李的邀请，他说：“我没干过这事，干不了，万一逮着，父母亲受不了。”他这时想着的，是父亲那严厉的教诲和长期卧病在床的母亲那可怜的面容，他真不忍心给父母带来麻烦。

过了几天，李又来劝他了：“跟我去吧，只要没逮着，事情过去就没事了！”李反复动员着他。他看着李那神气阔绰的派头，想想自己苦干一个月，才得个百十来元，连说对象都不好意思。再一想，李干了这么多年“溜撬”，居然连毫毛都未损一根，也许事情并不如自己想象的那么可怕……他开始有些心动了。李见此状，又赶紧给他打气：“你跟我去，什么都不用管，只去外边给我看着点就行，我一个人去太单。”

经不住李的再三鼓动，他终于撤下了自己固守的防线，抱着一种侥幸心理，跟李走上了险恶的贼道。

一位颇有能力的厂长，把全部精力都放在工厂的管理上，使一个濒临倒闭的工厂起死回生，却因此失去了自己的结发妻子——妻子无法忍受他这种顾厂不顾家的态度，撇下他和 14 岁的独生儿子，自个儿寻找幸福去了。他是又当爹又当妈，还要操心全厂大大小小几百号人的生计，实在难以兼顾，便想给孩子找一位继母，照顾家庭和孩子的饮食起居。第二个妻子过门后，也无法忍受他对家庭的疏忽，一气之下，又撇下他自奔前程了。两次婚姻的破裂并没有使他有什么改变，他依然想第三次再组家庭。可是，经历了一次又一次家庭裂变的孩子，却感到了满心委屈。他想，父亲爱厂胜过爱家，也胜过爱自己的儿子。他失去了妻子可以一次又一次再找，我失去了父爱、母爱，又有谁能替我找回来呢？他觉得父亲是太不在乎他这个唯一的儿子了。为了最后考验一下父亲对他的真实情感，他决定以身试法——看父亲你救我不救？

一天，他故意去自家楼门前偷了一辆自行车，又故意将车推到自行车拍卖行去卖。他没有发票，没有买卖车的任何合法手续。自然，他是板上钉钉，乖乖地就擒了。

在公安局看守所里，他一点也不惊慌，坦然地等着看他父亲的好戏：爱不爱你的亲生儿子，现在就看你的啦！

做父亲的知道这一切之后，真是欲哭无泪，欲说无辞！

一对靠低工资为生的夫妇，抵抗不过极其任性的独生儿子的死活纠缠，省吃俭用买了一台录像机，孰料他们那刚上初中一年级的儿子，竟被黄色录像迷住了心窍，继而又效法模仿——他找来街坊一位刚上小学四年级的女孩，将其绑住手脚，堵上嘴，然后进行强暴……

结局是残酷的，犯罪少年虽然被送进了少管所，被摧残的幼女却永远难以从这幕童年的悲剧中走出来。

……

面对着一个个误入歧途的孩子，面对着一个个沉沦、堕落的青少年，面对着许许多多灵魂被扭曲的独生子女，我们的社会，我们的家长，是否有必要作一番深刻的反省？

有的家长在自己的孩子锒铛入狱之后，失神地在那高墙电网之外徘徊、呼唤；有的家长成天在家暗自啜泣，以泪洗面；还有的则因忧愤交加而卧床不起……试问这一切能挽回家庭、社会的诸多损失吗？能换回孩子那业已丧失了的良知吗？

世上没有天生的犯罪胚子。我们可以从每一个沉沦、堕落或误入歧途的独生子女的生活轨迹中，找出其犯罪的客观背景和社会因素。家庭的溺爱、娇宠，有家养无家教，法制观念淡漠甚至对法律一无所知，金钱、物欲的诱惑，错误的人生导向，交友不慎，处境不顺而对社会存有报复之心等等，都是导致许多独生子女犯罪的客观原因，有的更是明知要犯法却抱着侥幸心理顶风作案。

如果我们社会的防范机制能健全一点，如果广大为人父母者都能明智一点，如果全民的法律意识都增强一点，或许我们可以防止和减少许多青少年的犯罪与过失。

一个独生子女的毁灭，预示着一个家庭甚至一个家族希望的破灭；全体独生子女的前程，关系到我们国家、民族的未来。为了每一个家庭的幸福、圆满，为了中华民族的振兴、崛起，让我们肩负起培养、教育好每一个独生子女的重任！

1991 年

# 京华饮食忧思录

## 开篇论食

上帝赐予人一张要吃要喝的嘴，人类因此与饮食结下了不解之缘。

古语云："民以食为天。"俗话说："开门七件事：柴米油盐酱醋茶。"可见饮食对于人之重要。人类从刀耕火种、茹毛饮血的蒙昧岁月走到当今高科技时代，饮食文化也随之发展到一个全新的水平。古老的中华民族素以辉煌灿烂的文明、文化著称于世，其饮食文化同样也不落于人后，因而得以与法国、土耳其并称为世界三大烹饪王国。曾有500年帝王之都不凡历史的北京城，理所当然地在中国饮食文化史上留下了不可抹煞的一笔。

然而，作为历史的过去与作为现实的今天，毕竟是两个不同的概念。若论起当代京都的饮食现状，恐怕无人敢笼统地说一个"好"字。不错，京都固然有着全中国第一流的众所周知的北京饭店、王府饭店、长城饭店、香格里拉饭店等等具有一流设施、一流服务、一流厨师的超豪华宾馆饭店，但那皆不是普通百姓得以涉足的去处。无论其佳肴美馔如何高档，如何精致，总是不能代表全社会的饮食文化水平。

堂堂京都，一千万居民，每天的流动人口百万以上。在北京的地面上，为这些大众百姓提供的饮食环境究竟如何？将眼睛睁大仔细看去，应该说还有许多方面并不令人满意。

1982年11月19日，全国人民代表大会常务委员会第二十五次会议通过了建国以来的第一部《食品卫生法》，从此，11亿中国人民的饮食卫生有了法律保障。实事求是地说，自从《食品卫生法》实施以来，北京市的食品卫生状况有了很大改观。各有关执法部门为保障人民饮食卫生，在监督贯彻落实《食品卫生法》方面作了大量卓有成效的工作。但是，对食品卫生方面依然存在的问题却不可掉以轻心。食品的卫生与否直接关系着亿万人的健康，这是妇孺皆知的道理。

## 早食？糟食？

1991年盛夏，一则闻所未闻的消息如一盆凉水，泼在正苦熬“三伏”的北京人头上：北京市工商局查获一批在油条中掺用洗衣粉的无照摊点。

天哪！油条、洗衣粉，风马牛不相及的两类物质，竟被不法分子搅和到了一起。

一时间，北京市民议论纷纷。油条—洗衣粉，成了街头巷尾甚至机关办公室里的热门话题。

这里，让我们暂且搁下这一话题，先看一看北京市民的早食。

北京城大，从城南到城北，从城东到城西，方圆1360平方公里；北京人多，仅城内八区就有人口600余万；北京人上班路途遥远，城西到城东，城北到城南，将一两小时耗在路途上的干部职工不计其数。因此，北京人早晨的时间特别珍贵，既不愿亏了睡眠，又不敢误了上班的钟点。于是乎，很多人都省却了做早餐的工夫，只是在匆匆忙忙的赶路途中，随随便便地在早点摊上买点什么填进肚里了事。

近年来，由于种种客观原因，经营早餐早点的国营饮食店明显减少，但需要吃早点的嘴巴却一张张在不断增多，个体饮食摊点便应运而生。每天清晨，在人口稠密的居民小区，在路人络绎不绝的街头巷尾，在公共电汽车频频驶过的马路两旁，个体饮食摊点如星罗棋布，随处可见。其经营品种大都是油条油饼、煎饼果子、包子馄饨。卖煎饼的摊点，大多有一辆人力三轮车或两轮车，车上用木架和玻璃架构成一个小工作间，也算能挡点尘土风雨。规矩的摊主会将营业执照、卫生许可证等挂在工作间的某一角落，一边摊煎饼，一边不忘用夹子、盘子收钱找钱。这一般是在固定地点摆摊的主儿。另有相当一部分流动摊点，既不挂营业执照，亦无卫生讲究，就凭着那双万能的手，摊煎饼、磕鸡蛋、撒葱花、收钱找钱。奇怪的是，没有哪位食客会对这种违反《食品卫生法》的操作提出异议或指责。无论是有照或是无照的煎饼摊，无论其卫生状况如何，一样的生意兴隆，一样的财源茂盛。

除了煎饼果子，时下京城里骤然增多的是卖油条油饼的摊点。摊主往往只需一台案板，一只简易煤炉，一口大铁锅，外加些辅助的工具即可作业。而顾客们也往往不大注意这摊主有照无照，不过问这做油条的面粉是好是坏，更不管这油锅里翻滚着的是不是合格的食用油，只要从油锅里捞出来的是油条，就会有人买，有人吃，而且时常供不应求。

笔者曾经有意识地考察过北京街头的早点摊，现将一景实录于下：

1991 年 8 月 12 日晨 8 时左右，北京朝阳区香河园某路口。

临街的一隅，设一卖油条、馄饨的小摊。一只简易的小煤炉上架一只大铝锅，锅里浮着半熟的馄饨；一只汽油桶改装的大铁炉上架一口大铁锅，滚油中翻着金黄色的油条；旁边一块大案板。堆得老高的面团上，盖着一块满是油腻和污泥的脏塑料布，白色已变成灰黑。一只白铁屉中，堆放着包好的馄饨，一群硕大的绿头苍蝇，频频飞吻着那尚未下锅的馄饨；一旁切成碎末的香菜叶，也频频地受到苍蝇们的光顾。

与小火炉咫尺相隔的是供顾客用餐的简易餐桌。餐桌上摆放着几只瓷碗，碗里盛着兑了水的酱油、醋之类，无盖，往来奔驰的汽车腾起的尘土，一浪一浪地扑向碗中。

可是，长约两米的餐桌周围，竟坐满了前来裹腹的顾客。看样子大多是赶着上班的职工，还有些挤不上座位的顾客，索性站在一旁狼吞虎咽。

顾客使用过的碗筷，由一位十二三岁的小姑娘收拾起来，放进一只油腻得令人恶心的水盆里一洗，然后再去另一只漂着油花花的清水盆里过一下，即接着供下一拨顾客使用。

不到一个时辰，案板上高高隆起的面团全部变成油条灌进了顾客的腹中。满屉的馄饨也一只不剩，换来了零零散散但数目可观的钞票。

从始至终，没见到摊主亮出过营业执照或卫生许可证之类，也没有谁来过问这家摊主是否合法经营。更没有顾客对那汽车腾起的一浪一浪的尘土和前来凑热闹的苍蝇表示一点什么情绪。

似这样的早点摊，在北京城里城外处处皆有。一般都是露天作业，设备简陋，无相应的防尘、防蝇、消毒设施，也不讲究食品的口味、质量、外观形象。至于分量足实与否，更是无人过问。只要工商、物价、计量、卫生防疫等执法部门不来检查，谁也不愿多此一举自找麻烦。至于卫生标准，即使有超过规定标准多少倍的大肠杆菌及其他有毒病菌，也只是对消费者造成潜移默化的影响和损害，绝不会有人立马来找谁算账的。

北京市工商局会同公安、交通、市容、卫生防疫、物价、计量、税务等执法部门，组成百余支市场检查队，于7月中旬在全市范围内进行了一次“取缔无照经营，维护消费者利益”的综合治理活动。他们对全市重点大街、重点地区进行了突击检查。在海淀区检查时，工商干部发现一些个体加工点的案板上放有成袋的洗衣粉，而发酵在缸里的面团直冒气泡，这些反常现象，引起了工商干部的注意。后来，他们会同卫生防疫部门，对有疑点的个体户制作的面团、油条进行专门化验。结果令人震惊：在被查的部分个体户中，竟有20多家在油条中掺用了洗衣粉！且都是无照经营的不法分子。

在北京各大宾馆饭店周围，活跃着一支400余人的“地下游击队”。这批人大都是外地农村进京挣活钱的闲散劳动力，他们当中，不知哪一位独辟蹊径，开创了一条无本万利的致富门道——掏地沟油。这绝对是三百六十行之外的新型行当。他们分别以各大宾馆饭店为据点，从饭店的下水道中将残羹剩菜掏起来，运回各自的黑加工点进行熬制、提炼，炼出来的油，有的送进了日用化工厂作肥皂原料，有的则通过秘密交易卖给了城里的个体户。个体户用这些油干什么？也制肥皂吗？不！他们将这些地沟油兑上些普通食用油之后，用来炸油条了！据知情人透露，这些熬制出来的地沟油，其臭无比，闻之令人恶心。

## 集贸市场扫描

改革开放，给北京市的集贸市场带来了生机与活力。目前，根据自然点的分布，北京市共建有各种规模的集贸市场400多个。

集贸市场作为国营、集体商店的一种补充，在很大程度上改变了人们因季节差异和地区差异所形成的固有概念。

就在前几年，北京市民过冬还主要仰仗大白菜，如今，即使在冰冻三尺的严寒季节，市场里也不乏水灵细嫩的南方细菜、南国鲜果。一年四季，普通市民都能在这里买到自己喜爱的任何一种鲜活水产、山珍海味。举凡各地名土特产，这儿也是十全九不差。特别优于国营商店的是，在这儿购物，任挑任选，不看冷脸，买也舒心，不买也乐意，也就难怪这里特别受人青睐了。然而，就在这备受顾客青睐的地方，由于一些地区和市场管理的缺陷和疏漏，给不法商贩留下了违法犯罪的余地。

下面，请看烧鸡、凉粉、豆腐三部曲：

**烧鸡——**

有谁见过五毛钱一只的烧鸡？在常人的概念中，这恐怕近乎荒诞。

8 月的一个周末，大山子农贸市场。一位年过半百的妇女扯着嗓门叫唤："卖烧鸡，五毛钱一只，一元钱两只，快来买呀！"她身边提篮里，堆满熏烤成酱黄色的烧鸡。奇怪的是，那鸡一只只骨架瘦小，不过一斤来重，一看便知是没有成型的乳鸡。有用乳鸡做烧鸡的么？不用说，一定是死鸡加工而成……

在芳园里市场，也常有小贩出售烧鸡、酱鸭，有的整只出售，有的剁成小块零卖。这些烧鸡，尽管已加工成熟食，但那晦暗的色泽，瘦骨嶙峋的架子，令明眼人一看就知道不是正路货色。然而，贪便宜者处处皆有，乐得上当的不乏其人。劣质烧鸡因此销路畅通。

在京城西郊，有一批专营劣质烧鸡的专业户。他们从禽类加工厂或农民家中捡来死鸡死鸭，经过上色处理，煮熟加工，便作为熟食卖出。西南郊小瓦窑一带，就有许多不法分子在那儿租房开设地下烧鸡作坊，卫生条件极差，产品质量极为低劣。

北京市工商部门曾经采取过多次大的行动，捣毁了一批制作加工伪劣烧鸡的黑窝。仅 1990 年春节前后，就依法没收销毁了不法商贩用于制作烧鸡的数千只死鸡。

尽管这样，一些见利忘义的不法之徒仍我行我素。执法部门毕竟人力有限，鞭长莫及，徒叹无奈！

**凉粉——**

炎热的夏天，北京人爱喝啤酒，爱吃凉菜。从夏初到秋末，凉粉高居各副食商店的橱窗里，久卖不疲；各农贸市场上，以售凉粉为业的个体摊商更是不计其数。细心人不难发现，凡国营菜市场和副食店经营的凉粉，大都为本白色，而个体摊商售出的凉粉则为淡绿色，从色泽上看，似乎个体摊商的凉粉更为美观，那莹莹绿色，看起来十分悦目，许多人从感观上的享受一变而为心理上的认同，一见之下便毫不犹豫地倾心购买。同是凉粉，为什么一为白色，一为绿色呢？要解这个谜，还得借助两则现成的新闻报道。

《北京晚报》1991 年 8 月 24 日消息：“在海淀区恩济庄徐庄 5 号，有个非法制作凉粉的作坊，里面苍蝇撞脸，一个浙江温岭来的制作工人，随便用一根树枝搅拌凉粉锅，锅边还放着一杯染料和非食用含铅的工业明矾，在晾凉粉处堆着旧纸箱、破鞋。这个院内还有另一户做凉粉的，也如此肮脏。在徐庄 6 号，有一个做凉粉的黑作坊，紧挨猪圈，臭气熏天。”《北京日报》1991 年 8 月 31 日报道：“海淀区联合检查队，查获一个制售假绿豆凉粉的加工点。浙江温岭农民林管清夫妇，租用海淀区一间农民私房，使用绿色化工色素，掺入用白薯粉熬制的凉粉中……”

于是，悦目的莹莹绿色凉粉出笼了。

**豆腐——**

在西郊吴家场村，一些来自河南、浙江的农民在此租房立足，建起了一个个简易的豆腐坊。该村 95 号出租院内，紧靠煤堆搭起了一座低矮的棚子，棚子里摆满了水缸、木桶、塑料屉，地上污水横流，苍蝇频频起舞，阵阵酸腐气味弥漫在空气中。两名男子就在这样的环境下制作出以吨计的豆腐抛向市场。与此相邻的几家院内，也大同小异地建起了简陋、肮脏的豆腐作坊，一屉屉豆腐就在脏破不堪的棚子里堆放着，随时恭候着买主光临。更有甚者，有的豆腐坊干脆就开在厕所旁边。

类似的情况，在京都四郊，屡见不鲜，禁之不绝。据调查，仅北京市便有外地进京的劳工开设的数以百计的个体豆腐作坊。

普通的市民怎能知道，那一方方看似白嫩的豆腐，许多竟是在恶劣不堪的环境下生产制作的。

奏罢“烧鸡、凉粉、豆腐”三部曲，还有必要一提的便是“羊肉串”了。

就是那一串串看着香、闻着香、吃着香的羊肉串，把许多阿凡提的兄弟引进了北京城。他们走街串巷，临街起火，用一口生硬的普通话向北京人兜售：“羊肉串哎，新鲜羊肉串，两毛钱一串！”

在一个夏日的傍晚，笔者来到东直门大街一卖羊肉串的小摊前。

就在他打开储存柜的铁门时，我发现一只硕大的绿头苍蝇从里面飞起，随着那双大手把铁柜门一关，那只苍蝇也知趣地回到了铁柜里面，与那成堆成串的生羊肉一起享受“同等待遇”。

也许，这种情形还不算最糟糕的。北京市城内城外的羊肉串摊成百上千，谁能说清那些羊肉的来源渠道？其中是否也掺杂了病羊肉？其加工过程是否清洁卫生？从业人员是否都健康无恙？

这里，也许有人要问：如此严重的问题，我们的工商、卫生防疫部门的执法者哪里去了？

应该说，他们都坚守在工作岗位上。他们中的大多数都在勤勤恳恳、一丝不苟地履行着自己的职责。问题在于这支队伍无论从人员、资金等各方面力量来说都不能适应空前活跃的农贸市场的需求。

北京市现有个体饮食摊店12422户，29779人，其中坐商7713户，其他为摊商。而北京市工商行政管理局的每一位个体专管员，平均一人要管400多户摊，还不包括那些蝗虫一般满天飞的无照摊商。以这个比例而言，即使每一位个体专管员跑断了腿，也无法保证把工作做到全面。如何解决这个矛盾，无疑是一个值得认真研究的重大课题。

## 糕点、饮料行业一瞥

提起饮食，从温饱型向小康型过渡的北京市民，其概念早已不局限在肉禽蛋蔬粮的消费层次。随着人民生活水平和社会消费档次的提高，人们对糖果、糕点和饮料的需求也日趋“现代化”。

五六十年代的中国孩子，有普通的水果糖和普通的动物形饼干进口就已算是奢侈，而今的中国“小皇帝”们，大多是伴着奶糖、巧克力和汽水、可乐、粒粒橙长大的；岂止是“小皇帝”们，糕点、饮料已成了寻常百姓家老幼咸爱的食品。

在北京冷饮市场，有一个影响力颇大、覆盖面颇广的厂家。该单位历史悠久，资金雄厚，设备先进，技术力量强，生产规模宏大，其产品三大类共上百个品种，年产值极为可观。平心而论，这里生产的汽水、冰糕、冰激凌的味道确实优于本市其他同类厂家的产品。可是，当1991年8月10日，笔者因采访而参观了该单位的几个车间之后，先前那种种美好的印象便大打折扣了。

在冰点车间，笔者随同该厂一位年轻技术员，亲眼目睹了下述事实：在冷气嗖嗖的冰砖生产线上，传送带将制作成型的冰砖一排排送向包装处(包装的第一道工序是工人手工操作)，就在传送途中，有些冰砖从冰砖机上自动掉到了满是水渍的地面(地面没有任何接应设施)，短短几分钟内，竟连续掉下十好几块冰砖，一时无人收拾，冰砖在地面上与污水杂质混成一堆。过了一会儿，来了一个年轻女工，只见她脚穿长筒黑雨靴，走到冰砖机下，将掉在地面沾有杂质与污水的冰砖一一收拾进一个容器之内。我问一旁的女技术员："这些冰砖将如何处理？"技术员回答，"回炉，再加工！"

其实，如果在冰砖传送的那短短一段距离的地面上放上一个稍大的容器，完全可以接住掉下来的冰砖并使之不受污染，即使回炉也较前者卫生得多。可就这一件极简单的事情，竟因管理者的疏漏而复杂化了。

走出冷气森森的冰点车间，我和技术员又擅自跨进了罐头车间(事先该公司一位副总经理指示我们只去看饮料和冰点车间)。其时已近中午，车间里显得有些杂乱，装桃子的空盆随处皆是，工人们有的着工装，有的着便装，围在一处灌装桃肉，有的则往装好桃肉的瓶子里添加糖水。给我留下最深印象的是一位光着膀子的年轻小伙，当时他正在往玻璃罐头瓶内装桃肉……

走出该公司大门时，我回头望了望这家具有现代化生产设备的大型企业，心想：那些名目繁多的部优、国优产品难道就是在这样一种卫生管理水平下生产出来的？

1991年8月14日，冒着炎炎酷暑，笔者走进了位于东郊的一家国营糕点厂。听了有关人员的情况介绍之后，我提出要进车间看看，马上获得同意。该厂一位中层干部陪同我一起换上白大褂，戴上工作帽，走进了充满糕点香味的西点车间。一进门，迎面便见一位壮汉光着膀子，手持一把大刀，正在切割一块足有几十斤重的大黄油。此情此景，令主客双方都有点尴尬。来到生产西点的车间，工人们正围着工作台，一边操作，一边吃西瓜。嫩黄焦酥的各种西点与红艳碧翠的西瓜互相映衬，交错点缀着偌大的工作台。

陪同者见势不妙，急匆匆领我穿过西点车间，来到糖果车间。这里自然又是别一番光景，别一番气象。一群年龄各异的女工正围坐在一块长方形的案台边包装酒心巧克力。奇怪的是，几乎每位女工面前的案子上都摆着一块烤得松软焦黄、香味扑鼻的圆形蛋糕，有的圆形已变成了月牙形，细看之下，原来一双双灵巧的手竟能一边包糖果一边往自己嘴里塞蛋糕。

面对此情此景，陪同者显得有些不悦，满脸难堪，领我闷声不响地跨出了车间大门。

我知道，这个厂过去生产供重要人物食用的特殊产品时，原材料都得进行好几次挑选，谁挑的，都有登记。这些产品都有专人制作，专门房间生产，专用库房，专人保管，专车专人送货。

于是我想，如果该厂拿出当年生产那种特殊产品时一半的责任心和管理手段用在如今为普通老百姓生产糕点上，也就不至于出现上述令人难堪的场面了。

客观地说，上述两家企业应是食品生产行业不可多得的骨干企业，其管理虽然不乏疏漏之处，其产品毕竟还是颇有声誉。

这是来自黄河岸边的 4 名河南农民。他们带着两袖清风一身尘土，发誓要在北京“捞一把”再回去。可是，他们连个栖身之处都没有，本人又一无所长，堂堂京城，凭什么去发？偏就天无绝人之路，京城的垃圾帮他们发了财。一天，他们从垃圾堆里拾来一堆废旧饮料瓶，洗洗涮涮，灌上清水，再加些苏打、香精、糖精、染料……未用多少工夫和成本，一瓶瓶足以乱真的假“雪碧”、“高橙”、“健力宝”便出来了。他们兴高采烈地将自己的“产品”拿到杂乱拥挤、外地人集中的火车站去卖，4.5 元钱一瓶，比国营正宗产品的牌价低一元多钱。初次上阵，旗开得胜。从未挣过松活钱的 4 位中原汉子陶醉了，乐坏了。从此依法炮制，一发而不可收拾。

北京市技术监督局于今年 5 月下旬对全北京市生产的瓶装碳酸饮料（汽水）进行统检，共抽到本市 78 个企业生产的 98 种样品，合格 27 种，抽查合格率仅为 27.6%；在 71 种不合格产品中，有 23 种属劣质产品，占抽查总数的 23.5%。其中，有 3 种饮料细菌总数与大肠菌群均超标，有 9 种饮料的细菌总数严重超标，细菌总数之多在检测中已无法计算。这些饮料的芳名是：奇宝牌身宝可乐产、冠玉牌维得汽水、康力汽水、雪山牌菠萝汽水、九菊牌特制汽水、百龄牌雪檬汽水，此外还有顺义县北方饮料厂的甲级汽水、顺义雪洲饮料厂的果汁汽水、平谷峨嵋矿泉饮料厂的瑞强汽水。以上饮料均被判为劣质饮料。亡羊补牢，此前不知有多少消费者是这些劣质饮料的受害者？

食品行业也有令人难忘的光辉时刻。人们记忆犹新的第十一届亚洲运动会在京举行时，其中供运动员和工作人员食用的相当一部分数量的食品是由北京市二商局系统提供的。据知情者介绍，当时，送往亚运村的所有食品全部达到特级水平，甚至连一般蔬菜也要经过特殊处理。大蒜是一瓣一瓣剥了外衣的，黄花菜是一根一根去了蒂的，辣椒是一个一个去了籽的。北京市熟肉制品厂担负提供一定数量的熟肉制品的任务，全厂职工加班加点，厂领导日夜坚守岗位监督检查。熟肉制出须经化验检查，常规化验要 48 小时才出结果。时间紧迫，不能坐等化验结果出来之后再将熟肉往亚运村送，如何解决这个矛盾？厂长、书记带头作起了“人体试验”。每批熟肉制成之后，干部们每人必须吃下二两“试验品”，真吃得人都腻味了。这样做的结果是，保证了送往亚运村的所有熟肉制品万无一失，合格率达到 100%。

这当然是迫不得已的办法。

笔者却由此想到，如果我们各企业的厂长经理们都能坚守在生产第一线，而不是只坐守办公楼开会研究，如果我们的《食品卫生法》不仅仅是挂在墙上，如果各级领导干部都能像抓“亚运”食品那样抓日常大众食品，那么，北京的餐饮业会是怎样一种局面呢？

## 堪忧的现状及忧喜掺半的前景

1991 年，北京的夏季，气候异常，闷热的日子多得出奇，以致闷得北京人一个劲地嘀咕：“莫不是又要闹地震了？”

就在这令人难以忍受的自然气候下，京都的报纸却连篇累牍地刊载出一条又一条令人震惊的消息。

◎“本市今年已发生 8 起食物中毒，中毒人数 111 人，死亡 4 人。”

◎“6 有 13 日上午，北京电车公司电车三厂幼儿园陆续发现发烧、腹痛、腹泻病儿，有 65 人发病，24 个幼儿病情严重被收住院治疗。食品卫生监督机构调查证实，这是一起由鼠伤寒沙门氏菌和侵袭性大肠杆菌混合感染引起的中毒。

食品卫生监督人员在幼儿园食堂发现，这里加工条件差，冰箱内生熟不分，洗菜池内竟泡着一条成人裤子……”

◎“北海公园内，一车摊出售凉面，致 19 人中毒。卫生防疫部门对该游园会（北海公园）检查发现，这里的摊群有的无卫生许可证、健康证、培训证，个人卫生差，有的食品摊出售流质食品餐具不消毒，17 号摊位主人为个体户，出售的盒饭广告称是‘国营’，且 19 个盒饭已变质，70 多斤米饭已发馊，很多摊位食品无防蝇防尘冷藏设备，有的还落有鸟粪、树叶……”

此外，刊载于报端的与食品卫生有关的奇闻尚有：

上海市一位顾客在北京站买了十盒茯苓饼，到家后发现全发霉了。可气的是，盒上写的出厂日期是1991年5月，盒内说明书上却注明1990年5月。一位顾客在农贸市场买回10个馒头，竟有4个馒头中埋伏着又馊又粘、长了绿毛的坏面团。

在新闻长镜头的透视圈外，一些不法分子更是不停地上演着一幕幕坑蒙拐骗的闹剧。

通县城关某村的一伙农民，将少量酱油兑上大量的水，再滴上几滴香油漂在水上，冒充香油，以每斤3.5元的售价，坑害了不少群众。

海淀区半壁店一家出租的农民私房里，窝藏着8名河北来京的农民。这伙人挖空心思，用硫酸镁加白糖和在黑木耳当中，以增加黑木耳的质量。他们先后向一些部队、院校、工厂兜售了大量掺假黑木耳，致使多人中毒。

此类事例，写不胜写。

一桩桩，一件件，触目惊心，严重损害了消费者的切身利益，激起了广大消费者的公愤！

北京市人民政府从维护首都秩序、维护消费者的切身利益出发，决心整顿北京夏季市场。

7月15日，由市公安、工商、卫生防疫、税务、计量、交通、市容、物价等执法部门组成的百余支市场检查队，全面出动，进行检查，经过盛夏整整一个月的苦战，截止到8月15日，执法部门共查处违法经济案件26341起；取缔无照经营18281户；罚没款58602元；没收暂扣三轮车、羊肉串车等非法经营工具1257辆，其他经营工具1118件；不合计量标准的衡器918件；查处各种走私烟、假冒外烟6585条；取缔各种黑加工点598处；查出非法提炼的食用地沟油1200桶（合24万公斤，价值21.6万元）；查获假红星二锅头酒141660瓶，假香油145公斤，假汽水648瓶，掺硫酸镁的假木耳450公斤，变质烧鸡410公斤，未经卫生部门检疫的病、死猪肉1500公斤……

辉煌的战果显示着惊人的问题。

人们在思考：为何大量的伪劣食品、黑加工点在首都有如此广阔的市场？为什么成千上万的坑蒙拐骗、掺假售劣者得以在这片土地上滋生？

形形色色的违法犯罪分子并非天外来客，他们所有的不法活动，都是以这一方广袤的土地为舞台的，而所有的北京市民——你、我、他，不正是他们赖以生存的基础吗?

北京市的夏季市场整顿工作几乎年年都搞，唯有今年的声势最响，规模最大，战果最辉煌。这是对我们以往工作的肯定还是警示?

但愿1991年的首都夏季市场整顿只是一个良好开端，但愿我们各级执法部门不做割"韭菜"的"农夫"。如果从此首都饮食业能以崭新的面貌服务于四方来客和北京市民，那将是国之大幸，民之大幸。

1991年11月

# 京城流动窗口一瞥

对于京城百姓和外地来京人员而言，偌大的首都，“行”的确是一桩不甚轻松的事情。每日里上班下班、读书上学、出门办事、外出游玩的人们，无不需要借助各种交通工具。因此，每一辆奔跑在京城大街小巷、环线干线的公共电、汽车、出租车，都是一扇流动的服务窗口，而这些流动窗口服务质量的好坏，则直接关系到千千万万人的日常工作、生活及首都的形象。

无疑，首都发达的公共交通事业为人们创造了良好的工作、生活条件，日夜穿行于城内城外的数万辆出租车同时为人们出行带来了极大的便利。“文明服务，礼貌待人，热情周到，安全正点”的服务宗旨，使首都人民深切地感受到公交、出租车行业广大司售人员的服务热情和敬业精神。

但是，从一扇扇流动窗口中反映出来的也不尽是和谐的画面。

## 谁来管管小公共

尽管目前北京市的公共交通线路已达250多条，并有4300多辆公共电、汽车投入运营，但是，面对京城800万左右的客流量，众多的车辆仍然不能满足人们乘车出行的需要。于是，小公共以其“招手即停、就近下车”的灵活优势，赢得了不少乘客，并在一定程度上缓解了北京人乘车难的问题。

随着道路交通条件的改善及流动人口的增多，北京的小公共也由10年前的几百辆增加到现在的4000余辆，然而，与车辆和客源同步上升的，是越来越突出的服务质量问题。服务差，乱收费，人员超载，乱停乱靠，是小公共给人们留下的不良印象。

一般小公共正常载客17人，但几乎所有的小公共都加了座位，其座位的密度几乎使乘客连挪动腿脚的余地都没有。在上下班高峰期，一些小公共即使已经座无虚席，司售人员还是硬往里塞人。今年8月的一天早晨，一辆403路小公共行至华都饭店附近时，车内已经拥挤不堪，站在车门口的两位乘客连扶手支撑之处都找不到，但司机仍然将路边招手的一位乘客强行挤进车内。这时，站在车门口的一位老者抗议道："不要再上人了！"年轻的男售票员马上拽住老者的衣领："你给我下去！"老者愕然："为什么？"

"说不拉你就不拉你！"售票员一脸横蛮，"谁叫你多管闲事？"老者亦不甘示弱："你敢胡来！"慑于老者的威严和一身正气，售票员才没敢大打出手。类似这样严重超载而司售人员蛮不讲理的情况，在小公共车上并不鲜见。

乱收费，随意喊价，也是小公共上惯常见到的情形。本来，短距离如一两站地只应收一元钱，若遇到外地人或急于赶车的人，有的售票员就会随意将票价增加到两至三元，一般不知底里者就只好白吃哑巴亏了。

司售人员素质不佳，有的满口脏话、痞话，大热天个别司售人员甚至光着膀子上岗……

凡此种种，无不给首都服务窗口带来负面影响，同时引起广大乘客的不满。

然而，许多人即使有满腹的怨言，却不知该向哪里倾诉？出租车有专门的管理机构，公共电、汽车也有明正言顺的主管部门，唯有小公共，人们既分不清它们是国营、集体、个体所有？也不明白究竟谁是能掣肘它们的"婆婆"？

## 说长道短"小面的"

在拥挤的公共汽车和价位偏高的桑塔纳、夏利之间，京城百姓选择了他们的经济实力所能承受的"小面的"。起价10元，十公里也是10元，这是它能迅速占领市场的优势，也是它招来众人非议的根源。既然跑一公里和跑十公里都是同一个价格，司机们当然乐意跑短途而不愿跑"长途"。于是，"拒载"成了一种虽不合理却颇难改变的现实。

今年8月中旬，笔者在灯市口附近看见一位乘客连续拦了6辆"面的"都被拒于车外，每个司机的借口虽然不同，其实理由只有一个，嫌她去的地方不合适，刚好9公里。

有时候，即使乘客有幸搭上了车，但司机一看所去之处不远不近，便唠叨个没完："今儿赶上您可真倒霉……"或是干脆拉下冷脸给乘客看。更有甚者，有的司机故意不打表或随意喊价。

在《北京市出租汽车管理办法》公布实施不久，笔者因公出差前往北京站赶火车，时逢夜晚，好不容易拦住一辆"小面的"，司机一望便知我是赶火车的，冷冷地从车窗内甩出一句话："20元，去不去！"(若是打表也就13元左右)为了不耽误乘车，笔者妥协着接受了他的条件，谁知到达目的地后，司机又以"票本忘带了"为由拒绝开发票，笔者看穿了他心虚怕遭投诉的心理，坚持着让他掏出了票本……

如果说一般性拒载和不打表收费等现象已经引起广大乘客不满的话，那么，下述情形则更是令人不能容忍：

同样是8月的一个早晨，总参某部管理所老工人陈某，步行路经西黄城根北街时，不慎摔倒，顿时头被磕破，左耳流血不止，昏倒在地上。一位途经此地的退休干部见状，立即设法帮他拦车救人，谁知她拦了一辆又一辆出租车，均遭拒载……

人们气愤之余，不禁要问，这些出租车司机的职业道德何在？良心何在？

曾几何时，首都舆论界针对"小面的"拒载一事进行了广泛的讨论；今夏以来社会各界对于整顿窗口单位服务质量的呼声也不可谓不高，但是，为什么京城一些流动窗口的服务质量仍不那么尽如人意？

由此可见，仅仅提倡禁几句服务忌语，仅仅靠一段时间的舆论攻势，是无法根治窗口服务行业年深月久积累下来的痼疾的。服务质量的好坏，归根到底，取决于服务者的基本素质。而服务者良好的素质不是三两天就能形成的，需要长时间的培养和教育。如果每一个服务者都具有良好的职业道德和敬业精神，那么，整个社会就不难形成文明服务的蔚然风气。此外，制定得再周密的法规条文，如果不付诸实施并辅以严密的监督措施，也无异于一纸空文。

人们期待着文明服务之风吹遍首都的各个窗口行业，也期待着流动窗口再展新姿。

1995年8月

# 乡村债务为何如此沉重

提起债务，人们自然会将它与企业、法人、个体等经营行为联系起来，但如今，一种特殊的债务现象已经严重制约着我国农村的社会经济发展，那就是乡村组织过度负债问题。

据湖南省有关部门调查统计，目前全省乡村负债总额已达59.3亿元，负债乡镇的比例高达88.4%，平均负债额达200万元。

以农业大市常德为例，全市211个乡镇，到去年底债务总额为3.86亿元，平均负债183万多元，其中鼎城区的乡镇负债平均达到360万元。

乡镇如此，村一级债务亦相当惊人。统计数字表明：常德市村级负债总额达8.8亿元，村平均21万元；负债村3480个，占总村数的83.4%。

益阳市赫山区泉交河镇自1995年以来，镇财政已累计亏空500多万元。

尤为严重的是，在一些地方，乡村过度负债的状况仍在继续恶化。一方面，捉襟见肘的财政平衡不了刚性支出，迫使乡村再度举债，不良信誉更使新的债务成本提高；另一方面，老债务不能按期偿还，利息不断堆积，部分利息被迫转为本金，“雪球”越滚越大，陷入恶性循环。

作为农村基层政权的乡村组织，为什么会背上如此沉重的债务？这债，背得合理吗？

## 钱都流到哪里去了

一乡一镇，动辄数百万元的债务，这钱，都流到哪里去了？据调查，钱的流向不外乎以下几条路径：

——决策失误钱变水。一些乡镇出于发展经济、壮大财力的良好愿望，沿用行政手段、计划经济模式，兴办各种乡镇企业，有的搞“村村点火、遍地冒烟”，却由于人才、信息、技术、管理、销售、市场变化等原因，阵风吹过一场空，只留下一堆残砖破瓦和高额投资债务。常德市德山乡枫树岗村几年中先后办过精麻厂、鞭炮厂等 7 个企业，目前 5 家倒闭，两家停产，村负债 940 万元。在乡村债务大户中，企业亏损占了多数。

——拆了东墙补西墙。据有关部门审计，株洲、永州、衡东、桃江等地一些乡镇决算不实，少报赤字，搞虚假平衡。衡东县 5 个乡镇累计隐瞒财政赤字 505.67 万元，桃江县 8 个乡镇一年内隐匿财政亏损 309 万元。有的地方甚至逼迫农民提前交农业税和各类上交款，一些乡村为打“提前量”，不惜让农民借高利贷交税，有的月息高达 3 分左右。

——虚假政绩钱垫底。部分乡镇好大喜功，不顾家底，超越财政承受能力，通过向社会集资筹款，举债大兴土木，搞一些所谓的“政绩工程”、“面子工程”，以致债台高筑。湘东某县一个偏僻之乡，交通不便，又无招商引资优势，却花 50 万元建了一个大农贸市场，而这个乡每年财政收入仅有 16 万元；常德鼎城区因基础设施建设导致的负债大约占了债务的一半。

——管理混乱“黑洞”大。财务管理混乱，支出缺乏监督，少数干部挥霍腐化，是一些乡村形成债务黑洞的重要原因。据内部审计发现，永州市某县 19 个乡镇，就有 14 个乡镇挪用农民上缴的乡镇统筹费 140 多万元；祁阳县某镇将收取的 113 万元统筹费用一半以上挪作他用。在一些乡村，小车开支、租车和招待费用也是形成债务的主要原因。常德鼎城区康家吉乡两名乡干部伙同财政所长动用公款大肆挥霍，甚至用公款给三陪小姐配 BP 机，致使财务亏空 200 多万元。

——公款私用私“吞”公。公款私用、以权借款等问题也与乡村债务有着直接关系。湖南隆回县调查 26 个乡镇，发现乡镇干部通过“借款”或“担保”、越权审批、倚权拖欠等手段谋私，极力掏空农村集体合作经济的家底，其占用农村合作基金会的资金高达 1300 多万元，使相当部分资金成为不良资金，难以偿还。

综观乡村过度负债的成因，既简单又复杂，经营不当，政策失偏，管理不善，人员臃肿，集体经济贫弱，乡村干部短期行为等，由此导致乡村集体经济的恶性循环。

## 不仅仅是经济问题

乡村负债问题，乍看起来只是一般的经济问题、财务问题，但实质上，它的负面影响远远超出了经济范畴。在许多地方，由此引起的社会问题日益严重。据调查，凡是负债过重的乡村，基层干部的廉洁自律往往不尽如人意，与此同时，干部威信江河日下，干群关系日益紧张，基层政权各项工作阻力重重，农民负担日渐增加……

据湖南省审计厅审计，株洲市35个乡镇共查出各种白条报账96.92万元，浏阳市5个乡镇凭白条支付各种费用达203.5万元；岳阳市近四成的村财务管理相当混乱，有的甚至到了无账可查的地步，初步查出贪污、私分、挪用的金额高达4500多万元。

今年春节前夕，湘北某县一个乡政府院内，每天都有三五个债主轮番坐等逼债，致使书记、乡长及几个欠债严重的站所负责人不得不停止办公，或关门落锁，开溜躲债。津市新洲镇政府因欠20多万元基建款不能偿还，“新洲镇人民政府”的大牌子也一度被包工头扛走，在当地造成极坏的影响。

由于债务沉重，一些乡镇处于“空心财政”状况，办公经费无着落，干部工资不能及时足额发放，导致干部不安心工作，许多人削尖脑袋往城里钻，上调无望者则得过且过。有的乡镇主要负责人因无力收拾“烂摊子”或无法向上交代，则以“辞职”一招回避责任。

大量的赤字和债务，使乡镇财政运行风险日益突出，危及乡镇政权和农村的稳定。目前，湖南省财政厅已建议省政府层层建立消赤减债目标责任制，制定相应奖罚措施，明确规定从明年起，所有乡镇一律不允许出现新的赤字。

## 消赤减债　路在何方

高达59亿多元的乡村债务，像磨盘一样，沉甸甸地压在湖南农村各级干部头上，消赤减债，任务何其艰巨。面对如此严峻的形势，湖南各地都在积极努力。常德市规定：从现在起，乡政府和村级组织不得以任何借口高息借债，所有乡村不得搞借债办公、居住和公益类的基本建设、购买车辆和发放干部奖金等项开支；一些地方建议压编减员、切实解决“僧多粥少”问题，同时整顿乡村财经秩序，严格财务管理，堵塞漏洞。此外，实行债权转让，盘活存量，将借出方对乡村行政组织的债权转换为对乡村办企业的股权等，亦不失为消赤减债的有效途径。

总而言之，乡村过度负债问题由来已久，它是现行体制下的农村社会性问题，根源复杂、牵涉面广、攻克难度大，如果没有深层次的改革措施，没有全方位的综合治理，没有切实可行的具体措施，很难从根本上解决问题。

乡村债务问题，已到了非解决不可的时候了。

1998 年

# 为了少女之泪不再流

## ——本刊记者解救受困打工妹行动纪实

家中才有自由，才有九月九。

——新民谣

### 5 月 7 日：求救信送到编辑部

今年（1996 年）5 月 7 日，本刊“时事寻呼”主持人收到发自江西吉安地区的一封求救信，写信人是一位高三学生，他在信中说：

主持人，请帮帮我全家，救救我一个妹妹——一个打工的女孩！她去年在广东打工，由于与老板顶嘴而愤然离厂，之后漂泊不定，后来又被同厂一个姐妹拐卖到了惠来县，在那里她受到非人的折磨，每天都有人监视她，把她锁起来，不准离开半步。我爸闻讯后找过她一回，但没结果。现在我家欲哭无泪，天天担心我妹的安危。她是父母身上掉下的肉呀！我这个做哥的也牵肠挂肚，放心不下，真恨不得飞到广东，把她从火坑中救回来，但我现在上高三，马上高考，难啦！求求您，帮帮我，救救我妹吧。她才 17 岁呀！……

读着这封充满手足之情和义愤之感的中学生的来信，编辑室同志无不为之心动。打工妹的不幸遭遇，农家子弟的锥心痛苦和迫切期望，深深触动着记者的良知和责任感。编辑室领导当即将此事向总编辑汇报，并着手进一步了解有关情况。“时事寻呼”主持人通过当地114查询台查到该校的电话，然后经由校长辗转找到了写信人。在初步核实有关情况后，5月10日，编辑部决定派记者与当地公安部门联手，解救出这个不幸的打工妹。

## 千里追寻：记者与刑警队员一起行动

5月11日，本刊两名记者启程南下。当他们风尘仆仆地赶到位于广东东南角的惠来县城时，已是5月14日上午11时。记者来不及卸下行装，安顿住宿，就直奔惠来县公安局，找到县政法委书记兼公安局长孙潮列，开门见山地说明了来意。

听完记者的陈述，孙局长当即表态：“没问题，只要地址明确，我们一定能解救出来！”

这一句承诺，使记者感到无比的欣慰，一路的困顿疲乏立刻烟消云散。

据孙局长介绍，该地区对“打拐”和解救妇女工作是相当重视的。去年，他们就解救出100多名，今年前4个月，他们又相继解救了50多名。

“只要有线索，有投诉，我们就全力以赴解救。”

午饭后，记者趴在公安局会议室的长桌上稍事休息，便与奉命赶来的4位刑警队员交流情况，共同研究行动方案，并组成临时行动组。

下午3点，记者随刑警队庄木演指导员一行分乘两辆警车，向距县城30多公里的目的地进发。

下午4点，行动组到达来信提供的镇上，在当地派出所的协助下，很快找到户籍名册，了解有关情况。随后由派出所干警引路，行动组直奔目标。

由于来信提供的地址并不十分确切(在当地，近似的地名有好几处，一字之差便相隔老远)，致使行动组走了不少弯路。经过几番周折，行动组调整思路，一条一条巷子进行查找、询问，终于在一处僻巷找到了被解救人的门牌，这是一排民居最靠里的一间阴暗小屋，记者和公安人员找遍屋里屋外，只找到一个老太太和两个小孩，江西打工妹不见踪影。莫非……？记者正思忖着，忽然发现屋外低矮的简易棚子里传出哗哗的水响，里面像是有人！记者掀起挡门的旧布帘，只见一个姑娘正在洗头，记者在门外突然发问：

“你是从江西来的吗？”

“是的。”

“你叫小红？”(本文隐去真实姓名)

“是的。”

听着这两声问答，行动组的同志喜出望外：终于找到了江西打工妹！

此刻，时钟指向下午 5 点。从记者踏上惠来县城到现在，整整 6 个小时。

## 不幸的遭遇，幸运的转折

西下的夕阳，映照着这座海边小镇老旧的墙垣，也映照着小红姑娘年轻而近乎呆板的面孔。她头发披散，一双眼睛黯淡无神，对于眼前的一切似乎还没反应过来。记者请她坐下，向她讲明了自己的身份和来意后，极力想从她身上找出一丝青春少女的活力与生气，可看到的只是从逆境中挣扎过来的人才有的那种顽强的耐受力，与她 17 岁的豆蔻年华太不相称。

当记者将她哥哥的亲笔信拿出来，递到她手中，她开始一行行往下看时，脸上的表情这才一点一点地有了变化。不一会儿，泪水便溢满了她的眼眶，不知是因为哥哥的至情，还是为了她自己不幸的遭遇！

微型录音机缓缓转动起来，姑娘终于向记者倾诉了一切：

1993 年冬，年仅 14 岁的小红为了减轻父母种地的负担，为了上中学的哥哥和两个上小学的妹妹，决定自我牺牲，放弃初中二年级的学业，随表兄表姐加入广东打工者的队伍。她先去东莞一家鞋厂干活，厂主是个香港人，对工人十分苛刻，经常迫使工人加班加点，工人们连续干活近 20 个小时，一般只能休息 4 小时左右，又要接着再干，如此高强度劳动，使尚未成年的小红姑娘实在忍受不了，便向老板提出抗议，她因此被赶出了厂门。

之后，她辗转到惠州、淡水等地，以她单薄的身子承受着一个又一个打击：有的老板吃喝嫖赌把厂子败光，欠下工人半年的工资逃之夭夭；有的老板挖空心思剥削工人，动辄罚款，可怜她常常辛苦一月的工钱全被老板罚得精光；在淡水，她给一家老板干了半年，连一分钱也没拿到……

1995 年农历端午节，工厂放假，身无分文的小红被一位同厂的四川妹诱骗出去，落到了一个男青年手中，在这个男人的尖刀逼迫下，从此沦落苦难之中。一个月后，那个曾抢劫被判刑 4 年的男人因涉毒再度被抓，他家弟兄便将她带回他的老家——惠来县一个贫困的乡村，在他家人的严密看管下，几乎失去人身自由，过着度日如年的日子。

她给家里写的信，得由他家人代邮，家里给她的回信，也都被扣压。

半年后，那个男人被释放回家，她的处境也没有丝毫改变，不过，无论日子多么艰难，她始终抱定一个念头：我要回家！但，没有身份证，没有路费，身无分文的她，在种种威胁下始终没法摆脱困境。“走走走，走到九月九，家中才有自由，才有九月九……”每当听到想到这首打工仔爱唱的歌，她总是泪珠串串。

回家的希望神话般地降临到她身边。

根据小红姑娘的意愿和要求，惠来县公安局和本刊记者协商后决定，由公安局提供必要的方便，本刊两名记者负责护送她回江西老家。

当晚 7 点半，小红随记者及刑警队员离开了那个她曾流下无数辛酸泪水的地方，来到惠来县城。刑警队庄指导员一边热情地安排晚饭，一边马上派人领她上街去照快相，制作临时身份证。本来，公安局有关工作人员早已下班，为了不耽误她的行程，庄指导员特意将他们请回局里以最快的速度替小红赶制证件。一个半小时后，惠来县公安局连夜派干警送来了为小红赶制好的临时身份证和一笔路费。

5 月 17 日中午，一架波音 737 客机降落在南昌机场。小红随记者步下舷梯，深深地吸了一口家乡清新的空气。自从 14 岁离开家门，这还是第一次踏上家乡的土地。她像一只轻快的燕子，想急切地飞回自己的巢中。

分手的时刻到了。当前来迎接的家人与记者道谢握别时，她依依不舍地站在一边望着两位记者，难以抑制的泪珠终于大滴大滴地滚下来……

## 噩梦醒来是春天

小红回去了，回到还较为贫困的家乡，回到父母兄妹之间。过去的一切像是一场噩梦，离她远去了。这是不幸中的大幸。在解救小红的过程中，本刊记者了解到，包括广东等地打着招工牌子，到贫困地区拐卖人口的犯罪仍很猖獗，在个别地方，人贩子们成批地拐骗、贩卖、蹂躏妇女现象仍很严重。类似小红姑娘的遭遇并非个别。从这一角度看，本刊记者的采访活动远未结束。打击人贩子的犯罪活动，解救受害妇女，依然任重道远。

**后记**：小红姑娘回家后，立即给本刊记者寄来了一封长信，表达她们全家对《半月谈》及广东省惠来县公安局的感激之情；记者从有关方面获悉，与此案有关的当事人受到了当地公安机关的进一步审查；值得一提的是，记者离开惠来县城时，原准备和参与解救行动的3名年轻刑警队员合影留念，不料他们一早又有任务出发了，只有采访本上留有他们的名字：庄荼健、陈小健、方允。

1996年8月

# 农民为何不愿出让土地

今年（1996年）8月中旬，记者收到福建省莆田县笏石镇农民来信，反映当地政府强征基本农田保护耕地一千多亩，出让给外商建厂，涉及到近3000名农民的切身利益。农民们曾20多次到省、地、县及国家土地管理局反映情况，均未有实质性结果。

8月20日，记者专程来到福建省莆田县，就农民所反映的情况展开调查。

## 农民如是说

一到莆田，记者便匆匆赶往征地现场——笏石镇西田、东华村进行实地了解。只见偌大一片农田已被推土机推平，未成熟的甘蔗苗、地瓜秧被铲在一旁；村口的简易公路上，晾晒着一些半生不熟的花生，几个农妇捧起一把把干瘪的花生壳向记者哭诉："都被推了，都被推了！"一个农民告诉记者："地是8月8日开始推的，离收花生的时节只差十多天。"

记者问农民为何不愿出让土地？农民回答说，土地是我们农民的命根子，过去我们祖祖辈辈靠土地生活，今后，没有了土地，子子孙孙靠什么生存下去？

据农民反映，政府每征一亩地，只给农民5000元补偿、安置费，其他一概不管，对于人均只有4分地的笏石农民，每人只能得到2300元补偿。农民们说，这点钱，顶多能维持一年的生活，一年之后怎么办？考虑到今后长远的生计，许多农民忧心忡忡，都表示坚决不愿放弃土地。他们认为，失去了土地，他们几乎没有别的生活出路。

记者问，是不是可以靠外出打工或经商维持生活？农民回答：外出打工也不是那么容易的。现在外出的人太多，活儿不好找，而一般的农民，既无本钱经商，又没有一技之长，唯有耕田种地是他们的看家本领。据了解，这次被征地的农民中，有 70% ~ 80% 是靠种地维持生活的，经商、做买卖的只占极少部分。一位姓郑的农民告诉记者，他一家 6 口人，两个劳动力，有两亩多地，每年种水稻、花生、地瓜、甘蔗、大小麦，加上养猪的收入，有一万多元，足够养家糊口，而一旦失去土地，就等于断了他一家的生计。他请求记者，一定替他们说话，设法保护住他们的土地。

出乎记者意料的是，采访中，农民们向记者出示了大批他们据以反对征地的"武器"——国家关于保护耕地的法规和有关地方领导关于保护耕地的讲话，使记者感到农民反对征地并非"无理取闹"。

农民们出示的"武器"主要是：

一、《土地管理法》："国家建设和乡（镇）村建设必须节约使用土地，可以利用荒地的，不得占用耕地，可以利用劣地的，不得占用好地。"

二、《基本农田保护条例》："建设开发区，不得占用基本农田保护区内的耕地。"

三、福建省省长陈明义今年 4 月 8 日在全省人大会议上的讲话："现在有些地方没有依法办事，大量蚕食耕地保护区，这种现象要坚决纠正。办企业，搞项目，不能占用耕地。省长负责'米袋子'，我希望大家与我一同分担这个责任。"

四、莆田县委书记郑海雄今年 6 月 25 日发表于《湄州日报》的文章《为子孙留下吃饭的土地》："从我县来看，人多地少，土地供需矛盾显得十分突出，尤其是耕地，人均才 0.37 亩，仅是全省平均水平的 57%，全国平均水平的 30%。近 3 年来，我县平均每年用地 4000 多亩，而人口却以每年 8‰的速度增加，人口和耕地的矛盾十分突出。"

农民们就是依据这些法规和"讲话"精神，一次一次到中央、省里、市里反映情况，希望政府能依法替他们留下生命田、子孙田，保住他们赖以生存的生命线。

带着农民提出的一些问题，记者走访了当地有关政府部门。

## 政府官员如是说

先前属于莆田县管辖的笏石镇，从今年8月8日起已归属于新成立的湄洲北岸经济开发区管委会。管委会主管土地开发的王副主任向记者介绍：开发湄洲湾，大力发展港口经济是建设台湾海峡西岸繁荣带的重要组成部分。而这次征地的“佳通”轮胎厂是外商投资的一个大型项目，也是湄洲湾北岸开发区的龙头项目。该项目第一期工程预计投资9000万美元，征地1203亩，其中有800多亩旱地，200亩非耕地。王副主任说，该项目征地手续完备，省政府对之非常重视，曾几次召开办公会议专题研究。

据王副主任介绍，“佳通”轮胎厂拟于1997年7月试产，1998年元月正式投产。“佳通”建成后，对莆田市的经济发展有着重要的促进作用，除了可观的税收外，仅用工一项，便可吸纳一万人左右，加上后勤服务、第三产业等，可以为当地农民提供大量就业途径。但一部分农民由于观念守旧，跳不出小农经济的圈子，因而在征地问题上与政府不配合，政府为此做了大量说服动员工作。

现任开发区管委会主任郑海雄也向记者展示了这样一幅蓝图：“佳通”建成之后，既可以为地方财政创造活力，又可为农民提供许多就业机会，可使农民向市民转化，从农业劳动向工业劳动转化。

从开发区管委会两位官员的介绍中，记者似乎感到：“佳通”轮胎厂若能建成投产，应该是利国利民的好事，可农民为什么就看不到这其中诱人的前景一而再、再而三地持异议呢？

记者再次征询被征地农民的意见。

## 农民的顾虑不无道理

尽管推土机已把昔日的农田夷为平地，“佳通”轮胎厂的前期投资也已部分到位，但农民仍不相信“佳通”能建成投产，更不相信“佳通”将带给他们什么实惠。农民说：“几年来外商打着投资办厂的名义征去了许多良田好地，但真正建成的寥寥无几。如外商投资的‘全冠集团’，1993年征用耕地600多亩，至今只建起一座卡拉OK舞厅供有钱人和有权人吃喝玩乐，其余的土地荒芜长草；外商投资的‘辉开工业城’，1992年圈占耕地2000余亩，仅在开始举行了一次奠基仪式，几年来也是荒草覆盖，闲置未用。像这样开而不发、土地撂荒的例子莆田市约有十来处，约一万多亩，真令我们痛心啊！”农民们还说，一些外来的开发商，拿了一些钱来，侵占毁坏我们赖以生存的良田好地，有利可图的就干，对他们不利的，就夹着尾巴跑了，对此，我们农民极为反感（记者在莆田采访，的确见到公路两旁有多处长满了蒿草的大片土地被荒废着，十分可惜）。农民担心“佳通”是不是也会像其他开而不发的项目那样，占了大片土地，然后一搁数年无人理会？

农民不愿出让土地的另一个理由是：“佳通”轮胎厂属化工企业，其建成投产后，每天排出的大量废水、废气、粉尘，将对当地的渔业、盐业、农业、果业及生态环境产生不良影响。他们还指出，“佳通”即使要建，也只能利用原来征而未用而又一直荒废的土地，而不应再如此大规模地征地，造成土地资源的重复浪费。

对上述问题，有关政府官员是如此解释的：由于种种原因，莆田市确有一些土地存在开而不发、征而不用的问题，但没有农民反映的那么严重。其二，关于“佳通”的污染问题，目前正组织有关部门和专家进行评估，力争各项环保指标达到或基本达到国家规定的标准。

谈到被征地农民的安置问题，有关政府部门似乎没有具体规划，也没有对农民作出什么承诺。而这恰恰是农民最为关心的问题，也是他们至今仍不愿放弃土地的根本原因。

## 政府部门应该做什么

近年来，一些地方建开发区，办合资企业，搞房地产开发，大量征用土地，造成土地资源锐减，引起了农民群众的强烈不满。综合部分地区农民关于土地问题的投诉，焦点有三：一、土地征而不用，开而不发，有的一搁三四年，任其荒废，严重浪费土地资源，这是最使农民痛心的做法。二、有的政府部门在土地征用后对农民的生产生活不作妥善安排，置农民群众的切身利益不顾；有的事先承诺得好好的，一旦征地完毕，则撒手不管，使农民极为寒心。三、不注意做扎实细致的思想工作，动辄使用行政手段或武力强征，以致激化矛盾，造成不良后果。

农民对土地的感情，对土地的依恋，是极其自然并可以理解的。这种“土地情结”是农民在世世代代的躬耕劳作中形成的，在没有生活保障和更好的生存手段的情况下，农民不愿放弃土地，理所当然。另一方面，在我国，人口多与土地紧的矛盾已越来越突出，因此，各级政府在使用土地时，一定要慎而又慎，万万不可随心所欲，滥批乱占，更不可使土地荒废闲置。即使是非征不可的土地，也一定要按照国家的法律法规，做好农民的补偿、安置工作，使农民在失去土地之后，仍有生产、生活出路，并力争使农民的损失减少到最低限度。如果能做到这些，相信农民群众大都会通情达理。

莆田县笏石镇西田、东华等村的征地工作已近尾声，据记者了解，仅西田村8队就有78户约450人完全失去了土地。自然，他们不可能都去经商，也不可能都外出打工，但他们却无一例外地必须生活。我们希望当地政府能够妥善地做好被征地农民的善后安置工作，同时也希望政府部门在引进外资项目的同时，一方面充分考虑到所选项目的可行性、可靠性，同时更要考虑到我们人多地少的国情，合理利用每一寸土地，十分珍惜每一寸土地，尽最大可能保护我们的土地资源。但存方寸地，留与子孙耕。

1996年9月

# 招投标暗箱操作几时休

近年来，社会上流传着这样一种说法:“有项目就有腐败。”姑且不论此说确切与否，但与工程项目有关的腐败问题越来越突出，却是不争的事实。在市场经济秩序缺乏规范的背景下，所谓“造桥桥塌，建房房倒，修路路陷，筑堤堤决”实非危言耸听。一些地方频频出现的“豆腐渣工程”及其由此造成的灾难性事故，不仅给国民经济和人民生活财产带来难以估量的损失，也从一个侧面印证了工程项目中腐败问题的严重性。

## “阳光法案”的尴尬

尽管我国第一部《招标投标法》已于2000年1月1日起颁布实施，但一年多的实践表明:这部姗姗来迟的法规在实施过程中依然阻力重重，工程项目招投标中的暗箱操作等违规违法问题并未得到有效遏制。

成都双流国际机场扩建工程是国家重点建设项目之一，工程概算为12057万元。据国家计委有关部门的稽查发现，该项目在《招标投标法》实施后，应当实行公开招标的20个施工标段，实际上全部是邀请招标，个别项目甚至没有进行招标。其设计和监理单位早在1998年就由上级部门指定。而这家被指定的监理单位只具备乙级资质，根本不符合规定要求。由于该监理单位实际监理能力不强，不能发挥应有的监控作用，航站区工程开工后即出现了定位放线错误，致使新航站楼整体向飞行区平移6.987米。而问题发现后只能修改设计，导致全面停工近10个月，给工程建设造成严重损失。

《招标投标法》第三十四条明确规定，开标与投标截至时间应为同一时间，而该项目的污水处理厂工艺设备招标文件的投标截至日期为2000年1月24日，实际开标时间却推到了2月底，这其中的“猫腻”自然只有当事人清楚。

此外，该项目在2000年开始招标的20个标段的招标资料中，90%以上没有书面评标报告和决标会议纪要，一些招标项目甚至没有完整的开标记录，招投标有关资料管理混乱，这些都与《招标投标法》的规定相去甚远。

另据了解，该项目招投标是在上级行政主管部门参与下进行的。每项工程招标前，上级行政主管部门要审批投标单位；招标过程中，上级行政主管部门要参与评标和定标；决标后，上级行政主管部门要审批中标单位。凡此种种，又都是与《招标投标法》第三十七条的规定相背离的。

类似的违规事件，在许多重大工程建设项目中都不同程度地存在。问题在于：被人们称为“阳光法案”的《招标投标法》，为什么至今仍未能得到切实的贯彻执行？

## 暗箱操作：公开的秘密

也许，发生在四川省交通厅的“窝案”，对于人们了解工程项目中的腐败能有所帮助。

去年秋天，四川省原交通厅厅长刘中山、副厅长郑道访因巨额贪污受贿分别被判处无期徒刑和死刑。与此同时，交通厅的10名处级干部也因同类问题先后栽进了法网。

据四川省高级人民法院认定，郑道访受贿以及来源不明的巨额财产多达1220余万元。而像变魔术般给郑道访带来滚滚财源的“法宝”，则是他手中掌管的全省高速公路工程项目的发包、分包、招标、投标、评标的巨大权力。

人们或许感到奇怪：难道权力可以不受制约？问题恰恰在于：郑道访既是四川省交通厅副厅长，又同时兼任多家工程建设公司的董事长、法定代表人，还顶着“评标委员会”主任的桂冠，岂不为他随心所欲地滥用权力提供了极大方便？

据郑道访自己交待，往往一个工程项目就有10多个单位来竞标，有的还是领导和上级部门打招呼、说情的单位，在这种情况下，自然就会采取“暗箱操作”，把标底透露给“关系户”或“送红包”的单位。

对此，铁道部某工程局的一位副局长有着切身体会。他说，在工程项目招投标中，各方面的干预太多，招标前打电话、写条子……什么都有，1998年，他们局中了126个标，中标率为70%，不算低。但资质设计最高的拿不到标，资质差的反而中标的现象时有发生。

正如一位不愿透露姓名的业内人士所说："世界上没有无缘无故的爱，工程可以给你也可以给他，而红包正是施工单位打败其他竞争对手的秘密武器。"另一位承建商说得更是直白："你有再大的本事，红包送不过去，你就拿不到工程。负责招投标的这些人，都是利用这种手段趁机捞上一把；红包送到位后，你可以坐着不动，那边马上打电话过来，把标底告诉你。所谓'公开'只是走走形式而已！"

据一位知情者透露：虽然招投标一般都是暗箱操作，但在业内却有着公开的行情。施工方拿到了工程，甲方(建设方)至少要三个百分点、甚至五个百分点。

由此，人们不难理解，为什么在云南昆禄公路的建设过程中，会出现超越资质等级承揽公路工程的现象，甚至连根本无资质的云南省交通学校，居然也参与了昆禄公路的设计与监理。还有，重庆綦江彩虹桥的垮塌、九江长江大堤的决口等一系列工程事故，显然有深层原因。

## 弃"暗"投明路在何方

说起来，"暗箱操作"这类令人不齿的伎俩之所以"屡试不爽"，其中一个重要原因就是本该对工程施工实施监督管理的监理在相当多的项目中形同虚设。

据了解，目前我国工程监理机构已有3000多家、10多万人，但相对于庞大的施工建设队伍和迅猛发展的基础设施建设市场，这点人马显然无法满足市场需要。即使如此，监理队伍还存在着人员素质不高、专业人员缺乏等问题。现在，公路建设市场中持证上岗的监理人员仅占20%~30%，许多地方甚至大量聘用退休人员和大学教师充数。难怪一些监理不是走在前面控制施工进度，督查施工质量，而是跟在施工队伍后面装装样子，如此"监理"，又怎能保证施工质量？

贵州省建设厅一位资深监理专家坦言：在实际工作中，设计、施工、监理一条龙的现象普遍存在，尤其在本省范围内进行重大工程项目招投标工作，只能致使监理无效。试想，地方交通部门直接管理的企业就包括设计、施工、监理单位，它既要替企业找项目，又要认真执行《招标投标法》，怎能做到“两相兼顾”呢？监理不到位，一些中标单位就会由此设法变更低技术、低水平、高消耗的工程项目，找到低价“中标补偿”。

众所周知，工程项目招投标是确保工程质量的重要前提之一，也是国际上通行的做法。然而，由于在公共采购和项目建设中存在大量的自由裁量权和“寻租”机会，一些执行者往往弃法规于不顾，使本应“公开、公平、公正”的工程建设招投标制度大都流于形式。

国家计委政策法规司戴桂英副司长指出：当前行业垄断、地区分割现象的存在，导致市场体系分散、零碎，缺乏公平的市场竞争机制，在设备采购、工程建设等领域存在着不正当竞争、权钱交易等非法行为。虽然从20世纪80年代初开始，我国先后在工程建设、机电设备、出口商品配额等领域推行招投标制度，但由于管理体制上的问题和缺乏权威法律等因素，在招投标领域仍存在着业主规避招标、虚假招标、私泄标底、投标人贿赂投标、哄抬标价等不正当竞争行为和犯罪行为，导致了国有资产的大量流失，甚至造成了人民生命财产的重大损失。

《招标投标法》的主要起草者、中国采购与招标网总裁朱建元认为：目前一些地方和部门出台的规定明显与《招标投标法》相悖，招投标业出现“暗箱操作”与搞行业垄断及地区封锁密切相关。

因此，有关专家建议：

一、尽快完善独立的招投标机构，以建立招投标咨询机构的手段，把业主和招投标工作分离出来。

二、招投标评审委员会要派国家一级督导员或观察员，独立于委员会之外进行监督。除了地域之外的独立，还要行政关系的独立、利益当事人的独立等。监督和观察都要全过程地进行，而不是那种会议形式下的进行。重大工程项目的实施，也应派监督和观察员。

三、严格实行低标中标原则，谁中标谁负责，用于控制乱投标和挂名投标及转包等情况。

四、废除与《招标投标法》冲突的部门法规和行业规定。各地加大招标投标实施力度之后，还需建立有效的管理体制，避免多头管理，要设立专门的权威机构来解决招标投标中的争议问题。还应成立招标协会之类的组织，通过协会来规范和管理招标中介机构。

2001 年

# 素质教育为何落不到实处

## 一

中共中央、国务院于1993年颁发的《中国教育改革和发展纲要》明确提出:"中小学教育要由'应试教育'转向全面提高国民素质的轨道，面向全体学生，全面提高学生的思想道德、文化科学、劳动技能和身体心理素质，促进学生生动活泼地发展……"

但时至今日,"应试教育"的趋势仍然有增无减。其中最明显的问题莫过于学生课业负担太重。如今，无论是刚刚启蒙入学的小学生，还是初高中各年级的学生，都普遍感到课业负担太重的巨大压力。据调查，相当部分在校学生不能保证必需的休息、娱乐时间，北京市的一些小学一年级学生，竟紧张得课间上厕所的工夫都没有；而大多数的初一、初二学生，每天的功课都要做到夜里10点以后。

1996年暑假，笔者调查了辽宁、山东、湖南几所中学的初三学生的学习情况，几乎无一不在补课；而1996年寒假，这些学生又无一例外地都在补课中度过。也许，对于全国大部分的初三学生来说，这一年的寒暑假对他们而言毫无意义。

当然，更惨的要数面临高考冲刺的高三学生了。做不完的习题，过不完的考试关，把他们一个个折磨得精疲力竭。

沉重的课业负担压得正处于生长发育阶段的中小学生苦不堪言，有的产生厌学情绪，有的产生心理障碍，有的甚至被迫轻生……

学生功课多负担重的问题由来已久，造成这一现状的根本原因何在？

也许人们会把指责的目光投向学校。不错，很多中小学校出于方方面面的原因，不惜采用一切手段给学生加压补课，搞题海战术，疲劳轰炸，强化训练……而这一切做法的终极目的，都是为了越过高考这一关。

按说，与高考有直接关系的只是高三学生。可是，高考冲刺的连锁反应，却过早地波及到小学、初中等每一个教育环节。由于教育现实的不平衡，重点校与非重点校、城市与农村之间的较大差异，而受教育者及其社会各方面的期望、目标普遍单一化，致使高考指挥棒下的恶性竞争从小学一年级就开始了。这种竞争的结果，是使孩子们过早地失去了童年和童趣。许许多多的孩子，几乎是从他们背上书包的那一天起，就再没有轻松的日子。

## 二

与学生课业负担过重相对应的是：几乎所有中小学校的教师负担都超重。从教师的角度来说，教好每一个学生，使每一个学生都有出息，是他们的义务和责任。而用今天的社会标准来衡量，“教好”、“有出息”的唯一标志就是：小学生是否考上了重点初中，初中生是否考上了重点高中，高中生是否考上了大学或重点大学。

考试、升学，使学校与学校、地区与地区、教师与教师之间，形成了激烈而永无休止的竞争。为了竞争，无论是重点学校，还是一般学校，教师们都使出浑身解数，全力以赴帮学生应付考试，绞尽脑汁为学生出题、猜题、琢磨题，使本来就负担不轻的教师如牛负重。

教师们辛辛苦苦的结果是什么呢？严峻的教育现实表明：应试教育造成了为数不少的学生智育发展不全，除了书本知识和应付考试的能力，其他如创造性思维、动手能力、应变能力、心理承受能力和其他方面的素质都十分欠缺，尤其是不能适应社会劳动生产的需要，六七十年代为人们所批评的青年学生“肩不能挑，手不能提”、“韭麦不分，五谷不认”的情况如今更为普遍。北京一位著名的中学校长颇有感慨地说：“我们实际上是在辛辛苦苦地摧残学生。”

## 三

多年来，应试教育把学生和老师都搞得疲惫不堪，以致引起社会各方面的强烈反响。但为什么素质教育却迟迟难以落到实处呢？

北京市四中校长邱济隆说：现在一些地方及教育行政管理部门，用学生的考试分数作为检验学生、老师的唯一标准，甚至以此作为奖励学校、老师的唯一标准，这些做法是极端错误的。邱济隆认为，当前的教育改革，最重要的，是各级行政领导、校长、老师的观念要转变。要秉着对学生未来负责的态度，从分数的桎梏下解放出来。现代教育的最大弱点，是一些学校、老师只对学生的分数负责，这类问题大量存在，而且很严重。

北京朝阳区一位重点中学的校长这样告诉记者：围着高考的指挥棒转，有些实在是出于无奈。像我们学校，靠国家给的钱，只够教师工资的1/3，除了校办工厂补贴一些，还差100多万，就靠择校生这一块的钱补贴。择校生怎么来？就是靠学校的升学率；如果没有升学率，我们的生员哪里来？没有择校生，钱从哪里来？没有钱，教师的工资怎么办？我们的生员本来就不如市重点，要保持升学率，就只能加重学生负担，所以说，现在我们校长与老师拼命苦干，不完全是为了荣誉，根本问题是为了生存。当然，这实际上是一个恶性循环……想必这位校长的苦衷有一定代表性。

北京市八中副校长郑忠斌认为：高中教育应该是双重侧重，一个侧重升学，一个侧重就业，但现在大家都只奔一个路子，这条路会越走越死。

北师大附中校长魏义钧说，现在教育的失误是：成功者是少数，大多数都是失败者，因为它唯一的标准是出很难的题考学生，不能考上大学就意味着失败。魏校长呼吁，不能用同一个模式要求学生，要承认学生的差异，让每一个人都感到自己是成功者，因为每个人的发展都是不一样的。

那么，如何改变千军万马过独木桥的现状？

国家教委发展研究中心主任郝克明指出：九年义务教育的质量，就是国民素质的质量。因此，九年义务教育是人一生发展打基础最关键的时期。

郝克明同时指出：当前教育思想的转变特别要注意三个问题。一是教育要面向全体学生。中小学教育是国民素质教育，而不是选拔教育，不能只为少数上大学的人服务。二是要面向学生的全面发展。应试教育是片面的教育，学生的“智”是被扭曲的、畸形的，它的德、智、体、美、劳都处于薄弱状态；如果不注意学生的全面发展，就很难适应经济发展对劳动者和人才的要求。三是要打破学校以教师为中心的传统思想，提倡以学生为主体，调动学生的学习积极性，使他们不至于单纯成为分数的奴隶和考试工具。

在谈到如何使素质教育落到实处时，郝克明提出：要进行课程、教学的整体改革。同时要改革考试制度，特别是升学考试制度要改。要进一步调整教育结构，大力发展职业教育，构筑教育立交桥而不是独木桥。随着科学技术的发展，教育手段也应多样化。

郝克明特别谈到，教育改革一定要与国家的劳动人事制度、工资制度的改革结合起来。她认为，过去为什么解决学生课业负担过重问题一直进展不大，很深刻的原因就是：我们很多地区把劳动就业、提升、晋级都与学历挂钩，各行各业都看重学历，过分强调文凭的作用而忽视了劳动者的其他因素，这是千军万马挤独木桥的根本原因。咱们的人事制度鼓励什么，看重什么，与教育有着很大的关系，教育改革如果不与人事、劳动、工资、奖励制度同步进行，学历的指挥棒问题就永远改变不了。

看来，素质教育难以落到实处的根本原因都被专家们点明了。根治问题的药方也不是没有，关键是：谁来动真格的！

1996 年

# 终有强人缚恶龙

**篇首语**

夫国无常治，又无常乱。法令行则治国，法令弛则国乱。

——《潜夫论》

民之治乱在于吏，国之安危在于政。

——《贾子新书》

## 一

日月行天，公正无偏；四时有序，古今皆然。宇宙万物循自然之道，人类社会遵一定之规。法度律令由此而生。

就像普天之下，总有太阳照不到的角落一样，大千世界，也总有超出于法度与规则之外的人和事，由此形成世界的阴暗面与犯罪群。

黑龙江省延寿县，曾经被当地群众形容为“太阳照不到的角落”，因为这儿一度是流氓横行、恶棍称霸、好人受气、百姓遭殃的地方。徐长江流氓团伙数十人，在这片仍属共产党领导的土地上为非作歹达两年半之久，实在令人不敢想象。

然而，这却是钢铸铁浇一般的事实。

## 二

山也青青，水也清清，造物主似乎并没有薄待延寿这一方土地。人依地生，物承天露，同一片苍穹之下，唯这儿与贫穷的缘份结得深长。像变魔术似的，县财政的赤字一年高过一年，全县24万人口，倒欠下国家2600多万元贷款。即使是手捧"铁饭碗"的国家干部，也到了时常开不出工资的困窘之地。多少年来，这一片地方没有出过叱咤风云的人物，也没有出过惊天动地的事情。临近80年代末期，这块默默无闻的土地上突然窜起几条恶龙，直搅得这一片青山绿水天玄地黄。

祸根出在本县城关徐长江、徐长岭身上。一母同胞的徐氏两兄弟，打从小就是顽皮的主儿淘气的坯，懦弱的双亲无力约束和管住他们，先后双双饮恨九泉。此后，兄弟俩更如脱缰的野马，恣意横行。

1983年2月，年仅22岁的徐长江，因盗窃罪被延寿县人民法院判处有期徒刑一年缓刑两年。两年之后，他又因为替流氓斗殴积极提供枪支、军刺而被判处劳动教养两年。

1987年夏，徐长江劳教期满，回到延寿。面对这片生他养他的土地，他心里涌出一股莫名的情绪，有忿懑，有压抑，有不满，还有仇恨。他自幼顽劣，桀骜不驯，成年不久便接连栽倒在法网之中，他没有细想过其中的原委，只是觉得自己当时羽翼未丰，因而轻易地受制于人。两年的劳教生活，在他看来是有失有得。所失是显而易见的，至于所得为何，唯他自己心里清楚。

种种情绪积郁胸中，使他急于要发泄一番，因而就在他回到延寿的第一天，便找了个冤家大干一仗，直将对方打成重伤。结果是，徐长江虽然赔了一千多元医药费，却没受到任何处罚。他不禁暗自得意：我又重新立足于延寿的土地上了。

徐长江回到了延寿，回到了父母留下的那一间半草房里。家徒四壁，一贫如洗，他决计要摆脱困境，改变现状。但他既无一技之长，又无背景靠山，眼见得是生财无道，致富无门，于是，徐长江使出了他在劳教时学来的一手新招：摆"三八杯"（一种赌博骗钱的方式），以此招人聚赌。从此，延寿县城内的社会闲杂便纷纷云集徐家，在徐长江、徐长岭周围逐渐形成一个以赌徒恶棍为主体的流氓团伙，先后走进这一圈子内的有数十人。这些人，大都生在解放以后，但又都是些文盲、半文盲加法盲。且品性恶劣，无一不有前科劣迹。就像一股股浊流汇集到一起，势必掀起排空恶浪，自从徐长江纠合起这帮邪恶势力之后，延寿县的老百姓便从此交上了噩运。

1988年，徐长岭开了一家小饭店。开张之初，门庭冷落，生意萧条。加上周围群众深知徐氏兄弟的德性，更加不敢上门，徐长江为此十分恼怒。这年6月的一天，徐长江将正往对面饭店拉客的王延清、张春海叫过来，恶狠狠地质问他二人："我弟弟开饭店，你们怎么的？"说完，就将大别针掰直去扎王延清的胳膊，当即扎得王延清胳膊出血，徐长江却冷笑道："王延清真没钢。"接着，徐长江又用别针去扎张春海。张春海咬着牙关死死地挺着不动，徐长江更来劲了，接连在他胳膊上扎了八九下，然后得意地说："张春海真有钢。"张春海仍然硬挺着不吭声，徐长江便抬手朝张春海的脸上猛扎了五六下，扎得张春海鲜血直流。

这时，徐长江又走到王延清跟前问："你明白不明白？"王说："不明白。"徐长江一拳挥向王延清，说："真不明白？我整死你。"接着又问："这回明白不？"王延清吓得脸色煞白："以后有吃饭的就往你弟弟饭店领。"

徐长江总算罢手了，但他还不放过这二位："你们俩一人给我买一条'红塔山'拉倒！"

张春海不敢违抗，当即买了一条"红塔山"香烟奉上。王延清推说去借钱，跑到延寿镇第一派出所报了案。案是报了，结果却不了了之。

1989年12月17日，因徐长江违反用电规则，私自接线烧电炉子，县电业局供电所电费收款员李久财按章办事，掐断了徐家的电灯专线，这下可是捅了马蜂窝。徐长江闻讯，立即伙同两名打手，开着他的吉普车直奔供电所。时值中午，供电所值班室的工人正在休息，徐长江扯着嗓子大叫开门，室内的张金灵告诉他："门没挂。"徐长江猛地踢开门，冲进去二话不说，照着张金灵胸部连打两拳，好不容易才被旁人劝阻拉开。他的一位打手在一旁叫喊道："徐长江多咋吃过这个亏？"徐长江一伙在供电所大吵大闹，非要找到李久财收拾一番。经供电所所长反复劝阻，他们才连骂带嚷地离去。当供电所领导得知闹事者就是徐长江本人时，顿觉此公惹不起，赶忙派了两名电工去徐家重新接上了专线。

徐长江并未因此而善罢甘休。他四处打听李久财家的住址，未能如愿。当天下午又开着吉普车来到供电所，死活要寻李久财问罪。供电所领导又是一顿好言相劝。当天傍晚，李久财听说徐长江死活不肯放过他，吓得赶紧把妻子和孩子藏到亲戚家中，然后硬着头皮，壮起胆子去找徐长江求情“赔罪”。如此低眉折腰之后，李久财仍惴惴不安，心有余悸，他想，徐长江心狠手毒，决不会如此轻松地放他过关。为防此后再遇麻烦，第二天中午，李久财咬咬牙，破费 180 元，在延寿镇川菜馆安排了两桌酒席，请徐长江等人饱吃足喝了一顿，才算平息了这场风波。

像徐长江这样霸道的角色，延寿镇内确实谁也惹他不起。可是，县五金公司营业员武景艳，却在无意之中开罪了这位霸主。那是 1989 年 9 月，武景艳去哈尔滨办事，住在哈市某旅社，恰巧同屋里住着的一位老太太也从延寿来，既然是同乡，武景艳便没有提防，信口和老太太谈起了延寿县里的长长短短，自然也谈到了恶名昭著的徐长江。武景艳忿忿地对老太太说:“徐长江什么坏事都干，扣皮子，挂码子……”心无城府的武景艳，作梦也没有想到，这位来自延寿的老太太，竟然就是徐长江的岳母大人！不用说，武景艳的苦头是吃定了。没过几天，徐长江夫妇果然气势汹汹地杀到商店报复来了。他们也许一时眼花，错将另一位营业员薛晓艳当成了武景艳。徐长江恶狼似地扑过去，抄起柜台上的灯泡就朝薛晓艳的脸上击来，当即打得薛晓艳满面流血，门牙松动，并惊吓成病。当徐长江终于明白自己打错了人之后，转而又如疯子似地扑到武景艳跟前，强迫武景艳自己打自己的嘴巴，并将随身携带的水果刀朝武景艳一扔，命令道:“你自己把舌头割下来吧！”武景艳吓得三魂丢了七魄，浑身颤抖，说不出话来。旁边的人也一个个目瞪口呆，不敢拢边……徐长江淫威施尽之后，又威逼武景艳承担薛晓艳的医疗费用。武景艳哪敢不从？乖乖地掏出 180 元钱替薛晓艳治病。

## 三

鸡鸣狗盗、小偷小摸之类，在延寿这亦贫亦困之地，自不鲜见。然而，不知其中的哪一位吃了豹子胆，竟然把手伸到了徐长江门下。1988 年 10 月 30 日，这位“高明”的偷盗者，神不知鬼不觉地盗走了徐长江家的索尼彩电。随后连赃物带人一起销声匿迹，无影无踪了。也许他并不知道，因为他这一次“勇敢”的行动，而导致好些平白无辜的人惨遭拘禁、虐待之苦。

10 月 31 日清晨，县农行某储蓄所职工常宝忠被徐长江从睡梦中惊醒。他睡意朦胧地打量着这位不速之客，不知究竟发生了什么事情。徐长江开口道："把你的摩托车借我用用。"常宝忠这才松了口气，说："摩托车坏了，没法借。"徐长江立刻阴下脸来："今天你不借也得借。"接着，不由分说将常宝忠带到了徐长岭家中。一进徐家门，徐长江就露出了狰狞面目，他冲常宝忠道："别开玩笑了，把我的彩电拿出来吧！"常宝忠愣了半天，才明白徐长江找他来的真实意图。他连连表白自己并没有拿徐的彩电。徐长江却一口咬定："你昨天不是去过我家吗？"话音刚落，立刻上来七八个汉子对常宝忠大打出手，有的拳脚相加，有的用钳子夹他的肉，好一顿酷刑折磨。一个多小时之后常宝忠实在挺不住了，便违心地"招供"道，彩电是他偷了，藏在其姨父家中。徐长江一伙马上押着常赶赴其姨父家，没想到却吃了闭门羹。徐长江恼怒至极，又将常宝忠一顿毒打。好不容易捱到常的姨父回来，徐长江等人如狼似虎般冲进去搜索一番，连彩电的影子都没见着。

事后，徐长江到派出所报失，常宝忠也到派出所反映了自己被徐长江一伙非法拘禁、毒打的情况。结果，徐长江的彩电没有下落，常宝忠的冤情也无人理会。

时隔不久，徐长江又指使徐长岭等人对延寿县城内有偷窃行为的人一一过筛子。他发誓要找到这个敢在他徐长江头上动土的狂徒。

1989年元月6日，徐长江流氓团伙的核心成员张某某、骨干分子李某等，分别将曾经有过偷窃行为的殷××、于××、孟××等三人抓到徐长岭家中，令他们脱去衣服，用铁丝捆上，然后用竹条子猛抽狠打。一边拷打，一边审问：

"你们是不是偷了徐长江的彩电？"

三个人都矢口否认，于是，继续拷打，甚至用钳子夹他们的手指头。直打到半夜两点。三个被害人同时哀求说："你们也打累了，咱们吃点饭吧！"于是，由三个被害人掏了一百多元钱请打手们吃了一顿夜宵。接下来是继续拷打和审问。殷、于、孟三人始终都不承认有偷彩电一事。打手们此时也困乏至极，不想再这么折腾下去。但是，平白无故地将人打了，如何收场呢？诡计多端的徐长江自有高招。战无不胜的法宝仍然是严刑拷打，打得被害人一个个皮开肉裂，青紫成片之后，再突然发问：

"你们是否还偷过别的东西？都老老实实地招出来！"

三条汉子实在吃不起这皮肉之苦，便一五一十地将他们往常那些偷鸡摸狗的勾当招了出来。

徐长江一伙要的正是这些。

第二天一早，徐长江等人大摇大摆地押着于、孟二人（殷趁他们熟睡之机挣脱绳子跑了）来到城关镇第一派出所邀功请赏：“我们为你们破了几起案子，案犯也抓来了！”

于是，一起任意将无辜者非法拘禁、刑讯逼供达16小时之久的闹剧就如此滑稽地收场了。

但这依然不是“彩电风波”的尾声。此后，又陆续有一些无辜者被抓来严刑拷打，甚至用铁条抽身，前后拘禁迫害达二十六七个小时。

徐长江招数用尽，却始终没能找回他那台“索尼”彩电，倒因此而博得一个意味深长的代称：“第三派出所”。

好一个“第三派出所”！其“影响”和“名声”大大超出了延寿城关那两家名正言顺的公安派出所。小县城里一些鸡零狗碎的邻里纠纷或上不得台面的私家官司或挟嫌报复的阴争暗斗，都不走派出所的门道，而求助于徐长江一伙的黑手，以致连县公安局治安科代理副科长李某家的爱犬失盗案，也由徐长江一手包办。那是1989年正月，李某家一条狼狗突然丢失，他自己不便抛头露面，便委托徐长江代劳。徐长江领命之后，带着手下一帮人，开着他的吉普车在县城内四处乱窜，倒也真把狼狗和偷狗的三个人找到了。他们将那三个倒霉蛋儿拉到徐长岭家，一顿死揍，三个人便乖乖地招了供。据说李某的狼狗是花了500元钱买来的，经过若干日子的精心饲养，付出了若干心血和劳苦。于是，徐长江逼迫三个盗狗人拿出880元钱赔偿李某的损失。三个人如获赦令，赔上钱逃命似地离开了这虎穴一般的是非之地。

李某稳坐泰山，纤毫未损，徐长江颐指气使，淫威施尽。这一场“官司”下来，“第三派出所”称号叫得更响了。

## 四

徐长江、徐长岭，在延寿境内，他们一伙简直成了罪恶的化身，魔鬼的代名词。他们走到哪儿，就把自己的恶名带到哪儿。他们盗伐树木，倒卖黄柏，沿途过关闯卡，都凭一支枪、一句话：“我是徐长江！”或者“我是徐长江的哥们！”甚至有相当权势的人亲自替徐长江押车，当他的活“通行证”。

徐长江结婚，全县所有个体出租车为他出动，穿工商制服的为其开道，穿警察制服的为其壮威；长长的车队堵塞了县城内的主要通道；大宴宾客的酒席就开在县政府门前的一家饭店。群众议论说："这是向人民政府示威哩！"

县农贸市场卖烤地瓜的妇女孙仲英，被徐长江的妻子李希南的自行车刮了一下，双方发生口角。徐长江便带人先后三次将孙仲英夫妇打得死去活来。她几次到县工商派出所告状，都无人受理。孙仲英觉得实在没有活路了，便到日杂店买了一把尖刀，然后，神情恍惚地走进一家饭店，要了两个菜，一杯酒，一边喝酒一边哭，她想，与其这样遭人欺负，不如与他拼个你死我活。谁知，她的计划还没来得及实施，又被徐长江揪住头发毒打一顿……

徐长江的同伙、盗窃惯犯王某偷走了个体水果商李淑英的2000块钱，被群众当场扭送到城关第一派出所。徐长江闻讯，立即气势汹汹地赶来，一脚踢开派出所的大门，大嚷："为什么抓我的人？"在徐长江一伙的无理取闹之后，派出所竟然在当天就以"证据不足"为由将王某释放。

徐长江一伙穷凶极恶，手段残忍，他们用来作案和威胁、迫害群众的工具有电击式手枪、小口径枪、双筒砂枪、警用匕首、七节钢鞭、菜刀等。他们随意打人、拘人、滥用酷刑，敲诈勒索，流氓寻衅，却很少有人敢于出面阻止，某些政法机关更是"绳墨弃而不用，斧斤废而不举"，对徐长江一伙的违法行为不闻、不问、不管，从而使他们更加肆无忌惮，疯狂嚣张。

无怪乎延寿的老百姓这样慨叹："延寿就像没有解放的旧社会一样！"

## 五

1990年。

正月十三，正是隆冬时节。北国大地，冰封厚土，雪盖莽原。入夜，气温骤降，寒意逼人。延寿县新来不久的县委书记李洪超却如火烧心，一宿不寐。他脑海中反复叠映着一个受害者的形象——

这位受害者叫刘佩桥，是本县经销食品的个体户。今年元月8日，刘佩桥随车去中和镇送货，返家途中，与正在道上堵车截油的徐长江相遇。与徐长江同行的有其内弟、司机及其同伙一行五人。他们一伙围住刘佩桥的日野汽车，向刘佩桥要油。刘佩桥说："我这是柴油车，你们用不了。"徐长江等便让刘佩桥用车将他们的吉普车拖回延寿去。刘佩桥久闻这一伙人的恶名，不愿与他们纠缠，便没有理睬他们。徐长江一伙见刘佩桥不买他们的账，便将刘佩桥的车困在雪地里，不让通行。刘佩桥忍无可忍，气愤地斥责道："你们这伙地癞子想干什么？"

话音未落，徐长江等人便蜂拥而上，将刘佩桥从日野车内拽出来，摔在地上，几个人你一拳，他一脚，足足打了一个多小时，直到将刘佩桥打得昏倒过去。然后，他们觉得还不过瘾，又从徐长江腰上抽出一把警用匕首，将日野汽车的四个轮胎全部扎破。可怜刘佩桥等人在冰天雪地之中苦熬到半夜三点，才由家人租车接回县城，送进县医院治疗。

第二天一早，徐长江就领着两个人来到医院，名义上说是来看刘佩桥，口里却说："你要告，就去告，谁也不能把我咋地。我要你死，你还不知是咋死的。我把你塞到松花江的冰窟里，你也不知咋死的。"

徐长江前脚刚走，徐长岭接踵就到，同样领着两个帮凶。一进医院大门，徐长岭就嚷开了："哪是16号？哪是16号？"找到刘佩桥后，徐长岭揪住他的头就往病床的栏杆上撞，一边还恶狠狠地说："为什么骂我们地癞子？延寿县谁不知道我徐长江、徐长岭？"说完，徐长岭拔出一把水果刀对准了刘佩桥，当即被旁边的人架开。接着徐长岭的小舅子于生武又强行掐断了刘佩桥输液的点滴管……三名歹徒在病房里闹腾了一个多小时，将住院的病人和陪同者吓得一个个直哆嗦。后来，有人找来了医院副院长杜春华。杜春华见此情形，心想，这还了得？便准备给公安局挂电话。一进传达室，就有人告诉他："徐长岭让给你传话，说今晚去抄你家。"杜春华不顾恫吓，还是给公安局长拨通了电话。他万万没有想到，对方竟是这样回答他的："刘佩桥也不对嘛，让他拉车就给拉呗！"

杜春华仿佛坠入冰窟之中，心里顿时凉了半截。

刘佩桥伤未痊愈，便被迫出院，此后一直不敢声言。还是他妻子去县委询问一项有关个体户政策时，见到新来的县委书记李洪超，顺便说起"当家人被人打伤了"，被李洪超盘根问底，这才敢道出真情。

也算是见过几个风浪的李洪超，何曾见过如此霸道的角色？！打从他踏上延寿这块土地，就不时风闻有关徐长江一伙的种种恶行，但都是些零散片断，没有引起他的十分关注。刘佩桥被打一事，强烈地触动了他的心，使他感到，延寿的社会秩序已到了非整顿不可的地步。"惜草茅者耗禾穗，惠盗贼者伤良民"。不给徐长江之流以致命的打击，延寿不得安宁，人民不得安宁，他反复思考着下一步整顿社会治安的具体问题，不觉天已透亮，他在不眠中迎来了又一个新的黎明……

正月十四一早，李洪超振了振精神，匆匆赶到县委，及时召开了县委书记、县长碰头会议。会上，他向大家通报了自己所了解的有关徐长江流氓团伙的一些情况，并责成主管政法工作的副书记邵文信、主管公安工作的副县长刘同富，立即召开公检法司主要负责人会议，抽调有关人员组成专案组，对徐长江一伙的犯罪情况展开调查。专案组经过一天半时间的紧张查证，获取了徐长江一伙在延寿县逞凶霸道、渔肉乡民，私设公堂、刑讯逼供，盗伐林木、倒卖药材，寻衅斗殴、敲诈勒索等大量犯罪事实。县委、县政府决定立即采取果断措施，将徐长江及其团伙成员统统收归法网。

正月十五，传统的元宵佳节，千家团聚，万民同乐。就在这一个月圆之夜，徐长江及其团伙结束了他们在延寿县立棍逞强、为所欲为的历史。诚如古语所言："大性恶之民，民之豺狼，虽得放宥之泽，终无改悔之心，旦脱重桔，夕还囹圄。"徐长江从劳教期满回来到重新陷入法网，前后是两年零七个月。

徐长江一伙在延寿作恶累累，民愤极大。公开逮捕徐长江等人的那一天，能容纳600多人的县政府会议室，在开会前一小时就被挤得水泄不通。后来，会议不得不改在县电影院举行。即使如此，会场的里里外外仍然挤满了前来听会的各界群众。这在延寿的历史上是绝无仅有的。

当锃亮的手铐套在徐长江那罪恶的双手，当主持人宣布公开逮捕罪恶元凶徐长江、徐长岭等人时，延寿的老百姓竟然有一种第二次获得解放的奇特感受。

黑龙江省省长邵奇惠，从一份情况通报上看到了延寿县打击徐长江流氓团伙的有关报道，立即给予了热情肯定和积极支持，他多次打电话询问案情并及时予以指导。1990年5月6日，他又亲率省公检法三长赶赴延寿，先后召开了5次群众座谈会，走访了14位被害人。延寿老百姓对徐长江流氓团伙的切齿痛恨，受害人对徐长江一伙的血泪控诉，强烈震撼着这位在黑龙江省群众中口碑甚好的"父母官"，他激愤得整整一夜不能入睡。负疚，对人民群众的深深负疚感，使他食不香，寝不宁。当他听取了延寿县整顿社会治安情况的汇报之后，发表了一通感人肺腑的长篇讲演。他说："延寿这个解放了40年的县城，还是老根据地，这里有这么多共产党员、干部，还有这么多民警，竟然逼得一个老百姓没地方去，这确是我们党的耻辱和我们人民政府的耻辱。我作为一个省长觉得非常惭愧，我还很少有睡不着觉的时候，昨晚真就睡不着觉，觉得很对不起老百姓。我们真是需要向人民作检讨的。我们不能保护人民，要你这个共产党干什么？要这个政府干什么？”接着，邵省长一针见血地指出：“徐长江的案子一方面说明这帮人凶残，另一方面也说明我们公安队伍软弱腐败。”“延寿的这股黑势力，就是在我们公安部门某些人的包庇怂恿下发展恶化的。我们公安部门有些人和他们称兄道弟，对他们奴颜婢膝……”一省之长的严辞厉语，决非危言耸听。就在捕获徐长江的那天夜晚，公安局治安科副科长正陪着徐长江在一位镇党委书记家喝酒哩！另一位公安局的领导，当组织上布置他去搜捕一名犯罪分子时，他竟认为是“小题大作”，并说：“他（指犯罪分子）也没什么事呀！还帮了我们不少忙呢！”

徐长江被捕之后，看守所内竟然还有人为他送烟、送酒、送糕点。

邵奇惠省长延寿之行的得力措施之一，就是帮助县政府果断地撤换了原公安局的主要负责人，并对全县各政法机关进行了一次严肃的整顿，以使其适应新形势下的斗争需要。

改组后的县公安局领导班子，带领广大公安干警，以新的姿态投入到打击徐长江流氓团伙的斗争之中。他们抽出62名骨干力量，分成10个组，对群众检举、揭发徐长江一伙的犯罪线索一一落实、查证。他们先后取证1800多件，形成卷宗近90册。在办理徐长江流氓团伙一案的过程中，从侦破到起诉，整整五个半月的时间，他们几乎没有休息过一天，为从快从重打击徐长江这伙民愤极大的犯罪分子赢得了时间和战机。

同样是这支公安队伍，为什么前后的差别竟是如此之大？其中不是很有些值得人们思索的问题吗？

## 六

还是那一片高远的天空，还是那一方广袤的土地，还是那一座贫困而又落后的县城，一切仿佛都没有改变，但是一切又都在变化之中。

冷落萧条的街市逐渐恢复了生机；关闭停工了的厂家在探索生存之道；城关街头的群众不再担心猛然间会飞来横祸；面带菜色的乡民不再恐惧何时将遇上歹徒；往日战战兢兢过日子的老百姓，终于长长地舒了一口气，习惯于明哲保身的普通人，也纷纷起来检举揭发徐长江一伙的罪行。仅在四个月当中，县委书记李洪超就收到群众来信 700 多封……

这一切，皆是因为法在延寿的复活。

“法令者，民之命也，为治之本也。”

昔日之延寿，并非无法。“国皆有法，而无使法必行之法。”

于是，祸害横行，百姓遭殃。

徐长江流氓团伙从形成到发展及至遗害无穷，是有着深刻的社会根源的。他们以亲朋关系为纽带，以前科累累、劣迹昭彰的不法之徒为基础，以逞强立棍、称霸延寿，发不义之财为目的，利用群众的惧怕心理，乘政法机关打击不力的空隙，疯狂作恶，为害四方。在这个流氓团伙中，有核心人物，有骨干分子，有一般成员，若是包括助纣为虐者，上下牵连竟达四五十人之多。仅延寿县被他们殴打、勒索的群众就有 77 人，其中 18 人被打伤住院治疗。被勒索的钱物合人民币 1.2 万多元(还不包括他们逼迫被害人请吃请喝的部分)。此外，他们大肆进行经济犯罪活动，犯罪金额高达 40 余万元。这一五毒俱全、带有黑社会性质的流氓犯罪团伙，竟然能在延寿持续作恶并逍遥法外达两年半之久，实在也算是一大“奇闻”。

人们不禁要问：当徐长江流氓团伙横行霸道、渔肉乡民的时候，那些肩负神圣使命的执法人员哪里去了？当无辜百姓惨遭迫害、投诉无门、痛不欲生的时候，那些拿着国家俸禄，靠人民血汗供养的“公仆”们哪里去了？是不知道吗？是没看见吗？还是视而不见，充耳不闻呢？徐长江一伙的恶名在延寿可说是妇孺皆知。人们传说，谁家的小孩闹事，只要说一声“徐长江来了”，孩子会立即止住哭闹。与延寿毗邻的尚志、方正两地老百姓，不知延寿的县长、县委书记为何许人，却都知道徐长江的“鼎鼎大名”。那么，身为延寿“父母官”的那些人，能不知道徐长江吗？

如果说，延寿的贫穷落后，半是天灾、半是人祸的话，那么，延寿昔日的混乱状况就完全应该归罪于人之过了。当人们愤怒声讨、清算徐长江一伙罪恶的时候，是否也曾想到，还有谁应该愧对延寿 24 万人民呢？

一些人的包庇、怂恿、放纵、姑息，大大助长了徐长江流氓集团的嚣张气焰，从而给延寿老百姓带来了无穷的灾难。古人早有垂训：“荧荧不灭，炎炎奈何？涓涓不壅，将成江河；绵绵不绝，将成网罗；青青不伐，将寻斧柯。”如果当地政府及执法部门能够及早对徐长江这股邪恶势力加以控制并予以铲除，又何以会酿成今日这种“养虎自遗患”的可悲结局？

## 结束语

1990年9月19日，黑龙江省高级人民法院在延寿召开了万人公判大会，徐长江、徐长岭被押赴刑场执行枪决。

本文至此，似乎也该划上一个句号了。然而，笔者却心如悬葫手发颤，不敢落下这重重的一笔。因为，徐长江流氓集团虽然被摧毁了，徐长江、徐长岭等首恶分子也已受到法律的严厉制裁，但是，该流氓集团的骨干分子有6人均畏罪在逃，至今尚未收归法网。这伙穷凶极恶的不法之徒，仍是一股潜在的危险力量，他们在法外逍遥的时间越长，对国家、对人民所造成的危害就越大。延寿的老百姓中至今仍有一些人心有余悸，担心这伙人再杀回来重新作恶或者疯狂报复……人们的担心也许多余，但是，斗争并没有结束，现在还不是高奏凯歌的时候。

1990年10月

# 恶　崩

从善如登，从恶如崩。

——题记

## 引　子

有道是:“穷山恶水出刁民。”其实未必尽然。

翻开辽宁省的版图，在东北工业重镇沈阳市西南70公里处，有一座颇具规模的县城——辽中。它位于辽东半岛腹地。上天赐予它以地势平坦、资源富足、物产丰赡之自然优势，因而素有东北“鱼米之乡”的美誉。改革开放的东风，更使这个不在大城市又不离大城市的卫星城镇，同时兼具了农村恬静清幽和城市兴盛繁荣的双重特点。

然而，就在这一片富饶美丽的土地上，近些年却因种种原因出现了政治、经济发展不平衡的状况，一方面是工农业生产稳步发展，商品经济空前活跃，另一方面则是社会治安形式呈滑坡之势，流氓恶棍一度横行霸道，青山绿水因之黯然失色。

## 一、乌合之众纠集一团，直搅得乌烟瘴气

一个蝉声躁人的夏日，辽中县某饭店一间僻静的黑屋，几个面带愚顽肃杀之气的青年男子聚集一团，其中一个头发剃得溜光，下颏长着一颗醒目的

黑痣，目光阴冷、年约二十三四岁的青年点燃了手中的一把香，然后双膝跪地，口中念着:“有福同享有难同当。”其他人跟着在他身后跪成一排，同时发出一片浑浊的声音:“有福同享有难同当……”

香烟袅袅，誓词切切。三拜三跪之后，这一伙拜把兄弟按年龄依次排成老大、老二、老三、老四、老五。他们是以王涛为首的一帮前科累累、劣迹斑斑的流氓无赖，结成了一个罪恶昭彰、肆虐辽中大地长达三年之久的流氓犯罪团伙。

王涛何许人也？说起他的身份，不过是县供电局一名普通的停薪留职人员；若论起他的经历，值得一提的倒还有几笔：曾因伤害、赌博、吸毒被判刑一次、收审一次、拘留两次、强制戒毒两次……如果要描述其“尊容”，那么，一身夏装的王涛最能体现其流氓特征：秃头，上身着大花格衬衫，下身着大花裤衩，时常敞露的前胸，用红蓝相间的线条纹着一个瘆人的“杀”字；后背的纹身图案是两条张牙舞爪的巨龙合抱着一个醒目的“戒”字，左右胳膊上，则分别纹着“义”、“忍”二字。

也许，他觉得仅仅如此还不够显出自己的“特性”，于是，又给自己配上了两件“道具”：鼻梁上架一副墨镜，手中拄一根文明棍。当然，这样也还不够威风，还得加上前呼后拥的喽啰打手，还得带上猎枪、小口径枪、战刀、匕首、刺枪等武器，还得有汽车、摩托车鸣喇叭开道……王涛一伙，经常就是以这种阵势、这副派头出现在公开场所的。他们走到哪里，哪里的土地便不得安宁，哪里的人们便唯恐避之不及。真可谓“猛兽当途，麒麟恐惧”。

1991年冬天，已有妻室儿子的王涛看上了一位17岁的少女，便提出要和她“处对象”。少女说她已经有了对象，王涛便威胁说:“你要不和你男朋友分手，我就把他打废。”

一天晚上，王涛将该少女约出来，带到他的同伙家中，王涛先扎了一阵杜冷丁，然后躺在床上，把少女叫到跟前，欲施强暴，少女不从，王涛倏地一跃而起，强行把少女按倒在床上，然后抽出一把一尺多长的尖刀，在少女脸上比划着说:“你信不信，我敢在你脸上画花！”比划完毕，王涛便如恶狼似地扑了上去，将少女粗暴地蹂躏了。

王涛就是以这种连恐吓带欺骗的手段，先后强奸、玩弄了多名妇女。

王涛扎、吸毒成瘾，最多时每天要扎三四十只杜冷丁。于是，辽中县各大小医院便成了王涛及其打手们经常光顾和骚扰的场所。稍有不慎，医生、护士甚至院长们便遭非礼。

1992年8月的一个上午，王涛来到县卫校附属医院，他找到副院长郑某说："你给我开点杜冷丁！"郑院长当即回答他："没有！"

"你们肯定有！"王涛露出一脸凶相。当郑院长再次坚持说没有时，王涛猛地从腰间抽出一把半尺多长的弹簧刀，一下扎在郑院长的办公桌上。郑见此状，忙从桌上拔下尖刀，交给王涛说："你别吓我，杀了我也没有杜冷丁。"王涛收起刀，忿忿地走了。

当天下午一点多，王涛又来纠缠着找郑院长要杜冷丁，郑仍坚持说没有。王见郑始终不买他的账，便扭头走了。过了四五分钟，王涛换来了他的两名打手陈某、姜某某。陈、姜二人先是开口向郑要杜冷丁，见郑不理会他们，两人便露出打手的狰狞面目，一人拽着郑的一只胳膊，将他从医院的二楼一直架到一楼，在一楼出口处，王涛面带得意之色站在那里，看着这一幕闹剧，直到医院有人高喊："抓人了，绑架了！"他才叫陈、姜二人将郑放开。

随后，郑怕王涛再来找他的麻烦，就找个地方躲了起来，而医院也赶紧采取措施将杜冷丁悄悄转移走了。打这以后，足足有半个月的时间，该院的大夫、护士都不敢值夜班，大家都害怕王涛一伙再来胡搅蛮缠。

为了索要杜冷丁，王涛一伙几乎骚扰过辽中县所有的医院，打人、砸门窗、绑架院长、利刃相逼，简直是不择手段。有的大夫坚持原则不给他开杜冷丁，他就威胁说："你他妈是要儿子要孙子，还是要留药？"

有的医院为了避免王涛之流的骚扰，索性不进杜冷丁，以致连正常的治疗用药也保证不了；更有些医院因害怕王涛一伙的无理取闹，不得不由医院领导集体研究，破例给王涛提供杜冷丁……王涛到县医院强行索要杜冷丁，医生让其付款，王涛把嘴一咧："记小曹（指该院年已60的老院长）账上！"其张狂之态可见一斑。

## 二、千夫所指，天人共怒

时光没有倒流，当今已不是远古的蛮荒时代；地球不会逆转，辽中也并非中世纪的古战场；然而，在这片耸立着高高的电视塔，布满了密密的通讯网，现代物质文明高速发展的土地上，却不时上演着疯狂野蛮的闹剧，不时闪烁着刀枪剑戟的寒光。

1992年9月的一个傍晚，王涛从南方强制戒毒回到辽中，其流氓团伙的二号人物马某特意设宴为他接风。在一家叫闻墅佳的饭店，王涛及其狐朋狗友、喽啰爪牙坐满了两大桌。几杯黄汤下肚之后，王涛一伙的疯狂劲便发作了，他们先是持刀威胁该店的女服务员陪酒陪舞，继而又欲强行将一位女服务员带出去淫乱，当即遭到女店主的拒绝，女店主说："我们这儿没这先例！"

这下可捅了马蜂窝！只听王涛一拍桌子，说声："走！"他的打手们便立即掀翻了桌子，酒店内外顿时一片狼藉。随后，王涛又让女店主把他以前在这儿吃饭打下的欠条（共20多张，4000多元）一齐找出来，命他的打手李某某一把火烧掉了这些欠条。看着女店主一脸的仓皇和愤怒，李狞笑着说："你美啥呀，我明天再来封你的饭店！"

大闹闻墅佳之后，王涛等人又来到一家赢赢饭店折腾。时间已是深夜，他们非让老板娘给包饺子吃，老板娘说："没馅了。"王的一位同伙说："那就用你的头发包。"老板娘气得说了声："没法包！"立刻被王涛一拳打得口鼻流血，夺门而逃……恰在此时，老板回来了，见状大惊，质问王涛为何逞凶，王涛便掏出发令枪朝老板头上狠狠打去……

1993年7月，一个郁闷得令人狂躁的夏日，王涛和另外几个同伙聚在一块闲侃，只因其中一人对王涛说了句："白晓伟说你坏话了。"王涛便不问青红皂白，立马率尹某、刘某两人杀气腾腾地寻白晓伟兴师问罪去了。他们开着一辆132型蓝色货车，满县城寻找白晓伟的踪迹。下午两点多钟，他们在一家酒店遇到了几个与白晓伟相熟的人，便不由分说，见一个打一个，直打得众多的无辜者仓皇逃命。这时，酒店老板李某出来劝架，被王涛用弹簧刀在脸上拉了一个又深又长的口子；白晓伟的司机刘军也被尹某用瓷茶壶砸破了脑袋……

一番大打出手之后，王涛领着尹、刘二人继续追寻白晓伟，在距东方饭店不远处，王涛驾的车与白晓伟的车迎面相遇。王涛立刻把车停在路中央，挡住了白晓伟的去路，然后，王涛持一把一尺多长的弹簧刀，直奔白晓伟："×你妈的，你活得挺好呀，我都被通缉了！"（按：此时沈阳市公安局接到群众举报，正派人到辽中调查王涛一伙的犯罪情况）接着，他一拳砸在白的脸上，恶狠狠地说："我扎死你得了！"话音未落，尖刀已扎进了白晓伟的右肩……

当白晓伟忍着剧痛赶到县医院求治时，先前被打伤的刘军、李某正在该医院包扎治疗，刘军头上缝了两针，李某脸上缝了5针。

白晓伟的右肩被王涛扎了个一寸半深的大伤口，由于扎得太深，大夫只好替他分两层缝合，每层缝了4针。

时隔不久，又有一位身受重伤的病员被送到了这个医院，他叫李晓蛟，刚才，也是在东方饭店门口，他与王涛一伙不期而遇，平白无故被王涛毒打一顿之后，又挨了王涛两刀，其右大腿被扎成贯通伤，缝了5针，右侧腰部的伤口也缝了5针。

就在短短的几个小时之内，王涛一伙穷凶极恶，连续三次寻衅闹事，无辜殴打数十人，用刀扎伤5人，其嚣张气焰到了无以复加的地步。

王涛一伙的疯狂、野蛮、霸道、猖獗，在辽中县是妇孺皆知。小小一个辽中县，曾遭他们殴打、杀伤、欺压、恐吓、敲诈、勒索、玩弄、强奸者不计其数。

他们看谁不顺眼谁就得遭殃。用王涛的打手李某某的话说，就是："我是王涛的一条狗，他叫我打谁我就打谁，这些年也不知打了多少人。"

他们看谁有钱就敲诈谁。辽中一些企业的厂长、经理说："不怕见县长，就怕见王涛和马强。"一位工程队队长只因不愿"借"钱给马强，就被马强暗地里唆使人给打得呜呼哀哉。一些人明知王涛等人"借"钱是有借无还，但为了不招灾惹祸，也只得忍痛"破财免灾"。

辽中县出租车停车场就仿佛王涛他们家开的。王涛指令谁出车，谁就得乖乖服从，并且从来不给钱。一位出租车司机因为不愿给王涛出车，马上遭到"白刀子进，红刀子出"的厄运；另一位司机也因不愿替王涛出车，王涛便掏出小口径枪将其车门打坏，轮胎扎破，以致有的出租车司机一听王涛的名字就直打哆嗦。

据不完全统计，仅王涛赖下的出租车费就多达16000余元。

## 三、一场艰难苦涩的斗争

古人云："恶不积，不足以灭身。"

王涛及其流氓团伙在辽中称霸立棍，结伙斗殴，强取豪夺，吸毒嫖娼，无恶不作，其气焰之嚣张，其手段之狠毒，其影响之恶劣，已到了"人神之所同嫉，天地之所不容"的地步。一些有良知、有正义感的人纷纷向沈阳市公安局和有关上级部门写信，揭发和控诉王涛一伙的种种犯罪事实，强烈要求公安机关惩恶除霸，为民平愤。

1993年7月，一封不同寻常的来信寄到了沈阳市公安局局长手中。这封来信，在揭发了王涛一伙的种种罪行之后，这样写道："我的信不用秘书代笔，而是我自己写的……"由此看出，写信人不是一般的普通百姓，但是出于某种原因，他没有落下自己的真实姓名，只在落款上写着："一个不合格的共产党员。"

一封封带着人民群众的愤怒与呼声的信件，引起了沈阳市政府和市公安局领导的高度重视。市公安局有关领导立即指示下属，根据人民来信提供的线索，下到辽中了解王涛团伙的犯罪情况。经过初步摸底调查得知：王涛一伙的所作所为，决非一般的治安滋扰流氓寻衅，其中涉及的人员多，问题严重，持续时间长，带有明显的黑社会团伙犯罪性质。

就在市公安局派人下去了解情况的同时，自知罪孽深重的王涛闻风逃匿。

1993年9月，沈阳市公安局展开了一场声势浩大的"抓逃犯、打团伙、破大案"的专项斗争，王涛流氓团伙被列入重点打击范围。

经市局领导周密安排，围剿王涛流氓团伙的重任，落在了市局刑警支队一大队头上。

一大队迅速组成了一个由精兵强将出马的专案组。鉴于辽中复杂的社会环境，市局有关领导指示专案组："这次行动，一要秘密，二要一网打尽。"

10月的沈阳，秋风吹落了枝头的枯叶，寒意渐渐逼来，严冬将至，专案组面对着自然和社会的双重考验。

10月12日，一个不为人注意的星期天，大队长陈岩率专案组悄悄开赴辽中。为了避免打草惊蛇，专案组的一切行动都在秘密进行中。警车换成了地方牌子，警服换成了便服，甚至连住宿也是以某招待所所长亲属的名义登记的。然而，即使这样，风声还是漏了出去。

一天清晨，专案组的同志刚刚起床，就听得有人"咚咚"敲门，一位干警开门一看，只见一位老太太跪在门口问："你们是沈阳来的青天大老爷？"干警们不想暴露身份，竭力否认，老太太却一口咬定，迟迟不肯起身……

与此同时，王涛团伙的主要成员，也闻风跑的跑，逃的逃，给专案组的侦破工作带来了很大难度。

专案组的同志们没日没夜地苦苦侦查，摸线索、理头绪，调查走访，历尽艰辛。头几天却只抓到几个从犯，主犯一个也没到位。大家忧心如焚，寝食不安。而此时全市的专项斗争正进入高潮，市里主管政法工作的领导一再指示：一定要尽快将王涛等主犯缉拿归案，一定要对辽中人民有个交代，王涛不到位，辽中人民不会原谅我们……

面对来自各方面的压力，专案组重新调整工作部署，他们一方面耐心细致地做逃犯家属的思想工作，让他们与公安机关密切配合；一方面采取超常规的抓捕措施，针对每个在逃成员的情况，因人施策，制定了一个又一个具体而又细密的抓捕、堵截方案，先后将一批要犯收归罗网。

转眼已到了11月上旬，而流氓团伙的主犯王涛仍是踪迹杳然，形势十分逼人。专案组不得不进一步采取严密的监控措施，大家集思广益，绞尽脑汁，这招式那招式，不知想了多少，对于每一种可能发生的情况，每一条可以利用的线索，都作了周密布置。1993年11月9日，他们终于摸到了有关王涛行踪的准确信息：王涛已从陕西潜回沈阳，当夜将窜回辽中。专案组立即兵分两路，一路在王家架网守候，一路在沈阳通往辽中的必经之路上设卡堵截。当晚7时许，当王涛乘坐的出租车经过辽中乌伯牛大桥时，被公安侦查员当场抓获。

王涛终于落网，这对苦熬苦干了近一个月的专案组的同志是一个莫大的鼓舞。他们忘了疲劳和严寒，连夜顶风冒雨将王涛押回沈阳。

随着王涛等犯罪分子陆续归案，专案组又展开了更艰难、更繁杂的调查取证工作。

王涛一伙之所以能在辽中横行肆虐达三年之久，就是因为他们有着一定的家庭背景和赖以生存的社会基础。因此，辽中的老百姓对他们是既恨又怕。当专案组向有关被害人、当事人取证时，许多人都有意躲开或回避，他们心中仍存有疑虑和担心，害怕公安机关有朝一日放虎归山。有的老百姓说："你们要真把他们处理了，那我们就说，可别我们刚刚说完，他就被放回来了！"

有一次，专案组的同志找一位出租车司机取证，该司机一定要看取证人的工作证，在认定了他是"沈阳市公安局"的人而不是"辽中的人"之后，才敢道出实情。

有时候，为了找一个证人谈话，专案组就像掩护"地下工作者"似的，得事先考虑好让他从哪个门进来，在哪儿谈话，千万不能让辽中的人看见或知道，否则，证人便会惶恐不安或拒绝作证。

就是在这样一种极不正常和极其艰难的情况下，专案组排除重重障碍和阻力，先后找了100多名群众和被害人调查取证，从而掌握了大量有关王涛流氓团伙犯罪的第一手资料，为日后的审判工作打下了扎实的基础。

## 四、公捕大会盛况空前

1993年12月13日，对于50万辽中人民来说，是一个空前热闹、空前轰动、值得庆祝、值得欢呼的不寻常的日子。这一天，沈阳市公安局在辽中召开大会，宣布对王涛及其20名流氓团伙成员公开逮捕。

时值隆冬，冰雪覆盖下的辽中大地，冷风砭骨，寒气袭人，但辽中县城万人空巷，10多万辽中人倾巢出动，从主会场辽中电影院到辽中县各主要街道，到处是黑压压攒动的人头；甚至在临街楼的窗口、平台上、楼道里，也挤满了自发出来看会、听会的干部群众。昔日作恶多端、不可一世的王涛及其同伙终于被押上了正义的审判台，辽中人民怎能不欢欣鼓舞，额手称庆！

在公捕大会上，沈阳市公安局主管刑侦工作的副局长义正词严地宣告："公安机关决不允许不法之徒为非作歹，任何人不得超越法律之上，共和国的法律之剑高悬在每个人头上！我在此向辽中人民表态：市公安局决不再演'捉放曹'！希望辽中人民踊跃起来揭发王涛一伙的犯罪事实……"

公安局领导铿锵有力的话语，深深地震撼着每一个与会者的心灵。庄严肃穆的主会场里，人们纷纷瞪大眼睛：惊喜、怀疑、期望、兴奋……不同人的脸上，流露出神态各异的表情。但人们终归相信了这样一个事实，王涛流氓犯罪团伙的末日，已经来临！

这一天，辽中县城鞭炮声连绵不绝，人民群众为公安机关"动真格的"发出由衷的庆贺。

这一天，辽中广播电台现场转播了公捕大会的实况录音。而辽中县电视台因制作方面的原因未能及时播出当天的实况录像，当晚就有许多电话打到电视台，质问这是为什么？于是，从第二天起，公捕王涛流氓团伙现场大会的实况录像一连在辽中电视台播放了7天，充分满足了广大群众发自内心的要求和愿望。

也就是从这一天起，辽中人民纷纷主动起来检举揭发王涛一伙的犯罪情况，一封封检举揭发信如雪片一样飞向沈阳市公安局。

## 五、打击之后的反思

沈阳市公安局挥动有力的铁拳，一举击碎了王涛流氓犯罪团伙，终于向辽中人民做出了一个明确的交代。与此同时，也给人们留下了一些值得深思的问题。

王涛流氓团伙犹如一团毒瘤，寄生在辽中这块土地上长达3年之久，人们不禁要问：是谁构筑了毒瘤寄生的温室？谁是助纣为虐的帮凶？谁是王涛流氓团伙赖以生存和发展的社会基础？

众所周知，王涛一伙之所以能在辽中称霸立棍，是有着一定的社会基础的。他们的亲属，有的雄踞某政府部门要职，有的在政法机关当差，故而在辽中，他们既能呼风唤雨，又能遮天盖地，更能替他们的不法子弟撑起一片牢不可破的保护伞。因此，无论王涛一伙怎样猖狂，怎样为非作歹、肆无忌惮，都很少有人想到要去告他们。一个又一个被侮辱、被欺凌、被伤害者，不是忍气吞声，就是暗地私了，因为谁都明白，王涛一伙“有背景，惹不起”。

更有甚者，一些奸佞小人，不惜迎合、依附于邪恶势力，替王涛一伙的犯罪活动提供方便。曾有不止一家医院的院长和大夫无偿地为王涛提供大量杜冷丁；某些愚顽之徒更是与王涛一伙沆瀣一气，公开利用各种社会关系和手中的权力为王涛犯罪团伙提供庇护。当公安机关正紧锣密鼓地追捕王涛等犯罪分子时，却有人趁茫茫夜色将王涛送到数千里之外的西北去“躲风”；王涛团伙的主将之一刘海涛更是被深深地隐藏到吕梁山腹地当了某工厂的“副厂长”……知情不报，有案不举，见怪不惊，见罪不究甚至助纣为虐，不少人由此堕落成王涛团伙的外围力量，成为王涛罪恶之手的延伸。

古训尚有“蝮蛇不可为足，虎不可为翼”之说，而今却有人为虎作伥，悲乎哉？哀乎哉？

古语云：“令者所以教民也，法者所以督奸也，令严则民慎，法设则奸禁；纲疏则兽失，法疏则罪漏，罪漏则民放佚而轻犯禁，故禁下必法。”

“世不患无法，而患无必行之法。”

历史和现实的教训启示我们：必须有一个正常、良好的执法环境，必须有一支高素质、高水平的执法队伍，法，才能显示出它真正的威力。

1994年

# 罪恶的权钱交易

## ——原铁道部运输局局长徐俊贪污受贿案

### 一

1989 年秋天，遍及全国的廉政风暴掀开了中华人民共和国 40 年铁路史上最惊人的一幕：一起联上串下、涉及铁路系统科级以上直至副部级干部数十人的贪污受贿窝案曝光了！

这桩引起世人瞩目的特大经济案件，始发于全国铁路的中心枢纽——郑州，而最初的线索只是一封毫不起眼的群众来信。信中检举了郑州铁路局旅行服务公司副经理侯创国利用车皮倒卖煤炭的犯罪事实。于是，郑州铁路运输检察部门顺藤摸瓜又发现了另一起同样与铁路、车皮、煤炭有关的经济犯罪线索。不必细叙郑州铁路检察分院的同志为查证犯罪事实经历了多少周折，付出了多少汗水，也不必细叙我们的检察官是怎样与这些奸诈刁滑的不法之徒进行智能与毅力的较量。总之，当他们终于依法制服了这些试图负隅顽抗的犯罪分子，并一一录下他们的口供时，那口供却令人瞠目。

刘兴臣（原河南省燃料公司副科长）供认：曾先后向郑州铁路局领导和有关人员送了 20 台彩电，一部分是白送，一部分是高价买进，低价卖出；还送给郑州铁路局副局长潘克明豪华席梦思床一张，金戒指一枚……

侯创国（原郑州铁路局旅行服务公司副经理）供认：曾送给潘克明全自动洗衣机两台，录像机一台，金项链一条，现金 2500 元……曾送给原铁道部副部长罗云光、原铁道部运输局局长徐俊等5人每人一台电冰柜及现金若干……

正因为如此，侯创国、刘兴臣等才能随心所欲地玩车皮、倒煤炭。

## 二

原铁道部运输局局长徐俊做梦也不会想到，他会在迟暮之年以一个被收审者的身份走进他从未到过的地方——北京市检察院。

曾几何时，他是那么神气地坐在他那把炙手可热的交椅上，运筹帷幄，发号施令，指挥着占全国运输总量70%的铁路客运、货运乃至军运，位高权重何其威风！

郑州方面东窗事发，不仅揭出了原郑州铁路局副局长潘克明，徐俊和铁道部运输局几位涉嫌的局级干部也被同时抛了出来。面对突如其来的风浪，徐俊有些心虚。但是，在共和国风风雨雨的运动中闯过来的他，又多少懂得些韬晦之略，初与检察官们交锋时，他采取了守势。

检察员：徐俊，你要老老实实坦白自己的犯罪事实。

徐俊：是，我交待，××公司×××曾送给我50斤大米，××公司×××曾送给我10斤白糖，××曾送给我2斤香油10斤绿豆……

1989年深秋一个细雨霏霏的傍晚，北京市检察院的十余位同志下班后连饭也没顾上吃，就兵分两路，直奔目标。

第一路人马在铁道部运输局徐俊的办公室里当场搜出了现金21000多元。

第二路人马来到徐宅，先做通了徐俊家属的工作后，开始履行公务。徐宅不愧是官宦人家，家底殷厚得令人吃惊。成龙配套的进口高档家用电器显示了主人的不凡身份：松下C—12型录像机、松下20吋彩电、松下全自动洗衣机、松下食品碾磨机、冰熊牌200立升电冰柜、东芝牌GR—207E(d)电冰箱、CAPATOB MOAE b 1413两星级电冰箱、八件一套的山水组合音响……更令检察官们吃惊的是，徐家简直就像个小小的食品百货仓库，各类东西多得远远超过一个家庭的实际需要。茅台、汾酒、五粮液、洋河……封缸及用洋文标志的外国名酒成行成列地摆着；盒装、罐装、筒装的龙井茶、乌龙茶、黄山毛尖、铁观音、千岛玉叶等名茶堆积如小山，易拉罐的白云啤酒和青岛啤酒以及琥珀桃仁、菠萝罐头、糖水蜜桃整箱整箱的尚未开封；阳台上的杂物堆里扒出成捆的东北高级人参；卫生间的浴缸里放的是西洋参蜂王浆、青春宝、保青春之类高级滋补品，两只又高又大的陶罐里装满肥大的干海参……至于各种型号的高级照相机、国际时座钟、石英钟、坤表、毛毯、毛料之类就多不胜数了。

检察官小A在徐家的组合柜内发现了一只十分破旧的书包，他不经意地打开看了看，里面只装着几个废旧的证件和一个旧皮夹。他不急不忙地翻看着这些看似价值不高的东西，他翻出一张巴掌大小的纸片，纸片上密密麻麻地写满了字。原来，这不起眼的小纸片上竟记载着数十笔银行存款的数额、存取日期及银行名称，存款单的主人是徐俊及其妻子。检察官不动声色，暗暗计算了一下小纸片上所记载的存款总额，竟有14万元之多。

该搜查的地方似乎都搜到了，仍没有发现存折。检察官小B无意间发现徐俊的亲属神情紧张地站在席梦思床的一侧，似乎要挡住什么。小B上下打量一番，席梦思床周围并无其他物件，除了床头、床屉便是床屉与地面之间那一线狭窄的空间。小B猛然弯下身子，双手伸到床屉下摸索起来。他费了好大的劲，才从床屉深处摸出两个倒扣着的土簸箕，他小心翼翼地拂去簸箕上的尘土，轻轻揭开扣在上面的那一只，只见一个套着塑料袋的小纸包。揭开一层层的黄纸，里面露出整整齐齐的一叠存折，细细一数竟有36张。

但这仅仅只是小纸片上所记载的存单总数的一部分。

检察机关决定对徐俊宣布拘留。就在即将把他送到北京市公安局看守所的前一刻，徐俊主动交待说，还有一部分存折放在他的大儿子处……检察官们迅速取回了这批存折，共计35张。

至此，检察机关一共从徐家抄出人民币存折71个，存款金额高达135050元；美元存折4张，美金2400元；港币存折一张，港币4000元。

徐俊真可谓名符其实的家资万贯。然而，以徐俊夫妇的实际工资收入计算，就是一辈子不吃不喝也攒不下如此丰厚的家资，徐家10多万存款从何而来？

## 三

徐俊是一位政府官员，一位有职有权的官员。前些年，在运能与运量的矛盾相对突出的情况下，作为国家铁道部运输局局长的徐俊，他手中的权力格外地显示出它的分量。许多人冲着他那权力的光环顶礼膜拜，唯恐近乎不得，巴结不上，尤其那些需要借助徐俊手中的权力为本部门、本单位或本人谋利益者，更是不惜血本地向这位局长大人“进贡献礼”。大到彩电、冰箱、照相机，小到大米白面、罐头饮料、烟酒糖茶、人参海参、发菜香菇、绿豆香油……都有人送上门来，更有精通关系学、应酬学的能人善士，别出心裁地奉上一些令人称奇叫绝的稀罕之物，如景泰蓝折叠健身宝剑、玲珑剔透的玉石夜光环、脱胎漆器乃至玉石烟具、瓷砖壁画……

送礼者大有人在，送钱者更是为数众多。请看徐俊自己的交待：

“×× 部和 ×× 局、×× 局与 ×× 煤矿有一合同，内容是怎样把 ×× 的煤拉出来，合同里有一规定，完成任务后给部里 1%。这钱是通过 ×× 煤矿转到 ×× 研究所，再从研究所把钱汇来。从 1988 年到 1989 年共汇了 5 万元，我分了 25000 元，副局长每人大约 2000 元(我说了算)，一般干部 100、200 元左右。

“1988 年 12 月，侯创国、耿春生到我家，给了 20000 元钱，侯说这钱是给你们局里的。票面是 100 元的两沓。第二天我到办公室，给贾 ×、魏 ×× 各 500 元。1990 年元月，侯创国又送给我们每人 2000 元……

“1988 年下半年，×× 局给我们送钱来，大概送了 3 次，每次 5000 元。是马 ×× 和胡 ×× 经手的，我们每人分了 5000 元。

“1988 年铁道部计划局列年度计划时给运输局大的货场拨 200 万元买微型计算机。局设备处和我部电务局下属的通讯信号公司下边的中信电通公司与外商联系进货，这件事办成之后，该公司给我们局 50000 元，钱拨在齐齐哈尔铁道出版社音像厂的账号上，然后陆续提现金给我们。

“前年下半年，李 ×× 从上海出差回京，×× 局的人托李给胡 ×× 带来一包东西，里面装了 3000 元钱，胡把这事对我讲了，给了我 300 或 500 元钱。

“×× 燃料公司和 ×× 工业公司联合办公司成立运输处，让部里帮助解决问题，1988 年来过 3 次，给过 3 次钱共 15000 元，是马 ×× 和胡 ×× 经手，我们3人各分了5000元。

“1988—1989年，××铁路局对外服务公司副总经理王××为了批车皮，给过我两三次（钱），每次都是1500元，后来我给分了。

“××站有一副站长姓王，通过一个姓李的老站长介绍找我联系车皮往广州运东西，有时来带点人参、香烟，前年下半年到我家来了一次，没给东西，留下500元钱，今年上半年又来要车皮运东西，然后留下300元……”

钱！钱！钱！权！权！权！权钱交易在这里进行得何等频繁！不仅如此，徐俊还采取欺天瞒人的手法，将一笔笔本应归到运输局名下的钱也统统据为己有，以自己和妻子的名义多处分存。这，便是他那10多万存款的真实来源。

徐俊仅仅当了3年的铁路运输局长，便骤然暴富到如此程度。中国有句古话“靠山吃山，靠水吃水”，徐俊更是尝够了“靠铁路吃铁路，管车皮吃车皮”的甜头。一顶运输局长的金冠，便给他带来十几万的财富，这其中，有多少难以言说的奥秘，又有多少鬼鬼祟祟的勾当？！

## 四

其实，徐俊并非生就的贪婪之辈，纵观他几十年的人生道路，也曾有过鲜花耀目的历史。他是共和国培养出来的第一代大学生，1952年毕业于北方交通大学。1958年徐俊创建了简易驼峰运输法，被评为全国劳模。此后，虽然经历了无数政治风浪，徐俊却一直不失清白。

1986年，徐俊荣幸地登上了铁道部运输局长的宝座，面对人民赋予的权力，他没有意识到自己的责任和使命，却当成替自己谋私利的便利条件。徐俊手中握有的批车皮的权力，被他转化为无数的个人财富。用徐俊的话说，就是“要离休了，到站了，趁在位时捞一把……”

徐俊的犯罪绝不是出于偶然，除了他个人的主观因素外，客观环境也起着相对重要的作用。混乱的经济秩序，腐败的社会风气，法制不完善、不健全，对领导干部监督不力等等，都是导致徐俊犯罪的社会原因。权力一旦失去制约与监督，便会滋生腐败。

徐俊因贪污受贿断送了自己，历史是最公正最无情的判官。

1990年

# 发生在鄂西的一场“办学”骗局

## 一、来自鄂西山区的投诉

湖北省恩施，位于偏远的鄂西山区，是国家重点贫困地区，贫困的农家子弟失学、辍学的不在少数。但越是贫困，人们脱贫的愿望就越是强烈。因此，许多人即使勒紧裤腰带，也要千方百计供自己的孩子上学求知。

1995年夏天，一则诱人的招生广告吸引了众多农家子弟：“武汉化工学院鄂西教育中心面向湘、鄂、川、黔、桂等省招生。”“大、中专新生，半工半读，立即就业，不花钱，既拿文凭，又获工作，三全齐美……”

如此过硬的招牌，如此优越的条件，哪里找去？于是，报名者蜂涌而至，招生者笑逐颜开。

然而，情况并不如人们想象的那么美妙。1996年9月，本刊编辑部连续收到来自武汉化工学院鄂西教育中心的数起学生投诉，来信写道：

“我们是武汉化工学院鄂西教育中心招收的半工半读生。虽然广告说的不花钱，而实际上大专每生交学杂费6290元，中专班每生交学杂费5240元。去年10月，向开宇将我们送到利川正大工艺厂后，学生每天就是单一为厂里做工。直到1995年12月，向开宇为了应付恩施州教委的检查，才匆匆忙忙给中专班上了6天课，而大专班根本无人过问。我们多次请求上课，向开宇今天推明天，明天推后天，一直把我们这些学生蒙骗了近一年。”

其实，真正可悲的还在后头。向开宇在招生广告中许诺：“学生到工艺厂上课，获大、中专文凭(教委验印)，半工半读期间年薪3000元左右。”而实际上，几十名学生去利川正大工艺厂辛辛苦苦干了一年，每人只得到不足300元的生活补助。由于基本的生活费都无法保证，有的学生只好白白扔下几千元学费回家；有的在走投无路的情况下，竟不得不去附近的农田里偷各类蔬菜度日；还有的被逼利用工余时间去大街上蹬三轮车挣生活费……

## 二、"鄂西教育中心"的真相

向开宇何许人也？"武汉化工学院鄂西教育中心"究竟是怎么一回事？

今年九、十月间，由于学生的不断投诉、上访，学生向恩施自治州法院起诉向开宇的诈骗行为，这才引起了自治州委、政府对这一问题的重视。10月4日，自治州教委、州供销学校会同武汉化工学院成人教育学院组成联合调查组，对"武汉化工学院鄂西教育中心"的办学情况进行调查。

武汉化工学院鄂西函授教育中心于1994年9月经武汉化工学院批准，报省、州教委备案，聘请达博化学公司经理(原州工校留职停薪教师)向开宇为站长。备案时，"中心"设在州供销学校，有专职管理人员4名、专职教师17名和州供销学校的场地及全部教学设施，具备举办函授中心的基本条件。

今年初，"中心"负责人向开宇与州供销学校因经济分成产生矛盾，便将"中心"由供销学校搬至恩施土桥坎地质大队内勉强办学，缺乏必要的校舍和教学设施，无图书馆，无实验室及仪器设备。原聘任的两名"中心"副主任也相继发表声明不再兼职。实质上"中心"由向开宇一人主办。

调查组认为，"中心"存在以下几个方面的问题：

一、该"中心"实质属向开宇私人办学。武汉化工学院在1994年21号文件中，没有按原报批的程序将向开宇的聘任任命下达到州供销学校，而改下达到"达博化学公司"，该公司属私人公司，与州供销学校毫无联系。这个文件的下达，实际上将"中心"批给了向开宇私人办学。教师及管理人员由向开宇私人聘任，财务由其妻及弟弟主管，对外招生打着"武汉化工学院鄂西教育中心"的牌子(连原协议中的"函授"二字也去掉)，致使学生一再上当受骗。

二、收费不规范，以办学为名，牟取私利。武汉化工学院全日制收费标准为每年1000元，而向开宇却一次性向学生收取三年的费用，最高收费达6056元，并向学生收取50元平安保险费，实际上向开宇根本没有给学生办平安保险。所开收据也不规范。

三、私登和私印带有欺骗性的招生广告，四处张贴，擅自扩大招生层次和专业，蒙骗学生。武汉化工学院与“中心”的协议中，仅授权其招收三个方面的专业：即会计电算化、机电一体化、工民建，而向开宇却擅自将招生范围扩展成 10 个专业，有的专业是化工学院本院都不能招收的，如镖师、文秘、装潢、经济法等。

四、该“中心”管理混乱，不具备办学条件，无法完成教学计划和保证教学质量。“中心”自搬迁到地质大队后，由于管理人员素质不高，教学不规范，缺乏基本的办学设施，聘任的教师不熟悉教学大纲，有的课程尚未聘到合格教师。至调查组前去调查时，95 级部分学生尚未拿齐教材，96 级学生更是完全没有教材。

五、未经武汉化工学院本部和州教委同意，私自招收半工半读学生。

## 三、向开宇何以能得手

从记者了解到的情况看，向开宇的能量的确不可低估。在恩施他竟能用一纸谎言骗得数百名学生上当，在当地政府、教育行政管理部门的眼皮子底下，他居然将假办学、真骗钱的把戏玩得飞转，这其中，岂不有耐人深思之处？

早在 1986 年，国家教委就发出《关于不得乱登办学招生广告的通知》，明确指出：“宣布颁发大专以上文凭的学校招生广告（简章）内容，须经办学所在地的省、自治区、直辖市教育行政部门审查同意（中专需地、市教育部门审查同意；跨省、自治区、直辖市招生的学校，需在招生地区刊登广告的，还需经所招生地区教育部门审查同意），出具证明，方可印刷、刊登、播放和张贴。”

武汉化工学院只授权向开宇在恩施地区招收三个专业的函授生，而向开宇却把招生范围扩展到临近 6 省，并擅自增加到 10 个专业，同时，大做广告宣传，当地教育行政管理部门是充耳不闻，还是网开一面？

此外，武汉化工学院本身并不具备办中专的资格，更无办中专的审批权，而向开宇却打着该院的招牌，擅自招收数百名中专生，并且从州教委批到了招生指标，这其中，又有什么蹊跷？

1988 年国家教委颁发的关于《社会力量办学教学管理暂行规定》中指出：“各级教育行政部门，应根据自己的管理权限，建立社会力量办学档案，掌握学校的基本情况，对学校的教学工作实施有效的管理。”

向开宇一手操办下的“中心”，上有武汉化工学院作为主办单位，中有州教委作为监督管理部门，才得以在不到两年的时间内，以办学为幌子，坑蒙、欺骗大批学生，骗取大量钱财，贻误数百学生的青春和前途，这样的责任，仅仅推给向开宇个人，恐怕是说不过去的。

武汉化工学院鄂西教育中心目前已被武汉化工学院宣布撤销，但该“中心”建立两年来给社会造成的不良影响及对受骗学生的伤害，却是无法估量的。鉴于当地有关部门正在对向开宇及其“中心”的问题进行审查，而向开宇本人也已携款逃匿，本刊将密切关注这一事态的发展，并将在再调查的基础上，对有关向开宇假办学、真骗钱的犯罪事实展开背景分析及深层次剖析。

1996年10月

# “抗变型”房为何变了形

100 多幢(400 多间)新房在平顶山第四采矿区西部的张庄村依次排开，乍看起来很是气派。可如此众多各有其主的新房，从 1996 年 6 月验收至今，大部分都闲置空搁，无人肯住。这其中的蹊跷在哪里?

## 一

今年(1997 年)5 月下旬，张庄村郭庄组近百户村民联名致信本刊“时事寻呼”专栏，他们反映：“我们是住在平顶山四矿采空区的村民，由于地面塌陷，房子纷纷裂缝倒塌，无法居住。1993 年，矿务局与村里达成协议，拨款 600 多万元，为我们盖抗变型房。3 年之后，400 多间新房全部建起，并于 1996 年 6 月验收。但如今盖起的新房却是：房顶裂缝破损，到处漏雨；墙体歪歪斜斜，断梁缺柱；地坪到处裂缝、塌陷……分到房子后，村民们的心都碎了！”

今年 6 月，当记者来到这片令村民们心碎的新住宅区时，首先感受到的是一片不该有的冷寂与破败。幢幢新宅，或门窗紧锁，锈迹斑斑；或墙裂地陷，破损重重。

在平顶山市及新华区有关人员的陪同下，记者随机抽看了几户村民的房屋。

杨国是少数已搬进新居的村民之一。他家共有 6 间新房，但每间房子都有问题。尽管他已经把房子重新装修过一遍，但天花板上仍隐隐可见原来的道道裂缝。他领着我们小心翼翼地走上他家的房顶，只见薄薄的一层水泥下面，竟是一层松松的砂土，人在上边一跺脚，水泥面顿时塌陷，下面的松土便灰扬砂跳。杨国说："这房子一到雨天就漏雨，防不胜防。"

村民王树臣家北房的一面墙上被质检部门掏了好几个大洞，王顺手从洞口掏出一块红砖，轻轻一掰，砖就断了。他说，这墙里的砖是生砖，灰是生灰。说着，他在墙洞里随意抓了一把毫无结构力的生灰给我们过目。

更要命的是，他这间北房竟缺三根柱子，圈梁与地基之间也裂着宽宽的大缝。

村民彭爱丛一脸无奈地告诉记者：他的房屋连主体结构都是歪的，并且地基下沉，门与门框、门栓与栓套都不合适，根本无法使用……

记者和有关人员围着这片新建住宅区走了大半圈，所到之处，几乎没有一幢房屋没有问题。大部分房屋都同时出现地坪裂缝、墙体开裂、窗子不挡雨、屋顶渗漏等问题。

村民们气愤地说，这房子按设计图样应该是能防地震、抗变型的高标准住房，如今却连一般标准都达不到，有的甚至成了危房，这里头的"猫腻"太多。

## 二

据平顶山矿务局有关人士介绍，如果按照国家标准，他们只需给矿区塌陷的民房每平方米补助100元即可；但从照顾地方利益出发，他们选择了为村民们建造价每平方米400元左右的抗变型房，它应该是上下有圈梁、中间有结构柱的框架结构房，即便因开采原因地层塌陷，房屋也不会散架。矿上的本意一是着眼长远，同时也是想趁此机会为地方建一个完整的小康村，但他们的良好愿望并没有变成现实，最终分到村民手中的房屋因质量太差，致使村民们大都不敢入住。

据村民来信反映："（建房）协议达成后，镇、村、组领导趁此机会给矿务局领导送礼，矿务局不负责任地把此项工程交给了没有任何建筑设施和技术员、挂空牌的镇建筑公司。"

对此问题，矿务局方面的解释是，工程之所以发包给镇建筑队，一是考虑到煤矿与地方的关系；二是从当时的实际出发：如果工程不包给镇建筑队，他们就要使矿上遭受断路断电的损失。

村民们还反映，与此工程有关的单位和个人，都以赢利为目的，工程中所用的一切材料都是劣质的和不合格的；加上副业队严重地偷工减料，因而施工根本没有按照矿务局的设计标准进行。

关于施工质量不稳定的原因，矿方人员说，施工过程中，由于地材(砂、石、灰、砖)按协议是由村里负责供应，因而存在质次价高等问题。

村民们说，地材供应，实际上全由郭庄组组长宋平安私人包揽了。他花五六分钱一块买进大批生砖和次砖，再以一毛六七卖给建筑队；他还把集体的7道石头堰和一条水沟的200多方石头扒了作为料石卖给建筑队，个人从中牟利不少。

那么，建筑队为什么会接受这些质次价高的材料呢？偌大规模的工程为什么竟建得如此糟糕？据现任焦店镇建筑公司经理说，1996年以前的公司经理、财务等管理人员因有问题被撤换，所以，对他们留下的种种问题，现任公司领导都不清楚。按这位经理的说法，过去的事情似乎一切无从查起。前任公司领导一拍屁股走人了，与之相关的一切问题也就该束之高阁了，偷工减料也好，有其他“猫腻”也好，与现任领导无半点瓜葛。而焦店镇有关主管领导也表示对此中情况不甚清楚。

值得注意的是，建得如此糟糕的房子竟顺利通过了建设方、建筑方、使用方的共同验收。但真正具有验收资格的平顶山市城建局质检部门却没有参加验收。按建筑方平顶山市矿务局有关人员的说法，因所建是民房(过去也建过不少)，所以历来就没有请质检部门监督、验收的先例，此番造价数百万的工程也不例外。

国家建设部1994年所发《建设工程质量管理办法》明确指出：“建设工程质量应按现行的国家标准、行业标准规定的质量要求进行验评。未经验评和验评不合格的工程不得交付使用。”

然而，100多幢民房在没有施工监督、检查，没有权威质量部门验收的情况下建成并分到了村民手中。

村民们无奈之下多次上访，这才引起平顶山市有关部门的重视。市、区两级质检部门曾多次去村里调查取样，并对有关样品进行化验检测，但因焦店镇建筑公司迟迟交不出有关的施工资料和数据，致使鉴定结果至今出不来。

现在的问题是：究竟谁应当对这个工程的质量问题负责？谁应当对这100多户村民的安居问题负责？

1997年7月

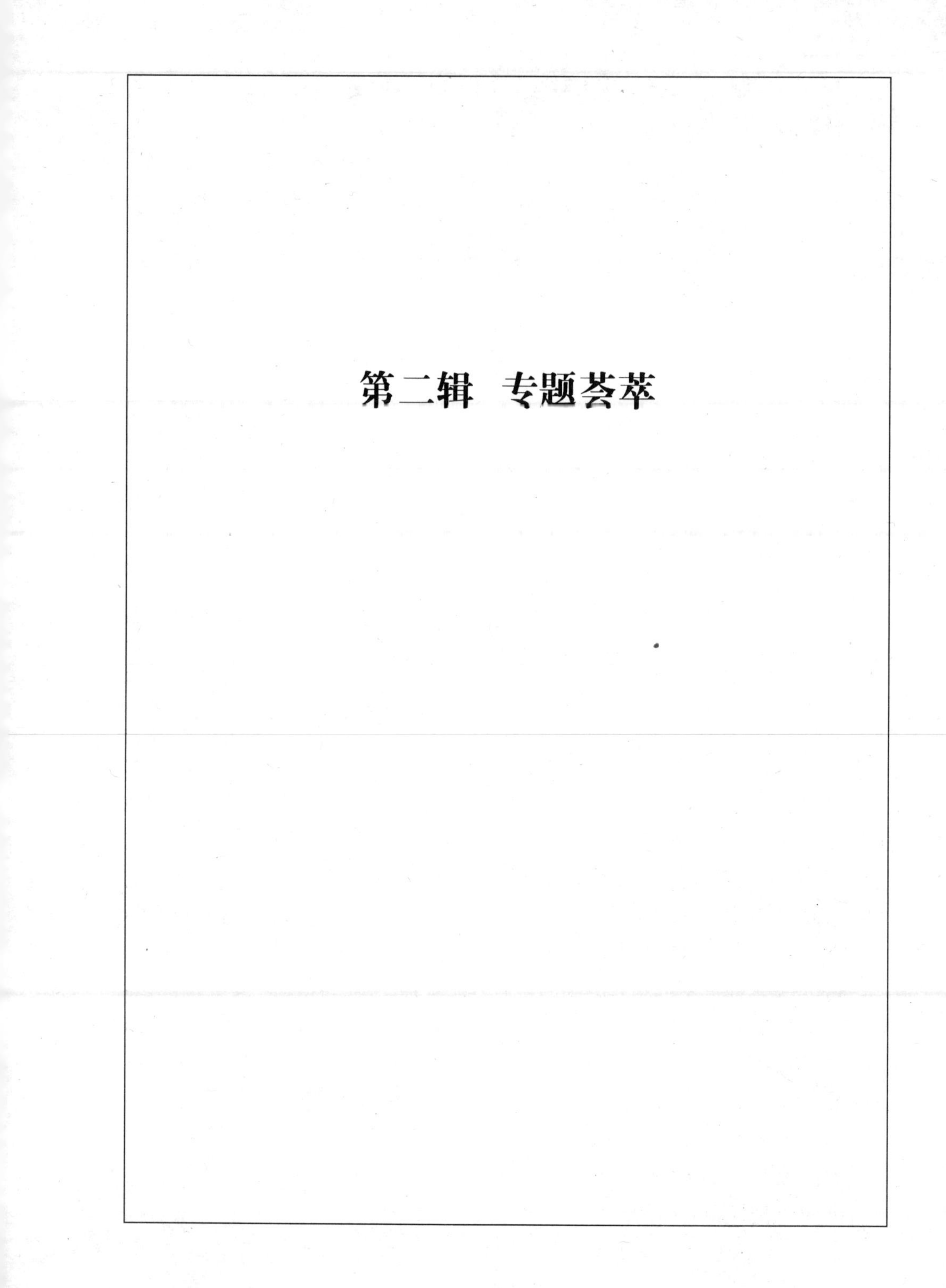

# 第二辑　专题荟萃

# 中部崛起待何为

“中部崛起”——一幅在高层决策圈酝酿已久的蓝图，一项统筹全国区域经济协调发展的重大举措，成为岁末年初举国上下关注的焦点。

如果说，率先发展的东部和正在加快开发的西部是中国的两翼，那么，正待崛起的中部就是华夏大地的脊梁。相对于遥遥领先的沿海开放地区和近些年迅猛发展的西部地区，中部的开放落差和投资落差显而易见，发展速度明显滞后，于是形成了所谓的“中部塌陷”现象。值得注意的是，如果作为脊梁的中部真的“塌陷”，中国经济又怎能整体起飞？

长期以来，中部地区一直是我国重要的工业、农业和能源基地，广袤的华夏腹地更是全国重要的交通枢纽和物流中心。曾经，三晋大地丰厚的地下矿产资源撑起了共和国能源的半壁江山；洞庭湖平原的稻香鱼肥诠释着“湖广熟、天下足”的千古谣谚；武汉三镇的钢花铁水映红了珞珈山下的长江两岸；景德镇的熊熊窑火延续着赣江儿女的希望与梦想……然而，国家投资重点的东移和计划经济体制的惯性作用，使距离和落差在20年的历史中逐渐形成。

中央关于促进中部崛起战略的实施，无疑给中部各省带来了重振雄风的良好契机。新年前夕，记者分别采访了中部6省中河南、湖南、安徽三省的省长，深切感受到了中央关于促进中部崛起的战略决策给中部各省干部群众带来的振奋和激励：河南省将致力于打造以郑州为中心、包括洛阳、开封等9城市在内的中原城市群；湖南正实施不均衡的发展战略，重点引导“一点一线”地区优先发展；安徽省的发展思路是：既要打基础，又要盖大楼……从中，我们能清晰地把摸到中部各省跳动的脉搏及发展思路。

当然，崛起的概念不仅仅是几个指标的变化，也决不是热热闹闹地喊一阵口号了事；崛起的实质是要让中部各省扎扎实实地挺起脊梁，从开放程度、投资水平、经济效率到工业化、城市化水平，都赶上或超过沿海开放地区，以实现东、中、西部均衡、协调发展的目标。

中部崛起，任重道远！

## 访河南省省长李成玉：中原城市群异军突起

当魁梧、高大的河南省省长李成玉向记者伸出结实有力的大手表示欢迎时，记者的第一感觉是：这是一个集西北的豪爽与中原的厚重于一身的汉子！从宁夏到河南，十二年来，李成玉的足迹遍及中原大地，他所思所想、所忧所劳，无不与这片土地的荣辱兴衰休戚相关。

“一路走好，越走越好”——李成玉用一句话概括了河南近些年经济、社会发展的特点。他认为，中部崛起的重点和难点都在河南，关键也在河南，没有中原的崛起就没有中部的崛起，甚至会拖全国的后腿。

黄河流域是中华民族的发祥地，中原地区主导全国政治、经济、文化的区位优势长达数千年，全国八大古都中有4个在河南，深厚、悠久的历史、文化积淀为河南的振兴、崛起提供了得天独厚的条件。特别是改革开放后经过20多年的发展，河南已经形成了以郑州为中心，包括洛阳、开封、新乡、焦作、许昌、平顶山、漯河、济源等9个省辖（管）市在内的城市密集区。

应该说，这一优势是河南所独有的。全省60%的城市分布在该区域，城市布局紧凑，是以郑州为圆心、半径500公里区域内最大的城市群。2003年，该区域GDP、财政收入分别占全省的55.2%和55%，人均GDP和人均财政收入分别比全省平均水平高37%和36.4%，是我国中西部地区重要的能源、原材料和装备制造业基地。去年，中原城市群9市的生产总值达到4900亿元，比上年增长16%，财政收入占全省财政收入的比重达65.8%。

近些年，河南省委、省政府提出了中原城市群经济隆起带带动战略的构想，目前，他们正在加快编制中原城市群整体规划及郑洛城市工业走廊、现代物流中心、区域金融中心等专项规划，以便完善中原城市群的联动发展机制，促进中原一体化。

李成玉认为，随着中央关于促进中部崛起战略的实施，中原城市群必将异军突起，成为全省乃至中部地区对外开放、东引西进的主要平台，以及全国重要的制造业基地和物流中心、区域性金融中心和文化中心，促进中部崛起的重要增长和中西部综合竞争力较强的开放型经济区。

李成玉说，在努力打造中原城市群的同时，河南将在以下几个方面率先突围：

一是努力建成全国重要的优质小麦和畜产品生产加工基地。

二是努力建成全国重要的原材料、能源基地。依托境内丰富的矿产资源，河南已建立了比较完备的原材料和能源工业，特别是在有色金属深加工和能源生产方面，比如电解铝工业，目前河南的电解铝企业平均规模和技术水平均处于全国领先地位，再如去年全省电力装机总容量达到2423万千瓦，居全国第五位。

三是努力打造全国重要的先进制造业基地。全国40大类工业门类，河南有39大门类，在中部地区最为齐全，能源工业、原材料工业、食品工业、轻纺工业等都在全国具有比较优势，一些产品的产量位居全国前列。

四是努力建成全国重要的劳动密集型产业基地。河南目前劳动力人数有5500多万，在校大学生已达到70.66万人，数量和素质可以满足经济发展需要，还比全国平均成本低得多。

五是努力建成辐射全国的区域性物流中心。河南地处沿海发达地区与中西部地区的接合部，东邻安徽、南接湖北、西北连山西、东南通江西，可以说是“中部之中”，是国家大的交通通道、通讯线路、输电线路的必经之地。最近几年国家实施的一些大工程如宁西铁路、南水北调、西电东送、西气东输等都途经河南。因此河南在沟通东西、连贯南北方面比其他中部省份更具有优势，这种地理位置决定了河南更有条件成为全国人流、物流、信息流的聚集地。

“河南人均生产总值已超过1000美元，经济发展站在了一个新的战略起点上，进入了加快发展的新阶段。”李成玉指出，加上优越的区位条件、突出的资源优势和比较完备的基础设施以及丰富、廉价的劳动力资源，河南完全可以充分发挥独有优势，放大比较优势，从而为中部崛起提供更加坚实的支撑。

李成玉最后说，面对中国区域经济发展，梯度推进，促使我们思考一个问题，中部地区人口众多，幅员辽阔，大都为粮食主产区，在中国版图上，处在中心、枢纽位置，形成一定基础性地位。但人均指标都比全国平均水平低，一些指标甚至低于西部地区。因此，加快中部发展，促进中部崛起是中部省份的共同心愿，也是广大百姓的期盼。

## 访湖南省省长周伯华：重点打造“一点一线”

周伯华是典型的湖南人，在与记者畅谈中部崛起的话题时，他既痛快又充满激情，从湖南的既有优势到所面临的机遇，从湖南人首先应该从精神上崛起到今后的发展思路，他侃侃而谈，大有一发而不可收拾的气势，令记者深切地感受到湖湘文化赋予湘人的那种敢为人先、积极进取的开拓精神。

**湖南将重点打造“一点一线”**

俗话说，湖广熟，天下足。湖南历来是我国有名的粮仓，也曾经是重要的老工业基地，在东部迅猛发展、西部快速开发的同时，作为中部“政策洼地”之一的湖南，经济发展明显不够活跃。那么，中部崛起战略的实施，将给湖南带来怎样的机遇？深受湖湘文化熏陶的湖南人又将有着怎样的作为？

周伯华认为，中部崛起战略的实施，将给湖南带来众多机遇，首先，是给湖南发展现代农业带来机遇。广袤而肥沃的洞庭湖平原是湖南成为“天下粮仓”的天然有利条件，湖南有7000多万亩耕地，水、光、耕地等农业资源丰富，农耕文化的积淀，培育了袁隆平这样的“杂交水稻之父”。2004年全省粮食产量达281亿公斤，去年，湖南农民纯收入增长比例首次高于城市居民。随着中部崛起战略的实施，湖南“天下粮仓”的地位会加强，也将促进湖南现代农业的发展。

其次是给湖南这个“老工业基地”的振兴带来机遇。从国有大型企业出来的周伯华省长，对湖南的工业底子了如指掌。他说，湖南是著名的“有色金属之乡”，也是中国工业最早的开发地，常宁水口山的铅锌矿、冷水江的锑矿，开采有近百年的历史。湖南的有色金属工业有着从科研、教育到勘探、开采、深加工这样一个完整的体系，这在全国甚至全世界也是少有的。株洲硬质合金厂是全世界五大硬质合金厂之一，生产了新中国第一块硬质合金及第一个机械加工的合金钻头；株洲电力机车厂生产了新中国的第一台动力机车……因此，湖南一直是我国重要的有色金属冶炼、精细化工、机械制造工业基地。

特别是近些年，湖南对老工业基地进行提升开发，引进外来投资者和合作者，成功地引进了西门子、LG、伊莱克斯、三菱等世界著名企业在湖南嫁接发展制造业。中部崛起战略的实施，将进一步促使湖南的工业参与国际大竞争与国际经济大融合。

第三是给湖南建立对全国乃至对东南亚有影响的物流集散中心带来机遇。湖南在中部省份处于中部，湘江与洞庭湖通江达海，是我国贯通南北、连接东西的交通枢纽省份，已经形成公路、铁路、航空、航运等立体交通网络，为湖南连接“泛珠三角”经济带和沿（长）江产业带创造了条件。

第四是给湖南成为国家高新技术的孵化基地和国内人才的培训基地带来机遇。湖南现有在湘工作的院士40多位，其中20多位是外省籍到湖南做课题研究的；同时湖南有一批著名大学和国家级实验室，其中计算机、化工、有色冶炼、新材料等实验室都是国家级的，由此聚集了一批高素质的人才。随着中部崛起，湖南的科技人才优势将得到更大发挥。

第五是给湖南的生态保护和旅游资源开发带来机遇。湖南自古以来就是山川秀丽、人杰地灵，有着深厚的人文历史积淀。从区域来说，“西面一大片”，包括武陵源、张家界、凤凰古城一带；“东面一条线”，包括郴州的东江湖、南岳、毛泽东故居、岳阳楼、屈子祠、炎帝陵、舜帝陵等。更可贵的是湖南有53.86%的生态覆盖率，在全国仅次于福建和广东，排第三位，这是湖南最宝贵的资源。

周伯华认为，在实施中部崛起战略的进程中，中部各省要根据自己的特点和优势来制定发展战略，中部省份都像沿海地区那样招商引资是不可能的，但选择部分区域打造一个投资洼地、高新科技研发地则是可行的。因此，湖南将重点打造“一点一线”，即实施不均衡的发展战略，主要引导“一点一线”地区优势发展。“一点”即是长沙、株洲、湘潭经济一体化，“一线”是京广铁路和京珠高速公路沿线的岳阳、衡阳、郴州。实际上，湖南的优势资源大部分都集中在这“一点一线”地区。

周伯华强调，湖南将全面贯彻落实科学发展观，统筹全局，坚定不移地推进“三化”（工业化、城镇化、农业产业化），在湖南全面实现小康。坚定不移地发挥农业资源优势，发展品牌农业、高科技农业、确保粮食安全的农业，把农业的效益发挥出来。

众所周知，当前，湖南的机械制造业在全国已经形成了品牌效应，像中联重科、三一重工、猎豹汽车、远大空调等旗舰式企业在带动培育产业集群方面有着举足轻重的作用。周伯华告诉本刊记者，改造传统产业、发展新兴产业、培养支柱产业，努力形成有自己特色的工业基础将是湖南工业的发展方向。

周伯华相信，中部崛起将使湖南这个“兵家必争之地”尽快成为市场经济舞台上的“商家必争之地”。

**湖南人首先要从精神上崛起**

中央提出促进中部崛起战略后，中部各省热烈响应，纷纷造势。河南提出了“中原崛起”的口号，湖北提出要做崛起的“领头羊”，江西人提出中部崛起“江西步伐”……中部各省的“造势”，将给湖南带来怎样的挑战？

对此问题，周伯华坦然一笑，他认为，中部经济在产业、资源、区位等方面确有很多相同之处，天生就是这样，但中部六省不能说没有自己特色，相反很鲜明，存在着互补性。

周伯华说，中部各省在中部崛起战略中跃跃欲试，我们看到这是一场新的挑战。我们湖南人也不甘落后，要看到挑战来得激烈，来得现实，来得不寻常，更要看到是机遇，因为中央的支持和各省的竞争发展对我们来说是促进，其他省的先进经验对我们是帮助。我们正在建议中部六省定期召开联席会议，交流信息，竞相发展，整体提高。当然我们要在中部争上游，不甘落后，这是湖南人的性格。湖南人首先要从精神上崛起。我们需要中央给予政策、资金、项目的支持，但更重要的是依靠6600万湖南人民自力更生。我们要和中部各省优势互补，也要和其他经济区域互补，但更重要的是发展有湖南特色的产业、品牌，形成产品优势，参与国际国内大竞争。

在去年香港举行的“泛珠三角区域合作与发展论坛”上，周伯华曾经倡导呼吁各地打破行政壁垒，形成统一市场，得到响应。他认为，中部各省需要在协调中崛起，整个国家要实现全国东、中、西协调崛起。湖南要抓住机遇。周伯华建议说，国家要多运用经济手段、法律手段实现中国的统一市场，打破行政壁垒，避免重复建设、恶性竞争、行政干预。国家分区域制定不同的支持政策，明确不同的发展重点，这是必要的。但是，在市场经济条件这只“无形的手”面前，还要多研究全国统一市场的问题、“国民待遇”的问题，以及中国经济融入世界的问题。总之，区域政策与总体政策要相衔接。

## 访安徽省省长王金山：既要打基础，又要盖大楼

1 月末，合肥下了今年以来的第二场大雪，适时召开的安徽省"两会"，在一定程度上冲淡了严冬带给人们的寒意。网民们在网上热烈地讨论着"安徽怎样崛起"，省长王金山也借会议召开的空隙，就"中部如何崛起"的话题，接受了记者的采访。

王金山说，中央提出中部崛起，确实具有重大的战略意义，不仅是中部、甚至在全国，必将出现多极发展、竞相发展、互动发展、共同发展的良好格局。只有中部崛起的提出和实现，才能使中国经济上升到一个新的层次。就像是下围棋，开局抢占边角，决胜抢占中部。

### "不东不西"正好左右逢源

"不东不西，不是东西"，是中部地区一些人曾经借以自嘲的话语。王金山省长却反其意而用之，他说，东部大开放，西部大开发，中部承东启西，两方面的条件兼而有之，如果处理得好，就完全可以出现一种左右逢源的态势，而不是在夹缝中求生存的被动局面。

谈到安徽的区位优势，王金山颇为自豪地说，安徽沿江通海，虽然地处中部，但它是在中部的最东部，离东部最近，确切地说，是与东部无缝对接。无论在地理位置上还是在经济联系上，东部特征都比较明显，是承接东部地区经济辐射和产业转移最理想的前沿地带。现在，安徽已有两条连接东部的高速公路，一条通向南京、上海，另一条通向杭州；去年底，安徽省又与铁道部达成了协议，将同时修建合宁（合肥—南京）、合武（合肥—武汉）、铜九（铜陵—九江）快速铁路，这三条铁路建成后，合肥到南京、武汉、上海的时间分别只要一、二、三小时。

王金山认为，一旦形成这样发达的交通枢纽，安徽就将成为承东启西的大通道，连南接北的高架桥，它将促使安徽在发展的道路上大步走。

此外，安徽的资源优势十分突出，全省煤炭、铁、铜等重要矿产居全国前列，劳动力充裕、素质较高，以世界自然和文化双遗产黄山为代表的旅游资源十分丰富；合肥作为第一个科技创新型试点市，聚集了中国科技大学、中科院合肥物质研究院、中电集团等 38 所著名高校和科研机构，智力资源优势比较明显。在一定意义上讲，谁占有资源，谁就主动一些。

在产业优势上，安徽不仅是全国重要的农产品和能源原材料供应基地，

其制造业在全国也占据重要位置。全省汽车产量居全国第六，家电综合产量全国第三，工程机械等装备制造业举足轻重，特别是全省销售收入超过100亿元的企业达到8家，一批大企业发展成为安徽工业化的脊梁，对经济发展的支撑作用日益凸显。

王金山特别强调，未来安徽的发展条件，将是许多人十分看中的。他说，随着安徽交通条件的改善，政策环境的改善，发展条件的改善，将会使安徽大大增值，未来的发展指日可待，不久的将来，完全可能出现一次井喷现象。

**既要打基础，又要盖大楼**

作为我国农村改革试验区的安徽省，与中部其他省份的情况一样，农业在其国民经济中的比重十分突出，但也因此而在一部分人心目中形成了习惯的思维定势，即农业大省等于不发达省，亦等于穷省。对此，王金山很不以为然，他加重语气说，“不要一说安徽就是农，一说农就是穷；实际上，安徽正在发生重大变化。我常对外面的同志说，到安徽来看一看，要比在外面听到的好得多。”

王金山认为，谈中部崛起，首先也好，其次也好，无论如何不能忽视农业。因为中部是全国重点农产品生产基地。东部土地少，西部不产粮，最肥美的土地都集中在中部，这是中华民族生存的根基。

王金山说，中央的宏观调控政策强化了农业的基础地位，这是发展农业的机遇。我们为什么不抓住这个机遇，来加快发展农业呢？中部是农业资源最丰富的地方，它要发展，首先选择的是资源转换型经济。就比如有人无米下锅，有人找米下锅，你现在有米都不做饭，那不是好高骛远吗？

谈到中部发展的问题，王金山指出，点子应该打在强化农业基础地位、锻造工业化集团上。他说，经济工作的大厦，农业是基础，工业是支撑。我们不能光打地基不盖楼，也不能只盖楼不打地基。所以，既要打地基，又要盖大楼。既要抓农业，又要抓工业，才能支撑起经济的大厦。

谈到安徽在中部崛起中的作为，王金山认为，在中、西部来讲，安徽是最靠近东部、条件最好的地区，未来理应领先。他说，我们的定位是：抢抓有利时机，营造加快发展的新优势，打造加快发展的新平台，为又快又好发展奠定基础，争取主动。我们追求的速度，不是那种GDP爆发式增长，而是全面、协调、可持续发展。我们的崛起，应该成为座座屹立的山峰，而不是大起大落的潮头；我们的经济应该建立在这样坚实的基础上。

**宏观调控给安徽崛起带来机遇**

去年，中央实施宏观调控政策时，不少人的第一印象就是，安徽又要“下”了。人们调侃说，以往凡是要求上的时候安徽上得很慢，凡是要求下的时候安徽下得贼快。所以人们有担心，不知这次调控将给安徽带来什么结果。王金山认为，这次宏观调控，对安徽来讲，是难得的发展机遇。第一，中央宏观调控政策首当其冲地要强化农业的基础地位，安徽是农业大省，理所当然地应该得到更多的利益，有更多的发展机会；第二，宏观调控强化能源交通，而我们这儿是资源丰富的地方，煤炭储量相当多，过去想上的煤电项目没让上，现在可以上电厂、可以开煤矿了，去年在这方面是我们发展步伐较快的一年。正是由于压缩小水泥、治理小钢铁，给我们的马钢、海螺水泥等主渠道让出了空间。所以，无论从哪方面讲，宏观调控对安徽都是一种机遇。即使在去年宏观调控的大背景下，安徽的经济发展仍然保持了较快的速度和较好的质量。

**安徽崛起：难点与亮点**

近些年，污染日益严重的淮河一直是安徽人心头难言的隐痛，其对安徽经济发展的障碍和制约难以估量。安徽要崛起，治淮是一道绕不过的难题。谈到这个问题，王金山的语气也格外沉重。他说，淮河治污问题是一个大课题、老课题、难解的课题，也是必解之题。省委、省政府一直把这个问题放在重要位置上。首先，从各级组织机构的设立和人员的配置、力量的充实上，进一步健全了环保机构；二是对沿淮企业作了广泛深入的调查，普遍登记造册，使每个生产企业的情况都清清楚楚；三是把监督放在很重要的位置上，在相关部位设立检测设备，随时监测水质状况，并由此找到污染源头；四是加强基地建设，管网配套，同时建立检举、举报制度，加强全民的治污意识。然而，面对这样一个积重难返的老问题，恐怕不是省里决策层的几项措施就能凑效的。治淮牵涉到方方面面的既得利益，触动了谁的利益都会引发一系列连锁反应。说到此处，就连一省之长的王金山也颇感无奈。

安徽的农村改革曾经备受关注，如今，安徽又在免除全省农业税的基础上，着手进行乡镇机构改革。鉴于乡镇机构臃肿、人浮于事的现状，人员分流势在必行。但就像王金山说的，“不撤‘神’就拆不了‘庙’，而要撤‘神’的话，哪个‘神’都有点‘神通’，而这些‘神通’都是些不稳定因素。”因此，要想顺其自然地实现分流，难度显而易见。

当前，有一种说法，称中央有关沿海开放、西部开发、东北振兴等政策都照耀不到中部，由此在中部形成了“政策洼地”。对此，王金山早在去年的全国人代会上就呼吁过，他说，中央出台的扶持东部、西部、东北发展的优惠政策，都和中部沾边，中部应该成为这些政策的综合试验区。

王金山认为，现在确实应该研究中部崛起的政策要求，既然中部是国家重要的农产品生产基地，就应该作为一个基地来看待和建设。具体来说，就是中部地区的大江、大河、大流域治理，大塘、大坝、大水库、大的控制性建设工程，应该由国家全额拨款治理。按照原来的体制，这些都是由国家与地方按照8∶2的比例匹配。而中部地区经济相对薄弱，要匹配相当困难。要是勉强匹配上了，就是中部出钱匹配生产粮食供全国吃，也就是中部欠发达地区扶持发达地区；如果匹配不上，就会出现几种情况，一是资金不足，偷工减料，最后导致豆腐渣工程；二是有多少钱办多少事，一拖再拖，胡子工程，长期见不到效果，不利于生产条件的改善。

此外，全免农业税应该在重点产粮区。免农业税的目的是为了调动产粮区农民种粮的积极性，如果粮食主产区农民的积极性调动不起来，怎么打得出粮食来？所以中央的农业政策应该向中部倾斜。

第三，中部的资源相对丰富，但欠发达，要让它快富，必须加快资源的转换，实现资源增值。应该根据各地的资源条件，多上一些工业项目，解决工业反哺农业的问题。

2006年 北京

# 农民合作启示录

## ——浙江农民专业合作经济组织调查

**编者按：** 天下大势，合久必分，分久必合。中国农村近几十年的发展历程，正应验了这句老话。从人民公社解体到以家庭承包经营为主的农业经济模式，经过20多年的风雨沧桑之后，明显地遇到了一个迈不过去的坎：如何应对日益激烈的市场化、国际化的冲击？

组织起来，走向合作，提高农民进入市场的组织化程度，无疑是当今农业发展的必然趋势。

在市场经济发育比较充分的浙江，广大农民群众在从传统农业向现代农业迈进的同时，积极探索"走向合作"的途径，给我们带来了诸多启示。

作为农业大国，我国农业的弱质与低效，是其难以参与国际竞争的根本所在。以家庭承包为经营单位的小农经济，使我国农业的规模化和产业提升都受到很大局限，而要突破这种局限，唯一的选择是实现农户与农户之间的联合与合作。

### 启示一：弱势的改变在于合作

长期以来，农民在市场中的弱势地位始终难以改变。特别是近些年，家庭联产承包制以及家庭作坊式的、封闭式经营的小农经济与瞬息万变的大市场的矛盾日益突出。农民增产不增收，成为影响农民致富和制约地方经济发展的难题。“黄桃‘即甜’，苎麻一年，养兔赔钱”，浙江台州农民的这段顺口溜，形象地道出了由于市场信息不对称给他们带来的苦涩；而“多了多了又多了，少了少了又少了”，更是反映出单挑独干的农民面对变幻莫测的大市场的无奈心态。就像飘摇在波峰浪谷中的一叶扁舟，面对茫茫大海时的迷茫和不知所措，农民的难处在于：种什么难决策，商品价值难实现，产品质量难提高。

### 合作带来规模效应

近几年，在浙江农村，由于农民专业合作社的兴起而逐渐形成的农业规模效应正日益凸显。仅在台州市，就有由绿牧草鸡合作社带动而形成的温岭1000万羽草鸡产业带；由箬横西瓜合作社带动而形成的温岭东南沿海8万亩西瓜产业带；由上盘西兰花合作社带动而形成的临海5.5万亩西兰花产业带等。这些颇具规模的产业带的形成，对于促进地方经济发展，提高农业产业化水平，带动农民增收致富，起着十分重要的作用。

今年（2004年）7月，记者来到温岭市滨海镇采访，在这片离海不远的地方，极目所见，是一片连一片的葡萄大棚。尽管葡萄收获的旺季已过，但一眼望不到边的葡萄园，仍给记者留下了无尽的想象空间。

听说，过去滨海镇种葡萄的人并不多，葡萄也并非当地的传统主导产业。在1997年之前，这里一眼望不到边的是稻田，那时候，种粮不赚钱，不少人都把土地白白地让给别人种。

一些小规模种植葡萄的农民其效益明显好于种粮的人。有着十几年栽培经验的陈匡森成了当地的种葡萄能手，远近四里八乡的人纷纷跑来向他学习种葡萄的技术，滨海镇的葡萄园渐渐比稻田多了。2002年8月，以陈匡森为首成立了滨海镇葡萄产销专业合作社，由此带动了该镇葡萄种植业的超常规发展。现在，全镇的葡萄种植面积达15000多亩，农民人均收入达7000元；合作社生产的滨珠牌葡萄更是成了上海、南京、杭州等大城市的抢手货。

有规模才有效益。过去，农民们东家几亩、西家几亩地种葡萄，不仅市场打不开，价格上不去，还承担着一定的风险。农民们说，一家一户地搞，谁有能力把产品卖到上海、南京去？

在合作社的带动下，大规模的葡萄连动大棚，带来了葡萄生产的技术革命。设施栽培、品种创新，一方面避免了南方沿海台风、多雨带来的灾害，同时也适时错开了采收季节，使葡萄收获由一年一采变成一年多采，大大提高了葡萄产量和农民收益；此外，严格的标准化生产规程是保障农产品安全、实施无公害生产的有力手段，滨海镇的葡萄基地因此成为国家级无公害农产品生产基地。

合作带来了规模效应，而规模又可以促进产业提升，这种良性循环，正是现代农业走向成熟的特征之一。

在浙江，记者看到，凡是有一定规模的合作社，其产业水平和科技化程度都不同一般。由规模奠定实力，由实力提升产业水平和科技含量，是运作成功的合作社的发展轨迹。

就像台州市农业局长徐亦平所说："有合作必有分工，有分工必出专业，有专业必现规模，有规模必生优势，有优势必占市场。"以合作社为依托的规模化大生产，给农民带来了全新的观念和生产方式，也为农业产业化的发展奠定了良好基础。

**回避风险从合作开始**

无处不在的市场风险，往往使势单力薄的农民难以承受之重。特别是一些突如其来的天灾人祸，更容易使小本经营的农户在顷刻间陷入血本无归的险境。

今年年初在我国大面积爆发的禽流感，曾使无以数计的养殖户遭受重创，由于市场萎缩、鸡价暴跌，养鸡产业无一幸免地跌入谷底；而浙江温岭市绿牧草鸡合作社的100多户社员，却因靠着合作社这棵大树，安然度过了这场灾难。所有80万元损失，全部由合作社承担，社员的损失几乎为零。经历了这一场风险，社员们更深地体会到了合作社的优越性。

曾经担任过村支部书记的章宏祥，是绿牧草鸡合作社的社员，他对记者说，合作社的最大好处是让农民回避了市场风险。过去，他也养过鸡，但总有不少担心：一是鸡苗好不好，二是饲料有不有问题，三是市场价格波动大，今天和明天不一样，合作社把这些问题都解决了。现在他们夫妻二人全力养鸡，一年的纯收入在8万元以上。

绍兴上虞市白马湖水产专业合作社理事长徐小乔，长期从事水产养殖，有着丰富的专业经验，在组织合作社之前，他个人承包的水面达1100多亩。他所在的驿亭镇，水产养殖是主导产业，但由于规模分散，没有形成合力，农民承受市场的风险较大。2002年，以他为首成立了白马湖水产专业合作社，集中全镇1万多亩水面，实行四统一（苗种、包装、商标、规格），形成了规模优势和品牌效应。过去，养殖户在生产中有两大难题，一是遇到技术难关不知所措，二是在鱼、虾、蟹的收获旺季，遇到市场不稳或交通不畅，农民就将承受重大损失。现在，合作社替社员们化解了大部分风险，首先，合作社聘请了专门技术人员，定期对社员进行技术指导；同时，注册了"春晖"牌商标，在百货公司和农贸市场设了专柜，此外，对于未能及时销售的产品，合作社将其统一加工成醉蟹、糟鱼和鱼干，获得了较好的市场效益，化解了农民可能遇到的市场风险。

临海市的西兰花种植从1989年开始起步，到近些年种植面积已稳定在8万亩左右，产品大部分销往日本及东南亚市场，由此形成了一个庞大的以加工企业、运销大户和种植农户为主体的西兰花产业。在产业不断发展的同时，一些问题也随之产生：一是农民缺乏市场信息，种植盲目性大，导致增产不增收；二是种植、加工、营销的全过程缺乏生产与加工标准，对内满足不了市场对绿色产品的需求，外销产品出口时无法满足对方需要提供的生产标准；三是生产、加工、营销形不成一个共同体，彼此之间常常相互残杀，无序竞争。

2002年初，一场严峻的考验突然降临：日本方面开展的"中国农产品检查强化月"活动，不仅对每批进入日本的蔬菜都要进行检测，而且将农残检测项目从过去的6种增加到43种，使临海的西兰花出口严重受阻，一万多亩西兰花苦无销路，农民直接损失达1000多万元。

在产业面临重大风险和挫折的关键时刻，为进一步提高农民的组织化程度，构筑西兰花质量安全监控体系，努力实现农业增效、农民增收的目标，在政府有关部门的支持下，上盘西兰花产业合作社应运而生，旗下拥有5.5万亩土地和864个社员，同时，经社员大会选举产生了理事会、监事会，下设市场开拓部、科技服务部、食品加工部等机构；为便于监督管理，还分设了16个分社、81个作业区。基本做到了种植有计划，管理有规章，销售有秩序。

合作社以科技为依托，以提升产业水平为目标，重点抓好农产品质量安全，全面提高农产品标准化程度，先后制定了《西兰花生产技术操作规程及模式图》、《西兰花质量安全管理守则》等多部安全生产操作规程，实施从田头到销售的规范化操作，确保了产品的绿色无公害标准。

严格的安全生产规程和产品质量安全监控体系，使上盘西兰花生产又上了一个新台阶，就在当年，合作社有300多批次西兰花出口日本及东南亚市场，经进口国检验批批合格。

实践证明，合作社在组织社员解决市场矛盾、化解市场风险方面的作用，是任何企业或政府部门所无法替代的。

## 启示二：组织起来，农民的必由之路

曾经有人调侃，在中国，只有农民和男人没有自己的组织。调侃归调侃，长期以来，农民没有与他们的利益密切相关的经济组织，正是他们的弱势地位难以改变的根本原因。

### 现实催生农民合作经济组织

分散、独立经营的小农经济格局，使得大多数农民仍处于半原始的农耕状态，他们不懂经营，缺乏现代农业科技知识，亦无应对市场经济的素质与手段。

人们曾经寄希望于龙头企业，一些地方政府也曾花大气力扶持龙头企业，希望以此带动农民致富。但由于龙头企业是以利益的最大化为目标，它与农民之间很难形成利益共同体。

温岭市绿牧草鸡合作社的前身是一家以经营禽畜饲料和技术服务为主的有限公司，与农户只是一种松散型的买卖关系。当地大多数养鸡户由于市场信息不灵，加上没有形成一定的品牌，市场不稳定，还时不时要遭受中间商拖欠货款的影响，使养鸡户的积极性受到挫伤，一些人不得已拆掉了鸡舍，当地的畜牧业也因此受创。

在此情况下，市农业局极力扶持一批技术人员、营销大户和养殖大户，同时吸收一些骨干社员，共同组成专业合作社，以期形成对社员产前、产中、产后的全方位服务。

合作社参照已有的经验和模式，结合本地实际，对社员实施统一的企业标准，统一的生产操作规程和统一商标、鸡苗、饲料、加工、销售、计算等（简称“八统一”），不仅使农民的组织化程度大大提高，也极大地促进了农民素质的提升。

过去，农民自发地养鸡时，由于没有标准，也不懂技术，鸡苗的成活率相对较低；此外，农民滥用抗生素的情况比较普遍，有的甚至是有什么药就用什么药，加上绿色饲料来源困难，因此，很难保证产品质量。

如今，"八统一"的企业标准最大限度地保证了产品的绿色品质，合作社也因此注册了"绿牧牌"商标，成功的品牌经营不仅让合作社在上海、杭州、温州等大城市形成了销售网络，还使"绿牧"草鸡的价格比市场上一般鸡每公斤高出2元钱。

与此同时，农民的利益也得到了切实保障。社员们除了保证把鸡养好之外，其他事情都不用操心，从鸡苗到饲料、到防疫等生产的各个环节，合作社都有专门的机构负责，社员每养一只鸡，可得一元纯利。一般社员夫妻二人可以管理1—2万只鸡，每年可养三批鸡，这样，他们一年的纯收入（不担任何风险）就有好几万元。

农民组织化程度的提高也带来了产业链的延伸和社员凝聚力的增强。温岭市箬横西瓜合作社的社员们，不仅在当地靠种西瓜带动了一个产业的发展和农民的致富，还把西瓜生产基地扩展到了广东、海南、广西、江西、湖北等地。该合作社以股份合作制为载体，打破行政区域界限，在更大范围、更广的领域实现了劳动力、资金、土地、技术等生产要素的优化配置和联合。

**民办、民管、民受益**

农民组建合作社的意义，在于通过组织化的形式，把分别从事生产、加工、销售的农民组合起来，发挥各自的优势，共同实现利益的最大化；而不是头上安头，给自己找一个"二政府"。因此，新型农民专业合作经济组织的最大特色是它的民间色彩，它们大都是在农民自觉、自愿、自发的基础上组建的，"民办、民管、民受益"是它的基本原则。

在市场经济体系发育比较完善的浙江省，农民专业合作经济组织从组建开始就朝着规范化的方向发展。一般合作社都有系统的组织章程和规范的生产技术操作规程以及明细的财务管理制度。其组织机构由社员大会、理事会、监事会和经营机构组成，社员大会是全社的最高权力机构。

在合作方式上，其特点是统分结合，农民参加合作社，既不影响家庭经营自主权，也不变更财产关系，合作社只是通过对社员的产前、产中、产后服务，充分发挥社员与合作社两个经营层面的积极性。大多数合作社对社员提供的服务，都包括了统一提供种苗及技术培训、科技推广、生产技术、物资供应、质量标准、使用商标、市场销售、结算分配等内容，为社员解决了生产、技术、销售等诸多环节的关键性问题，从而达到统一生产标准、保证产品质量、降低经营成本、提升市场品牌、增加农民收入的目的。

在经营模式上，多数合作社都是围绕当地的特色农业，起到建一个合作社、兴一个产业、活一方经济、富一批社员的作用。如素有特色之乡美誉的台州，就先后依托柑橘、杨梅、枇杷、西瓜、果蔗、蔬菜、茶叶、草鸡等20多个主导特色产业和品种，建立了300多家合作社，带动20多万户农民走上了合作之路。

在利益分配上，以互利互惠为前提，合作社一般采取股份合作制形式，按股分红，利润返还。有的合作社产生的收益，还按社员产品提交销售量进行二次分配，给农民以最大的实惠。如绿牧畜禽合作社在销售利润的基础上，提取部分公积金、风险基金和奖励基金之后，剩余部分则按股金返利；箬横西瓜合作社则是依据社员西瓜经营量（土地经营面积）设定股权比例和投资金额，盈余分配按社员同合作社的西瓜交易额比例返还，社员种植西瓜的面积大，其投资额亦大，所占股份亦多，西瓜交易额就越多，其返还的盈余也越多。

在民办、民管，社员自主决策、自主经营的前提下，实现最大限度的“民受益”，是合作社追求的终极目标。从浙江省的情况来看，这一点正是合作社日益受到农民欢迎且越办越红火的根源所在。

截至2003年底，浙江省已发展各类农村专业合作组织2718家，带动农户135万户；这些专业合作组织主要从生产领域的合作开始，逐步向品牌、流通、加工等经营领域发展，形成专业化生产、区域化布局、社会化服务、企业化管理、一体化经营的生产经营体系格局。

据了解，在浙江省100家省级示范性农村专业合作社中，有83家统一使用商标，72家统一供应种苗，67家统一供应农资，94家统一生产和安全质量标准，70家被认定为无公害基地或“绿色食品”、浙江省绿色农产品，69家被认定为名牌或获得优质产品称号。

**三农困境由此突破**

近些年，“三农”问题一直是困扰各级地方政府的难题之一。而“三农”问题的焦点，就是如何解决农业增效和农民增收问题。

各种类型的农民合作经济组织，由于是顺应农村经济发展和农民自身需求而建立的，同时，它又是依靠农民自己管理、自己决策、一头连着田间、一头连着市场的微观经济组织，它既不像国营或集体企业那样，要承受来自上头的行政干预和盲目决策，也不像龙头企业那样，必须受到生产和销售环节两头的制约。因此，在现实条件下，它是提高农民组织化程度、实现农业规模化经营、提升农业经济效益的最佳途径。

曾经，在各地农民一片沉重的“卖难”的叹息声中，人们关于农产品“多”与“少”的争论一直十分热闹。农产品究竟是多了？还是少了？“卖难”的症结又在哪里？临海市涌泉柑橘合作社的故事也许能给我们带来一点启示。

去年的柑橘收获季节，涌泉柑橘合作社的“忘不了”牌无核蜜橘（精品）竟卖到了 50 元 /2.5 公斤的惊人价格。在上海举行的台州农产品展销会上，700 多箱“忘不了”蜜橘，不到一天就被抢购一空。不仅如此，合作社所产的 1600 多吨柑橘，就连浙江本地市场的需要也满足不了。这种空前抢手的市场行情，令合作社社员倍感振奋。

柑橘是我国南方各地普遍能栽种的大宗水果，一般市场价格普遍不高，在柑橘销售旺季，你看北京满大街堆着的黄岩蜜橘，标价大都是 5 元钱 3 斤或 4 斤，就可知它的身价实在一般。

涌泉蜜橘如此价高的秘诀是什么？

记者今年 7 月在涌泉采访时，总算探明了它“身价不凡”的秘密。

在中国，种柑橘的农民何止千万，有几家敢于引进韩国柑橘钢架大棚，实施栽培新技术？有多少务农为生的人舍得自费赴国外考察学习先进的栽培技术？有多少人能动脑筋想到经常邀请日本、韩国及国内的专家前来讲课？

在涌泉，令记者感受深刻的不是当地经济如何发达（在台州、在临海，涌泉的农民人均收入都不算上乘），而是当地农民观念的超前。近年来，这个只有 132 个社员的合作社，仅在基础设施上面的投资就达 300 多万元。合作社年轻的理事冯贻德告诉记者，合作社刚刚起步，大家都在同一条起跑线上。涌泉人的特点是观念比较新，当地有的合作社，由于小农经济意识浓厚，只看眼前利益，不肯投入，结果做垮了。

高投入带来的是高收益，在涌泉，记者惊喜地得知，一亩橘园的产出高的可达 10 万元。人家的橘园一年只能收获一茬，涌泉合作社的橘园却能收获四五茬……

同样，温岭市箬横西瓜合作社的社员们，一年四季都能享受收获的喜悦，他们把新疆西瓜的优良品种，按不同季节，分别种到了海南、广东、江西等地。在他们的社员中，靠种西瓜年收益十万甚至数十万，已不是什么新鲜事。

这就是合作社的力量！把一家一户不能做、不敢做的事情做到了。

在农民走向市场的过程中，农民合作经济组织作为产业化经营的服务者、先进农业技术的传播者和农产品营销的实施者，提高了农民进入市场的组织化程度，加快了农业科技成果转化和新品种、新技术推广，提升了农产品品质和市场竞争力；同时，作为行业自律的协调者，促进了产业内行业规范；作为农业产业政策的落实者，促进了农业产业结构调整和农民共同富裕。它解决了一系列集体经济组织统不起来、国家经济技术部门包揽不了、农民单家独户又干不了的问题。

破解三农问题，农民合作经济组织是一个不可或缺的载体。

## 启示三：合作之路如何越走越宽

相对于国际上已有100多年历史的农民合作经济组织，我国农民合作经济组织的发展历程实在太短，因而存在着先天不足和后天欠缺等诸多问题。

**立法滞后与宏观政策环境的缺失**

国务院发展研究中心农村部部长韩俊认为，目前，各种类型的农民合作专业经济组织普遍存在规模不大、覆盖面小、实力薄弱、管理制度不健全和稳定性较差等问题。其发展水平远远滞后于市场经济及现代农业的发展需求。

有资料表明，我国是亚洲除朝鲜之外唯一没有为合作社立法的国家，因此，在宏观政策环境上存在着许多严重阻碍农民合作经济组织发展的因素，具体表现在：一是合作社的法律地位不明确。多数合作社由工商部门登记为“合伙制企业”(即要承担无限责任，存在较大风险)，实际上合作社到底是不是企业，属于什么性质的企业(有的地方登记为有限责任公司)，各地在定性问题上明显缺乏法律依据。

二是税收政策不明确。按照有关政策，农民自产自销的产品是免税的，但通过合作社销售的产品在一些地方却被征税。

三是融资困难。由于身份地位不明确造成的融资困难，在基层反映尤其突出。农民合作经济组织在工商登记为企业，而银行又不承认其企业地位，不予贷款；即使要贷款，也只能以社员个人名义，并以个人资产抵押才能贷款。

四是绿色通道问题。今年国家实施道路治超限超之后，农产品的运销成本大幅度提高，有的高达20%以上。农产品自身的附加值本不高，但在通过省道、国道、高速公路时，要交纳与其他工业产品同样的通行费，运销成本超出了农民的承受能力。农民们说，一车工业产品的价值与一车农产品的价值相差太大，而过桥过路费一样收，很不合理。农民们建议在高速公路上开辟鲜活农产品的绿色通道（目前一些地方只开通了省道、国道），以保证鲜活农产品的运输畅通。

由于各地的农民合作经济组织大都处于边合作、边规范的起步阶段，因而许多农民合作经济组织内部还存在产权不清晰、利益分配制度不健全等问题，在合作社的赢余返还上，容易产生矛盾，引发纠纷；在财务管理上，合作社没有专门的财务制度，财务管理和风险防范问题迫在眉睫。

浙江是农业部在全国选择的唯一的农民合作经济组织的试点省，其市场经济的发育程度、农民对合作社的认同及农民合作经济组织的质量都在全国之先。其农民合作经济组织的发展也存在覆盖面小、带动力不强的问题。

目前，浙江全省加入农民专业合作组织的农户约为25万户，只占全省农户总数的2.3%；带动农户约为135万户，只占12.4%。很多地方的合作社仅仅是大户之间的联合，还很难顾及到中、小散户的利益；有的地方政府甚至把建立农民合作经济组织当作新的政绩工程来抓，只是重点培植几家有影响的合作社，作为政府的"门面"，对其他大多数农户缺乏组织引导。

此外，农民合作经济组织的经济实力不强，与成员的利益联结不够紧密，服务功能有待进一步发挥。其中统一品牌、统一标准、统一包装的合作组织约占20%；产品统一营销、赢余按股金额与交易额相结合的方式进行二次返利的约占10%。

**现实的期盼和农民的呼唤**

现实表明，农民合作经济组织的建立，对于我国农业应对加入世贸组织带来的挑战、进行农业结构战略性调整、促进农业增效农民增收，起到了不可替代的作用。但从全国的情况来看，其缓慢的发展速度，与亿万农民的急切需求还相差甚远。它在为农民提供技术、资讯、资金、物质和产品销售等服务方面发挥的作用还十分有限。

中国农业正处于承前启后的关键时期，中国农民正面临前所未有的困惑与发展机遇并存的新阶段；市场经济赋予农民搏击商海的机会，农民也呼唤着能带领他们走向市场经济的农民合作经济组织。

许多从事农村经济工作的同志和合作社社员，都希望农村合作经济组织能在现有的基础上再上新台阶，他们建议，各级政府要加大对农民合作经济组织的扶持力度，加快有关立法进程。

此外，对合作社的产、加、销、技术、信息、融资等方面给予支持，比如在生产环节给予种子种苗和生产标准化的支持；在加工环节上给予土地、水、电、税费上的优惠；对合作社销售的自产农产品免税，为农业生产的产前、产中、产后提供技术或劳务服务所取得的收入免征所得税；对合作社为建立农副产品生产基地而兴建的冷库、冷风库等基础设施、其固定资产投资方向调节税按规定实行零税率照顾；对合作社在新开发的荒山、荒地、荒水面上生产的农业特产品免征特产税；对有农副产品加工企业的合作社，地方政府可从该社所在的地方税收中视财力情况适当返还。

党的十六届三中全会明确提出，支持农民按照自愿、民主的原则，发展多种形式的农村专业合作经济组织。今年中央一号文件进一步提出了鼓励发展各类农民专业合作组织的具体政策：积极推进有关农民专业合作组织的立法工作；各级财政安排专门资金支持农民专业合作组织开展资讯、技术、培训、品质标准与认证、市场行销等服务；有关金融机构支持农民专业合作组织建设标准化生产基地、兴办仓储设施和加工业、购置农产品运销设备，财政可适当给予贴息等，这些政策的实施，将推动我国农民合作经济组织的发展进入一个新阶段。

令人欣慰的是，十届全国人大已将《农民专业合作经济组织法》列入“十五”立法计划。全国人大农业与农村工作委员会正在组织有关部门展开立法调研，我们相信，只有通过立法，才能进一步加强对农民合作经济组织的宏观管理，依法保护农民合作经济组织的合法权益，促进农民合作经济组织的健康、快速发展，农民的合作之路也才能越走越宽。

2004 年 8 月　北京

# 浏阳河畔竞风流

## ——来自浏阳的改革报告

浏阳，一个充满传奇色彩而又不断创造传奇故事的地方。从中国近代史上的戊戌志士谭嗣同，到共和国的领导人胡耀邦、王震及30余位开国将领，浏阳人鼎新革故、敢为人先的精神一脉相承。

特别是在改革开放年代，良好的社会政治环境为浏阳人挣脱桎梏、施展抱负提供了广阔的舞台。短短七八年时间，浏阳从千年封闭的大山中一跃而出，迅速甩掉了长期戴在头上的“国定贫困县”的帽子，成为财政收入名列全省县级市第一、外贸出口连续12年雄踞全省县级市榜首、40多项工作跻身全国先进行列的湖南省综合经济实力二强县市，如期实现了浏阳人在20世纪末“进百强、冠三湘”的奋斗目标。

总结浏阳发展县域经济的成功经验，我们不难发现，富有开拓精神的浏阳人，在创业进程中的每一个关键步骤，都踏在改革、创新的点子上。而其中最能体现浏阳人的改革精神和改革力度的，当属干部人事制度改革。

### 英才相聚浏阳河

20世纪90年代中期，正是我国经济改革如火如荼的年代，一方面是各行各业会管理、懂经济的人才奇缺，一方面是现行的干部人事制度远远落后于经济体制的改革。一些占据着有限的干部职数的人思想僵化，活力不足，素质偏低；而大批有激情、有能力、有干劲的人却无从施展抱负与才干。

时任浏阳市委书记的欧代明，清醒地看到了浏阳在改革发展中人才的匮乏与发展目标之间的巨大反差，更清醒地意识到传统的干部用人体制的局限和弊端。作为一个有激情、想干事的地方主要领导，他十分清楚，要把浏阳的各项工作搞上去，首先要把各级干部的素质、作风提上来。

于是，1997 年，浏阳市委提出了“主攻选贤任能、主攻新的经济增长点、主攻环境优化、主攻招商引资”的工作目标，“选贤任能”自然成为四个主攻的突破点。

如何“选贤任能”？如何真正让德才兼备的贤能之士脱颖而出？如何把一切有利于改革开放、有利于经济发展的积极因素调动起来？浏阳人大刀阔斧，全面创新干部人事制度，使这一方水土风生水起，气象万千。

## 一石击破水中天

在相当长的历史时间内，我们的干部选拔都没能改变由少数人在小圈子里选人的陋习。不问能力、只看资历——多少基层干部为了谋一个科长的位置，不惜从风华正茂熬到两鬓斑白！有的地方甚至演变成以个别领导人的好恶为标准定夺远近亲疏、升迁擢拔的恶劣风气。于是乎，从跑官要官到买官卖官，官价行情一路看涨。共产党的干部组织路线被严重扭曲，干部作风日渐漂浮，干部素质日渐低劣。

这种种弊端，无疑是社会经济发展的巨大障碍。昔日长期背着“革命老区”包袱的浏阳，也难免不受到这方面的影响。那戴了几十年的“国定贫困县”的帽子，又何尝不是有血性的浏阳人心头一块沉重的隐痛？

浏阳人决心向陈旧、僵化的干部用人制度开刀，他们把改革的着力点，首先放在“突破用人禁区”之上。继 1995 年率先在全省范围内招聘 9 名科局级干部后，他们又打破地域、职业和身份界限，先后 7 次从来自广东、上海、海南等地的 1560 多名应聘者中公开选拔招聘了 117 名科局级干部。

为了改变干部结构层次不尽合理的现状，浏阳市还特地向省内外公开招聘了 67 名妇女干部、非党干部、副科级文秘干部、乡镇长助理和企业经营管理者及涉外工作人才。

浏阳市委大胆打破旧体制下所谓编制、属性的限制，为乡镇机关行政编、事业编之间跨部门竞争大开绿灯，使全市300多名职工竞聘上了干部岗位，26名职工担任了乡镇党政领导职务。

通过多渠道选拔干部，拓宽了识人用人视野，防止和克服了选人用人上的不正之风，体现了干部任用的公平、公正及透明度，为各类优秀人才脱颖而出创造了适宜的环境和机会。

针对部分干部中存在的论资排辈、思想保守、服务意识淡薄、缺乏创新与进取精神、懒散无为等问题，浏阳市委全面推行党政机关干部竞争上岗制度，全市有4500多名机关干部参与竞争，其中820多名走上了中层领导干部岗位，170多名原中层干部在竞争中落岗，130多名干部因末位淘汰待岗。

此举使领导干部的整体素质得到提升，年轻化程度相应提高，广大干部的风险意识、责任意识和工作激情也大大增强；一批想干事、能干事的人有了用武之地，年轻人有了盼头，跑官、混官者失去了市场。浏阳上下，形成了一种前所未有的良好工作氛围。

一石击破水中天。一系列紧锣密鼓的改革，给浏阳带来的，不仅是人们思想观念的深刻变革，还有从政治到社会经济的巨大变化。几乎与干部人事制度改革同步，浏阳的经济建设成就同样令世人瞩目，以致形成了后来引起社会广泛关注的“浏阳现象”。

## 梧桐树下凤凰来

浏阳曾经是一个十分闭塞的地方。小小的浏阳城四面环山，千百年来阻隔着浏阳人的视野，也阻隔着浏阳与外部世界的沟通和交流。浏阳与省会长沙的直线距离才100多公里，而沿崎岖蜿蜒的109国道却要走3个多小时。因而浏阳曾被人们称为“长沙的西北利亚”。

直到1996年，浏阳举全市之力，打通了长长的蕉溪岭隧道，修通了长(沙)永(安)高速公路，才使浏阳逐步走出封闭与自我封闭状态。

浏阳同时又是一个有着特殊文化背景的地方。湖湘文化的长久熏习，谭嗣同、唐才常等戊戌志士的深远影响，加上浏阳人骨子里那种好强好胜、敢为天下先的传统意识，融合成了浏阳人在改革开放的年代里革故创新的时代精神。

在湖湘大地，浏阳是率先敞开胸怀广泛接纳四方贤才的县级市。

有这样一个流传甚广的故事：

1999年初夏，湖南某大学校园内的告示栏前热闹非凡，原来是两则内容截然不同的广告引起了学子们的热切关注：一则是省内某县婉拒本籍毕业生回乡工作的告示，其中历数该县安置工作的种种困难，文中之意不言自明；另一则是浏阳市委热忱欢迎莘莘学子赴浏阳创业的招贤榜，并承诺：每名本科生将获得5000元安家费；每名硕士研究生将获得10000元安家费……

就在这一年，由市委组织部牵头举办的首届“相约浏阳河”人才供需见面会，吸引了来自全国35所高校的千余名毕业生，126名本科生和硕士最终落户浏阳，在这片热土上展开了他们创业的蓝图。

仅1998年至2000年间，由市财政发放的人才安家费就达186万元。

浏阳人就是这样，以求贤若渴的诚意，吸引了大批来自四面八方的英才俊杰。这其中，有浏阳本地的；有原籍浏阳、出去读书后曾经留在大城市工作的；更多地则是原本与浏阳无牵无挂、只因钟情于浏阳的人才环境而选择此地的。自1998年以来，在众多被引进的各类人才中，非浏阳籍的本科以上学历者就达800多人。

浏阳，一个地处内陆、经济并不发达的县级市，它的魅力究竟何在？

看一看在浏阳工作的年轻人，答案自然就在其中。

虽然5000—10000元不等的安家费，3—20万元不等的年薪，对于当今的年轻学子的确有着不小的诱惑力，但更多的年轻人选择浏阳，却是为了实现自己的人生价值，为了证明自己的能力和实力，为了回报家乡和社会。

而浏阳，也确实给了众多有志者一展身手的机会和舞台。

刘剑峰，一位毕业于中南工业大学的硕士研究生，刚出校门，就被直接聘任为市乡镇企业局局长。与大多数同龄人相比，他的幸运在于：他没有走任何弯路，在他最能干事、最想干事的年纪，就有了一方纵情挥洒的天地。

27岁的沈裕谋，在半年内跨过了由市直机关的普通干部到文家市镇党委副书记、书记的两级台阶。别看他年纪轻轻，工作实绩却令人赞叹。上任当年，他就使该镇摘掉了计划生育、社会治安综合治理等多项“黄牌警告”的帽子，20多项工作荣获浏阳和长沙市的先进称号。

吉林大学硕士研究生郭诚，走的却是另一条实现自我价值的道路。作为学有专长的专门人才，他选择了浏阳一家中外合资企业。尽管是初出茅庐，他在这里却干得得心应手。宽松的工作环境，使他得以尽情发挥自己的专业水平和创新能力。不到一年，他就升为技术主管，由他主持开发的一个新产品，使企业年新增产值3000万元，新增利税500多万元，他的能力和才干也得到了社会的公认。

给贤能者以机会，给年轻人以舞台。从20世纪末至今，在“孔雀频频东南飞”的人才气候下，浏阳却以开放的姿态，吸引着一批又一批高素质人才。

## 认能力，不认资历

“用什么人，是关系到举什么旗，引导人走什么路的问题。”这是锐意改革的浏阳人，在干部人事制度改革中的深切体会。他们坚决摒弃过去那种论资排辈、在小圈子里选人、在领导身边选人、在熟人中选人等弊端，大胆地启用了一批有作为、有个性、想干事、能干事的年轻才俊。

过去，一个普通干部，从进入市直机关到入围市委领导班子，不知要熬过多少年头，经历多少台阶。而现任市委常委、宣传部长吴震，却有幸绕过了不少弯路。

吴震于1995年从教育系统被选拔进市委机关，4年后就被吸纳进市委领导班子。有关他的晋升，曾经也产生过争议。焦点还是所谓从政“资历”问题。不过，占主流的意见认为，在改革年代，考察一个人是否胜任某一个职位，不应以他进机关的年头为依据，而要看他的思维层次是否达到了一定的高度。当然，吴震后来以他不可否认的实力入围市委领导班子。

现任浏阳沙市镇党委书记的孙进，则有幸成为浏阳干部人事制度改革的首批受益者。

1995年，出身农家的孙进从东北大学毕业。身为校学生会主席的他，本已有几个大城市的机关单位向他招手，但他出于回报家乡的朴素情感，选择了回浏阳工作这条路，并且一下就扎到了乡镇最基层。

凭着突出的工作实绩和良好的群众基础，一年后，孙进就被推选为镇党委委员；两年之后升为镇党委副书记；不到三年，他就被破格提拔为镇党委书记。其时，他才26岁，是浏阳历史上最年轻的乡镇一把手，也是浏阳资历最浅的镇党委书记。

当时，对于他的启用，不少人持怀疑态度，认为他年纪太轻，资历太浅，能否驾驭得了有近6万人口，社情、民情都比较复杂的浏阳第二大乡镇的全面工作？

孙进果然没有辜负家乡父老乡亲对他的信任和重用。参加工作8年来，他连续7年获得市委、政府的嘉奖；他所带领的镇党委班子，连续3年被评为先进集体，并有4人被提拔为乡镇正职。

谈起浏阳的发展历程及自己的成长经历，孙进深有感触地说，浏阳干部人事制度改革，影响了整个一代人的思想。市委领导班子观念的转变，带来了社会的巨大变革，尤其是人才观念的调整，使浏阳的发展与时俱进，为经济的发展提供了源源不断的动力。同时，是浏阳公平公正的用人环境，给了他创业的舞台和平台，也为他确立正确的人生观起到了至关重要的作用。

## 用事业的旗帜凝聚人心

坚持以事业的旗帜凝聚人心，广泛接纳一切有利于事业、有利于经济发展的各类人才，使良好的人才应用机制，成为整个社会进步的原动力。在这方面，浏阳市委的确匠心独运，出手不凡。

大学毕业后留在省会长沙工作的李声义，1994年被浏阳的改革前景（长永高速公路开工建设）所吸引，立志回乡干一番事业。最初，他被安排在市委某机关工作，但那里沉闷的气氛使他一时颇不适应。特别是有一次，当他的主管领导要求他“每天比别人早上班，把开水打好，把地扫好”时，他终于有点沉不住气了：“在浏阳，能扫地、打开水的人很多，但像我这样会写文章的不多。”他实在是为自己成天在机关无所事事、学非所用感到失落。

这一段小插曲不知怎么传到了市委书记欧代明耳中，欧十分欣赏李这种不唯上、不媚上的鲜明个性，便将李声义这个名字记在心上。

此后不久，恰逢浏阳在全市招聘科局级干部，李声义打算竞聘市外经贸局副局长。

也许是苍天不负有心人，在竞聘考试中，李声义竟然取得了笔试第一、面试第一的好成绩。这时，有人出来劝他：“你不要太认真了，这个位置是为某人设的，考试不过是走走形式罢了。”李声义明白自己没有任何靠山，有的只是满怀抱负和一腔热血，但他很想证明一下自己的实力，便坚持走完了竞聘程序。

最后的结局表明，所有的招聘程序都是在阳光下进行。公平公正的竞争环境，使李声义如愿以偿地圆了自己的第一个梦。一年之后，李声义又被任命为市团委书记。

两年之后，这个不安于现状的年轻人又向市委请战，要求做更有挑战性的工作。这一次，他被派往拥有4.5万多人的金刚镇任党委书记。

在基层摸爬滚打了5年之后，李声义依然是心直口快，个性不改。他对记者说："我不愿做浏阳河里的鹅卵石，被水冲得圆溜溜的。但这并不意味着我与社会隔隔不入，我能适应各种社会环境。"

回顾自己的成长经历，李声义十分感慨："浏阳市委用事业凝聚人，用事业鼓舞人，使年轻人看到了希望，也使年轻人有了用武之地。"

曾经有人断言，要是在过去，像李声义这样敢于公然顶撞领导的人，即使再能干，也很难有机会得到提升。所幸他赶上了改革年代，这是他们这一代人的幸运。

## 给年轻人一个舞台

为了广求人才，市委书记欧代明曾经煞费苦心，把当时前后3年中分配到浏阳的大学生档案一一调出，逐个分析、考察，然后将其中的佼佼者安排到乡镇担任镇长助理，并谓之曰"掺沙子"，希望以年轻人的蓬勃朝气，激活如一潭死水般的乡镇工作。如今，这批人大都成为浏阳各乡镇、市直单位的中坚力量。

不拘一格用人才，浏阳市委把这种可贵的原则贯穿于干部人事制度改革的始终。他们决不凭少数人的好恶用人，而是为事业用人，以事业为标准用人。多年的改革实践使他们认识到：公正地用好一个人，会激发一大批人的积极性；相反，用错了一个人，则会压抑一大批人的积极性。

就像欧代明所说，一个国家，一个社会，乃至一个单位、一个部门，如果想干事的人没有立足之地，那就没有希望。

近几年来，浏阳市委坚持用好的导向选人用人，积极倡导一种正确的用人机制，极大地激发了广大干部的工作热情和创造精神，为浏阳的改革、发展奠定了良好的基础。

## 严格考核　庸官落马

计划经济体制下形成的铁板一块似的干部人事制度，使不少干部沉湎于“官本位”的泥潭中不能自拔。一些人不思进取，耽于安乐，驽马恋栈，易上难下。针对干部队伍多年来死水一潭，庸人下不来，能人难上去的现状，浏阳市委以“严格考核”为突破口，为全面推行干部人事制度改革扫清障碍。

在浏阳人的印象中，以往历年的干部考核，大都是重复先前的老调，走走过场。只要没有触犯刑律或严重的违法乱纪，几乎是人人过关。然而，1997年初的考核结果，却让大批在旧体制下当惯了“太平官”的干部们顷刻之间乱了方寸。他们万万没有想到，昔日令他们难弃难舍的“铁交椅”、“金饭碗”，如今已不再安稳如初。

浏阳市委制定的24条精细、严格的考核标准，首次让一批因循守旧、无所作为者翻身落马，无从过关：18名领导干部被就地免职，131名公务员被确定为不称职。就在考核结果公布的那一刻，一名被宣布为“不称职”的公务员当场晕倒……随后不久，浏阳市委又一次性调整了158名乡镇、市直单位领导干部，其中46名年龄偏大、能力不强、群众反映强烈的干部被免去职务。

人们清楚地看到：一些过去自以为是、大事干不了、小事又不干，大错误不犯、小错误不断的人，在考核中被摘了乌纱帽；一名乡党委副书记，平时工作作风粗暴，只知一味蛮干，下乡催粮催款时常带着一副手铐，用以对付基层群众，村民们对他畏之如虎。考核中他理所当然地中箭落马。

昔日，干部中打牌（赌钱）的、酗酒的、搞小自由（不服从调配）的现象，屡屡不断；家长作风十足，听不进不同意见，一再造成失误的人，也并不鲜见，然而，哪一个也没有因此而自省自悟。因为他们有太多的理由为自己开脱：哪一条党纪国法也奈何不了这些“小节”问题。浏阳市委的高明就在于，他们从大处着眼，从小处着手，以整顿干部队伍为目标，以严格考核为手段，使浏阳的每一个干部都像经历了一场强烈地震，心灵的震撼久久不能平息。特别是那些曾经满足于“做一天和尚撞一天钟”的人；那些素质不高、平庸怠惰、官气十足、专横跋扈的人；那些不务正业、热衷于谋求钻营的人，纷纷感到了惶恐，感到了压力，感到了前所未有的危机。一些干部感慨地说，如今，“干部”这碗饭不好吃了，“官位”不那么好混了。

浏阳市委就是用“严格考核”这把尺子为标准，衡量每一个干部在什么岗位该干什么？干了些什么？干得怎么样？并力求做到“考核体系完备，效果体现公平”，从根本上整治了多年来干部“能上不能下、能进不能出”的顽症。

## 改革的核心是制度创新

从轻易撼不动的“铁交椅”，到“官位不那么好混了”，浏阳人的观念在短短几年中发生了根本性变化。

刚开始，不少人对这种暴风骤雨似的改革不理解、不满意、不配合，有情绪、有怨言、有抵触。但随着改革的逐步推进，当考核成为衡量干部工作实绩相对公平的一把尺子，并进而成为激励干部奋发向上的一种动力；当干部的升迁降免不再是掌握在少数人手中随意变幻的魔方；当广大群众对干部选拔任用的知情权、参与权、选择权、监督权日益增强；当政治民主不再只是挂在人们嘴边的口号时，浏阳的干部人事制度改革也就顺理成章地走上了良性循环的轨道。

但这一切，又都是与相应的制度背景分不开的。在不断探索干部人事制度改革新途径的同时，浏阳市委先后制定了领导干部任期制、试用期制、岗位聘任制、末位淘汰制、自愿辞职制、失职追究制、任期经济责任审计制等相关制度，坚持用制度约束人，谁上谁下，用制度说话。

过去多少年，干部“下”的问题一直是困扰组织部门的一大难题，如今，浏阳市委有关干部任用的一系列新机制，却使这些问题迎刃而解。近几年来，全市共有208人因政绩平庸被就地免职或降职使用；53人因连续两年考核不称职被辞退；24名乡镇、市直单位一把手因领导能力较弱而主动让贤；244名领导干部改任非领导职务。

他们的具体做法是：

**运用竞争手段，让庸者下。**在干部任用中，通过引入竞争机制，让部分相形见绌的干部经过竞争，自愿退出领导岗位。

市直某局局长因为主管的工作滞后，受到来自各方面的批评和压力，他考虑再三，终于郑重地向组织部门递上了一份辞职报告。当被问及“为何辞职”时，他坦率地说，形势逼人，发展的压力太大，必须让更有能力的人来干。

**严格考核，让不称职者下。**凡在民主测评中“称职以上”票数未达60%者，或综合评分60分以下者，均为不称职。凡考核不称职者一律“下”。1997年以来，全市共有80多名不称职干部被免职，40多人降职使用。

市直某单位的一把手，平时工作缺乏原则性，热衷于搞平衡，反而因此弄得内部意见纷纷。考核中大部分群众给他投了不称职票，结果受到免职处理。开始，他的抵触情绪颇大，后来，他亲眼看到了改革给浏阳带来的另一番景象，才从心底里感到服气。

**试行末位淘汰制，让“平”者下。**对少数不思进取、政绩平平，年度考核虽够不上“不称职”等次，但综合测评分居末位的干部，予以降免职。仅2001年以来，就有多名年度考核综合评分排在战线或系统末位的科局级干部受到降免职。

**建章立制，让违规违纪者下。**早在1998年，浏阳市委就制定了《领导干部任期经济责任审计制度》，为考核领导干部工作实绩，兑现奖惩和选拔任用干部提供客观依据。几年来，通过任期经济责任审计，共查处违规违纪干部6人，其中有的被降、免职，有的被开除公职，有的移交纪检司法机关处理。

**实行辞职制度，让能力不适者主动下。**对少数自感能力有限或身体状况较差，或综合素质难以适应本职工作的干部，允许其辞职。至今，已有18名领导干部主动提出了辞职申请，并经组织批准后离开了领导工作岗位。

浏阳市委采取多种形式，不断拓宽干部的渠道，使干部的“上”与“下”形成了良性互动关系，并力求使每一个干部都上得堂堂正正，下得明明白白。

浏阳人说得好，“政治文明的核心是制度文明。”近几年来，浏阳人在制度创新上确实下了一番工夫：从“相约浏阳河”人才洽谈会到“百名人才兴企业”，人才制度的创新带来了人才兴业的“洼地效应”；从公开招聘到任职资格认证，选拔任用制度的创新激发了干部队伍的无穷活力；从定性到定量，考核制度的创新带来了干部作风的根本转变；从经济责任审计到异体监督，管理制度的创新营造了廉洁清明的崭新局面；从试用制到末位淘汰，风险机制的创新增强了干部的责任意识。

正是由于这些制度的全面实施，才使浏阳形成了让每一个干部都上得堂堂正正、下得明明白白的良好氛围。如今在浏阳，即使有人想跑官、买官，也是“有价无市”。仅是那道“干部任职资格”考试的门槛，就把不少滥竽充数的人挡在了门外。用贺国谦的话说，设此门槛的目的，就是要防止用人上的不正之风，特别是重要部门、领导身边的人。而对于那些有真才实学和业绩突出的人，则是“海阔凭鱼跃，天高任鸟飞”。

苏高潮，曾经是农业局下面一个原种场的场长，10多年来一直在基层扎实苦干，2001年被评为浏阳“十佳青年”，去年，他参加了市里的科级干部“任职资格认证”考试，取得了小组面试第一名的好成绩，被破格提拔为杨花乡乡长。他感慨地说，在自己被提拔的过程中，他没有找过任何人，也没有给人送过一包烟，反倒是受到领导的特别关注。

浏阳市委常委、统战部长易意平，从一名农校毕业的小女生，一步步成长为浏阳市妇女干部中的佼佼者。她坦陈，这得益于市委选拔干部的机制与导向。她认为，在浏阳，无论党内外、无论男女，只要有本事，就有机会得到重用。据市委副书记梁仲介绍，浏阳对领导干部的年终考核，除了德、能、勤、绩、廉之外，还加了一个“学”，以促进学习型组织的形成。浓厚的学习风气又促进了干部素质的提升。近几年，浏阳参加学历考试的干部达1000多人。2001年，长沙市公开招聘9个处级干部，浏阳参加报名的人中有9人入围，占了长沙4县5区（市）入围人选的一半，且拿了6个第一。

我们相信，随着浏阳市委跨世纪人才工程的进一步实施，浏阳河畔，必将出现新一轮千帆竞渡、万象更新的局面。

2003年4月 北京

# 莆田：发人深思的“诽谤案”

一个镇党委书记，因为举报腐败，竟被以罗织而成的种种罪名判刑入狱。在熬过了4年多不堪回首的铁窗生涯之后，他又走上了上访、申诉之路。

今年（2000年）5月24日，在本刊编辑部，这位名叫林国奋的中年人，向记者讲述了近7年来他因举报腐败而招致的一连串遭遇。

## 惹　祸

1993年11月，时任莆田市委组织部研究室主任的林国奋被交流到莆田县梧塘镇任党委书记。梧塘镇是福建省有名的明星乡镇，众多的外商投资企业使当地经济十分活跃。

然而，令林国奋意想不到的是，名声赫赫的梧塘镇实际上出现了财政亏空。林国奋在组织清财查账时发现，镇里金额达数百万元的账目一塌糊涂，还欠了一屁股债……此举无意中触动了一些人敏感的神经。

不过，给林国奋带来直接影响的却是下面两桩事。

1994年，县委书记的司机程秀杰，通过梧塘镇政府某领导，欲以2万元承包该镇松东村200亩已成林的果林50年（平均每年每亩果林仅两元钱）。村民们不服这种明显以势压人、以权谋私的做法，纷纷上访告状。为维护村民的合法权益，林国奋先后向县市有关领导反映了此事，为此招来了一些人的切齿痛恨，并扬言要让林丢官去职。

此外，本镇枫林村3位村干部违反计生政策，林坚持原则，没有迎合县里某些领导的意图而得罪了县委主要领导。林国奋对当地买官卖官的风气也不以为然，曾有人劝他："郑 ××（指县委书记）是生意场上的人（从市外贸公司调任县委书记），官价行情看涨，你不随行就市会吃亏。"林国奋却认为自己心正身正，别人无法凭空陷害。

然而，1994 年 8 月 4 日，林国奋突然被莆田县检察院以一天一张《询问通知单》的形式，连续羁押、审讯七天七夜，理由是有人举报林"贪污受贿"。

后因证据不足，无法立案，林才被放了出来。之后，县委主要领导便以"在职不便查处"为由免去了林的职务，并将林不明不白地靠边挂了 28 个月。这期间，林国奋多次找县、市主要领导讨说法，都被对方搪塞过去。后来，林向当时的一位省委副书记反映了自己的遭遇，这位副书记在林的报告上作了批示，省委办公厅还以督查件下文，要求莆田市有关部门一个月内给予答复。莆田县纪委由此又对林的所谓问题正式立案，但一直没有一个正式结论公诸于众。

正是在这段时间内，莆田市买官卖官之风盛行，圈地炒地、走私贩私等问题也愈演愈烈。老百姓一方面通过民谣、顺口溜等讽刺贪官污吏，一方面不断向上级有关部门揭发举报。

林国奋一直被"挂"着，便一边参加中央党校的函授学习，一边搜集整理有关贪官腐败的线索，在众多有正义感的领导和同志们的支持帮助下，他先后整理成《福建莆田圈地炒卖土地严重》、《莆田工程与买官交易内幕数例》、《莆田农民负担问题调查透视》等材料，先后寄给了中央有关部门及新闻单位。

一次，当他将一份举报材料面交福建省委组织部有关信访人员时，一位同志心情沉重地说："关于莆田问题的反映很多，北京也转来许多反映莆田腐败的材料，莆田反映上来的也很多，有些问题一时半刻是无法解决的。你要有不怕打击报复、不怕判刑坐牢的思想准备！"当时，林国奋只觉得十分悲凉，却没有意想到一张大网早已将他悄悄罩住。

## 获　罪

1996 年 11 月 4 日，林国奋接到梧塘镇副镇长郭文通的电话，郭向林提供了有关县委主要负责人经济犯罪的一个重要线索。仅仅两天之后，林国奋就被抓进了拘留所。

接下来是三天三夜通宵达旦的审讯逼供。阵容强大的专案组成员轮番讯问，要他招出举报的同伙、后台、经费来源等。当林据理为自己的行为辩白时，办案人员扔出了他们的杀手锏："别张狂，这是奉市委领导的命令抓你！"当林不按他们的旨意作答时，办案人员就威胁说："不配合就给你苦头吃，叫你一天换一个号房，让犯人来整死你！"

林国奋心里明白，某些人为了讨好有关领导，不惜昧着良心，什么坏事都干得出，自己如果不明不白地死了，将来连申冤的机会都没有。他只好忍着满肚子的冤屈，违心地按办案人员的旨意作答或画押。

林国奋一案，当时在莆田是作为重大政治案件查办的。在林被捕前，市有关部门已秉承主要领导的旨意，组织大批人马对有关写举报信的"嫌疑人"进行盯梢、跟踪、查笔迹、查向北京通电话的记录、监听电话等。但在具体办案时，他们却以查"经济问题"为借口，翻出3年前未作结论的陈年旧账，强行把一些"经济问题"扭曲或夸大，扣在林头上，其中有许多证据竟是孤证。

1996年12月27日，莆田县检察院指控林"对现实不满，诽谤县、市主要领导人"，并以贪污、受贿、扰乱社会秩序、诽谤等罪名提起公诉。

庭审时，林国奋列举大量事实，证明了莆田腐败现象的存在，并力陈：对腐败的不满乃至反映、举报，是正义之举，是堂堂正正的行为，是每个有良知的党员干部应有的责任，是宪法赋予公民的权利。焉能用"文革"语言来定罪？所谓"贪污受贿"，查了3年都无结果，现在不过是陷害的遮羞布，实为打击报复而已！

此时的莆田，其政治高压态势使得当地几乎无人敢站出来替林国奋说话。但莆田法律界的元老、70多岁的原市法律顾问处主任刘恺行和恒升律师事务所主任陈新云替林国奋作了无罪辩护。两位律师郑重指出：起诉书指控被告犯有贪污罪、受贿罪，事实不清，证据不足，不能认定；指控被告犯有扰乱社会秩序罪，光有罪名而无犯罪事实，不能成立；指控被告人犯有诽谤罪之刑事诉讼程序不符合法律规定……然而，林国奋最终也未能逃脱不幸的命运。1997年12月30日开庭这天，将他判刑6年的判决书已事先打印好了。

## 株 连

俗话说："一人犯法一人当。"可是，在林国奋一案中，受牵连遭迫害的却大有人在。首当其冲的是林国奋之妻——莆田市城厢职业中专职工何玉香。林前脚被抓走，何后脚就被"请"进了拘留所。当何玉香愤怒地质问为什么抓她时，办案人员嚷道："凭什么？凭领导一句话就可以抓你！凭你们到处告状就可以抓你！"

何玉香前后被非法关押30余天，备受精神与肉体的折磨。更令她放心不下的是年仅10岁的独生子无人照管。父母双双被抓走，年幼的孩子又惊又怕，在恐怖与担忧中惶惶度日，从此变得孤僻寡言。

莆田市计委综合科干部戴兆茹，只因为儿子转学一事与林国奋有过联系，也被涉嫌"诽谤"而牵连进去，受尽非人折磨。

下面是戴兆茹如噩梦般的回忆：

1996年11月12日凌晨，戴兆茹被一伙来势汹汹的人从睡梦中惊醒并被强行押走。直至到了专案组驻地，办案人员对戴说，这个案子市领导十分重视，开了几次常委会，动用过安全、检察、公安等政法部门……叫他认清形势，坦白交待云云。戴仍然不清楚自己到底触犯了哪条王法？办案人员接着又问：莆田市计委送荔枝给省计委被省纪委扣留是谁举报的？你知道这样做市领导到省里都抬不起头，败坏了莆田形象，领导十分恼火……接着又是一连串问题，问得戴一头雾水，他只好如实回答不知道。如此招来的是办案人员的拳打脚踢和手铐"伺候"。

在武力威逼之下，戴迫不得已写下了3张名为"我的交待"的所谓"供词"。然而"交待"并未使办案人员满意。他们接着对戴进行了更加频繁的提审和折磨。因为戴的"不配合"，他们让戴跪着，在他的膝盖下垫上烟灰缸，然后逼他将被铐的双手伸直，挂上4个公文包，再将手表放在包上，叫戴每隔5分钟向他们报时一次，如果报得过快或过慢，或手一弯，脚一动，便要遭到拳打脚踢。就这样，戴被连续折磨了三天三夜，好几次昏了过去。

更有甚者，为了取得办案人员需要的口供，在寒冷的冬天，他们令戴脱得只穿一条裤衩，然后将他扔进灌满凉水的浴池，并将他双手铐在脑后，再将铐子拴在水龙头上。戴被冻得如遍体针扎，痛苦地叫道："你们干脆让我死掉吧！”办案人员说："你说出来，马上放了你！”一办案人员甚至威胁说："你不按我们的意思画押就整死你，把你扔到窗外，然后上报说你畏罪自杀！”

非人的折磨使戴只好屈辱地顺从了办案人员的意图，完全按照他们的旨意"招供"并画押。

在如此噩梦般的刑讯提审中度过了50天之后，戴带着满身伤痛终于走出了令他心惊、恐惧的看守所。临出来前，办案人员仍不忘警告他："你出去不要乱说，乱说我们再把你抓进来。"当记者就上述事实向当年的主要办案人质询时，得到的是断然否认。

残酷的折磨与摧残，给戴留下了严重内伤和脑震荡后遗症。至今一遇变天，他就胸背疼痛。为治伤病，他前后花去一万多元医疗费。

与此同时，由于背上不明不白的"罪过"，戴被莆田市检察院课以"免予起诉"处分，并先后背上了"行政撤职"及"留党察看两年"的处分。后经戴一再申诉，福建省人民检察院撤销了给他的"免诉"处理，但另两项处分使他至今难以抬头。

为了洗刷自己的不白之冤，为了向知法犯法者讨一个"说法"，戴兆茹先后上百次到中央及省里有关部门反映情况，并曾于1999年9月向莆田市中级法院提起诉讼，状告市、县检察机关有关办案人对他施行刑讯逼供，同时要求赔偿经济损失和精神损失，但这一切都如石沉大海。

因林国奋一案被牵连的还有不少无辜者，他们或因与林是党校同学，或因是林的亲戚，曾在经济上接济过林，就都被作为"涉嫌诽谤罪"而遭审讯、追查甚至处分，就连这些人的亲戚朋友也都未能幸免。

## 调　查

今年5月25日，记者来到福建，采访了部分对林国奋一案比较知情的同志，从而获得了不少有关莆田问题的第一手资料。被采访的同志，目前大部分仍是在职的厅、处、科级干部，他们提供的情况表明，林国奋所反映的问题决非"捏造诽谤"之类，大部分都是有事实根据和出处的，有些问题甚至比材料所反映的还要严重。

一位在省里工作的正厅级干部直言不讳地说，莆田搞林的案子，并且整得如此厉害，说明有些人已经到了发疯的地步，这就给稍有头脑的人一个信号：莆田的腐败问题确实很厉害。因为有人心虚，所以要把举报腐败的人搞倒……

莆田县一位曾参加过地下工作的离休老干部，是看着林国奋长大的，他认为林“敢讲话，直爽”，而莆田市投入安全、公安、检察等几大部门成立一个专案组，对老百姓反映的莆田那么多腐败问题不查，却整一个小小的镇党委书记，实际上是抓住林的小问题作大文章，从而掩盖他们自己的问题。

莆田县梧塘镇一位已退休的村支书说得更是直白：“林国奋为什么被打入监狱？因为举报了县市两级领导，因而被打击报复！”

当记者在莆田拟采访与林案有关的当事人时，却发现他们中的大部分都已“不在其位”或去向不明。如林国奋举报的两个主要人物之一的原莆田县委书记郑某某更是于2000年初与其子一道突然辞职，举家离开了莆田。当年抓林案的有关负责人要么已退休，要么去外地当了“寓公”。

记者随后找到了莆田市委及市监察局、检察院的有关负责人了解情况，得到的答复要么是他们当时不在其位，不了解情况，无可奉告；要么是“莆田情况复杂，新官不便理旧事”之类。

另一方面，许多知情者却主动找上门来反映情况。他们认为，林国奋举报的一些问题，在莆田早已是妇孺皆知，可多年来一直没有人认真查过。特别是那些令莆田百姓深恶痛绝的腐败分子，很少有人得到应有的惩处，有的逃之夭夭，有的仍在职在岗，却都“安然无恙”，继续做着“太平官”。因此，很多人都认为林案办得“太荒唐”，林国奋“太冤枉”。

而林国奋本人，在经历了诸多坎坷、打击、甚至不幸之后，仍然没有改变他那执着的个性，他仍在不停地奔走、申诉、上访，试图替自己讨回一点公道，也试图将莆田那些被层层掩盖的问题掀开一角。但毕竟他个人的力量太微不足道。

莆田的百姓说，什么时候林国奋的案子翻过来了，莆田腐败问题的铁幕才有希望揭开。

2000年 北京

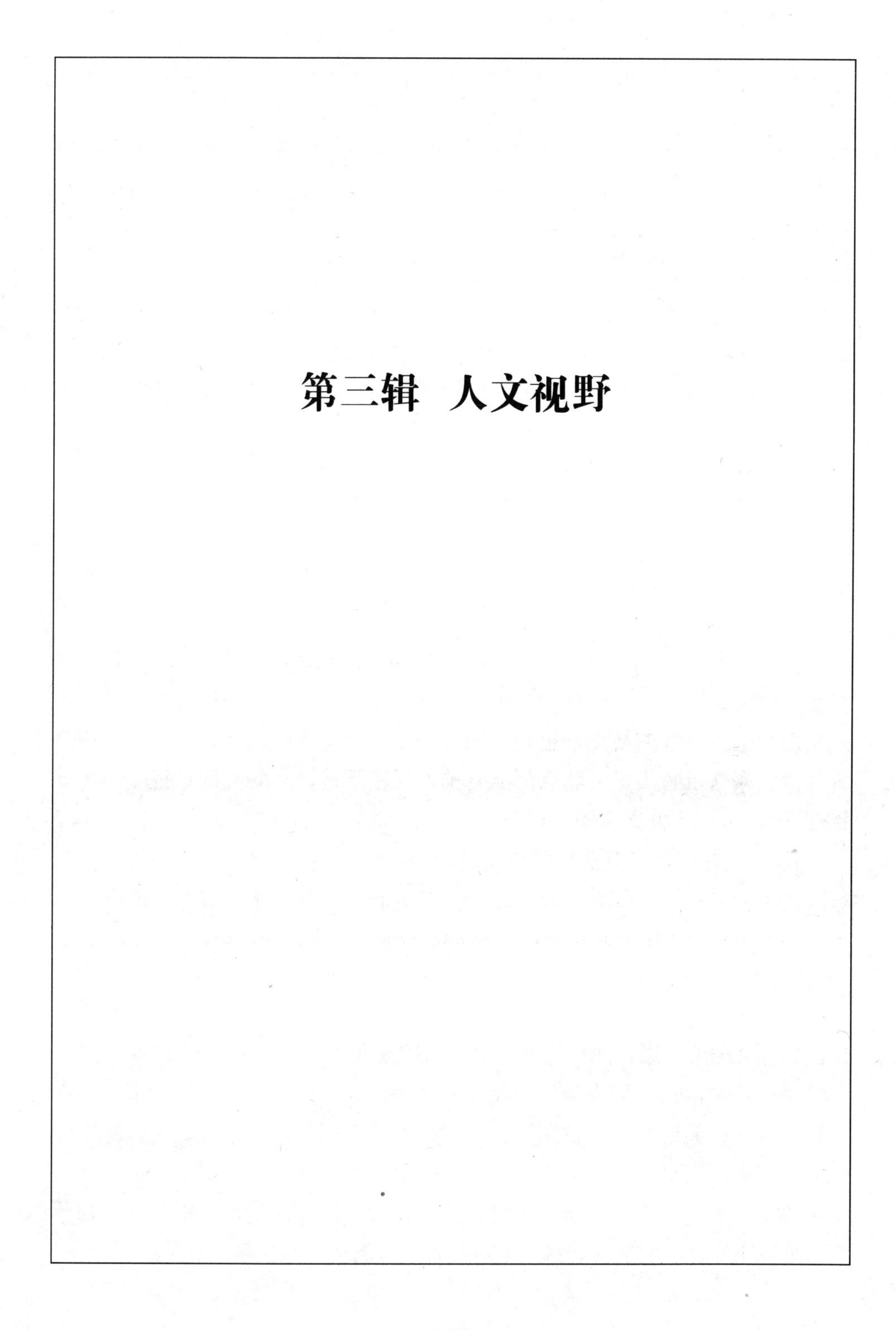

# 第三辑　人文视野

# 走过长长的边境线

## ——广西边境建设大会战巡礼

### 一

在我脚下，是公元1890年大清王朝立在中越边境的一块界碑，上面刻着经久不蚀的几个大字：大清国钦州界。这块被称为“一号界碑”的立足地，就是中国大陆海岸线的终点，也是中国大陆西南边境线的起点。它位于广西壮族自治区东兴市竹山村，北仑河从它前面缓缓流过，与它共同见证了一个多世纪以来中越边境的硝烟战火、兴衰变迁。

位于广西境内的中越陆地边境线长达1020公里，它串起了沿边8个县(市、区)及其生活在这片土地上以壮、瑶、苗、京等少数民族为主的242万人口，也串起了一段与共和国其他边境线不尽相同的沉重历史。

直到20世纪八九十年代，战争的硝烟才从这片被血与火清洗得过分贫瘠的土地上逐渐散去。与祖国内地改革开放、一日千里的步伐相比，中越边境地区的社会经济发展自然是包袱沉重、步履艰难。

基础设施落后、群众生活质量差、贫困面大，是这个集边境地区、革命老区、少数民族聚居区、贫困地区为一体的典型西部地区难以真正走出困境的重要原因，在沿边8个县(市、区)中，就有3个国定贫困县、5个区(省)定贫困县。多年的战争创伤和历史欠债，使得边境地区的大部分乡村交通闭塞、通讯不畅，广大群众饮水难、用电难、看病难、上学难、就医难……

边境地区发展滞后，边民生活的困难和疾苦，一直是自治区党委、政府重点牵挂的问题。

随着近几年全区经济发展步入良性循环，经济结构不断优化，基础设施显著改善，经济实力和财力不断增强，特别是在1999年提前一年胜利完成八七扶贫攻坚计划之后，自治区党委、政府便着手考虑集中解决边境地区的困难问题。

2000年8月初，正是南国骄阳似火、溽暑蒸人的季节，区党委书记曹伯纯率领自治区有关部门负责人〔其中包括四位省（军）级干部〕，踏上了巡视边防、考察边境的路途。他们从最西边、也是海拔最高的那坡边境看起，沿途经靖西、龙州、大新、防城……直至最东边的东兴市，行程1500多公里，足迹遍及边境地区的村村寨寨、部队营房、乡镇机关、边境口岸。按照曹伯纯书记的要求，他们尽量沿边（境线）走，凡是能过人的地方，坚持都走一遍。沿着崎岖坎坷、甚至人迹罕至的边境，他们整整走了5天。

他们看到了什么？他们看到的是：边防战士们在布满荆棘的羊肠小道上巡逻；孩子们在战时遗弃的防空洞里学习，教师在煤油灯下备课；乡镇干部们住着20世纪五六十年代的知青宿舍；战时后撤的边民们蜗居在极其简陋的窝棚中；大量的村屯不通水、电、路……

一路的考察，一路的沉重。好多次，泪水润湿了领导者们的眼眶。更多的时候，这些共产党人胸中激荡着的是由沉重而唤起的责任感。

2000年8月6日，广西壮族自治区历史上规模空前的边境建设动员大会在东兴——中越边境一号界碑的所在地召开。自治区党委、政府向全区人民郑重承诺：用两年左右的时间，集中一定人力、物力和财力，在8个边境县（市、区）开展边境建设大会战，重点解决边境地区基础设施滞后问题，改善边民生产生活条件，努力办好24件实事（包括17925个项目）。

这是一幅何等壮观、何等激动人心的宏伟蓝图：从那坡到东兴沿边境全线修通三级柏油边防公路；由边防公路到边防连队、边防站、各边贸点通三级路；每个县（市、区）按规定标准和规模扩建、完善好一所中学；县与县之间通二级路；每个乡镇办好9件事：按照国家标准建设好一所初中，按照寄宿制的要求建好一所中心小学；配套完善好一所卫生院；解决好乡镇所在地自来水问题；建设好一所文化站；建设好一所邮电所；实现县城到所有乡镇通柏油路；进一步解决好乡镇机关干部住房问题。此外，每个村委会要办好10件事：

通车、通电、通广播电视，解决人畜饮水问题，建好村委会办公用房，建好一所小学，建好一所卫生室，建好一个计生服务站，将所有茅草房改造为瓦房……

24件实事，件件紧扣巩固边防、繁荣边境的实际需要，17925个项目，项项与边民的休养生息和脱贫致富密切相关。自治区党委、政府把应该考虑和能够考虑到的方方面面的事情，全部纳入了边境建设大会战的总体框架。这是一项前无古人的宏大工程，也是一项功在当代、利在千秋的民心工程、德政工程。

## 二

除了战争年代曾经有过的几番炮火声，边境一向是冷寂的。千载沉睡的大山缄默不语，百年荒芜的古道杳无生机。边民们伴着贫困和清苦过着艰难的日子。

边境建设大会战的号角，唤醒了沉睡的大山，叩开了荒蛮的边陲，也唤起了边境线上干部群众和戍边将士的战斗热情。一时间，千里边境上，处处是沸腾的工地，村村寨寨掀起了富民兴桂、建设边境的热潮。广大干部群众蕴藏在心底的激情和干劲如火山喷涌，如核能爆发，他们以空前的热情和默默的奉献精神为大会战这首高昂的进行曲增添了不少动人的乐章。

他们识大体、顾大局，为了给沿边三级路让道，边民们奉献了自己12000多亩土地和72000多平方米的房屋，不少人主动拔掉了自家收获在望的庄稼和经济林木；防城区那良镇范河村支书郑通有在拆迁补偿费尚未到位的情况下，主动拆除自家7间150多平方米的房屋，一家人住进了用塑料布搭建的简易棚；龙州县水口镇边民钮本同，打破世俗偏见，迁移了刚刚下葬三个月的亲人坟墓；东兴市九旬老人骆万章，亲自率领子孙四代人甩开膀子上了筑路工地……

他们不等不靠，自觉投工投劳，有的村干部主动垫资修建村委办公楼；有的地方全村出动，为大会战添砖加瓦；广大基层干部身先士卒，流血流汗，日夜奋战在大会战第一线，有的甚至累晕在工地上……

这是一场真正意义上的全民大会战。自治区党委、政府举全区之力，动员了几乎所有的区直部门和相关地、市参与到这场任务艰巨、工程浩繁的大会战中。

全区上下高度重视，精心部署，统筹安排，协调配合，有力地推动了各项工作的顺利开展。

沿边 8 个县(市、区)广大干部群众齐心协力，奋勇攻坚，把自力更生、艰苦奋斗的精神发挥得淋漓尽致。

驻桂人民解放军和武警官兵鼎力支持，艰苦奋战，为攻克边境建设大会战中急难险重的任务立下了汗马功劳。

这是一场难度空前的攻坚战。要在两年时间内完成包括交通、通讯、教育、卫生、人畜饮水、广播电视、边贸设施等在内的近两万个项目，时间之紧迫，资金之紧张，工程之艰巨，远远超出了人们的预料。尤其是一些险要路段的施工项目，资金投入大，工程难度大，安全风险大。在重重考验和困难面前，有人松劲了，有人畏缩了，有人试图绕开险道，躲过难关。在这关键时刻，区党委书记曹伯纯坚定地鼓励大家："咬咬牙，困难就攻下来了，松松手，问题就留下来了，留一点遗憾干什么？"今天，当攻坚的勇士们战胜了无以数计的困难，如期完成了所有既定项目后，那种"不留一点遗憾"的轻松和欣慰，是任何物质奖励也无法替代的。

历时两年的广西边境建设大会战，吸引了多少人关注的目光，牵动了多少领导干部和基层群众的心！

2001 年春节期间，时任国务院总理的朱镕基代表党中央、国务院亲切慰问广西各族人民，并对边境建设大会战予以高度重视。

2002 年 3 月，时任国家副主席的胡锦涛深入广西边境地区视察工作，充分肯定了边境建设大会战所取得的成绩。

自治区党委、政府的主要负责人，一次又一次深入边境地区，指导边境建设工作，协调解决大会战中的重大疑难问题。

自治区副主席、边境建设大会战指挥部指挥长周明甫，不知在沿边路上颠簸了多少个来回！为了准确掌握沿边三级路艰险地段的实情，他亲自带队，与有关同志一道，在与越南一河之隔的大新县德天至靖西县新兴的山岭上勘察、选线。时值酷暑，他们一早就进山勘察，在悬崖峭壁、山梁水涧中艰难攀登、跋涉了七八个小时，直到下午 3 点才走出迷宫一样的大山。为他们带路的山民感动地说："这是我们有生以来第一次陪职务这么高的共产党官员爬这么长时间的山崖！"

边境建设大会战的成功实施，验证了一条真理：我们的党和政府，只要以广大人民群众的根本利益为出发点，真心实意地为群众谋福利，办实事，就会得到群众的真心拥护。

人们不难看到，在许多地方，边境建设大会战带来了干群关系的重大变化，党的基层组织的凝聚力、向心力、战斗力空前强大，干群关系空前融洽。

边境的群众说，开多少会，喊多少口号，比不上干 24 件实事。

边境的干部说，边境大会战，是一部活生生的爱国主义教材。广大群众深切地感受到党和国家的关怀，因而从心底里更加热爱祖国。

还应该说一句，共产党只要真心想着群众，就没有做不到的事。

## 三

还是东兴，还是竹山村，还是那块经久不蚀的一号界碑。新建的广西沿边公路从这里起步，穿过莽莽苍苍的十万大山、穿过秀色无边的苗村瑶寨，一直延伸到百色地区的那坡县各达山，它全长 725 公里，总投资 6 亿元。

对于广西边境线上的 242 万各族人民和成百上千的戍边将士来说，这条路的意义非同寻常。

这是一条象征着国家尊严和实力的国防大道。它的建成，将有利于增强边民的边防、国防、国土意识，激发人民戍边卫国的爱国主义精神。

比起那些饱经沧桑的座座界碑，它更清晰地界定了中越两国的楚河汉界，也为边防战士巡逻执勤带来了极大的便利，大大增强了边防部队快速反应和应付突发事件的能力。

长长的边境公路延伸到哪里，哪里就一改闭塞与荒凉。

匍匐在十万大山脚下的防城港市防城区，山民们祖祖辈辈都是守着山里的丰富资源过着捉襟见肘的穷日子。大量八角、玉桂、松脂、水果等土特产，因交通阻塞而运不出、卖不掉。盼路盼了 50 年的山里同胞，在新世纪的第二个年头，终于欣喜地看到：绵延不尽的沿边公路从自己家门前蜿蜒而过，条条县、乡、村公路如同网状般铺满了昔日荒蛮闭塞的山寨，大路通了，小路畅了，漫山遍野的资源开发利用了，山民们的日子开始红火了。

顺着路的延伸，人流、物流、货流，大畅其流；随着路的拓展，乡镇、村屯、边民，出路渐宽。

沿边公路为偏远闭塞的山里人打开了一个五彩缤纷、日新月异的世界，也为发展滞后的边境地区带来了巨大的发展空间。

昔日，沿边境一带分布着众多颇具南国特色的旅游资源，由于交通不便，大好风光长期锁闭在荒山僻野里顾影自怜。

如今，一条条四通八达的路通向风光秀美的各个景区，大新德天瀑布、明仕风光、靖西的通灵大峡谷、宁明花山壁画等纷纷揭开面纱，向海内外游客展示出无穷魅力。

沿边境公路一直前行，沿途就是一条多姿多彩的自然风光带。独特的喀斯特地貌构成了一望无际的奇山胜水，山中的飞瀑流泉，茂林修竹；点缀在青山绿水间的苗家瓦屋、瑶寨竹楼……真可谓山山是景，步步是景，美不胜收。过去，它们"养在深闺无人识"，如今，它们欣逢盛世展新颜。

与工程浩繁、投资巨大的沿边三级路一同竣工的配套工程还有：3个县通了二级公路；14个边贸点、23个边防连队（检查站）通了三级公路；46个乡镇通了柏油路；176个村202个后撤回迁屯通了汽车。这些纵横交错的交通网络，对广西边境的交通运输事业和经济发展，起着不可估量的作用。

一条路，不仅改变了一片区域、一个地方的整体面貌，还将改变一代人甚至几代人的命运。过去没有路，边民们世世代代窝在山里，伴着贫穷和愚昧死守在山里；如今畅通的大道让他们见识了山外世界的精彩，走出去的欲望不仅仅在年轻一代的胸中燃烧，当知识和文明、现代意识和发展理念顺着条条道路传进山里，根植于山里人的头脑中，贫穷和愚昧还能持久吗？

## 四

走过长长的边境线，千里国门路上，最醒目、最靓丽的风景是什么？毋庸置疑，那一座座飘扬着五星红旗、有着崭新的教学楼和铺着青翠草坪的学校是边境线上最引人注目的新视点。

十年树木，百年树人。着眼于边境地区的长远和未来，边境建设大会战把教育项目列为重中之重。2.6亿多元的总投资，使8个边境县（市、区）的教育设施来了一番脱胎换骨的改造，教育档次大大提升。凭祥民族希望实验学校、龙邦实验学校、友谊关希望小学、那坡中学……其宽敞的校舍，先进的教学设备，优美的校园环境，几乎不亚于大都市的一流学校。解放50多年来，国门学校第一次以如此整齐的阵容、如此崭新的面貌、如此先进的设施、如此骄人的姿态屹立于同样崭新的国门路上，成为名副其实的“国门形象”。

有着88年历史的靖西中学，先前的校舍如同校史一般古老而陈旧。学生们大都住在20世纪五六十年代建的老房子里，40多人挤在一间宿舍里，学习生活好不难堪！

如今，新建的教学楼巍然耸立、宽敞明亮，先进的语音教室和计算机房成了学生们恋恋不舍的地方，新盖的学生宿舍楼极具人性化，不仅每间宿舍分别配了卫生间和洗漱室，连放箱包的平台也设计得恰到好处；窗明几净、饭菜飘香的学生食堂，则让学生找到了几分家的感觉。

在靖西，受益于边境建设大会战的学校决不是一所、两所。自2000年8月以来，全县共投入5500多万元，建设和改造了24所中心小学、125所村完小。此举使每所初中都拥有一座教学楼，24所中学可增加200个教学班，扩招10000名学生。也就是说，从此以后，靖西县的每一个小学毕业生都能升入初中就读，普及九年义务教育的承诺在这里不再是空头支票。

人才流失，校舍陈旧，危房增多，辍学率高，教学点分散，曾是导致边境地区教育发展滞后的主要问题。边境建设大会战在项目安排上充分体现了决策者的宏大气魄和超前意识。有关教育的投资是除道路交通之外最大的一块，是新中国成立以来广西对教育投资最大的一次。

巨额的投资带来了惊人的变化。它为边境地区建设中小学校856所，新建、改扩建校舍面积52.06万平方米；边境地区适龄儿童入学率由98.8%提高到99.2%，辍学率由1.55%下降到1.01%；边境地区学校教学用房和学生生活用房不足的矛盾得以缓解，校园环境及配套设施的建设大大加强。更重要的是，它把边境地区文明、进步、发展的希望播种在师生们的心坎上。

昔日，龙邦实验学校穷窘的环境和低矮黑潮的校舍不知吓走了多少新分配来的大中专毕业生。战争的创伤在这所多年没有投入的学校几乎随处可见，师生们伴着弹壳的敲击声上课、下课，迎送日月。

区党委书记曹伯纯曾经三次来到这所学校。第一次，凄凉的校园环境令他心酸不已；第二次，正逢大会战建设高潮，他叮嘱有关人员注重工程质量；第三次，在霏霏细雨中，他微笑着与师生们共同揭下“龙邦实验学校”的崭新校牌，也揭开了边境地区教育发展的崭新一页。

那坡，中越边境线上海拔最高也是最贫困的地方。人穷地穷，学校更穷。

从20世纪90年代以来的多年间，全县没有出过一个大学生。大会战的春风给那坡的教育注入了活力，随着教学环境的改善，学生的兴趣浓了，教师的积极性高了，近两年，先后有十多名那坡学生迈进了高校大门。

边境群众说，大会战教育项目的投资，是最了不起的素质工程！

## 五

走过长长的边境线，远看山水，近看村屯，怎么看，都给人一种“换了人间”的感觉。山水田园间，似乎多了些什么，又少了些什么。

是的，一些人们似曾相识或司空见惯的东西，在不知不觉中消失了。曾经世世代代与边民相伴的茅草房，成为边境建设大会战首先“革命”的对象。

“四根柱子搭间房，三块木板搭张床，两块石头搭火灶，一根山藤挂衣裳。”曾经是不少边民生活的真实写照。在一些偏远山区，山民沿袭祖辈的旧习俗，住在四面透风的木楼里，下面养猪牛，中间作住宅，上面当粮仓，一年四季蚊蝇成群、臭味不断。

边境建设大会战使10155户边民告别了茅草房，住上了砖瓦房和钢筋混凝土楼房，在各级政府和基层干部的帮助下，不少村屯移风易俗，实现了人畜分居，并实施村路硬化、沼气、自来水等项目建设，人居环境和生活质量大为改善。

那坡县平孟镇西马屯，曾经是一个在时空上距现代社会十分“遥远”的地方。这个仅有9户人家的小村屯，七八间破茅屋点缀在距中越边境线仅500米的大石山中，生存条件极为恶劣，山上没有水源，不通电，不通路，也没有土地，粮食只能种在石头缝里，全屯37口人完全靠刀耕火种的原始方式维持生存。全屯没有一个人读过书，没有一个人识得自己的名字，日子过得十分凄惶。

自治区党委书记曹伯纯从一份题为《西马悲歌愁断肠》的材料上看到这个情况，他充满感情地提笔批示：“在边境建设会战中，类似西马屯这样的地方务请特别关照。”

此后，西马屯得到了来自自治区、地、县各级领导干部的关怀和县直各有关部门的大力支持，短短一个月之内，那坡县组织人员对类似西马屯的一线村屯作了详细摸底调查和帮扶方案；不到一年时间，西马屯的路通了，电通了，人畜饮水问题解决了，教学点建好了，广播电视设施架起来了，村民们搬进了新建的砖瓦房，孩子们走进了明亮的课堂，大人们则走进了扫盲班。昔日"悲歌愁断肠"的西马屯，从此洋溢着新生活的欢乐……

2000 年 11 月，南宁地区龙州县莫树因县长收到一位中学生的来信，这位家住偏僻山村的孩子请求县长替他们村里解决用水难、用电难的问题。他在信中写道："没有电的山村……是多么的原始。我现在也弄不明白，到底是黑暗把我们带入 21 世纪，还是我们把黑暗带入 21 世纪？"这位勇气可嘉的中学生，不知替多少山里的孩子道出了他们的心声。

值得欣慰的是，政府最终没有让孩子们失望。边境建设大会战中的村村通电工程，投资 5123 万元，使边境线上 135 个村、305 个自然屯结束了点煤油灯的历史，相信那位写信的中学生，一定看到了新世纪党和政府给他们送来的光明。当然，他也一定感受到了人畜饮水工程等一系列大会战项目给他和乡亲们带来的诸多实惠。也许，通过新装的电视，他看到了山外更加广阔的世界；也许，通到他家门口的乡村公路，使他免除了上学途中的漫漫跋涉之苦；也许，他再有什么好的想法和建议，就可直接用电话与县长沟通……

走边境，看边关，沿途但见座座崛起的新楼点缀在田畴阡陌间，为宁静的乡村平添了几分生气。那是一幢幢村委会办公楼和乡镇干部住宅楼。边境建设大会战的 24 件实事，如今件件变成了看得见、摸得着的现实。总投资 2228 万元，新建、改造村（居）委办公用房项目的完成，改变了长期以来边境村（居）委会无地方办公或办公条件差的状况，也解脱了村干部"裤腰带上拴公章"的尴尬与无奈。

说来也许令人辛酸，当祖国内地许多地方高楼大厦遮天蔽日、遍地林立的时候，边境地区的大批乡镇干部赖以安身的却仍是建于 20 世纪五六十年代的破旧平房，有的甚至是逢雨漏雨、遇风飘摇的危房。成年累月在边境线上辛苦奔忙，住楼房的梦想何日能圆？边境建设大会战解了乡镇干部住房困窘的燃眉之急，101 个乡镇的 4000 多套新房如雪中送炭。百色地区靖西县湖润镇的干部喜不自禁！解放 50 多年了，乡镇干部第一次住上了楼房！

多少年来，边境地区的人民一直有着太多的期盼：盼边境安宁，盼脱贫致富；盼像城里人那样过着"电灯、电话，楼上楼下"的小康日子；盼孩子们不再当"睁眼瞎"……令他们所料不及而又惊喜万分的是，仅仅两年时间，自治区党委和政府就把他们的诸多梦想变成了现实，不仅为他们解决了水、电、路、通讯、广播电视等基本的生产生活设施，还将卫生、教育、文化、边贸、通邮等问题一揽子解决，使他们的生活有了一个全新的开始。

如今，边关不再遥远，边境不再荒凉，边民的日子不再凄惶。

边境的干部说，边境建设大会战的件件实事，就像一道坚固的长城，筑在边境群众的心坎上。

## 六

走过长长的边境线，凭祥友谊关巍峨依旧，镇南关雄踞南疆。透过历史的风烟，这些与界碑、与疆土、与民族共浴血火、同经磨难的关隘，给了我们怎样的启示和警策？

战争曾经打破了边境的宁静，战争使城市成为废墟，乡村一片颓败，但摧不垮的是千古傲然的民族气节，打不败的是自强不息的民族精神。基于此，西马屯的 9 户边民才能在近乎原始的生存状态下坚守着 123 号界碑；基于此，242 万各族人民才能在一次又一次战火的洗礼中顽强地固守着千里南疆。

有道是“边关无小事”，但又有多少人真正领会其中的深刻内涵？

就像古老的长城和远古的烽火台早已失去了御敌的意义一样，时代已经赋予今天的边境和今天的边民以全新的重任。

民强则国固，民强则边境安然。化干戈为玉帛，以建设促发展。当小康取代了贫困，先进取代了落后，边境线一派繁荣的时候，我们的国防自然会更牢、更坚、更强。

“一个边民就是一个哨兵，一个村屯就是一个堡垒。”自治区党委书记曹伯纯的话，耐人寻味，寓意深长，它让我们从更深更广的角度认识了这场规模空前、影响长远的边境建设大会战。

2003 年 8 月载于《人民日报》

# 走进军校

朋友，你到过军校吗？你了解军校吗？你向往军校吗？

对于大多数普通人而言，军校是神秘的，也是陌生的；而对于那些正面临人生道路重大抉择的青年朋友来说，军校也许是他们一生之首选，理想之所在。那么，让我们走进军校，走进这片既神秘而又令人向往的天地，去领略那军人与学子同为一体的人生风景，去探究那学术与战术融会贯通的无穷奥秘……

## 军校的魅力

也许，军校的魅力并不仅仅在于它对那些志在国防而投身军营的莘莘学子的吸引和召唤。当记者走进位于长沙浏阳河畔的国防科技大学时，同样感受到了一种强烈的吸引力。宁静清幽的校园，处处透着勃勃生机；着装整齐的教官和学员，个个显得英武干练，掩映在绿树丛中的老式办公楼和现代化设备一应俱全的重点实验室，则体现了传统与现代、历史与现实的融合交汇。

这所素有“军中清华”之称的军事学府，其前身是赫赫有名的哈尔滨军事工程学院（简称“哈军工”）。1953年建院之初，毛泽东同志曾为它亲自题写训词，陈赓大将曾亲任院长兼政委。70年代初，学院主体南迁长沙，曾一度转为地方管辖。1977年，恢复工作不久的邓小平同志以他战略家的远见卓识，提出在“哈军工”的基础上组建国防科技大学，学校重新列入军队序列。1993年3月17日，江泽民主席亲临国防科大视察，并挥毫题词：“办好国防科大，培养德、智、军、体合格人才，出高水平科研成果。”

光荣的传统和悠久的历史，奠定了国防科大在军事院校中的重要地位。目前它是我国唯一经国务院、中央军委批准设有研究生院的军队工程技术院校，也是首批进入国家“211”工程建设的全国18所重点院校之一。

当然，国防科大更令人瞩目的是以“银河”系列巨型计算机、“织女”探空火箭、环形激光器、两足步行机器人、磁悬浮列车样车等为代表的3400多项科技成果，其中1600多项获国家、部委级科技进步奖，更有18项是作为“中国第一”的标志性高科技成果。

难怪它是那么强烈地吸引着大批军内外的优秀青年投向它的怀抱。在历年的高考招生中，它的录取分数线始终居高不下，一些热门专业的录取分数甚至直逼北大、清华等高校。

诚然，军校的供给制待遇对于那些家境困难但成绩优秀的考生是一个不小的吸引力，但它更大的魅力在于：它给予学员的，不仅仅是知识和能力。

来自孔孟之乡的农家子弟王召福，1992年以优异成绩考入国防科大计算机专业。也许学校的环境和大批优秀教师对他的影响太大，他在这里一读就是9年，从本科生一直读到博士生。他深有感触地说，军校是个读书的好地方，特别在当前，市场经济的冲击力及社会价值取向的影响，在军校都不那么突出。相比之下，军校的学员大都能安下心来读书。他特别强调，自从上了军校之后，他觉得自己精神层面的东西在不断升华，“国家”的概念在心中更清晰、更真实。他能真切地感到我们国家在国际上所处的地位，同时也感到作为一个公民，应为国家做点什么。最后，这位憨厚、结实的山东小伙儿告诉记者，如果没有军校的熏陶，今天，他对国家、对社会不会有如此强烈的责任感、使命感。

另一位来自“北国冰城”哈尔滨的计算机专业硕士程志全，同样深切地感受到军校的魅力与可爱。他说，军校的同学，一同苦学苦练，摸爬滚打，吃的是同样的饭菜，既体现不出经济条件的反差，也不会因家境的悬殊而影响彼此的交往。因而人际关系比较单纯，同学间的友谊也比较纯真。特别是大家一同接受正统教育，政治素质相对较强，这在当今社会，是难能可贵的。

国防科大不仅以它独特的魅力吸引了成千上万来自五湖四海的优秀学员，也以它独特的优势留住了为数不少的顶尖级科技人才。在这座幽静的校园内，可谓是藏龙卧虎，人才济济。它拥有包括中科院院士、工程院院士等在内的一大批享誉军内外、国内外的教学、科研骨干。

记者特意采访了计算机学院教授、博士生导师金士尧中将。他是60年代初毕业于“哈军工”的高材生。40年来，一直致力于计算机的研制工作。

60年代，金士尧参与了我国第一台集成电路计算机的研制；70年代，他与战友们顶着重重压力和阻力，成功地研制出我国首台百万次计算机，并参与执行我国首次洲际导弹全程试验落点测量任务；80年代至90年代，他作为第一负责人和总设计师，又先后承担起国家重点科研项目“银河超级巨型计算机”与“银河仿真—II型计算机”的研制任务。由他一手主持研制成功的“银河仿真—II型计算机”，被国家权威鉴定部门认定为“国际上最先进的仿真计算机系统，它的仿真能力是通用千万次大型计算机的5至50倍，其整体性能居世界领先水平”。

更令金士尧教授自豪的是，我国在研制“长征”运载火箭时，使用银河仿真计算机进行了数百次数字仿真和多次半实物仿真，确保了首次发射成功。

然而，就是这么一位贡献突出的军内计算机专家，每月的全部收入还不到3000元(若在地方，这是一个计算机专业本科生的起点报酬)。当记者就此问题请教这位享受大军区副职待遇、授中将军衔的知名教授时，他坦然地说，国家经常向军校下达一些明确而重要的任务，军人的使命感和责任感使他淡化了许多东西。他说，能为国家做一点事情，能在国防科技史上写有一笔，此生足矣。

也许，这就是军校魅力，它足以抵挡来自其他方面的一切诱惑。

## 军校的实力

渤海之滨、风光秀美的大连海滨，面向蔚蓝色的大海矗立着一所集海军舰艇一线作战部队军事、政治、工程技术于一体的多功能综合型军事院校，它就是与共和国同龄的“海军军官的摇篮”——大连舰艇学院。

半个世纪以来，从这里走向各个舰艇的海军军官多达3万余人，他们当中，有百余人成为将军，数百人成为三级舰艇上的舰长、政委。

为了面向现代化，赢得未来战争，抓紧做好对敌军事斗争准备，大连舰艇学院近年来不断加快办学条件的现代化及学科、专业设置的合理化。

现在，学院拥有一批为海军现代化建设和打赢未来海上局部战争所特设的学科和专业，如海军舰艇兵种战术学、军事航海的交通信息与控制、以海洋测量为主要内容的大地测量学与测量工程、以舰艇战术量化为主要内容的军事运筹学科专业等等。现有专业涵盖了军事学、工学、法学、理学等多个学科门类，是全军屈指可数的几所能完成中、初级指挥人才合训、指技合训、军政合训的院校之一。

大连舰艇学院实力雄厚的象征之一是学院拥有5000吨的“郑和”号和9000吨的“世昌”号两艘具有国际先进水平的远洋航海训练舰，为学员提供了理想的海上平台。这两艘被誉为“海上综合大学”的大型训练舰配有先进的动力装置和现代化的自动控制导航、遥测、通讯系统，能在各种复杂海域进行长期训练航行。舰上设有10多个实习训练舱室、教学用的新式卫星导航信息、雷达荧光图像等，还设有良好的生活设施和医疗设施。其中，“世昌”号远洋综合训练舰除具备航海训练功能外，还可用于直升机、医疗救护、国防动员等多种演练。到目前为止，这两艘训练舰已圆满完成海军7所院校56批次1万余名学员的海上实习任务，航迹遍及亚洲、美洲、大洋洲以及太平洋、印度洋等40多个海区和港口，并成功访问了美国、澳大利亚、印度等许多国家，标志着中国海军学员的海上训练，已经从近海走向远洋。

看过了“中国海军第一校”之后，让我们把视线从美丽的渤海之滨转向冀中平原，到历史悠久的石家庄陆军指挥学院的作战指挥实验室去浏览他们的“首长机关作战指挥训练模拟系统”。

首先，让我们听听学院院长许和震少将的介绍：“人类已步入信息时代，高新技术领域的最新成果催生了新一轮的世界军事革命，不把现代信息技术应用于军事教育，就不可能培养出适应时代要求，打赢高技术局部战争的人才……”

基于上述指导思想，石家庄陆军指挥学院从1996年初开始建立以ATM技术（异步传输模式）为骨干的校园信息网络，经过几年的探索与实践，已将全院教学、办公等3000多个站点连成网，建成了作战指挥自动化、作战模拟、多媒体网络教学等20多个应用系统、100多个数据库和数百个多媒体教学课件，初步形成了一个信息化教学环境，基本实现了战术演练模拟化、课堂教学多媒体化、作战指挥自动化、信息传输网络化。

该学院自己研制的“首长机关作战指挥训练模拟系统”能够模拟高技术联合作战背景下的13个军兵种、专业，从首长机关到分队的75种作战、保障行动及其效果，特别是能客观地模拟出电子战、信息战的效果，可以支持200余人在计算机网络上进行对抗性综合训练……

当然，人们不会忘记，石家庄陆军指挥学院曾有过辉煌的历史：它的前身是建于1938年的抗大二分校，后来又曾更名为华北军政大学、石家庄陆军参谋学院等。1999年，陆军参谋学院与装甲兵指挥学院合并为石家庄陆军指挥学院。人们更不会忘记，刘伯承、聂荣臻、叶剑英等3位元帅及许光达大将等曾先后担任学院领导，学院在长期的办学实践中，积累了丰富的经验，为我军培养了13万多名各类人才。

随着时代的进步和信息社会的到来，石家庄陆军指挥学院的学员们已从过去的纸上谈兵转变为网上演兵。这预示着，中国军校已经步入了信息时代的快车道。

## 军校的风采

想要继续领略军校的风采吗？请到北国长春空军第七飞行学院来。它的前身曾是中国空军的摇篮——著名的东北老航校。正在中央电视台播出的电视连续剧《壮志凌云》里有很多场面都是对这所航校的真实写照。

透过茫茫的历史风烟，我们仿佛看到该院那叠印着一连串功勋与战绩的辉煌历史：空军第一支直升机部队在此组建；新中国第一批女飞行员从这里起飞；该学院飞行二期学员杨国祥，曾创造了我国空军史上11个之最，并于1972年1月7日成功地投掷了我国第一颗实战氢弹，为我国的氢弹实验立下了卓越功勋。

如今，在老航校光荣传统的熏陶下，新一代飞行学员更是风采卓然。你看那一个个驾驶着战鹰在蓝天练习飞行的年轻学员，大多数都来自独生子女家庭。为了实现心中的蓝色梦想，他们不仅毅然离开了父母的细心呵护，也放弃了有可能通向成功的其他捷径，加入了保卫祖国领空的光荣行列。

山东学员王海江，上高中时英语成绩十分出色，老师同学都劝他报告外语类院校，以便将来出国深造。他却出人意料地选择了军校，因为驾着战机翱翔蓝天是他此生最大的心愿。来自河北的学员徐兵营，在中学时代曾表现出了多方面的艺术天分，其国画、书法、剪纸都在国内举办的各类比赛中获过奖，老师们认定他将成为未来的艺术家，不料，高中毕业时，他却带着父辈未圆的蓝天梦走进了飞行学院……

不难预料，这些跨世纪的蓝天雏鹰，将为飞行学院光荣的校史续写更加壮美的篇章。

如果说，不远的将来，第七飞行学院的健儿们将在蓝天上抒发他们的豪情壮志，那么，廊坊陆军导弹学院的骄子们则将在国防现代化的进程中展现他们不凡的风采。

这所由前炮兵导弹学院改组的新型军事院校，其教学专业代表着陆军导弹技术的发展方向。目前，该院已有反坦克导弹技术指挥、防空导弹技术指挥、战役战术导弹技术指挥等为强化现代国防力量而设立的几大专业。同时，该院还将开设战术指挥与工程、发射工程、导弹控制与测试工程等新的专业。

10 多年来，廊坊陆军导弹学院为全军导弹部队培养了数以万计的技术指挥军官和技术骨干，其下属的导弹连是我军第一个 HT73 反坦克导弹连，自 1978 年组建以来，先后荣立集体二等功一次、集体三等功 11 次，被誉为“中国红箭第一连”。

这所旨在培养新一代掌握高、精、尖型武器，具有高素质新型人才的军校，处处洋溢着一种蓬勃向上的生气，学员们因此自豪地称自己的学校为“朝阳学院”。事业、责任、献身是他们坚守不移的人生坐标，改革、创新、前进是鼓舞他们永往直前的精神动力。

在 2000 年这个火热的夏天，我们走进了一所所跃动着矫健的身姿、闪烁着理想的火花、回荡着青春旋律的军校，我们走近了一个个生龙活虎、风华正茂的军校学员身边。

走进军校，我们感受到了新世纪共和国科技强军、振兴国防的光明前景！

走进军校，我们领略到了新一代军人学子志存高远、奋发向上的战斗情怀！

走进军校，我们不虚此行！

2000 年 北京

# 中医中药，何时走出现实的困境

当今世界，没有任何一个国家的传统医学像中医一样，有着数千年的历史传承，始终维持着独立的理论体系；同样，没有任何国家的传统医学像中医一样，至今仍保存着近一万种古代医学文献及十几万个历代治病的方剂，并且应用于临床，发挥着卓越的疗效。

然而，随着时代的变迁及现代医学的进步与普及，被毛泽东誉为“对世界有大贡献”的中医，日渐陷入了生存与发展困境。

## 中医的尴尬、萎缩与异化

近些年，中医从业人员的大幅减少，确切地印证了中医整个行业的萎缩。有关资料表明：民国初年，我国有中医80万人，1949年为50万人，现在却仍然只有50万人。特别是随着一大批身怀绝技的名老中医的谢世，中医队伍后继乏人的问题日渐凸显。更令人担心的是，我国20世纪60年代后培养的多数中医已不会运用传统的“望闻问切”诊断病情。据对一些地区和县级中医院的调查，大约只有10%的中医开汤药处方。怪不得有人惊呼：中医药已经陷入了传承危机！

中医异化，是中医面临的另一个十分突出的问题。由于对“中西结合”方针的片面理解，近几十年来，中医从科研、教育到临床都呈现异化倾向。一个不容忽视的问题是，现在一些中医院校的学生学习中医、西医的时间几乎相等，传统中医经典成为“选修”科目，以致中医学博士、硕士可能读不懂

《黄帝内经》或《本草纲目》，但英语四六级和计算机考试必过，导致很多学生中医理论基础薄弱，专业基本功肤浅，毕业之后成为不中不西的边缘人。广西中医学院教授刘力红认为："我们所采用的现代中医教育路子，只是一条培养造就下一代的路子。"

此外，"中西医并重"的方针在很多地方和层面尚未得到真正的贯彻落实。以研究经费为例，中西医的投入比是 8.7∶91.3，比例何其悬殊！来自国家中医药管理局的数据表明：目前中医承担着 1/3 的医疗任务，中医医务人员的数量却只占卫生人员的 1/10；我国地级以上中医院共有 500 所，其中 1/2 不具备地级以上医院的基础设备条件；中医医院院均固定资产不到同级综合医院的 1/3。同时，有 2/3 的中医服务项目价格偏低，不能弥补成本，许多中医院在巨大的生存压力下只得变更为"中西医结合医院"。

谈及中医的教育及传承，著名老中医、北京大德康寿文化发展公司首席专家吉良辰不胜感慨。一次，吉老应邀赴澳洲讲学，先后在悉尼、佩斯、布里斯班等地讲授中国传统医学，听众几乎都是高鼻子、黄头发的洋人。其中有位德国人递给吉老一张名片，名字叫张仲民。吉老问他，此名字有何讲究？对方恭敬地回答：我熟读《伤寒论》、《金匮要略》，我是张仲景的子民，因此起名张仲民。此事令吉老感触颇深，他不由得回想起40多年前的一桩往事：一天，他正在爱国人士章士钊先生家里为其诊病，碰巧遇见了周恩来总理，并有幸与周总理谈起了中医中药……令吉老记忆深刻的是周恩来当时意味深长的一句话："如果我们现在不很好地学习中医，今后就有可能到国外留学中医。"

被周恩来不幸言中的局面似乎离我们并不遥远，"中国原产、韩国开花、日本结果、欧美收获"，业界有人用这样一句话来形容中医现在的尴尬局面。

## "现代化"的围城与误区

"中国医药学是一个伟大的宝库，应当努力发掘，加以提高。"半个世纪之前毛泽东的这一论断，在今天却少有人能正确理解。往往谈到中医的发展，不是就中医本身的内在规律论事，动辄以所谓"现代化""科学化"或"与国际接轨"的框框来套中医。

一些深谙中医之道的业内专家的看法是：西方国家没有中药，哪有中药之轨？我们跟谁去接轨？许多有识之士认为：东西方文化是互补性很强的两种文化，我们不应妄自菲薄，把中医处于“自我从属”的地位，应该是中医与现代科学“双向接轨”。还有专家指出：“中药西制”和“废医存药”是中药现代化与现代中药科技产业化发展进程中的两个具有代表性的错误倾向。

多年来，我们花费了大量的人力、物力和财力进行“中医现代化”的研究，以为让某几味中药或中药提取物获得“国际认证”就是与国际接轨。如此中医药研究便陷入一个严重误区，很多人都误以为中药现代化就是要搞清中药的有效物质基础，提取中药的有效成分，分离出单质，再走向化学合成的道路。

国家中医基础理论研究项目专家组组长兼首席科学家、90岁高龄的广州中医药大学终身教授邓铁涛在接受本刊记者采访时表示：中医药是我国的瑰宝，有着数千年不断发展的历史，是中国的第五大发明，中医的经典汗牛充栋，很多理论都走在世界医学的前面，中医在两千多年前就有了辩证法，阴阳是中医的矛盾论，五行是中医的系统论，它是从功能的归纳认识人的五脏六腑，中医在很多方面也符合信息论。一些不懂中医的人，总是用西医的标尺来衡量中医，这才是真正的不科学。

湖南省政协常委、湖南中医学院彭坚教授认为：“中医、西医各有自己的长处和短处，互补是应该的，怎么可能用衡量西医的标准来衡量中医呢？现实情况是，我们一直在用这把尺子量，而且要中医的科研方向乃至整个中医学科的发展向西医这个标准看齐，否则，就说你‘不科学’，这种导向极大地伤害了许多真正从事中医的人，损害了中医事业的发展。”

国家有关管理部门也看到了问题的严重性：“在中医现代化的过程中，存在简单模仿甚至机械套用现代医学的思路、方法、规范、标准等现象。在科研立项、评估和中医临床疗效评估等方面，尚未创建符合中医药自身特点的规范标准。”同时，“在科学研究方面，尚未建立起符合中医药自身规律和特点的方法体系和相应标准，存在基础研究与实际脱节、中药研究与中医理论脱节等现象。”

## 中医如何走出困境

凡是懂中医的人都知道，中医的生命在于临床。中医的一个重要特点是它具有传承性，历代著名医家，大都是师徒相授或家学传承，真正的中医是理论加临床，缺一不可。然而，现在的中医却离传统、离经典越来越远，以致出现了许多违反中医自身规律的东西。如中医学院的教授、博导不懂临床，只会在黑板上空谈“辨证施治”；不少有师传且临床经验丰富的民间中医，只因通不过“学院”考试而得不到正式的行医资格；一些中医研究人员的研究课题和方向与中医规律背道而驰；用西医的方法和标准评审中医药……这种远离中医本色的“中医”，怎么能令人信服呢？

邓铁涛老先生告诉记者：聚集着一批实力派中医的广东中医院每天的门诊量达 10000 人，每天发出去的中草药多达 6 吨……事实上，并不是人们不相信、不需要中医，而是现在要找到地道的、原汁原味的中医已经很难了。

出身中医世家、有着 30 多年教学和临床经验的彭坚认为，建立现代医院的方式，不适合中医。因为一个真正的中医，诊断疾病主要靠望闻问切，而不是靠仪器检测。四诊虽然是古老的，但决不是落后的，这是一种信息处理的手段，从古到今的中医医疗实践，证明是有效的。中医也不能像西医那样分科很细，这样容易失去整体的把握。古代的中医多数是全科医生，因为中医的理、法、方、药是统一的，各科通用的。

因此，“真正适合于中医发展的，不是大型综合性医院，而是个体化、个性化的小型诊所。这样的中医诊所，基本不作西医的检测，只治疗中医有特长的病，这样就摆脱了对西医及其检测仪器的依赖，使得中医能在学术上独立起来，真正发挥中医的优势。全国很多顾客盈门的中医诊所，都是因为避开了西医的短处，发挥了中医长处的结果。这样的诊所，在我国有极大的发展空间。”

彭坚建议借鉴一下国外的经验：欧洲很多国家允许用中医看病，但是不准开西药，不准作西医检测，只准开中药、扎针灸，否则是违法的。这样一来，很多由国内聘请到国外的中医，被逼上梁山，只好放弃脚踩两只船的想法，回过头来，走“纯中医”的路子。有一位中医学院的中年教师说：“我想当名中医的美梦，在国内 10 年没有做成，到英国一年就实现了。”

记者在采访中了解到，有一位姓吴的中国同胞，几年中在英国开了 100 家中医连锁店，用纯中医的方法治病，搞得有声有色。唯一的现代化手段，是用网络进行管理、监控、会诊、培训，把散布在英伦三岛的各个小型中医诊所连成一体。

不少中医专家建议，我们应当利用中医药简、验、便、廉的特色，在全国各地的社区、乡镇，开一些纯中医诊所，不作西医检查，不开西药，严格地辨证论治，完全用中医药治疗，雇佣中青年中医坐堂，聘请老中医专家当顾问，利用网络管理、监控、咨询、会诊、培训、提高，进行人性化的诊疗服务。这种成本低、收费低、服务质量好的中医连锁店，既可以有效解决老百姓进医院看病难、花费大的问题，又可以解决大批中医药大学毕业生就业难、成材慢的问题，还可以摆脱对西医的依赖，促进中医临床水平的大幅度提高。

科技部中国科学技术信息研究所研究员贾谦指出，要从根本上振兴和发展中医，还需要从国家层面大力完善保护中医药发展的有关法律法规，使中医药获得独立发展的空间；在中医药教学上也要下大工夫，加强中医的师承文化，尤其要加强中医药院校学生对中国传统文化的学习和理解，才有助于培养出大批的中医人才。

2006 年 10 月

# 农民工：回家的路有多难

回家过年是每一个游子的期盼，明知路途艰辛却仍是勇往直前。真的盼望能有一年春节回家，能和平常一样，没有春运的紧张、春运的烦恼和春运的煎熬，给所有归心似箭的人们一个快乐幸福的回家过年的旅程。

——摘自农民工语录

春节，是亿万中国人团圆的节日，也是千千万万在外务工者期盼回家的时刻。一年到头，异地打工的苦难艰辛，与父母妻儿离别的忧伤，都被即将回家过年的喜悦冲淡。然而，对于许多农民工来说，回家过年的路，却是那么艰辛而漫长。

## 无尽的乡愁，回不去的家

民谣：乡愁是一枚小小的车票，我在高铁这头，家在高铁那头……

回家，回家——临近春节，无论天南地北，无论大城小镇，无数农民工都在为回家的事儿发愁。“一票难求”，是绊住他们回家脚步的缰绳。

多少人冒着严寒、带着铺盖卷在火车站通宵达旦排队，希望长时间的“苦其心志、劳其筋骨”后能买到一张回家的车票。然而，绝大多数寄望排队买票的人，都以失望告终。

春运刚刚开始，上海一位农民工在寒夜中排队 13 小时，好不容易熬到天亮开始售票，排在第一位的他却被告知：他要的票“一张都没了”！

在北京西站，一位连续 5 天凌晨 4 点就赶来排队的男子，最终也没能买到票。愤怒之余，他不禁嚎啕痛哭；而在全国各地，数以十万计的摩托车大军，拖家带口、风雨兼程地疾驶在冰天雪地的回乡路上……类似的情景，成为每年春运期间一幅幅令人心颤的画面。

更可悲的是，近日，三户在北京打工的民工家庭合租一辆小面包车回四川老家过年，就在临近家乡的时候，突然发生车祸，车内 10 人，9 人不幸遇难……如果不是“一票难求”，想必这些可怜的打工者绝不会扶老携幼、10 口人挤在只有 5 个座位的小车内颠簸数千里，最后命丧黄泉。

从前，出门在外的游子，多年回不了家，是因为山高水远，路途不通。如今，发达的现代化交通，为人们出行带来了极大的便利，高速火车甚至通到了遥远的青藏高原……

可是，在四通八达的现代交通网络中生活的无数农民工，在中华民族万家团聚的春节，却有家难回——无尽的乡愁载不起一张沉重的火车票。

农民工小蔡的老家在四川，他到北京打工十多年，记忆中，春节回家与父母亲人团聚的次数少得可怜。无论是彻夜排队还是托亲友帮忙，都很难买到回家的车票。于是，他就只好在北京过着冷清的、没有亲人团聚、没有家乡特色、没有浓浓年味的春节。为此，他常常觉得愧对年迈的父母。

的确，春运期间一张小小的车票，承载了多少农民工的乡愁，承载了多少留乡父母妻儿的期待，也承载了很多很多现实的无奈……

## 回家的路，步步艰难

民谣：年年春运叹无奈，人海人山人折磨。

一年又一年，春运高潮时，北京、广州、成都、郑州……全国各大火车站那万头攒动、人潮如涌的场面，令人有地球将要窒息的感觉。

一年又一年的春运，是亿万农民工对中国道路交通负荷严重超载的痛苦体验。

即使那些有幸买到车票的人，回家之路的艰辛也是刻骨铭心。本刊一位读者如此描述他的回家经历：

> 那天晚上，我坐上公交车直奔火车站。没想到这千算万算，就没算到春运期间公交车也是拥挤不堪，十多站的路，每到一站，车门打开就没法再关上，结果路上花的时间比平时多了一两倍。
>
> 到车站广场后又被吓了一大跳，只见偌大的广场上人影憧憧，站着的坐着的躺着的都有，几乎都是民工模样的人，还有人将棉被裹在身上睡在广场上，这么冷的天怎么受得了？我七拐八绕地终于进入候车室，再一瞧更是不得了，天啊，仿佛全城的人都到这候车室里来集中报到，挤得连个针尖都放不下。
>
> 进入车厢后好歹找到自己的座位，刚坐下我伸了一下腿，脚就碰到前面座位下一个硬硬的东西，本以为是人家的什么行李呢，再仔细一瞧，吓我一跳，竟是一个人的脑袋，蜷缩在那里睡得正香，我一不小心踢了他的头都没反应，一下子我就懵了，再想想这就是春运，记忆里可怕的两个字眼……
>
> 在春运的火车上没法睡觉，只能闭目养神，连水都不敢喝一口，怕去方便，连卫生间里都挤满了人呢。
>
> 与周围的乘客闲聊，才知道他们大多是和我一样在城市务工回家过年的民工，有的还是从别的地方来这里转车的，待了好几天买不到车票，最后还是从黄牛那儿买的车票，价格贵了许多。虽然车票贵，可他们也比还在车站广场转悠的那些民工幸运许多，只要坐上这火车，心里有了底，离家也就不远。所以即使这车厢里人再多，气味再难闻，空气再窒息，这一车的人也都是幸福的，毕竟踏上了回家之路……

近日，有打工者在网络上摊晒自己回家的总成本：价格不菲的车票加上通宵排队守候，以及路上几十小时的时间……当然，还不包括伴随整个旅程的拥挤、困顿、焦虑、忧烦等负面情绪和一路的颠簸与坎坷。身心双重煎熬所付出的，又岂止是金钱和时间的成本？

古人叹："蜀道难，难于上青天"；今天，农民工的回家之路，为什么还是难上加难?

## 缘何年年春运难

民谣:春运到,春运到,各路票贩往外冒。
不坐车,不排队,各地车票由他调……

一位17岁到深圳打工的湘妹子,已经三年没回家了。她爹死得早,娘在湘西那块贫瘠的土地上艰难地熬着苦日子,才40多岁的人,就憔悴得像老婆子一样,她好想回去看看娘。

可是,她买不到火车票。她说,"我哭都不知道找谁哭!"

她记得,4年前回家的时候,在火车站熬一宿也能买到票;3年前咬咬牙多出20块钱也能弄到黄牛票,可是今年开始电话定票了,票却没了。黄牛票要加价300块钱才能到手,她是无论如何都出不起了。她想,加上回家的车费,她一个月不吃不喝,工资也不够啊。她不由得大声慨叹:天啊,票都到哪里去啦?

这个女孩道出了无数人都想问的一个问题:票都到哪里去啦?

普通民众年年"望票兴叹"、"一票难求",而"黄牛党"们历经多年的"严打"之后,依然"生生不息"。如果没有铁路内部的默契配合,"黄牛党"手中怎会有层出不穷的票源?

一年又一年,春节期间"运力紧张"的问题始终得不到有效解决,供求关系失衡固然是其中的重要因素,但并非没有改善的余地。一直以来,铁路部门都不肯将各条线路的车票总额及去向,明明白白地向社会大众公开。到底是谁掌握了春运车票的分配权?在整个票额当中,有几成车票能分到占乘客绝大多数的普通民众(即那些需要通宵排队的人)头上?试想,如果能将其中的一部分合理地分配到各售票窗口,真正向社会大众敞开售票,许多人也不至于通宵达旦、甚至顶风冒雪排队数日,最终却空手失望而归。

近年来,中央政府不断加大对铁路建设的投入力度,仅2010年就投入8000多亿元人民币。据了解,目前我国已经投入运营的高速铁路已经达到6552营业公里。去年,民工往来最密集的京广线已经实现了高铁正常运营,加之原有的运输系统,按说今年的春运应该有所缓解,但"一票难求"的局面并未明显改观，原因何在？

曾经有民众抱怨，在高铁开通后，铁道部不断停开原有的普通列车，想方设法迫使旅客选择乘坐高铁，以提升昂贵的高铁上座率，高铁事实上成了铁路涨价的代名词。于是有网友调侃：高铁就是高价，动车就是动钱——价廉物美的普客，与有时间、没钞票的百姓就是“无缘”。一位农民工不无感伤地说：虽然有高铁，虽然有豪华卧铺，但那不属于我们，属于我们的，只有不停上涨的回家成本以及一路的辛酸。

“铁路越修越长，车票却越来越难买，回家的成本也越来越高”，是千万普通民众的切身感受；今年春运期间，预售高铁车票的站点内场面冷清，而普通车票却依旧一票难求的情形，客观地反映了近年来我国铁路建设中过分注重“豪华与高速”而轻忽“普惠与民生”的现状。铁路成本的昂贵与运输效率的低下，是当前普通百姓回家难、行路难的原因之一。

春运是个严肃的社会问题，它不仅事关公共利益，更关乎社会的稳定与和谐。因此，有关部门应该多一些公平理念，多一些民生关怀，让那些常年在外辛苦打工的人们，从此告别“有家难回”的痛苦与不安。

2011 年春

## “金榜题名”话“人文”

对于千千万万读者来说，人民文学出版社的名声如雷贯耳。新中国一代又一代文学青年的成长，一批又一批作家的成熟、成名，无不与人民文学出版社有着密不可分的关系。从《诗经》、《楚辞》到李、杜诗篇，从莎士比亚戏剧到托尔斯泰小说；从曹雪芹到鲁迅、巴金；“人文”版的书籍熏陶、培养了多少聪明智慧的读书人！

43年来，人民文学出版社全面、系统地整理出版了我国从古代到新中国成立后在文学史上有影响的作家的全集、文集、选集和重点作品数百种。其中，鲁迅、郭沫若、茅盾、巴金、老舍等文学大师的全集、文集，在国内外产生了重大影响。

同时，该社还有计划地翻译出版了80多个国家和地区的有代表性作家的主要作品，比较全面地反映了世界各国的文学成果。

近些年，该社汇集、出版了莎士比亚、巴尔扎克、托尔斯泰、泰戈尔、普希金等20多位文学巨匠的全集、文集，并推出一套规模宏大的《世界文学名著文库》(共200种，250卷)，将世界各国的文学精华全面地介绍给中国读者。

改革开放以来，该社坚持“双百”方针，以繁荣文学出版事业、增强国家文化积累为己任，努力适应新时期文化建设的需要，出版了一大批当代优秀长篇小说，在国内三届茅盾文学奖的14种获奖作品中，该社出版的作品占了50%。

迄今为止，该社已出版中外古今文学书籍7500多种，印行了5亿多册，有近70种图书在国际国内各种高层次的大型评奖中获奖。该社图书已形成了高品位、高质量的传统格局，构成了包容古今、囊括中外的文学图书体系。

作为一家代表国家级出版水平的专业文学出版社，该社十分珍视自己的地位和影响。

早在50年代，该社就制定出一套相当全面的、有系统性的总体出书计划。

几十年来，从冯雪峰、巴人、严文井，到秦兆阳、陈早春，社领导换了一届又一届，但那一套经过详细论证、周密审核、反复推敲的总体规划，始终是"人文社"出版事业的蓝图。

用现任社长、总编辑陈早春的话说，他们历来严格执行"祖宗家法"。因此，不看风，不随时，不凑热闹，不为风风雨雨所左右，始终保持自己出版社的传统品格，即成为该社十分可贵的一大特色。

当社会上不时掀起一阵阵港台热、明星热、拜金热的时候，当左一阵风、右一阵风相继刮来、压力当头的时候，当商品经济的浪潮汹涌而下，一些出版社以"搞活出版"为名，争先恐后买卖书号、牟取利润的时候，人民文学出版社都不为之所动，他们严格掌握作家作品的出版标准，不合要求，决不滥出，以此维护经过几代人共同努力而形成的"人文品格"。

说来也许令人惊讶，在人民文学出版社，任何一位社领导都决定不了一种书是否出版。该社严格实行三审制度，选题计划由总编辑会议决定，每一本书都必须按程序一级一级审读之后，才能决定出版与否。

"搞出版，不能近视，既要考虑眼前利益，更要考虑长远利益。要有历史的使命感和责任感，要着眼于未来，着眼于对人类精神财富的总结、积累。"陈早春如是说。

的确，人民文学出版社由于一直有一批高素质、高水平和富有时代使命感的编辑专家掌握着全社出版工作的方向，因而多年来，该社的出版工作始终沿着良性循环的路子发展而没有大的闪失和折腾。在他们每年出版的三四百种图书中，重版书高达60%～70%。由此可见，好的图书终究经得起时间的考验而最终被保留下来，并将世世代代流传下去。

同时，对于一些有文化、学术价值，有长远生命力的好书，即使赔钱，他们也照出不误。如当代中国一些著名作家的全集、文集，几乎是出一本赔一本，但考虑到这是保存和积累民族文化的需要，该社还是毅然承担起这份责任。

“古今中外，提高为主”，是人民文学出版社一贯遵循的出版方针。为了提高全民族的文化素质和文学素养，该社几代人为此付出了极大的努力。

尽管高档次、高品位、高质量一直是该社不可动摇的出书标准，但这并不意味着他们只看重“阳春白雪”而不顾及“下里巴人”。

近年来，面对改革开放的新形势，他们一手抓提高，一手抓普及，不断调整自己的出书结构，出版了一批文学小丛书、文学故事丛书、精华选粹以及古文今译等面向广大读者的文学普及丛书，使不同文化层次的读者都能从“人文版”的图书中获益。他们认为，提高固然重要，普及也不可忽视，但普及并不等于迎合低级趣味，搞庸俗化的东西。

当前，出版界越来越多地受到商品经济规律的制约，面临着许多新的问题和新的困难。但有着优良传统和品格的人民文学出版社，将始终站在对历史负责、对人民负责、对子孙后代负责的高度，以宏扬、积累民族文化为己任，为繁荣祖国的出版事业再创辉煌！

1994年12月

# 异军突起耀湖湘

自鸦片战争之后，曾被誉为“功业之盛、举世无出其右”的湖南省，先后形成了以曾国藩为代表的湘军将领集团，以谭嗣同为代表的戊戌维新志士群，以黄兴为代表的辛亥革命志士群，在中国近代史上产生了空前深远的影响，而与之相呼应的则是源远流长的“湖湘文化”。

居于岳麓山下、湘水之滨的岳麓书社，是今年（1994年）中宣部、国家新闻出版总署所表彰的15家出版社中唯一的古籍出版社。

建社12年来，岳麓书社始终把握住正确的出版方向，注重摆正两个效益的位置，坚持社会效益第一的原则，同时借助良好的天时地利条件，致力于地方古籍的整理出版，先后出版了大批有全国性意义和影响的湘籍人物著作，如《曾国藩全集》（全30卷）、《船山全书》（全16卷）、《左宗棠全集》（全15卷）等。

早在80年代中期，岳麓书社即以一套规模宏大、编撰精细的《走向世界丛书》而誉声海内外。李一氓先生曾评价该书为“古籍整理中最富有思想性、科学性和创造性的一套丛书”，并赞其“可称为整理古籍的模范”。

改革开放以后，面对市场经济的新形式，岳麓书社边实践、边摸索，逐步形成了自己较为合理的图书结构，走出了一条“以书养书”的路子，那就是在整理出版地方古籍的同时，相继推出了《古籍名著普及文库》和《古典名著今释读本》两套面向广大读者的普及读物。随后又推出了《传统蒙学丛书》、《韵文三百首系列》和影印书、旧译新解等双效书，并以其品位高、版本善、装潢美、价格廉的岳麓版特色率先进入图书市场。

尤其难能可贵的是，岳麓书社的历届领导班子都是朝着一个目标进行接力长跑，他们始终坚持这样一个共识：图书是人类进步的阶梯，出版古籍图书，要做到批判继承，古为今用，把社会效益摆在第一位。对于那些内容不健康、将给社会带来消极影响的书，即使经济效益再好也不能出。因此，在岳麓书社所出的680多种图书中，获全国性图书评奖的多达80余种，获奖率占全社出书总数的11%。该社出版的《船山全书》、《曾国藩全集》，曾多次获全国性优秀图书奖；其他如《古籍名著普及文库》、《韵文三百首系列》、《湘籍史料丛书》、《敦煌变文集校对》等书均获全国第一、二届优秀古籍图书奖。

在古籍整理中，岳麓书社不仅为弘扬地方传统文化发挥了积极作用，为出版社创造了良好的自身形象，同时也为出版社造就了一支高素质的、有影响的编辑队伍，涌现出如钟叔河(《走向世界丛书》责编，著名学者)、杨坚、邓云生(《曾国藩全集》责编)、唐浩明(长篇历史小说《曾国藩》作者)等专家、学者型的编辑家、作家。

潇湘大地人杰地灵，“湖湘文化”源远流长，岳麓书社任重道远。

我们期待着岳麓书社百尺竿头再进一步。

1994年12月

# 墨香飘处警灯红

## 一、环　境

古老的北京有一条古老的街，古老的街上荟萃着中华民族悠长历史中的文化瑰宝，艺术精华。这条街，流光溢彩，翰墨飘香。一座座具有浓郁民族特色典雅别致的仿古式建筑，雕梁画栋，描金绘彩；一间间店堂金匾高悬，向世人展示出一个个历史悠久、或雅或俗但又身份不同凡响的响亮名称：荣宝斋、汲古阁、韵古斋、墨缘阁、戴月轩、萃珍斋、宝古斋、庆云堂……这些名贯今古的“老字号”，或经营珠宝翠钻，古珍古玩；或出售文房四宝，书籍碑帖；或专卖文物字画，古钱旧币。这就是中外闻名的琉璃厂文化街。文化街以它独有的民族特色和历史文化价值，吸引着五大洲的各国朋友和港、澳侨胞，每年都有四五十万海外佳宾来此游览观光，品古玩、赏字画、猎珍奇……负责这一地区治安保卫工作的是琉璃厂文化街派出所。

这是一家颇不寻常的派出所，它从 1981 年建立至今，不过九载，却已创下了连续五年荣立集体功的不凡纪录。走进文化街派出所，第一印象便是锦旗琳琅，奖状耀目，奖杯生辉。然而，与这些闪光夺目的荣誉标志极不相称的，竟是派出所的工作环境。前后两间简陋、狭小的旧平房，总面积不足 30 平方米，却要容下全所 14 名干警和他们日常工作所需的一切，不必说办公用品和警用器械，甚至连干警们热饭的煤气灶具、锅碗瓢盆、洗漱所必需的自来水龙头、盥洗池等等，也全都包容在这狭窄的空间。如此一来，给每个干警留下的便真正只有“立足之地”了。平均每人摊不上一张办公桌，而只能分享其中的几只抽屉，若是全所干警集中学习或开会，那种拥挤就更难以形容了。

如果这儿仅仅是拥挤不堪，那还算是派出所的福气。偏偏这派出所地处闹市，门外就是喧哗热闹的南新华街，成日里车流不断，人流如潮，各种噪声从早到晚喧扰不休，汽油味和尘土借着风力直穿门户，容不得你不消受。

有什么办法？派出所从建立之初就无处安身，只好暂借了中国书店的一间车库权作办公用房（谁知这一借便成了“无期”），中间用木条一隔为二，冬不御寒，夏不挡暑，前不遮阳，后不通风。更糟糕的是，前屋有一条地沟，后屋有一条下水道，均用水泥板盖着。每年寒冬过后，气温稍稍回升，那地沟和下水道里的臭味便直往上窜，熏得人直恶心。

不过，九年的熏烤冷冻喧扰之苦，使干警们对这一切已经习惯了。不习惯的只是外人。有一次，中央某部门一位处级干部与人闹纠纷，官司打到派出所，见到这儿又挤又热闹，便摆开了架子，非得让派出所的同志给他另找地方单独谈话。所长解释说：“派出所就这条件。”他便气哼哼地说：“不行！为什么就这条件？”然后气哼哼地甩手走了。1989 年春节，宣武区区委、政府五套班子的领导来看望派出所的干警，不曾想到此之后，坐没处坐，站没处站，只好挤在一块寒暄了一阵。也常有些白皮肤黄头发的“老外”背着相机在派出所门外拍拍照照、指指画画，不知他们是有感于中国警察的吃苦精神还是另有所感？

## 二、人　物

提起文化街派出所的人物，自然要先说说所长王德俊。他今年 49 岁，打从参加工作后，近三十年风雨人生路，一步也没曾离开过公安战线。虽然他未能圆成少年时的文学梦，却与派出所结下了不解之缘，干上了、也爱上了派出所这平凡而又琐碎的工作。

在文化街派出所一帮年轻英武的后生们面前，他有点显得单薄、瘦小，然而，他的威信、他的凝聚力，却是不可忽视的。在如此艰苦的工作环境中，派出所的全体同志能够拧成一股绳，形成一股劲，结成一条心，创下连续五年荣立集体功的殊荣，实在该给他记上头一功。

他不善言谈，总是用自己的行为去影响和带动大家。多少年超负荷的工作，使他落下了一身疾病，十二指肠溃疡、胆囊炎、胃下垂等病症常常折磨他，可他依然是一身干劲，积极地带领大家把工作做好。在工作岗位上，他始终都是一个硬汉子，多苦多累也从不吭声，只有当他结束了紧张的工作回到家里之后，才会感到全身心的极度疲劳。有时候累极了，蹬车回到家门口，竟连上楼的力气也没有了。

今年（1990年）3月10日，为处理一件棘手的群众纠纷，他从晚上9点一直忙到第二天凌晨5点，寒冷加疲劳，使他终于病倒了，胃部一阵阵痉挛，痛苦得连话也说不出来。但他硬是挺着，连续吞下4颗止痛片，待病情稍有缓解，又接着开始了第二天的紧张工作。类似的情形，在他已是司空见惯。

尽管他当了多年的派出所所长，各方面的熟人关系颇多，但他并没因此而为自己谋点什么。他一家三口，20多年来一直只有一间住房。上大学的儿子21岁了，也不得不与父母挤在一间房里，诸多不便，也颇为不满。他也曾设法找到过两处房子，但都让给了派出所比他更困难的同志。直到今年，他才通过有关途径借来一间房子，暂时缓解了家中的住房矛盾。

派出所工作繁重，待遇较低，曾有人多次请他另谋高就，他都婉言谢绝了。有次他与顶头上司开玩笑说："您要放我走，三天之内，既有汽车坐，又有房子住。"这一点真不是吹牛，但他终于没有走。派出所十几位同志跟着他不辞辛苦、不嫌窝囊、不畏艰难地干了许多年，谁都没走，他能撇下大家独自走吗？！

多年来，十几个同志挤在两间狭小的办公室里工作，中午无法休息，但大家从不埋怨，也从不消极怠工，他看在眼里，感动在心里，也急在心里。1988年，通过多方协商，好不容易才找到了几间休息室，这才使大家午休时间可以稍稍放松一下。为了感谢有关单位的协助、支持，派出所花了200元钱请了一次客。结果却算作是所长违纪。这枚苦果，他默默地吞了下去。他想，只要能为同志们解决些实际困难，个人受些委屈也是值得的。

他曾被评为北京市公安局模范派出所长，也曾被北京市委授予"优秀党务工作者"的称号，对于这些荣誉，他理应受之无愧。但他工作的初衷决不是为了这些。

张连智是文化街派出所的内勤民警。这位从部队到公安的中年人，打从派出所建立之初就来到了文化街。多年的文化熏陶，使他也逐渐迷上了文化。说来也是派出所艰苦的工作环境造就了他。派出所只有一方狭小的天地，中午无法休息，他便利用这点时间，伏在办公桌上看书、习字。九年寒暑不间断地钻研、磨炼，他练出了一手稳健、遒劲的好字。过去派出所搞宣传、写标语总得求助于外人，如今老张自己提起笔就能挥洒自如。此外，他还通《周易》、识古钱、习篆刻、练气功。有兴趣时也吟诗作文，体验那爬格子的乐趣。

当然，这一切都是业余之功。对工作他可是从来不含糊。派出所每年的情况汇报、工作总结以及其他文字材料不下几十万字，大都出自他的手笔。

他爱人在一所中学工作。学校里知识分子多，起初他们对这位穿制服的警察并不了解。但当他们与老张接触过几次之后，觉得彼此颇能沟通，交谈也挺默契。便从此改变了对警察的看法，觉得警察并不是他们以前想象的那般头脑简单或是胸无点墨。

1989 年 9 月 20 日，张连智收到来自台湾基隆市陈岱荣先生的一封信，信中附有一纸题笺，上书："警奸察宄，助人爱民"八个大字。另书有："1989 年 3 月 26 日，余返乡探亲，初履京华，为探查先联友人，承连智先生热心助我，得以如愿，私心铭感，无时或忘，书以致敬……"

原来，去年的 3 月 26 日，陈岱荣先生与其妹同来北京，寻觅失散 40 多年的好友邓述姗。在人地生疏、举目无亲的情况下，他们来到文化街派出所寻求帮助。张连智热情接待了他们，并很快帮他们找到了邓述姗的地址。陈岱荣十分感激地说："北京的警察真了不起，40 多年前的老朋友，很快就能找到，太了不起了。"在派出所，陈先生无意中瞥见张连智的办公桌上备有文房四宝，不由得雅兴勃然，遂与张连智侃了起来。不曾想这位前基隆市"动员署署长" 40 年前也曾在北京当过警察，并且也是一位金石篆刻、书法艺术的爱好者。他还是基隆市美术协会会员、基隆市书法研究会会员、基隆市篆刻研究会常务监事、台北墨苕书会会长。共同的兴趣和爱好，使他们的交谈显得十分默契和轻松。谈至兴浓时，陈先生又挥笔题下了"无酒诗亦醉，有花竹更青"的诗句。

时隔半年，陈先生早已返台，仍念念不忘北京的这位普通而又颇不寻常的警察，便再次致函题词，以表谢忱。

文化街的书香墨香和文化气氛，对派出所的干警都有不同程度的影响。他们当中有 80% 的人喜爱集邮，并粗通邮票知识。民警迟海洋幽默风趣，他封张连智为集书法、篆刻、古钱、集邮等方面知识于一身的"本科"，而给自己封了个“单打一”的集邮“专科”。自然，够条件封“专科”的远不止迟海洋一个人。青年民警张新华，自学电器维修，技术也颇受人称道，派出所的电台坏了，多是他一手包修。同时，他还是陶瓷器皿方面知识的“专门家”，因为他管辖的南新华街上，有一家一轻商品门市部，那儿常年出售享誉四方的宜兴紫砂陶。

认真说起来，文化街派出所的干警，个个都是值得一书的出色人物。用所长王德俊的话说，这些同志都“思想好，素质高，品行正”，每个人都有其独具特色的长处，每个人都是组成派出所这个优秀集体不可缺少的一分子。也正因为如此，派出所尽管工作条件艰苦，工作任务繁重，却从来没有人主动要求调出，就是已经调出去的同志也还时常叨念着想调回来。因为他们觉得，能在一个人际关系和睦、气氛融洽的环境中工作，本身就是一种幸福，一种愉快。有了这个前提，什么样的艰苦不能忍受？什么样的困难不能克服？

文化街派出所是一个令人羡慕的集体，文化街派出所的干警是一群可钦可敬的优秀人物。

## 三、故　事

派出所的工作极其琐碎平凡，因此，派出所的故事也就不是那么惊心动魄、曲折离奇。干警们的日常所为，无非是维护治安、打击现行、调解纠纷、惩治不轨之类，无所谓英雄壮举，亦无所谓非凡纪录。有的只是辛勤劳苦、默默奉献。

有人说，大街上深夜不关门的只有两个地方，一是派出所，一是厕所。的确，派出所24小时都有人值班，夜深人静，派出所门前的红灯却通宵长明。有时深更半夜有人进来，为的只是要一张手纸或借用一下打气筒。即便如此，值班的干警也总是客客气气地接待迎送。有时候老者迷了路，小孩失了踪，外宾丢了包，行人受了骗，也都找到派出所门下。派出所则不问大案小案，事无巨细，有求必应，从不推辞。

1987 年 10 月，香港同胞宋仕基偕夫人来京旅游，不慎将提包遗失在出租车上。司机发现后，便将提包送到了文化街派出所。经查：包内有人民币 630 元，外汇券 150 元，港币 5290 元，信用卡两个，另有入境证、身份证等重要物品。为了尽快找到失主，派出所立即与北京机场售票处派出所联系，得知宋仕基夫妇已去南华酒店下榻，派出所又马上与南华酒店联系。这时，宋仕基夫妇正急得团团转。派出所的同志立刻又赶到南华酒店，亲自将提包交给了失主。宋仕基夫妇接过失而复得的提包，感动得不知说什么才好。他们当即拿出 40 元钱作为酬谢，民警张连智、陈早霞婉言谢绝了他们的好意。一个星期之后，宋仕基夫妇将离京时，又特意来到派出所，送上两条万宝路香烟，以表示他们诚挚的谢意。值班民警再次谢绝了他们的礼物。宋仕基感动得连连称赞："首都的警察好！"

类似的故事，在文化街派出所，随随便便就能拣起一串。

多年来，文化街接待过千千万万的海外佳宾及不少党和国家领导人，从未发生过一起治安事件，仅仅这一点，就足以使派出所的干警们感到自豪。当然，更多的时候，他们是去做着那些看似极普通、极平凡的工作。像年轻干警郭晏，他每天的工作就是在东、西琉璃厂的交叉路口站岗，负责外宾上、下车的安全。无论寒冬盛夏，他都一丝不苟地坚守在自己的岗位上。他是那样的平凡，又是那样的实在。正是这些普通而又平凡的工作，带来了社会的稳定和安宁。在这稳定和安宁背后，谁知道我们的公安干警付出了多少代价？！作出了怎样的牺牲？！

其实，警察也是俗体凡胎，血肉之躯，也有七情六欲，喜怒哀乐，也有普通人所能遇到的一切生活困难和琐事纠缠。只是因为工作性质之故，使他们要比一般人付出更多的辛苦和代价，要比一般人承受更多的压力和委屈。他们每人的平均工资每月才 100 元出头，而每人每年的工作日却在 500 天以上。加班加点是家常便饭，连续工作 24 小时乃至 48 小时也是司空见惯，没有加班工资，没有额外补贴，可他们照样尽忠职守，任劳任怨。

有人给文化街派出所送了一个雅号，叫"袖珍派出所"，形容其地方狭小，他们自己则戏称为"价廉物美、经久耐用"牌警察。这其中，不乏幽默，也不乏辛酸。

然而，辛酸毕竟是暂时的，幽默和智慧，则将长存于天地之间。

1990 年 5 月

# 濯濯清河

并不曾有一湾清亮的河水，也不见荡漾的粼粼碧波，然而，这片地方确实叫清河。方圆100多平方公里，庄稼、芦苇、果林，高墙、电网、铁门。蓝天白云之下，气氛肃然；绿野平畴之上，警备森森。这一片特殊的区域，就是北京市清河劳改农场。之所以冠上“清河”二字，含有洗濯、涤污之意。

重重岗哨，道道院墙，庭院深深之内是监区。平房虽显旧，光线却很充足；监舍虽简陋，那份整洁却令人惊讶。管教干部们说，为犯人创造一个良好的生活环境，是做好改造工作的第一步。犯人生活安定，情绪才能稳定，也才有可能自觉地接受改造。在清河农场七分场，我们亲眼所见的事实是：一个中队的犯人食堂新置了一台大型冷藏冰柜，而七分场场部却连一台电冰箱也置不起。一分场则利用荒地栽种蔬菜，然后将自产的蔬菜供犯人食用，每月只从他们的生活费中收取两元钱菜金，以便余下钱来改善犯人的伙食。回民犯人过“古尔邦”节，一分场尊重回民习俗，特地为他们宰了一只羊，并给他们放假一天。管教干部们说得好，犯人也是人，首先要尊重他们的人格，将他们当人看待，他们才不会产生抵触情绪，也才有改造的信心和决心。

七分场四中队有一位19岁的犯人，入监后一直不安心改造，并多次企图逃跑。原来他父亲早逝，母亲含辛茹苦将他抚育成人，他还来不及报答母亲的养育之恩，便因犯罪锒铛入狱。他十分悔愧和痛苦，尤恐出狱之后再也见不到风烛残年的古稀老母，便试图逃回家中，接出老母，然后一同躲进深山老林，陪母亲终其天年……中队干部了解了这些情况后，并没有简单地批评或惩罚他，而是引导他给家里写信，并派人派车将其母接到农场。母子相见，百感交集，其他犯人睹此情景，也感慨万端，莫不体会到管教干部们的良苦用心。

来自房山县的刘福和，因伤害罪被判刑9年。他入狱不久，父母便双双谢世，家中尚有体弱多病的妻子拖着3个未成年的孩子，还有7亩责任田，生活极其困难。更加上负债累累，致使刘福和思想包袱重重，难以安心改造。三中队的干部们有心替他解决困难，无奈农场没有这笔开支，于是，从中队长到小队长直至一般管教干部，纷纷从自己微薄的工资中抽出一份，总共凑了60元钱给刘福和的家属寄去。当刘的家属接到这份不同寻常的援助时，内心的感激真是难以言表，刘福和本人和其他犯人也深受感动。

进入80年代以来，农场的劳改对象几乎全是年轻的刑事犯。35岁以下的占90%，25岁以下的占55%。真可谓：清一色的青皮后生，清一色的文盲、半文盲加法盲。要改造好这样一批人，的确不是那么简单的事情，也不仅仅是劳动改造加时间的积累就能将他们送出农场的大门。这些犯人刑期都在10年以下，走出农场后还有漫长的人生道路，而他们大多是一无知识，二无专长，出去以后怎么办？农场的干警们为此想得很远。他们确知，对于这些一度失足或曾经犯罪的人，劳改并不是终极目的，而只是一种手段，一个濯浊涤污的过程，最终目的还是要让他们立起来堂堂正正地做人，做一个于社会于人民有益的人。因此，从1984年始，农场为犯人开设了不同程度的文化补习班，对于一些自愿报考“函大”的犯人，也破格批准，并尽力为他们的考试、学习提供方便。这些昔日的浪子，终于有幸重温学子之梦，补回过去被自己随意荒废的学业，也捡回被岁月无情冲走的青春时光。他们似乎觉得，黯淡的生活中又多了一线光明，漫长的时日也不再那么难熬。他们实实在在地体会到了政府挽救、改造他们的诚意。

当然，犯人毕竟是犯人，翻开他们的卷宗，每个人都曾经有过一段不光彩的甚至是罪恶的历史。一方面他们是可耻、可恶、可鄙、可憎的；另一方面，如果一任他们滑向罪恶的深渊，将会给社会带来更多的危害。因此，我们的管教干部，尽管成天接触的都是这样一批烙上罪恶印记的人，尽管他们常常是以冷峻严肃的面孔出现在监区内外，但他们内心并不冷漠，高度的使命感和责任心驱使他们把全部的精力和爱心奉献给劳改事业。

许多犯人往往在即将刑满释放的前夕表现出异常的烦躁与不安，他们除了为自己将要走向新生而兴奋外，更为出去以后的前途担忧：就业安置，来自社会各方面的歧视与冷淡……种种问题困扰着他们。为了使他们出去以后不再成为家庭的包袱和社会不安定因素的隐患，清河农场与北京市各区县共同签订了“帮教安置协议书”，一方面落实犯人刑满后的就业安置问题，一方面也使他们走向社会以后继续有人接茬帮教，取得了良好的社会效果。1988 年，清河农场七分场刑满释放的 11 个人，除一个因工作性质不宜再回原单位工作外，其余的人根据帮教协议都得到了妥善安置。

清河清河，无浪无波。试问清河有什么？它上有一方清朗的天，下有一片富饶的地，更有一批献身于国家劳改事业的人。

就是这样一些可钦可敬的人，几十年来坚持守在这样一个特殊的岗位上，原野上奔波，大墙内战斗，监区里操劳。看他们，一个个脸上都留下了风蚀雨刻日晒的痕迹，一个个身上都透出刚直、坚毅、顽强的精神。特别是那些工作在最基层的同志，常年带犯人下田作业，那份辛苦更是不同寻常：风里雨里，泥里水里，操心劳力，作息无常。许多人常常是一个星期回不了一趟家，成年人顾不了妻室家小，年轻人难结百年之好。他们整个的身心，全系在那份挣不脱、甩不开的工作上。

清河农场作为北京市的一个单位，场里干部们的户口、粮食关系自然堂而皇之地挂在北京市名下。但是，清河距北京数百里之遥，不仅北京的风光、北京的繁华、北京的文化娱乐与他们一概无缘，就是“北京人”的名义带给他们的也只是诸多不便。清河附近没有高中，干警们的子女若有幸考上高中，就得颠簸几百里地上北京念书。风天雪地、酷暑骄阳里颠簸也还是小事，为着孩子们的几度寒窗而在京城里找一栖身之处，找一户口接收地，那才真叫艰难。

然而，即使如此，管教干部们对工作可是从来不敢松弛一点，懈怠半分。

曾经有一个犯人，刑满释放前感慨地对管教干部们说：“我们总算走了，你们却得一辈子待在这儿。”

是呵，三十多年来，清河农场先后有 8 万多劳改人员来了又去，去了又来，而成百上千的管教干部却如扎根杨柳深植在清河这片土地上，他们把自己的青春年华和全部心血都融进了清河。

如果说清河是一条濯浊涤污的大河，那么，许许多多的管教干部便是组成这滔滔河流的簇簇浪花，颗颗水珠。

啊，清河濯濯，濯濯清河，应该为你唱一支歌。

1988 年秋　北京大栅栏

# 空港卫士

## 引 子

不能设想，如果没有飞机，当今世界会是怎样一种情形；更不能设想，如果没有严格的安全检查制度及其人员设施，整个的空中飞行状况又会是怎样一种情形。尽管人们作了种种努力，惊险离奇、骇人听闻的空难事故和劫机事件还是时有发生，这不能不引起人们的忧虑和关注。然而，人们是否看到了问题的另一面，即一切事故或不测都是可以避免的?

## 一

1988 年元月 28 日，昆明机场和往常一样秩序井然。昆明飞往广州的 ×× 航班即将起飞了，工作人员清点人数，突然发现一位办理了登机手续的旅客尚未登机。按惯例，工作人员马上开舱清查行李。他们把所有行李都查遍了，却没有那位未登机者的东西。奇怪，买了机票，办好了登机手续，却不进安检门，又未见退票，原因何在？昆明边防检查站的同志立刻与民航公安分处的同志联系并展开调查。初步查明，购票人叫杨树清，购票时所用的介绍信上赫然盖着“昆明钢铁厂炼铁分厂”的大印。但进一步调查发现：距昆明市 30 公里的昆明钢铁公司根本不存在“杨树清”其人，所谓“昆明钢铁厂炼铁分厂”，也只是在 1973 年以前短暂地存在过，即现今的昆明钢铁公司炼铁厂的前身。毫无疑问，这位伪造公章、介绍信及工作证件购买机票的人，是相当熟悉昆明钢铁公司情况的(或许他就是其中的一员)。但他此举的真实意图究竟何在？是一种有意识的探测，还是试图施行某种罪恶计划未能得逞而临时退却(在同一天同一航班上，有一乘客因携带两把匕首而被阻止登机)？这一问题，久久地萦绕在边检站副站长韩正阳心中。后经查实，那个未登记者果有不轨之企图，见机场防范严密，不得已彻底放弃原来的非法之念。

就在此事发生后不久，1988 年 5 月 12 日，中国民航厦门航空公司的一架客机，在从厦门飞往广州途中被两名歹徒劫持。特别值得一提的是，两名歹徒均为昆明人，其中之一的龙桂云，便是昆明钢铁公司炼钢二厂的工人。

在中华人民共和国数十年的航空史上，虽然只发生过两起劫机事件，但谁知道又有多少次预谋和未遂的劫机事件被粉碎在地面上!

有一年，云南省公安部门曾在国境线上抓获两名企图外逃的犯罪分子。据他们供认：他们原准备从昆明机场劫机外逃，但探测了好几次，发现那里的安全检查和监护非常严格，他们无从下手，才转而从陆地上逃跑。据了解，制造 1988 年“5 · 12”劫机事件的两名歹徒，曾为劫机作了长达 6 年的准备。但他们始终没有机会从昆明机场下手。这不能不归功于昆明边检站多年来的严密防范。

长期以来，昆明边防检查站的同志总是把机场的安全检查工作做得一细再细，决不允许有任何漏洞和隐患存在。

1985 年的一天，某省委副书记和某省公安厅长一同从昆明机场登机，出于某种心理，在例行安全检查时，他们竟提出要求免检。当时正在机场值班的副站长韩正阳，不卑不亢地走到两位领导同志面前，诚恳地说：“首长，按规定你们还达不到免检条件，何况，进行安全检查既是对你们负责，也是对整个机组和全体旅客负责。”谁知，其中的一位领导竟盛气凌人地说：“出了问题我负责！”韩正阳心想，真正出了问题，你们谁也负不了责。最后，两位领导还是按规定接受了安全检查。事后，他们对此颇有微辞。事情传到云南省武警原总队长常宏碧那里，这位 30 年代参加革命的老同志，拍拍韩正阳的肩膀：“老韩，你不要怕，不要怕官大。官大不是没有坏人！林彪的官大不大，他不是也劫机逃走了吗？”韩正阳深情地望着老总队长，只觉得一股热流在胸中奔涌。

韩正阳，人如其名，一身阳刚正气，伴随着银鹰升飞起落的旋律送走了二十载金子般的年华。戍边守关的军旅生涯在他宽阔的前额上留下了一道道深刻的印记，这或许是某种经历的刻写？抑或是人生成熟的象征？！他的岗位虽然只是机场这一片空阔的天地，但是，他的职责，他的使命，却不是时空概念所能框定的。因此，他总是严格地忠于职守，即使是他自己或站里其他领导外出乘坐飞机，每次也都自觉地走到安全门前，主动接受执勤人员的检查。

## 二

昆明机场，祖国西南边疆的一扇大门，每年从这儿进出口岸的有来自100多个国家和地区的外籍人员和华侨。因此，关口守得如何，直接关系到祖国的声誉和安全。但要守好关口，却不是那么简单容易的事。

在形形色色的进出港人员中，总有些人心怀不轨，他们绞尽脑汁，玩尽花样，耍尽手腕，使尽绝招，企图从我边检人员的眼皮底下蒙混过关。但他们的如意算盘往往打错。

1986年促夏的一天，昆明至广州的2518号飞机即将起飞。一乘客匆匆忙忙赶到安全门前。

安全门前，开机员高廷坤沉着冷静。荧光屏上显示出这位不速之客提包内有某些异常物品，开包员王景文和普建辉迅速对其进行开包检查。被检者的脸上顿时掠过一丝不安的表情。这一细微的变化没有躲过普建辉那锐利的眼睛。他不动声色，准确地从包内搜出一只金属口杯、一方形金属发蜡盒。他用手掂了掂这两件东西，觉得分量奇重。被检者神情紧张地注视着普建辉的一举一动，一层层细密的汗珠从他额前沁出。普建辉不言不语，他先打开口杯细查，里面有个用粉红色的卫生纸密密实实地包着个沉甸甸的小包。他一层层地打开包装，渐渐地，一道道金光闪了出来，检查者和被检查者都惊呆了：6块成色十足的黄金！

耀眼的金光映照着一张惨白的脸！

普建辉再次启开发蜡盒，上面是一层厚厚的发蜡，抠开发蜡，盒底也藏着两块闪亮的黄金！

带班的安检科长张君寿走过来，又从包内搜出一香脂瓶，粉红色香脂的伪装下，同样用粉红色的卫生纸包藏着两块灿亮的黄金。接着，从他身上又搜出一万多元花花绿绿的港币。后经查证，此人名叫刘述清，原是宁夏某县的农民（持西安市物资回收公司的假证明，并自封“业务主任”头衔），曾因走私、套购紧俏物资而蹲了8年大牢。刑满后他贼心不死，又干上走私黄金的勾当。与他走私贩私有关系和牵连的人有一大批，涉及到全国8个省。当然，他为此付出的代价是又一个8年铁窗生涯。

秋天，美丽的西双版纳富饶又迷人。J国一个由高级专家组成的代表团在这里观光旅游，乐而忘返。当他们满载着喜悦和收获终于准备回国时，却在昆明机场演出了一幕不太光彩的丑剧。原来，这些“专家们”不经我有关部门的同意，竟然偷采我西双版纳地区珍贵的动、植物标本，准备偷偷带回国去。他们藏得很巧妙，自以为天衣无缝，不料，我一丝不苟的边检人员竟奇迹般地将他们分别藏匿于衣领、衣边角、裤腰带甚至钱包、书本内的标本全部查获，其中包括蝴蝶、蜻蜓、花卉、树叶、种子及连根带叶的小树共58个品种120多件。一时间，这些自恃高明的专家学者一个个神情沮丧，狼狈不堪。一个大胖子耸耸肩，两手一摊嘀咕道：“没想到昆明边检站查得这么严！”

边检工作是一个平凡的岗位，也是业务性很强的岗位。别看这些身着橄榄绿制服的年轻人每天的工作就是翻翻护照，看看签证，殊不知，这一翻一看之中的学问可多着呢！且不说他们每人都得懂一门以上的外语，且不说他们要熟悉那名目繁多、内容复杂、政策性极强的种种规定、条例、法律，单是识别和辨认那些五花八门、不同国家、不同式样、不同文字的护照和签证的真伪，就是一种非凡的本领。更何况他们还要与那些戴着假面具的形形色色的人进行或明或暗的较量，或软或硬的斗争……

1988年元月27日，同时有4位持新加坡护照的人打算从昆明口岸出去。他们一个个西装革履，洋派十足，颇像来华经商的生意人。正在当班的证检组长傅博，接过其中的一份护照扫了一眼，似乎觉得有某种揭换照片的痕迹，但又不便直接点破，便巧妙地发问：“你在新加坡说哪几种语言？”那人竟用相当地道的普通话作了回答。这使傅博又生了一层疑窦，按理，常年侨居国外的人，对国语是比较生疏的，此公居然有这么一副好口齿！傅博当即请另外一位同志用英语发问：“你们这次来中国是做生意还是旅游？”被问的几位顿时显得茫然不知所措。傅博心里有底了。他再翻翻另外几份护照，发现其中一人的身份是工程师，另一位是商人。便想，在新加坡，工程师和商人均应该懂得一定程度的英语，便再一次用英语对他们发问，并示意他们用英语写出“工程师”、“商人”两个单词。两位衣冠楚楚的男人踌躇半天，显出一副哭笑不得的窘态。正在这时，不知从哪儿钻出一位“侠客”，大包大揽地说：“这几个人是同我一起做生意的！”傅博牢牢盯着这位同样持新加坡护照的人：“你们是在什么地方认识的？”“侠客”支支吾吾答不上来。马脚露出来了，5位嫌疑人士全被扣下来。后经查实，“侠客”名叫陈灿，不折不扣的新加坡人。他带着4份伪造的新加坡护照入境，打算拉4人偷渡出去，然后大大地捞上一把，谁知竟落得个竹篮打水一场空！

近年来，偷、引渡出境的风潮已逐渐从沿海地区转到西南方向，试图从昆明口岸碰碰运气的大有人在。然而，他们实在是看错了方位，短短的一年之内，就有160多个偷、引渡分子落入昆明边防检查站的大网。

悠悠30年岁月，对于守护机场的昆明边防检查站的干部战士，意味着千百次意志与战斗力的考验，正义与邪恶的抗争。1987年，武警云南省总队为他们颁发了“三十年无重大责任行政事故”的锦旗，以表彰他们忠于职守、忠于祖国的可贵精神。

面对大地，面对蓝天，他们可以自豪地说：“我们是祖国的空港卫士！”

1988年于北京大栅栏

# 太平洲上话太平

## ——扬中县社会治安综合治理见闻

江苏扬中县古称太平洲，原本是扬子江中一个极不起眼的江心小岛，面积不过300多平方公里，人口不过27万。党的十一届三中全会以后，该县一跃成为江苏省十大富县之一，跻身于全国百强县之列。

江南四月，正值春深时节，菜花金黄。一幢幢造型优美、装潢考究的小洋楼错落在绿野平畴之上。扬中人自豪地告诉我：这些高档豪华的别墅式楼房，并非高官大款所居，而是普通的农舍。在扬中，这种别墅楼已达40%～50%，全县人均住房面积高达33.5平方米。1992年全县人均国民生产总值4375元，大大超过国家统计局拟定的2400元小康标准。

美丽的扬中让人感受到平和与安宁。只是出于职业习惯，我脑子里曾闪出这样的疑问：在那纵横交错的沟渠河港内，是否也暗藏着不安？在那富丽豪华的幢幢别墅外，是否也潜伏着阴影？

其实，世间本无纯粹的静土。这片美丽的江心岛也曾盗匪猖獗，蟊贼横行。1983年，发生刑事案件209起。自1984年开展"严打"斗争和社会治安综合治理之后，发案率明显下降。近10年来，全县没有发生过一起严重危害社会治安的特大暴力恶性事件，没有发生一起群众集体上访闹事事件，没有发生一起重大治安灾害事件。

据县政法委同志介绍，早在1985年，扬中县就开始搞社会治安综合治理责任制试点，以后逐年完善、充实、提高，如今已实现规范化、制度化。县委、县政府一直把抓好社会治安、经济建设与党风建设作为全县三大目标任务提出，并制定了13项考核指标，分5种形式逐级签订了治安责任制合同。为保证签订责任制合同落到实处，农村基层单位每月自查一次，各乡镇县各主管部门每季度对下属单位检查一次，县里每半年抽查一次，年终总评合同兑现率在98%以上。

抽象的统计数字难免枯燥，还是让我们循着扬中人真抓实干的足迹，看看他们在社会治安综合治理方面所做出的突出贡献吧！

1983年，一场声势浩大的“严打”斗争，竟在小小扬中县抓出了一大批流氓犯罪团伙。同时有16人因流氓犯罪而断送了自己的终生。事后，有关部门在调查情况时发现，流氓犯罪分子多为男性独身青年，且大都因家境贫困而无力成家。1985年的人口普查再一次向人们警示：全县大龄未婚青年2034名，女性只占19名，性别比例失调程度令人吃惊。这一情况引起了重视。县里根据本地乡镇企业发达的有利条件，吸引外埠女青年来扬中落户，并优先将她们安排去最好的乡镇企业。对确实困难的男青年，乡镇村共同集资，帮其建房，解决生活问题。几年来，先后有1400多名异乡女子入扬中，与当地青年共结秦晋之好。“筑巢引凤”的成功，使扬中大龄青年性犯罪问题得以控制和解决。

月朗星稀，一片静寂。湾山劳改农场一间普通监室内，一个不安的灵魂在躁动。这是一位扬中籍犯人，入狱后一直表现不错。但与亲人隔绝之苦时常煎熬他。这一夜，他再次被思亲之情牵动，克制不住自己，逃回了日思夜想的家中……

这事对扬中县政法委震动很大。能否为服刑犯解决好家中的后顾之忧，是他们是否安心服刑、自觉改造的基础。于是，从1986年开始，扬中县先后与15家劳改劳教单位签订了“两劳人员帮教协议”，坚持每月联系一次，定期探监走访，向扬中籍犯人介绍家乡改革和工农业生产的大好形势。他们还坚持开展“四个一”活动，即定期给犯人寄一封信，送一本书，探一次监，召开一次犯人家属座谈会。

1991年，全国部分地区遭受罕见的洪涝灾害，扬中县的形势也十分危急。犯人们在狱中更是一个个如热锅蚂蚁。洪水过后，有关部门将全县人民抗洪抢险保家园的录像带送到狱中，犯人们深受感染与教育。强大的动力，鞭策和鼓励着他们悔过自新。1991年，在15家监狱服刑的扬中籍犯人有40%被减刑，受表彰者达279人次，受奖面高达85%，为此，扬中县作为特邀代表，两次出席了江苏省劳改积极分子表彰会。

校园像花园，少年如花朵。曾几何时，这块圣洁的园地，也失去了往日童贞，青少年犯罪已成为不可忽视的社会问题。

扬中人深谋远虑：综合治理根本问题是要提高人的素质，抓好在校生的教育，则是根本之根本。

首先，他们坚持德育第一，严格校园管理；抓好后进生教育，堵塞学源流失，全面贯彻《义务教育法》和《未成年人保护法》。

流失生往往容易走向犯罪。某中学欲开除5名从不正当渠道进校的学生，原因是他们入校后，或依仗后台，或自恃家财，不思学习，寻衅闹事，学校只想将其推出校门。县委领导闻知此事，即派政法委副书记前往，与校领导磋商，不同意将他们推向社会。本着"治病救人"的精神，这5名学生终于被留在校内，后都有了不同程度的转变。

县政法委与教育局商定，凡有劣迹的学生，一般不准推向社会。同时规定，学校对流失生必须采取"三、二、一"制，即一个学生流失，班主任至少必须上门动员三次，学校领导至少必须上门动员两次，对确无返校可能的，由流失生家长向学校及所在村、乡行政组织递交一份流失原因报告，经批准后才能不再返校。因品德问题流失的一般不予批准。扬中县160所中小学在校学生3.5万名，自1985年以来，基本无人犯罪，也无流失生在社会上犯罪。

扬中县的校园治安工作和预防青少年犯罪工作，得到了社会的赞扬和肯定。县政法委书记王裕荣同志应国际犯罪学会邀请，将于1993年8月赴匈牙利布达佩斯参加国际间的"犯罪的预防与控制"会议。

走扬中，看扬中，无处不呈现欣欣向荣的蓬勃生机；无处不给人安定平和的印象。无怪人们赞曰："昔日扬中称太平，今日太平去扬中。"

1993年6月

## 残疾考生终圆大学梦

今年（1996年）9月，全国高考招生工作刚刚落下帷幕，本刊（《半月谈》杂志）“时事寻呼”专栏就收到一位考出了597分好成绩的落榜生的来信。这位考生名叫张雷，是安徽省淮北市一中（省重点中学）的应届毕业生，只是由于一只眼睛因伤致残，便被拒之于高等院校门外，并且有可能从此与高等教育无缘。

张雷出身于普通农民家庭，贫寒的家境，再加上生理上的缺陷，使他比别人更多了一份压力和动力。他勤奋好学，处处不甘人后，终于用自己的辛勤汗水，换来了令众人刮目相看的骄人成绩：在班上，他的学习成绩名列前茅，并且德、智、体三方面同步发展，曾被评为省级“三好学生”，还是班上唯一的市级“优秀学生干部”。

高考落榜，对张雷无疑是个沉重打击，但在经过了短暂的痛苦之后，他又振作了起来，他不甘心向命运屈服，也不相信命运会对他如此不公。他给“时事寻呼”主持人写信说：“我还有一只不近视的完好的眼睛，597分已经证明，这并不影响学习，对于许多对视力要求不太严格的专业，我是能胜任的；退一步说，我起码能进行理论研究吧！我真切地恳求你们，让社会还我一个公道吧！”

出于对张雷同学的理解以及对所有自强不息的残疾考生的关注和理解，“时事寻呼”专栏主持人立即在本刊第19期上编发了张雷同学的来信，并配发编者按，呼吁全社会都来帮帮这个农民的儿子。

令人欣慰的是，这篇题为“谁来帮帮这个农民的儿子”的文章刚刚问世，便受到广大读者的热情关注。许多人来信、来电对张雷同学的遭遇深表同情和关心，并纷纷出主意，想点子，设法帮他走出困境。

最先、最有价值的反馈信息来自山东滨州医学院。10月中旬，该院党办的一位同志从刚刚出版的第19期《半月谈》上看到了张雷的来信，便立即将情况向院长李武修同志汇报。李院长当下便决定破例将张雷同学录为本院新生，并指示院教务处立即着手与《半月谈》及张雷同学联系。

原来，早在1985年，在全国“残联”及山东省有关部门的大力支持下，滨州医学院便开设了残疾人医学专业，专门招收身体有轻度残疾的考生。十余年来，他们把关注的目光投向残疾学生，为部分残疾考生升学、就业开辟了一条希望之路，今年，他们拟在华东、华北地区招收20名新生，因北京地区的两个名额尚未招满，故为补录张雷同学留下了余地。

此时全国高校招生工作已经结束，要使张雷同学顺利进入滨州医学院就读，还需各有关部门密切配合与协作。

接到滨州医学院教务处周耀中处长关于该院同意录取张雷同学的信息后，编辑部的同志就像听到了有关自己的喜讯一样高兴。“时事寻呼”主持人立即与安徽省教委、高招办、淮北市一中、淮北市高招办等部门联系。无论是安徽省招办，还是淮北市一中的校长、老师，听到这个消息后，都为张雷同学感到欣慰。安徽省高招办的一位同志告诉本刊记者，此前，为张雷同学的录取事宜，他们也曾作过许多工作，并多次向有关院校作了推荐，但都被以各种理由退了回来。眼下，滨州医学院把这样好的机会送上门来，他们当然应该积极配合。于是，当滨州医学院用特快专递将录取通知书寄达安徽之后，安徽省高招办和淮北市高招办密切配合，以最快的速度替张雷同学办好了一应手续，真可谓所到之处，一路绿灯。

11月3日，张雷同学从皖北来到了黄河之滨的滨州医学院，正式成为该院残疾人临床医学系的一名学生。该院的领导和同学们给予了张雷同学以特别的欢迎和关照，院有关部门更是为迟来的他作好了学习、生活的全面安排。在接受本刊记者采访时，张雷很高兴，也很激动。他说，他之所以能如愿以偿地走进大学校园，是全社会各方人士关爱的结果，他从自己的亲身经历中，深切地感受到社会大家庭的温暖和幸福。他表示，他将努力地学习，争取以优异的成绩回报社会，回报关爱他的人们；同时，他还托本刊记者代他向关心他、帮助他的所有善良的人们表示感谢！

的确，张雷同学的遭遇，引起了众多充满爱心的人们的密切关注，本刊“时事寻呼”热线电话先后接到许多读者的来电，有的希望从经济上资助张雷同学，有的则是从道义上支持他，江西湖口一位程先生特意拍来电报：“请转告张雷同学，要保重身体，全社会支持他深造。”

一位刚刚毕业的大学生来电，表示要从他微薄的工资中拿出一部分钱来资助张雷同学继续深造；张雷同学在升学志愿中填报的华北电力大学的一位姓王的同志，有感于张雷及其他残疾考生的遭遇，特地向国家有关部门提出建议：建立中国残疾人大学，使残疾人渴望享受高等教育的愿望早日实现……

张雷同学终于圆了他的大学梦，但他永远不会忘记：是人们的爱心，托起了他希望的翅膀！

1996 年冬

# 第四辑　经济广角

# 草原经济启示录

## ——内蒙古农业产业化调查

在中国广袤的土地上，内蒙古自治区无疑是区域经济特色最为突出的地区之一。特别是20世纪90年代中期以来，一批带着大草原鲜活气息和鲜明特色的龙头企业异军突起，为全区经济的快速发展起到了强劲的带动作用。

从曾经和正在“温暖全世界”的“鄂尔多斯”，到引领人们感受“心灵的天然牧场”的“伊利”；从“来自大草原的问候”的“蒙牛”，到誓愿“兴千里草原，发万家农户”的“草原兴发”，无一不是依托大草原得天独厚的天然、绿色资源，并连接着千家万户农牧民共同发展、致富的农牧业产业化的龙头企业。正是这些龙头企业的兴起和壮大，带动了全区农业产业结构的调整和农牧民生产生活方式的改变，为西部地区、民族自治区域及后发达地区的经济发展提供了值得借鉴的经验。

### 两大龙头兴乳业

素有“青城”之称的呼和浩特市，在近几年的经济结构调整中，明确提出了“乳业兴市”的战略目标，并收到了令人振奋的成效。“乳都”成为呼市另一个独具特征的代称。

以下这组数据，充分证实了呼市的“乳都”之称是有来历的：2001年，呼市的奶业产值以82%的速度发展；2002年，全市的奶牛存栏为22万多头，到

2003年底，全市的奶牛存栏量已增长到32万头，全年鲜奶总产量达100万吨。

无疑，伊利、蒙牛两大乳制品龙头企业的超常规发展，是呼市“乳业兴市”战略得以顺利实施的重要基础。

作为全国乳品行业首家A股上市公司的伊利集团，近10年来，以100多倍的增长业绩，雄居国内同行业之首。

回首10年前，同样是在呼和浩特这片绿色天成的天然牧场，由于缺乏强有力的龙头企业的支撑，“养牛不挣钱”和“卖牛难”曾经使大批农牧民陷入了杀牛、倒奶的困境。最糟糕的时候，全市有30万奶牛被杀，因倒奶损失惨重的某区还曾做出这样的规定：谁养一头牛罚款500元！

伊利的崛起和快速发展为呼市的奶牛养殖带来了生机。10年来，伊利集团用于基地建设和标准化奶站的款项达3亿元，为农民发放购牛款5亿多元，带给基地农牧民的奶款收入30多亿元，使当地的奶牛养殖以年均40%的速度增长。

而作为全国乳品行业成长最快的企业，蒙牛从起家到坐上全行业第四的交椅，只用了4年时间。这期间，蒙牛的销售收入从1999年的0.4亿元，到2002年的21亿元，年平均发展速度为365%；年平均增长率达265%。

据内蒙古自治区农牧厅副厅长陈欣介绍，2002年底，全区奶牛存栏数为98万头，到2003年底就达132万头，目前，内蒙古全区的液态奶产量已居全国第一。

不仅在呼市，就连一向以重工业著称的包头市，近年来也将奶牛养殖作为调整农业结构、增加农民收入的重大举措。包头市为此专门成立了奶业办。该办主任雷青山介绍，过去多年，包头在农业结构调整中，先后尝试过养羊、养猪、养鸡等，都因为没有龙头企业的支撑而草草收场。去年初，包头市同时引进伊利、蒙牛两家企业在当地设厂，并制订出一系列发展奶牛养殖和乳业富民的优惠政策。

当两幢标志着伊利、蒙牛两家企业在包头落户的现代化厂房如闪电般拔地而起时，包头农民养奶牛的积极性也空前高涨。2001年底包头市的奶牛存栏仅为1.8万头，到2003年9月就迅速发展为18.3万头，日产奶量达到1200多吨，完全能够满足两大龙头企业的加工需求。

有感于奶业发展的喜人形式，雷青山告诉本刊记者，目前，包头市已有万头以上的规模化养殖场2个，千头以上的养殖场6个，规模化养殖小区115

个。2003 年上半年，包头全市农民仅从奶业中就增收 360 元。

两大龙头，撑起了内蒙古乳业发展的广阔空间。

## 三大产业连万家

正是依托着绿色、天然、丰富的草原资源，内蒙古围绕乳、肉、绒三大产业，把农业结构调整这篇文章做得有声有色。

就像陈欣所说，"乳业的发展对自治区大农业产生了革命性的推动。"当一个产业突然壮大，农民的观念也随之发生改变。昔日，从河套灌区到伊盟草原，极目所见，麦浪滚滚，小麦曾是沿黄灌区的第一大产业。呼、包两市的"乳业兴市"战略，带动了农业种植结构的大调整，农民们很快尝到了围绕比较效益调整种植结构的甜头。2002 年，包头市的小麦种植面积减少了 50%，农民的话一语破的："过去是人吃啥我种啥，现在是牛吃啥我种啥。"

在呼市，流传着这样一个有趣的故事，该市土左旗有一个村子，前前后后只有一户人家种了 5 亩小麦，结果让麻雀吃得精光……过去，农民一亩地种粮食玉米的收入不足 200 元，而改种饲料玉米和饲草后，通过养殖奶牛的转化，每亩地收入高达 2000 元。因此，"立草为业，为养而种"已成为许多农民的自觉行动。蒙牛公司所在的和林格尔县，原来的 30 万亩玉米地中，有 15 万亩已成了优质牧草地。随着奶牛养殖的发展，呼市的草业种植已成为全市农村新的亮点和经济增长点。

过去，牧民们习惯了养大羊，有时候一群羊养上两三年才出栏。草原兴发倡导的"羔羊当年育成出栏"法，是在借鉴世界流行的羔羊生产方法的基础上，全力改造草原传统牧业的有益尝试。此举不仅大大节省了饲草料，还有效地减轻了冬春枯草季节牲畜对草场的破坏。同时，对牧民而言，养一头羔羊的收入不比成羊低，而对企业来说，则做到了社会效益和经济效益双丰收。

与草原兴发有异曲同工之妙的还有"小肥羊"，这个同样是以绿色品牌的草原羔羊肉迅速"涮"遍华夏大地的餐饮有限公司，4 年内在全国除台湾外的所有省区铺开了 600 多家连锁店。"以餐饮方式的革新带动了生产方式的变革。""小肥羊"人对自己成功的诠释，的确十分贴切。它一头连着 600 多家热气腾腾的连锁店，一头连着 6 万多户孜孜以求的农牧民。过去，农牧民遇到市场不稳定或自然灾害，只能望天兴叹。如今，"小肥羊"是他们稳定的市场和靠山。从习惯于养大羊到羔羊当年出栏，生产方式的变革让千千万万农牧民卸下了从精神到劳务的重重压力，口袋却变得更加殷实了。

用20年时间走完欧洲发达国家150年历程的鄂尔多斯集团，如今自豪地成为令世界羊绒业瞩目的骄子。他们从一穷二白中崛起，从150年前洋人用一盒火柴换走中国人一公斤羊绒的屈辱中崛起，从立誓做大做强中国的羊绒产业的宏愿中崛起。现在，鄂尔多斯集团的生产能力占了中国羊绒业的1/3，世界羊绒业的1/4。这家国内羊绒业的龙头老大，不仅其自身的发展蒸蒸日上，还带动了鄂尔多斯羊绒产业的蓬勃兴起，并由此带动了千家万户的农牧民走上致富之路。

据鄂尔多斯集团办公室主任王煜华介绍，过去，干旱山区及荒漠草原地区的农牧民大都是生财无路，致富无门；鄂尔多斯市羊绒产业集群的兴起、发展、壮大，很大程度上改变了干旱、半干旱山区农牧民的生产生活。

## 草原经济富草原

近几年，草原经济成为内蒙古最具特色和活力的亮点。内蒙古自治区党委、政府抓住西部大开发的良好机遇，立足草原求发展，变资源优势为经济优势，为农业增效、农民增收、农村发展奠定了良好的基础。

本来，地生万物育万民，乃天经地义。但在农业比较效益相对低下的现实情况下，如何跳出农业经济的局限，切实解决三农问题，是摆在各地各级政府面前的一道难题。内蒙古各级政府在这方面破题早、动手快，成功地走出了一条依托本地资源优势、促进经济发展的富民之路。

无论是传统的乳、肉、绒产业，还是新兴的草、沙、林产业，内蒙古人始终以具有无限想象空间的大草原作为他们发展、创业的天地，以天然、绿色作为他们创品牌、夺市场的金筹码。

从呼市的“乳业兴市”战略到鄂尔多斯的羊绒产业集群，都是从本地的实际出发，引导农牧民就地创业，就地致富；而当今在国内乳、肉、绒市场独领风骚的伊利、蒙牛、鄂尔多斯、草原兴发等龙头企业，也一直是深深地扎根草原，把基地牢牢地建在传统的农牧区，在发展、壮大企业的同时，也促进了当地经济的活跃与发展，更带动了广大农牧民的脱贫致富。

近10年来，伊利集团先后投入2亿多元，在牧区建成标准化奶站300多个，牛奶专业化养殖小区6个，向农民发放购牛贷款逾亿元。

在短短的4年中，蒙牛集团共扶持和发展养牛户20多万户，增加奶牛养殖近30万头，直接招收员工近万人，创造间接就业岗位达数十万个，产业链条辐射百万牧民。

和林格尔县曾是有名的国贫县。当蒙牛集团在昔日的一片荒滩上建起一座规模宏大的现代化厂区后，很快带动了当地经济的起飞，和林格尔一跃成为全区100多个县级行政区发展速度最快的"明星县"，财政收入一举突破亿元。仅有3万余人的和林县城，先后在蒙牛集团就业的就达四五千人。用蒙牛集团监事长白君的话说，"如今，在和林格尔基本没有闲散人员，既无上访的，也无下岗的。"

近几年，呼和浩特增加农民收入的主要途径是奶牛养殖，该市赛罕区碾格兔村农民的人均纯收入达到6000元以上，是全区农牧民人均纯收入的3倍。

在呼市土左旗兵州亥乡伊利集团新建的牧场园区，记者采访了农民曹有堂。过去，他种着几十亩薄地，每亩毛收入不足500元；5年前他开始养奶牛，几年下来已发展到8头奶牛。去年，利用伊利提供的10万元贷款，他与亲戚搭档又买了10头奶牛。每月，他用卖奶收入的60%还贷，其余用于滚动发展。他计划养足50头奶牛，他估算，连买牛加上入住牧场园区的全部贷款，只需四五年就能还清。到那时，他拥有的就远不止50头奶牛，按时下的价格计算，仅50头奶牛的价值就是100万。养牛，使农民曹有堂的"百万富翁"梦在不远的将来成为现实。

草原兴发以"取草原特色，还草原绿色"为旗帜，以年加工3000万只肉鸡、300万头肉羊的生产能力，坐稳了国内草原肉食品加工企业的头把交椅。那段令人们捧腹的广告词："喝的是矿泉水，吃的是冬虫夏草，拉的是六味地黄丸"，形象地道出了来自大草原的绿色肉食品的特质与诱人之处。

在当今餐饮市场竞争几近白热化的背景下，"小肥羊"能以加速度火爆的方式攻城略地，不断扩张着自己的地盘。探究其成功的奥秘，除了那句时髦的口号："不沾小料涮肥羊——反传统涮肉"之外，更主要的，恐怕还是来自大草原肥嫩的羔羊肉吊起了城里人无尽的胃口。

在草原经济丰富的内涵里，既有草根经济的成分，又有市场经济的因子；离开了大草原这片辽阔的沃土，农牧民便失去了生存的基础，若没有市场经济的活力，传统的畜牧业终将走不出时起时落的怪圈。今天，伊利、蒙牛的乳制品，在海内外千千万万消费者心中留下了抹不去的浓香；鄂尔多斯、鹿王品牌的羊绒衫，温暖着五湖四海的朋友；小肥羊、草原兴发的羔羊肉，在大江南北吸引着数不清的食客……如果没有大草原这块绿色招牌的支撑，塞外辽阔的疆土上又怎能齐刷刷地矗立起一批雄视国内外同行的龙头企业？

如今，别具特色的草原经济，已经成为内蒙古自治区整个经济链条中十分重要的一环，无论是在GDP中所占的份额，还是对农业增效、农民增收所作的贡献，它都具有举足轻重的分量。

草原经济，来自草原，回馈草原，更给草原带来了欣欣向荣的新气象。

2004年2月　北京

# 正在消失的鸿沟

## ——嘉兴市秀洲区统筹城乡一体化见闻

凡是到过嘉兴的人，都不会忘记南湖上那条承载了80多年风雨沧桑的红船。20世纪20年代初，一批最早的共产党人，就是在这条船上，描绘出了推翻旧制度，建立人人平等、自由、幸福的新社会的宏伟蓝图；如今，南湖边新一代的共产党人，正在履行着新的历史使命，在统筹城乡经济社会协调发展、全面建设小康社会的旗帜下，逐渐填平横亘在城乡之间的那道鸿沟……

### 以土地换保障：失地农民无后顾之忧

地处杭嘉湖平原的嘉兴市，历来是浙江有名的粮仓。近些年，城市建设的发展使该市秀洲区两万多农民告别了他们祖祖辈辈赖以生存的土地，但这批为数众多的失地农民并未因此而陷入困境；相反，由于政府在社会保障、生活保障、就业保障等方面采取了一系列周全而又具体的安置、优惠政策，使失地农民在住房、养老、就业、培训、医疗等方面均无后顾之忧，欢欢喜喜地完成了从农民到市民的转变。

在秀洲区新城街道象贤村，记者看到一片整齐、壮观的别墅式建筑，当地农民自豪地告诉我们，这是被征地农民的新家，是政府按照拆一补一的标准为农民建的。从老旧、简陋的农居迁到宽敞明亮、如别墅一般漂亮的楼房，被征地农民在第一时间里找到了做市民的感觉。

对以“土地换保障”体会最深的是秀洲区被征地的老年人。按有关政策，被征地农民男60岁以上、女50岁以上，均可享受每月领取398元养老金的待遇，这就从根本上解决了失地老人的养老问题。象贤村妇女主任曹琼瑶告诉记者，她家7口人，4个老人中有3人可以领取养老金，这大大减轻了他们的负担。更重要的是，老年人养老不依赖子女或其他人，他们的自尊心和人格尊严得以维护，他们自己的腰板也挺得更直了。

对于占被征地人口大多数的农村青壮年来说，他们的前途同样不必担忧。政府不仅采取了一次性缴足15年养老保险费和一次性支付安置补助费相结合的安置办法，还为他们进城、就业广开门路，提供种种方便。如：对劳动年龄段的人员，在被征地的最初两年，每人每月补助150元生活费；对自谋职业者，实行一次性补贴或享受由政府贴息的小额贷款；对就业困难人员(35—45岁的中壮年)，实行就业引导性和技能性培训，并明确规定失地农民可免费享受一次技能培训。此外，区里还出台了一些鼓励企业招用失地农民的优惠政策。如：企业为失地农民缴纳的养老保险金由政府补贴；企业招用一个失地农民，政府一次性补贴1200元；对用工(失地农民)50人以上的企业，政府授予其“创造岗位奖”。

近年来，秀洲区委、政府把促进城乡统筹就业和农村劳动力转移作为富裕农民、统筹城乡发展的重要措施，他们以提高农民、转移农民、保障农民为宗旨，在制定有关政策时，总是想尽一切办法，拆除就业门槛，废除歧视性政策，大力促进农村劳动力就业。全区近几年从土地上转移出来的农民中，75%以上的人实现了再就业。

### 新型合作医疗制度：为农民系上生命的保险带

在以鱼米之乡著称的秀洲，大部分农民都已经无温饱之虞，但因病致贫、因病返贫，却是许多农民无法承受之重。从1999年开始，秀洲区率先在全市实施了“四级筹资、两级管理”的农民合作医疗保险制度，重点帮助解决农民因患大病住院所发生的经济困难。2003年，在《中共中央、国务院关于进一步加强农村卫生工作的决定》精神的指导下，按照突出重点、统筹兼顾保障度和受益面、确保收支平衡的原则，秀洲区又出台了《城乡居民合作医疗保险制度管理办法》，首次将城乡居民的合作医疗予以统筹规划，统筹管理。不断强化以区级大病统筹为主、镇级统筹为辅的新型合作医疗保险制度，使全区合作医疗筹资水平达到人均41元，今年更是提高到57.5元，参加合作医疗保险的农民，占到应参保人口的80%以上。

不断提高的合作医疗保障水平及不断完善的补偿机制，是吸引广大农民积极参加合作医疗保险的重要前提。近几年，由于建立了与农村经济社会发展和农民对医疗卫生保健需求相适应的动态筹资机制，秀洲区农民合作医疗保险的筹资基数逐年提高。2003年农民个人缴费从20元提高到25元，政府财政投入更是从人均3元提高到人均15元，2005年政府的资助将达到人均30元。而与之相关联的补偿标准也在不断提高，去年全区合作医疗大病补偿年封顶线达到了5.8万元。

过去，小病凑合，大病拖着，急病等死，是不少无钱看病的农民不得已的选择，而在率先迈向统筹城乡一体化进程的秀洲区，我们却看到了新型合作医疗保险制度给农民带来的巨大实惠：王江泾镇西雁村53岁的农民张菊英患肝硬化，花去巨额医疗费，合作医疗保险为她报销了5万多元的医药费；王店镇23岁的青年王徐峰患尿毒症，进行肾移植手术，合作医疗为他报销了2.82万元；油车港镇农民李月珍，患食管胃底静脉曲张破裂，用去医疗费6万多元，合作医疗使她得到了2.6万元的补偿，而他们每人都只缴了25元参保金。农民们深有感触地说，新型合作医疗制度真是好，不仅使农民减轻了看病难的压力和因病致贫的恐惧，还为农民系上了生命的保险带。

## 统筹城乡发展：以规划城市的理念规划农村

长期以来，城乡分割的二元体制，人为地造成了我国社会城乡之间的巨大差异和鸿沟；党中央奉行的"以人为本"的新的执政理念，为各地统筹城乡经济社会发展、全面建设小康社会奠定了良好的政治基础。秀洲区委、政府紧紧抓住这一机遇，在推进城乡协调发展的过程中，迈出了可喜的步伐。

就像秀洲区委书记裘东耀所言，"老百姓需要的，就是我们要做的。"处于现代化进程中的当代农民，他们的眼光、他们的需求，已远远超出了他们的前辈。让农民分享现代化、城市化的一切成果，不仅是广大农民的愿望，也是各级党委、政府的责任。

于是，秀洲区委、政府近些年作出的有关社会经济及城市发展的一切规

划，都把“统筹城乡协调发展”作为主旋律。除了在就业、养老、社会保障、合作医疗等方面切实替农民解除了诸多后顾之忧外，在教育、卫生、交通等与农民利益密切相关的事情上，政府也是竭尽全力而为之。

曾经，教育的非均衡化是凸显城乡差别的焦点所在。由于历史原因造成的农村中小学校基础设施建设相对薄弱、学校规模偏小、布局不合理等状况，在秀洲区也不例外。为此，区有关部门编制了《全区 2003—2007 年 9 年义务教育标准化学校规划》，按照城乡教育均衡、协调发展的思路，对全区现有 48 所中小学实施标准化建设。据区教育文化体育局长汤照根介绍，正在实施中的全区中小学标准化建设工程，是由政府投资，将为全区所有的中心校全部配齐电脑室、电子阅览室、多媒体教室以及校园音响、专业音乐教室等设施设备，并实施校校通网络工程；与此同时，全区还将在各中小学实施校园绿化工程，使城乡所有的学校都变成“校在林中、人在花中”的园林式学校。

城乡差别是客观存在的，尽管今天的大多数农民早已摆脱了衣食不周的困窘，但逐渐富裕起来的农民仍然深切地感受到他们的生活质量与城里人相差太远：交通不便、卫生状况不佳、社会公益事业落后……这些百姓期盼解决的现实问题也正是秀洲的决策者们日夜萦怀的事情。今年上半年，一项旨在改善农村环境卫生状况的村庄整治洁化行动在秀洲区全面展开。

今年 7 月中旬，记者来到秀洲区洪合镇采访，亲眼目睹了整治洁化行动给当地带来的巨大变化。该镇由于羊毛衫市场的带动，聚集了 3 万多外来打工者，过去曾是嘉兴市有名的垃圾镇。如今，洪合镇已成为全市洁化行动的示范点，正朝着卫生洁化、河道净化、村庄美化、文明有序的目标迈进。记者走进该镇新美村，只见村里每隔 100 多米就设有一个垃圾箱；在村民居住比较集中的地方，还建有公共厕所；村里有一条小河，河水微波荡漾，不见任何杂物漂浮；时值高温酷暑，村里竟见不到嗡翁乱飞的蚊蝇，也闻不到农村常有的异味。

村民们告诉记者，以前村里可不是这样，自从 20 世纪 80 年代以后，村里的卫生就无人过问，村民的房前屋后，到处垃圾成堆，臭气熏人；不少村民将粪便、垃圾随意往河里倒，河中见不到水，只有满满的垃圾和杂草。在今年 4 月开始的洁化行动中，六七个人连续清理了十几天，才将村里基本清出个模样来。现在，村里有固定的保洁员，每天的垃圾日产日清；村里设有垃圾中转站，镇里还建了垃圾处理房……

采访中，秀洲区委书记裘东耀的一段话给记者留下了深刻印象，他说："公共财政，公共服务，要让秀洲所有的人民都享受到公共财政的阳光。"基于此，秀洲区从今年开始，把农村卫生保洁工作纳入了公共财政的范畴；基于此，秀洲区实施的乡村康庄工程，仅今年就投资6722万元，建设沟通48个村的上等级通村公路99.66公里；投资2800万元，改建农村危桥180座；投入1640万元，新增公交车97辆，为进一步完善城乡公交一体化，实现村村通公交打下了基础。

此外，在秀洲区统筹城乡协调发展的进程中，推进城乡供水一体化、城乡污水管网建设、实行村级干部报酬财政支付等一系列规划，有的正在变成现实，有的已经绘好了蓝图。

"要像规划城市一样规划农村"，"要让公共财政的阳光照耀到每一个民众身上"……秀洲区委、政府以新的执政理念，抒写着统筹城乡协调发展的历史新篇章。

2005年

# 定要新绿锁风沙

## 沙尘肆虐警国人

2000年的第一个春天，大自然以连续12场铺天盖地的沙尘暴向国人展开了一场空前挑战。当漫天尘土一次又一次从西北逼向华北甚至江南的时候，荒漠化的警钟再一次在我们耳边轰然回响！

请看这一组令人触目惊心的数字：

目前，我国的沙化土地已达168.9万平方公里，占国土面积的17.6%，并且仍以每年2460平方公里的速度扩展。更为严重的是，我国荒漠化土地已达162.2万平方公里，已形成一条西起塔里木盆地、东到松嫩平原西部，东西长达4500公里，南北宽约600公里的万里风沙带。

由于连年不断的滥垦、滥伐、滥采、滥牧及水资源管理不善，我国每年因荒漠化而损失相当于一个中等县份的土地。至于每年以沙化为主造成的国民经济损失，更是高达540亿元，相当于西北五省区1996年财政收入的3倍。

也许，大多数身居闹市、安享现代城市文明的人都不曾想到，某一天，沙尘暴会逼近他的窗前。

为什么黄河连年断流，渐成地上悬河？因为每年从沙区流入黄河的泥沙就达10多亿吨；为什么风沙连袭北京城？因为毗邻京都的内蒙古大草原上，一些水草丰茂的绿洲正在退化，著名的阿拉善绿洲，85%的土地已经沙化。

近年来，沙压村庄、沙埋农田、沙进人退的情况，在一些地区屡屡发生。君不见，与北京直线距离仅70公里的河北丰宁县小坝子乡，已经是沙埋农舍、沙掩农田、沙化在即……

大自然已向我们发出了严重警告，大规模的荒漠化治理已迫在眉睫。

## 治山治水治荒漠

过去一段时间，由于一些地区不惜以牺牲生态环境而求得一时的经济利益，因而招致大自然的严厉惩罚。近些年，从中央到地方，各级政府都把加强生态建设、整治荒漠化工作摆到了应有的位置。江泽民同志要求“再造一个山川秀美的西北地区”，朱镕基总理提出“退耕还林（草），封山绿化”，使全国范围内的生态环境建设及荒漠化整治有了明确目标。

据国家林业局的统计，截至 1999 年底，全国累计完成治沙面积 1.2 亿亩，其中人工造林 3465 万亩，风沙育林育草 3900 万亩，飞播造林种草 937 万亩，人工种草及改良草场 1733 万亩，治沙造田及改造低产田 114 万亩……

多年坚持不懈的综合治理，在一定程度上减缓了局部地区沙化扩展的速度，改善了治理区的生存与发展环境。

陕西榆林地区与毛乌素沙漠紧密相连，50 年代的林草覆被率只有 1.8%，通过多年坚持固沙造林种草，当地的林草覆被率已达 38.9%，年沙尘暴日也由过去的 70 多天减至现在的 20 多天，沙区 6 条河流的年输沙量平均减少 51%。过去，内蒙古赤峰市的耕地和草场经常受到风沙的侵害，如今，那里的农牧业生产环境得到了显著改善，森林覆被率由解放初期的 5% 提高到了 21.2%。

西部大开发的强劲东风，进一步激发了西部各省区整治“五荒”、再造“山川秀美”工程的积极性。

陕西省将把主攻陕北黄土高原丘陵沟壑区植树种草及秦巴山区天然林保护作为 2000 年山川秀美工程的重点；作为全国生态脆弱省区之一的内蒙古，将以退耕还林还草为重点，严禁开荒，加快水流域治理，大力推进节水灌溉工程建设；近年来水土流失严重、洪涝干旱比较频繁的宁夏回族自治区，拟在 10 年内退耕 620 万亩，以使生产条件得到较大改善，将自然灾害减轻减少；土地沙漠化和水土流失问题比较突出的甘肃省，也将大力进行“三北”防护林体系建设，建立防风固沙带、农田防护林带、封沙育林育草带等，以提高绿洲的抗风沙能力，保护绿洲现有耕地。

## 再造山川秀美新中华

年初肆虐大半个中国的沙尘暴，一方面给国人以严厉的惩罚，一方面也给国人以深刻教训。

在此背景下，酝酿数年的《防沙治沙法》已纳入立法程序，同时，国家有关部门紧急启动了京津风沙源治理工程。这项旨在3年初见成效、5年大见成效的生态工程，拟将我国8大沙漠、4大沙地及黄河故道、河北特别是京、津周围作为今后10年防沙治沙的重点。

该工程的近期目标是加快构筑京津周围绿色生态屏障，增加区域内地表植被覆盖率，改善京津地区生态环境；中期目标是用30年左右的时间，实现人进沙退；远期目标是到2050年，使凡能治理的沙化土地基本得到治理。

当然，目前的当务之急是要对给北京造成严重影响的浑善达克沙地、乌盟后山、河北坝上、山西北部等沙化土地进行紧急治理，将这些北京风沙源区的治理作为全国防沙治沙的重中之重，率先启动，重点投入，重点治理，以遏制北京风沙源区沙化土地的扩展，减少沙尘暴和沙尘天气的危害，改善首都生态环境。

鉴于近些年不少地区面临边治理，边破坏，局部治理、整体破坏，以致破坏速度大于治理速度的严峻形势，有关专家指出，现在防沙治沙最紧迫的就是要处理好发展经济与保护生态的关系，坚决贯彻执行《森林法》、《草原法》等现行法律法规，尽快出台《防沙治沙法》，采取一切有效措施，切实保护好现有植被，避免由于人为破坏而造成新的土地沙化，坚决杜绝以眼前的短期“利益”造成今后长期的灾难。

有关专家发出忠告，以耐旱的灌木、半灌木为主的沙区现有天然植被极为珍贵，在防止风沙危害中发挥着极为重要的作用。同时沙区生态环境天然脆弱，一旦破坏就极难恢复，因此，整治荒漠化的当务之急是要保护好沙区现有植被，走可持续发展的道路。

结合我国沙区地域辽阔、气候等自然条件差异极大的特点，专家建议，必须因地施策，因地制宜，宜乔则乔，宜灌则灌，宜草则草，灌、草、乔相结合，生物措施与机械沙障措施相结合，实行综合治理。要通过制止过度放牧、实行轮封放牧等保护措施，恢复退化草地的综合功能，处理好畜牧业发展与草场保护的关系。同时，要巩固和扩大绿洲，在绿洲边缘大力营造防风阻沙林带，保护绿洲不受沙漠扩展的侵袭，拓展沙区人民生存的空间。

当前，我们正面临着异常严峻的生态恶化形势，我们不得不正视这些令人痛心的现实：全国解放以来退化土地 1.16 亿亩，退化草地 15.75 亿亩，平均每天丧失耕地 22.5 万亩，减少草地 78 万亩。

为了中华民族的复兴，为了子孙后代的幸福，为了山川大地的生生不息，我们要奋起迎战荒漠化，再造山川秀美新中华。

2000 年

# 一份沉甸甸的水资源情报

水，滋润万物，与人们的生产、生活息息相关。水是甘甜的，但有时又是苦涩的；水是宝贵的，但有时它又泛滥成灾；水是清洌的，但在一些地方它却变得污浊不堪；一切生物都离不开水，但在一些特别需要水的地方，它却变得那样吝啬……面对我们日日不可或缺的生命之源——水，我们知道的到底有多少？请看来自国家水利总局的权威水资源报告。

## 人均水资源占有量十分有限

据世界银行1998年对132个国家的统计，我国水资源总量占世界第4位，但人均水资源占有量却排到了82位。按照国际标准，人均水资源量2000立方米为严重缺水边缘，人均1000立方米为人类生存起码要求。目前我国有15个省、区、市人均水资源严重低于缺水线，有7个省、区（宁夏、河北、山东、河南、山西、辽宁、江苏）人均水资源量低于生存的起码线。

## 水污染程度严重，损失巨大

据水利部对全国700余条河流约10万公里河长开展的水资源质量评价，46.5%河长受到污染（相当于Ⅳ、Ⅴ类）；10.6%的河长严重污染（已超Ⅴ类），水体已丧失使用价值。90%以上的城市水域污染严重。

在全国七大流域中，太湖、淮河、黄河流域均有70%以上的河段受到污染；海河、松辽河流域污染也相当严重，污染河段占60%以上，全国有1/4的人口饮用不符合卫生标准的水。水污染直接影响着我国民众生活、生存环境，据调查，我国共有1100多个县受水致性地方病的威胁，南方湖区的血吸虫病尚未根除。海河流域有1400万人受高氟病的威胁。由于缺水而引用污水灌溉，致使土壤中有毒有害物质超标，粮食蔬菜中重金属富集。

水环境恶化给国民经济造成巨大损失。据统计，全国受污染农田面积达1000多万公顷，损失粮食120亿公斤，全国因污染死鱼4550万公斤。另据专家不完全估算，仅海河流域每年因水污染造成的经济损失达40亿元，太湖流域因水污染造成水质型缺水每年经济损失在50亿元以上。中国科学院最新公布的一项结果表明：1995年因环境污染和生态破坏的经济损失高达1875亿元，其中水污染造成的损失就占76.2%，达1428.9亿元。

## 河湖萎缩，黄河断流

黄河从1972年开始出现断流到1998年的27年间，黄河利津站共有21年发生断流，断流频率已达四年五断，共计断流1050天，平均每个断流年份50天，其中1997年断流226天，断流河段长达704公里，占下游河段总长的90%。

进入90年代以来，黄河连续8年断流，且断流时间延长，断流月份增加，断流河段延长，首次断流时间提前。黄河断流的频繁发生，加剧了主河漕的淤积，导致河道排洪能力下降，使工农业生产遭受损失。

海河流域中下游平原地区的河流基本干涸，河口淤积加剧，生态环境破坏严重。由于径流剧减，城镇排出的污水得不到稀释，形成不少污水河，被形象地称为："无河不干，有水则污。"

调查表明，近30年来，我国湖泊水面面积已缩小了30%，素有千湖之称的江汉湖群，目前的湖泊面积仅为解放初期的50%。

## 西北地区水环境日趋恶劣

目前，我国西北干旱、半干旱地区湖泊干涸现象十分严重，部分湖泊含盐量和矿化度明显升高，特别是西北湖泊咸化趋势更为明显。新疆博斯腾湖，由于上游修建灌溉工程，导致入湖水量锐减，含盐高的灌区退水又不断入湖，因此，该湖在短短的 10 多年内就由淡水湖演变成咸水湖，湖水矿化度上升了 6 倍，水面减少 120 平方公里，水位降低 3.54 米。素有“绿色迷宫”之称的准噶尔盆地西部的艾比湖，因 60 年代在湖区毁林开荒，70 年代截流断水，至今艾比湖湖面已由过去的 1300 平方公里减至 600 平方公里，干涸的湖盆已沦为盐漠。曾为我国历史上最大的咸水湖——罗布泊也已干涸。

## 湿地面积萎缩，生态蜕化

由于人口增长，耕地扩大，生态类型嬗变，我国湿地面积严重萎缩。北大荒的连年垦荒使这块我国最大的湿地面积缩小了 60%，三江平原的湿地面积已由建国初期的 443 万公顷下降到 190 万公顷。如不采取紧急保护措施，十几年内三江平原的湿地将丧失殆尽。

## 南方围湖造田后果严重

围湖造田是导致南方湖泊面积萎缩的首要原因。曾经蔚为壮观的江汉湖群因围垦而消失湖泊 983 个，面积减少 2041 平方公里，目前仅存湖泊 83 个，浩浩荡荡的 800 里洞庭在不到 40 年的时间内，围垦面积达 226 万亩，淤积与围垦互为因果，导致湖区生态恶性循环。

## 地下水超采过量，引发环境问题

由于地表水资源贫乏和水污染加剧，致使一些地区对地下水进行掠夺式开发，地下水超采十分严重。据不完全统计，目前全国已形成地下水域性降落漏斗 149 个，漏斗面积 15.8 万平方公里，其中严重超采面积 6.7 万平方公里，占超采面积的 42.3%。多年平均超采地下水 67.8 亿立方米，有的漏斗中心水位埋深已达 60—80 米，有些城市还出现了地面沉降，造成严重后果。

## 水土流失面广量大，后果堪忧

我国已成为世界上水土流失最严重的国家之一，全国水土流失面积达367万平方公里，占国土面积的38%，其中水力侵蚀面积179万平方公里。此外，每年流失土壤50多亿吨，全国每年因水土流失新增荒漠化面积2100平方公里，因同样原因而损失的耕地面积达7万多公顷。黄土高原每年水土流失带走的氮、磷、钾就达4000万吨，相当于全国一年的化肥产量。

## 水环境的恶化使生物多样性面临挑战

水环境的恶化改变了生物原有生存环境，生物多样性受到重大影响。河流、湖泊等水体的污染使许多动、植物数量大大减少，一些珍稀品种面临灭绝。

新疆塔里木河断流之后，罗布泊干涸，附近55种高等植物减少到36种，原在此地栖息的鸟类仅余残骸。洪湖50年代有野生鱼类近100种，到90年代减至不足50种。

## 水污染事故频发，严重影响社会稳定

近些年，全国各地水污染事故频繁发生，平均每年在1600起以上。1994年淮河特大污染事故，造成苏皖两省150万人饮水困难。1996年春节后，淮河再次发生污染事故，使蚌埠市70万人陷入水荒。近10年来，仅海河流域的水污染事故就达数百起，由水污染导致的地区间纠纷不断发生，严重影响社会稳定。

亲爱的读者，当您读完上述文章，您的心情是否也像文中的内容那般沉重？面对我们身边日益恶化的水资源环境，您将作出怎样的反应？

2000年

# “中国金都”治理纪事

## ——招远市整顿黄金矿业秩序一瞥

招远，这片天赋神赐的黄金宝地，曾是多少淘金者向往的天堂！中国第一产金大市的天然优势，使它赢得了“金城天府”和“中国金都”的美称。从春秋时代燔火爆石的民间采金，到如今现代化的大规模探采、选冶与精炼，招远的千秋历史无不与黄金相交辉映。

然而，闪光的金子既能把人引向天堂，也能使人走向地狱。就像招远市委书记刘为群所说，招远的经济穷也黄金，富也黄金；招远的社会治也黄金，乱也黄金；招远的干部成也黄金，败也黄金。黄金曾为这一方的百姓带来福祉，也为这一方土地带来长久的混乱与祸因。

### 祸起黄金

招远人祖祖辈辈靠山吃山，靠矿吃矿。在解放后相当一段时间内，黄金生产一直是由国家严格控制、有序开采。从20世纪90年代开始，由于经济体制的开放及管理体制的松懈，黄金开采很快形成了国营、集体、个体一齐上的猛烈势头，并且一发而不可收拾。到20世纪90年代中后期，黄金矿业秩序已到了空前混乱的地步。

由于黄金生产的巨大利益诱惑，使得一些不法分子不惜铤而走险，疯狂抢夺国家矿产资源。曾几何时，在以黄金富集著称的玲珑山一带，星星点点地布满了非法采矿者开凿的矿井。

金灿灿的黄金使不少非法采金者一夜暴富，其财富迅速呈几何级数上升，有的甚至达到了天文数字。于是，黄金矿区成了黑恶势力快速膨胀的经济基础和丑恶现象的滋生地。一些人公开非法雇佣保镖打手甚至雇佣负案在逃分子，组建非法保安组织，聚众斗殴，同时更加肆无忌惮地盗窃、抢夺国家矿产资源；一些人以矿霸自居，公开收缴保护费；一些人挥金如土，赌博嫖娼，拉拢腐蚀党政领导干部；一些人偷税漏税数额特别巨大，给国家和地方经济造成巨大损失……

据统计，近年来发生在矿区的治安和刑事案件占全市发案率的41%。

在非法采矿者的疯狂抢夺和巨额利润背后，是国家矿产资源的严重流失和矿山安全生产的重大隐患。许多非法采矿点采矿资质条件达不到国家安全规定要求，工作环境和安全条件极差，违规操作问题突出，安全事故频繁发生。

1999年，阜山镇九曲村馆材背采矿点因违规操作，造成重特大伤亡事故……至于瞒报、漏报的矿山安全事故更是无法统计，不知有多少可怜的冤魂葬身矿井而被草草打发。

一些非法采矿者为了减少成本，采矿后不充填，形成大量采空区，不仅造成大量塌陷事故，同时为大规模的地质灾害埋下隐患。1996年，由于不法分子的私挖滥采，致使长1000多米、宽30多米的玲珑52号脉出现整体塌陷，投资3000多万元的电视转播塔被迫搬迁。

多年来，历届招远市委、市政府一直把黄金矿业秩序的整顿作为一项重要工作来抓，也取得了短时成效。但由于种种原因，黄金矿业秩序混乱的局面始终未能从根本上得到解决，前清后乱的问题仍然十分突出。

## 铁腕出击

2001年5月，新一届市委、市政府以空前的决心和力度，展开了招远历史上规模最大、措施最强硬的黄金矿山秩序整顿活动。市委书记刘为群在动员大会上向全市人民庄严承诺：一定要彻底了结招远市黄金生产秩序混乱的局面。

6月1日，一场由800多名政法干警、民兵预备役和行政执法人员组成的大规模防暴演练拉开了整顿的序幕。其浩大的声势、威严的阵容、强劲的实力，给那些暗地里蠢蠢欲动，试图抵制整顿、逃避打击的犯罪分子以有力震慑。借鉴以往屡整屡乱的经验教训，招远市委、市政府制定了“尊重历史，面对现实，合法、合情、合理，有理、有利、有节，彻底整治，永绝后患”的工作原则。他们以《刑法》为主要法律武器，综合运用《矿产资源法》、《矿山安全法》、《税法》、《环境保护法》等法律法规，明确向社会宣布：这次整顿的工作目标是：清理、取缔所有在招远地界上的非法探、采、选矿企业，整顿规范合法村办黄金企业，消除治安和安全隐患，理顺矿业经济利益关系，彻底堵住个体采金进入矿山的渠道。

在明确的目标之后是强硬的手段和措施。为确保整顿不留后患，市里要求对各矿点、选厂进行严格验收，对非法选矿厂力求做到“六个全部”：即井(洞)口全部封堵或炸毁填平；设备设施全部拆除和撤离；井架全部拉倒；供电(供水)设施全部拆除；房屋工棚全部推倒；人员全部撤走。

与以往历次整顿“雷声大、雨点小”绝然不同的是，这次，市委、市政府精心策划、周密部署，然后步步为营、处处较真。要取缔非法选矿厂，就坚决拆除它的全部动力设备，切断它的动力电源；要消除一切安全隐患，就坚持对所有矿区的黄金企业存在的安全隐患进行整顿，不达到安全生产规定的要求决不放行；要消除治安隐患，就坚持对所有黄金企业及采金户私藏的爆炸物品、枪支弹药、管制刀具及非法配置的警用车辆和器械全部收缴；对雇佣的“黑保安”全部取缔。

长久以来，招远的非法采金决不仅仅只关系到那些个体采金户的利益，也维系着上下左右、四面八方不少“关系户”、“保护伞”的既得利益。如今，眼看着整顿的势头锐不可挡，惶惶不可终日的就决不止那些浮在表面的私营老板了。一些背后的既得利益者开始跳出来兴风作浪，设阻添障，有的人扬言要“豁出去”拼个鱼死网破，有人甚至恐吓：要用20万元买市委主要领导人的头……

面对障月的乌云，市委、市政府采取了更为厉害的一招：凡是在整顿中通风报信、明整暗保、推委拖拉、畏缩不前、不能按期完成任务的干部，一律就地免职；对顶着不办、行动不力、煽动群众闹事的依法追究刑事责任。在严厉的组织措施面前，那些声称要“豁出去”的人纷纷退了回去。

令人拍案的是，在大规模的清理整顿阶段，没有发生一起暴力抗法事件，也没有发生一起群体性事件，甚至没有一起相关的来信来访。

经过一年多的清理整顿，招远市的非法采金得到了彻底治理。全市共依法取缔非法矿点295处，违规选矿厂138处，遣返外地民工7500多人，推倒砸毁工棚2000多间，收缴非法枪支5000多支。此后，矿区的治安秩序明显好转，刑事案件、治安案件同比分别下降了57%和40%。

## 永绝后患

暴风骤雨般的大规模整顿之后，招远的决策者们把目光放到了更加长远的未来。为了避免重蹈过去屡整屡乱、前清后乱的覆辙，市委、市政府开始着手建立长效机制，以巩固整顿成果。其中最关键的一着，就是理顺黄金管理体制。为了从根本上堵住个体采金大户进入矿山的渠道，他们在原村办企业的基础上改制组建了由镇黄金管理中心控股的黄金矿业有限责任公司，把规范完善的经营管理权收归镇政府，保证各镇政府对黄金经营的绝对控制。但是，靠什么来保证这种“绝对控制”的有效性呢？那就是随后出台的“四个严禁”政策：严禁以任何方式转包企业经营权；严禁村级组织参与企业的经营管理；严禁原个体采金户在企业中担任任何职务；严禁村支书、村委主任兼任有限责任公司董事长、总经理。

如此一来，镇村之间的利益关系如何理顺？招远的做法是，新成立的矿业有限责任公司全部实行财务公开，定期向股东通报企业效益情况，把经济利益全部让给村里。

此外，整顿后从矿山上退下来的个体采金者，他们的出路何在？对此，招远市制定了一系列优惠政策，鼓励退出矿山的个体采金者兴办地面企业。目前，在招远经济开发区专设的民营企业园，已经吸引了大批先前从事个体采金的民营企业主，他们根据各自的实力，纷纷向农产品加工、化工、电子及黄金深加工等方向发展，不少企业已步入了良性循环。

曾经有人议论，整顿后的招远经济在滑坡。情形果真如此？

在招远市玲珑镇大蒋家村，村委会主任蒋金恒告诉记者，过去混乱时，他们村有40来个矿井同时开采；整顿后，村里只留下一个矿井，收益却比过去三四十个矿井上缴利润的总和还多。蒋说，过去是个体老板挣了大钱，村民们只是替他们打工干苦活；如今，村民没有任何负担，一切上缴的税费都由村里承担。

市委书记刘为群列举的数据似乎更有说服力：过去存在360多个矿井时，全市的利税收入不过1000来万；现在只保留了58个矿井，每年仅一个镇上缴的利税就达1000万元。仅在整顿的当年，全市的财政收入就比上年增长20%多。

整顿，不仅使招远恢复了正常的矿业生产秩序和社会经济生活的平静，更重要的是，它通过一系列行之有效的举措，结束了个体非法采金者长期抢夺、糟践国家矿产资源的历史。它为招远的可持续发展奠定了良好的社会政治基础。但愿，随着市委、市政府"拓展黄金优势产业，实施城市品牌发展战略"的进一步落实，这个有着1300多年采金历史的古老金城，能够焕发出更加璀璨的光芒。

2002年

# 黄土地上的扶贫壮歌

## ——陕西军区“一部一村”扶贫纪事

### 再造山川秀美的新陕北

5月的陕北，天蓝蓝，云淡淡，骄阳下的黄土高原，满坡满塬地裸露着，连续3年大旱加上近半年滴雨未下，陕北大部分地区已是河干溪涸，种不下庄稼活不了树。自然的威胁和生态的恶化，使生活在这片土地上的人民备尝艰苦。

然而，当记者走进延安市宝塔区地处深山沟里的新窑则村时，看到的却是另一番景象：沟沟坡坡上成片的秀色令人心旷神怡——山顶上丛丛灌木生机盎然；山腰上片片果园嫩果初挂；山沟里槐树、枣树青翠诱人……是什么力量，使这个昔日“山秃、水少、地瘦、人穷”的小山村，变成了与周围数百里黄土坡形成明显差异的绿色世界？

说来话长。

数年前，新窑则村的状况是：“山是和尚头，地无一亩平。三年两头旱，十年九难收。”农业生产长期处于“越垦越荒、越荒越穷、越穷越垦”的恶性循环之中。1994年，村里人均产粮只有150公斤，人均收入仅320元。

是延安军分区宝塔区人武部的官兵多年不懈地真诚扶贫，才使新窑则村人彻底挣脱了贫困的枷锁，逐步迈上了小康之路。

从90年代中期开始，区人武部就积极帮助新窑则村制订并实施55321脱贫工程（建造500亩高产农田，营造500亩苹果园、300亩杂林园，闭路电视、自来水双入户）。部队官兵先后为村民捐款3万余元，协调筹措资金十多万元，为村里修路、引水、建校、植树，改造落后的基础设施，村民们从此改写了常年下深沟挑水吃的历史；村里的娃娃们也从此告别了阴暗破旧的土窑洞，搬进了明亮宽敞的新校舍；世代闭塞落后的穷山沟，第一次装上了闭路电视，第一次有了程控电话，第一次修筑了通向山外的宽敞道路……

1999年，新窑则村人均产粮510公斤，人均纯收入达2080元，成了远近闻名的小康示范村。

像新窑则村这样在部队官兵的帮扶下迅速脱贫致富，改造生态环境的例子，在秦岭秦川、巴山汉水，记者随便就能拣出一串。

清涧县师家川村地处深山沟里，水土流失十分严重。县人武部帮助该村从抓生态环境建设入手，组织村民坚持“春秋治沟坡，农闲修三田，两季大会战”，新修梯田1180亩，栽种松、杨树两万多株，种苗300多亩，并修建集雨窖40个，打旱井40眼……当记者来到该村采访时，人武部的同志充满激情地说：不远的将来，师家川将展现出一幅“崖洼灌木山顶草，枣杏松林遍山腰，梯田平齐山中绕，山脚川坝上绿苗”的秀丽图景……

## 扶贫政委真扶贫

北峪村是陕西省富平县有名的贫困村。这里自然条件恶劣，人均耕地少，多数村民每年缺粮在4个月以上，全村146户人家，有1/3以上属特困户，有的人家竟穷得炕无垫身席，身无过冬衣，灶无隔夜粮，祖祖辈辈人畜饮水极其困难，遇到天旱，村民们要到20多里外的老庙镇拉水喝。本就贫困不堪的山里人，平均每户每年用来买水的钱就得三四百元，上学的娃们每人每天在校只能分到一杯水……

其实，就在距村东北5公里远的半山腰上，有一眼千年不竭、清纯甘甜的皂角泉，只是由于山高路险，缺乏资金，引水难度大，致使村民们只能世世代代望泉兴叹。

1997年，富平县人武部扶贫来到北峪村，政委王再海首先考虑的就是替村里人解决吃水难问题。他先后5次与村干部、水利工作者进山考察，观测流量、检验水质、勘察路径，然后十余次向县委、政府及水利部门汇报，提供方案，争取项目资金。为此，他跑烂了三双鞋。同时，由于劳累过度，他的胆结石病和心脏早搏症同时发作。同志们劝他住院治疗，他发誓说："皂角泉水不下山，我决不进医院。"他凭着满腔扶贫志和坚忍不拔的精神，苦口婆心四处化缘，筹措到 8 万余元资金。他发动机关干部和民兵群众千余人，开山劈路，铺设管道 5000 余米，清甜的甘泉水绕过 37 道湾，跨过 5 座梁，终于流进了世世代代为水所苦的北峪村……

自从走进了北峪村，王再海的心就被拴在了村里的扶贫工作上。他与人武部的同志一道，发动群众进行"五荒"综合治理，固堤种树，改造生态环境。针对北峪村多坡地、沟地和梯田的自然情况，他帮助、鼓励群众大种花椒，拓宽增收渠道，使全村基本实现了家家有椒园，户户能赚钱。为了帮助村里发展养殖业，他动员自己的妻子带头试养改良小猪，并把第一次卖猪所得的 950 元钱用于村里修路。如今村里的养殖业已初具规模，110 头牛，160 头猪，400 只奶山羊，昭示着北峪村人致富奔小康的美好前景。

短短三年多时间，王再海跨山过梁下到村里 240 多次，跑遍了北峪村的沟沟坎坎，也为村里人播下了一串幸福生活的种子：解决就医难、改造旧校舍、种椒植树、拉电修路、开发石材加工……使北峪村人的生活水平迈上了一个新台阶。

北峪村人深深感激这位真情扶贫的王政委。一天，当人们听闻王政委即将转业时，那股割舍不断的留恋之情油然而生，村民们自发地联名向陕西省军区政治部呈上一封言简意深的请求信："王再海是我们脱贫致富的领路人，王再海不能走。"短短两句话后面，附着北峪村 338 位父老乡亲鲜红的手印，它代表着 338 颗诚挚的心。

在"一部一村"扶贫活动中，陕西军区涌现了许许多多像王再海一样情系贫困百姓的"扶贫司令"、"扶贫政委"、"扶贫部长"，谱写出一曲曲真切动人的扶贫壮歌。

## 把扶贫的接力棒传下去

在世纪之交举国上下进行扶贫攻坚的决战时刻，陕西省军区党委响应党中央扶贫攻坚的号召，发挥自身优势，组织人武部积极参与以改变生态环境和基础设施为主要内容的扶贫开发活动。特别是 1997 年以来，他们认真贯彻江泽民同志关于“再造一个山川秀美的西北地区”的重要批示，组织所属军分区、预备役师和107个县（市区）人武部，深入开展“一部一村”扶贫开发活动，成建制参加山川秀美工程建设，加强生态环境保护。经过3年坚持不懈的努力，他们所帮扶的118个贫困村、5666户、25000多群众均得以脱贫，人均年收入由1996年底的325元增长为1999年底的1250元，一系列甘露工程、生态工程、光明工程、通路工程的实施，使38个贫困村步入小康，12个村成为县以上小康示范村，同时，还使原来70个不通路、57个不通电话、72个严重缺水的村全部实现了“三通”。实现了“一部一村”扶贫开发之初提出的“解决群众温饱，树立示范榜样，促进自身建设”的三大目标，提供了部队参与西部大开发的模式。

记者从陕北高原走到秦巴山区，从黄河故道走到无定河边，所到之处，人民军队扶贫开发的丰硕果实历历在目，人民子弟兵真情爱民的生动故事震撼人心。

岚皋县人武部政工科长程国凯，在蔺河乡光明村蹲点380多天，为了帮助村里修路，他在工地上整整住了两个多月，搬沙运石磨破了两身衣服、三双胶鞋，人也瘦了10多斤，是唯一在工地参加完修路全过程的干部。路修通了，为了不打扰群众，他想趁清晨没声没息地离开村庄，没想到那天早上5点多钟，天还没亮，全村男女老幼已齐刷刷地聚在村口，敲锣打鼓、燃放鞭炮，用乡村最隆重的方式为他送行。

榆林市点连素村位于毛乌素大漠深处。分散居住在方圆25公里的172户村民历来都是点煤油灯照明。军分区司令员夏明德和政委樊明印先后多次到市电力、扶贫等部门，为村里落实架电用款40余万元，并将部队机关准备更换办公设备的5万元用于村里架线通电，使村民们从此结束了祖祖辈辈点油灯的历史。

汉中市汉台区的三娘坝村祖祖辈辈没有出过学生。人武部派出6名干部，背上6套课桌椅和学习用具，翻山越岭步行几十公里，终于为该村办起了第一所仅有一名教师、6名学生的希望小学。

真抓实干，真情扶贫，是陕西省军区从将军到士兵的一致行动。军区司令员邱衍汉刚到职，下部队的第一站就是陕北的20多个贫困县；政委雷星平上任后的一个多月时间，就跑了70多个人武部和20多个扶贫点。一些退休的老同志离职后仍然战斗在扶贫第一线。一批接一批的人武部官兵，把扶贫工作的接力棒接过来又传下去，“不脱贫不撒手，不致富不脱钩”，成为部队扶贫工作的共识。

就像一首歌里唱的那样，“山还是那座山，梁还是那道梁”，因为有了人民军队的真情扶贫，山川大地如今彻底变了样。陕西省军区“一部一村”扶贫开发的成功经验，使我们看到了黄土地的希望，看到了西部大开发的希望……

2001 年

# 三年巨变看辽源

## ——资源枯竭型城市的振兴之路

**编者按：**一个因煤而立、因煤而兴、因煤而衰的资源型城市，在经历了13年经济连续下滑的痛苦挣扎之后，终于走出了一条资源枯竭型城市的再生之路。吉林省辽源市抢抓机遇、高位运作、大力发展强势产业、推进经济转型的成功实践，为东北老工业基地及其资源枯竭型城市的振兴提供了可资借鉴的经验。

对于许多地方来说，资源的枯竭就像断了源头的河流，再也难有奔腾的激情和前进的动力。曾经有过近一个世纪采掘历史的煤城辽源，在改革开放的年代却一度深陷资源枯竭、主导产业衰退、接续产业不能及时跟进的艰难境地。与地下大面积采空区同样荒废的还有日渐衰颓的城市面貌及日益低落的干群心态。

2002年，当一纸任命书摆在赵振起面前时，这位新任辽源市委书记即刻意识到了自己和新一届党委、政府肩负着的沉重使命：让这个财政困难、基础设施落后、工业经济连续13年下滑、财政收入名列全省倒数第一的资源枯竭型城市重新焕发出生机和活力……

三年殚精竭虑，三年求索奋斗，辽源终于从历史的低谷中走出，以一种昂扬的姿态向世人展示出它崭新的风采。让我们从不同的视角，一睹辽源巨变之大观。

## 从百姓眼中看辽源之变

这几年，对辽源变化感受最深、观察最细的莫过于生于斯、长于斯的辽源百姓，他们就像感受四季的交替一样分明地见证着自己身边发生的点滴变化。

一位曾经深为辽源前景担忧的机关干部，在辽源公众信息网的“市民心声”栏目中留下了这样一个帖子：

> 大家都知道辽源是个底子薄、总量小、流动人口少、地域优势差的资源枯竭型的城市，历届领导都为辽源的发展煞费苦心，殚精竭虑。尽管他们也都尽心尽力，但辽源的发展一直比较缓慢，不用说跨越式，就连快步走都很艰难。以至于许多辽源人和关心辽源的外地人都对辽源的未来失去了信心。就连我这个有着相对优越的工作环境的人几年前还想着要调回老家。但现在不同了，昔日破烂不堪的塌陷区变成了一个个现代化的居民小区，泥泞狭窄的小路变成了宽阔平坦的水泥路，每天早晨呛得人喘不上气的煤烟子不见了；雨天一身泥晴天一身灰的现象不见了；影响交通和市容的街路两旁的棚户房不见了，取而代之的是清新的空气、宽敞的街路、明亮的路灯、花园式的居住环境，那大城市才有的步行街、锻炼休闲的广场、怡神养性的辽河景观带、魁星楼、斜拉桥、外环路……短短几年，辽源的经济有了历史性的突破，环境也发生了翻天覆地的变化，人们的精神面貌也不断的变化。我作为一个辽源人为此而倍感自豪，为了能在改变生存环境的变革中贡献自己的一份力量而自豪。

一位80多岁的老农民深有感触地说：“我是土生土长的辽源人，辽源市前身名为‘大疙瘩’，后来改为西安县，解放后又改为辽源市。不管怎么改起色不大，依然是陈旧不堪的老样子，近几年，市委、市政府的官员们，不务空名、脚踏实地，仅几年工夫，就把辽源建成一个美观别致的新城市。过去的辽源我闭着眼睛都知道哪是哪，如今可好，进城都不知道东南西北蒙头转向。农民们经常说，如今辽源整的真好，有事没事也要进城逛逛，开开眼界。”

一位在北京某部委工作的女博士对记者说，她老家就在辽源，过去，她每次回家探亲，心情总是像煤城上空的铅云，沉重而黯淡；旧颜不改的城市，脏乱、破旧的棚户区，落寞涣散的民心，使她这个漂游在外的辽源人对家乡的情感真是欲爱不能，欲恨不忍。可是，当她去年再回辽源的时候，却惊喜地发现，故乡的变化令人震惊：一条长达42公里的环城路，拉开了辽源城市建设的框架，使原来的城区扩展了3倍；作为全国最缺水的城市(3年前，老百姓吃水只能隔日供应)，却在短时间内奇迹般地建起了6座水库；总投资8.7亿多元、总建筑面积达72万平方米的塌陷区综合治理项目，使一万多户居民的生存状况得到根本改善，辽源成为全国第一个彻底消灭了棚户区的资源枯竭型城市。

## 思路决定出路　格局决定结局

短短三年，辽源的变化有目共睹，令人惊叹。然而，促成这种变化的基础何在？动力何在？

当年，面对这座资源枯竭型城市，新一届辽源市委、市政府首先考虑的就是如何确立全市经济发展的战略定位。市委书记赵振起认为，在当今全球经济一体化的背景下，作为地市一级的区域，要想抢得一席之地，就得有高超的智慧和创新精神，而不能搞低层次转型，不能满足于平面对接、平面扩张。要走出以往东北经济发展低水平重复建设的怪圈，立足提高经济的成长性和实现产业结构高级化，要运用差异化竞争战略，坚持高位对接，高层次转型。

在一个特定的转型时期，在决定一个城市长远发展战略的关键时刻，决策者的智慧、胸襟和眼光至关重要。赵振起和他的同伴们，在新世纪的开端，站在中国的东北，欣喜地看到，被称为21世纪三大主导产业中的新材料产业和健康产业，不仅具有高科技含量、高附加值、高垄断性和低成本的特点，而且符合国家的产业政策和支持方向，正是适宜作为辽源接续产业的最佳选择。

此前，赵振起曾经潜心研究过国内有关新材料产业的一些基本情况，从八五、九五到十五期间，国家曾经对新材料产业投入了大量的研究经费并积累了相当的研究成果，但由于机制及体制等原因，包括863计划在内的大批科研项目都长期处于闲置状态，缺乏地区承接。而此时的辽源正好有着承接新材料产业的基础和创业空间。在2000年国家科技部、财政部和国家税务总局发布的“十大类新材料”中，辽源就有九大类、20多家生产企业、近百个品种。

此外，辽源地处长白山与松辽平原的过渡地带，地理纬度与世界最佳农畜产品基地荷兰相差无几。早在清代，这里就是著名的皇家鹿苑，几百年来一直有着驯养梅花鹿的传统优势；特别是当地10万头鹿、2000万只白鹅、85万头黄牛的养殖规模以及占吉林省60%以上的柞蚕等特色养殖和绿色种植，为辽源发展健康产业奠定了坚实的基础。

同时，曾经有“东北小上海”之称的辽源，虽然煤炭资源枯竭了，但多年来积累的工业基础仍然有着提升、改造和再利用的价值。基于此，辽源市委、市政府在2002年提出了全力打造新材料产业、大力发展健康产业、改造提升优势传统产业的整体发展战略。

三年来，辽源全市上下围绕三大新型产业做文章，狠抓项目建设，以项目优化产业结构，以项目集聚生产要素，以项目打造区域发展优势，以项目拉动经济跨越式发展，先后谋划了191个接续产业项目，总投资达453亿元，基本实现了市委、市政府提出的用三年时间构筑三大产业框架的计划。特别令人振奋的是：2004年，辽源市实现了地区生产总值和财政收入三年翻一番的重大目标。

今天，当人们把关注的目光投向辽源，看到的是令人振奋的新气象：

——新材料产业框架初成。利源铝型材、麦达斯铝业、差别化氨纶等26个投资超亿元的工业大项目，有的已建成投产，有的正在进行工艺设计和设备安装；一旦这些项目全部建成投产，辽源将成为全国最大的差别化氨纶生产基地和北方铝型材生产基地。

——健康产业前景喜人。金昌集团的SOD口服胶囊经国内外权威机构检测，属世界首例；投资1.2亿元的柞蚕蛹蛋白粉及蛹油软胶囊（被称为“东方羊胎素”）项目、投资6.6亿元的黑木耳功能饮料项目以及投资2.1亿元的鸡卵黄免疫球蛋白等诸多项目，都是技术领先、填补国内空白的项目。

——传统优势产业再显生机。通过近几年的改革重组、盘活存量，以龙泉酒业、和平铁矿和一批制药企业为代表的传统优势产业呈现出新的生机和活力。此外，汽车零部件、煤机、建筑塔机等传统产业通过技术改造和产业整合，产业层次得到提升。

思路决定出路，格局决定结局。正确的发展思路和精准的产业定位，是辽源经济得以快速发展和迅速崛起的重要前提。

## “借时、借势、借力”谋发展

作为一个资源枯竭型城市，辽源的生产要素曾经极度欠缺，资金、人才、项目、技术、市场……无一不在制约着地方经济的发展。可同样是这片天地，如今的辽源却似乎是要风得风，要雨有雨，各种生产要素竞相聚合，形成了促进辽源经济快速发展的强大动力。

这其中奥妙何在？用市委书记赵振起的话说，就是他们善于“借时、借势、借力”，促进生产要素的集聚。

无钱办事、无米下锅的窘境曾经难倒了多少英雄好汉。资金的缺口、融资的难度，是很多地方当家人难言的苦衷。辽源的决策者们却打破常规，创新思维，着力打造自己的融资平台。他们在城市信用社的基础上进行改革重组，组建了一家单一法人式的股份制金融机构，并经央行批准，行使商业银行职能，近几年累计发放贷款 80 多亿元，成为当地企业融资的主渠道。

在许多经济欠发达地区，融智是比融资更难的问题。而辽源市委书记赵振起却认为，中国不缺人才，缺的是人才使用的机制和舞台。因此，当今的辽源人就有了“人才是第一资源”的观念。他们实行开放、务实的柔性引才政策，不求所有，但求所用。他们深知这样一个道理：人才需要舞台，舞台集聚人才。新材料产业和健康产业的蓬勃崛起，为辽源引来了中科院研究员、生物专家蒋佃水、全国著名的特种纤维专家罗丰毅、美籍华裔汽车电子专家罗泗光、中国首席食品专家许洋、中国中医研究院院长王永炎等 80 余位相关领域的知名专家和教授来辽源合资合作，成为辽源经济发展的宝贵智库。

与此同时，辽源人以“打造强势经济、追求大作为”的雄心壮志，“借时、借势、借力”，打造出一个个承接产业与项目的科技、信息、网络及诚信平台，为集聚发展要素创造了空前难得的良好环境，也为辽源的跨越式发展提供了机遇与空间。

辽源由衰颓走向振兴的事实，给了我们莫大的启示：对于一个城市来说，资源的枯竭并不可怕，可怕的是人的惰性以及决策者迷失在过度依赖资源的误区中。就像赵振起所说:“没有不变的棋局，也没有不变的经济格局，只要思路正确，小地区也会有大作为。”

2005 年

# 无边绿色漫天涯

## ——海南无公害瓜菜生产记略

高远的蓝天，碧绿的大海，枝叶婆娑的椰林，铺彩叠翠的田野。当我们置身于这一幅幅清新悦目的美景之中，才真切地感受到自己已远离了北国的寒霜与冰雪。

12 月的海南岛，依旧是绿漫青山，瓜果飘香，青蔬遍地。无边的绿色，使这座碧水环绕的海岛更显得生机无限。

如果说，绿色是海南四季常青的标志，那么，无公害瓜菜则是海南省近年来向外打出的一张绿色王牌。

2000 年 9 月，海南省人民政府以政府文件的形式，下发了《关于切实做好无公害瓜果菜生产工作的意见》。文件指出："海南农产品主要市场在岛外，适应市场对农产品优质化需求，打出'无公害'品牌，是我省瓜果菜产业发展升级的关键，也是热带高效农业持续、快速、健康发展的重要保证。"

为配合无公害瓜果菜生产的顺利进行，海南省政府还要求有关部门抓紧制定《海南无公害瓜果菜生产技术规程》等系列标准，并依照上述标准对瓜果菜的产前、产中、产后各环节进行标准化管理。与此同时，在省政府号召下，海南各地相继掀起了冬季无公害瓜菜生产的热潮。

## 罗牛山：成龙配套的绿色产业

在海口，罗牛山公司的名气与影响可谓非同一般，别的不论，单说与老百姓菜篮子密切相关的猪肉、禽蛋、蔬菜等，该公司的产品就占了相当的分量。据了解，目前，罗牛山公司养猪规模已突破25万头，成为全国第一养猪大户；公司出产的猪肉占海口市场的1/3，鸡蛋占海口市场的2/3，同时还生产大批无公害蔬菜远销各地。

在罗牛山公司海口万头猪场，记者亲眼目睹了该饲养场严格、规范的防疫设施和颇具现代化的管理、监督措施。

据罗牛山公司总畜牧师罗德标介绍，在牲猪的饲养过程中，他们严格按照国家规定，所配制的饲料，大都以木薯、橡草等青饲料为主，且绝不含国家规定的违禁药品；抗生素的使用，也控制在国家规定的安全用量之内。因而他们提供给市场的商品猪、商品肉都是老百姓信得过的放心猪、放心肉。

在罗牛山无公害瓜菜基地，那五彩缤纷的特色瓜菜，又给记者上了生动的一课。

基地负责人刘晓丹先生领着我们穿行在一畦畦瓜田菜地之中。你看那五指山野菜(俗称树仔菜)也居然在山下的平畴绿野中扎了根，瞧那长势，绿茵茵，嫩生生，真叫人有点嘴馋，恨不能生嚼了吃。刘先生告诉我们：这种菜，营养价值高，口感好，一年多采，经济价值高，在市场上十分走俏。还有那些或细细长长，或虬曲盘旋的蛇瓜(真形象！)，从密密实实的藤蔓间一根根垂下来，长的足有两米左右，还带着一股淡淡的清香，使人不由感叹造物主的神奇。

当然，更令人叫绝的还在后面。随着刘先生的引领，我们来到另一片瓜蔓青翠、果实累累的瓜田边，只见颜色各异、长相奇特的各种瓜儿挂满棚架，有的像鹅蛋，有的像保龄球，有的像飞碟，有的竟像手榴弹。更使人不可思议的是，有一种美丽小南瓜，上半截金黄像葫芦，下半身碧翠(还带着条纹)像西瓜，两种颜色的分界线是那么明显，就像用水彩笔描绘出来的，真是奇巧可爱，令人称叹。

刘先生告诉我们：这一片菜地，种的全是特色瓜菜，品种均从国外引进，亩均产值都在万元以上。不仅如此，偌大一片瓜园，全都安上了先进的滴灌设备，再加上地膜压苗，有机肥打底，无公害生物农药灭虫，这"绿色瓜菜"可就真是再地道不过啦！

不过，我们还是有点疑惑：这成百上千亩菜地，全用有机肥，都从哪儿来呀？刘先生的答案却十分简单：公司的养猪场、养鸡场产出大量有机肥，经过加工，在他这儿得到了最好的利用……原来如此，罗牛山公司真是名不虚传的绿色产业一条龙。

## 万宁：坚决杜绝"黑心菠萝"

地处海南东南部的万宁市，不仅以风光秀美的兴隆温泉度假村而闻名海内外，其龙滚菠萝更是以个大、味美、肉质细嫩而享誉四方。除连续多年被评为"省优"产品，畅销全国各地外，还曾远销俄罗斯，受到异邦消费者的青睐。

然而，近年来，由于一些生产者急功近利，盲目大量使用激素进行果实催大催熟，并过多使用氮肥，少施钾肥和农家肥，使菠萝出现黑心现象，在消费者中造成不良印象，严重影响了龙滚菠萝的市场销路；不仅给当地的菠萝生产者带来重大经济损失，也危及到万宁名优菠萝生产的可持续发展。

针对这个问题，万宁市委、市政府多方面采取措施，责成有关部门发布了《杜绝黑心菠萝生产，实现菠萝产品无公害的实施意见》。

为了保品牌、保质量、争市场、创效益，挽回万宁菠萝的市场声誉，万宁市采取多种形式，进行广泛宣传，使菠萝种植户了解生产黑心菠萝的危害及其造成的恶劣后果，树立起生产无公害产品的责任意识。

他们的具体措施是：对继续采用激素进行催大、催熟的农户，进行批评教育，加以引导；对不听劝告、执迷不悟者，则采取电视、广播公开曝光，并插牌标明，使其产品无法销售。

面对如此严厉的行政措施，谁还敢公然冒天下之大不韪呢？

当然，严厉的行政措施后面，是切实可行的技术措施：农技部门深入乡镇或农户举办技术培训班。从去年 8 月中旬到 10 月中旬，市农业局邀请了华南热带经济作物大学兴隆热带作物研究所的有关专家，组成技术下乡讲师团，为果农办班 80 多场次，指导农民对菠萝生产进行科学管理，合理使用催生、催熟技术，合理使用化肥等。同时，农业行政管理部门会同技术监督部门还定期对菠萝进行检测，严禁农药、化肥残留量超标的黑心菠萝上市销售，并配合工商行政部门禁止黑心菠萝运出市境。

万宁市委书记丁尚清充满信心地说：万宁菠萝一定会重新找回它的市场价值和市场声誉！

## 三亚：奏响绿色主旋律

三亚的阳光，总是那么明媚、灿烂，在这片阳光明媚的土地上成规模生产无污染、纯天然、高品质的绿色产品，成为三亚农业的支柱产业和强有力的经济增长点。

近年来，三亚市坚持”品种调优、品质调精、效益调高”的原则，深入研究市场发展趋势和消费者需求，以天然、无公害产品和名优产品为主体的冬季瓜菜和热带水果奏响了绿色的主旋律。

据了解，三亚市每年冬季瓜菜种植面积达 12 万亩，总产量约 23 万吨，产值达 5 亿多元。这些瓜菜 95% 以上销往北京、上海、香港等地。

在三亚市崖城坡田洋万亩无公害瓜菜基地，一望无际的菜田旁，矗立着这样一块醒目的公示牌，上面的主要内容是：示范面积：10000 亩；项目总负责人：孙治福（市政府副市长）；主要品种：青椒、苦瓜、茄子、青皮冬瓜、豆角等；主要控制措施：(1) 严禁使用呋喃丹、甲胺磷、甲基对硫磷等剧毒高毒农药，推广使用替代农药和生物农药；(2) 禁止使用损害瓜菜产品质量和影响人体健康的植物生长调节剂；(3) 推广使用有机肥和生物肥，合理使用化肥。

据市政府主管农业的副市长孙治福介绍，全市共有 3 个这样的示范基地，另外两个基地的总负责人分别是市委副书记、市人大主任许俊和市农业局局长王宏良。

在采访中，记者注意到，三亚市政府在奏响绿色主旋律的同时，还采取了一系列行之有效的措施。

首先，他们十分明确地指出：无公害瓜菜生产的主体是农民，政府只是倡导者。要让农民普遍认识到，要把发展无公害瓜菜与能否发财致富联系起来，与能否为子孙后代留下好的生存环境联系起来。

其次，全面清理整顿以农药为主的生产资料市场。去年 9 月，市有关部门联合行动，对 13 个乡镇、5 个国营农场、74 家农药经销店和集贸市场进行全面检查、整顿，封存甲胺磷等剧毒、高毒农药15种5200多公斤，没收无标签和国家明令禁止使用的磷化锌等鼠药12种1300多瓶，此举得到了大部分经营者的理解和支持。

第三，从农业措施上保障无公害瓜菜生产的发展。诸如推广使用优良瓜、果、菜品种，提高瓜、果、菜的抗病抗虫能力，从而达到少用药、不用药的目的。

此外，建立一支过硬的监督检查队伍，抓好生产环节与流通环节的监督检查。对违规用药的瓜菜进行田头检测和市场检测；并提出要求：凡是农药残留量超标的瓜果蔬菜，一律不准离开三亚市。

有了这方方面面的协调配合，三亚的绿色主旋律自然是奏得和谐而又铿锵有声了！

此番海南之行，我们感受最深的就是：在这片绿色的土地上，处处涌动着冬季瓜菜生产的热潮，处处飘溢着热带瓜、果、菜的清香。真可谓：宝岛四季春常在，无边绿色漫天涯。

2000年冬

# 雪落韶山见青松

——来自韶山的抗冻救灾报告

1月的韶山，白雪皑皑，冰封大地，玉树琼枝，檐挂冰柱……从1月中旬开始，鹅毛大雪加冻雨，铺天盖地，将苍松翠柏覆盖着的韶峰换成了银装素裹；常年见惯了绿色的韶山人，几十年来第一次感受到了山河大地的寒冷与无情。成片的树木，扛不住沉重的积雪，无奈地匍匐下身子；无数的电杆和电线，被厚厚的冰层裹住，顷刻间轰然倒地……韶山人民和全省人民一样，经受了一场冰雪灾害的严峻考验。

## 天灾：更要防止人祸

面对突如其来的灾害天气，韶山市委书记杨广敏锐地意识到：这是一个不寻常的冬季！他和市委、市政府的一班人马，立即深入基层调研，寻找抗冻救灾的对策。他们踏冰冒雪，查访灾情和民情。只见韶山冲银雕玉琢，滴水洞滴水成冰；就连昔日碧波粼粼的韶山水库，也冻结了25厘米厚的冰层。一位80多岁的老人告诉杨广，这是自1954年以来当地遭遇到的最大一场雪。杨广问：依您老人家的经验，这场雪将维持多久？老人说，大约一个月，你们要作好抗大灾、抗长灾的准备。

看来天灾已不可避免。关键时刻，杨广和市里领导班子达成共识：大灾当前，不能因灾而消极怠慢，不能因灾而推委责任，更不能因救灾不力而酿成人祸。

非常时期须有非常对策，1 月 21 日，韶山市委、市政府紧急召开全市三级干部大会，研究部署抗冻救灾工作，汇总分析全市的受灾情况，对可能发生的突发情况进行了预测和评估。

依据《中华人民共和国突发事件应对法》，市委、市政府及时启动了“韶山市冰冻灾害应急预案”，下发了《关于明确抗冻期间相关工作要求的紧急通知》，落实了常委包乡镇、副市长包县、乡镇干部和联系点后盾单位包村、村干部包户的“四包”责任制，要求各级干部一律取消与抗冻救灾无关的会议、活动和应酬，所有机关干部不能离岗，不能休假，必须保持24小时通讯畅通。

由于部署及时，措施到位，各相关部门纷纷抢在第一时间，迅速组织应急办、电力、自来水、交通、交警、公路等相关部门，一切以抗冻救灾为中心，以最快的速度全力开赴抗冻救灾第一线。

韶山市电力部门 50 多名一线职工和 100 多名农电人员冒着严寒，对冰情严重的区域进行人工除冰，抢修倒塌的电杆；市供水公司给所有地面水管包稻草、石棉绳保温防裂，及时抢修因冰冻造成爆裂的地下水管；建设部门为弥补煤气的不足，从长沙、湘潭紧急调运煤气；通讯、广电等部门组织人力物力，不分昼夜抢修各类设施；市交通、交警等部门坚持上路值勤，指导司机采取防滑措施；客运部门及时调整发车时间、路线，严格禁止出现超载、拒载、乱涨价等违规现象；各乡镇和农业部门派出专业人员进村入户，指导农民做好农作物和牲畜防冻避灾工作。

## 抗灾：群众是真正的英雄

暴雪加冻雨的恶劣天气仍在持续，湖南省高速公路全部封闭，京广线部分受阻，有的城市已经断水断电多日，韶山的形势也不乐观。面对这场来势凶猛、持续时间超长的冰雪冻灾，韶山市委、市政府广集民智，调动一切积极因素奋力抗灾。

当整个韶山都被铺天盖地的冰雪所困时，救灾的突破口在哪里？有经验的老农告诉杨广：当务之急是破冰开路。路通了，一通百通。省道 S208 线是韶山与外界联系的一条主要道路，它的通畅与否直接关系到全市的交通运输与物资供应。1 月 27 日、28 日两天，市委、市政府领导身先士卒，率领市直各部门及相关乡镇3000多名党员干部，对S208线从市区主要路段至向红收费站沿路破冰除雪，沿线近1000名基干民兵和群众在乡村干部的带领下也自觉参与，将各乡镇主要干线和村道基本疏通。

韶峰下的滴水洞附近有个黑石寨，是远离市区的偏僻山村，交通不便，气温低湿，灾情严重。但村党支部46岁的女书记蒋美丽却没有坐等上级部门来救援，从下雪开始，她就主动带领28位劳动力进山砍树，他们一边清除电线杆上的积冰，一边用砍来的树木将电线杆加固，从而保证了村里的电力、通讯等不受影响。由于早动手、早预防，这个本是重灾区的村子反而比其他地方的损失轻了许多。

在回顾那段艰难紧张的抗灾经历时，韶山市委书记杨广深有感触地说："群众是真正的英雄！"他永远忘不了冰天雪地中，当地老百姓为政府建言献策的热情和真诚，以及民间积累的丰富抗灾经验的有效性。他记得一位老农的提醒：大雪之年，当年修造的山塘堤坝、水利设施都会因冰冻而糟废，要重点注意，防止堤坝崩溃；还有群众告诉他：大雪过后，化冰之时，尤其要防止危房、土砖墙倒塌，要赶在化冰之前把人转移出来……这些宝贵的经验和建议，后来都一一落实在政府的抗灾行动中。

## 救灾：保障民生是第一要务

在长达20多天的紧张抗灾工作中，韶山市委、市政府始终把保障群众安全和生活放在第一位。在启动全市"冰冻灾害应急预案"之初，市委、市政府就明确提出了"五个确保"的总体要求，即确保交通畅通安全；确保水、电、气、讯等公共服务正常运转；确保群众生活基本需求供应；确保不发生重大伤亡事故；确保不冻死人、不饿死人、不压死人。

政府各部门紧急组织人员深入救灾第一线，深入困难群众家中，摸清孤寡老人、留守儿童、残疾人、低保户、危房户等弱势群体实情，力争不漏掉一户，不忘记一人，确保不因冰冻、缺粮、垮房、倒杆等情况发生伤亡事故。各乡镇、各单位和部门对受灾情况每日进行综合汇总，一日一汇报；抗冻救灾指挥部一日一会商，一日一统筹，科学决策，沉着应对。各乡镇和有关部门对各类危房，尤其是年久失修的房子重点关注，加强防范，每日巡视，一旦出现险情，立即上报有关部门，及时转移住户，进行抢修。市财政调剂出190

万元应急救灾资金，紧急调运大米、衣物等一批生活物资和防寒物资帮助困难群众度过难关。

1月25日，韶山医院面临停水停电断煤困境，市委、市政府高度重视，当晚召开紧急会议，协调各方，优先保证了医院的供电供水，确保医院的正常运转。

1月29日和2月1日，国务院总理温家宝两次来到湖南指导抗冻救灾工作，给湖南人民和韶山人民以极大的鼓舞和慰藉。

2月1日，韶山市的道路和市内旅游道路全线疏通，景区电、水、气、讯全面恢复，韶山以畅通、洁净、有序的环境迎接春节旅游高峰的到来。

春节期间，韶山成为省内开放的主要旅游景区，接待游客达5.8万人，仅正月初一来韶山景区的自驾车就多达4000多辆。

雪后初晴，路上的冰化了，山崖上的雪薄了，漫山苍翠的青松又露出了挺拔遒劲的身躯。在它们的枝叶下，许多灌木和小树因为经不起暴雪的压迫而折枝损叶，而棵棵青松却依然昂首挺立在巍峨的韶峰上。这情景，不正是经历了抗击雪冻灾害后韶山人民的真实写照吗？

2008年2月

# 在抗洪抢险的日子里

## ——洞庭湖灾区采访见闻

在抗洪抢险的紧张日子里，记者来到了湖南洞庭湖区。持续两个多月的洪水、洪峰、狂风、暴雨，导致洞庭湖外溃千亩以上的堤垸62个，其中万亩以上的堤垸7个，受灾总面积65.63万亩，33.8万人痛失家园。

面对疯狂肆虐的洪水，洞庭湖区人民以超乎寻常的毅力和决心，与洪魔展开了殊死搏斗，与灾害进行着顽强抗争。在3万多名解放军官兵的大力支持下，三湘四水的数千万英雄儿女，谱写出一曲曲激越悲壮的抗洪救灾之歌。

### 一

8月21日，记者来到了位于西洞庭湖松澧平原上的澧县灾区。该县隶属于有“两水总汇”(沅水、澧水)、“三口要冲”(松滋、太平、藕池三大河口)之称的常德市，是典型的水乡泽国，因而也是洪涝灾害频发之地，近些年更是到了八年五灾、三年两灾的境地。

今年(1998年)7月23至24日，持续两昼夜的特大暴雨和长江、澧水的持续猛涨，使该县澧南、官垸两个大垸溃决，导致8.8万人无家可归。

在56公里长的官垸环形大堤上，记者看到的是一眼望不到头的灾民棚，里面住着官垸乡1万多名受灾群众。据介绍，灾民们从水中紧急撤出来之后，大部分都投亲靠友去了非灾区；一部分实在无亲友可投的，县里便采取定点安置的办法，将他们成建制地疏散到非灾区的群众家中，以“四帮一”(即四户帮一户)的方式，帮助他们渡过目前的难关。留在大堤上的，大多数是各家各户的劳力。

气温高达40℃，炎炎烈日下居住在临时棚架中的灾民酷热难当。一位中年汉子告诉我：“目前生活还过得去，政府给每个灾民每天一斤粮食。”虽然失去了家园，但灾民们对战胜洪灾、重建家园还是充满信心：靠政府支持，靠自力更生，我们能把生产搞好！

记者在大堤上遇到3个澧县国土局的干部，他们正挨家挨户给灾民送预防肠道传染病的药。打从溃垸之后，县里要求每个县直机关包下一个村的灾民救助及安置工作，除了负责把灾民安置好，使他们有地方住、有饭吃、有衣穿，还要负责他们的卫生防疫、治病等一系列工作。一个多月来，他们就像上班一样，每天乘船准时赶到大堤上，逐户巡查灾民生活状况，了解灾民的困难及所需。灾民反映，这些干部工作做得很细，对灾民他们坚持做到“送药到手，看服到口，服了再走”，有效地控制了灾区各种流行病的发生和蔓延，确保了重灾之后无大疫。

在一处醒目的红十字标志帐篷外，两位医院的大夫正在忙碌。从防汛抗洪一开始，长沙“湘雅医院”就派出了多支医疗队奔赴灾区为群众服务。这两名大夫是第三批自愿来灾区服务的白衣使者。他们除了自带药品，每天派专人在大堤上为灾民巡回看病，还在距大堤不远处因陋就简地设了一所“临时医院”：住院处的几张病床是用红砖和木板搭成的“地铺”，治疗室里也只有一张旧书桌和两只旧沙发。最初，每天来这儿看病的多达两三千人，近日逐渐减到两三百人。

一个十三四岁的少年，一手拎着鱼篓，一手拿着钓鱼竿迎面朝我们走来。记者问：“钓鱼自己吃吗？”少年摇摇头。“你们学校被淹了吗？”少年点点头。“想上学吗？”少年再点点头。无语的交谈中，少年的眼中已蒙上一层阴翳。他钓鱼是想挣点学费钱。

在常德市，目前就有1200多所学校受灾，并且仍有94所学校浸泡在水中，35000多学生失去了校园。但各级政府正在积极采取措施救灾保学。他们提出了三个确保：确保9月1日按时开学，确保不因受灾而使一个学生辍学，确保灾区教师安心教学。同时，有关部门还为灾区学生开辟了5条入学渠道：快速恢复开学；异地借房办学；分散转移入学；开办临时学校；投亲靠友借读。常德市政府规定：全市未受灾或轻灾区各中小学都有责任和义务承担灾区学生就学的任务。凡投亲靠友、持有灾区教育行政部门证明的学生，各有关学校无条件接受，并免收杂费和借读费。澧县的大中专新生凭证明还可在县救灾办领取300—800元的助学金。

我们在灾民棚中穿行，沿途所见，受灾群众大都情绪稳定，生活秩序井然。各级政府在妥善安置受灾群众的同时，狠抓防病抗疫工作，全省共派出100多支医疗队，5000多名医务人员深入灾区为群众防病治病。同时，各地为确保灾区物价稳定，采取有力措施，对猪肉、蔬菜、生活用煤等日常生活物资规定一次性限价，并严厉查处欺行霸市、哄抬物价等扰乱市场秩序的行为。灾区没有发生大的疫情和流行性疾病，灾区的物资供应也维持正常状态。

## 二

地处洞庭湖西北的安乡县，人称“中国第一水乡”。它头顶荆江，脚踩洞庭，为湖南守护着防汛抗洪的北大门。全县70%的面积为水田水面，防洪大堤长达400多公里，占湖南全省的1/8。因此，每年一到汛期，这儿便牵动着从市里到中央各级领导的心。

今年7月下旬，安乡安造垸大堤和湖北黄金垸大堤先后溃决，四面环水的安乡县城顿成“孤岛”。危急关头，常德市紧急动员10万人马，在驻湘解放军、武警抗洪部队全力协助下，日夜奋战，不仅抢修了11公里长的安尤北大堤和3公里长的安造北大堤，同时也成功地堵住了安造垸长达130多米的大溃口，为保卫安乡县城起到了极为关键的作用。省委副书记郑培民坐镇安乡30多个日日夜夜，沉着冷静地指挥了上述两大战役，使岌岌可危的安乡县城安稳地度过了那段令人心惊胆颤的主汛期。

黄山头镇位于安乡与湖北交界处，是方圆百十公里茫茫水乡中唯一的制高点。安乡安造垸和湖北黄金垸溃决后，湘鄂两省的大批灾民涌向这里。

该镇有一座即将竣工开业的台商独资企业——黄山头商贸城。当大批灾民蜂拥而至无处安身之时，商贸城总经理周德春立即作出决定：让出套房、营业间门面共计1050间，安置湘鄂两省5乡镇灾民7600多人。由于原有设施不够用，周德春便在商贸城为灾民临时搭建厕所5座、浴室3个，增加6处供水点、5个垃圾箱。并建立了赈灾医疗室，每天为灾民免费治疗，分发病疫防治传单，宣传防疫知识。

众多灾民住进了防风挡雨的商贸城，生活安定多了。商贸城却要为此每天补贴水电费1500元，并且将延误3个月开业。而推迟1个月就意味着要给商贸城带来30万元的损失。但周德春却说，在这样的关键时刻，为国分忧，为民解难，是我们应尽的职责。

8月23日，省委副书记郑培民、副省长庞道沐代表省委、省政府来到黄山头看望、慰问灾民。他们在详细询问了灾民安置情况后，向灾民承诺：无论如何，政府要保证广大受灾群众有饭吃，有衣穿，有地方住，有条件治病，小孩有书读……郑副书记还表示，湖南湖北是一家，不管是哪里的灾民，当地政府都要安置好，照顾好，帮助他们解决实际困难。

在黄山头虎山村一片向阳的山坡上，湖南省军区副司令员蔡家作少将告诉记者：为了帮助灾区孩子按时开课，我们准备在此捐建一所"救灾希望小学"，省军区除了捐助10顶帐篷作教室外，还准备捐助一台发电机，给这所帐篷小学的500名学生带来光明。

在安乡支援抗洪救灾的众多部队中，有一支特殊的部队很惹人注意。这就是由500多名大专以上学历的军事科技人员组成的二炮某旅抗洪官兵。据该旅刘国政政委介绍，二炮部队远征抗洪，建国以来还是第一次。

他们8月19日凌晨一点刚到驻地，就马上出发察看地形。在安尤北大堤上，他们发现一处80米长的重要险情，便立即投入抢险。将士们只用了1小时20分钟，就筑起了两座600立方米的平台。他们刚把险情排除，倾盆大雨接踵而至。当地防汛指挥部负责同志感动地说："你们干得真及时！"

在这支部队中，有32名战士的家也遭受洪水围困。但他们舍小家，保大家，默默战斗在抗洪一线。江西鄱阳籍战士刘祥育，家中5间房屋被洪水冲走，父母不知去向，他与家中已失去联系多日，但他仍然顽强地坚守在自己的岗位上。当记者采访他时，他难过得半天说不出话来。

这些千里迢迢赶来救灾的将士们，感受最深的一点就是，"老百姓被洪涝灾害害得太苦了！"他们把对灾区人民的深切同情化作冲天干劲，战士们肩背磨破了，身上长了股癣、湿疹、痱子，手上打起了泡，白天在40℃高温下奋战，晚上被蚊虫叮咬，谁也没有叫声苦。当地老百姓说，看着这些穿迷彩服的身影在抗洪一线，我们心里就踏实多了。

## 三

在洞庭湖区采访，我们耳闻目睹了许多令人难忘的故事：

岳阳团洲垸是岳阳抗洪的“多米诺”头牌，为了守住这块“头牌”不倒，团洲垸万人空巷，男人上堤打头阵，妇女随后作帮手。7月26日，长江第三次洪峰驾着狂风暴雨汹涌而至，两米高的巨浪无情地冲刷着大堤，数米宽的堤面一块一块往水里崩。危急关头，3000多名村民一齐跳入水中，他们手挽着手，用血肉之躯挡浪护堤，妇女们则趴在大堤上，一个个紧拖着男人们的手，防止他们被浪卷走……

岳阳麻塘大垸12.4公里的大堤，不仅守护着垸内两万人民的生命财产和4万亩耕地，也守护着穿垸而过的京广铁路大动脉。7月8日，朱镕基总理亲临麻塘垸视察，指示一定要确保麻塘大堤安全。7月28日，在麻塘垸大堤抢险过程中，连续奋战五天五夜的岳阳市委宣传部长罗典苏因极度疲劳，晕倒在麻塘大堤上……

为了保卫家园，多少洞庭儿女浴血奋战，勇斗洪魔，他们已苦熬了两个多月，大堤泡软了，身子拖乏了，但他们以顽强的斗志和不屈的精神筑起了一道道永远不倒的长堤。

1998年9月

# 明日更辉煌

## ——大连经济技术开发区巡礼

### 楔　子

10 年前，当中国城市改革刚刚取得初步成效，第一批经济特区建立不久，中国改革开放的总设计师邓小平又提出了一个新的设想，即在特区以外沿海比较发达的地区再开辟几个地方，实行一部分特区的优惠政策，但不叫特区……这，便是后来被称之为经济技术开发区的第一份蓝图。

1984 年春，中央召开了沿海城市对外开放工作座谈会，会上确定将在上海、宁波、天津、福州、青岛、烟台、大连等沿海城市建立经济技术开发区。

同年 8 月，时任国务院副总理的李鹏、万里、谷牧亲临辽宁省大连市视察开发区的选址工作。在察看了大连市金洲马桥子一带的地域条件之后，万里称赞说："这个地址选得好！"此地依山傍海，背靠大黑山，前临大连湾；与国家七五重点建设工程——年吞吐量达 6000 万吨的现代化大型深水枢纽港口大窑湾紧相毗邻，海、陆、空交通运输十分便利，是一个十分理想的选址。

鉴于大连市的前期准备工作做得充分、细致，1984 年 9 月 25 日，国务院正式批准在大连市建立我国第一个经济技术开发区。

10 年过去了，当年荒僻落后的片片渔村，如今已是商贸繁荣，街市兴旺，厂房如林，大厦如云。诸多世界一流的人才、技术、设备在这里集中；争先恐后的外来投资者在这里建厂；源源不断的信息、资金、高科技项目向这里涌来。这里是世界了解中国、了解大连的一个窗口，这里是大连走向世界、走向未来的一座桥梁。

## 中国开发区的一面旗帜

站在位于大连开发区中心位置的炮台山上，鸟瞰开发区全景，令人顿生感慨：好一片广阔的区域！方圆20平方公里的范围内，工业区、住宅区、金融商贸区规划有序，一目了然。特别引人注目的是地处开发区北部的工业区内，一幢幢造型别致、风格迥异的厂房及其醒目的标志，着实显示出一大批世界一流企业的宏大气魄和独特风貌。

在这里，汇聚着世界500强以内的生产性跨国公司中的17家知名度高、实力雄厚的大企业，如日本的东芝、佳能、三洋，美国的辉瑞，法国的道达尔等等。

在这里，还拥有大批技术先进、投资额巨大的其他大型工业企业，由中、日、美三国五家合资，采用世界先进技术的大连浮法玻璃有限公司已开工建设，此外，中法合资兴建的大连西太平洋石油化工有限公司亦属于技术先进型企业，总投资高达8亿美元……

在这里，坐落着两个大型整体引进外资项目的区域性包片开发工业团地——大连日本工业团地和台湾振鹏工业团地。日本工业团地占地2.169平方公里，将吸引100家左右的日本企业来大连办厂，其中日本十大金融集团和商社有6家参加，十大工业企业有9家参与……

迄今为止，大连开发区已吸引了世界30个国家和地区近千家外商进区投资建厂，其中1亿美元以上的有4个，1000万美元以上的达110个，平均投资额高达440万美元。著名的佳能大连办公设备有限公司，是日本在华投资额最大的独资企业，累计投资250亿日元，整个企业的产值占开发区工业总产值的22%。

走过了10年创业的艰苦历程之后，大连开发区取得了一系列令人瞩目的成就，开创了国家级开发区中的若干个第一：

开发面积第一：20平方公里区域的基础设施全部建成，累计完成固定资产投资177.7亿元。

引进协议外资总额第一：达43亿多美元。

出口创汇第一：1993 年达 6 亿美元。

产品外销比例最大：达 70% 以上。

引进的项目最大（如本文前述）。

项目平均投资额第一：近 440 万美元。

1990 年 10 月 24 日，江泽民同志到大连开发区视察。在参观了工艺、设备都十分先进的大连太平洋线路板公司之后，江总书记感慨地说："没想到大连开发区能引进这么高技术的项目，很不容易。"随后，江总书记又说："大连开发区在中国开发区中是名列前茅的。"

1993 年 8 月 26 日，江泽民总书记再次来到大连开发区视察，进一步肯定了大连开发区的成就，他说："3 年前我来过，3 年来，开发区变化很大。"

1994 年 7 月，国务院特区办主任胡平在视察了大连开发区之后，如此说道："规模大，项目大，是大连开发区的一大特色。"有关权威人士称："大连开发区是中国开发区的一面旗帜。"

## 东北腹地对外开放的窗口

走进充满勃勃生机的大连开发区，首先令人惊异的不是它那林立的高楼、漂亮的厂房，而是它所有道路的命名，都带有浓郁的东北特色。它的两条各宽 100 米和 70 米的主干道，一条叫东北大街，另一条叫长春路，其他的道路则分别叫辽宁路、哈尔滨路、龙江路、沈阳路……纵观它的横街直路，几乎所有的道路都以东北地区的省份或城市名称冠之。其中难道有什么讲究？

原来，开发区的创业者们从一开始就明确认定，要把大连开发区的发展置于整个东北地区改革开放的背景下来考虑。大连作为东北腹地改革开放的窗口，必须以东北腹地为后盾，从而以窗口带动腹地的经济发展。事实上，大连开发区已经成为东北地区改革开放的一扇窗口。目前，开发区 80% 的工业项目与东北地区的资源、技术力量、工业基础及人才优势都有着直接联系，而东北地区许多有名的大企业也都在大连开发区建立了自己的基地。

打"东北牌"而不打"大连牌"，这是大连开发区决策者的明智抉择，也是大连开发区的独特优势。

## 梧桐引得凤凰来

35亿元投资，用于基础设施建设和公用服务设施建设；

165个地方性法规，用于规范国内外投资者、各类企业及政府管理部门的各种行为，使各项工作有法可依，有章可循。

这，便是大连开发区奉行全方位的开放政策，硬环境与软环境同步建设的两个极有说服力的数字。

在开发区初创后的一段时间内，外商投资项目增长缓慢，投资的国家和地区为数有限，前3年仅批准了20多家外商投资企业，甚至还出现了个别项目立项在大连而落户在他乡的情况。其中的问题，除了投资环境中的硬件尚不完备外，还与机关行政管理、工作效率、社会风气等软环境没有及时跟上有关。于是，开发区管委会在抓好硬环境建设的同时，十分注意抓好软环境特别是法制环境的建设。

根据开发区外向型经济突出的特点，他们把为外向型经济服务作为立法工作的重点。在《大连开发区条例》及《土地管理和劳动管理办法》中，就明确了外商投资在税收、外汇管理、土地使用、企业用人等方面的优惠政策。为鼓励内资企业发展外向型经济，他们参照“三资”企业优惠政策，在增强内资企业活力的有关规定中，明确了内资企业可享受的优惠待遇，从而促进了开发区外向型经济的发展。

曾经有段时间，开发区房产市场出现了私下交易、买卖房屋问题，致使管理混乱，各种不正之风随之而来。为保证房产市场的正常发育，开发区专门下发了房屋租赁、经营管理办法以及关于加强房地产交易市场管理的通告，与此同时，他们还注意抓好产权产籍登记管理，严肃查处非法交易行为，很快使房产市场走上了正常轨道。

随着开发区外商投资企业中投(试)产企业的增加，劳资双方的矛盾也日渐增多，有的企业甚至出现了停工停产现象。对此，他们不是简单地处理了事，而是在认真调查研究的基础上，按照国家现行法律法规及有关规定，视不同情况，对企业的中外方负责人及员工进行教育，并依法纠正企业及员工的不合法行为。如对工资低于国家规定标准的，要求企业重新调整工资，对于劳动条件差的，也依法限期加以改善，使员工的合法权益得到了保障。

今年上半年，一家有6000名员工的大型外资企业员工罢工，开发区管委会立即依法进行调解，并在没有先例可供借鉴的情况下，制定了《企业劳动争议的处理办法》，从而有效地解决了劳资双方的矛盾，并为日后解决类似问题提供了依据。

正是由于有了良好的综合投资环境，大连开发区才得以吸引住众多世界一流著名大企业的投资者。

日本东芝公司大连有限公司的总经理中山先生说："我们跑遍了整个中国考察投资环境，还是大连开发区使我们最有安全感。"因此，这个初期投资只有1400万美元的世界性跨国大公司现已增资至8200万美元，并准备继续扩大企业规模，追加投资。

以生产汽车天线而称誉于世的日本著名企业——大连原田工业有限公司的总经理藤田菊雄说，来大连投资之前，他们曾对东南亚地区的一些国家进行考察，然后又到中国的北京、上海、天津、深圳等地考察，最终他们选择了大连。藤田先生说："大连市政府、开发区管委会对来投资者特别热情，关照得特别好，因此，我们选择了大连。"藤田先生深有感触地说："去哪儿投资，如果人家认为你来不来都行，那么，这种情况成功率不高，而大连市的领导都是热烈地欢迎我们来。来大连之后，我并不感到是在异国他乡，就好像在日本似的……"

中国的俗话有"栽下梧桐树，引得凤凰来"。如今，大连开发区这棵枝叶茂盛的"梧桐树"已经引来了众多实力雄厚的"金凤凰"，今后，会有更多这样的凤凰来此栖身。

## 辉煌的未来不是梦

大连，这座美丽的海滨城市，地处环渤海湾和东北出海口的结合部，海岸线长达900多公里，拥有大型商港、油港、渔港、煤港等多座不淤不冻的天然良港，与世界上150多个国家和地区互通贸易，是个因港而兴、不足百年历史的年轻城市。同时，它又兼有季风性大陆气候和海洋性气候的双重特点，冬无严寒，夏无酷暑；如今，适逢改革开放的年代，占尽天时地利的大连于是成为世界各国投资者一致看好的地方。

诚如中共中央候补委员、辽宁省委副书记、大连市委书记曹伯纯所言：

"当前世界经济增长的重心正向亚太地区转移，伴随着这一转移，新的国际经济中心城市必然在经济增长规模最大、经济发展最快的地区崛起。东北亚地区经济的发展，已经把大连推到了21世纪中国经济发展的前沿，大连正面临着成为世界区域性经济中心城市的重大历史机遇。"

聪明的大连人抓住机遇，适时提出了在大连建设社会主义"北方香港"的发展目标，旨在用20年左右的时间，把大连建设成为东北亚地区贸易、金融、信息和旅游中心，力争在新的更高的起点上，按照面向世界、面向现代化、面向21世纪的要求，重新构筑大连新的发展战略。

依据党的十四大精神和大连市面临的新形势，中共大连市委七届七次全会隆重推出了《大连市经济上新台阶规划纲要》，向全市人民提出了新的更高更远的奋斗目标。

在大连未来的发展战略中，开发区自然具有举足轻重的关键性作用，它不仅是吸引外资、外国先进技术、先进管理经验的窗口和出口创汇基地，也是引进现代化技术嫁接改造老企业的桥梁和纽带；不仅是全市经济发展最快、技术含量最高、人才素质最好的新的经济发展区，也是调整全市产业结构、发展大连新市区的重要基地，同时，它还是大连市对外开放的前沿阵地以及同世界经济全面接轨的试验场地。

有这样一幅远景图，对大连人来说并不遥远，那就是未来20年大连建设社会主义"北方香港"、建立大连新市区的整体构想：以大连经济技术开发区以及正在建设中的大连保税区、大窑湾港区、金石滩国家旅游渡假区为基本框架，逐步形成以新兴产业和开放型经济为主导，基础完备、设施配套、综合能力齐全、面向21世纪的高度开放的现代化的国际性新城区。

辉煌的未来不是梦，一个全方位开放的、具有国际经济中心城市功能的、繁荣昌盛的社会主义"北方香港"将在勤劳智慧的大连人手中托起！

1994年

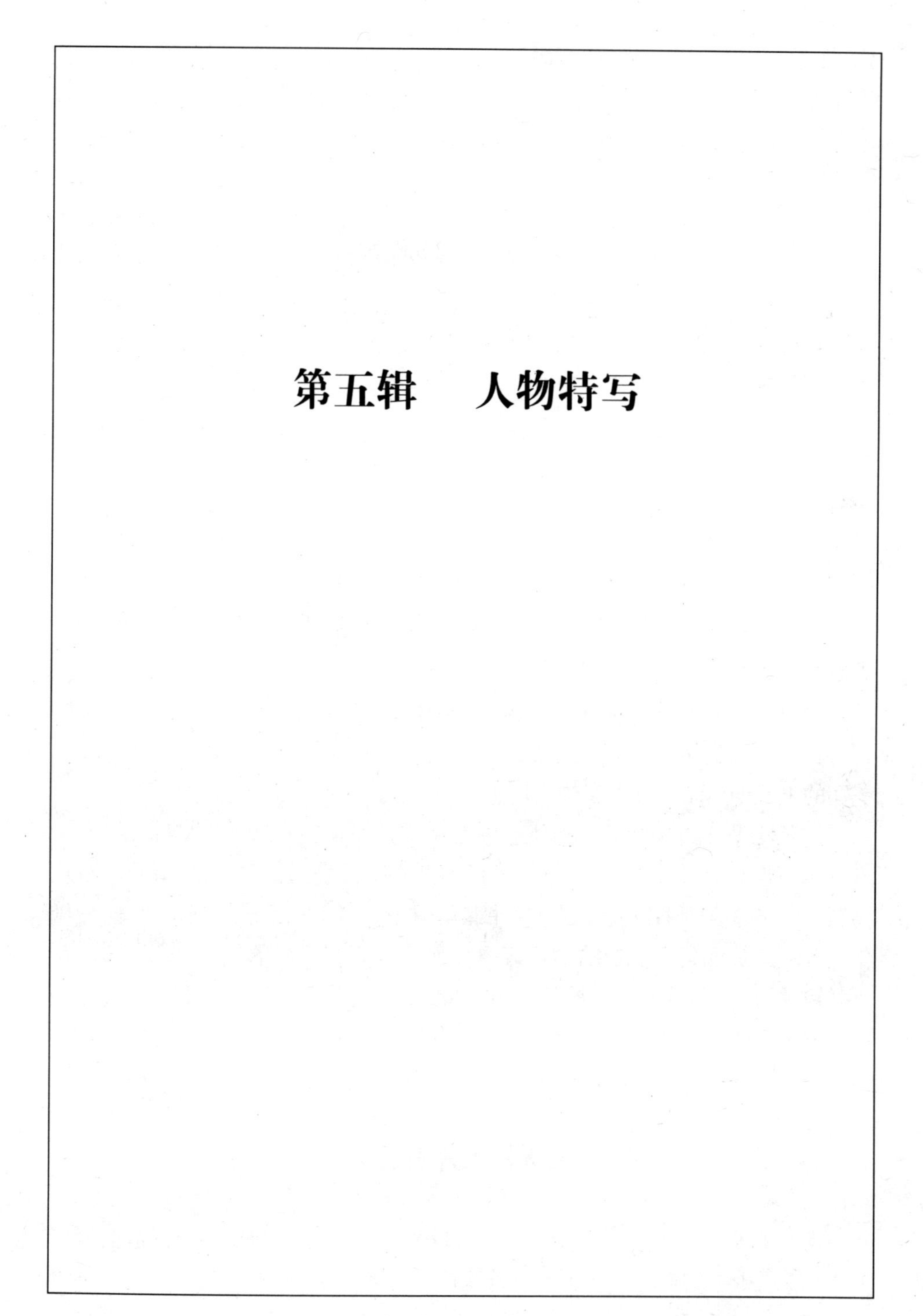

# 第五辑　人物特写

# 八桂吹来清新的风

## ——记广西壮族自治区党委书记曹伯纯

1997 年 7 月 13 日，一架波音 737 飞机飞过黄河，飞过长江，在壮乡首府南宁国际机场徐徐降落。机舱门打开，舷梯上走下了新任广西壮族自治区党委书记曹伯纯。

仿佛是迎接远来的贵人，在夏日明媚的阳光下，丛丛凤尾竹翩翩起舞，行行棕榈树摇曳生风。曹伯纯深深呼吸着南国清新的空气，顿时对脚下这片美丽的土地产生了一种由衷的亲切感。

这位在湘江边生活、工作了整整 50 年的湖南汉子，曾笑称自己是“年过半百单枪匹马闯关东”(1992 年，时任湖南省副省长的他只身来到渤海之滨，挑起了辽宁省委副书记兼大连市委书记的重任，亲手为大连绘制了 20 世纪 90 年代改革开放和经济发展的宏伟蓝图)；如今，正当盛年的他，又欣然奉命南下守边关(广西与越南的疆界长达 1020 公里)，这在他的人生历程中，将是一个十分重要的转折。此时此刻，他已然肩负着 4700 万壮乡儿女的殷切期望和造福一方百姓的重大责任。

### 壮乡吹来清新的风

不知是由于历史的原因还是宣传口径上的误区，广西在外界的印象中，一直与“老少边穷”几个字牢牢挂靠着。曹伯纯到广西后，首先深入各地考察、调研，全方位了解自治区的整体情况。令他欣慰的是，广西的整体情况比他事先预期的要好。这儿地处南亚热带和中亚热带，气候温和，雨量充沛，农林、矿产、水能、海洋、旅游和生物资源丰富，可开发前景广阔。以桂林山水、滨海风光、边境和民族风情为主要内容的旅游资源十分丰富，优势突出；境内湘桂、黔桂、枝柳、南昆铁路纵横贯联，是西南地区最便捷的出海口。基于此，曹伯纯提出了他来广西后的第一个观点："树昂扬之气"。他多次在不同场合提到：我们要有昂扬之气，不要被"老少边穷"的包袱压得喘不过气来，要培养自己的信心和良好的精神状态，否则，大家振奋不起来，凝聚不起来，又怎能把工作做好？

从这时起，曹伯纯以他真抓实干的一贯作风和独特的领导魅力，极大地鼓舞起全区干部群众的昂扬之气。

财政状况不佳，拖欠干部、职工工资，是经济欠发达地区较为普遍的现象。1997 年 8 月，曹伯纯在基层调研时，发现相当部分县(市)发不出工资。经深入了解，原因是一些县(市)主要领导当家不理财，工资管理混乱，也有些县财政确实困难。针对这些情况，曹伯纯明确指出：各县(市)必须高度重视工资的发放问题，县委书记、县长必须亲自抓财政。曹伯纯并且要求：各县(市)当年的工资不能欠账，历史欠债须逐年还清；财政确实有困难的，由自治区财政加大转移支付。

曹伯纯每到一地，不仅全面了解工农业生产及其他社会面的情况，为各地经济发展出谋划策，而且，还逐县询问工资发放情况。在曹伯纯的直接关注下，广西各地先后建立了工资专户，工资发放情况有了很大改善。

1998 年春节，是曹伯纯到广西后的第一个新春佳节。往年这时候，自治区各地都忙于拜年贺岁，彼此间红包礼品，你来我往，应接不暇。特别是一段时间内不正之风盛行，不少干部因大量收受红包而栽了跟斗。

曹伯纯一向讨厌同志之间的虚礼俗套，尤其憎恶那些带着功利目的的拉拉扯扯。为了正党风、正民风，更为了让广大群众过一个真正祥和、快乐的春节，曹伯纯建议自治区党委以决议的形式，制止下级给上级送礼、送红包，而自治区党委、政府领导也一改往年都下去给基层同志"拜年"、兴师动众、惊扰一片的做法，不串门、不扰民，如此一来，1998 年的新春佳节，自治区上上下下都实实在在过了一个轻松愉快的好年。

自此以后，广西各级领导干部都自觉形成春节期间，上下级之间不串门、不送礼的良好风气，而曹伯纯更是将自家的大门把得严严的。当然，谁也没有胆量拎着礼品往曹府上送，因为大家都知道，曹伯纯的清廉是有目共睹、有口皆碑的。

广西曾经出过一些轰动全国的贪官，社会风气一度不好，买官卖官之风盛行。曹伯纯到任后，狠抓党风廉政建设，区党委把正党风、树立良好社会风气作为重大事情来抓，严禁党政干部赠送、收受红包礼品，凡逾矩者，一律从严处理。同时，自治区党委加强了对大案要案的查处力度。从 1998 年到 1999 年，自治区纪检监察机关共查处县处级以上领导干部违法违纪案件 382 件，处分县处级干部 316 人，处分地厅级干部 31 人，其中包括一批在全国有较大影响的腐败分子。此外，自治区党委还适时推出了干部制度改革和机关作风整顿等一系列卓有成效的改革、整顿措施。

1998 年，广西首次在全国范围内公开招聘 30 名副厅级干部，激活了长期以来呆滞死板的干部用人制度，在区内外引起不小的震动和反响。紧接着，全区范围内大规模的干部交流又拉开了序幕。先后有 246 名厅级干部和 1077 名县处级干部被交流到异地为官。此举打破了过去一些地方的团伙、帮派现象，也在一定程度上解决了干部长期在一地为官带来的种种弊端。

1999 年，广西全区 114 个县（市）对党政“一把手”、公检法“三长”以及组织部长、人事局长、财政局长等 10 个重点职位实行了全面交流，基本做到了对这 10 个职位的避籍任职，促使领导干部有效地摆脱了“关系网”、“人情网”，促进了党风廉政建设。

除了引进竞争与激励机制，形成干部能上能下，优秀人才脱颖而出的良好氛围，组织部门还进一步完善了干部考核制度，防止用人失误。

曹伯纯深知，只有用制度来约束、规范干部的行为，才能从根本上解决腐败及干部队伍的廉洁自律等问题。

近年来，壮乡人民明显感到，仿佛吹来一阵清风，广西上上下下都发生了很大变化，随着党风的好转，社会风气也变好了，市容环境变美了，民风也在发生着令人欣喜的变化……

## 扶贫壮歌动天地

广西山川秀美，既有绵延千里、巍峨雄壮的十万大山，也有名闻天下、清奇秀丽的桂林山水，还有历来以贫困著称的桂西北大石山区。在河池、百色等地一望无际的崇山峻岭中，还生存着数以百万计的尚未走出贫困线的少数民族同胞，不少人世世代代生活在那些不具备生存条件的险恶环境中。

曹伯纯到广西后，下去考察工作的第一站，就是百色地区。这儿不仅因著名的“百色起义”而闻名中外，也因其山高路险、田地稀少、水源奇缺、生存条件恶劣而成为全国有名的贫困地区。

曹伯纯一路访贫问苦，一路思绪连翩：解放近 50 年了，我们不少群众还生活在极度贫困之中。作为一级地方党委的主要负责人，他感到了自己肩上沉重的责任。

也就是从这时起，广西的扶贫工作在过去多年的基础之上，以前所未有的力度和广度全面展开。

成片的茅草房曾经是广西大石山区一道陈旧而具有代表性的风景线，到 1997 年底，全区尚有 6.3 万户人家在这种冬不挡寒、夏不蔽雨的茅棚中栖身。

曹伯纯第一次到百色等地考察时，这些茅草房给他留下了诸多思考与联想。作为一个农民的儿子，他对人民群众有着诚挚、深厚的感情，作为一个省委书记，他时刻把人民群众的冷暖安危挂在心头。此后不久，自治区政府投入 8000 多万元，开展大规模的茅草房改造，让 30 多万群众告别了祖祖辈辈赖以栖身的茅棚草屋。

广西的贫困人口之所以量大面广，根本的原因在于自然条件恶劣的大石山区占了全区总面积的 2/5，达 9 万多平方公里。虽然经过 10 多年坚持不懈的扶贫开发，全区的贫困人口已由 1984 年的 1500 万减至 1997 年的 300 多万，但这些未解决温饱的贫困人口，绝大多数分布在生存条件恶劣的大石山区。这些地区生态破坏严重，基础设施落后，缺土缺水，缺医缺电，人口密度大，群众文化素质低，饮水难，行路难，就医难，上学难，导致贫困地区的群众生产、生活十分艰难。

面对扶贫攻坚的艰巨任务，曹伯纯和区党委、政府决心加大扶贫攻坚力度，决战两年，提前一年于 1999 年基本实现“八七扶贫攻坚计划”。在短短两年多的时间内，全区先后展开了人畜饮水工程建设、村级道路建设、村村通电工程建设、村级广播电视设施建设等几大会战，分阶段、分步骤、有计划地解决了贫困地区群众饮水、出行、用电、接收广播电视等问题，使 500 万人走出了长期缺水的困境；为 2232 个村铺就了通向山外、通向市场、通向幸福的致富路；让数以百万计的山里人结束了祖祖辈辈点油灯的历史；同时，还为大部分电视盲村建立了电视地面接收站，让现代信息及时走进了昔日闭塞、落后的偏远乡村。

应该说，近3年是广西扶贫工作力度最大、投入最多、成效最明显的几年。

曹伯纯到广西的第一年就跑遍了广西所有的县(市)，近两年，很多县(市)特别是贫困县，曹伯纯跑的次数就更多。在八桂大地的偏远山区，到处留下了曹伯纯访贫问苦、调查研究的深深足迹。一些基层群众深有感触地说："曹书记真是时刻把群众的冷暖安危挂在心头。"

为了实践我国政府"不把贫困带入21世纪"的庄严承诺，为了让更多的贫困群众走出困境，走上小康、富裕之路，区党委、政府又相继提出了扶贫攻坚的新目标，即在过去救济式扶贫和开发式扶贫的基础上，向生态扶贫和教育扶贫阶段迈进。曹伯纯指出：只有实行生态扶贫，改善环境，同时实行教育扶贫，提高人的科学文化素质，实现人与自然的和谐统一，才能最终帮助贫困地区的群众从根本上脱贫，稳步走向富裕，实现小康。

1999年末，广西贫困人口的发生率降到了4%，提前一年基本实现了"八七扶贫攻坚计划"。

除了继续解决贫困地区尚未脱贫的极少数人的温饱问题和部分返贫人口的脱贫之外，自治区党委、政府又把边境县(市)的建设和发展问题提上了议事日程，决定用两年左右的时间，帮助边境县(市)做24件实事，推动边境地区的经济发展，巩固边防。

## 平民意识　百姓情怀

曹伯纯出身农家，从小在艰难的环境中成长，由此奠定了他对普通老百姓的真挚情感。尽管他后来步步走高，身居要职，但他一刻也没有忘记自己是"农民的儿子"。至今，在他身上仍保持着农家子弟的许多优良品格，尤其难得的是他那几十年不变的淳厚质朴的平民意识。

无论走到哪里，曹伯纯都给人留下谦和、实在的良好印象。他历来讨厌摆花架子、做虚功等形式主义的东西，讲实话、做实事，是他的一贯风格。

无论是在哪里工作，曹伯纯都十分注意深入基层，广泛接触群众，深入了解群众的疾苦，倾听群众的呼声。

许多偏远落后的村屯，地势险峻，山路崎岖，过去，当地农民连县、乡干部都难见到，曹伯纯却不辞辛苦艰险，一趟又一趟地深入到这些乡村，为农民排忧解难。

今年6月初，正是南宁暑热难当的时候，曹伯纯带着南宁市党政领导一行人，到该市最偏远的几个乡镇调研。与往常下乡不同的是，这一次，曹伯纯让大家自备了蚊帐、凉席和水桶，真正在农民家里住了下来。

令许多农民既意外又感动的是，自治区党委书记曹伯纯也住进了农民陈天源的家。

南国夏日的农家宅院，潮湿闷热不说，到处蚊蝇飞舞，好客的农民端出一盘切好的西瓜，想请曹伯纯一行解解渴，不料却让成群的苍蝇抢先尝了鲜。曹伯纯却毫不在乎，拿着西瓜就吃了起来。村民们看在眼里，记在心里：曹伯纯没有大官的架子。

曹伯纯白天在田间地头帮农民种香蕉，察看农作物情况，晚上一身汗水回到农家，与村民同桌吃饭。席间，曹伯纯不时拎起塑料酒桶，为农民斟酒、敬酒，村民们也毫不拘束地用自己的筷子夹着菜送到曹伯纯碗里，彼此你敬我，我敬你，亲热得就像一家人。也就是在这种干群鱼水交融的情景下，村民们敞开胸怀向曹伯纯吐露着种田人的酸甜苦辣。

在当地农民的印象中，自治区党委主要领导下乡与农民同吃同住、了解民情的事已经久违了，而一些曾经从基层走出来的县市领导也深切感到，乍从空调车里走进热浪袭人的农家，就像走进了另外一个世界，让人顿时无法适应。

夜晚，没有空调也没有电扇的农家宅院热得就像一座蒸笼，加上蚊虫侵扰，大家都难以入睡。

曹伯纯也同样难以成眠。他此行把这些平时出入有小车、往来有迎送、四季有空调的领导干部带到农家小住，其良苦用心就是为了让大家真正体验一下群众的疾苦。他认为，只有这样，我们的干部才能深入了解群众，密切联系群众，才能“知民之所想，察民之所虑，亲民之所爱，为民之所需……”

曹伯纯顶着酷暑炎热，在农家扎扎实实住了4天，亲身体验到了农民的艰辛与困难，也切实感受到了在机关听汇报所难以感受到的许多东西……在曹伯纯将要离村返城的那天清晨，村民们自发地聚在村口，殷殷相送。曹伯纯看着晨曦中一张张淳朴的面孔，立刻走下车来，挨个与送别的乡亲握手，难分难舍的场景持续了好长时间，村民们仍依依不舍地握着曹伯纯的手不放。一位村民大声说："曹书记，我们想你再来！"另一位村民马上接着说："曹书记，我们什么时候能再见到你？"

一句句暖人肺腑的话语，说得曹伯纯热泪盈眶，他赶紧低下头，忍住泪水，直到走进车内，他才任泪水簌簌落下……

## 为官一任　造福一方

"为官一任，造福一方"，这是一句很多人经常挂在嘴边的话，曹伯纯却不大爱说。他只是默默地以自己的行动，去履行他对社会、对人民群众的责任。

责任，在曹伯纯心中具有无比的分量。任何时候，他都知道自己该做什么，不该做什么。在工作中，他总是站在高处，着眼长远，而极少做"事后救火"之事。为官多年，他不提不切实际的要求与口号，也不擅做虚功，搞那些欺世盗名的所谓"形象工程"。他认为，那是对国家、对人民极其不负责任的做法。

坚持从实际出发，讲实话、做实事，力求把实事办好，把好事办实，是曹伯纯的一大工作特点。

他到广西不久，即提出了"三大战略(区域经济、开放带动、重点突破)，六大突破(思想观念转变、经济结构优化、经济体制转换、对外开放水平、科技与经济结合、人才培养引进和使用)"的总体构想，为广西的改革开放和经济发展奠定了良好的思想和政治基础，但他并未让这一具有重大战略意义的决策仅仅停留在政府工作报告和党委的工作决议中，而是使它变成全区广大干部群众的共识和实际行动。

近三年来，在"三大战略、六大突破"方针的指导下，广西的各项工作都取得了实质性的突破。一、农业生产结构调整有所突破；二、国企改革整顿有所突破；三、旅游事业发展有所突破；四、扶贫攻坚有所突破；五、干部制度改革有所突破；六、反腐倡廉有所突破。

广西的国有企业历来底子薄、基础差，加之多年来一直未能从根本上触动过去计划经济体制下沉积的种种弊端，因而导致国有企业效益连年滑坡。

从 1996 年起连年亏损，到 1998 年初，工业竟出现了负增长。广西国企形势严峻，隐患重重。

曹伯纯是从国有大型企业走出来的干部，抓国企工作是他的老本行，他不仅对企业运作的全部程序了如指掌，对国企改革更是有其独到的经验和心得。20 世纪 80 年代初他在湖南省株洲市抓国企改革就曾创造了很好的经验。

1998 年 5 月，在曹伯纯的直接指导下，广西开始对国有企业进行大刀阔斧的改革整顿。为此，自治区党委、政府特地制定了《企业改革整顿总体方案》及与之配套的 12 个文件。

曹伯纯把国企改革整顿当作“天大的事”来抓。他不仅亲自执笔起草和修改《总体方案》和逐字逐句修改配套文件，而且一趟又一趟地深入企业、车间调查研究，进行具体指导。同时，他反复强调，国企的改革整顿，要作为“一把手工程”来抓，要做到“三个到位”(即认识到位、领导到位、工作到位)，认真负责，真抓实干。曹伯纯锲而不舍地抓国企改革整顿，为广西的国企改革营造了一个良好的氛围和有利条件。短短一年多时间，广西的国有企业的生产、经营状况便出现了重大转机，并取得了良好经济效益。到 1999 年底，广西规模以上工业、大中型工业企业、国有和国有控股企业都实现了整体扭亏为盈。今年上半年，效益情况更好。

如今，纵观八桂大地，到处呈现出一派经济发展、政治安定、民族团结、社会进步、蓬勃向上的生机与活力。

4700 万壮乡儿女，正以前所未有的昂扬姿态，迎接更加美好的 21 世纪。

## 走近曹伯纯

走近曹伯纯，你会发现，他像磁石般吸引着许多与他打交道的人。可以说，他是一个具有极强人格魅力的人。这种魅力，源自于他的修养与品格，源自于他的思想与见识，也源自于他的能力与魄力。

他那儒雅而略带刚毅的外表，与他沉稳而坚强的个性，使他既具有亲和力极强的一面，又同时兼具不怒自威的一面。

他为人正直、正派。熟悉他的人都知道，他身上有一股既令人敬又令人畏的凛然正气。正是这种凛然正气，使他赢得了许多人的尊崇与敬佩，同时也使得一些喜欢搞小动作的人在他面前望而却步。

他头脑清晰，思维敏捷，既具有高层领导人统筹全局的魄力与谋略，又有作为普通人的情感、爱憎和生活情趣。他勤于思考，勇于开拓，尤其善于把中央精神与地方实际相结合；他十分注重调查研究，注重走群众路线，三年来他在广西所提出的一系列决策、思路，上符合中央精神，下符合广西实际及群众利益。

他天生具有做组织领导工作的智慧与才能，他在工作中所表现出来的原则性、条理性及灵活性，令所有了解他的人叹服。他从不批具体项目，也从不在组织、人事工作上掺进个人感情，他总是以自己的人格力量带动周围同志为共同的目标奋斗。

同时，他又是一个极其注重自我修养和自我道德完善的人。他律己极严，廉洁奉公。即使来了亲朋好友，他也只是在家中设便宴款待。至于外出娱乐应酬等，他更是一概拒绝。

他勤政爱民，体恤百姓，待人诚恳，实事求是。他对工作充满激情，矢志改变八桂大地山河面貌、造福一方百姓的决心和意志，使他表现出超常的敬业精神并付出了超常的心血和精力。多年来，他每到一个地方工作，都能在当地百姓中留下良好口碑。不求飞黄腾达，但求问心无愧，是他做人做事的一贯准则。

走近曹伯纯，我们看到了一个修身律己、勤政廉政，负责任、敢担当的领导干部可贵的精神风貌。

2000 年 10 月

# 志在潇湘谱新篇

——访湖南省委书记王茂林

身材魁梧、声若洪钟、目光犀利、思维敏捷，虽年近花甲，却透出一股令人奋发的勃勃生机。这，是笔者初次见到王茂林获得的深刻印象。

胸怀宽广、深谋远虑、性格豪放、大气磅礴，虽身居高位，却一刻也不曾忘记普通人家的喜怒哀乐，这，是人们和他进一步接触后的深层次评价。

他曾经那么平常，学生时代坐在上海财经专修班的教室里，和同学们一道解答教师布置的疑难习题。毕业后则被分配到山西大同煤矿，头戴矿工帽，身穿工作服，在七拐八弯的地层深处的巷道里和工人们一道摸爬滚打。出井时满脸乌黑，肌肠辘辘，就着咸菜便“咕咚咕咚”地往肚子里大碗灌酒。

平常却不等于平庸，解答书本习题时，他因善于独立思考而频频受到嘉奖。只身来到三晋大地，他则毫不犹豫地把根扎进了地层深处，用足以汇成河流的汗水赢得党和人民的信任，从井下施工员而升至作业班长、队长、矿长。当王茂林主持大同矿务全面行政工作时，他只有38岁。40岁那年，他遵从组织的安排走出煤海，任山西省革委会副主任，以后又担任过山西省副省长兼太原市市长、省委常委兼市委书记、山西省委副书记、省委书记。他，一个生于江苏、长于上海的工人的儿子，就这样担负起越来越重大的政治责任，直至于必须圆满解答如何带领千百万人民振兴一省的重大课题。

从一个麻杆儿般瘦长的小青年到渐渐富态的老汉，三晋大地的山山水水记录了他整整40载的风雨历程。巍巍太行山，滔滔汾河水，广传着他勤政惠民的串串佳话。何等宝贵的40个美好年华，在他心灵深处留下几多酸甜苦辣。他胸中既翻滚着古战场上的浓烈风云，更矗立着太行儿女在近代革命史上的参天丰碑。他对山西的风土人情了如指掌，往那里的老百姓中间席地一坐就谈得火热。他相信已和山西的父老乡亲们结下了不解之缘，于是早早地做好了倾毕生之心血与勤劳朴实的太行儿女共绘锦绣宏图的思想准备。

然而，1993 年 10 月，他却遵从党中央的指令，从汾水之滨的龙城去“秋风万里芙蓉国”赴任，随行的除一名机要秘书，便只有一卷简单行李。由煤炭之都到鱼米之乡，这对于时年 58 岁的王茂林来说，无疑面临一大堆新、高、难的课题。然“老骥伏枥，志在千里，烈士暮年，壮心不已”，王茂林带着一股刚健的雄风，在自清代以来“人才辈出，功业之盛，举世无出其右”的湖南大地纵横捭阖，和6300万三湘儿女一道栉风沐雨，奋勇开拓，谱写新的华章。

江南苦于淫雨，道上皆多泥泞。路是艰难的，而泥途中的足迹往往更加深沉清晰。

## 从“不近情理”的回绝说起

一条公路蜿蜒而来，到此便是两个地市之间的交汇点。十几辆小车排成长队，准备迎候新任省委书记前来考察。“来了来了！”刚见到前方拐弯处的车影，这里的人们便慌作一团。省委书记的汽车果然来了，却不见长长的车队。“热烈欢迎……”掌声和口号声才起，省委书记的交通车已一晃而过，车速都不曾减慢，更不待说下车和迎候了半天的当地官员们握手寒暄了。迎候的官员们只得掉转车头，尾随省委书记的交通车而去。

这就是王茂林初到某地时，给当地党政领导留下的“不近情理”的一幕。

“这次省委领导同志下乡考察，希望各有关地市县遵守‘约法三章’：(一)一律吃工作餐，当地菜，不准宴请，不准上酒；(二)不准在边界迎送，陪同人员的车辆尽可能少，陪同地、市、县领导均不超过 2 人，陪同人员车辆不超过 2 台；(三)不准送任何土特产品和纪念品，会议室和房间一律不准摆烟和水果。请沿途各地支持，地、市、县秘书长负责检查落实。”

这是由王茂林亲自起草、以中共湖南省委办公厅名义发出的禁令。不是有很多文件只听打雷不见下雨吗？不！他的要求是，说到就得做到。否则，别怪他“不近情理”。

面对滋润得肥美流油的大地，王茂林既兴奋又焦虑。调任之前，他仅仅出差时偶从此地路过，对湖南的风土人情知之甚微。现在他却承担着为6300万湖南人民主政当家的大任，为此首先得心中拥有一幅幅社情、民情、风土人情图。他即任伊始就从省图书馆借来大批有关这方面的书籍，一本一本研读，尤其不放过关于湖南历史嬗变的论著。与此同时，他利用现代化交通工具，逐县进行考察。

那是一份叠得很好的湖南省地图，另有一份标注着96个县、市的名单。他每去一地，办事缜密的秘书小樊就用红笔在名单上画个小圈，以保证一个不落。王茂林走动之勤，连风雪封门的日子也不放过，只要有机会脱身，就往基层考察。据精确统计，他在调任后的一年半中，除走遍全省14个地、市、州外，还到过了每一个县、市。为确保全面考察工作顺利进行，他指示制定上述“禁令”。

他下去不是隔窗看花，而是下到乡镇村落，拉过一条板凳往禾场上一坐，同满脸风霜的老农直接对话。1995年的头一天，正逢湖南落下一场罕见的大雪，千里冰封，路面泞滑。王茂林牵挂着湘西贫困山区的农民，不顾其他同志好心劝阻，乘夜班火车从长沙到达湘西了解情况，稍待解冻，则冒着随时可能山塌雪崩的危险，坐越野吉普车沿盘山公路直下村寨。当吉首乡振武营村的山民见到两肩顶着冰雪的省委书记时，激动得说不出话来。王茂林握着乡亲们长满老茧的手，看着乡亲们用来抵御严寒的破衣烂衫，心里像梗着一块巨石，也久久说不出话。

## 一个“扶贫”文件的诞生

有关部门递上一份厚厚的代拟讲话稿，请求王茂林“到会讲话”。这时他才来湖南不久。文稿起草人是好心，您既来不久，对着稿子读一遍有多省心。

王茂林将讲话稿粗粗浏览过后，断然推开：“不行，我这回不去讲话。”

消息传开，与会者愕然：王茂林不重视“扶贫”工作！要不，他怎不肯出席全省“扶贫”工作会议？

在国家“八七扶贫攻坚计划”里，湖南有10个县被册列其中，大都集中在湘西地区。他赴任之前，已听说湖南灾情频繁，“农业大省、工业弱省、财政穷省”是对该省经济状况的真实概括。“湖广熟，天下足”已成为昔日黄花。

如何早日帮助湘西人民脱贫致富，王茂林对此心急如焚。但这位矿工出身的省委书记深知"扶贫"的报告好做，而见诸实效却何其艰难！自己初来乍到，照着别人的稿子"哇喇哇喇"海吹一番，对全省"扶贫"工作有多大意义？

不，凡是以他的名义发表的讲话，都必须有经过自己调查研究、认真思考得来的东西。这是他的一贯原则。

他在逐个县、市进行考察时，已悄悄地将湘西土家族、苗族自治州8个县列为重点。湘西的山水是俊美的，陡险也寓于其中。身高腿长的王茂林坐在颠簸不已的交通车里，如同置身于随着汹涌的海浪跳跃的战舰上，折腾得腰酸背疼，有时还茶饭不思。然而越是这样，越坚定了他为高山峻岭的土家、苗寨村民们办几件实事的决心。他除了听取地、县领导汇报外，还沿着茅封草长的山路走进低矮破旧的木屋，看看山民们床上盖的有多厚，锅里煮的是什么。他还走进小学的教室里，数数上课的有多少人，试试桌凳结不结实。当得知许多俊俏的山里姑娘都没有上学机会，连自己的名字也不会写时，性格坚强的他难过得两眼发涩。

一次次考察归来，王茂林心潮起伏，激动得不能自已。他一刻也不曾忘记自己作为全省首席当家人的沉重使命，必须把自己的感受变为全省党组织的共识。他满怀对党的事业和湘西人民的无限深情，一笔一划地写出来湘后第一篇有血有肉、5000余言的文章：《湘西灾区调查报告》，于1993年11月3日付印，发至县以上单位党委、党组。其时，他来湖南才一个月。

这份由省委书记亲笔撰写的调查报告发出后，在全省上下引起强烈反响，对省直各部门震动尤大。他于是第二次、第三次、第四次再去湘西，并将省直有关厅局的领导带去，要求搞对口调查，制定对口"扶贫"规划。一次不行，再去一次。光有调查不行，还得写出详细报告。以后，王茂林多次主持专题汇报会，听取湘西自治州党委、政府和省直有关厅局汇报，省委、省政府及各主要部门的领导全都到场，会议气氛空前隆重。

为了保证该"扶贫"规划的实施，有些具体工作王茂林也亲自组织、亲自抓。例如为了在湘西建立100所"希望小学"，他除个人捐款6000多元外，还亲自以省教委、团省委名义给有关捐款单位写信，表示感谢。在他的有力推动下，100所"希望小学"终于在1995年10月全部建成。恰逢中共中央政治局常委、全国政协主席李瑞环在湘西考察，欣闻这一喜讯，予以高度评价。

## 不能保一方平安没资格当领导

在山西任省委书记期间，王茂林就以狠抓社会治安、确保一方安宁而著称全国。

——他是省委书记中第一个亲自分管政法工作、担任省社会治安综合治理委员会主任的人，从而为各级党政主要领导坚持“两手抓，两手都要硬”树立了榜样。

——他首先提出在省城“创建社会治安模范城”的构想，从而带动了全国各地创建社会治安模范地区、模范单位活动。

——他敏锐地察觉出拐卖妇女儿童犯罪的严重危害，亲赴雁北地区解救受害妇女儿童，并依法对拐卖犯罪分子首开杀戒。

——他针对农村基层政权软弱瘫痪的严重局面，提出“基层基础年”的战略工程，并于1993年6月批准制定打击农村“癞小子”的行动方案，从而打响了全国整治农村社会治安第一仗。

——他提出“对带枪的人要有特殊严格要求”，曾一次性清调出不合格执法人员925名，其中政法干警688名，并坚持随时发现随时查处。

调任湖南后，他对社会治安问题同样毫不放松。

作为各种社会矛盾的综合性反映，治安问题曾经大大困扰过民风淳朴的湖南人民，于是才有中央综治委先后两次在湖南召开“重点整治”工作会议。尽管经过一次次专项整治，该省的治安状况仍未得到根本性好转。流行的说法是：“开车怕路霸、经商怕敲诈、饭店怕地痞、妇女怕强暴、厂矿怕盗窃、干部怕围攻。”外地同志来湖南出差也心惊胆颤。

王茂林到任后，亲耳听到了广大群众要求依法惩治犯罪分子的急切呼声，深感要振兴湖南经济，必须先狠煞违法犯罪妖风，确保人民生命财产安全。

既然是关系到全省社会稳定的大事，作风雷厉风行的王茂林自然毫不含糊。赴任不足两月的1993年11月24日下午，以省委、省政府名义召开的电话会议经周密研究后举行了，主题就是开展集中整治农村社会治安的统一行动。王茂林坐镇长沙中心会场，对各地、市、州的党政主要领导逐个点名，不得缺席。他到职不久就明确宣布过：我是省委书记，是全省社会治安的第一责任人。各地、市、州、县同样由党委书记负总责。

为了彻底清除个别同志敷衍了事的侥幸心理，王茂林对全省上千名党政主要领导严肃宣布："要么不干，不部署，要部署就决不开一个会了之。哪个县、哪个地市搞得怎么样，好的表扬，一般的督促，差的批评。个别县老是按兵不动的，只有一条，只好请你靠边站。你不干，总会有别人干。哪个县不搞好，问题一堆，我们决不会客气。政法干警中如发现有为坏人通风报信的，一律严惩不贷。"

一言九鼎，震撼三湘。在全省第一次"拉网"统一行动中，该省14个地、市、州中的9个地、市、州党政一把手亲自到第一线督阵指挥，总计参加统一行动的地、市、县、乡党政主要领导达5000余人。

王茂林率先垂范，冒着泥石横流的危险，去治安形势最为严峻的湘南地区督阵。1993年12月的一个午夜，狂风怒啸，大雨滂沱，宁远县某基层派出所的干警突然惊喜地发现，身穿皮夹克的省委书记来到他们面前。

一场持续半年的集中整治斗争就这样全面展开，全省在前4个月就破获各类刑事案件18632起，摧毁犯罪团伙3224个，瓦解团伙成员15101人，逮捕各类犯罪分子6126名，从而迅速取得阶段性胜利，初步扭转严峻局面，并为在全国范围内整治农村社会治安提供了许多可操作性极强的好经验。以后，他对此常抓不懈，多次强调，要在湖南上空长期形成对违法犯罪分子的高压圈。

"抓好社会治安，从政治上讲是维护社会稳定，从感情上说是对老百姓切实负责。不关心老百姓生命财产安全的人没资格当共产党，不能保一方平安的人，没资格当领导。"这，就是王茂林的鲜明观点。

## 大气魄带来的大动作

"要把湖南建设成为农业强省"——一个自建国以来从没提过的洪亮口号，目前正在三湘四水回荡。

1995年8月2日，中共湖南省委、湖南省人民政府发出足可载入省志的重要文件：《关于加速建设农业强省的决定》。

在这份气魄宏大、目标明确、措施具体的《决定》后面，是一份更为详尽、令人叹服、可操作性极强的附件，题为《建设湖南农业强省的研究报告》。因其扎扎实实的内容，不得不用3万余言的篇幅作载体。

千万不要小看这一牵动湖南6300万人心的举措，翻翻湖南的史料，从来只称“农业大省”，而没提出过要建设“农业强省”。一“大”一“强”，岂只是字面上的区别？纸糊的风车是够大的，但它和“强”字却不沾边。湖南80%的人口在农村，但长期以来囿于小农经济的困顿，在农村整体建设方面只能算作个身高体弱的“稻草人”。且莫说机械化水平极低，最让人揪心的是其抗拒洪涝干旱等自然灾害的能力。即便到了改革开放的今天，省内仍有相当数量的农业人口并未解决基本的温饱问题。

而今，这个体大质弱的“稻草人”，却要使每一块筋肉都变得钢铁般强健，以气吞万里如虎之势，跻身强手争雄之列。

何等气魄，何等手笔，何等动作。是谁敢于摈弃多少年的陈规，发出如此震撼人心的强音？推动这一战略性跨越的“始作俑者”，就是王茂林。

这是不是心血来潮？王茂林关于加快湖南经济建设步伐的战略性思考，同样有一个深入调查、对比研究、照观历史、展示未来的过程。当他一路风尘逐地考察时，脑子里就在不停翻腾，既为湖南的青山绿水折服，又为本省的经济滞后焦虑。过去的建设成就不可低估，但作为一名志在创业的省委主要领导，王茂林绝不墨守成规。他凭着对党和人民事业的高度责任感和高屋建瓴的开放式思维，从全新角度思考湖南经济发展的总体趋势，果断地提出建设农业强省的宏大构想。

“这，能行吗？”此言一出，好些同志为之愕然。这是1994年暮春，提出这一爆炸性构想的王茂林上任不到一年。

“我先提一个思路，大家再做调查研究。”王茂林并不固执己见，满面春风地向各位省委常委、副省长们郑重建议。

王茂林矢志不移。他明白，湖南要达到小康，农村必须达到小康；全省要现代化，农村必须现代化。农业和农村经济发展的状况如何，直接关系到全省经济社会发展的战略全局。为深入探讨建设农业强省的可行性，他除继续下基层考察外，又亲自指挥一个由省委政策研究室、省计委、省农办、省农业厅有关人员组成的“建设农业强省研究小组”，从1994年10月开始，历时半年有余，要求他们对湖南农业和农村经济现状深入调查研究，提出建设农业强省的可行性报告。

湖南丘岗山区连绵起伏，利用率却低。为了探索丘岗山地开发工作，他将地处湘南的江永县作为自己的工作联系点，长期跟踪进行解剖麻雀式考察，并从省农办选定一人作为联络员，长驻江永，向他提供第一手资料。

洞庭湖区在全省农业发展中的地位举足轻重。朱镕基曾形容它："既是一块宝地，也是一块险地。"王茂林脚穿雨靴、手撑雨伞，趁着雨季在湖区往返奔走，察看水势，观测险情，指挥抗洪救灾。调任湖南后的两个洪水季节，他几乎都是在泥泞路滑的湖区度过。

"班长"的雄才大略使其他省级领导大为振奋，如同眼前洞开一扇亮窗。他们也各自选"点"调研，积极参与规划新的宏图。几经切磋，一份凝结着集体智慧、具有时代意义的建设农业强省的"决定"才得以形成。它的出台，标志着湖南农业和农村经济建设将以全新思路、极大气魄实现历史性的跨越，巍巍然又一个农业巨人即将出现在长江南岸。

在制订农业发展规划的同时，他的炯炯目光又射向工业企业。虽然工业历来是湖南的薄弱环节，但他仍对振兴工业充满信心。年轻时就和工业打交道的他，对企业内部管理情况了如指掌。尽管如此，他仍坚持从调查研究入手，不生搬硬套别人的现成模式。他每到一地必下工厂，不管是上万人大厂还是几十个人的集体企业。1995 年大年初一，他一头扎进株洲的国有大中型企业，向一线工人致意、求教。他深切地感到企业党组织的作用这些年明显削弱，为此于 1994 年 8 月在《求是》杂志撰写署名文章。并多次主持省委常委会议，讨论这一议题。还于 1995 年 7 月 28 日以"中共湖南省委文件"的庄重形式，下发《关于进一步加强和改进国有企业党的工作的意见》。他的思路十分清晰：振兴全省工业的根本出路在于加快产业升级和技术进步。为此，主持制订了《振兴湖南工业技术改造规划》，要求企业实现结构效益、规模效益、科技进步效益和管理效益的统一。

1995 年 10 月 8 日他在省"党代会"上响亮地提出：到本世纪末，全省要"发展一批年产值过 30 亿元、50 亿元、80 亿元、100 亿元的企业集团"。省委书记春雷般的声音，使全省工业企业的共产党员和广大职工热血沸腾。

作为一省首长，王茂林的思维是全景式的。除狠抓农、工业之外，他还时刻关注着如何加大基础设施建设力度、培植多元化有后劲的财源体系、发展有特色有活力的区域经济、积极培育新的经济增长点诸项工作。根据湖南毗邻广东、北靠长江，省内分别有京广、湘桂、枝柳、湘黔等"大动脉"贯通的地理特征，他在规划本省经济蓝图时，尤其强调对外开放，提出的战略构想更令人鼓舞："南北两口"要放得更开，"三条通道"要进一步拓宽。要以开放促开发，以科教促经济，主动迎接广东和浦东的经济辐射，加速全省经济与沿海地区乃至国际经济的互接互补，从而加速实现经济体制和经济增长方式这两个具有全局意义的根本性转变，使全省经济出现新的飞跃，把一个经济健康发展、人民生活小康、社会稳定进步、充满生机和希望的湖南带入21世纪。

# 乌金质朴出天然

## ——访辽宁省委政法委书记刘振华

### 一

在抚顺市内一条僻静的小路旁，有一座用竹篱笆围起来的小院。小院中央，有一棵合抱粗的枝干虬曲的日本丁香。每当春末夏初，千万朵淡黄白色的小花一夜之间缀满枝头，给小院平添一番美丽的景色。丁香花淡淡的幽香，一直飘满一条街道。据说，这棵老丁香树已有60多年历史，还是当年日本人在此植下的。与老丁香同样历经沧桑的是在它浓荫覆盖下的一幢两层小楼。因年代久远，小楼已显得有点颓废，里里外外墙皮斑驳，上上下下木朽砖陈。就是这幢不大的小楼，如今也是一分为二，里面分别住着三户人家。其中，靠东边的那户人家，在此已经住了近十个年头。过往的人们，年年看到小院里花开花落，草青草黄，却始终不见里边有什么兴土木、动砖瓦的迹象。

1994年初冬的一天，笔者跨进了这座小院，走进了东头那户人家。

一进屋，感觉是：屋子好小好小，小小的客厅，小小的餐室，小小的过道，小小的楼梯……难怪，60多年前的日本建筑，在今天的中国显然有点“不合时宜”。更令人惊讶的是，室内的陈设简单、朴素，简单到不值得多加叙述，朴素到令人肃然起敬：这就是曾在抚顺当了10年市委书记，如今又担任省委常委、省政法委书记的刘振华的家？！

平时因工作关系，与刘振华有过多次接触，总能感受到他仁和、宽厚的长者风度与朴实、稳重的工作作风。此番走进他的家，更令人生出一种发自内心的感动。多年来走南闯北，见过的大小官员们的深宅大院、高屋华堂不在少数；而今，面对这样一位副省级官员的家，竟与平民百姓之家相差无几，我的感慨不谓不深。

我在一张造型拙朴而又十分结实的长沙发上坐下，刘振华不无自豪地告诉我，这沙发是他多年前的手艺，我便特意在沙发扶手、靠背上使劲推了推，还真属“价廉物美、经久耐用”之类自力更生产品。

早就闻知刘振华有一位贤达、明智的夫人，为他的工作解除了不少后顾之忧，我便想趁此机会听她讲讲有关这方面的事情。往往从一个人的家庭及其亲属身上，可以折射出其人的品格风貌。

刘夫人叫张天凤，是一位有着33年教龄的中学校长，还是辽宁省教育先进工作者。从她身上，可以明显感到知识女性良好的文化与性格修养。她看上去文静娴淑，说话声气柔和。她说，“振华是在抚顺土生土长的，老同学、老同事、亲戚、朋友不少，在他当市委书记期间，找他办事的人也很多。几乎每天都有来家上访、告状的。我们都是从基层过来的人，知道找人办事不容易，老百姓有时候苦告无门，只好来找领导。振华也确实帮群众解决了不少问题。你替人家办了事，人家心里感激，就来谢你。这种心情我们也能理解。但我这个门不能开。我对他们说，这个门一旦打开，我这里就得修几个仓库。还有什么七大姑八大姨的事，我都首先替他挡着，不让他为难。我们家的三个孩子，在他父亲当市委书记的10年间，从来没有让父亲给办过一件事。孩子们都自强自立，靠自己的本事立足社会。”

这时，刘振华笑着插话：“正因为她这个把大门的很严格，我这些年的工作也就好做多了。”

## 二

刘振华是喝浑河水长大的平民子弟。浑河伴随他度过了艰难困苦的童年、孜孜求学的少年以及事业稳步发展的中壮年。

1966年，当他以优异的成绩从东北工学院毕业时，正赶上十年“文革”。无奈，品学兼优的“天之骄子”不得不去工厂接受劳动改造。在斯文扫地、知识分子被贬为“臭老九”的年代，他以瘦弱的身躯和坚强的毅力，承受住了来自工作、生活中的重重磨难与压力。他和工人们一样修锅炉、掏煤灰、扛钢轴……所不同的是，他没有忘记利用自己所学的知识为工人们改善工作环境，为工厂进行技术革新。厂里的工人们都亲切地称他“大学生”。

就是凭着这种在逆境中不甘沉沦和自强不息的奋斗精神，刘振华才得以从号称“中华第一铝”的抚顺铝厂近两万名职工中脱颖而出，从钳工、技术员、工段长一直做到党委副书记。

1983 年，改革开放的潮流将他推到了抚顺市委副书记的岗位上，他从此走向更加广阔的社会舞台，施展他的聪明才干。

从 1983 年到 1993 年，他在抚顺市委任副书记直至书记整整 10 年。

10 年大胆改革，10 年勤政抚民，他使抚顺这个以能源、原材料为主的重工业城市变成了煤、油、钢、铝、轻工、化工、纺织、电子、建材、机械全面发展的综合性工业城市。

他在“八山一水半分田，半分道路和庄园”的农村施行兴林富民政策，使抚顺的林木积蓄量位居辽宁省第一，成为辽宁东部的绿色屏障。

他利用本地水资源丰富的优势，带领全市人民大修水库，一方面避免了水资源的浪费，同时也解决了大部分农民靠天吃饭的问题，大大改善了农村的灌溉条件，使原有的 20 万亩水田增加到 40 万亩，更重要的是，他改写了抚顺一直靠国家大量调拨粮食的历史……

古老的浑河从抚顺穿城而过，多年来河道淤塞，河堤失修。刘振华以其非凡的魄力和远大的目光，毅然决定将修河筑堤作为城市改造的重要项目来抓。坚持“以河治河，以河养河”的方针，将已经荒废的旧河堤全线南移 200 米，省出 67 公顷土地，再以出卖这些土地的收入修河筑堤。经过七八年艰苦奋斗，抚顺城内的河道基本疏通，并在新筑的河堤上建起了 5.4 公里长的带状花园，取得了沿河固堤、美化环境的双重效益。

刘振华在抚顺为官十载，他最大的心愿就是造福桑梓，为老百姓多办点实事。他指点江山，筹谋人事，苦其心志，劳其筋骨，唯独没有替自己营造出一个像样的小窝。

## 三

正当刘振华踌躇满志，准备进一步大展宏图之时，命运却将他推到了一个全新的岗位上。1993 年 9 月，他被任命为辽宁省政法委书记。在此之前，他出席了中共“十四”大，并当选为中央候补委员。

面对这副沉甸甸的担子，刘振华虽感压力重大，但还是立即走马上任，并尽快使自己进入新的角色。

时隔不久，辽宁发生了丹东走私汽车案。此案因背景复杂、走私额巨大而引起中央的关注，并派出调查组赴辽宁办案。为使案子尽快查清，刘振华几下丹东，亲自调查了解案情。面对来自各方面的不同意见，他扛着压力，明确表示：一定全力配合中央调查组的工作，克服地方保护主义、本位主义，彻底查清此案。

经过几个月的努力，丹东汽车走私案终于调查清楚，有关当事人已按法律程序处理。

不久，辽宁又发生了那起震惊全国的昌图粮食大案。为了清除腐败，取信于民，刘振华对此案表示了极大的关注。他指示有关部门排除一切干扰，最终彻底端掉了以桂秉权为首的盘踞在昌图粮食部门的蛀虫窝，在全省乃至全国引起了很大反响。

曾经有段时间，辽宁一些地区黑社会势力猖獗，流氓团伙犯罪突出，严重影响社会稳定及人民安居乐业。刘振华主持政法工作之后，一手抓稳定，一手抓打击，很快便在全省打掉了好几十个危害严重、影响恶劣的流氓犯罪团伙，如营口盖县段氏四兄弟、岫岩刘氏五兄弟、辽中王涛等流氓犯罪集团，赢得了人民群众的一片叫好声。

## 四

常言道：“闪光的不一定都是黄金。”被人们誉为“乌金”的煤，也同样闪光。虽然它没有黄金那般耀眼，但它以其天然的本色，闪烁出质朴、晶亮的光芒。

从煤都抚顺走来的刘振华，就像那天然质朴的乌金，始终保持着淳朴、厚重的本色，并将自己的光和热，无私地奉献给社会和人民。

1995 年

# 与改革中的大特区同步前进

## ——访海南省首席大法官田忠木

中国最大的特区，机遇与挑战的热土，行为超前而法律滞后，这一切，使海南省首席大法官富有了开创性的探索与改革，并一次次捍卫了法律尊严。

一道琼州海峡将美丽的海南岛与内陆大地隔绝开来，长期的封闭与地域交通上的种种不便，造成了当地政治、经济、文化等方面相对落后的状态。

1991年5月，当海南建省后第二任首席大法官田忠木前来就任时，全省上下竟没有一个像样的法院和法庭，有的法庭甚至还栖身于明朝留下的破庙里办公……

时隔4年，海南省法院系统的工作条件便有了根本的改变：省高院9层的办公大楼和25层的宿舍楼已在海口市区巍然耸立，19个县市法院中已有13个建造了新的办公大楼，80%以上的人民法庭也已然是旧貌换新颜。

然而，这一切，还远不足以说明海南省法院系统近几年来的全部变化。

### 全国罕见的连环合同纠纷案

4年前，有着40多年政法工作经验的田忠木，乍从荆楚大地来到这片充满了机遇与挑战的热土，一时还有些不大适应，无论是从观念上还是从工作思路上，他都无法使自己完全融合进这个行为超前而法律滞后的执法环境当中。

但是，既然选择了这块改革开放的前沿阵地作为自己此生工作的最后一个驿站，田忠木就不会轻易退缩。为了使自己尽快适应大特区的工作环境，他一头扎进基层，进行深入细致地调查研究。在充分了解情况的基础上，结合海南特区的实际，他适时地推出了一系列富有开创性的改革措施。

首先，田忠木本人在观念上有了较大的转变。他认为，如果按照内地的一套在海南办案，势必影响当地经济的发展。因此，他提出：在不违背国家总的立法指导思想、原则的大前提下，应该按照全国人大赋予海南特别立法权的精神，实事求是地从实际出发，大胆地适用地方性法规，以确保法院工作为改革开放和经济发展服务。

1993 年，海南发生了一起争议标的额高达 2 亿人民币的特大期房预售、转预售连环合同纠纷案，此案不仅涉及 12 家房地产公司，同时还引发出三桩诉案，其诉讼标的额之巨，牵涉面之广，法律关系之复杂，不仅在海南史无前例，在全国也属罕见。

就此案的性质而言，它是海南房地产超常发展过程中产生的新类型纠纷案件。从严格意义上讲，各方当事人之间签订的松雷大厦预售、转预售合同，因没有向政府主管部门及时履行登记手续，也没有向国家缴纳有关税费，有的不符合转预售条件，按照现时国家和地方的有关规定，应依法认定无效。

但是，从海南特区房地产市场的实际出发，处于 1992 年至 1993 年上半年超常规发展的海南房地产市场，由于法律法规不健全，加之政府管理也跟不上，绝大多数房地产开发经营活动与行为，都存在着这样或那样的形式缺陷。因此，对于该案的处理结果，将直接影响到海南日益增多的一大批类似房地产开发经营纠纷案件的审理，直接影响到云集海南的国内外 4600 多家房地产公司的生存发展，也直接牵涉到作为海南支柱产业——房地产业的稳定和发展。

从某种意义上说，这是一起非同寻常、事关海南特区市场经济建设和改革开放全局的典型案例。

此案一出，立即引起了海南全省从民间到当局的关注与重视。

田忠木在详细听取了案情汇报之后，敏锐地感到，如果按照现时的法律法规去制约当时的房地产行为，简单地作协议无效的判决，不仅不利于日益增多的此类纠纷的解决，而且会引起海南房地产市场“多米诺”连锁负效应。于是，在省委主要领导的支持下，田忠木提出了审理此案的具体意见：(一)依法办案，公正处理，积极保护当事人合法权益。(二)以邓小平同志“三个有利于”为标准，把社会效益放在首位。(三)耐心细致地做好当事人的法律宣传工作，努力促成纠纷当事人的和解，争取调解结案。

为了成功调解此案，承办人按照田忠木的指示，不辞辛劳，做了大量艰苦细致的工作。当调解进入动员炒家退利、促成松雷大厦买卖交易实现的关键时刻，有关当事人见利益受损，拒绝在协议上签字，田忠木便亲自出马做有关当事人的工作。

经过5个多月的审理和调解，在各方代理律师的支持配合下，12家诉讼当事人终于在省高院的主持下化干戈为玉帛，握手言和，一致达成了调解协议。

此案的审理结果，在海南全省获得良好的社会反响。这是海南省高院在审理法律法规滞后的超前经济行为纠纷的一次有益探索。

## 捍卫法律的尊严

1993年，在三亚市发生了这样一件事情：某私营公司申请在天涯海角建一座宾馆，得到当地政府批准并按有关规定为其办妥了一应手续。当宾馆建到两层楼高的时候，恰逢一位中央领导途经此地，他认为在此地盖房子破坏了周围风景。于是，有关部门秉承领导意图，强行将正在建筑中的宾馆炸毁。当事人不服，多方投诉无门，便一张状纸告到法院。

法院依法判决该私营公司胜诉，但有关部门却硬顶着不予执行。在这种僵持状况下，田忠木明确表示：作为法院，对主体之间的保护，无论是国家、集体，还是个人，都应该平等，没有这一条，就不能体现出法律的公平与公正，特别在市场经济条件下。因此，法院的判决必须坚决执行。

后来，当事人的合法利益得到了合理补偿。田忠木用他对国家，对人民高度负责的精神，再一次捍卫了法律的尊严。

## 开创性的探索和改革

身为海南省的首席大法官，田忠木的可贵之处在于：不因循，不守旧，不拘泥于陈规陋习。他在司法实践中不断进行有益的探索和改革，取得了令人瞩目的成绩。

他率先在海南实行《法官法》的试点；

他在法院系统积极推行“错案追究制”；

他大胆进行干部人事制度改革，尝试着在法院内部实行试岗制、交流制。

眼下，他又琢磨着机关后勤工作社会化的新课题。他说，“过去，我们院长有 70% 的精力都用在抓人、财、物等后勤工作上，真正用在审判工作中的不足 30%，如果能将司法后勤这一摊工作推向社会，我们的审判工作就会抓得更好。”

为庭审方式的改革，田忠木倾注了大量心血。

改革后的庭审，以公开审判为重心，强调当事人的举证责任，把法庭上的究问式改成诉辩式，使双方当事人真正对簿公堂，避免了过去那种当事人动嘴、审判员动腿的弊病。其更大的好处还在于：公开审判，增加了案件的透明度，使当事人双方赢的赢得清楚，输的输得明白，同时，也有助于法院干部的廉政建设。

此外，为了适应新旧体制转轨期间审判工作的需要，田忠木每年都有针对性地搞一些专题调查。近年来，他先后组织、主持了对海南的房地产市场、期货证券市场、产权交易市场等专题调查，并就有关问题提出对策，以指导全省的审判实践。他总是善于站在较高的起点，对一些深层次的问题进行思考、分析、研究。

在海南——这个中国最年轻的省份以及最大的经济特区，田忠木深深感到，自己总有干不完的事情，研究不完的课题。

# 为了神圣的使命

## ——一个公安局局长的故事

### 小　序

没有硝烟，没有炮火，这是一个特殊的战场；也有拼搏，也有智斗，这是一条隐蔽的战线。在这个战场上大显身手的是我们英勇的公安战士；在这条战线上屡建奇功的是我们机智的刑侦人员。

长沙市公安局副局长李玉如就在这条战线上奋斗了38个春秋！从风华正茂的青年到两鬓染霜的老将，李玉如经历了多少风雨，多少坎坷！如果把这些撰成文，编成书，那将不止一部、两部……然而此刻，我们却只能从李玉如那充满传奇色彩的一生中，撷取几个闪光的生活片断。

### 一

也许，解放初期那一场“剿匪”斗争留给他的印象太深刻了：枪林弹雨，浴血奋战，许多战友倒下去从此没有起来。他自己也是九死一生，侥幸脱险。呵，和平、安宁，对于祖国和人民是多么重要！19岁的侦察股长李玉如，于是萌生了他最初的理想：作一名优秀的公安战士，为人民的幸福和安宁而奋斗。

理想激发了他那埋藏在心底的热情，理想引导他升华到一个全新的境界。他刻苦地钻研，勤奋地攻读。他读《孙子兵法》，读《三国演义》，悉心研究古人的用兵谋略；他学唯物辩证法，学心理学、犯罪学、法医学、生物学、痕迹学、逻辑学、物理学……为此后从事刑侦工作打下了坚实的理论基础。

他细致入微地观察生活，随处留心不同的人喝茶、抽烟、吃饭、写字、讲话甚至吵架的动作特征，力图从中找出规律性的东西来。他观天文，察地理，哪怕是风吹树叶、雨打纱窗的声响，他也要听个仔细，以便从中悟出点什么。精诚所至，金石为开，李玉如终于练出了一套洞察幽微的刑侦工作本领，成为一名优秀的刑侦指挥员。在他担任长沙市公安局刑侦大队长的10年间，平均破案率高达93%，其中重大案件的破案率更是高达96.6%。

人们说："李玉如搞案子硬是有蛮神。"此话的确不假。任他多难多疑多棘手的案子，一到李玉如手下，便如坚冰化水一般。

1974年冬，望城县铜官镇一对五保户老人被人杀害。由于报案不及时，致使现场遭到严重破坏。专案组的同志辛辛苦苦勘查、侦查了四十来天，毫无结果，不免灰心丧气。

当时，李玉如正因心脏病住院治疗。在得知这一情况后，他心急如焚，立即带病出征，赶赴现场。据了解，死者生前为人正直，不曾与任何人结有宿怨；为了养老，他积下了一笔钱财。发案后钱财两空。李玉如由此推断，该案属于谋财害命性质，且凶手应系与死者生前相识之人。

李玉如从现场遗留下来的180多个烟头中，找出两个有明显特征的进行研究，整整琢磨了三天三晚，终于为侦破案情打开了缺口。原来，那两个特殊烟头不仅用的烟丝、烟纸与众不同，卷法不同，而且，烟卷得特别粗，一般人吸这种烟是受不了的，说明吸烟人烟瘾很大。另外，烟蒂上渗透有2厘米长的唾液，这又说明吸烟人习惯于长时间把烟叼在嘴里，而这正是一般手艺人（锯、篾匠）的特点（两手不空）。于是，李玉如下令查找"两手不空，烟瘾很重"，且与死者生前常有往来的可疑人物。后经多方查证，犯罪分子果然是一名与死者住处相距仅七华里的职业锯匠。

李玉如一生侦破过多少疑难案子，连他自己也说不清楚。有些案子的侦破过程，简直像从"天方夜谭"里提取的情节，可又实实在在是发生在李玉如身上的故事。

1985年，长沙市效区一位生得绝顶漂亮的姑娘横遭屠戮，其惨状令人目不忍睹。当时，参加破案的同志各持己见，有的说是情杀，有的说是谋财害命，系流窜犯作案，因姑娘被害时，腕上的手表被取走。正当大家议论纷纷时，李玉如抛出了一个令众人瞠目结舌的观点：这是一起精神病人作的案。他接着摆出了四条理由：(一)犯罪分子作案用的是屠刀，屠刀原放在一个高高的阁楼上。犯罪分子杀人之后，把屠刀擦得干干净净，仍放回原处，此为反常之一；(二)犯罪分子第一刀就结果了姑娘的性命(砍断了动脉)，为什么还要连砍数刀，并开肠剖肚掏内脏呢？此为反常之二；(三)姑娘被害时，邻居听到惨叫声，时在凌晨四点多。犯罪分子作案之后，要扒衣服、剖肚、擦屠刀，时间尚需一小时以上。正常人作案之后唯恐逃之不及，而犯罪分子无此概念，可断为不是正常人；(四)犯罪分子作案时，并未对姑娘进行奸淫，这也属反常现象。

然而，这种种理由并未说服持不同意见的同志，人们甚至嘲笑说，老李可能是自己发高烧说胡话吧！接着，一部分同志又提出了截然相反的八条理由。于是，侦破工作出现了兵分两路的情况：大部分人去寻查情杀、奸杀和流窜案犯的线索，李玉如仅带着8个人对那些常常晨出暮归、钻洞爬墙的精神病患者进行侦查。说来也巧，姑娘生前恰恰有10位曾经同她见过面或约会过的追求者，但他们都没有作案时间。至于流窜犯，查来查去亦无进展。一时，侦破工作陷入僵局。

就在这时，效区公安局一位同志发现一条线索：某厂保卫科反映该厂有个精神病人喜欢在夜间翻墙入室……因分局那位同志当时不大相信李玉如的观点，便没有把这一情况汇报上来。过了20天之后，他见查情杀、奸杀和流窜犯均无结果，便想：李玉如平时破案很有一套，说不定这次又被他言中了。他犹豫再三，还是将这一线索提了出来。

李玉如听后十分兴奋，立即对这个精神病人进行全面调查，并基本认定他就是犯罪分子。可是，当技术员把指纹鉴定结果拿出来时，又否定了前面的结论。但李玉如仍不罢休，从他掌握的材料来看，此人作案的可能性极大。他想，是不是鉴定中的技术有问题？就在这决定是非的关键时刻，省公安厅有名的指纹技师从外地赶了回来，一听老李说有重要任务，连饭也顾不上吃，就开始比对指纹。他反复看了一个中午，然后把胸脯一拍："就是他，错了我坐牢！"至此，人们无不佩服李玉如在侦破工作方面的神奇功力。

## 二

烟花，鞭炮，彩灯，焰火，加上具有强烈现代节奏的流行音乐，使除夕前夜的长沙城显得格外热闹，人们沉浸在一派歌舞升平的节日气氛中。李玉如的心情也格外开朗，近来的迹象表明，长沙市的社会治安明显好转，这也许意味着：18个除夕未与家人团聚的他，今年除夕可以和妻子、女儿、外孙们在一块共享天伦之乐了。他特意嘱咐家人，把年饭办得丰盛一点，他要和亲人们在一起，痛痛快快地畅饮一杯！谁知，除夕一早，他刚走进办公室，便接到紧急报案，浏阳县发生一起恶性案件，三条人命倒在血泊中。案情重大！责任重大！他赶紧给家里挂了个电话，来不及对妻子解释什么，只说了声："晚上等我回来吃年饭！"就匆匆披挂上阵了。

当李玉如率人赶到出事现场，竟也被那惨状激怒了，他发誓要在年关拿下这个案子。他和公安干警们顶着腊月刺骨的寒风，在茫茫山野里追捕犯罪分子，整整奋战了13个小时，终于在迎来新春第一缕曙光之前漂亮地破了这个案子。

李玉如拖着疲惫的身子赶回家里，已是初一的中午时分了，面对阖家的欢乐，他那充满倦意的脸上露出了欣慰的笑容，总算可以让人们过一个平平安安的新年了！

然而，就在新年浓郁的喜庆气氛中，长沙市又爆发了一件令市民震惊不已的特大案件，正月初五（2月2日）长沙市五一路工商银行金库被盗，27万多元巨款不翼而飞！消息像电流一样向四面八方传播，消息像电流一样炙烫着李玉如的心。

接到案情报告不过5分钟，李玉如第一个赶到了出事现场。他首先习惯地绕金库仔细察看了两周。然后退了出来，独自躲进金库对面一间斗室，默默沉思起来，他要从纷繁复杂的种种现象中理出头绪，以便找出侦查工作的正确方向。

不久，湖南省公安厅领导同志和长沙市党政部门负责人也纷纷赶到现场，他们一个个愁眉深锁，忧心如焚，彼此都在用眼光搜寻一个他们十分熟悉的人物。巡视几遍，不见踪影，省公安厅朱厅长不由急问："李局长呢？赶快把他找来。"当李玉如和前去找他的人走进会议室时，正迎上朱厅长那充满信任和期待的目光。朱厅长郑重宣布："经厅领导和市领导研究，决定成立侦破'二·二'特大盗窃案件指挥部，李玉如同志负责全案的指挥工作……"

又一副重担落在李玉如肩上！过去多少次，也是在发生重大案件之后，也是在最关键的时刻，党把一副副重担交给他，他总是毫不犹豫地接过来，又总是漂漂亮亮地完成了任务。曾记得，1979 年那震惊全国的“宝鸡文物案”，1985 年那惊心动魄的“一·二九特大抢枪案”，还有那举世瞩目的“马王堆文物案”，都是由他一手指挥侦破的。眼下，又该他挺身而出了！虽然他已过“知天命”之年，虽然除夕之夜浏阳战役的疲劳尚未完全恢复，但他毕竟是一位久经锻炼的沙场老将，壮心不老，威风犹存！

现场勘查工作结束了，李玉如立刻召集有关人员分析案情，确定勘查方向。几十名侦查、技术人员根据从现场提取的痕迹物证，详尽地分析、热烈地讨论着。一时间，倾向于“内盗”和“内外勾结”作案的观点占了上风。李玉如默不出声地坐在一旁，一边倾听大家的意见，一边在工作手册上记下点什么。他常常是这样，总是先虚心听取同志们的各种意见，然后再把自己经过深思熟虑并有充分依据的看法摆出来。

见大家的意见谈得差不多了，他摆摆手，示意大家安静下来，又翻开工作手册看了看，才不急不忙地摊出了他的看法：“根据现场情况分析，案犯属于远处、外地、流窜分子，作案前很可能由于作买卖亏了本或者赌博输了钱，急需一大笔资金还债。因此，按上述条件查作案人就是我们的侦查方向。”

一时，大家都怔住了，不知李副局长葫芦里卖的什么药。见不少人眼中流露出疑惑不解的神情，李玉如接着分析道：“根据一般情况，犯罪分子作案用不着带 28 件工具。而且，这些工具除三件是就地取材外，其余全是新的……”说罢，他又拿起一把犯罪分子遗留在作案现场的新锤子：“不知大家注意没有，这锤子上有三道锯痕，木柄上两道，铁锤上一道，这又说明了什么？”老李用征询的目光望着大家，大家面面相觑，连一向细心谨慎的技术员事先也没发现这一细微的疑点。人们不能不佩服李副局长洞察幽微的本领了。

“这是犯罪分子用来试验新锯子是否锋利留下的痕迹。如果犯罪分子家在长沙，哪里找不到块破木头做试验对象？据此可知，犯罪分子在长沙虽有落脚点，但没有家。”李玉如一番话说得大家豁然开朗，心服口服。

侦查方向确定之后，一张大网撒了出去。数千名公安干警、治安联防人员投入紧张的战斗。

紧接着，一条条线索被提出，一条条线索被查证，一条条线索被否定。几天过去了，张开的大网里没有鱼，人们不免焦虑、困惑……就在这时，又一条可疑的线索引起了人们的关注。

劳改释放人员陈某，曾经伪造印鉴、凭证，伙同其在银行工作的妻子，诈骗现款三万元，双双负案在逃，金库案发前不久，有人见陈妻突然出现在离金库不远的长沙饭店门口……

于是，陈某成了重大嫌疑分子，一些侦查人员甚至提出要调整侦查方向，把工作重点放在内盗和内外勾结上。面对工作中出现的分歧，李玉如显得十分冷静。他认为，陈某固然是个嫌疑对象，应当立即查证，但目前还没有证据证明他就是犯罪分子。何况，一系列的缜密推断和痕迹物证都表明：犯罪分子属于远盗、外盗、流窜犯无疑。凭着几十年侦查工作的经验，李玉如坚信自己的侦查方向没有错。

一条线索被提出来，又一条线索被提出来，短短的几天内，先后有800多条线索被提出来又被否定了。李玉如昼夜守在指挥部，以惊人的智慧和毅力指挥着这场艰巨的战斗。就在他冥思苦想，打算筹划下一步棋时，突然得到浏阳县公安局的报告：浏阳县城关镇有个叫张勇武的年轻人，1985年停薪留职做生意，1986年9月离家躲债，一直未归。金库案发的当天上午，他却挑了两大袋子钞票回家，还清了几万元旧债，新添了一系列时髦物品……当李玉如飞车赶赴浏阳县，详细询问了有关张勇武的情况后，当即拍板："金库大盗就是他！"李玉如果断下令："不用一枪一弹，智擒张勇武！"

正作着发财美梦的张勇武，被公安干警从其岳母家生擒归案。这一天是2月10日，从金库被盗至今，正好是九天九夜，恰恰应上了民间的一句老话："九九归原"。

审讯室里，李玉如紧盯着犯罪分子那惊慌不定的眼神和铁板一样发青的脸膛，慢条斯理地发问："你晓得我们是哪里来的？"

张勇武机械地点点头："你老是长沙市公安局的。"

"那就好！"李玉如稳坐泰山，"把家伙交出来吧！"

面对李玉如鹰一般犀利的双眼和威严而又成竹在胸的表情，张勇武的精神防线彻底崩溃，他明白自己再无抵赖的余地："我晓得瞒不过你们，我搞了银行……"

1987年阴冷的早春，像是有意要给54岁的李玉如一个严峻的考验。3月14日，金库盗窃案的余波尚在人们心头震颤，长沙市某粮店又发生28万余斤粮票被盗的重大案件，紧接着望城县铜官镇一座具有千年历史的古窑横遭洗劫……李玉如来不及卸甲去鞍，又率领侦破金库盗案的原班人马再度出征。一个月之后，犯罪分子言厚均和蔡志坚被铐，"粮票案"大战告捷。稍后不久，李玉如和他的战友们又神奇般地追缴回1000多件在铜官窑失盗的国家级文物。

## 三

李玉如有一个和谐的家庭。在这个家庭中，他算得上是一个好丈夫、好父亲吗？也许是，也许不是。他本是一个能干人，干什么像什么，做家务也挺在行。闲下来的时候，他一身便服，腰间系条麻布围裙，袖子一撸，哼，做个菜，让家人尝尝，没有谁不咂嘴巴。不仅做饭做菜，甚至夏末秋初剁辣椒，寒冬腊月腌鱼肉，这些零星琐事，他也一揽子包了。最近几年，妻子因病卧床，女儿立业成家，他就更不轻松了。每每回家，提篮买菜，烧茶做饭，洗涮洒扫，他样样都得干。按说，他也该算得上个好丈夫了。然而，细究起来，不周到的时候似乎也不少。他忙起案子来，几天、十几天不回一趟家是常事，接连数月没昼没夜也不稀奇。一旦他卷进案子里，就什么也顾不上了。

1985年，湖南省博物馆发生了一起特大文物盗窃案，闻名于世的马王堆出土文物“素纱禅衣”等一批价值连城的稀世珍宝被盗。这一特大案件，引起了全中国乃至全世界的关注。许多境外报纸竞相报道这一重要新闻，香港《东方日报》的记者甚至每隔两天就打一个电话来催问案子破了没有。国际国内的舆论压力简直如泰山压顶，李玉如深感自身肩负着祖国和民族的期望，案子不破，那将是十亿炎黄子孙的奇耻大辱！他默默发誓，一定要把国宝追回来！

从发案到破案，七七四十九天，他死守指挥部，殚精竭虑，绞尽脑汁，不知身上瘦了几何，不知白发掉了几多。就在案子进行到最关键的时刻，妻子却高烧重病，电话打到专案指挥部，李玉如正忙着和大家分析案情，一时无法脱身。只见他犹豫片刻，便对接电话的同志说道：“就说我不在！”当时，真有人责怪他太狠心哩！是狠心吗？只有和他相伴多年的妻子了解他。人们常说，做军人的妻子是一种奉献，同样，做一名公安干警的家属又何尝不是如此呢？

尽管长年累月和罪犯、恶魔打交道，李玉如的心却一点也不冷酷，相反却充满了人情味。他热爱生活，珍视小家庭的天伦之乐。在家中，他最疼爱才两岁的小外孙笋笋，而笋笋却公然宣布，他第五才喜欢爷爷，因为爷爷老不归家，笋笋很久很久才难得同他亲热一回。金库盗案发生之后，李玉如又是好几天没进家门了。有同志上前问道："李局长，您几天没回家了，有什么事吗？"李玉如想了一下，说："不知我笋笋回家来没有？很想看看他！"当晚，女儿女婿带着笋笋来到他身边。看到天真活泼的笋笋，李玉如那绷紧了多日的脸立刻现出了笑容，他伸开双手去抱笋笋，笋笋却一个劲地往妈妈怀里钻，李玉如知道，爷孙俩多日不见，笋笋一定对自己有"意见"了。他想找点什么吃的来逗逗笋笋，缓和一下爷孙关系，无奈搜罗半天，才从抽屉里找出一个硬邦邦的包子来，掰开一看，里面的馅都馊了。李玉如抱歉地朝笋笋直笑，女儿女婿却难过地背转身子。他们知道，父亲连日来呕心沥血，昼夜辛劳，全靠这种并无太多营养价值的面粉团充饥。

李玉如天生一副乐观豁达的性格，但他却常常过着苦行僧一般的生活，吃无定量，睡不应时，有时候几天几夜摸不着床边，真可谓"苦其心志，劳其筋骨……"而这一切，又都是为了那个神圣的使命：给人民以幸福和安宁！

## 四

在人们想象中，刑侦人员也许个个骠悍骁勇，功力过人，其实不然。李玉如虽然大名鼎鼎，机智非凡，却是个一点也不惹人注目的小老头，不穿制服时，他看上去更像个文质彬彬的学者。和他交谈，你绝不会感到单调和枯燥，上下五千年，纵横八百里，他随兴而谈，《三国演义》、《红楼梦》等古典名著的人物情节，他了如指掌；《孙子兵法》、《陈情表》等著名篇章，他倒背如流；从东周到西汉的漫长历史，他谙熟如心；就是国家男女篮球、排球、足球各队主力队员的姓名，他也如数家珍……明眼人一看便知：这是一位智慧型人物。

透过李玉如这位公安老战士形象，我们似乎看到：国徽在闪光，蓝盾在闪光，智慧在闪光！

啊，李玉如，祖国人民的忠诚卫士，愿你宝刀不老，雄风常在。

1987 年 6 月　北京大栅栏

# 传奇女子梁凤仪

## 一

梁凤仪的作品自问世以来，即受到读者的广泛关注。香港各大书店每月的畅销书榜，梁凤仪的作品必是榜上有名；1990 年及 1993 年度香港举行的各大书展，梁凤仪亦多次成为销售本数最高的作家。

5 年中她坚持以业余时间努力笔耕，共写出洋洋 800 万言作品，截至 1994 年 7 月，共结集出版小说、散文 73 种，全球销量过 500 万册。

为此，她曾荣获香港政府市政局及艺术家联盟 1992 年度作家年奖。

1992 年 5 月，香港最具规模的市场调查机构 SRH 宣布，梁凤仪是全港书局共认的三大畅销作家之一。

1992 年 8 月，中国大陆最具权威的出版机构——人民文学出版社决定出版梁凤仪系列作品，使她成为获此殊荣的首位香港作家。其后不久，她的作品曾在北京新华书店创下日销售 3000 册的纪录。

在 1994 年春季于北京举行的第七届首都图书交易会上，人民文学出版社以 1200 万元的订购码洋独占鳌头，其中梁凤仪作品的订购码洋就达 300 多万元。

海峡两岸电视台破天荒地逐本改编梁凤仪的小说拍制长篇电视剧，一年之内大陆、港、台三方已将梁凤仪的 13 部小说改编成电视剧并已开拍。

于是，国内一家颇有影响的报纸惊呼："梁凤仪旋风席卷中国大陆。"从北京到各省市，文学、出版界及评论界对梁凤仪作品的出版、研究日趋活跃。

除人民文学出版社隆重推出《梁凤仪现象》一书外，上海、四川又分别推出《上海人眼中的梁凤仪》及《梁凤仪评论集》等，广东、福建、内蒙等地关于梁凤仪作品的评论集也相继问世。

与此同时，自1994年6月份以来，全国20多个大中城市的新华书店破天荒同时携手设立梁凤仪作品专柜。梁凤仪本人则先后被中国人民大学、华侨大学、同济大学及厦门大学聘为客座教授。

## 二

写作仅仅是梁凤仪的副业。

“我的正职是商务。”梁凤仪始终这样认为，因而她“从来没有忘记自己是商家人身份”。好强好胜而又精力过人的她，只因天生对写作有兴趣，就索性将之作为“一种个人的人生责任”。

激起她强烈创作欲望与热情的是她的生活经历。

“生活在20世纪末的香港，在这国际知名的金融中心工作经年，我经历过现代商业的知识、技巧、手段和成败，更体会到社会上事物的贤愚美丑、人性的忠奸善恶、生活的悲欢离合。香港这个举世驰名的机会之城，同时是公认压力最大的都会，生活在其间的我们，既享受着物质的极度文明，也承担着精神的无比困惑。单是数不尽的商场风起云涌，尔虞我诈，刀光剑影之下，一个个从零到亿、三更穷五更富的传奇故事，已是很有戏剧冲突、引人入胜的小说素材。”

“身为女性，我认为不必与天下知己同声一哭，但不妨写出我们血泪交融的种种故事，以引起共鸣，好舒一口气。”

“更令我不能不写的原因，在于今日香港，正值回归祖国的过渡期，所见所闻所感所知，唤起了我的民族良知与爱国情怀，不吐不快。”

“一个个不同嘴脸与心肠的脸谱在后过渡期的香港政坛商界中不住涌现，既有很多令人痛心疾首、损家害国的劣行，也有不少同仇敌忾、忠肝义胆的善举，实在值得一一记录下来。”

于是，她“尽量地写，竭力地写，全心全意地写，废寝忘食地写，日以继夜地写，就是要把一个个盛载着今日香港人情事理的故事写出来”。

梁凤仪说，她是有三重身份的人，其一是在商场上干活的生意人，其二是摇笔杆爬格子的动物，其三是既要入得厨房又要出得厅堂的家庭主妇，而且三份都是全职，都要称职合格。于是，唯一的办法就是榨取她自己的休息与娱乐时间。为此，她放弃了很多嗜好与娱乐，如阅读、旅行、跳舞、看电影电视、与朋友畅聚等等。

近几年她常常应邀到国内各大中城市与读者见面并签名售书，每到一地，她总是事先声明，除签名售书及与文化界的交流之外，其余游山玩水、应酬吃饭一律辞谢。因为她要抓紧每一分每一秒的时间挑灯面壁埋头苦写，以便及时把文章传回香港。她为香港的报纸专栏写稿，一天不能落空断档。最多的时候，她一天要应付八个专栏。无怪她去杭州无缘游西湖，到武汉不能登黄鹤楼，到南京没去看中山陵……

也许梁凤仪天生有一种定力，任何嘈杂喧闹的环境下她都能从容镇定地写作。路上堵车，餐馆等人，机上航行，她都能运笔如飞。平时逢周末假日，她便在家中宴客，并习惯地为客人铺排好麻将与桥牌牌局，或安排他们听音乐、看电视录像，而她自己则一边写作一边陪客。耳旁麻将搓得噼噼啪啪，电视音乐热闹嘈杂，她却能照样做到手不停笔，文思如泉。

有一次她遭人打劫后，警察前来取证录口供，她却不急不忙地说："慢着，且给我半小时，写完稿子再告诉你详情。"

她曾创下连续苦写十三四个小时，日产量35000字的最高纪录。这种成绩，非常人所能企及，这种辛苦，也非常人所能承受。

## 三

勇于开拓，敢于接受命运的挑战，不断确立并更新人生的奋斗目标，是梁凤仪难能可贵的性格特点。

1977年，当梁凤仪毅然跳出其所供职的影视娱乐圈，下决心改变自己的雇员身份，立志从商之初，便敏锐地发现，当时香港职业妇女最担心的不是丈夫变心的问题，而是找不到料理家务的帮手，缺乏女佣使她们面临放弃事业的危机。梁凤仪独具慧眼，看准了家庭佣工具有潜在市场，于是，她开始研究如何卓有成效地引进廉价而稳定的劳工，为职业妇女解决家务难题。

她单枪匹马去邻近香港的菲律宾，分别与劳工署、驻菲英国领事局、当地的职业介绍所等有关部门接触，与他们商讨劳工出口问题，并在马尼拉成立女佣培训中心，把已有基本工作经验的菲籍女佣再加培训，使她们了解中国人的性格及香港人的生活，以便为香港家庭提供更有效的服务。

一番精心策划和准备之后，香港首家专为华人家庭介绍菲律宾女佣的碧利菲佣公司在梁凤仪手下诞生。

但当时人们对这个新兴的行业并不看好，连梁凤仪的亲友都不理解，何以一个饱读诗书的高级知识分子，会替一般妇女介绍家庭女佣，人们总觉得这是非正规且不够体面的工作。

那一段时间，对梁凤仪的精神意志和身体耐力都是一个非常严重的考验。她要把人生地不熟的菲佣引进香港工作，同时还要肩负起社会工作者的责任，对有思乡病的加以安慰，对不适应新环境的加以鼓励，对因远涉重洋而导致家庭惨变的加以劝勉，对与雇主相处不和的加以指导……还要不厌其烦地向客户解释劳工署与移民局法例，静心聆听她们对家务困扰的投诉，提供劳资双方相处协调的原则与方法……

在毫无经济后盾与人情援助的情况下，梁凤仪凭着她非凡的魄力、勇气，成功地开创了引进菲佣的一番事业，在香港社会史上写下了不可忽略的一页。

回忆起这段经历，梁凤仪感慨颇深："在香港这个功利主义极重的现实社会内，一沉百踩的现象非常普遍，人们只要误认为某人要沉下去时，立即划清界限。我因此有一大段日子的社交应酬骤降，因为人们太注重往来无白丁之故，很多时在社交场合，在提到本行业的业务发展时，他们对我的表白产生很大程度的尴尬。身处局中，的确要有相当大的容忍力以及坚定不移的意志才可以把菲佣生意营运下去。"

通过这番作为，梁凤仪的商业智慧、市场眼光及行政修养，都得到了商界中人的肯定，人们在欣赏她的冒险精神之外，更看重她的创新观念及填补市场空隙的生意概念。她首先得到已故金融业巨子冯景禧先生的赏识。冯先生将她从菲佣介绍所中发掘出来，提拔到当时被港人誉为华资金融王国的新鸿基证券集团内任高级职员，主管公共关系与广告部门。

新鸿基证券集团内精英云集。当梁凤仪以一个毫无财经底子与经验的女流之辈勇闯新领域时，很多人为她捏着一把汗。但梁凤仪最终以她不分昼夜、废寝忘食的工作精神和高效、勤奋的办事态度，赢得了众人的信服。三个月后，人们不得不承认，梁凤仪成了那位以对属员要求极高而闻名江湖的股票大王冯景禧身边颇受信任与重用的要员。

在股票畅旺，同时又要撰写制作集团年报的时期，梁凤仪曾有过连续三个星期每天睡眠不足 4 小时的辛勤工作纪录。

她的刻苦、坚毅，使她的工作异常出色，加入新鸿基仅一年，便被擢升为新鸿基银行证券集团的行政、公关与广告部主管，实际上还执行不少主席助理职务。其时新鸿基不但在香港市场内叱咤风云，同时冯景禧先生还成为美国最大经纪行美林证券集团的个人最大股东。且摇身变成正式银行家，加上发展中国贸易等成绩，令新鸿基已然跃升为跨国企业。与此同时，梁凤仪在财经界的名声亦随着这些发展而于行业内外传扬开去。

1985 年底，梁凤仪应香港联合交易所之邀从加拿大回港，创立国际机构事业部，这是她事业上的又一个重要的里程碑。

她当时面临的是交易所初创阶段开山辟石的艰巨任务，在财政紧张、百事待举的境况下，她坚韧的毅力和卓越的才干，写下了她人生历程中极醒目的一章：

联合交易所开幕时，她一手主持了令国际金融界人士瞩目的巨型开幕典礼；有数十个国家的交易所主席代表该国的金融界来港参加的一系列节目，包括了国际性证券研讨会，在体育馆摆下的 200 多席盛大晚宴，安排伦敦与香港的卫星直播，以便使两个国际金融中心内的财经名人能在晚宴上即席交谈……通过这开幕式的隆重典礼，不仅让全球悉知香港证券市场正由一个日趋成熟的交易所主持动作，且展示交易所职员缜密与强劲的筹组能力，增强了各国对香港市场的信心。

人们可曾想到，在这一幕辉煌的背后，梁凤仪付出了多少心血？！多少智慧？！正是这些心血和智慧，将她托到了人生事业的又一个高峰。

## 四

也许有人觉得命运之神对梁凤仪过于垂青，一位年届不惑的中年女性，智慧超群压众，事业如日中天，感情上亦有理想的寄托。

然而，只有真正了解梁凤仪的人才会知道，梁凤仪所拥有的一切功名成就，都来自于她孜孜不倦的追求、自强不息的奋斗和对人生事业的苦心经营。诚如她自己所言：“我所拥有的一切，都依靠甚多甚多自我的辛勤努力，我从来没有获得过一样东西或一项成就，包括我拥有的事业与爱情，是无须付出相当心力的。”

的确，梁凤仪曾经走过的每一步，都充满艰辛与坎坷。但她从来不言倦，不畏难，不谈悔，不嫌苦，不退缩，不失望，不气馁，不怕一次又一次地跌倒。她认为人生是一场大型比赛，每个人都在争取自己的十项全能冠军，决胜之道就是万一失手，摔在地上，必须立即忍着痛，不吭一声，不流一滴眼泪，站起来再行参赛。

此外，健康良好的心理素质，高品位的文化修养，先天的聪明和后天的智慧，都是她事业成功的重要因素。

有一件事，是很能体现梁凤仪性格特征的。

一天早晨，她从一个约会赶赴另一个商务会议。途中，她所乘坐的小车突然撞上了前面的一辆大货柜车，紧接着又被随后赶来的一辆的士撞上，整个车子被压得前后不成形状，玻璃窗轰然碎裂，令人惊奇的是她本人却完好无损。明白撞车后她的第一个反应是问司机是否受伤，见司机无恙，她便嘱其处理善后，然后自己提着两只大公文包，拎着一双高跟鞋，跨过几道公路旁的铁栏杆，找到一部电话，通知公司另派一辆车来接她。半小时后，她面不改色心不跳地端坐在会议室里，与同事们谈笑风生，纵议商务。事后她这样写道：“在香港这个特殊大时代中生活，我太有缘分遇上极多的惊涛骇浪之事。习惯成自然，别说是压碎车头与车尾，就算整部车压扁，只要没压死我，依旧会爬出来，拍拍屁股继续上路去。”

这就是梁凤仪，一个才华出众、意志顽强的奋斗者，一个卓越不凡、智慧超群的奇女子。

1995 年　北京静心斋

# 燕园晨风早行人

## ——访北京大学教授康树华

闻名中外的北京大学，汇聚了华夏大地赫赫有名的鸿儒硕学、教育专家；集中了出类拔萃的英才俊彦、天之骄子！

康树华——北京大学法律系教授、中国犯罪学研究会会长，便是燕园众多精英人物中的一员。

像其他许多卓有建树的北大人一样，康树华一生中最美好的年华，都是伴着燕园柳色、未名湖波光度过的。但生活本身并不如湖光柳色那般富有诗意。康树华在北大的40载风霜岁月，无不与共和国法制发展的历史相伴相随。

### 蒙屈辱改名立志

像康树华这样有了一把年纪的中国知识分子，都曾亲身经历了近半个多世纪内忧外患的苦难历程。

康树华出身在黑龙江省绥化县一位贫苦手艺人家中，父亲靠做裁缝养家糊口，终年辛勤劳作，仍无力供独生儿子上学念书。

少年时的康树华，有着一股强烈的求知欲望，他常常依在一家私塾门前，羡慕地看着那些与他年龄相仿的孩子们坐在课堂里念书、识字。

慈爱的双亲见儿子如此渴望读书，便节衣缩食将儿子送进了学堂。

康树华万分珍惜这来之不易的读书机会，他刻苦用功，成绩总是在班上名列前茅。心地善良、颇具慧眼的唐姓校长十分欣赏聪明刻苦的康树华，为了不使康树华遭受因家贫而中途辍学的打击，他主动承担起了供康树华读书的义务，并且一直将他供到中学毕业。

其实，康树华并不是他的本名，按祖上传下来的辈份，他属“德”字辈，原名康德华。可是，自从1933年日本侵略者占领东北之后，便改伪满洲国的年号为“康德”。这样一来，一个普普通通的中国少年的名字，便无可避免地犯了忌讳。因此，当他小学毕业考取了当时的“国民高等学校”时，好心的老师便提醒他改名，否则，“犯年号的学生是难以被录取的”。于是，满心屈辱的少年学子只好将自己的名字改成了康树华。也就是从那时起，康树华立下志愿：振兴祖国，建树中华。

## 进北京参与起草宪法

说起来，康树华一生几乎是与国家的法制建设同起同落，休戚相关。

1948年，东北解放不久，康树华便考上了共产党领导下的东北社会科学院。刚进校门，校方就将他们编入部队，随军南下。

部队从哈尔滨一直开到沈阳，到达沈阳那天，正逢沈阳解放。在一片欢庆的锣鼓声中，康树华跟着从延安过来的几位老革命，正式接收了旧沈阳的法院、监狱，并对伪执法人员进行轮训、改造。

接着，东北人民政府宣告成立，康树华被选拔进政府的司法部工作，成为新中国最早的一批政法干部。

1953年，年轻、上进的康树华又被党组织选送到北京中央政法干部学校深造。当时，该校的领导人有董必武、彭真、史良等，它是新中国第一所培养政法干部的高等学府。

1954年，国家成立宪法起草小组，康树华又被选派进中南海，参与新中国第一部宪法的起草工作。

同年7月，为适应新中国建立后司法、法律工作的需要，中央决定在北京大学组建法律系。中央政法干部学校派了4名骨干支援北大法律系，康树华便是其中之一。

在那些年月，命运对于康树华似乎十分垂青。进入北大后，他就成为北大法律系的第一任团总支书记和首任党支部书记。年轻的康树华面前似乎展开了一条绚烂多彩的人生之路。

## 遭磨难荒废光阴

然而，像千千万万对事业和前途充满憧憬、充满希望的年轻人一样，还没容康树华张开理想的翅膀，便被人为地推进了一场接一场严酷的政治运动之中。

1957 年那场断送了许多人政治生命的政治风暴，虽然没有将康树华席卷进去，但接踵而至的“大跃进”及其后来的一系列政治运动，却从此将康树华引入了一条无法摆脱的歧途。

从 20 世纪 50 年代末期一直到 20 世纪 70 年代末期，康树华和整个中华民族的一代知识分子，都无可奈何地将自己宝贵的青春年华消耗在一次又一次无谓的政治运动当中。

他没有机会静下心来教书、做学问、研究法律问题，而是一次又一次地被下放到农村，去干那些最原始、最粗糙、最繁重的农活，诸如下麦田、挖塘泥、烧砖窑等等。

为着这些今天看起来十分荒唐的事情，康树华和他的同时代人付出了青春，付出了忠诚，付出了热情，得到的却只是刻骨铭心的历史教训。

## 居前瞻两开先河

漫长一段虚荒岁月，耗去了康树华一生中最美好的宝贵时光。待到乾坤清朗，他总算可以静下心来干点事业的时候，当年的翩翩学子不觉已是半百年华。

没有时间追悔过去，也没有必要埋怨历史。康树华十分珍惜他生命中的第二个春天。人过半百，功名利禄在他眼中已是过眼烟云，他唯一的心愿是为国家的法制建设做一点添砖加瓦的工作。

自 20 世纪 80 年代以来，国内青少年犯罪问题日渐突出，中共中央曾发出文件，要求全党重视、解决青少年犯罪问题。针对这一情况，康树华从 20 世纪 80 年代初即开始着重研究青少年犯罪及其治理等问题。

1982 年，他在北京大学首开“青少年法学”课程，并于 1984 年开始招收青少年法学硕士研究生。同年，“青少年法学”被确定为全国政法院校的正式课程。

与此同时，康树华先后出版了《青少年法学》、《国外青少年犯罪及其对策》、《青少年犯罪与治理机制》、《青少年立法论》等专著。

早在一个世纪以前，美国的伊利诺斯州就颁布了《少年法庭法》，并在芝加哥市建立了世界上第一个少年法庭；而我国直到20世纪80年代初期尚没有一部完整的青少年法规。为了配合国家制定青少年保护法的工作，康树华托人从国外找来了英文原版的《少年法庭法》，并将之翻译成中文；同时，他又多方搜集了世界各国30多部青少年法规，为我国的青少年立法提供了借鉴。

虽然世界上关于犯罪学的研究已有100多年的历史，但直到20世纪80年代末期，中国对于犯罪学的研究仍处于初始状态。随着改革开放的深入及国民素质的变化，国内的犯罪问题已引起从高层到民间各方人士的普遍关注。鉴于这一情况，康树华又把目光瞄准了“犯罪学研究”这一国内法学领域的新课题。

1987年，他又一次创全国之先，在北京大学法律系首开“犯罪学研究”课程，并积极动作，组织创建了北京大学犯罪问题研究中心。

从1989年开始，中国的第一批研究犯罪学的硕士生和博士生，都出自康树华门下。

在繁忙的教学工作之余，康树华还主编、出版了《犯罪学通论》、《比较犯罪学》、《犯罪学大辞书》等著作，为中国的犯罪学研究打下了一定的理论基础。

## 早行人惜时如金

每天凌晨4时许，当天幕上的星星还眨着困倦的眼睛，年近古稀的康树华教授就早早地起床了。他从校园东边的中关园健步来到校园内，先围着未名湖慢跑半小时，然后再打半小时太极拳。如此锻炼一个小时之后，他便折回到中关园内他那简陋的书斋里，开始一天的案头工作。工作到上午9时，他才顾得上吃早餐，然后去迎接繁忙的工作。

10多年来，康树华每天这样坚持锻炼，勤奋工作，风雨无阻，寒暑不断。虽然岁月一天天流逝，他的身体却总是那么结实、硬朗，以致看上去要比他的实际年龄年轻许多。更为难得的是，凭着这股坚忍不拔的毅力和拼搏精神，康树华在近 10 余年的时间内，除正常教学和带研究生之外，还撰写、翻译、主编出版了 28 部有关法律方面的学术著作。为此，1990 年，他荣获“国家级有突出贡献的法学专家”称号。

用康树华自己的话说，就是“过去浪费的时间太多，从 1954 年到北大至今，真正干事的就是近 10 余年时间。人生短暂，应当把浪费的时间补回来”。

1994 年

# 莫道桑榆晚，为霞尚满天

## ——记著名心外科专家薛淦兴

### 引 子

56年前，福建上杭山区一位贫苦人家的子弟，胸怀科学报国的宏大志向，如愿地考取了厦门大学电机系。然而，一年之后，有感于当时社会的腐败和黑暗及科学救国梦的飘渺难圆，他毅然放弃了他曾经十分看重的工科专业，遵从“不为良相，则为良医”的古训，重新报考了湖南湘雅医学院，改学医科。6年寒窗苦读，为他日后成为一名优秀的医学专家打下了良好的基础。大学毕业，正赶上新中国的成立和建设，他满怀激情地投入到崭新的生活和工作之中。

1954年，他以优异成绩考取了赴苏研究生，在苏联医学科学院外科研究所刻苦攻读4年之后，获医学博士学位回国。

这位弃工从医的有志青年，就是日后成为我国著名心外科专家的北京阜外医院教授薛淦兴。

1970年，正当盛年的薛淦兴和成千上万学有专长的知识分子一样，被从北京下放到偏远落后的青海省海西州“劳动改造”，这一去就是将近10年。在海拔3000多米的青藏高原，在人地生疏、语言不通、生活条件艰苦的异地他乡，薛淦兴没有消沉，没有颓废，而是以积极的心态，用自己精湛的医术为缺医少药的少数民族同胞治病疗疾。“悬壶济世为苍生”，是他立志从医的初衷。

青海10年，薛淦兴并没有白过。在极端艰难困苦的条件下，他想尽一切办法，冒着风险，积极探索、大胆实践，成功地打开了高原心外科手术的禁区，勇敢地走出了一条前人没有走过的道路。

## 新生活从退休开始

1992年，在我国先天性心脏病病理形态研究方面享有盛誉的薛淦兴教授退休了。从自己十分熟悉并衷心热爱的工作岗位上退下来，意味着什么？意味着赋闲在家，轻轻松松的安度晚景，颐养天年？或者是含饴弄孙，乐享天伦？

不，薛淦兴教授不是那种享得住清福的人。尽管他当时已年过古稀，可他的心就像年轻人那样充满激情，充满对继续工作的热切向往和对心外科事业的眷恋之情。加上他身体极好，看上去只有50出头的样子，不仅思维依然活跃，动作也依然灵敏。

更为难得的是，退休后的薛淦兴教授，首先想到的是：凭着自己在心外科专业方面的丰富经验和精湛技术，还能为人民贡献不少的热(而不是“余热”)。

好在像薛淦兴教授这样“老骥伏枥，壮心不已”的退休老专家还大有人在。他们虽然长期工作、生活在繁华的都市，却时常惦记、牵挂着边远山区特别是革命老区那些缺医少药的人们。经过合计，他们决定共同为偏远山区的人们做一点有实际意义的事情。

也许是缘分，也许是巧合，地处太行山革命老区的邢台恰恰是一个缺医少药的贫困地区。经过一番协商、筹备，薛淦兴教授和十几位专家组成的专家小组与邢台市第三医院共同合作，创办了一所从体制到管理都完全新型的医院，这就是冀南地区第一家心血管病专科医院。既是众望所归，又是当仁不让，薛淦兴教授成为这所新型医院的首任院长，并坚持至今。

70多岁的薛淦兴教授再一次离开了繁华的北京城，离开了相濡以沫且同样是年逾古稀的老伴，与一批志在苍生的老专家坚守在贫穷落后的冀南地区，为那里的病患者带来了精湛的医术和救死扶伤的人道主义精神。

也许有人不理解，一位在国内名望甚高的心外科专家，放着退休后舒适日子不过，清福不享，却跑到偏僻、落后的邢台地区去办医院，他到底图的是什么？

的确，这是一个谜。这个谜，只有薛教授自己才能解得开。

原来，薛淦兴教授虽然在阜外医院工作了几十年，并在事业上取得了超乎一般人的成就，但在他的内心里，却留下了许多遗憾。计划经济体制下的公办医院，不仅积弊重重，也给病患者带来诸多不利和不便。多年来，薛教授心里一直有一个设想，即通过自己的努力和实践，办一所完全新型的医院，以化解因体制问题带来的种种弊端。而北京专家和邢台市第三医院合作建立的股份制医院，恰恰为他提供了一个实践和改革的舞台。

有鉴于过去公办医院的诸多不足，他在医院采取了一系列大胆的改革措施。一切以患者为中心，一切为患者着想。

首先在用人方面，他采取全员聘用制。而他聘用医务人员的头条标准，就是工作人员必须谢绝病家的一切馈赠、宴请、劳务等等。

薛淦兴认为，病家交清了医疗费用就是尽到了应尽的义务，没有必要再多花任何冤枉钱。而在过去，许多病人在一些医院看病、住院、手术，除了交清医疗费用外，还得在医务人员身上再花去不少钱财甚至付出劳务等等。而在薛院长主政的邢台市心血管病医院，凡发现医务人员有此类情况，一律开除。但至今没有发现一个医务人员因“闯红灯”而遭遇尴尬。

这种从严治医的举措自然受到病家的拥护和赞叹。一些患者康复后，为感谢医务人员的精心救治，就给医院送来锦旗、牌匾之类，即便如此，薛院长也坚辞不受。时间一长，就逐渐形成了规矩，病家再也不必为治病外的任何事情耗费心思了。

对于真正有困难的患者，邢台市心血管病医院还破例实行弹性收费。本来，在邢台做一例心脏手术，其费用就要比在北京的大医院低不少，一旦遇上家境实在窘困的病人，院方会酌情考虑给病人减免一部分医疗费用，使真正需要帮助的病人受益匪浅。而这一点，在旧体制下的公办医院是根本无法做到的。

## 院长亲自向病人鞠躬

有这样一件事例，很能说明薛淦兴院长治院的严格和对病人的尊重。

一次，有位医务人员因事与病人发生争吵，病人很生气，要求退费、出院。此事恰好被薛院长遇见了。他热心地把病人请到院长办公室，问明情况后，立即找来当事的医务人员，让他向病人赔礼道歉，并向病人三鞠躬致礼。随后，满头银发的老院长也郑重地给病人鞠了三个躬，以表歉意。病人及其家属都十分感动，最后满意而去。

薛院长认为，医院的医务纠纷很多都是由于医务人员的态度不好而引起的。要消灭医疗纠纷，首先要严格要求医务人员，减少纠纷因素，有的问题只要处理得当，就不会发生医疗纠纷。

以病患者为中心，凡事替病患者考虑，是薛淦兴从医几十年的一贯宗旨。在以往多年的临床实践中，他有一个十分深切的感受，即不少病人为治病不惜倾家荡产或卖房卖地，但由于心外科手术风险大，万一救治失败，病人家属就要承受人财两空的巨大损失和痛苦。过去由于体制原因，这类问题在大医院一直得不到妥善解决。鉴于此，薛淦兴院长便想方设法在自己职权允许的范围内为病人减少风险。到邢台之后，由于医院体制灵活，薛院长便与当地保险公司合作，尝试为手术病人上医疗保险，万一手术不成功，其家属就可免去人财两空之忧。这样，大大减轻了病患者及其家属的心理和财力负担，收到了较好的社会效果。

薛淦兴院长不仅时时事事替病人考虑周到，也时刻关注着老区医疗队伍的建设和医疗水平的提高。考虑到邢台地区经济发展较慢，医疗条件较差，医务人员进修机会少，有的人甚至一辈子也难得有一次出门进修的机会，1996年薛淦兴倡导并推行了一项名为“雨水工程”的培训计划。他专门从北京请来专家，为邢台地区的基层医院培训医务人员。尤其难得的是，他不仅不收培训费，还免费为培训对象提供食宿。薛院长希望在邢台市周围建立起一个以心血管病为中心的医疗服务网，便利当地群众。从1996年至今，“雨水工程”培训班已举办了23期，其辐射范围已扩大到周边的石家庄地区和邯郸地区。

## 八十岁依然年轻

如今，八十高龄的薛淦兴，仍然坚守在邢台心血管病医院院长的岗位上。邢台市距北京580多公里，他每月只能回一次北京，其他赴邢台的专家也莫不如此，他们心系老区，把事业的根基扎在老区，为老区人民默默地奉献着自己的光和热。尤其令人感佩的是，管理工作繁忙的薛院长，尽管80岁了，却仍然坚持每一台手术都坚守现场，亲临指导。这在我国心外科领域恐怕是独一无二的。

此外，80岁的薛院长还顺应时代潮流，用拿惯了手术刀的灵巧的双手操起了计算机键盘和汽车方向盘。虽然他不一定要亲自驾车或亲自用电脑输入各种信息，但这些举动足以说明他那颗永远年轻的心，永远都有新的追求和新的奋斗目标。

80岁依然年轻！薛淦兴教授就是这样！其心情境界，正可用一句古诗来形容："莫道桑榆晚，为霞尚满天。"

# 痴情万里问茶来

## ——林治和他的《神州问茶》

千百年来，茶一直是中华民族不弃不离的“国饮”。无论是俗世的“柴米油盐酱醋茶”，还是雅致的“琴棋书画诗酒茶”，茶在中国饮食文化中的独特作用始终无可取代。

一千二百多年前，唐人陆羽以一部《茶经》奠定了他千年不易的“茶圣”地位，而由此兴起的爱茶、品茶、鉴茶、赏茶之风也随之渗透在千古文人雅士、智者禅师的骨髓中。

有人说，“茶是天地间之灵草”，“茶是草木之英华”；有人说，“茶可以行道，茶可以雅志”；更有人以“千载儒释道，万古山水茶”隐喻茶与中国传统文化的密不可分。

由此可见，自古以来，茶就被赋予了极其丰富的文化内涵。唐代高僧皎然曾写诗赞茶：“一饮涤昏寐，再饮清我神，三饮便得道。”而在豪放旷达的苏东坡眼中，则是“从来佳茗似佳人”。

茶生于山野，得云雾之仙气，汲甘泉之灵性，因而，它得以成为天地间仙凡同享、雅俗共赏的灵物。它既是斜阳古道老槐树下大海碗里行者、力夫消暑解乏、清火降燥的生津甘露，又是西子湖畔绣楼画阁里粉面玉人的品啜佳茗；既是白云深处清幽古寺里禅师的知音，又是闹市街巷古香书屋中智者的至爱……

如果煮一壶千古浓茶，不同的人可以品出迥然不同的历史韵味！

从来好山好水出好茶，好茶陶冶爱茶人。

武夷千古秀，名茶天下闻。

从武夷山丹山碧水中一路走来的林治先生，自幼受武夷传统茶文化的深厚影响，并得武夷岩茶灵气之熏陶，与茶结下了不解之缘。

1994年，正当盛年的他，毅然辞官弃政，在九曲溪畔、红袍茗居翻开了他后半生以茶为友、以茶为乐、以茶抒怀、以茶咏志、以茶走天下的崭新篇章。

几年来，他以坐破寒毡、磨穿铁砚的毅力和执著，先后推出了《武夷茶话》、《中国茶道》、《中国茶艺》、《中国茶情》等力作，在海内外赢得了众多识茶爱茶的知音。

当代中国，无论是茶经济，还是茶文化，都进入了空前活跃的时代。众多品种不同、品牌各异的新老名茶竞相争妍，齐吐芬芳；各地如雨后春笋般林立的茶馆茶楼更是精彩纷呈，各显千秋；种茶、制茶已从传统产茶区向更为广阔的地区发展，甚至成为一些贫困地区脱贫致富的捷径；品茶、鉴茶已不再是文人雅士所独享的赏心乐事；曾经沉寂多年的茶道、茶艺又重新焕发出夺目的光彩……

然而，源远流长的中华茶文化发展至今，它该如何突破，如何创新？千姿百态、韵味悠长的极品香茗，它们出自何方，神韵何在？一批批技艺高超、志存高远的制茶人，他们的绝招、绝活又在哪里？

面对多姿多彩的红茶、绿茶、黑茶、花茶……你该如何品尝、如何鉴赏？

中国有1000多个产茶县，而中国茶叶在世界茶经济中所占的比重能有几何？

林治先生历四载春秋，行10万公里路，走遍全国主要产茶区，集一路所见所闻、所思所想，撷英采华，去芜取精，凝成了这部全面反映世纪之交中国茶业现状、茶事荣枯的纪实长篇——《神州问茶》。真可谓“万里奔波不辞远，痴心只为问茶来”。

他七进安溪，踏着《安溪人待客茶当酒》的熟悉旋律，一次次来到这个“茶树品种的资源宝库”，探询乌龙茶的历史渊源和发展脉络，为这个有着一千多年产茶史的古老茶乡写下了精彩的一笔。

他两下云南。为了一睹树龄高达二千七百余年的野生茶树王的“真容”，他不惜花费三天时间，一时在毒蛇野兽出没的原始森林中疾行；一时在陡峭的高山上攀缘；一时又随挂在悬崖上的汽车颠簸在蜿蜒曲折的山道上……

为了采访大理的民俗茶艺，从景洪到大理的900公里路程，"陈旧的大巴像一只小甲虫，在莽莽苍苍的绿海中艰难地爬行了28小时"。他挤在闷热的车厢内，一边忍受着难闻的异味，一边欣赏着窗外千变万化的白云。

当然，令他久久难忘的还有普洱茶的色、香、味、滋、韵、气。他充满激情地写道："从越陈越香、古意盎然的陈年普洱中，你会品出岁月的痕迹，品出生命的永恒美感。"

他的足迹踏遍全国所有的产茶区（除海南、西藏、台湾等少数省区外），并且大多数地方都去过两次以上。循着林治先生问茶的足迹，人们仿佛闻到了一路茶香。从集色、香、味、形、美于一身的杭州"西湖龙井"，到"奇茗一啜惊欲死"的苏州洞庭"碧螺春"；从乌龙茶中的极品"铁观音"，到"芽身黄似金，芽尖白如雪"的"君山银针"；从千古贡茶"信阳毛尖"到茶中新秀"午子仙毫"，那幽幽的、淡淡的、清清的、绵绵的各色茶香，莫不使人陶醉，令人神往！

千山有茶千山美，万里问茶万里情。神州大地飘逸的茶香，引领着痴情茶人品味了"扬子江中水，蒙山顶上茶"的独特意韵；领悟了"秦巴雾毫"那苦寒里酿出香甜、九死方得一生的真谛；感受了"山中客来茶当酒，山中客去云作车"的信阳茶人的质朴与淳厚；体味了曾经"品质极佳"、"世界有名"的"祁门红茶"在市场经济大潮冲击下悄然退隐的苦涩与无奈。

更为难得的是，十万公里问茶路上，一大批茶界精英、制茶高手、斗茶大王、茶艺新秀、茶学专家走进了他的视野，成为与他一道品茶、鉴茶、探讨中华茶经济、茶文化发展方向的挚友和知音。他们不凡的身世阅历、坎坷的茶道人生、执著的茶人情怀、高超的制茶技艺，使林治先生感佩之余，对茶的认识进一步升华。

"人品即茶品，品茶即品人。"林先生从他一路问茶的切身感受中，更加深刻地领悟到："茶中的苦涩是社会生活的本味，茶中的芬芳是茶人们的心香，茶中的甘醇是茶人的德性。"而带给他这种灵感的正是那些数十年如一日、含辛茹苦、孜孜不倦、执著痴情的优秀茶人——那位在大巴山区苦干了三十多年、身世像巴蜀古道一样崎岖坎坷的种茶专家蔡如桂；那位在贫瘠的大西北以发展茶业带动当地群众脱贫致富，从而"点亮了绿色希望的人"——闫战利；

那位把茶叶分厂当做一项普利众生的公德来做的香港同胞何一心；那些立志要“创中国茶叶第一品牌”、让中国茶飘香世界的珠海德信行的众多制茶人……这一个个令人钦敬、令人感佩、令人折服的茶界好汉，以他们充满传奇色彩的人生经历和可歌可泣的奋斗精神，为《神州问茶》添上了精彩的一笔。

显然，林治先生万里问茶，决不只是为了一圆茶人的痴梦。在他笔下，我们更多地看到了一位痴情茶人对国计民生的关切及对中国茶经济、茶文化发展方向的关注与探讨。从九曲溪畔到太湖之滨，从黄山脚下到云贵高原，问茶人一路颠簸，一路艰辛。没有煮雪烹茗之浪漫，却有含英咀华之至诚。迢迢十万公里，洋洋数十万言，问茶史，说茶情，论茶道，念茶经，处处围绕茶字做文章，又处处体现了作者以茶寄情、以茶言志、以茶寓意、以茶交友的初衷。

一部《神州问茶》，就是一部世纪之交中国茶经济与茶文化现状的实录。从中我们既看到了华夏大地古老的茶文化和新兴的茶经济日益繁荣的喜人局面，又看到了世界经济一体化和市场经济大潮对我国茶叶生产的深刻影响及无情冲击。

尽管我国有 1000 多个产茶县，尽管已列入《中国名茶志》的各地名茶多达 1017 种，但是，我们这个世界上栽培茶叶历史最悠久的泱泱大国，至今没有一个被世界认可的茶叶品牌。我们不得不正视这样一个严峻的现实：中国茶叶传统的生产和经营方式与世界先进水平的差距日益扩大，一些昔日的茶中贵族，已被逐渐挤出了国际贸易市场。一些主要产茶区的茶园生产力低下，价格缺乏竞争优势；曾经顶起国内茶叶生产大半壁江山的众多国营茶厂，因经营不善或改制等原因，纷纷走向没落；而新兴的、有能力与国际知名品牌抗衡的龙头企业尚未形成。

因此，如何做大做强我国的茶叶品牌，如何振兴中华茶文化、茶经济，既是时代赋予中国茶人的历史使命，也是茶人林治此番万里问茶所要探讨的重大命题。

特别值得一提的是，这个看起来十分严肃、十分重要的课题，却是由一位茶人以民间的、自发的形式独立完成的。所有的费用，均出自他多年辛勤笔耕积攒下来的稿费。林治先生单枪匹马闯神州，万里问茶不辞远，其情可感，其勇可嘉。其以天下为己任的精神，在当今这个物欲横流的社会，尤其显得难能可贵。也许，这就是茶人的情怀，这就是茶人的精神。

相信每一位有缘品读此书的朋友，在品味到幽幽的、淡淡的茶香的同时，还能品味到作者的一瓣心香。

2002年10月于北京静心斋

# 雅室茶香韵味长

## ——今雨轩的茶与茶艺

### 一

昆明的茶楼多而雅致，今雨轩是其中的佼佼者之一。

今雨轩地处城外，远离闹市喧嚣，面积不大，但布置得典雅清新，几、案、茶、盏，兰、竹、书、画，点缀搭配相得益彰。

因其温馨怡人的氛围，今雨轩常常是高朋满座，宾客临门。恰如刘禹锡《陋室铭》所言："谈笑有鸿儒，往来无白丁。"著名茶艺学专家陈香白先生为其题写的嵌头联为：

今有德艺通心曲
雨施龙泉演道和

著名诗人、书画家陈云君先生为其题写的《云南今雨轩茶序》更是脍炙人口。

今雨轩的主人是一对谦和、温雅、待人极诚的夫妇——刘家学先生和董碧莲女士，作为茶艺馆的经营者，他们似乎更在意经营茶室的人文气氛而淡化了茶的商品属性。因而昆明城内及全国各地识茶、爱茶、善品茶者，多是今雨轩的常客。

今雨轩确实有好茶。一部分得自先人的遗赠(董碧莲女士的父亲一生嗜好喝茶、收藏好茶)，一部分则是他们夫妇多方搜寻求购所得，他们将先前经商的积累大都化成了家中“可喝的古董”。

当然，一些极品好茶，他们自己是轻易舍不得喝的，大多用来款待宾朋好友，让大家与他们共同分享品尝好茶的快感与喜悦。茶事之于他们，与其说是一种营生，倒不如说是产生快乐和精神寄托的一个载体。

今雨轩也制茶。每年春天，刘家学、董碧莲夫妇就会一头扎进西双版纳的原始森林中，在原生态极好、遍生着茂密的古茶树的大山里待上两三个月，与当地的茶农一起，在阳光雨露和星星月亮的陪伴下赶制新茶。

如果只是满足于做普通的茶商，那么，他们每年足可以做出上百吨的茶来，但为了做出上好的茶叶，他们不惜工本，总是以最令茶农心动的价格，只将早春第一批冒出来的芽尖买下。如此虽使茶的产量受到限制，却保证了每一批茶叶的质量。正是这看似苛刻的质量要求和诚信品格，使今雨轩在海内外客户中的口碑始终如一。

说起中国的名茶，人们自然会联想到绿茶中的龙井、碧螺春，红茶中的铁观音、大红袍等名品。然而，享誉千年、广受茶客青睐的云南普洱茶，却一直没有一个叫得响的品牌。

这始终是董碧莲夫妇心头的一个结。做茶多年，经他们亲手制出的上好的普洱茶一批又一批，就像看着自己养育的孩子一个个被人抱走，到头来却连名字都没给取上。于是，他们一直酝酿着要为今雨轩的普洱茶建立一个品牌，从而结束普洱茶没有品牌的历史。

这个夙愿因着与陈云君先生的缘分而变成了现实。关于此事，云君先生有诗文为证。其《题金达摩》诗云：

崇山马背落岚烟，
琥珀兰清樟郁煎。
面壁达摩得天悟，
普洱陈香二千年。

云君先生又为此作文曰：“普洱茶之禀赋亦如达摩，品饮之际，亦能心脑同开，如悟大道……茶禅一味也，故以金达摩命名云南今雨轩之上品普洱茶。”

由此，今雨轩之上品普洱茶正式有了自己的品牌：金达摩。

## 二

茶是今雨轩的灵魂，也是这个家族式茶室连接过去与未来的纽带。董碧莲女士承继了其父对茶的酷爱和经营茶事的天赋，而她在潜移默化中又把这种影响带给了女儿刘药。

在刘药20岁生日时，父母送给她一份隆重而又非同一般的礼物：一批全部采自有着800—1300年不等树龄的大叶种乔木型晒青毛茶（全是采的早春第一芽）。这批茶因出自纯天然、无重金属和农残污染的原生态环境，加以精良的传统制作工艺，因而极具收藏和保存价值。这是身为茶人的父母送给同样爱茶的女儿最适当、最有纪念意义而又最值得回味的礼物。

生长在这么一个以茶为生活的主题、以茶为事业支撑点的家庭里，耳濡目染尽与茶相关，茶文化的影响无处不在，刘药与茶的缘分自然是割不断、前路长。

作为今雨轩当家茶艺师的刘药，虽然年仅二十出头，却已钟情于普洱茶极其茶艺多年，并在不断学习、借鉴、探索、创新的基础上，于大学毕业之际推出了她的第一部茶艺学专著《普洱茶茶艺》。

作为我国第一个获得茶艺技师称号的人，刘药的最大心愿，就是为享誉中华、名扬四海的普洱茶创立一套较为规范的茶艺，并把自己在创立普洱茶艺过程中的心得、体会与所有爱茶人共同分享。就像她在书的《后记》中所言："希冀以此为始，能抛砖引玉，把从在茶马古道上、悠远历史中走来的云南茶与由此基础上整理、创作出来的云南少数民族茶艺和普洱茶茶艺，推及他人。在不断的滋养与改进中，使云南之茶名闻遐迩，其味唇齿留芳，其艺独特精致，其韵萦绕心际，为更多爱茶人所知。"

受地域文化的影响和家风习俗的熏陶，刘药较早地进入了茶文化及茶事活动的天地。有感于云南普洱茶历来只是有名茶而无名品，有茶饮而无茶艺，她便在借鉴各家茶艺的基础上，利用课余时间精勤研习，孜孜探索，编创了一套独具特色的普洱茶艺。

1999年6月，刚刚17岁的她，参加了云南省首届茶艺比赛，并荣获个人比赛冠军，引起业内同行和有关专家的关注；2001年，她在原普洱茶艺基础上改编创新的普洱茶艺——“保合太和”，获全国茶艺茶道大奖赛第三名；2002年，她再次创新的“陈香浮动”普洱茶艺获西南三省茶艺茶道比赛第一名。

2003年9月，她创作的普洱茶艺——“定慧之韵”获得重庆国际茶道比赛综合奖及最佳茶汤品质奖。

2004年1月，刘药以其熟练精到的技艺，轻松夺得“世博杯”茶道花道比赛冠军；同年，在云南省第二届茶艺大奖赛上，她创作的“船唇马背”——普洱岁月茶艺以鲜明的艺术特色和独特手法，赢得业界前辈与同行的一片喝彩，并再次荣获冠军称号。

2005年1月，全国陆羽杯茶道比赛个人冠军的桂冠，又一次戴在了这个大学四年级学生的头上。

特别值得一提的是，刘药并非专业茶艺师，她之于茶事，只是业余的投入和爱好。所有实践与研习，均是利用课余时间及寒暑假。之所以能比其他人多一份成就与心得，全在于她孜孜不倦的探索和与生俱来的对茶的挚爱与悟性。

如前所述，刘药不是专业茶艺师，她的所有茶事活动，均是在中学、大学期间的课余进行。

本来，十七八岁的豆蔻年华，正是躁动不安、叛逆、对未来充满幻想的时候，像所有进入青春期的大孩子一样，她也有过一段迷茫、困惑和痛苦的内心历练，朦胧中，不知道自己这艘小小的生命之舟该划向何方？

17岁之前，茶在她眼中，就像家里的柴米油盐一样普通，她更多地把茶事看成父母的营生。直到有一天，她突然感到：茶是她与父母之间共同的主题，她那颗躁动不安的心终于平静下来，她为自己找到了一个追求方向而欣喜。“在人生最叛逆、最活泼的阶段，能认识到茶这么静的东西，是我的福分。”当茶和茶艺已成为她生活中不可分割的一部分时，她如是说。

最初，她出去参加茶艺比赛，只是抱着去学习、取经的想法，内心连竞赛的观念都很淡薄，不曾想，初出茅庐，她就捷运连连。

1999年6月，云南省举行首届茶艺大奖赛，一些选手不惜钱财，精挑细选参赛服装，力图引起评委的格外注意；刘药则是以一身朴实的便装上台，她落落大方的举止，娴熟优美的动作，尤其是那一段用中、英文双语表达的前奏词，使她在一群花一般美丽的选手中脱颖而出，评委们一致给她亮出了最高分——冠军在不经意中夺得，刘药并没有陶陶然，赛事完毕，她立刻赶回学校，像什么也不曾发生一样，继续做一个学生该做的一切。但每逢全国性的重要赛事，她必去参加，且一旦出马，必定凯旋而归。

慈爱的母亲每次都陪着女儿出席各种赛事，但她总是告诫女儿，在赛前绝对不许去见任何评委，绝对不向任何人说半句好话。刘药深深理解母亲的用意：有本事自己去拿奖！

随着参赛、获奖频率的增多，刘药的名声也传远了，甚至连日本、泰国的一些重要茶事活动也向她发出了邀请。

此前，尽管在全国多次重大茶艺比赛中连获大奖，但刘药及其家人一直没有对外张扬，就连刘药就读的云南大学也毫不知情。

刘药参加国际性的茶事活动，可不比利用假期在国内参赛，连请假带办护照，哪一个环节都绕不过学校这一关。一向不爱张扬的刘药这回不得不主动向学校“老实招供”，校方有关人员自然是大感诧异：本校学生中居然还有这么一位出类拔萃的茶艺高手！

护照自然是顺利到手，刘药先后两次赴日本、泰国，参加当地隆重而盛大的茶事活动，把中国普洱茶及其茶艺推介给异域他邦的爱茶人士。她优雅的仪表、出色的技艺，端庄、典雅的风格，赢得了当地业界人士对她的高度赞誉，也为中国茶文化走向国际社会做出了不懈的努力。

## 三

凡是到今雨轩品茶的人，无不被刘药优雅、从容、淡定、灵动而韵味无穷的茶艺所感动：原来茶艺是如此之美，如此具有精神的穿透力！

刘药的茶艺，从她个人的仪表着装，到茶室的布置，茶具的选择、搭配，乃至茶汤的色泽，还有贯穿整个茶事活动中的如诗一般优美的语言词汇，无不体现出一种震撼人心的、独具韵味的美。

有谁见过夏日拂晓莲池里亭亭玉立、顶着露珠、含苞欲放的荷花？那清新、自然、沉静、含蓄、素雅、高洁的风韵，正是刘药在演绎茶艺时所表现出来的超尘脱俗之美。

刘药认为，普洱茶艺之内涵质素应具备“人之美、境之美、技之美、蕴、韵相和之美”诸要素，并且，“在茶艺演示中，虽然有琴萧绕梁和行茶者的优雅神情，但这些都是要在一切和谐之中：呼吸与音乐的和谐、人与境的和谐，直至茶香人动之动，与底蕴风韵之静，动静和谐在舒展间显现出物的人化，人的物化，物我两忘，两相呼应之美，使琴萧稀音，而茶香如雷，似乎在听得见的陈香中咀嚼有声的茶诗——言有尽而意无穷。”

进入茶艺境界的刘药，虽然一如平时的朴实、素雅，却多了几分禅意和韵味。她总是一袭素衫，淡妆轻描，从不让自己显得十分突出。她说，“很多人做茶都把自己作为表演的重点和中心，而我做茶，茶是中心，茶是主角，我只是配角，我只是在演绎茶。”她认为，做茶，不是个人作秀，茶艺只是一种让人了解茶的方法，行茶者只是为茶找到一个科学的、适合这个茶的冲泡方法。

正是因为她深深懂得行茶者与茶之间的辨证关系，由她演绎的茶艺就格外富有韵味。就像她自己所总结的那样：“普洱茶技的关键在‘韵’字上，有韵则有生机，无韵则显古板；有韵则使从手中滑落的茶乐悠远，无韵则使得技法呆板与自然的道法脱节。”

欣赏刘药的茶艺，人们几乎看不到表演的痕迹，她所表现的美，绝不只是浅表、外在的形体姿色美，而是由内至外，以禅定、智慧、技艺为坚实基础升华而成的整体美。她是在用心诠释着茶的内涵、茶的历史，以及茶的悠长韵味。她把自己完全融进了茶之中。在《普洱茶茶艺》一书之“陈韵灵息”篇中，刘药对此有一段精彩的论述：“有人认为普洱茶艺仅是借表演者之手展现一种过程，台上台下均关注着不过两臂内的方寸之地。整个过程中，除了茶与具，令人感受深刻的是那来自一衣半袖间，形式的美。人与茶互衬掩映，浑然在表演中化作一体，普洱茶气的古拙幽远，经由行茶者缓缓捧出，其间观者观之，也品且听，与普洱的对话，都通过行茶者传达。无论观者知茶或不知茶，皆因行茶者的动、静、行、顿与内心美学元素交融互通之后的传达，而由渐悟到顿悟，且引发共鸣。”

## 四

刘药是幸运的。她的幸运在于，在她学茶、做茶的每一个重要关口，都有一些热心的师长为她导航引路，指点迷津。

第一个将她引进茶道之门的启蒙老师是云南的马进先生。那是 1998 年，16 岁的刘药正处于青春少女躁动不安而又迷茫不知所措的阶段，刚开始学会思考探索未来的人生之路，但又不够透彻，朦胧中有几分困惑，也有几分茫然。马进先生在她人生的第一个十字路口为她支起了一个明确的坐标：走进茶的世界，学习茶道与茶艺。这使如在暗夜中行路的刘药顿时找到了桃花源中人“复行数十步，豁然开朗”的感觉。此后，她在学茶、做茶的路上渐行渐远，渐入佳境。

1999 年 6 月，初学茶艺的刘药，带着自己初创的普洱茶艺“水抱静山”——普洱茶定点冲泡法，也带着几分“初生牛犊”的勇气，出席了云南省首届茶艺大奖赛。此次盛会对她而言，最大的收获不在于获得了大赛个人冠军的殊荣，而是通过这次难得的机会，让一些茶艺界前辈和专家看到了她的潜在素质和培养前途。

此次大奖赛评委、广州茶艺乐园馆主陈国璋先生，在第一轮选拔赛之后，首先“慧眼识珠”，发现了刘药这棵在当时尚不惹人注意的苗子。他立即找到刘药，热情地向她传授自己十分拿手的普洱茶茶艺，并将自家珍藏的产于 1948 年的珍贵普洱茶和一套精致的茶具送给刘药，鼓励她在第二天的决赛中好好发挥。

陈国璋先生的侠肝义胆与伯乐情怀，给初出茅庐的刘药以极大的鼓舞和帮助。他在短短的 15 分钟内传授给刘药的泡茶技法，远远胜于刘药自己先前的手法，这无疑给了刘药一招制胜的法宝。第二天的决赛，她果然不负众望，以出色的表现站上了冠军的领奖台。刘药后来在普洱茶艺方面精心研习并小有成就，但她始终忘不了陈国璋先生的伯乐情怀和无私帮助。

刘药曾经说过，她不是以茶为目标，而是以茶为平台，去接触一些智者高人。她表示，如果在此平台上去接触高人，就是站在巨人的肩膀上。刘药是幸运的，冥冥中一些与茶有缘的前辈高人像排好了队似的，总是在最适当的时候出现在她的生活中，使她如愿地站在了巨人的肩膀上。

2001 年初夏，著名茶艺学专家林治先生到云南访茶，为迎接这位她十分敬慕的前辈，刘药和父母拿出了家中珍藏了几十年的上品普洱，作为学习，也作为求教，在泡茶时，刘药表演了她借此获奖并已十分娴熟的“水抱静山”茶艺。尽管此时的她素妆淡雅如出水芙蓉，动作舒展似行云流水，一招一试都透出功夫纯熟的底蕴，但一丝不苟的林治先生还是十分不客气地只给了刘药 60 分的“及格”评语。

差不多总是被呵护、赞誉包围着的刘药，显然感到了意外。

林治先生接着对她说："你表演得非常好，只可惜你冲泡普洱茶的茶具、方法与程序都是套用的功夫茶茶艺。普洱茶有自己独特的茶性，有自己的文化内涵。一套好的茶艺，应当顺茶性，示茶道，倡茶德，并且能全面表示茶之美。冲泡普洱茶应当有一套能充分展示普洱茶的色、香、味、滋、韵、气，并能揭示普洱茶文化内涵的茶艺。"

林治先生还告诉刘药，好的茶艺要像文章一样有章法，有灵魂，有立意，要新鲜而有神韵。

林治先生的一番开导如醍醐灌顶，使极具悟性的刘药茅塞顿开。她立刻着手改进、创新自己的普洱茶茶艺。不久，刘药就推出了一套由她编创的普洱茶茶艺"保合太和"，通过分别冲泡千年古树青饼普洱茶、陈年普洱茶，将"版纳春色"和"泸沽秋韵"茶汤呈现与众。尝珍木灵芽的清新、甘纯，品陈年普洱的陈香滋味，再把新、陈普洱茶汤在紫砂公道壶中调和得恰到好处，让品茗者领略到普洱茶无比诱人的魅力。

"保合太和"茶艺，意在言"和"（"举天地之道而美于和"出自董仲舒《春秋繁露》），以此反映出中国茶道的"保合太和"的哲学思想及"和、静、怡、真"的奥义。

刘药特地选择了古琴乐《流水》、《山居吟》、《并蒂莲》作为冲泡普洱茶的背景音乐。古琴乐蕴含古意，给人一种空灵无限的感觉，让品茗者在玄妙、舒缓的音乐空间中，平心静气地感悟陈香滋味的普洱茶陈韵。

在刘药看来，"保合太和"调和茶汤于一壶之中，恰如阴阳和而万象生，调和后的茶汤充分地表现出普洱茶的"香、甜、甘、苦、涩、津、气、陈"诸味，这杯中即是"茶味人生"。

2001年，刘药携这套新编创的"保合太和"茶艺参加了在广西横县举行的全国首届茶艺茶道大奖赛。这次赛事带给她的意外收获是：她有缘遇到了广东潮州师范学院教授、著名茶艺学专家陈香白先生。香白先生对于中国传统文化及潮州功夫茶茶艺都颇有研究，其时正担任大奖赛的评委。尽管彼此并不相熟，但刘药在赛场的表现给他留下了深刻印象。

第一天是初赛，刘药的得分高出了所有选手；第二天的笔试，刘药仍然表现出色；后来由于种种原因，在决赛中她的名次排到了第三，但她出尘脱俗的表现，已足令香白先生对她刮目相看。特别是刘药母女在赛前不见所有评委、赛后却一一拜谢评委的做法，让他领略到了今雨轩非同一般的茶风、茶德。因此，赛后香白先生特为刘药赋诗一首：

今雨当比去雨和，
桂南重结普洱缘，
台上刘药只一刻，
世间已过三千年。

此后，就像关爱自己的门下弟子一样，香白先生还给刘药寄来了中、英文双语版的《论语》、《道德经》、《诗经》等书籍，并殷殷叮嘱刘药："学而时习之，读书必须把经典的东西记下来，读《论语》，知大义，知晓大礼，做茶亦是做人，需要茶外的功夫。"

也许是缘分使然。2003年，又一位名望厚重、学识渊博的长者走进了刘药的生活，他就是著名诗人兼书画家陈云君先生。陈先生乃世家子弟，先曾祖陈葆真、祖父陈散元、伯父陈寅恪，皆为一代名士和博学鸿儒。云君先生自己亦是才华横溢，潇洒儒雅。因陈香白先生引荐及读了林治先生在《神州问茶》一书中对今雨轩及刘药的介绍，便兴致勃勃飞到云南看刘药来了。初次见面，他就直言不讳地对刘药说，"一般书上的人物都是大家吹捧出来的"，言下之意是：我倒要看看你是不是真有本事。

他随着问了刘药一些问题，如"你得了这些奖杯奖牌，有什么想法？"

刘药说，"这些对我人生的意义并不大，我觉得别人眼里、嘴里的刘药，不是我一个人，而是今雨轩所有的人，在大家帮助下的刘药，才有出色的台上几分钟。"

云君先生听了这番回答，颇感欣慰，他说，"你这样的心态，就是三个字：不执着，不执着人生的名利。"他并且告诉刘药，"在同龄人中，你能不像一些人那样去唱歌、跳舞，而是潜心学习中国传统文化，你做我的弟子可矣！"接着，他又补充道："要做我的学生，要悟透这四个字：'迁流不居'。"

临别时，他又亲笔给刘药写下了"净、静、敬"三个大字。意在提醒刘药要由物之净到心之静，直达三畏之敬。

这一对缘分甚深的师徒从此开始了他们的忘年交。云君先生会经常抽空到昆明看望他的女弟子，兴致来时，他便会在今雨轩挥毫泼墨，给这间茶室留下诸多散发着墨香陈韵的诗词书画；刘药也会利用假期到天津陈先生的家中接受诗词书画等中国传统文化的熏陶。

自从认识陈云君先生后，刘莳就深深感到：先生博大、深邃，像一片海，而自己不过是一滴小水珠，在很多方面，她都得从头学起。

在学习茶道、茶艺的过程中，刘莳有幸得到诸多长辈、名师及业内专家的指点、教导。除了师从陈国璋先生学技法、林治先生学道法之外；亦受教于陈香白先生，学习潮州功夫茶茶艺；并随福建李波韵先生学习安溪铁观音茶艺；向浙江姚伯昆先生请教龙井茶艺；此外，江西的俞悦先生、云南大学的木霁虹先生等专家、学者，也从中国茶文化理论和中国少数民族民俗文化等方面给予她诸多指导和启示，使她不仅从实践中，也从理论上对中国茶文化有了更多的认识和更深的理解。

并不是每一个人都有得遇明师的殊胜之缘，也不是每一个人都能抓住稍纵即逝的难得机遇。刘莳巧得天时、地利、人和之胜，除了“天赋善缘”之外，更重要的是她紧紧抓住了每一个从她身边闪过的良机。

在高手如林、竞争激烈的中国茶艺界，刘莳以在校学生和“业余选手”的身份，一步步走到这个领域的制高点，除了极高的悟性和超凡的毅力，精进努力应该是她取得不凡成绩的全部秘诀。

泰国一位著名人士在欣赏过刘莳的茶艺表演之后，深有感触地说，“我知道，你是在用心做茶。”

的确，自从刘莳走进茶文化的天地，她就将自己除专业学习之外的全部时间与精力用来做茶，在她的同龄人尽情享受现代文明给他们带来的种种便利，泡网吧、唱歌、跳舞、逛街、交友的时候，她总是默默地待在茶室，静静地与茶进行对话……

名师的指点，中国传统文化的熏陶，加上自己孜孜不倦的努力，刘莳在茶艺的创新和技法的升华上走过了一个又一个台阶。从大学三年级开始，她着手整理自己多年来学习茶道、茶艺的心得体会，并将之命名为《茶马古道上的普洱茶艺》，后因书稿外传，书中的部分内容被人“借”用，刘莳便索性从头再来，以全新的思路和架构，整理成一部全新的《普洱茶茶艺》。

迄今为止，关于普洱茶的论述和专著不胜枚举，但若要找一部有关普洱茶艺方面的专著，却十分不易。正因为如此，刘莳才觉得有必要做这么一件别人没有做或来不及做的事情。

从书中介绍的八种普洱茶艺，人们不难看出，刘莳丰富的想象能力和创新精神。在基本没有可资借鉴的东西的前提下，她一步一个脚印，编创了普洱茶定点冲泡法、调饮法、煮饮法、双紫砂壶泡饮法、单壶中温冲泡法、凤凰单枞茶泡饮法等多样式的普洱茶艺，引领人们根据不同品质、不同年代的普洱茶而选择其相应的冲泡手法。就像她在《水抱静山——定点冲泡法》一文中所说："普洱茶的真味贵在陈香滋气。历史的浸润和自身的后发酵使得普洱茶的陈韵内敛在茶中。要发普洱茶之真韵，必须有科学的冲泡方法和一颗宁静的心。用科学的方法克服茶的缺点，发挥茶的优势。"

在与茶打交道的这些年中，刘药一点点领悟出蕴藏在普洱茶之中的历史与文化内涵。因此，她在给每一道新编创的普洱茶艺命名时，都试图将茶与文化融合在一起。如，"水抱静山"、"保合太和"、"妙香藏真"、"心行圆觉"、"定慧之韵"、"船唇马背"等等，每一个名字之后都含藏着哲理、禅意，这与她多年来注重修习中国传统文化是密不可分的。

作为一个年轻的茶人，在专注于研习普洱茶茶艺的同时，刘药还十分注意博采众长，从云南本地多姿多彩的民间茶艺中汲取营养，并按照自己的理念，尝试着对有关茶艺进行改良，进而形成既有着她自己独特风格、又保留了民族、民间茶艺原汁原味的新的茶艺形式。因此，《普洱茶茶艺》一书中除普洱茶艺外，刘药还向读者介绍了包括大理白族三道茶、布朗族酸茶、哈尼族火炭茶、白族驱邪茶、纳西族驱寒茶、藏族酥油茶等民俗风味十足的少数民族茶艺。她在书中写道："这是形态各异的地域文化对茶文化的浸润，这是一场围着火塘展开的民族团结的茶话，这是一场沿着茶马古道进行的斗茶盛会，这是少数民族风情茶俗的原生态呈现。"

刘药曾经说过，她的《普洱茶茶艺》一书是喝茶喝出来的。当然，并不是每一个人都能从喝茶中悟出如此丰富的联想和技法；并且，每一个人都有自己对茶的独特理解和认识。就像刘药在书中所说："茶行古道传天香，一路走来，茶在先民的土地上生长繁衍；一路走来，茶从普通的树成了口中的香叶；一路走来，茶在家里的火塘边烤炙烹煮；一路走来，茶在文化的融入中演进而丰富；一路走来，茶成其为生活，成其为艺术。"

相信每一位与今雨轩有缘的人，都能品味到它那韵味无穷的普洱茶及其普洱茶茶艺。

2005年于北京—云南

# 第六辑　访谈辑要

# 百年华诞忆故人

## ——王光美谈少奇同志二三事

今年（1998年）11月24日是我们党和国家卓越的领导人刘少奇同志诞辰100周年纪念日。

日前，刘少奇同志的夫人、全国政协常委王光美在家中接受了记者专访。记者的第一个印象是，历经几十年岁月沧桑，王光美依然保持着不变的热情、爽朗和一如既往的朴实与端庄。

秋日的阳光，暖暖地照进主人简朴而典雅的客厅，靠窗的几盆绿色植物生机盎然，与窗外暮秋的景色恰成反照；客厅的东墙上，挂着大幅少奇同志的特写照片，西面的写字台上，摆放着一尊少奇同志的全身雕像。面对此情此景，我们的话题自然就集中到少奇同志身上。

尽管与少奇同志分别已有30个春秋，年近八旬的王光美，话语中仍充满了对他的无限怀念与深情。她说："我与少奇共同生活了20年，我的看法是，他是一个说实话、办实事的人，他言行一致，怎么要求别人，自己怎么做。无论身处顺境还是逆境，他从没改变对自己的严格要求……"

接下来，王光美给我们讲了几则有关少奇同志的小故事——

### 让他们尝尝吃不饱的味道

对家人，对孩子，少奇同志历来是既严格又关爱，他那深切的慈父情怀，我们至今仍能从当年王光美拍下的一幅幅家庭生活照中感受到。但在原则问题上，他却一丝一毫也不动摇。家中的孩子，9 岁以后就不许上他的办公室，这是铁定的原则。

五六十年代，国家号召年轻人支援边疆建设，身为国家主席，刘少奇让大儿子允斌去了包头，二女儿爱琴去了呼和浩特。

三年困难时期，刘少奇的 3 个小儿女全都住校就读。那时候，全国人民都勒紧裤腰带过日子，连国家领导人也不例外。孩子们在学校吃不饱，周末回家那副饥饿相，叫大人看了也难受。但刘少奇从不让孩子们搞特殊，也不让他们带零食去学校吃。一天，女儿婷婷因为低血糖晕倒在学校，老师对王光美说："孩子身体不好，你把她接回家住吧！"老师的意思很明显，再怎么着困难，家里总能给孩子匀出一点吃的，不至于让孩子饿得晕倒。

王光美想了想，告诉老师："现在大家都住校，我不能单接我一个孩子呀！"过不多久，婷婷因营养不良，又一次晕倒在学校。她的一个同学的母亲知道后，实在过意不去，就给王光美打电话："光美呀，你别那么狠心呀，这么点儿大的孩子都晕倒两回了……"王光美心疼女儿，也觉得这是个事儿，就向刘少奇说了。少奇想了一会儿对王光美说："让他们尝尝吃不饱的味道，将来，他们在给人民办事的时候，再不让人民吃不饱。"

当时，刘少奇说这一番话，是颇具深意的。在那种特殊的历史背景下，吃不饱的人太多了！这究竟是天灾，还是人祸？如果是天灾，也就只是灾区的人吃不饱而已，怎么会全国人民都吃不饱呢？明显是国家政策造成的失误嘛！刘少奇向来既不居功，也不诿过。因此，身为中央领导，他首先想到的不是解决个别孩子、个别亲戚的问题，而是和周恩来总理商量，怎么解决全国的问题，怎么帮助群众渡过难关。

## 他亲自向群众鞠躬，检讨错误

为了弄清楚全国人民吃不饱的原因，1961 年 4 月 2 日，刘少奇回到阔别了 38 年的故乡——湖南宁乡花明楼公社，走进父老乡亲中间，开始了扎扎实实的调查研究。

在家乡，他一不住宾馆，二不住招待所，而是把自己的大本营安在了宁乡东湖塘公社的万猪场。这所谓的"万猪场"，是大跃进刮浮夸风的产物，当时实际上只有两头瘦得像刺猬的架子猪。

仲春时节，湘中气候潮湿多雨，加上养猪场破败不堪，四处透风，寒气袭人，根本不适宜住人。何况少奇同志已年过花甲，又是堂堂的国家主席，怎么能让他在如此糟糕的环境中栖身？工作人员和当地干部都觉得十分不妥，但大家谁也说不动他。就这样，“万猪场”那间堆满杂物和饲料的保管室，就成了少奇同志的临时住所兼办公室。

在家乡，少奇同志走村串户，细察民情。他看到的是奄奄一息的老人，浮肿的青壮年，瘦得皮包骨头的孩子，一贫如洗的农户，荒芜的田地，光秃秃的山头；听到的是群众对“刮五风”的切齿痛恨，对人民公社大办食堂的哀怨和不满……他看得实在太寒心了，心想，别的地方是不是好一点？他与当时任湖南省委第一书记的张平化商量，张平化建议他去长沙县天华大队看看，那里是全省农业战线的一面红旗。

少奇同志于是来到长沙县天福公社天华大队。他一路走，一路看，天华的情况与花明楼大同小异，田野里偶尔还能看到一点绿色，但那里的浮夸风却刮得更厉害。干部们“左”得出奇，老百姓大都不敢讲真话。少奇同志接着又折回宁乡，住在炭子冲自家老屋一间不足 10 平方米的房子里，然后请来认识的和不认识的乡亲们谈话，再找省、地、县、公社、大队的干部谈话，整整谈了一个星期，摸到了大量真实情况。

当与乡亲们坐在一起，看着他们那一张张面带菜青色的淳朴的脸和一双双充满期待的眼睛，少奇同志觉得万分愧疚。他十分诚恳地对乡亲们说：“我几十年没有回家，现在回来看看，看到乡亲们生活得很苦，我很对不起大家。”说着，他起身，脱帽，向在座的乡亲们深深地一鞠躬，表示歉意。同时，他请求大家讲真话、讲实话。他说，“五风”刮得这么厉害，大家都对基层干部有意见，基层干部虽然有责任，但主要错误在中央，中央责任在我。他当众向乡亲们检讨，承认错误，并建议大家就此立一个石碑，竖在路边，使过路的人都能看见，让子子孙孙都能吸取教训，以免将来再犯同样的错误。

### 咱们是谁，咱们是共产党啊

共产党取得政权进城后，一些领导干部，包括高级领导干部，群众意识淡漠了，下基层少了，对群众的意见听不进去了。少奇同志发现这些情况，就把他们找来一个一个谈话，有些跟他还是十几年的老战友，战功卓著。但战功归战功，少奇同志更看重的是他们现在对群众的感情和态度。他问他们：你们现在对基层的了解比十几年前是更多了还是更少了？他以极深的爱心，劝他们多深入基层，多了解群众的疾苦和呼声。

60 年代初，中央号召基层干部下去“蹲点”，了解情况。但有的同志就是“蹲”不下去，有的一到“蹲点”时就病了。少奇同志在一份报告上看到这种情况，尖锐地批示道:“病也病得，死也死得，唯独下去不得……”有的人甚至以“下面有血吸虫病”为理由不肯下去，少奇同志严厉地批评说:“血吸虫病？你得给他解决呀！你不下去，人家可得在那儿生活呀。咱们是谁，咱们是共产党呵，为的就是老百姓。你知道那里有血吸虫病，你不下去解决，你的生命就那么宝贵？！”

少奇同志对人民、对同志、对干部的爱，就从这一件件小事中体现出来。几十年过去了，他的精神，他的风范，仍将在人们心中永存。

1998 年 12 月

# 减负：一个并不简单的话题

## ——专家谈学生负担与教育改革

世纪之交，中国教育面临着前所未有的机遇与挑战。

近20年来，教育从来没有像今天这样引起如此广泛的关注和重视；有关教育改革的诸多问题也从来没有像今天这样显得如此突出和重要。以“升学”、“考试”为轴心的应试教育，正受到社会方方面面的质疑和否定；以减轻学生负担为突破口的深层次教育改革，已迫在眉睫。

其实，“减轻学生负担”的口号已喊了多年，却始终没有实质性成效，这其中的症结何在？在“学生负担”背后，有着怎样深刻的社会原因？我们不妨听听有关专家的高见。

### 一、面对社会变革，教育你跟上了吗

近些年，人们似乎感到，教育与现实脱节的问题日趋明显。一方面，社会对人才的要求越来越高，越来越严格；另一方面，现行教育体制下培养出来的学生却难以适应日新月异的社会需求，以致人们常常抱怨：现在的青少年普遍社会责任感不强，部分人意志脆弱，自律精神差，眼高手低，自私偏狭……那么，造成这些问题的根源何在？

北京师范大学副校长谢维和认为：在社会由计划经济向市场经济转变的过程中，我们的教育没有跟上，特别是教育思想的转变没有跟上。谢维和分

析说：在计划经济体制下，人的一切发展都是很确定的。学生上什么学校，学什么专业，毕业后做什么工作，都由政府安排好了，个人没有太多的选择和困惑，人们只要按照指定的任务和方法把规定的事情做好就行。市场经济则大不一样。人的自主性增强，社会不确定因素大大增加，人们不仅要做好现有工作，还要考虑和选择以后的事情。

在两种不同的体制背景下，社会对人的素质要求就大不一样。后一种体制对人的社会道德、政治、经济、法律意识、能力、素质的要求会大大提高。

比如，过去大学生毕业就分配工作，现在则是自主择业。市场需要选择，被选择者需要承担压力。而我们的教育管理部门，在某种程度上尚未考虑到这种社会变革对教育提出的新的要求。换句话说，应该加强对青少年方方面面素质的教育与提升，而我们没有做。学生缺乏必要的指导，就会发生混乱，因此，加强对青少年人文科学的教育，帮助他们逐渐适应风险与挑战，在种种不确定的情况下，增强适应社会的能力和智慧，是十分必要的。

此外，随着社会民主化程度的提高，青少年的自主意识不断增强，其主体地位也得到确定。但他们对于如何行使自己的主体权利认识比较模糊。我们的教育，应该培养他们的自律能力，使他们逐渐由习惯于他律变为自律。目前，我们的教育部门和家长，只是给予孩子较多的物质条件，而没有给他们提供必要的社会条件，忽视了青少年成长的客观要求。

北师大教育系主任劳凯声认为：中国教育发展到今天，再也不可能以不变应万变了。我们不能不面对这样一些问题：社会经济的迅猛发展对人才培养的数量和质量都提出了全面的新要求，它要求教育从规模、结构、质量和效益的协调中重新审视自身的发展；科技的日新月异、知识量的激增及其存在形式的变化、知识共享的可能性等，使教育从内容到方法都面临严峻的考验……我们过去已经习以为常的东西，要放在新的尺度下重新加以审视，决定取舍，中国教育中种种不能适应现代化进程的观念、制度、内容、方法等等，都应该进行改革。

## 二、旧的教育体制，不改行吗

今天，人们终于欣慰地看到：减轻学生负担已成为社会方方面面的共识。但究竟应该如何替学生“减负”，却不是那么简单的事情。

北京市实验中学校长张锦斋指出:“减负”是一个综合性、系统性的工作，不是光靠学校就可以做到的，应由社会方方面面都来承担责任。张锦斋说:“减负”，首先要改变陈旧的教育观念，要承认人本身的多样性。而我们的错误在于，常常用某些方面的评价，代替了对整个人的评价。比如:有些人在学校可能是中、下等学生，但他的策划、管理能力很强，他对社会的贡献，不一定比一个数学尖子差。因此，人们的观念必须改变，观念变了，学校就不会存在歧视“差生”的问题。

除了强调教育观念的转变之外，张锦斋还提出了一个更深层次的问题，即如何改革现行教育体制。他举例说:英国的教育方针指出，学校的任务，就是创造条件让每个学生得到充分发展，让每个人都达到他所能达到的最高水平。

而我们的教育只提供了一种模式，让所有的人都按照这个模式发展，这是不符合人的发展规律的，因而造成了一部分人的失败。“减负”首先就要从根本上改变这种状况。

此外，张锦斋还认为:我们的教育体制太死板，学校之间的横向流动几乎是不可能的。比如，只有上普高的学生才可以考大学，上职高的学生就注定了不能考大学，这是很不合理的。还有，我们的课程设置是法律规定的，学校无权改动。既如此，学校对于某些不合理的现状也就无能为力。

曾有专家撰文指出:与世界各国相比较，我国教材是最难最深的，但我们培养的创造性人才是最少的。由此可见，我们的课程设置必须改革，但任务艰巨。

清华附中校长赵庆刚在谈到转变教育观念时指出，在学校工作中要落实以育人为中心的方针。过去我们强调以教学为中心，这是针对“文革”十年中教学常常受到冲击而言，现在情况有了很大变化，我们的教育方针也要随之作必要的调整，要确立学生的主体地位，强调对学生素质、创新精神的培养，形成非常好的育人环境。

## 三、教育评价体系：如何科学、合理

多年来，中小学生课业负担重、压力大，已是不争的事实。那么，这种压力到底来自何方?

北京十一中学李金初校长分析说：从近年来一些学生心理防线崩溃的例子（如徐力杀母等）看，导致学生出问题的主要是心理负担过重。本来，青少年的心理就不够成熟，一部分人更是承受能力较弱。他们一旦对于来自精神层面的压力承受不了，就会发生爆裂，就可能产生极严重的后果，有的自残、自杀，有的精神变态，或毁灭自己，或贻害他人。

李金初认为：学生的心理负担，主要来自于过重的课业负担引起的成绩下降，预期不良，以及老师、家长、同学的责骂、冷眼等等，由此引起心理失衡。这就有必要检讨一下我们的教育评价体系是否科学、是否合理？

长期以来，我们的教育行政主管部门一直是把学校的升学率纳入政府的"政绩"范畴，一方面政府受制于社会，反过来政府又施压于学校，评价一个学校的优劣，首先就看升学率，由此导致整个教育环节都出了偏差。从政府对学校的评价，一直延伸到学校对老师、老师对学生……这种认识上的误区和做法上的错误，导致整个教育评价体系的失当。

其实，社会需要的层次是多种多样，如果大家都成为陈景润，那也未必是好事。因此，建立科学、合理的教育评价体系，是深化教育改革的重要步骤之一。

李金初建议：首先要从正确评价政府对教育的管理工作开始，关键要落在是否贯彻正确的教育方针，而不是片面地只看是否抓了升学率。

其次，对学校而言，减轻学生负担，首先要减轻学生的心理负担，杜绝学校可能出现的责骂和冷眼，坚决制止按分数排队。具体来说，应该对学生实行愉快教育、成功教育、希望教育。

在这方面，李金初校长有着较深的体会。自1994年以来，十一中学一直推行"有选择、无淘汰"的教学模式，由学生选择适合自己的教学进度与难度，采取分层教学、分层评价、分层作业、分层考试的方法，使学生在最适于自己的那个层次和教学方法上学习，使每个人都获得成功。

李金初校长从他的教育实践中得出这样的结论：最有利于学生发展的环境，就是良好的心理环境。给学生以平等的环境，还学生以平等的教育机会，是实现素质教育的前提条件。

张锦斋的看法同样如此。他说，教育上习惯的评价观念是把人分等，这个观念必须改变。评价是为了激励学生更好地努力。他认为评价应该模糊一点，包括试卷的评分，应该是分数加评语。不要把人分成一等、二等，这不科学，对促进人今后的努力、发展也不一定有好处，但评价出其长处，却可以起到激励的作用。

教育评价体系直接影响到学生的学习方法和学习效果。清华附中校长赵庆刚指出：中国学生习惯于提出问题后先找答案，得到老师的肯定就觉得满足，而不是自己去追究、探索过程，大家更着重的是结果。其实，我们应该给学生以丰富的想象空间，而不要只是让学生答 YES 或 NO。

## 四、社会用人机制：如何客观公正

由教育评价体系失当派生出来的直接问题是社会用人观念的偏颇与有欠公正。

在“一考定终身”的误区影响下，不少有志有为的青少年却因偶然的失误或发挥失当而从此与高等教育无缘。他们中的大部分人也就因此而改变了自己一生的前途和命运。就像劳凯声教授所指出的：由于教育体制的弊端，学校成了社会对个人进行鉴别和选拔的一个筛选器。每个人都被迫通过这样一个机制来证明自己的能力，实现自己的价值……被过分强化了的学校筛选功能使得学校在促进个人发展方面的功能难以发挥，在残酷的竞争环境下，学生的人格遭到扭曲，极大地损害了一代人的身心健康发展。同时，严格的等级制度、机械的记诵之学、压抑人性的教学方法导致了种种极其荒谬的结果，一次考试就能决定一个人的终身，一个偶然的失误就能断送一个人的前途，这是极不公平、极不人道的。

其实，什么是人才？社会应该怎样鉴别人才，选择人才？对于这个问题，张锦斋的看法是：分数高并不等于就是人才，学校的高考状元，不一定在社会上就是状元；知识量大，并不一定说明教育质量高；学校的高材生，不一定是社会的优秀人才。作为一位多年从事基础教育的专家，张锦斋不无深意地提出了这样一个问题：许多在校时的高材生，却往往在社会上替在校时的中等生打工，这是为什么？

张锦斋举了这么一个例子，他说：根据美国著名心理学家霍华德·加德纳的研究：人的智能是多元化的，大致归纳起来有七种，即语言智能、数学逻辑智能、空间智能、音乐智能、身体运动智能、人际关系智能、自我认识智能。而学校教育提供给人的只是其中的两种，即语言和数学逻辑智能。其余的五种智能，学校都没有认真培养，也无法用统一的标准来衡量。而社会需要的，更多的是后面几种智能。

因此，张锦斋强调：社会在用人方面，要承认人的智能差异，如有的学生，空间想象力很强，有音乐、美术特长，但数学不一定及格，但不能否认他是人才，在制度上也要有所照顾；又比如：很多有名的作家，并不是大学文科毕业……由此说明，社会应该承认人才的多样性，不能埋没人才。而现在社会的用人制度，唯学历是问，一些外企，甚至要求员工起码是硕士学历……这种偏颇同样也给假文凭、假学历提供了市场。

赵庆刚也用事例说明了同样的观点。他说，像过去清华大学的校友吴晗、钱钟书等，考清华时数学底子都不好，但国学底子特别好，你能说这些人不是人才么？所以，社会也好，学校也好，衡量人才，要有多种多样的评价体系。

确实，社会用人机制应当建立在客观公正的基础上，要从实际出发，而不是从教条和死板僵化的概念出发。曾有人幽默地说，比尔·盖茨要在中国，说不定连工作都难找到。这类黑色幽默实际上从另一个角度说明了我们社会用人机制的缺陷。就像张锦斋所说，其实，在人的一生中，将来所要用到的东西，知识只是其中很小的一个方面，综合素质和能力，才是决定人成大器与否的先决条件。

总之，教育是一个系统工程。有关减轻学生负担和教育改革的诸多问题，需要引起全社会的共同关注，只有在全社会的共同努力之下，中国教育才有可能走出目前的误区，也才会有光明的前途。

2001 年

# 转变观念，着眼未来

## ——郝克明教授谈素质教育

当前，关于素质教育的问题已经引起社会各方面的广泛关注。但素质教育的实施情况怎样？它的发展前景如何？为此，记者近期走访了国家教委发展研究中心主任郝克明教授，请她就素质教育的有关问题作了较为深入的阐述。

**记者：**谈到素质教育，不可避免地要提到中小学生课业负担过重的问题。对此，国家教育行政领导部门采取了哪些治理措施？成效怎样？

**郝克明：**解决中小学生课业负担过重问题，是当前全社会普遍关心的问题，也是中小学生的迫切要求。这些年，教育行政领导部门为解决这个问题做了许多工作。党和政府对解决这个问题也是非常重视的，方针政策也是明确的。

李岚清副总理和国家教委的主要领导，年年都在抓这件事。他们亲自开调查会、座谈会，作报告，写文章；柳斌同志关于这方面的文章已经是五谈六谈了，大声疾呼，要求克服应试教育的弊端，把素质教育真正作为提高国民素质的教育。

另外，国家教委也采取了一些措施，比如：在已经普及初中的地方，小学生升初中免试、就近入学。这几年，教委还提出了小学后、初中后、高中后三级分流，大力发展职业教育，避免大家都去挤高等学校的独木桥，缓解升学考试的压力，为青少年多渠道成材创造了比较好的条件。同时，我们还搞了农科教结合的试验，把教育与当地的社会经济发展结合起来，把基础教育、职业教育、成人教育统筹起来考虑，调动了学生的学习积极性，这是近几年来在农村教育方面的一个很大改革。

我曾经走访过浙江绍兴的柯桥镇，那儿有几十所学校大面积地进行素质教育的试验。在改革试验前，大部分学生是厌学的，对学习感到苦恼、没劲，一方面升学无望，回到家里也没有一技之长，过去所学的东西没什么用处；改革后，学校把教育与丰富的社会实践结合起来，为学生以后的发展打下各方面的基础，所学内容，包括家务劳动，包括以后怎么生活，怎么与他人相处，包括劳动本领……使学生对学习产生了浓厚的兴趣。他们有个电视短片，叫《还我童年》，其中讲到有个学生，曾厌学到喝敌敌畏的程度，后来这个学生有很大转变。

此外在汨罗，几乎所有的学校都在实行素质教育，这说明应试教育不是不治之症，一些问题是可以解决的。

**记者**：作为一位教育问题研究专家，您曾考察过许多先进发达国家的教育现状，能否就此介绍一下国外有关素质教育方面的一些情况。

**郝克明**：我在瑞典考察时，看到那里的小学生 1 — 4 年级的考试成绩都不公布，就是为了保护学生的积极性、自尊心。在这方面，我们从事教育工作的人应该看到，我们所面对的都是一个个鲜活的生命，教师应该对每一个学生充满爱心，应该看到每个学生不同的发展、特点。有的孩子就是手特别巧，有的孩子抽象思维特别好，你不能因为某个孩子的抽象思维不行就说他笨，那不一定，有可能他在动手方面，是个能工巧匠的毛坯。

德国是个重视工匠的国家。在德国，技工师傅是企业的要人，因为大量的是在第一线的有熟练技术、职业道德非常好的技工。德国的初中毕业生70%以上都上职业学校，30%才上大学。我在那儿开了好几个不同类型的学生座谈会，他们的学生没有说是你上完全中学就高人一等，我上职业学校就低人一等。咱们这儿只有高学历才叫人才，他们没有这个观念。

加拿大的职业岗位分类辞典，把加拿大所有岗位分了 8000 种，真正需要大学学历的很少，一年以下的职业培训差不多占了 66%。

我在瑞士也作了些调查，瑞士跟德国一样，70%的初中毕业生进入职高，完全中学只占 30%。我问他们，你们国家人均 GDP 达 25000 美元，你们现在的科技这么发达，你们的职业教育有没有可能在 10 年后或 20 年后把它放在高中后进行？但是，几乎所有的企业家和教育家都认为没有必要，他们特别注意成本核算。比如说，计算机的发展的确非常快，但编计算机软件和计算机的使用却绝对是两码事……

**记者**：您认为怎样才能使素质教育从根本上落到实处？

**郝克明**：我觉得首先要在进一步转变教育观念、人才观念上下工夫。这是解决当前学生课业负担过重、全面提高教育质量的最重要的关键问题。

在教育思想上要特别注意三个问题。第一要面向全体学生。因为九年制义务教育是国民素质教育而不是选拔教育，它不是大学的预备学校，也不是英才教育；第二要面向学生的全面发展；第三教育应该是聪明之学，教师应该调动学生这个主体的学习积极性，特别是学习的创造性。否则，他就会变成分数的奴隶，考试的工具。

此外，全社会要树立一种新的人才观。过去是“万般皆下品，唯有读书高”，鄙薄职业技术教育。社会比较注意的，一个是官，一个是家，忽视了数以亿计的、各行各业的在第一线工作的有道德、有一技之长的生产者。在这方面，我觉得，行行都光荣，行行出状元，他们的作用，决不亚于那些“家”们，因为“家”毕竟是少数，大量的是能工巧匠。这一点，目前的舆论宣传很不够。在50年代，像王崇伦等很多劳动模范都有很高的地位，成为青年人学习的榜样，并不是光崇尚“家”。这些年，除了“家”，又多了个“星”，而劳动者，他们正是决定产品质量最关键的因素。咱们现在要实现现代化，资金可以引进，高技术可以引进，但产品的质量如何引进？劳动者如何引进？市民如何引进？现在，一些家长在学历社会的强大压力下，从幼儿园开始就给孩子定向，将来必定得上大学，也不管孩子的天赋秉性怎么样，志趣爱好怎么样，给孩子增加了很大压力，这实际是违反教育规律的。因为各人的情况是不一样的。孩子达不到社会、家长对他的要求，就会产生绝望，对生活丧失信心，甚至厌世、自杀……这几年在这方面产生的悲剧，应该引起教育工作者和家长的深思。

我们需要从21世纪对人才的要求，从怎么结合当前中小学生的课业负担较重、教材偏深偏难偏多等方面，进行课程和教材的整体改革。

另外，考试制度也要改，特别是升学考试制度，现正在进行探索。要进一步调整教育结构，大力发展职业教育，为青少年的发展、成长架设一座纵横贯通的立交桥，而不是单纯的独木桥。

同时，教育改革一定要与劳动人事制度、工资制度改革结合起来。为什么这些年解决学生课业负担过重进展不大？很深刻的原因就是很多地区、单位、部门把劳动就业、提干、晋级，都机械地与学历挂钩，形成问题久拖不决。其实，学历只能覆盖一些岗位，不能覆盖所有的岗位。我们要重学历但不唯学历，要重在真才实学。虽然我们现在职业教育有很大的发展，但是，职业资格证书制度进展很慢，所以，学生上职业技术学校的积极性还不能有效地调动起来。我们现在对大量第一线的各行各业的行家里手太不重视，我觉得应该从人事、劳动、工资、奖励制度上跟上来，否则大家都是拿着学历的一个指挥棒。要从根本上解决问题，还得全社会共同努力，在这方面，我还是有信心的。

1997 年 3 月

# 中国西部的绿色革命

## ——西部生态经济记者论坛之一

中国西部，这片广袤而神奇的土地，如今，越来越多地吸引着世人关注的目光。伴随着西部大开发的良好机遇和“退耕还林”政策的全面实施，西部的生态与经济正发生着悄然的变化，并逐渐走上良性循环的轨道。

羊年正月，十五的花灯正红，陕北的秧歌正欢，《半月谈》杂志社“西部生态与经济记者论坛”就在延安这块红色的土地上隆重开场。来自陕、甘、宁、渝、黔等地的专家和记者，围绕退耕还林政策实施几年来的实践与成就、问题与差距、前景与出路，进行了热烈而深入的探讨。

人们欣喜地看到，退耕还林政策的实施，不仅使西部地区的生态逐渐恢复，经济持续增长，更重要的是，它对西部地区人民思想观念的更新起着很大的推动作用。在一定程度上，它改变了当地群众的生产生活方式，促进了西部社会、经济的良性发展。

透过专家、记者的眼光，我们看到了退耕还林政策给西部地区人民带来的巨大实惠，更看到了西部大开发的光明前景；同时，我们也切实感受到了退耕还林工作面临的诸多困难和问题。

## 退耕还林：世纪性的德政工程

**郭献文：新华社陕西分社社长、高级编辑**

退耕还林政策是1995年提出来的，1998年提出西部大开发，同时明确提出要把“退耕还林，生态建设”作为西部大开发的重中之重。3年时间过去，结合延安实践，再回头看作为中央西部大开发着力点的退耕还林政策，是正确的，从目前实施情况看，是成功的。

过去无论退耕还林建设、生态建设、黄河中上游治理，还是建国以来多次提出的其他治理措施，大多是开头轰轰烈烈，但都没有坚持下来。但这次不同，我们可以看到延安山变绿了，黄土高坡变黑了，有植被了。与过去相比，水也变清了，效果实实在在。

**张社年：陕西省延安市市长**

延安是黄河中上游水土流失最严重的地区之一，全市水土流失面积2.88万平方公里，占总面积的77.8%，年入黄河泥沙约2.58亿吨，占全省入黄泥沙的1/3。1997年8月，江泽民主席发出“再造一个山川秀美的西北地区”的伟大号召，时隔两年，朱镕基总理亲临延安视察，做出了“退耕还林（草），封山绿化，个体承包，以粮代赈”的重要指示，为我们加快生态环境建设，实现可持续发展指明了方向。紧接着国家把延安地区13个县区全部列为退耕还林试点县。这极大地激发了延安人民的热情和干劲，使我市生态环境建设进入了一个新阶段。

**刘子富：新华社贵州分社社长、高级编辑**

生态环境问题，可持续发展问题，是全球关注的重大课题，是关系全人类未来生存和发展的重大问题，不仅对现实工作，就是对中期、远期发展来说，都具有极其重大的现实意义。

中央作出了西部大开发的重大战略部署，要进行西部大开发，要加快中国经济建设和社会发展，退耕还林、生态建设是不可回避的重大现实问题。

经济要搞上去，社会要文明进步，要全面建成小康社会，人与自然要和谐相处，要留下一片蓝天绿水。生态建设涉及人民的根本利益，执政党要牢固树立为人民群众和子孙后代负责的责任意识，树立为人类文明进步事业负责的大局意识，环境建设问题既是一个重大的经济发展问题，又是一个重大的政治问题。退耕还林是世纪性工程、德政工程。

**于绍良：新华社陕西分社副社长**

退耕还林是项德政工程。延安老百姓以他们感受到的实实在在的好处来理解退耕还林政策："吃国家的粮，花政府的钱，种自己的树，过自家的好日子。"这句话流传很广。

延安这个地方历史上是农耕文化与游牧文化交汇之地。而这里的生态环境经过几百年的掠夺式开发，已经不能再继续下去了。现在依旧是春寒料峭，历史上这样荒凉的地方，冬天从未见过这样令人欣喜的景色：大棚蔬菜到处都是，舍饲养羊家家户户。

**刘剑平：陕西省林业厅天保中心副主任**

目前，我省退耕还林工程由试点已转入全面启动，104个县（市、区）纳入工程建设区，1999—2002年国家共确认和下达我省退耕还林面积1376.8万亩，其中，退耕还林816.1万亩，荒山造林346.4万亩，已累计向77万退耕户发放粮食7.06亿公斤，现金补助1.44亿元，种苗补助2.58亿元。三北防护林建设四期工程已累计完成人工造林56.25万亩，占计划任务67万亩的83%。以上林业重点工程的实施，加快了我省生态环境综合治理的步伐，使我省生态环境恶化的状况得到了初步遏制，森林植被明显增加。

**刘亢：新华社重庆分社副总编辑**

我们对生态问题的认识，开始由一般性建设上升到"生态安全"的层面。西部不断加速的水土流失和土地沙化，不仅使西部土地生产力严重衰退，生态环境急剧恶化，而且也使长江、黄河、珠江的中下游引发生态危机。所以说，我们正在实施的退耕还林工程实际上是国家生态安全体系构成中的一个重要环节，而生态安全是国家安全的重要组成部分，是维系一个国家经济社会可持续发展的重要基础。从生态角度解读西部大开发，可以用这样一句话来概括：我们通过以退耕还林为重点的"生态建设"，来构建维系可持续发展的"生态安全"屏障，从而最终实现"生态文明"社会的目标。

**陈钢：新华社陕西分社记者**

我1999年来到新华社，第一次下乡采访的就是延安吴旗县的生态建设，当时吴旗县封山禁牧、退耕还林工作已经得到了社会各界关注。后来我又多次来延安，可以说是亲眼看着延安一天比一天绿了。1999年以来延安市退耕还林300多万亩，占全市应退耕还林面积的1/3左右。现在延安的荒山荒坡夏天变绿、冬天变黑，水土流失状况在迅速改善，按照政府的规划，再过五六年，延安的生态将会有根本性的改善。

## 重建西部生态经济

**郭献文：**

记得我第一次到陕北的时候，车开在路上，黄土飞扬跟淌水一样。我当时脑海里还冒出一个美国专家的断言，称陕北这样的地方不适合人类居住。因为研究报告还指出，这里大的气候变迁是趋向于干旱。我当时认为，人为的力量改变不了大自然的循环。

退耕还林3年来的实践充分表明，这条路是走对了，成功了。从某种程度克服了多少年的造林运动所未解决的综合治理问题。

国家的钱粮补贴政策，不但成为整个退耕还林政策落实的第一推动力，使当地上百年来遭到破坏的脆弱生态有了喘息的机会。这个政策出台的时机很好，农民基本解决了温饱，再加上钱粮补贴政策。农民朴实地说："钱是国家的，粮是国家的，树草种上赚了是自家的。"

**张社年：**

虽然过去我们也一直坚持生态环境建设，但由于工程措施、生物措施、管护措施综合运用不够协调，特别是没有把生态建设与农民群众的利益很好地结合起来，治理成效不够显著。通过认真总结实践经验，我们冲破过去指导思想上的旧框框、旧观念，确立了指导生态环境建设的新思想、新思路。

一是坚持把生态环境建设作为经济社会可持续发展的长期战略任务。

二是坚持以小流域为单元，生物措施、工程措施和管护措施并重，实行综合治理。

三是坚持生态目标优先，正确处理生态建设与农民致富的关系。

近几年延安的生态环境建设步伐加快，效果显著。全市完成水土流失综合治理面积4260平方公里，治理程度由19.8%提高到34.5%。在治理的重点流域，昔日的荒山秃岭披上了绿装，植被有了明显改善，水土流失恶化的状况开始得到遏制。

**郝飏：延安市委常委、宣传部长（注：郝飏同志曾任延安吴旗县县长、县委书记）**

吴旗是延安自然条件最差的一个县，从1996年开始探索生态建设的路子，1998年5月实行全面封（山）禁（牧）、舍饲养羊，158万亩山地一次退耕到位。生态建设使吴旗的社会经济发生了显著变化，由过去对土地资源的掠夺式开发到培植资源，修复生态。

通过封（山）禁（牧），恢复生态，大自然该长什么就长什么，植被恢复得很快，连一些估计不可能恢复的地方也基本恢复了。

现在，吴旗大力发展舍饲养羊，发展种草、棚栽蔬菜，搞小农业，把林、牧搞起来了，农民用钱的问题解决了，不一定非垦荒搞粮食，这是吴旗人在理念上的一个大转变。

目前，吴旗有125万亩桃、杏、药材，山川逐渐变得秀美，一部分农民也富裕起来。在此基础上，再大力发展龙头企业，搞产品深加工，照此路子走下去，不仅能从根本上修复生态，农民也能致富。

**范民康：陕西省林业厅造林处处长**

4年多的退耕还林，在生态、经济、社会等方面已经初步显现出一些新的变化。一是生态环境开始向良性方向转变。已经完成的退耕还林面积，再经过3—5年即可封闭成林，将使我省森林覆盖率增加近5个百分点。在重点实施区域，昔日的荒山秃岭逐渐变绿，严重的水土流失开始得到初步遏制。二是农业产业结构调整步伐加快。实施退耕还林后，大批农业劳动力从广种薄收的粮食生产中解放出来，从事种植、养殖、加工、劳务输出以及社会化服务行业，使农村产业结构逐步趋向合理。同时，在退耕还林政策范围内发展的经济林，与地方主导产业和农民脱贫致富紧密结合，将成为农民增收和地方经济发展新的增长点。三是农民收入稳步增长。广大退耕户通过退耕还林得到实惠，增加了收入。仅目前完成的政策兑现，使退耕区农民人年均纯收入增加180多元。农民的收入结构也发生了变化，自然灾害的影响程度逐渐降低。如延安、榆林两市虽连续两年遭受了严重的旱灾，但农民仍然有粮吃，人均纯收入由1356元增加到1444元，粮食作物收入占农村经济总收入的比重下降了7个百分点。

**白林：新华社陕西分社记者**

如何让生态自身产出效益，这是一个全新的课题，生态已不仅仅是个单纯的公益性话题，一个纯粹的环境问题，也是一个要有投入、产出，要有成本、效益的问题。这是一个世界性的课题，中国特别是中国西部，这个课题更现实，更迫切。

**姜雪城：**

西部地区植被稀少，水土流失严重，生态环境十分脆弱。如何吸取宁夏西吉县“人吃树”的教训，确保退耕还林还草工程结束后国家停止补助后“稳得住、不反弹”，实现再造秀美山川的伟大目标？中国工程院和中国科学院部分专家在西部实地考察后认为，开发大西北，生态建设是切口，如果不恢复植被保持水土，当地贫困面貌就很难改变。但还林还草绝不能独步孤行，必须与培育新型的、生态型富民产业来增加农民收入相结合，否则退还的林草成果便难以保存。因为，这些地区的农民目前不只是要吃饭的问题，更主要的还得脱贫致富，同全国一道奔小康。

**峁琛：新华社甘肃分社记者**

国家退耕还林的典型——甘肃庄浪县是甘肃18个干旱县之一，也是国家重点扶持贫困县，属黄土高原沟壑区，100多万亩耕地，90%以上分布于400多个梁峁和2500多条沟壑之间。全县每年有1000多万吨泥沙流失。目前，庄浪县林草覆盖率已达35%，森林覆盖率达到23.6%，比全国森林覆盖率高6.8个百分点。与1981年比较，庄浪县森林覆盖率高出13.4个百分点，全县97.8%的土地实现了“水不出田，土不下山”的目标。

## 生产生活方式的巨大变革

自古以来，甩着羊鞭，唱着信天游，赶着羊儿漫坡走，一直是陕北农民传统的牧羊方式。退耕还林、封山禁牧，彻底改变了当地农民的生产、生活方式，单一的粮食经济也逐渐向舍饲养羊、种草植树、棚栽蔬菜等多元经济发展。

**郭献文：**

退耕还林政策居然改变了沿袭几千年的生产生活方式。

这里的农民长期以来靠垦荒满足温饱生活，但并没有实现温饱。陕北没有变成粮仓，长期以来没解决人的肚子问题。

这里的牧业方式是从蒙古传来的“甩着羊鞭，唱着民歌，放羊满山坡”。这种牧业方式把耕种农业没破坏的植被破坏了，羊不但把草吃光，连草根树根都吃光了。

这样的农牧业生产方式一辈传一辈，局限在黄土高坡圈成的土地上，年年因循。

而退耕还林政策给生产生活方式带来了改变，带来希望。现在，粮食购销政策解决了农民的肚子问题，农民自己确实感到不上山垦荒也能解决肚子问题了。

由退耕还林到舍饲养羊，把发展商品经济与羊的品种改良结合起来——政府的力量，农民的愿望结合起来了，而出发点是退耕还林政策。

延安的石油产业，使外面的生产生活信息传进来，让这里的人们主动而不知不觉地改变着，萌生新的欲望，开始新的追求。而这些靠原有的生产生活方式是不可能实现的。伴随着这样的变化，出现了新的产业：果业、牧业、棚菜——农民在朝希望的路上奔走，新的产业苗头出现了，致富的希望出现了。

**于绍良：**

退耕还林带来最大的变化，是我们可以真切地看到农民生产生活方式的转变，应该说这是最主要的变化。

姜雪城：

在宁夏旱塬上的海原县贾塘乡王塘村，近年借助退耕还林还草工程兴起的草畜业，已经初步露出既保证生态效益又保证经济效益的良好势头。这个村 7000 亩耕地，现种植以紫花苜蓿为主的多年生牧草近 3000 亩，每年育肥牛羊和出售牧草的收入达 30 万元，许多农民争相放下上山开荒的锄头加入到种草行列，从而彻底改变了“以粮为主、广种薄收”的农业生产状况。村里的种草养畜大户摆文贵全家 30 亩耕地全部种植紫花苜蓿，年可育肥肉出栏肉牛 60 余头，还有不少肉牛和肉兔，年纯收入达数万元，根本不用开地种粮食。

2003 年 4 月

# 退耕还林之路，如何越走越宽

## ——西部生态经济记者论坛之二

短短几年时间，“退耕还林”政策的实施，使西部不少地方山川绿了，植被厚了，群众的温饱也解决了。但是，我们也应该看到，我国西部地区的生态还十分脆弱，多年欠下的生态债，不可能在短时间内一举清还。生态建设是一项长期而艰巨的任务，退耕还林政策在实施中还有许多难题需要求解。在生态保护的过程中，农民能否获得长期的经济效益？生态经济能否圆就农民的小康之梦？退耕之路，如何越走越宽？

### 生态经济，应在西部率先突破

在实施“退耕还林”的过程中，如何保证生态建设与经济发展齐头并进，如何既让山川绿起来也让群众富起来，值得认真探讨。

**于绍良：**

西部短期的生态建设变化不会很大，但破坏却非常容易。因此，西部自身要解决好“三口”的问题。

人口：西部生态已经很脆弱，却承担着过重的人口。如果人口控制不好，大量新增的人口的生存问题就会突出出来，尤其是民族地区，计划生育工作难度本来就大，为吃饱肚子照样还会上山开荒放羊，刚刚恢复的生态又会毁于一旦。

灶口：不让上山砍柴了，但烧煤需要较大的开销，因此，农村的新能源建设已经摆在面前。像现在延安已经在大力推广的沼气应用，是个很好的范例。建个沼气池，照明、做饭问题都解决了。在退耕区，发展实用廉价的新能源是很重要的方面。

畜口：最简单的道理，载畜量不是越多越好。过度放牧对山林草地植被破坏很大。舍饲养羊毕竟对草业发展有依存关系，推广时应考虑综合因素。

**姜雪城：**

1982年，中国接受代号为“2605”的粮援项目，世界粮食计划署用5年时间，无偿提供价值达2300万美元的粮食和食品，援助宁夏西吉县种树种草156万亩，在黄土高原上营造起一片并不多见的绿色莽原。经联合国通过卫星航测和组织专家进行检查验收，当时被评价为“世界最佳人工林草项目”。

然而今天再走进当年的项目区，沿途却看不到几片像样的林草，沟壑纵横的山路两旁，一座座光秃秃的山岭从眼前掠过。当地农民直言不讳地对记者说，“当年种植的林草，绝大多数都被老百姓毁掉种了庄稼。”为何百万亩林草如今被毁得所剩无几了呢？记者在调查中发现，关键就是政府要植被与贫困农民要吃饭的矛盾没有得到很好的解决。拿老百姓的话说：“人连肚子都吃不饱，谁还顾得上什么生态。”

**张翼：延安市市长助理**

实现山川秀美的目标，既要在生态上可持续发展，还要在经济上可持续发展，也就是说，既要让山绿起来，还要让民富起来。从过去的经验看，山绿起来不易，民富起来更难，只有通过工程建设，大力开发致富产业，首先解决好民富问题，才能为山绿奠定基础，进而推动生态建设的持续发展。

**白林：**

以往的教训，今天的实践都说明，任何一项事业，不首先关注最大多数群众的利益和要求，这项事业就不可能成功，不可能取得最后的胜利。退耕还林工作取得今天的成绩，延安的突出经验，就是老百姓通过国家的退补政策和延安各级党委政府的政策扶持。退耕还林只有双赢，没有单独的赢家。

群众受益，国家的意志才能实现。肚子(口粮)、票子、被子(植被)的矛盾，前者是主要矛盾。解决的思路必须是首先抓住这一点。

**刘亢：**

退耕还林是一项系统工程，必须同耕地保护、土地整治开发、水利建设、农业结构调整、农民脱贫搬迁安置相结合。我们既要获取生态效益，又要注重经济效益和社会效益，实现“三大效益”的协调统一。

## 政策要稳定，产权要明晰

退耕还林作为一项国策，它的长期效应该如何体现？按照国家现行规定，“以粮代赈”政策的实施期还有8年。那么，8年以后，这个政策是否还能延续下去？随着“退耕还林”政策的深入落实，一些新的矛盾和问题也由此产生：昔日承包到户的山林所有权究竟归谁？一些曾经靠贷款起家的造林大户，今后将如何还贷，如何维持生存？对于众多林农而言，只有义务、没有权利的种林护林生涯，还能持续多久？

**刘子富：**

国家应该营造具有长期效益的政策环境。

以粮代赈，国库支撑能力是有限的，还得考虑国际环境的影响和不可抗拒的自然灾害的影响，退耕还林的政策可以从中国国情出发，不断完善。凡事预则立，现在不及时加以研究，将来很可能重演砍树种粮的悲剧。补助期需要适当延长，扶上马，再送一程。

**郭献文：**

要加大替代产业的扶持力度，把新的产业培育壮大起来。同时，必须与农村改革的深化结合起来，如山林、草地等产权的明晰，否则难以调动积极性。林地投资很大，不明确个人所有，个人没有收益怎样能调动种林大户的积极性？只有更灵活的产业政策出台，才能调动农民及各方投资者的积极性，吸引多方资金共同打造秀美山川。

**范民康：**

在国家补助期内，农民群众当前的生活生计有了基本保障。但是，国家停止补助之后又是怎么样的情形呢？现在就应当密切关注和研究这个问题。只有在8年以内解决好“怎么干”的问题，为农民群众的长远发展和脱贫奔小康找到出路，营造有长期效益的政策环境，才能保证8年之后不出问题。

**刘亢：**

从重庆目前看，退耕还林和生态建设资金主要靠国债资金和中央财政预算统筹资金投入，地方配套资金、社会资金、信贷资金、国外资金投入量小。目前生态赤字的单主要由国家在买。“九五”期间国家用于林业的支出比“八五”增加了5.2倍，其中中央专项资金增加9.4倍，年平均增长率为75%。应该说，我们现在还没有建立起自然资源有偿使用机制、生态效益补偿机制以及制订和实施较为完善的环境经济机制。

**刘剑平：**

天保工程区内，人工商品林采伐政策不配套。一是国务院核准我省“十五”期间人工林商品材采伐指标为35.1万立方米。由于2000年以来实行全面禁伐，林木所有者不能采伐林木，造成承包合同难以兑现，经营主体收益权得不到体现，经济利益受损，严重影响了各种社会造林主体的积极性。二是我省现有人工林2026万亩，其中亟需正常抚育间伐的林地面积有1101万亩，由于解决不了采伐指标，严重影响了正常的森林经营活动。

**张翼：**

按现行的退耕还林政策，退耕地林草成活70%以上才兑现钱粮补助，否则不予兑现。这样，在我们这些干旱少雨的地方，当年不少地块达不到兑现标准，直接影响到农民生计。

**刘义：新华社贵州分社记者**

我在采访中国天然林保护工程倡议者之一的中国工程院副院长沈国舫时，他明确指出，在设计非国有林的问题上，有许多地方只是依靠行政命令强制执行禁伐，侵犯了群众的合法利益而未给补偿，造成了不少林区群众的返贫，也是非常值得注意的。天然林保护如果不与林区群众利益结合好，最终将影响工程本身的效果，这是世界各国都有过的经验教训。

**刘亢：**

面对我国林业正在由一项产业转向社会公益事业，林业的定位由国民经济的组成部分转向既是国民经济的组成部分、更是生态建设的主体等一系列前所未有的深刻变革的同时，我国西部地区林业还面临着生产力水平总体低下、农村经济发展缓慢等严峻现实。如何尽快完善林业税费政策和商品采伐管理制度；如何尽快制订商品林基地建设国家资本金扶持政策，尽快制订商品林基地建设中的信贷扶持政策等问题，需要社会各界的共识与积极协调。唯有如此，才能确保西部生态体系建设与产业体系建设协调发展，才能在实现生态环境改善的同时及时提高山区群众生活水平。

**陈钢：新华社陕西分社记者**

就目前陕北等西部地区的自然条件、市场发育程度而言，与陕西关中地区都很难在短时间内缩小差距，更别说与东部发达地区相比了。在这种条件下，下一步搞生态建设离不开国家的大力投资和政策引导。延安这几年通过大规模发放小额信贷等方式支持农民发展棚栽业、舍饲养畜，取得了比较好的效果。比如吴旗县的养羊户由退耕还林、封山禁牧以前的17%增长到了目前的50%以上，这样一来，多数农户有了新的产业项目，有了替代产业，生态保证也就有了前提。宝塔区的“四位一体”，解决了灶口烧火问题，与产业培育结合起来，也是值得提倡的做法。

**刘子富：**

应该理顺林业投资体制、管理体制、产权关系。

实行谁退耕、谁投资、谁管护、谁受益的原则。要与立法相结合，要实行具有法律效应的契约管理。有稳定的产权，才有稳定的积极性。产权界定越明晰，激励机制越长寿。没有战略眼光，不以法治林，没有长效激励机制和约束机制，就没有长远的、持久的经济效益、生态效益和社会效益。

## 尊重生态自然规律

天地自然，人间万物，都有各自的生成发展规律。自然生态、林木植被也自有其生长发育规律。在实施退耕还林、封山禁伐的政策时，如何使国家的政策法规与自然规律相辅相成？

**刘子富：**

应该按林业科学规律办事，一是允许适时适量间伐、采伐，否则，违背自然规律，又白白浪费资源；二是适地择树；三是营造混交林，恢复生物的多样性。

因地制宜，适地择树，适林则林，适草则草，适药则药，林草、林药结合，长短结合，立足长远，真正实现“青山常在，永续利用”。

**刘义：**

有关林业专家指出：森林为了顺利生长，形成良好的结构，满足功能要求，是需要培育的。除了最初的更新造林外，还包括抚育、病虫害防治、林份结构改造等，这里就包括有抚育伐、卫生伐、次生林中的部分树林砍伐等一系列伐木活动。“一棵树也不能砍”就是把这一切正常的经营活动都排除在外了。有些森林本来就是作为用材林来培育的，或作为生态和用材多功能经营的。除了少数特定的自然保护区外，当代科学技术完全可以把保护和适度利用兼顾起来，世界各国都是这样做的。

专家强调说，还有一个值得我们重视的问题，就是对天然林保护的科学认识问题。许多人，包括部分政府官员，都把天然林保护简单地归结为“禁伐”二字，这是片面的。不能把有丰富内涵的天然林保护简单地归结为禁伐，甚至归结为“一棵树也不能砍”。对林业有个比较科学的认识，不要把采伐视作“洪水猛兽”，多想想山里老百姓还要以此谋生，可以在保护和利用的协调上多下点工夫。

**峁琛：**

这两年，西北沙漠化地区出现“绿了一小片，荒了一大片”的现象，原因之一是有的不合理生态建设造成地下水位下降，眼前的植被看似成活率高，而更多周围植被因地下水位下降而枯死。因此，现有水资源的保护是退耕还林(草)的保证。

专家指出，在干旱地区种草种树如果不能科学合理地利用水资源、特别是地下水资源，在短时期内可能表现出较好的生态建设和治理效果，但随着时间的推移，可能会造成水的极度耗损而造成无法弥补的损失。巴丹吉林沙漠西南缘的甘肃临泽营造梭梭固沙林，对防风固沙起到重要作用，但专家多年观察后发现，这里土壤干沙层增厚，贮水量下降，给现有固沙林的生存带来危机。

## 亟待建立多元投资体制和生态补偿机制

退耕还林的实施地主要集中在经济欠发达的西部地区，为了整个国家和社会的生态效益，西部的地方政府和群众承受了相当重的负担和压力。能否制定一种相应的生态补偿机制，使发达地区和欠发达地区，长江、黄河的上游和下游，彼此利益共享，责任同担?

**郭献文：**

生态建设不是几年几十年所能完成的事业，必须长久地坚持下去。随着国家国力的增强，可以鼓励西部生态脆弱地区人口向东部发达地区迁移。现行的国家生态建设补偿政策不但要保持，还要加大力度，拿出更多的资金、人力、物力作为专项的生态补偿支出。

**刘子富：**

要建立多元的投资体制，建立中下游地区、东部地区对西部地区退耕还林的补偿机制，调动全社会的力量来投资和进行生态建设。靠政策、靠科学，调动全社会的力量来解决农民的吃饭问题、花钱问题、烧柴问题，靠建立与农民和投资者利益相关的机制，才具有长期的效应。

**于绍良：**

我认为，国家应建立生态补偿机制。因为，在退耕还林政策的实施过程中，农民一方面真心拥护和认真实行，但我们同样注意到政府的利益与农民的需求间还是存在一定的距离。

自从提出退耕还林政策后，整个西部都动起来了。国家需要本身尚贫困的西部担负起生态建设的责任，那么从政策层面国家如何让发达的东部省区通过生态转移支付补偿西部，这是个长效的机制，这样西部可以实现更大范围的生态调整，国家有必要从机制上进一步明确。

**范民康：**

建立生态效益补偿制度。新的产业的发展和形成有一个过程，营造生态林占用了农民的耕地，必然引起收入的减少，国家应制定相关政策，包括向受益区收取生态费，对退耕农户予以补偿。

**白林：**

西部的生态问题是历史造成的，也是全国发展付出的代价，我们目前的办法主要还是国家的退补政策。这只是对西部群众的补偿，而且只剩8年时间，用这么短的时间能不能缓冲掉千百年的欠债。

东部受益地区应通过转移支付增加西部生态恢复的投入。西部的财政普遍困难，延安尽管发展快，但历史欠账多，各项事业发展都需要资金，单靠国家和西部的投入是不够的。

**陈钢：**

除了国家的生态建设投资，各级政府应该在退耕还林生态建设区发展产业用地上下工夫，这里说的产业用地不一定是粮食用地，而是解决农民收入需求的高优产业用地。因此政府应想办法帮助农民打坝修地，发展水利条件。目前陕北3万多座坝，淤积了近百万亩肥沃坝地，测算粮食产量每年在5亿公斤左右，经济效益、社会效益、生态效益都是非常明显的，但这些坝主要还是大集时代修起来的。20世纪80年代以来，增加的坝地非常有限，这方面投资的缺乏是一个教训，今后应该引以为诫。

**刘亢：**

应制定生态环境保护补偿政策。生态环境补偿政策集中体现了市场经济中公平竞争原则，要进行上游地区生态保护与下游地区资源开发之间的环境补偿。上游地区进行生态保护为下游地区资源开发提供了良好的环境资源，其间上游地区付出了代价，受益的下游地区应该对上游地区进行环境补偿。

2003 年 4 月

# 让公共财政的阳光普照农村

## ——专家谈我国投资重点的战略转移

多年来，我国城乡二元结构的经济体制造成了城乡之间的巨大差别，农村基础设施建设以及文化、教育、卫生等公共事业发展明显滞后。近些年，中央政府提出了“统筹城乡发展”和“以人为本”、“构建和谐社会”的新的执政理念，建设社会主义新农村被提到“我国现代化进程中的重大历史任务”的战略高度；2005年的中央经济工作会议进一步强调：要加强农村社会事业建设，继续增加农村教育、文化、卫生等方面的投入。这昭示着，今后我国的投资重点将从以城市建设为主转向更多地重视农村建设；各部门在制定发展规划、提出政策措施、安排建设投资和事业经费时将会更多地向农村倾斜。这是我国自新中国成立以来投资结构的重大转变，也是社会主义新农村建设的必要条件。

然而，我国农村人口众多，基础设施建设和各项公共事业欠债太多，在财力尚不十分雄厚的情况下，我们应该把有限的资金重点投向哪些领域？有限的财力该如何用得恰如其分？近日，本刊邀请了部分农村问题研究专家，请他们就上述问题发表高见。

### 投资重点之一：农村基础设施建设

在我国许多地方，农田水利设施年久失修，山塘水坝干涸荒废，乡村道路破败不堪，山区群众缺水少电；农民行路难、饮水难、用电难……专家们认为，农村基础设施建设欠债太多，严重制约着农村社会经济的发展。要彻底改变投入不足、基础脆弱的状况，就必须加大投资力度，重点加强农村基础设施建设，改善农业发展环境。

**姜长云(国家发改委产业经济研究所)：**

农村中小型基础设施建设应该是投资转移的重点之一。这几年，国家对大江大河治理的投入比较多，但是，对小流域治理、对中小型水利设施建设的投入尤其不够。这样，大江大河投入建设的功效很难发挥出来。一到汛期，大江大河问题不大，但小江小河却容易泛滥成灾，黑龙江省“小江小河”的泛滥曾导致全省损失30多亿元。

**徐小青(国务院政策研究中心农村部)：**

农村基础设施建设，如小水利、乡村道路等基本没人管。有的村子小楼盖得还可以，但脚底下烂得没法看。这些问题，村里没有财力解决，比如村容整洁，不光是盖房子的问题。农村基础设施建设，不仅需要政府的支持，还要动员社会各方面的力量。

**杜志雄(社会科学院农业农村经济研究所)：**

农村投资的重点领域之一是市场设施建设，我们经常在农村跑，看到农民消费的都是什么东西？他们消费的方便面、饼干都是城市商场淘汰的、过期、劣质的产品。农村的商机无限，我们应该把城市发达的商业网络延伸到农村去，搞好农村的市场建设，为农民提供合适的流通渠道。

**徐祥临(中央党校三农问题研究所)：**

投资重点转移的着力点和突破口在哪里？一定要解决钱从哪里来这个问题。我有一个观点，我们宏观调控的基本思路，应该是给农村以资金，给城市以市场，让公共财政的阳光普照农村。战略重点转移，你把资金投到农村去，农村发展了，生产资料、工业品都下乡了，资金也回流了，城乡协调发展的目标就实现了。

**杜志雄：**

公路设施建设不要再搞锦上添花的事，而是要给农村乡以下的道路建设雪中送炭；这些年搞得很热的高速公路、国道、省道，当然有必要，但对农民出行有直接影响的公路交通建设，还是在乡以下。

专家们认为，要加大农村小型基础设施建设力度，继续增加农村“六小工程”的投资规模，高度重视农村饮水安全，调整公路建设投资结构，加大农村公路建设力度，合理确定农村公路投资补助标准；加快农村能源建设步伐，继续推进农村沼气建设，积极发展太阳能、风能等新型洁净能源和可再生能源，搞好农村电网改造工程的后续建设和经营管理。

## 投资重点之二：农村社会公共事业

近20年来，与城市面貌日新月异形成明显对比的是，农村社会公共事业建设举步维艰。由于国家对农村文化、卫生、教育、科技的投入太少，以致在许多地方，农民仍然是求医问药难，求学求知难，享受文化生活难，渴盼科技服务难。农民有病缺钱不敢医治的现象大量存在，2002年各级财政用于乡镇卫生院的全部财政事业经费接近60亿元，只占全国各级财政卫生事业经费开支的15.5%。在中西部边远地区孕妇和产妇的死亡率是沿海地区的3.6倍，婴儿的死亡率是沿海发达地区的4倍，有40%的死者是因为看不起病而死亡的，大批农民缺乏最基本的医疗条件。

**徐小青：**

投资重点向农村转移，公共事业的投资非常重要。乡村九年制义务教育、新型农村合作医疗、失地农民的最低生活保障、养老……这些是新农村建设的着力点，县、乡两级很难支撑这一点。其中，最突出的是失地农民的保障，全国有几千万人。现在土地问题越来越尖锐，对这些失去土地而又没有保障的农民，政府应该充分考虑他们的基本保障问题。

**姜长云：**

这些年，我国的公共卫生离农民越来越远，有限的卫生资源还在向大城市、大医院集中，而且，许多资金被一些不太实用、但很时髦的东西占用了。

几百万元、几千万元的卫生经费，如果拿到农村去，支持村级卫生所，能解决多少问题？如果用来支持普通药品生产，作用也很大。一些大医院不惜花巨资购买昂贵的检测仪器，造成医疗资源的重复建设和浪费。

此外，乡镇卫生院和村级卫生设施的改造应该特别引起重视，使农民看病一般不用出村。前些年，一些农村地区特别是山区，农民吃的药还是“文化大革命”之前的产品，有的甚至把玉米粉当作治疗拉肚子的药。

**杜志雄：**

前不久，我受命去调查在社会主义大背景下怎么加强农村的文化建设，结果发现农村的文化设施非常落后，带来的后果非常严重。农村的封建迷信的发展令人担忧；还有广东、福建等地的地下六合彩、赌博，这都是农村文化建设欠缺的表现。毛泽东曾经说过，对于农村的文化阵地，社会主义如果不去占领，资本主义就必然会去占领，而现在各级政府往往忽略了这一块。如果有一个正常的、健康的、有吸引力的文化场所，农民就不会被低俗、迷信的东西所吸引。所以，对农民来说，光有教育培训是不够的，还要有文化设施、图书等，农民要有一个自我教育的机会。他想看书，可农村的销售市场不发达，买书还要进城去。我们应该通过建立文化站之类，满足他们的需求，让他们进行自我培训、自我提高。

**徐祥临：**

农村的教育、医疗卫生资源严重缺乏等问题，都是政府应该解决的。既然是政府，就不只是城里人的政府，政府得想着农村和农民。现在北京一些有影响的大学校长争先恐后向中央要钱。(徐小青插话：清华、北大两校每一年的投资，抵得上全国120多所农业中专以上学校的全部投资。)而农村中小学的校长连维持正常的教学都很难，我大哥是小学校长，穷到连买粉笔的钱都没有，就这么困难。

**姜长云：**

农村的义务教育政策应该作一些调整。现行政策是在国务院领导下的分级管理、以县为主的政策。当然，我国地域差别大，以县为主是必要的。但是，应该把以县为主的管理体制和以中央及省级财政为主的投入体制结合起来。否则，就把以县为主的管理体制变成了以县为主的投入体制，这样造成了好多问题。此外，农村的信息化建设也非常重要，信息化建设搞好了，农村的民主建设与农民培训的相关事情也能得益。

## 投资重点之三：农村劳动力素质的提升

在农村，农民"盼致富、无思路；想致富、无技术；求致富、无门路"是一种普遍现象。有资料显示：在我国70万个行政村中，大部分村干部是初中文化程度，甚至还有文盲、半文盲。当前，我国农村中农民平均受教育年限不足7年，4.8亿农村劳动力中，小学文化程度和文盲、半文盲占40.31%，初中文化程度占48.07%，高中以上文化程度仅占11.62%，大专以上只有0.5%。农业部的调查数据表明，懂得如何使用农药的农民不足1/3。

另一个不争的事实是，我国农业教育和农村职业教育处于弱势，办了几十年的农民夜校一夜间关了门；曾经鼎盛一时的农业中等职业教育受到极大冲击，农业部原有的366所农业学校经各地调整，现在只剩200多所，并且仍在不断减少；原有农业学校的职能和特色被丢弃或流失，再加上盲目合并、削弱和脱离农业，导致农村劳动力素质提升缓慢，远远不能适应农村社会经济发展的需要。

专家们认为，在农村教育特别是职业教育十分脆弱的情况下，仅靠以政府牵头组织的短期、应急、群众性的科普教育，还远远满足不了农民的不同需求，应从教育制度、体制和运行机制上找出根源，通过制度与机制建设，解决根本问题。同时应与农民成人职业教育相衔接，构建具有中国特色的农村与农民职业教育体系和机制，完善农业教育体系和机制，为提升农村劳动者的素质和农村现代化服务。当然，这一切都离不开政府财政政策的鼎力支持。

姜长云的看法是，农村职业教育和农民培训，相当于农村教育发展的"最后一公里"工程。建设新农村，要把职业教育、农民培训放在重要位置。政府支持农民培训，首先应当对农民培训给予适当补贴，引导和调动农民参加培训的积极性；二是重视培训体系和培训能力的建设，特别要重视培训机构的基础设施建设，对骨干教师的培训，要提供政策支持。我国培训供给严重不适应培训需求，政府应提供适当补贴，光靠现有的公立、私立机构是远远不够的。

在培训机构的选择上，需要注意培训机构的公平竞争。最近几年，不少部委下达了一些支持农民培训的文件，但在培训机构的选择上和培训项目的支持上，有些部委过分支持本部门的培训学校，中央有关部门要重视示范学校和示范基地的建设。

## 投资重点之四：农村生态建设

近年来，我国农村生态环境质量呈现逐年下降趋势，城市工业化所产生的污染物肆意排放，污染后果逐渐影响到了农村生态的平衡健康发展。农药、化肥等农用化学品的过度施用，小规模的畜禽养殖遍地开花，随意屠宰，秸秆焚烧、生活污水、垃圾污染、绿地的减少等，造成农村的生态破坏日趋严重，生态系统呈现由结构性破坏到功能性紊乱演变的发展态势。具体表现为：水土流失问题尚未得到根本解决，土地沙化和石漠化问题突出，局部地区土壤盐渍化增长势头仍在加重；森林面积增加，功能却在下降；草地面积持续减少，质量降低；水资源不合理开发导致河流断流，湖泊绿洲萎缩，地下水位下降；因矿产资源开发造成的土地破坏面积大，且呈持续增长的趋势。

专家认为，建设社会主义新农村，生态环境保护是重点。各地在基础设施建设、饮用水及其水源地保护、农村能源建设、生活污水及垃圾处理、农业有机废物处置、村容镇貌建设以及城镇污染处理设施的建设等方面，都需要国家财政的大力支持。

此外，应加强农村生态环境保护、生物多样性保护、生态恢复和水土保持等重点生态环境保护领域的技术开发和推广工作，建立早期预警制度。在加强生态环境恶化趋势的预测预报等方面，国家的相关投入也要及时到位。国家应该加大财政投入力度，以维护农村重要自然生态系统的良性循环，提高城乡居民的生活环境质量，确保农村经济社会的健康、持续发展。

2006 年 1 月

# 食品安全大于天

## ——专家谈食品安全问题现状与对策

近些年，有关食品安全的警钟不时在人们耳边敲响：农药残留超标瓜菜的危害日渐突出，注水猪肉屡禁不绝，食用油掺杂使假，有毒大米招摇过市……这一系列令人触目惊心的问题，引起了人们对食品安全问题的加倍关注与重视。

目前，我国在食品安全方面究竟存在哪些问题？有关部门应当采取哪些应对措施？请听有关专家的意见和建议。

### 食品污染隐患重重

国家经贸委市场局副局长房爱卿指出：90年代以来，随着我国食品生产的快速发展，流通规模和消费数量的扩大，食品污染的问题日益突出。根据农业部的调查统计，我国遭受农药污染的农田面积达1.4亿亩，32.8%的蔬菜种植户在菜叶上使用过有机磷类高毒农药。

此外，养殖过程中的食物污染也比较突出。一些生产者为了增加产量，获取更高收益，竟然在猪、鸡、甲鱼、鳗鱼等动物饲料中添加激素、抗生素、兴奋剂以致避孕药等，使动物产品的卫生质量留下了先天隐患。

谈到食品加工领域的问题，房爱卿说，由于生产设备、工艺、场内卫生等多方面的原因，在对食品原料的污染疏于监测的同时，加工过程又形成了二次污染。特别是从事肉类加工的一些私人屠宰场，加工过程不仅不实行检疫，有的还向肉品中加注污水。

房爱卿特别强调指出：大量的市场检测报告显示，我国市场上流通的食品，其内在的卫生质量已到了令人警觉的程度。

据有关部门对武汉市5个菜市场的两次检测，在22个品种、48个菜样中，竟有44个菜样药物残留指标不合格，其中有机磷剧毒农药残留高达30%。另据北京市对部分市场的检测发现，有18%的农产品有害残留超过了国家规定的标准，其中蔬菜有机磷残留中，京郊自产蔬菜超标率达17%，外埠进京蔬菜高达69%。

有关数据表明：1999年我国主要城市肉制品卫生质量合格率仅为64.4%，比1997年下降了32个百分点。食品污染问题对人民群众的健康构成了威胁。

中国兽医药品监察所研究员李美同对来自源头的食品污染问题更是忧心忡忡。她指出：现在，生产者在畜禽养殖过程中用药越来越滥，一些兽药虽然治了动物的病，其药物残留却给人的健康带来隐患。大量使用兽药后动物性食品中兽药的残留会有碍人体健康；使用兽药尤其是在饲料中长期添加抗菌药物后，微生物产生的耐药性影响了人类健康或医疗效果。这些负影响现已成为全球范围科学家关注的热点，并且成为国际贸易中易引起纠纷的敏感问题。

## 唤起全民的食品安全意识

食品安全大于天。

食品安全说到底是与每一个人的生活质量与身体健康密切相关的事情，同时，它又是与很多人的工作密不可分的。众多的消费者，也许同时就是食品的生产者、流通商、加工者、销售员，因此，唤起全民的食品安全意识，是保障食品安全的重要一环。

几位来自不同行业的专家似乎都有这样的共识，即：食品生产的主体——农民，首先应该具备食品安全意识和相应的知识与技术。

众所周知，由于特定的环境和条件制约，中国农民大多文化水平较低，对现代农业生产知识和科学种养技术掌握较少，一般主要靠传统的农业生产经验从事种、养殖业，对病虫害的防治及农药、化肥的合理使用缺乏必要的知识和技能。有鉴于此，李美同指出，要加强对农民进行农业技术的培训和食品安全生产的教育。她并且举例说：在德国，农民要想取得从事农业生产的资格，首先必须参加由国家组织的统一学习，经过一年多的农业科技知识与相关规程的培训，方可以从事种、养殖业。而我国有相当数量的农民是文盲、半文盲，在生产过程中出现的许多违规违禁的做法，如使用盐酸克仑特罗（B—肾上腺素兴奋剂）增加猪的瘦肉率，用安眠镇静药及避孕药喂养鳝鱼，在猪、牛、鸡的饲料中滥用抗生素等，既有生产者不顾后果、盲目追求经济效益的一面，也有其文化素质低、不懂得科学合理用药的因素在内。更为恶劣的是，少数农业科技人员为经济利益所驱动，利用部分农民的盲目无知，不惜昧着良心向农民推广一些危害甚烈的违禁药物和形形色色的速成生长激素等，人为地造成了大批不安全食品的产生。

李美同建议，应该向农民进行农产品安全生产的宣传和教育，提高农民对农产品安全重要性的认识。同时给农民树立好的典范，使他们在一个好的生态环境中生产出好的产品。

其次，要使广大消费者树立起绿色消费意识。房爱卿认为，目前我国消费者对食品污染的状况了解不多，绿色消费观念没有形成，在购买食品时，仍然把价格作为选择的首要标准。因此，当务之急是要从倡导绿色消费入手，使消费者改变传统的消费观念。不仅要增强绿色消费意识，而且要学会辨认，使污染严重的食品没有市场。同时，通过产业间的信息传导机制，从根本上解决食品污染问题。

国家食物与营养咨询委员会副主任蒋建平指出，对消费者，要从营养与健康教育抓起，要提高广大居民的食物安全观念和知识水平，增强自我保护与识别能力，自觉抵制假冒伪劣、不安全、不卫生食品，捍卫消费者的利益。

同时兼任北京市学生营养餐研究中心主任的蒋建平先生，对青少年的食品安全尤为关注。他说，为了保护青少年的健康成长，应当大力贯彻江泽民总书记关于推广学生营养餐的指示，把优质、安全的绿色食品优先供应给中小学生。

蒋建平指出，在目前一些假冒伪劣商品充斥市场的情况下，如何保证以优质、卫生、安全的食品供应给中小学生，已成为推广营养餐的一个突出问题。而绿色安全食品正是符合这一要求的必然选择。但是，现有的绿色食品生产数量和种类远不能适应这一要求。

为此，蒋建平建议：中央有关主管部门和各级政府要加强宏观管理，在绿色食品基地建设、产品认证与监督管理、人员培训、技术指导方面给予扶持和支持。

## 建立健全标准、法规、管理机制

为解决食品污染问题，现在一些大城市开始建立对瓜、菜、果、肉、蛋、禽、奶等食用农产品的生产、供应、销售等环节进行有效控制和管理的安全体系，如在食用农产品生产中严格限制高毒、高残留药品及有害饲料添加剂的使用，推广应用高效低残留农药和生物农药；养殖业在生产中严禁使用镇静、安眠类饲料添加剂以及在喂养中不得加入平喘类药物和激素类药物等。

然而，要使这些措施真正落到实处，还有不少难题和障碍。

首先，我国的标准低于发达国家的先进水平，标准体系也不够完善。

以有机氯农药残留标准为例。我国居民自膳食中摄入六六六、滴滴涕的ADI值均低于日允许摄入量，符合我国《食品卫生法》，但远远高于世界发达国家水平。据有关数据表明：六六六摄入量，我国是美国的84倍，日本的15倍；滴滴涕摄入量，我国是澳大利亚的16倍，美国、日本的24倍。

此外，我国有104种农药在粮食、蔬菜、水果、食用油、乳制品、肉、蛋、水产品、茶叶等45种食品中规定了残留量，共含291个指标，基本上已覆盖了我国现有的农药品种。而目前国际食品法典对176种农药在375种食品中规定了2439条农药最高残留量标准。由此可见，我国的标准制定工作亟需进一步完善。

李美同认为，近些年，随着经济的发展与生产规模的扩大，我国一些生产技术法规和标准已经跟不上形势。她举例说，我国于1985年颁布了《兽药管理条例》，10多年来，只做了两次汇编，且从来没有公开出版过，就更不用说系统的修订与补充了，因而使有关管理工作无法到位。相比之下，日本于1980年颁布的《饲料安全法》，至今已出到第73版，他们总是根据新的情况，不断补充，不断完善；同样可作为借鉴的是，美国《联邦法》中的“食品药物”部分，每年都作相应修订，因而每年都有一个新版本，并且在互联网上公开登载，以方便所需者参考、查询、使用。

据了解，由于我国在兽药及饲料添加剂等管理方面法规的滞后，导致一些不该发生的问题重复发生。例如，有些兽药品种在国外已被淘汰，甚至前几年我国批准进口的品种现已被生产国淘汰而我们正在使用。还有些兽药，大多数国家已不允许对生产食品的动物使用，仅用于猫、狗、赛马等，而我们仍用于猪、鸡、牛、羊。

针对这些问题，李美同建议，应该认真审查现行兽药标准，不仅审查品种并且审查使用对象，特别是对生产肉、蛋、奶的动物；同时，结合我国生产实际作妥善修改的工作应予重视。

长期从事兽药监察、检测工作的李美同，从她几十年工作实践中得出的结论是：如果我们不抓源头，不重视完善我国饲料和兽药管理的技术法规并贯彻实施，只测定兽药残留量是不可能提高食品安全性的。

房爱卿建议，对于食品质量，也要搞预测、预报、预警制度。他说，过去我们对市场形势的分析，主要侧重于供求信息，现在，要把质量信息作为发布内容，这是一种导向；要使不安全食品没有市场，如果执法部门检测出来的内容不公布，不预报，不预警，检测就失去了意义。

专家们一致认为，解决食品污染的根本措施是要加快立法、健全法制。对现有的防止食品污染的法律、法规，要根据变化了的情况加以调整、补充和完善。特别是要加快食品标准的建设，对有害于人体健康的卫生标准，要制定更加严格的强制性标准，并使这些标准覆盖生产、加工、流通和消费各个领域。

2000 年

# 稳定发展的根本大计

## ——部分农村基层民主建设纪实

**编者按：**近日，中央办公厅、国务院办公厅发出通知：要在农村普遍实行村务公开和民主管理制度。建立健全村务公开和民主管理制度，实现村务公开和民主管理的规范化、制度化，使工作有序、办事有据，真正做到“有章理事”。这是做好农村工作的治本之策，也是使村干部适应新形势的需要，切实改进工作方法的重要措施。吉林、山东、河南、河北等地在这方面作了一些有益的探索。

拥有9亿多人口的中国农村，近年来在基层民主建设方面展现出一派令人振奋的景象。正由于此，河南省新野县的计划生育工作才由1992年全省第99名进入前30名；山东省潍坊市潍城区才由过去的集体上访频繁一变此类事件为零；吉林省梨树县北老壕村才由乱到治。农村基层民主建设主要体现在基层政权组织建设和群众自治组织建设（以下简称“两个组织建设”）方面。近年来，凡是“两个组织建设”卓有成效的地方，那里的社会治安必然稳定，经济必然持续发展。反之，则不可避免地呈现干群关系紧张、治安秩序混乱、经济停滞不前的状况。

## 民主选举是根本

关于农村基层民主选举,《党章》和《村民委员会组织法草案》都有明确规定。但纸上写的并不等于实际有的。长期以来，农村“两委”(村支部委员会、村民委员会)成员都由上级任命，即便选举也只走走过场。候选人由上级等额提名，选举人只能齐声附和，而最近几年，这种状况有了根本性改变。

河南省新野县上庄乡樊湾村现任党支书樊参功，就是从票箱里“走”出来的。由自荐、推荐产生，包括原任支书在内的候选者多达7人。谁最值得拥有选举权的87名党员由衷信任？“请每个候选人发表‘施政演讲’！”经过庄严的投票之后，监票人当场开箱计票，原任团支书樊参功以82票当选。

同样的情形在山东昌乐县也不鲜见。该县红河镇1997年调整村支书7名，全由党员直接投票选举产生。候选人或自荐，或由党员联名推荐，也可由乡镇党委提名。经一定协商程序，然后产生多于应选人数的候选人。为让选举人对每个候选人充分了解,“施政演讲”成为必需程序。

选举村民委员会也同样如此。据民政部权威人士介绍，1995年以来，全国各地都在推行由村民直接选举村干部的选举方式。为确保投票人的民主权利，许多地区还设置了“秘密画票室”。联合国有关组织曾派人到中国农村现场观摩村委会选举情况，并对此表示赞赏。

从由上级任命到直接选举，无疑是农村基层民主政治建设质的飞跃。“同是当村干部，过去是上级指派的，这次是大家选上来的，心里感到大不一样。说话办事腰杆硬了，就得为大家办实事。大家才拥护你，投你的票。”山东省安丘市一位村支书的话虽质朴无华，却道出了个中的宏旨大义。

## 民主决策是重点

一名村支书被捅了刀子；另一名村支书被殴打致死；24个村呈现严重混乱局面；每周都有成群结队的村民上访……这是为什么？

山东省潍坊市潍城区新任党政领导经调查研究发现，并非群众无事生非、无理取闹，而是村干部作风不廉洁，办事欠公道。进入90年代，广大党员和村民不仅要求经济上富裕，还要求政治上民主；不仅要依法履行公民的义务，还要保护自己的正当权益。据此，不但要求干部转变管理方式，而且要求干部提高管理水平。

于是，自1995年起，被称为“两化”（民主化、法制化）管理的新举措，在这个经济相对发达地区应运而生，民主决策是其重要内容之一。

该区刘家园村曾在一个月内举行过8次村民代表会，讨论建立工业园区、引进外来资金问题。由10户至15户村民推选出来的村民代表各抒己见，争得面红耳赤。最后少数服从多数，村“两委”的提议得以审议通过。类似情况不胜枚举。江苏省常熟市湖泾村曾为商城摊位承包闹得不可开交，后经村民代表反复讨论，解决了争执多年的“老大难”问题。村民代表们都不是村干部，但对村“两委”不符合实际的提议具有最终否决权。凡是涉及新上经济项目、公共事业兴办、宅基地使用、计划生育等重大事项，先由村“两委”提出，再经村民代表会议审议通过，而不是“干部咋说咱咋办”。

民主决策集众人之虑，理纷纭之机，这就最大限度减少了独断专行，避免了决策失误，群众顺气，干部省心，难事不难，大事好办。

## 民主理财是关键

自50年代以来，财务公开问题就一直是农村工作的难点之一。随着农村经济管理体制的改革，它更是引发干群矛盾的主要症结。集体经济雄厚的地区如此，以收提留款为村级主要财务来源的地区更是如此。村民们有足够理由质询：村干部把我们的钱用到哪儿去了？

由村民们选出既公正、又懂得账目的民主理财小组参与理财，是化解这一症结的办法之一。

“这张购买账本、信纸的发票是咋回事？各村的账本、信纸不是由镇里统一订购吗？”“……”村支书无言以对。原来，村支书为吃回扣，擅自开辟了购货渠道。“对不起，这1820元不能报账。”此事，发生在山东省昌乐县红河镇某村，时为1997年春。据该镇统计，1997年内，该镇民主理财小组审出不合理开支88笔，总计金额10746.53元。经民主理财，全镇招待费大幅度下降，其中柳坡村由每年3万多元下降至6000多元。

每月固定某一天为民主理财日，民主理财小组成员（一般5至7人）审理一张张由村支书签字的发票，村支书和村主管会计在旁边随时接受质询。对符合财务制度的发票，盖上“民主理财小组”的印鉴方可记入账册，否则就“另案处理”。这办法，已在山东、河南不少地区推行。初始，村民主理财小组成员还有顾虑：“咱这个理财小组成员有啥用？”新野县上庄乡老龙镇村村民王占强的心理颇具代表性。“你们大胆地审。你们不审个明白，我们难得个清白。”该村村支书程文秀的表态同样有典型性。民主理财制度有力地规范了农村基层干部的财务管理权限，从而有效地摧毁了滋生违法犯罪的温床，既取信于群众，又保护了干部。

## 民主评议是保证

这里又在投票了，参加者是全体党员和村民代表。“村治保主任没达到合格率。”这是潍坊市潍城区某村一年两次的民主评议现场，按事先立下的规矩，一年内连续两次被党员和村民代表评议为“不合格”者，该评议对象就得下台。这个村的治保主任在带队巡逻时有严重渎职行为，理所当然失去大家的信任。对村“两委”干部定期评议，在党员和村民代表心中的分量与选举几乎相当。为此山东昌乐县规定：群众满意率不到60%的干部当场免职。

民主评议作用之大，正如安丘市一位村民代表所说：这是响在村干部们耳边的警钟。

加强基层民主建设是维护农村稳定、促进经济发展的根本大计。而今日农村，仍有为数不少的地方干群矛盾一触即发，广大村民怨声载道，“两个组织建设”徒有其名，民主决策没有落实。因此，大力推广先进地区成功经验，对广大农村乃至全国的稳定发展具有不可估量的深远意义。

1998年6月

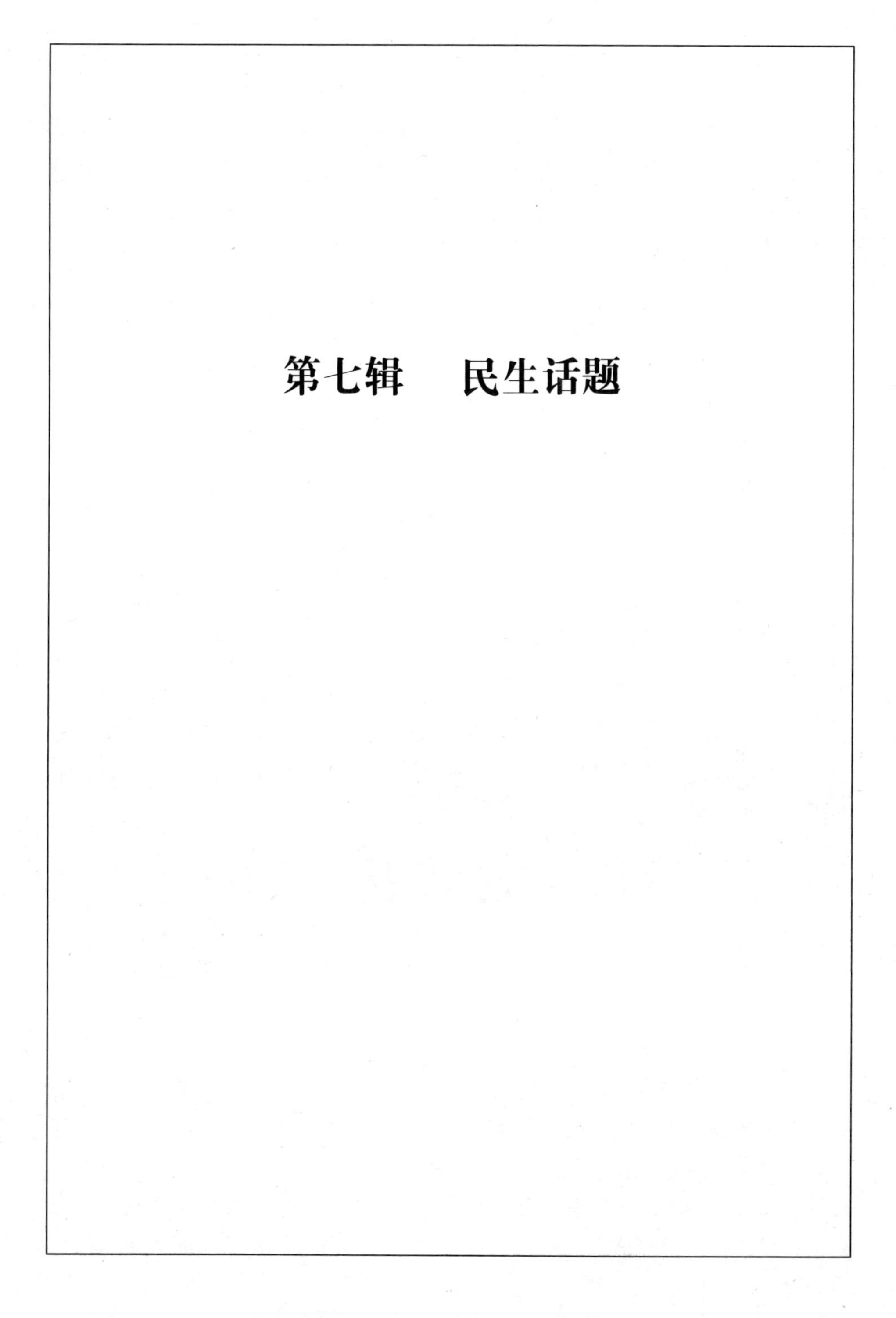

# 第七辑　民生话题

# 诚信为执政之本

## ——聚焦政府官员的诚信缺失

“如果官员没有诚信，社会将会怎样？”这个问题，近来成为人们关注的焦点。事情缘起于今年(2007年) 3月14日的一则媒体报道：山西绛县103名农民工到处奔波讨要被拖欠的近13万元工资，一直没有结果。他们向当地政府反映时，绛县副县长曾写下书面保证：三天之内解决，否则从县财政支出。然而，时隔一年有余，农民工的工钱仍没影儿。对此，该副县长在接受采访时说，他当时去做劝解工作，本来就是想让农民工回去就算了，写承诺的事儿怎能当真？

### 官员无信，百姓何堪

政府官员一句“写承诺的事儿怎能当真”，引起了社会的强烈反响，一时间，本刊读者关于此事的评论连篇累牍，其讨论之热烈，批评之中肯，令人击节。

人们对政府官员的诚信问题如此关注，至少从某个方面说明，当今社会，一些地方政府和政府官员的诚信度远未达到群众的预期。常见的现象是，某些政府官员对群众当面信誓旦旦，背后信义全无；更有甚者，一些官员将一时的承诺作为糊弄群众的权宜之计和技巧手段，从根本上损害了群众的切身利益。在本刊读者来信中，就有大量反映地方政府缺乏诚信从而损坏百姓利益的事例：有的地方政府先许以种种优惠政策招商，将投资者吸引来了之后，又出尔反尔，不兑现事先的承诺甚至干出坑害投资者的事情，被群众喻为“开门招商，关门打狗”；有的政府部门在其掌管的项目实施中故意侵害承包施工方利益，让企业长期垫付项目费用而不予偿还，部分企业因此被拖垮、拖死；一些地方政府在移民工作中违背国家有关政策，先以种种承诺令移民搬迁，一旦达到目的，就对先前的承诺大打折扣，给移民的生产生活造成极大困难……

某些地方的政府官员不守诚信、自食其言的表现，民众此前多有领教。或许就因为如绛县这位副县长一类的官员实在不少，诸多民生问题于是迟迟得不到改善。因此，山东读者姜文华说，现在一些政府官员连起码的诚信意识都没有，若连政府官员都不值得信任了，民众还能相信谁呢？农民工们当初之所以轻信于他，是因为他的政府官员身份并代表政府作出承诺，而他竟然拿自己与政府的诚信当儿戏，政府的公信力恐怕亦随之丧失殆尽。一句“岂能当真”，或许正是部分政府官员对民生疾苦置若罔闻、熟视无睹的写照。

有一位读者进一步指出：“为政以德”不仅应作为治国的方略，也应作为为官立身和从政的准则。民无信则不立，官无信则不威，官员更应该成为民众做人的“范本”。但在绛县这位副县长的眼里，做官不是“做人”，做官也没有“为民做主”，而是玩弄权术，欺骗群众，愚弄人民，如此不守信用的官员何以服众？“写承诺的事儿怎么能当真？”显然与党的施政目标与社会和谐格格不入，应该遭到摈弃和谴责。而“写承诺的事儿怎能当真”一旦演变成为“官员的话怎么能当真”，那么，官员的失信，不但让官员的威信在群众中大打折扣，也有损政府的形象和公信力。

## 官员信用缺失的根源何在

古人云：“君子养心莫善于诚，夫诚者，君子之所守也，而政事之本也。”可是，为什么有些官员就不能视“诚”为“政事之本”呢？请看3位读者的见解。

——政府官员一句“岂能当真”的话语，让人找到了当今中国世风日下、诚信流失的根源。为什么社会诚信体系迟迟不能建立起来，社会上诸多“经济人”不讲诚信、坑蒙拐骗等现象层出不穷？根子就在作为社会管理者的部分政府官员首先不讲诚信。政府的权力基础，是民众的认同，而政府公信力的流失，势必使政府与社会公众之间产生无形的隔阂。认识及此，就不难明确：打造“诚信政府”之重要性，这也是建设诚信社会的前提。当前，政府必须拿出实际行动，从政府做起，从每一名官员做起，以期取信于民。

——这位副县长不讲信用，并不是其本身天生没有信用，而是他的信用缺少了应有的约束，讲信用他能做官，不讲信用他也能照样做官，正因为这样，他才敢置自己的承诺于不顾。由此可见，是官员信用约束机制的缺失，偷走了这位副县长的信用。

——依法行政，是政府行政的准则。这位副县长从一开始就压根儿没有打算兑现，只不过是拿承诺当“应急”的道具，暴露出在实际工作中，法治意识、责任意识在一些地方官员心目中还很淡薄。在地方官员中，毫无责任意识地随意表态随口承诺的现象，并非绛县这位副县长一个孤例。夸张一点说，这种现象已经在一定程度上成为他们处理疑难问题、棘手问题的一种“惯例”。这种“惯例”是依法行政的大敌。

在广大读者心目中，期待政府官员践诺重行、惜恤民情，仅仅只是现代政治文明语境下的最低要求，遗憾的是，在现实中，它依然经常被虚置、被敷衍、被亵渎。有没有一种能当真、能较真的刚性规则和制约铁律，来有效过滤和净化此类官员、官风？以《公务员法》和各种监督条例、纪律处分条例为代表的体制内机制构建固然不可或缺，但很显然，我们仍有必要将思路积极向外拓展。比如设想一下，这些农民工们有权力、有机会决定该副县长的仕途命运时，他还敢将承诺不当真吗？

## 打造诚信社会，政府是关键

自古以来，“仁义礼智信”就是中国人为人处世的基准，“人无信不立”、“君子重诺”、“一诺千金”……无不昭示了“诚信为立身之本”这样一个千古不变的道理。而现在的一些政府官员，恰恰忽视了这一点。其实，政府的威望和公信力是建立在每一个政府官员的诚信基础上的。

现在，各行各业的“承诺服务”、“承诺制度”已经成为市场经济健康发展的重要因素，政府作为提供公共产品的服务机构，也是市场经济中的主体之一。为此，江西读者彭兴庭提出，作为政府官员，没有理由不对他所作的承诺负责。作为社会活动的主要组织者和管理者，官员无疑是诚信环境最重要的建设和保障力量，而这位副县长却认为“承诺当不得真”。若真如此，“不正己身，何以正人”！

党员干部要想在群众中享有威信，受到群众拥戴，就必须树立自己的威信，而威信则来自官员自身的信用。以身作则，以理服人，以德化人才能赢得民心，我们必须坚持“以人民群众满意不满意”为宗旨，才能达到党的施政目标和实现整个社会的和谐。

最后，让我们用安徽读者徐经胜的话作为本篇的结尾：现在，中央提出了打造信用社会的目标，而要打造信用社会，首先要打造信用政府，打造信用政府，又首先要打造信用官员。这就需要建立健全领导干部信用约束机制，对不讲信用的领导干部要给予相应的惩罚，从制度层面堵住偷走领导干部信用的“黑手”。

2007 年 3 月

# 新农村建设，谨防跑偏走岔

近两年，全国的新农村建设如火如荼，为农村、农业、农民带来了许多新机遇、新发展、新气象。与此同时，各地也不同程度地存在一些问题。一段时间以来，本刊读者关注度最高、聚焦最集中的一个问题是新农村建设。这些读者大多来自基层，他们或者是新农村建设的直接参与者，或耳闻目睹了新农村建设的真情实况，他们带来了基层百姓对新农村建设的观感、呼声、建议和意见。让我们侧耳倾听——

## 新农村建设岂能沦为“景观秀”

不少读者来信反映，在一些地方，新农村建设沦为了“景观秀”，如南方某县把水利、造林、交通等资金捆绑投入试点村镇，在试点村花60万元建豪华大广场，而广大农村急需的专项资金却因此“断炊”；再如有的农村开展“粉墙运动”，把民房统一刷成“上黄下蓝”，“村容整洁”成了“粉饰行动”，一些新农村示范点变成“官”赏点；某大城市的职能部门甚至将农民盖别墅当作“新农村建设”的成果。

西部某县是国家扶贫开发工作重点县，全县贫困面达10%，个别乡镇的贫困面更是达到70%以上。就是这个县，在部分公路两边，砌了9处总长度两公里多的高墙，用来挡住农民破旧的房屋和院落。当地政府将之作为美化农村环境的“文化墙”，而在当地农民眼中，这却是一堵“遮羞墙”，因为在光鲜照人的“文化墙”背面，掩藏着的是农村和农民的极度贫困。

这种掩饰有什么意义呢？安徽读者邓学志认为，在一些贫困地区，限于自然条件和历史原因，农民的房子破一些，样子差一些，本来就是一种历史和现实的真实，何必要掩饰？一些地方官员，要想让沿线村庄美观起来，给当地长脸壮势，不如多下点工夫在振兴一方经济、富裕一方百姓上。

新农村建设之所以被不少地方官员“误读、误解”成“新村运动”，原因就是地方官员的“政绩秀”在作怪。正如另一位读者说的，一些地方官员习惯于“表演”，自编自演“造新房、刷新墙、修新广场、点新灯”的“跃进戏”。表面上看，这些官员想方设法为农民盖楼房、修别墅、建广场，但实质上他们根本不是真心为农民，而是在为自己捞“政绩”！

“景观秀”现象的产生，源于上面的浮躁。长期以来，我们总是希望“多快好省”、“立竿见影”，立马“改变”农村贫穷落后的面貌，而不是扎扎实实地做好具体工作。此外，一些领导下来检查工作，往往是“围着桌子转、围着轮子转”，只看表面，不深入群众了解真实情况，如此就给下面造假提供了活动空间。

新农村建设缘何沦为“景观秀”？南京读者尹卫国说，原因在于膨胀的政绩冲动。有的地方领导急于在任期内出成果，于是集中人力、财力搞“盆景式”新农村建设，以展示政绩，结果是示范点成了“一支花”，面上工作则成了“豆腐渣”。这种急功近利的政绩观对新农村建设危害大矣。

## 新农村建设：切莫重“点”轻“面”

现在一些地方的新农村建设是层层办试点，方方面面办试点，结果是，试点村热热闹闹，非试点村冷冷清清。试点村新修了路，盖了新房，有了低保，领导还在张罗绿化、亮化、美化的事；非试点贫困村路不平，电不通，老百姓长期喝不上干净水，少见领导探访，更无部门问津。

有读者反映，一些地方干部为了取得立竿见影的效果，往往会选择具有一定经济基础的村庄作为新农村建设的“试点”，这就导致有限的支农资金和政策被倾斜到本已进入良性发展的村庄。相反，那些亟需外力来打破“贫困恶性循环”的村庄却由于其基础相对较差，政策成效不明显而被上级领导所忽视。最后，富裕地区的“试点”村全部变成了“示范”村，从而越来越富；落后地区的村庄则变得越来越穷。

由于“点”与“面”建设投入差异过大，个别被定为“点”的村一再被“锦上添花”，而未被定为“点”的村，一些急需的建设却无法实施，“点”与“面”之间发展极不平衡。特别是一些偏远村，一些很有必要的建设项目，如修桥补路、维护水利设施、修复水毁田地等，因缺乏政府的组织与支持无法落实，“点”、“面”建设差异过大，不仅让人对政府资金流向的合理性与经济性产生疑问，也造成了不同乡村间农民心理上的不平衡，与当前构建和谐社会不相适应。

通过试点先行、示范引导、以“点”带“面”的形式，促进新农村建设快速发展，当然也是必要的。但在不少地方，办“试点”不是着眼于整体推进，而是把“试点”当“盆景”，导致试点与整体工作脱节，有限的资源过分集中在少数试点上，本应由农民作为主体的新农村建设演变成了政府主导的新村庄建设，造就一批“好是好，学不了”的典型。湖北读者杨明生认为，这种重“点”轻“面”，在“点”上越位、在“面”上缺位、忽视农村整体规划和全局指导的做法，是一种彻头彻尾的形式主义，是一种脱离实际的“政绩工程”，不仅有违试点示范的初衷，也增大了将来在“面”上推广的难度。

## 新农村建设：给农民以话语权

一直以来，农民作为新农村建设的主体和最终受益者，却往往在新农村建设中处于从属地位，缺少话语权。从当前的情况看，农民失语主要有两种情形：一是农民没有合适可行的渠道表达自己的意愿和诉求，二是农民总是被别人代言，其真实想法无法表达。

于是，新农村建设怎么搞，搞得怎样，许多时候似乎与农民无关，他们只是被动地接受各级地方领导强加给他们的现实——他们需要修路架桥，改善农田基础设施，政府却让他们贷款盖新房，建别墅；他们需要增加收入，脱贫致富，一些干部却在琢磨怎样耍花架子……也就无怪一些地方总出现违背农民意愿的种种怪事。

如何发挥农民在新农村建设中的主导作用？关键在于各级领导要高度重视，且用制度保证广大农民的话语权。许多读者认为，新农村建设的计划、方案等，要公开、公示，接受农民监督，并经村委会讨论通过。凡大多数农民有意见或反对的方案不能强制推行。而目前情形是，一些地方新农村建设方案不透明，农民不知情，更无发言权，完全由领导说了算，这种情况亟待改变。

从另一角度说，新农村建设不可忽视农民的自觉群体化努力，因此有读者提出，要尊重农民的意愿和感情，建设成他们喜欢和想要的“新农村”，而不是建设成官员喜欢和想要的“伪新农村”。农民的好恶、农民的参与以及农民的评价，是新农村建设中必不可少的。

只有让农民充分行使自己的话语权，充分表达自身的意愿，才能促进党和政府做出有利于新农村建设的决策。不少读者表示，来自基层的利益主张越充分，决策中的民意成分就会越浓厚。同时，评价各地新农村建设成效如何，关键看农民是不是直接得到了实惠，他们关心和迫切需要解决的问题是不是真正得到了解决，只有这样，新农村建设才能真正成为造福亿万农民的民心工程。

2007 年 4 月

# 清理“红头文件”，百姓怎么看

**缘 起：**“红头文件”是一定社会历史条件下的产物，随着社会经济的发展，以及依法治国方略的推进，许多既有的“红头文件”已经不合时宜，有的甚至与现行法律法规相冲突。据了解，从2003年至今年上半年，全国31个省级政府对报送备案的9745件规范性文件进行审查，发现违反上位法规定的就有623件。今年(2007年)3月，国务院办公厅向各省、自治区、直辖市人民政府、国务院各部委、各直属机构下发《关于开展行政法规、规章清理工作的通知》，要求对现行行政法规、规章进行一次全面清理。实际上已经失效的，要宣布失效；行政法规与法律不一致的，要予以修改。整个清理工作要于2007年10月底前完成。这无疑是建立法治社会、规范政府依法行政的一项重要举措，广大人民群众在为之叫好的同时，也寄予了诸多期待。

## 勿以“政府”的名义泛滥

近些年，“红头文件”满天飞的状况虽已得到控制，但在不少地方，“红头文件”仍在以“政府”的名义泛滥。

2004年，河南沁阳市政府发文规定：凡是在当地工业投资500万元以上，或房地产业投资5000万元以上的客商，就可以享受“超国民待遇”：车辆违规不用受罚、子女上学可自由择校、娱乐场所消费不受公安机关检查、医院看病半价支付、风景区免收门票等。

2006 年 4 月，湖北省汉川市政府办公室下发红头文件：全市各部门全年喝“小糊涂仙”系列酒价值总目标为 200 万元，完成任务的按照 10% 奖励，完不成的通报批评。

福建平和县曾发文规定：没有初中毕业证，就不给办结婚证；河北省平乡县在公开招录中小学教师时发文要求：被录取教师需要在规定时间内，交纳 2—7 万元不等的师资培训进修费，否则按自动放弃对待……

上述所有以“政府”名义颁发的红头文件，无不打着“改革”、“发展经济”等“革命”旗号，行的却是谋取地方或部门利益之实。

曾有读者指出，在山东济南，省委办公厅的“红头文件”赫然印在了某高档香烟的广告图案上，该文件的内容为“同意该品牌的卷烟作为山东省接待用烟”。这种打着“政府”招牌的香烟广告，生生地折射出政府和企业之间的暧昧关系，令人对以公权力“保驾”部分企业的高度质疑。

清理“红头文件”，首先要清理相关政府部门领导者的错误政绩观。正是由于种种错误的政绩观导致了“问题文件”的产生，比如，“喝酒文件”、“超国民待遇文件”、“香烟文件”等，就是地方、部门权力无限膨胀的极端表现。因此，清理“红头文件”，就包括了清理“红头文件”的制定者，清理部门利益至上、官本位、以权代法等错误观念，以此提高领导干部的法治观念、民生民主观念，只有这样，“红头文件”才不至于总是以“道貌岸然”的面孔出现，不再以“政府”的名义滥觞。

## “政出多门”何时休

长久以来，在一些地方，“政令不畅”、“各自为政”等问题痼疾难消，令中央和国家的大政方针在贯彻执行中受阻，这很大程度上源于某些地方的决策者对于国家政令与法规有意无意的曲解。为什么一些地方和部门的“红头文件”能够大行其道，而中央的政令“出不了中南海”？就是“上有政策，下有对策”在作怪，“政出多门”是导致部门职权重复、交叉，“红头文件”互相冲突、打架现象频频发生的根本原因。

湖南读者维骏说，目前，我国的各种法律法规不可谓不健全，但是，真正能贯彻到底的又有多少？我国的《土地管理法》制定了“最严格的耕地保护条例”，但某些地方政府的一纸“红头文件”，就能随意征走成百上千亩土地去搞开发；我们的《环境保护法》不可谓不具体，可是，举国上下还有多少河流湖泊没被污染？还有多少城市能看到湛蓝的天空？特别是近期的太湖蓝藻污染事件，难道不都是“政出多门”惹的祸？多年来，太湖沿岸那些早该关闭查处的污染企业，如果没有“政府保护”的红帽子罩着，恐怕太湖的今天也不至于如此不堪。

仅仅寄望于依靠全面清理“红头文件”来实现政令的畅通，显然还远远不够。为此，江苏读者吴江认为：某些曲解政令的“红头文件”显然不是从天而降，而是通过一部分人经过一定的程序或是机制制定出来的。而这些隐身于“红头文件”背后并最终催生了问题“红头文件”的人员、程序与机制，恐怕才是导致“政令不畅”、“法治不一”的根源所在。因此，在全面清理“红头文件”之余，更应着力于改变或革除催生这些“红头文件”的程序与机制，通过制度完善来约束以“政出多门”形式出现的部门利益之争。否则，仅仅局限于对“红头文件”的全面清理，而不注重于根源的拔除，则难免成为又一出“全面清理，卷土重来，再次全面清理”的“西西弗斯”式的悲剧。

## 短期“清理”难治“经年顽疾”

众所周知，“红头文件”的产生大多有其特殊的社会历史背景，而其中最明显的因素就是：它代表了一定时期和阶段地方长官及部门的执政意图，因此，许多“红头文件”就难免不打上“官本位”的烙印，甚至与国家法律法规明显冲突。君不见，一些极其荒唐、罔顾民生的错误决策，都是戴着“红头文件”的帽子出台，并且执行不误。比如，有些地方文件规定：工商、税务等执法部门不得进入开发区检查某些企业；有的地方公然出台违法罚款和乱收费的“红头文件”；有的地方竟以“红头文件”作为企业违法征地、肆意污染环境的保护伞！但是，谁来纠正这种“长官意志”决定一切的问题文件？况且，多少年来，各地方、各部门的红头文件数以千万计，靠短时间的匆忙“清理”，到底能有多少成效？

江苏读者顾一冰来信指出：从现实情况看，政府文件“违法、不当”的问题不少，但仅仅靠政府法制部门的“规范性文件备案审查制度”，难免有“漏网之鱼”。因此，有必要对我们的行政法律体系进行重新审视和设计：其一，《立法法》对行政立法程序规定得过于笼统，政府及其部门的抽象行政行为很可能会出现问题，并导致“恶法”出台，比如不少地区以政府“征收”、“拆迁”为目的的规范性文件在公平、合理、适当等方面就出现过许多漏洞，因此，有必要对“红头文件”的制定与实施进一步加以约束。

如果说对“红头文件”的清理是一种治标行为的话，那么，规范政府行政权力才是“治本”之策。正如江西读者林金芳指出的那样，“红头文件”的泛滥与不规范，就是行政权力无限扩张的表现。在我国，规范政府行政权力，最重要的任务莫过于“权力清偿”。权力后退，公民的权利才能回归。此外，对红头文件的清理也应该规范化、制度化。“运动式”的清理，有诸多弊端，不但成本高，浪费社会资源，而且，也会产生诸如“选择性清理”等不良现象。

有效制约地方立法中的“地方保护主义”和“部门利益”问题，是治理“红头文件”泛滥的又一得力之策。据此，浙江读者吴杭民的建议值得重视。他说，在规范性文件前置审查过程和公布实施后，一旦发现“红头文件”出现违规违法等问题，有关部门应该视情节严重追究相关人员的责任，从而用严格的制度来保证“红头文件”的严肃性、准确性。只有这样，才不至于出现“一边在清理，一边在违规”的越位、走形的“红头文件”不断出现的情况。

2007 年 5 月

# 公祭：不拜苍生拜鬼神

近年来，全国各地公祭之风盛行，一些历史人物与神话人物被同时推上了神圣的祭祀台；一些地方不惜民力物力，大兴土木、大烧香火，有的地方政府动辄投资几千万甚至几个亿为祭祀文化搭台造势；有的地方甚至从省到县都设立了专门的公祭机构，更有地方为争抢或分享“祖先”而打得不亦乐乎。越来越多的地方政府如此热衷于公祭，这背后有着怎样的政绩情结？广大民众对此看法如何？

## 公祭背后的“政绩情结”

如今，不少地方的领导干部为了彰显政绩，都热衷于造势，而造势是需要理由的。于是，借着古人、名人，乃至传说中的神话人物做文章，就成为邀约上级领导、国内外佳宾、花大钱、做大项目之名正言顺的理由。于是，一些地方每年都不惜花巨资搞公祭，表面上看起来热热闹闹，最后却只是留下一堆债务和年终写进政府工作报告的所谓“政绩”。

甘肃读者瞿方业认为，公祭表面上打着弘扬中华文化的旗号，实则是以旅游经济为主导，让古代帝王和圣人吃冷猪肉，表现出一些当政者好大喜功、搞形象工程的政治意图。这除了给公众一个不可知的预期，就是浪费社会资源和钱财。

安徽读者童克震指出，本来是古朴孝道重在心祭的祭祖活动，在不良风气和不良动机的干扰下，却演变成奢侈浪费和夸富摆阔，偏离了祭奠的宗旨。

祭祖主要是寄托哀思、不忘先人、承传美德，并不是走过场、搞形式、图好看、摆排场。如果心里没有发自肺腑的思念，花的钱再多，祭奠也毫无意义，如此奢侈浪费也与勤俭节约的传统美德格格不入；如果心里充满思念，就是不花钱的祭奠，也“重如泰山”。

公祭泛滥的主要原因何在？湖北读者殷建光一针见血地指出，源于地方领导主观决策。他们从来不问地方百姓需要不需要这些面子工程，他们忘记了地方政府应该为人民造福，如果人民不同意，你凭什么大兴祭祀之风？这些少则千万多则上亿的大投入，是典型的靠金钱打造政绩的现象。在其背后是地方官员畸形的政绩观作怪，而不是把民生利益、地方长远发展放在首位。

由此可见，近年来泛滥的公祭活动已成了一些地方官员沽名钓誉作“政治秀”的秀场，与当前建立节约型社会和关怀民生等政策导向背道而驰，因而受到舆论及社会大众的普遍反对。

## 公共财政岂能随意挥霍

据有关媒体报道，近年来，陕西黄帝陵总共进行两次整修，投资2.8亿元；郑州市和新郑市计划投入3.5亿元，对黄帝故里景区进行改扩建；浙江省绍兴市累计投资2亿多元，新建各种祭禹建筑；甘肃华亭县拟投资3480万元修建秦皇祭天第一坛；湖北省十堰市的国家级贫困县竹山县号称投入1500万元，建造了高18米的女娲雕像。每年各地政府为公祭活动要耗费多少财政资金？恐怕没人统计过。

问题在于：动辄数千万甚至上亿的资金用于政府公祭，纳税人怎么看？有读者将此形象地比喻为：“抬出一个死人，建造一座假坟；花了一堆金银，坑了一方庶民。”

不容忽视的是，拟用3480万元修建“秦皇祭天第一坛”的甘肃华亭县，当地去年农民人均纯收入只有2316元；而计划投巨资对黄帝故里景区进行改扩建的新郑市，2006年的财政收入也只有7.3亿元。

对此问题，瞿方业读者的观点是：地方政府祭祀所花的财政资金，得之于税收，税收是个人让渡的部分私有财产，应当用于政府维持社会秩序，打造公共产品和公共服务，不是为了让政府烧香拜鬼的。即使政府打造公共产品和公共服务而运用财政资金，也必须得到纳税人的同意。现在一些地方政府竟以公共财政资金祭祖，无疑与政府的本位背道而驰，也违背了公共财政资金产生的本来意图。

正如浙江读者王军荣所质疑的那样，祭祖究竟能够给当地经济带来多大的发展，其实谁都无法科学计算。不过，所花出去的大把大把的钱却是有目共睹的。只是，这笔钱是否经过人大同意了？是否是在预算之内？花了纳税人的钱，纳税人却无法知道这笔钱是否使用得当，这让大多数的纳税人感觉不爽。

盛世建塔筑坛，造景塑像，已经形成了一股风。其情景，恰如安徽读者张永琪所指出的，叫作你打轩辕牌，我就着黄帝装，你让孔孟登场，我就让老庄演戏。死去几千年的鬼神，一个个"复活"了，远比他们活着的时候风光。即使花了再多的钱，也没有任何官员心疼。假如这些钱谁主张由谁自掏腰包，想必主张者就没有这个积极性了。

"官员露脸，百姓埋单"似乎是所有公祭活动的必然结局。然而，公共财政岂能随意挥霍？

因此，有读者指出，要从公共财政的角度来管理好政府官员乱花钱的冲动，如果建立起受纳税人控制的公共财政体制，让每一笔财政资金的使用都得到公众的同意，那么，这种用于烧香拜鬼的钱是不会得到批准的。政府热衷于烧香拜鬼而乱花钱，体现出我国在财政资金的运用上离现代公共财政体制的距离还很远。

## 多拜苍生，少拜鬼神

公祭风越刮越烈，从20世纪80年代至今，全国已有数十个地方推出了公祭活动。仅河南一省，今年除了郑州市的"黄帝故里拜祖大典"，还有淮阳县的拜祭太昊伏羲大典、泌阳县的神农坛拜祖大典、内黄县的颛顼帝喾陵祭祖节、桐柏县的祭祀盘古大典等。如此大面积、大规模的公祭活动，给老百姓带来了多少福祉？又能为地方经济带来多少益处？

从民生事业来看，要用钱的地方还是很多。况且，在这些大肆操办公祭活动的地方，究竟能够引来多少游客？不知道当地政府是否作过成本核算？为此，浙江读者王军荣指出，如果巨大的成本投下去，却没有获利，甚至只是变成烧钱的项目，或者只是成为当地领导的"政绩工程"，那显然是毫无意义的。

另一位读者对此事的批评是:“不以一文惠民，怎忍千万拜鬼？”不少读者建议，这种劳民伤财、为官员搭建“政绩”平台的公祭活动应尽快废止。官员们不要借助鬼神的光环为自己脸上贴金，应该珍惜民脂民膏，把用在祭祀鬼神上花的钱，用到改善民生，为民谋利上来。

其实，地方政府与其大张旗鼓地搞公祭，不如拿出办公祭的热心和资金帮助老百姓办一些实事。正像安徽读者朱少华所说的，现在我们有很多方面需要资金，需要政府扶持，老百姓还有不少困难，有的甚至还缺少基本的保障，如果我们能把办公祭的资金都用在民生上，用在提高群众生活质量上，老百姓满意了，祖先们地下有知，一定倍感欣慰，这不也正是我们各级政府执政的宗旨和目的。而对于祖先来说，这恐怕也是最好的祭祀。

要增强国家的凝聚力，只有发展经济，关注民生，让百姓过上好日子。而现在各地盛行的公祭之风，能让国家昌盛多少？能让国家的凝聚力指数上升多少？没有人说得清楚，更没有统计数据的支撑，结果只是花了一堆糊涂钱，留下一堆仿古建筑而已。

2008 年 4 月

# 城市管理：亟待破解三大难题

随着我国市场经济的快速推进，与汹涌的城市化浪潮同步而来的，是城市版图越铺越大，城区人口越来越多，道路交通越来越拥堵，城市管理问题越来越突出……在新旧体制交接、社会矛盾多元化的时代背景下，该如何化解这些棘手的问题？

## 城管执法：杜绝一个“乱”字

近年来，城管执法屡屡成为社会关注的焦点，因城管执法失当而引起的纠纷时有发生。据媒体报道：今年（2008年）7月10日，海口市琼山区城市管理行政执法大队，在查扣某烧腊店摆在走廊和门前的桌椅和厨具时，店主率店员将所有物品当众砸烂，以表示对城管不公正执法的不满。据店老板介绍，他开店两年来，城管人员来没收物品已不止20次，但每次都不开单；7月17日傍晚，江苏省句容市城区发生一起城管人员与瓜农的纠纷事件。其中一名妇女当场被城管人员踢得小便失禁，3名瓜农被殴受伤。

在一些地方，城管人员执法惹争议、犯众怒，已经成为带有普遍性的社会问题，然而，作为维护城市社会秩序的城管人员，为什么常常成为市民诟病的对象？

湖北读者耿海军来信指出：在不少城市，城管执法被定位为“掀摊子、拆房子、追兔子（沿街叫卖的流动摊点）”。由于缺乏有效的制度约束，城管执法，带有很大的主观随意性，有的甚至按照双重标准执行。比如，平时交了

“占道费”，小贩就可以公开经营；没交“占道费”、没有后台的，就没收物品，由此导致“暴力执法”、“执法创收”等乱象丛生。

城管执法人员和管理对象之间发生的冲突日益升级的主要肇因是什么？河南读者周士君有他的解答。他说，其主要肇因就是城管执法职能、执法范围、执法手段不够明晰，甚至缺乏必要而具体的法律依据。于是，这支“借法执法”的队伍，反而拥有了过大的裁断权，致使没收、捣毁商贩的个人财产，打人、伤人以及随便限制他人人身自由等，成为城管人员的惯用手段。

城管不是警察，却管得比警察还多；城管也不是工商执法人员，对小摊小贩却可以任意罚款。一旦执法权被泛化，不管怎么大力整顿，都不免产生“失控”的结局——这就是江西读者林金芳在来信中所陈述的观点。

那么，该如何杜绝城管的执法乱象？耿海军读者认为，包括城管执法在内的一切执法，要赢得人们的尊重和理解，就必须绝对禁止执法创收等非法行为，必须大力提升执法队伍整体和个体的素质，并且将害群之马坚决清理出局。否则，城管执法乱象就会一直持续下去，城管与商贩的剑拔弩张的关系也可能进一步激化。

## 道路交通：重在一个“疏”字

在城市道路交通管理中，人们最常见的措施，就是“禁、限、堵”：除了很多城市早已禁止摩托车通行外，今年又有城市出台规定，禁止电动自行车上路……为此，有读者感叹：为什么禁的都是百姓的代步工具？在公共交通不足以作为便捷出行之依靠的情况下，市民选用一些快捷、方便的交通工具如电动自行车等，有何不可？

此外，在许多大中城市，还先后出台了限制小排量汽车等规定。总之，除了禁、限、堵，有关部门似乎找不到更好的管理办法。其实，种种“禁、限、堵”措施并没有从根本上改变城市道路交通状况，相反，有的城市道路的拥堵日甚一日。有人抱怨城市人口太多，有人批评机动车增加太快，面对这些无法改变的现状，我们能否换一种思路——尝试用疏导的办法来解决城市道路交通问题？

安徽读者邓学志认为，某些“禁”的措施也许会在短时期内见效果。但这些措施往往是城市管理者站在减少运行成本、方便自身管理的角度制定的，落脚点总是在“堵”上。如果我们换一下位，从市民的角度来看一看为什么私家车会大量增长，考虑一下市民为什么需要依赖摩托车、电动自行车出行，就会发现如今大中城市交通存在着的一些“硬伤”。比如，尽管公交花费低，但一是拥挤不堪，无舒适可言；二是速度慢，影响上班或办事；三是线路还不尽合理，路途转车不方便，绕行时间长。

可见，要切实解决目前大中城市的出行难题，城市管理者还要多做“疏”的工作。首先，要重新整合城市交通资源，以方便市民快速出行为前提，优势互补，形成一个无缝覆盖的城市交通整体。其次，要科学增加车辆，提高速度，优化线路。更重要的是，服务要跟上，比如及时出版更新《城市交通指南》，尽可能地消除城市交通的“迷宫”现象等。总之，政府管理部门应该把简单化的屡受大众诟病的“禁、限、堵”，改为在创造条件基础上的规范和疏导。因为，再多的禁令也无法解决市民出行的问题！

## 市容管理：讲求一个“实”字

市容市貌，是城市管理的重要内容，也是与百姓生活关系密切的重要方面。由于一些城市管理者服务意识淡薄，管理水平差强人意，有的甚至借管理之名行收费之实：兰州市七里河区城管大队要求所管辖的每个冷饮摊点交纳3558元，统一新配冰柜及其他设施，如不交钱购买新设备，就要取缔摊点；海南省乐东黎族自治县城管局规定，县城范围内各店铺以及个体商贩使用的太阳伞，需“统一使用、统一管理”，各摊主在限定日期内不用城管局指定的太阳伞，就不准出摊；广州市花都区将千余名废品收购人员由“游击队”变身“正规军”，统一着装、统一车辆，发给专业从业证。但每个废品回收人员每月要交30元管理费，收编时工具车改造、服装等需要一次性缴纳250元。

读者武洁因此质问：“管理的种子何以结出收费的果子？”武洁认为，对于这些城市底层的服务行当，必须毫无门槛地向公众敞开，而当底层行业的“管理费”、“服装费”架设起一道道“门槛”时，那些原本有望通过自身劳动谋得生计的平民百姓，恐怕只能在这道看似不高的经济“门槛”之外望而兴叹了。政府部门的“统一管理”永远都不应成为“借机收费”的堂皇借口；更应警惕“不当管理”所设置的“侵权门槛”。

城市管理不应只追求形象上的整齐划一和宽敞干净，更重要的是要关注弱势群体基本的维生手段。这是不少读者共同的声音。就当下中国的国情而言，城市本身很难清除小商小贩，成为所谓的“无摊城市”。如果城市管理者能从实际出发，深入体验一下小贩生存和城管执法的双重困难，懂得吃饭问题是民众最大的问题，懂得了穷人的经济学，那么再去打量小商小贩，再去打量路边的小车小筐，或许他们会在决策时更加清醒，更加务实。

2008 年

# 且从网络听民声

据有关资料统计，我国的网民已达一亿多人，写博客，发帖子，上网交流，成为许多民众关注社会、表达诉求、反映社情民意、参与社会政治生活的重要方式。随着互联网的快速普及，网络在我国政治、经济以及社会生活中的影响越来越明显。

今年(2008年)6月20日，胡锦涛总书记视察人民网，并在线与网民交流，希望从网上了解网民对党和国家工作的意见和建议，表达了党中央将网络民意纳入社会主义民主政治体制的导向。与此同时，越来越多的官员上网收集民意，这意味着政府开始重视网络民意，网络表达将成为民主建设的新通道。

## 广纳网络民意，完善政府决策

近期，不少地方的政府官员纷纷在网上露面，与广大网民进行零距离接触。今年5月，江西省委书记苏荣通过网络等媒体发表公开信，征求省内外朋友对江西发展的建言和意见，迄今已收到各类建言4.2万条，网络跟帖6万余条，他本人对网络建言作了38次批示。7月中旬，重庆市高级人民法院及全市三级法院共46名院长同时向社会公布了各自的个人电子邮箱，网民可通过电子邮件与各级法院院长直接对话；海南省澄迈县委发文，要求全县各级领导干部，每两天至少一次登录县党政内网，疏通民意，关注民生。

本刊不少读者来信表示，在信息化高速发展的今天，网络已经成为各级政府了解信息、收集社情民意，让群众实现利益诉求的重要渠道，通过互联网了解民情、汇聚民智应该逐步成为政府官员的必修课。而上网关注民生，回复网民，更是实现政府与百姓互动的重要形式。

江西省委书记苏荣向网友问计求策，并接受广大网友的“拍砖”、“灌水”、提问，这种官民共商政事、汇集民智的做法，体现了官员的民主意识和作风。对此，许多读者予以认同。网络作为公共交流平台，汇集了很多民间智慧，苏荣书记通过回答网民关注的热点、难点、焦点问题，利用网络为载体掌握新的舆论空间，无疑增强了社会意识和官方话语的耦合，对于执政者来说可以防止思想僵化，对于民众来说，则增强了参政议政的意识。

随着互联网的广泛应用，网上办公、网上办事、网上回复群众意见，已经成了党和政府改善工作作风、密切党群干群关系的一种重要方式，成了老百姓参政议政、诉求民意的一个重要渠道。一名江苏读者甚至认为：大家期盼的服务型政府、开放型政府、阳光型政府、责任型政府，也逐渐在互联网上得以塑造和打造。特别是一些政府高层领导开始关注网络、重视网络、利用网络，使得越来越多的群众参与到了网上参政议政中来。

将网络作为平台，开门纳谏，搭建政府与群众对话的平台，与民众实现双向互动式沟通交流，省去了群众向政府机关反映问题奔走等待的不便，方便了群众享有参与权、知情权、监督权，调动了群众参政议政的积极性。

## 重视网络举报，开辟反腐新途径

最近，湖南株洲市纪委书记杨平成了网民热议的人物，他揭开自己头上的神秘面纱，实名上网，每天定时在网上与网民沟通交流，并通过网络帖子获取线索。近两个月来，他从网上的短信通道收到30多封投诉信，他说，“网络成了我的第二办公室。”

北京市人民检察院检察长慕平近日也透露，北京检察机关重视从博客、论坛和媒体上筛选有关职务犯罪线索。特别令广大网民鼓舞的是，近期，备受瞩目的河南“最牛局处级别墅群”经网民爆料后，当地迅速拿出处理意见进行查处，让民众感受到了“网络反腐”的强大力量和效果。

近年来，被网民们称为“反腐新途径”的网络举报呈上升趋势，与有关部门重视网络举报，并根据相关线索查处、打击腐败和犯罪不无关系。对此，许多读者给予肯定和赞同。他们说，闻“网民爆料”而动，应该成为有关部门反腐败的新手段和新途径。

湖北读者叶祝颐指出，在一些地方，由于相关部门的工作不到位，或者说公众向相关部门申诉存在时间长、耗费精力等方面的问题，普通公民反腐渠道不畅通，而网络反腐具有快捷方便、影响面大、成本低廉的优点。所以，这是百姓自发维权的一条重要渠道。同时，把他人行贿受贿等腐败证据放在网上暴晒，有利于把单薄的个体力量汇聚起来，形成更大的集体力量PK腐败行为，从而引起有关部门与社会公众的注意，提高举报效率、降低举报成本。

在这个网络时代的反腐败进程中，“网民爆料”很可能是一条重要的、来之不易的线索，就像举报人写信或去“密室”举报那样，反映了民众对腐败的憎恨和对反腐败的企盼。浙江读者吴杭民认为，或许，网民爆料有时候会有所偏颇，但这并不影响有关部门闻“网民爆料”而动，因为唯有直面网民的举报，并经过公权力的深入细致的调查核实后，才能满足民众对公共事件的知情权和监督权，也才能充分厘清事实的真相，给民众和涉及的部门或个人一个说法。

## 疏通网络渠道，建设民主新通道

网络是一个开放的、也是相对自由的舆论空间，自然会有各种不同的声音夹杂其间，也难免有一些不实传闻，如何正确对待并妥当处理网络信息，是对各级政府政治智慧的考察和检验。就像本刊读者来信指出的那样：是否将网络表达看作民主建设的新通道，一条重要标准是，官员在开辟这一通道的过程中，是否认真采纳民意。

令人欣慰的是，不少地方的政府领导已经意识到网络舆情的重要性，有的地方还在网上开设了“民生投诉办公平台”；但也有一些地方官员视网络如洪水猛兽，视民意而不见，有的甚至加大监控力度，来封堵网络民意的表达。

在互联网时代，任何企图将一个突发性事件的知晓范围控制在一个限度内的做法都是徒劳和得不偿失的，而且，一个地方性的事件经网络放大后，会迅速成为一个全国乃至全球关注的事件。有读者例举贵州的“6·28”事件。事件发生后，有关消息迅速传遍全国乃至海外，由于缺乏政府部门的权威信息，各种说法在网络上满天飞，严重影响了当地党和政府的形象，引起全国民众的强烈关注。

有的地方政府对网络舆论进行封堵，不但于事无补，更加深了官民之间的隔阂，让官民无形中形成了对立，这种做法是错误和愚蠢的。就此，安徽读者池墨表示：一个社会是否民主、进步，关键要看这个社会的民意是否能够得到充分表达。

不少读者来信指出，当前，各级政府信息公开工作任重道远。近些年，各地矿难、群体性事件、公共卫生事件频发，有不少是责任事故，这其中有一个长长的、复杂的利益链条，甚至涉及到不少地方官员甚至要员。但往往是地方政府可能承担的失职责任越大，牵连的利益因素越多，相关信息就越不容易被公开。而网络的开放性为普通民众监督政府开辟了一条可行的通道，它突破了制度门槛，使舆论监督更加方便、快捷。

应该说，在某种程度上，网络对于疏通民意，表达民情，建设民主新通道，有着不可替代的作用。如何面对日益兴起的网络监督，成为各级政府亟待破解的课题。

2008 年 8 月

# 贫富班背后的社会隐忧

随着“一部分人先富起来”的国情变迁，人们不难看到，中国社会的贫富差距正日益加剧。虽然政府一直在加大对贫困地区及弱势人群的扶持力度，但问题的解决是个历史过程。如果仅仅是“在商言商”，无论商家或企业将有钱的富人封个什么级别的VIP，都无关社会大众的痛痒。但如果是在公共领域特别是教育领域，人为地制造“贫富差别”，那就不可避免地要触犯众怒。

据媒体披露，安徽某县一些小学按学生家庭贫富分班，家长交3000元钱，孩子就能享受小班待遇，教室内设置空调、彩电、DVD等教学设施；不交钱的孩子则挤在近百人一间教室的大班……此举引来了社会舆论的挞伐。

## “贫富班”挑战教育公平底线

“有教无类”的理念自孔夫子始。如今，我国从义务教育阶段到高等教育体系，法律规定人人享有公平均等的受教育权。

然而，灵璧县某些小学按贫富分班的做法，从根本上触犯了教育公平的底线。正如安徽读者夏慧萍所指出的，“贫富班”的做法是教育理念的堕落，是侵蚀教育肌体的一颗毒瘤。它扭曲了孩子们的心灵，违背了学校“教书育人”的宗旨。“贫富班”让孩子们受到教育是：有钱就可以高人一等。家中不富裕的孩子，则被学校看不起，只有“低人一等”地挤进近百人一间教室里读书。“贫富班”不仅人为地形成了教育歧视，也在用事实对孩子进行歧视教育。孩子在这种教育理念催化下，心灵会被污染、被扭曲。

另一位安徽读者倪黄村的看法是，富人子弟凭金钱上公立学校的富贵小班，实质是对穷人子女公平教育权利的戕害，是对公共资源的蚕食，这就从根本上践踏了教育公平的原则。富家子弟可以凭财富享受公立学校优质教育资源，难道穷人孩子就活该近百人蜗居在一间教室里？学校按贫富分班势必加深民众对教育公平的怀疑，不利于和谐社会的构建，而且学校谄媚财富的做法也会在孩子心里种下社会不公的种子。学校决不能以牺牲教育公平为代价，出售优质公共教育资源。

在优质教育资源相对紧张的现实情况下，老百姓一直对教育公平充满期待，对不公平的教育现象多有批评。一些公立学校不但不想办法均衡教育资源配置、提高教学水平，反而按贫富分班，如此敛财创收只会加剧教育不公。

众所周知，教育公平是和谐社会的基础。我国《义务教育法》明确规定：县级以上人民政府及其教育行政部门应当促进学校均衡发展，缩小学校之间办学条件的差距，不得将学校分为重点学校和非重点学校。学校不得分设重点班和非重点班。然而，社会上形形色色的"校中校""贫富班""贵族班"以及花样繁多的"赞助费"，不正是在继续挑战教育公平的底线吗？

## "贫富班"人为撕裂校园和谐

"贫富班"之所以遭到社会舆论的强烈谴责，原因在于它在最不应该有贫富差别的教育领域人为地制造差距，把贫富差距的阴影过早地投射到身心稚嫩的孩子们身上，并进而撕裂了校园和谐。

试想，在一个本来宁静和谐的校园，突然有少数学生由于家庭背景的原因，被校方贴上"阔少"的标签，安排在装有空调、彩电、DVD等教学设施的豪华课堂学习；而绝大多数的学生则被迫在拥挤不堪的大教室上课。两相比较，无论是哪一方的学生，想必内心都会有激烈的碰撞，并进而演化成或自大或自卑的非正常心理，造成学生之间的隔膜与隔阂。

就像广东读者叶扩所说，"贫富班"将社会上的贫富差距问题复制到了原本是相对公平的校园里，将社会阶层分化的印记过早地刻在身心尚未成熟的孩子们身上，必将对他们的人生观和价值观产生深刻影响。

古人尚能做到"有教无类"，在努力构建和谐社会的今天，我们怎能容忍在小学阶段就将孩子们分为三六九等？倪黄村读者认为，某些公立学校按贫富分班，让富人孩子凭借父辈财富享受教育特权，却剥夺了穷人孩子接受公平教育的权利，岂不让穷孩子离竞争起跑线愈来愈远？学校拿教育资源与金钱作交换，不仅容易让富家子弟产生财富优越感，也会给普通人家的孩子带来心灵的伤害。如果任凭“贫富班”现象发展下去，教育作为人生的起跑线或者说是阶层向上流动的公平机制将被瓦解。

## “贫富班”加剧教育资源分配失衡

本来，我国教育资源的分布就存在严重不公，即使在京、津、沪这样的大城市，也多见重点学校与普通学校之间的巨大差异。“贫富班”的出现，更是印证了近些年“教育产业化”带来的弊端。在这种荒唐政策的引导下，有些学校抛弃了“教书育人”的根本，纷纷兴起“名校办民校”以及利用公共资源为学校牟利的各种特殊班，将本该由社会全体公民共享的优质教育资源向少数富人子女倾斜，加剧了社会资源的分配不公。

对此，胡艺读者的看法颇有代表性，他认为，本该公平分配的优质教育资源，结果成了富人子女的专利。这恐怕用“财富通吃”来解释比较合适。什么叫马太效应？“凡有的，还要加给他叫他多余；没有的，连他所有的也要夺过来。”这就是马太效应。本来已经享有各种资源的富人子女享受教育特权，正是对这种“损所不足而奉所有余”的马太效应的最好注解。

胡艺说，表面上看，学校按贫富分班，富人孩子上富贵小班，与消费者高价购买贵宾服务有点类似，其实不然。基础教育资源分配与其他服务行业完全不是一回事。因为公立学校属于公共教育资源，并非私人投资的学校，公立学校无权自定游戏规则。学校按家庭贫富分班是以牺牲其他学生的利益，破坏教育公平原则为前提的；这不仅是单纯的教育资源分配不公，而且折射了学校教育理念的异化与拜金倾向。

“贫富班”的开办，实际上是允许有钱人的孩子，侵占公共教育资源。每一个学生都有平等享受公共教育资源的权利。认钱不认人的“贫富班”，改变了公共教育资源平等服务于每个学生的性质，这对绝大多数人家的孩子来说，是极不公平的。

此外，“贫富班”的出现，其动力来自于经济利益的驱动。35人的小班，一人交3000元，学校就有着10余万元的收入。一个学校，只要开设几个小班，就是一大笔收入。这些依靠出卖公共教育资源赚取的巨额资金，是否全部用在了教育设施的改善上，是否暗度陈仓成为学校员工的福利，抑或是校长的“小金库”，有关部门有必要对其彻查。

百年大计，教育为本。教育者，当以人为本，而非以利为本。“贫富班”等现象的存在，折射出当前我国教育领域存在的严重问题，反映出我国教育资源配置不合理的问题正在进一步加剧。对此，有关教育部门决不能放任不管或任其泛滥。就像本刊不少读者所指出的那样，教育应该回归本位、回归公益。教育公平，真的任重道远。

2010 年 1 月

# 药品暴利的三大顽症

看病难，看病贵，药价虚高，一直是我国医疗系统久治不愈的沉疴，老百姓对此诟病连连。近期，两则偶然曝光的医药事件，将药品暴利的黑幕再一次撕开。

据媒体报道，一种出厂价 15.5 元的药品，经过医药公司、医药代表、医生等环节，最后卖给患者的价格高达 213 元，销售利润超过 1300%；而一种名为恩丹西酮的药物，其零售利润更是高达 2000%。又据媒体披露：在宁波市第一医院，医生每开出一支通用名为氨曲南的药品，可拿到 6.5 元的回扣。

从“医生拿回扣”到“巨额利润”，再清楚不过地暴露出了药价畸高的幕后推手。

## 行业失范，医院吃回扣“蔚然成风”

今年（2010 年）两会期间，全国政协委员陈重华算过一笔账，按医药行业的潜规则，医院所得的回扣是药品零售价的 20% ~ 25%，即使保守一点，按 15% 计，全国一年的药品回扣额也达 450 亿元之巨。

对众多公立医院而言，政府补助杯水车薪，医院发展和医生收入靠什么支撑？于是，“以药养医”模式大行其道。难怪一些医院甚至公开鼓励医生多开药，开高价药。在大多数医疗机构，药品收入占其业务收入的大部分。医院靠药品提价“创收”，医生则靠吃回扣“生财”，如此失范的行业风气，形成了医院对高额药品回扣的生存依赖，也是药品暴利越来越离谱的重要原因。

来自医疗系统的广西读者吴立成对此深有感触。他说，高价药进入医院后，必须通过医生的处方，才能实现高额利润。而给医生下达一定的经济考核指标和药品提成，就成了现今医院管理惯用的两大“杀手锏”。也就是说，医生要想领到自己的基本工资和获得更多的劳务奖金，必须多给患者开药，特别是高价药。

医生在这个“利益链”中究竟处于何种位置？重庆读者杨光志披露了其中的奥妙。他说，在一般情况下，医生回扣额占药价两成，在药企与医生合谋下，在回扣单的诱惑下，“按病抓药”便无端变异成“按药找病”，小发烧当重症治，大处方便由此频繁地出现在不良医生的笔端。一些医院的半行政半企业性质，更使他们以吃回扣“自找收入养活自己”而理直气壮。

## 市场无序，流通环节潜规则盛行

“没有最高，只有更高”，用这句流行语来形容当前以暴利著称的药价，尤为贴切。作为民众治疗疾病的药物，为何变成了少数人牟取暴利的工具？老百姓比较通行的说法是：医药代表无孔不入，药品回扣是公开的秘密。市场无序，导致流通环节潜规则盛行。

诚如山东读者王文武所指出的，在药品价格高得离奇的背后，有两个因素起决定作用：一个是权力，一个是金钱。为何药品价格这么高？除了“以药养医”等机制的影响之外，监管部门、医院（医生）、医药代表、药品生产商之间形成了一条利益链。

在这条长长的黑色利益链中，有关政府职能管理部门、医疗机构都在其中扮演着重要却并不光彩的角色，药品利润被人为地分割成不同的份额，医生们只不过是最下游的一个角色而已。

此前，媒体在追查芦笋片1300%暴利的过程中发现，一些地方物价部门与医疗机构成为药品暴利最大的推手，虚高药价的源头竟然来自有关政府部门的定价机制。

江西读者罗瑞明认为，药品暴利的最大问题就出在指导价上。像出厂价15.5元的芦笋片，药监部门定出的合法价格高达136元，到了医院还可以再加价15%。这个指导价是怎么算出来的？根据是什么？

一位在国有医药公司主管过10年销售的人士透露，我国生产的大部分西药的生产成本还不到零售价的5%。正因为指导价过高，导致了整个药品价格居高不下，甚至每降一次价，便宜药品便只有死路一条，昂贵的药品却越来越得势。

招投标本应是药品价格定夺最公正的渠道。可是有读者指出：在“指导价”的指导下，不少药品招标会演变成了“拍卖会”、“天价”竞价会。有媒体报道：药店里零售价仅7元钱的血塞通，经过所谓“减少药品流通成本”的集中招标采购，中标价竟然飙升到19.17元；更离谱的是，一片胃铋治的中标价，竟然是市场价的14倍……这种招标能使药价降下来吗？

王文武说，虽然国家先后推出新医改、基本药物制度等，致力于降低群众治病费用，但实际上，当前针对某一病例的药品多达几十甚至上百种，很多药商为了占领某地市场，抑或在药品招投标中一举夺标，不惜削尖脑袋拉拢乃至贿赂药品监管部门人员以及相关医院的负责人、有关科室的主治医生等，如此，经过多层“拔毛”后，药价虚高也就不足为怪了。

## 行业失范，该如何整治

针对医生“吃回扣”似乎成了医疗系统“潜规则”的现象，河北读者吴睿鸫建议，国家有关部门应给医生“吃回扣”行为以精准的法律定性，尽快制定出实施细则。只有有法可依，才能有效遏制此类事件的频频发生。当然，除此之外，还应从医疗体制着手，一方面要打破医疗垄断，形成医院间竞争态势；另一方面还要解决“以药养医”的问题。如果做到了医药分家，医生只要跟药没有了直接联系，药品回扣就会自然杜绝。

无论是药品流通环节的潜规则，还是医疗卫生人员吃回扣的问题，似乎总是媒体披露在先，有关监管部门反应在后。并且，这些问题的存在并非三朝两日，为什么一直得不到有效整治？其次，现行的药品定价机制存在哪些缺陷？需要如何改进？这些问题，都是值得有关部门重视并加以改革的。

有读者表示，当药品成为攫取1300%利润的工具时，有关部门有没有决心和魄力去及时、有效地反省、审视现行的药品流通机制，有没有决心和魄力去瓦解那些利益集团的既得利益机制？否则，“看病贵”这座大山，真不知要再压趴下多少百姓。

我国目前的药品定价机制存在哪些巨大的缺陷？福建读者孙瑞灼就此发

表了自己的见解。在他看来，这种缺陷表现在：一是药品定价没有以严格核算药品生产成本为前提，在这种情况下，政府指导价想不虚高都难。二是没有建立药品定价失真责任追究机制。从以前的经验来看，药价严重失真的背后往往有着权钱交易的腐败，这是导致一些药品定价虚高的重要原因。然而，我国目前还没建立药品定价失真责任追究机制，这一方面导致职能部门在药品定价上不够严肃认真，另一方面也导致腐败的加剧。因此，要让虚高的药价真正降下来，就必须进一步完善我国药品定价机制。在严格核实药品生产成本的基础上，建立药品定价负责制——谁定价谁负责，一旦出现定价严重虚高的情况，一律追究相关人员的法律责任。

在一些发达国家和地区，药价虚高问题为什么会解决得很好？广东读者吴帅的看法是：不是因为药企与医疗机构的自律与道德水平。关键在于，他们很重视政府部门对药品价格监管的作用。政府不但对药品定价有严格的管理政策，还会进行强度很大的规范化管理，通过介入谈判、博弈，进行专门性的立法，绝不漠视市场上暴利药的出现。通过这些强有力的手段与措施，来避免药品暴利成为社会公害。

另一个值得关注的问题是：现行的医疗卫生体制，如果没有制度性的变革，医疗卫生事业去市场化转公益化的整体格局没有改变，现存的痼疾依然难以根除。就像山东读者王传涛所说，如果时下的医疗体制与大环境不发生真正变革，至少还会有以下两个方面的后果：其一，公众将要买到更多的"1300%利润"药物；其二，在诊疗环节的费用同样会被大幅度提高。

好在国家有关部门已明确表态，将采取有力措施，加强药品价格管理，加大对流通环节恶意加价、牟取暴利行为的打击力度，进一步降低虚高药品价格。但愿药价虚高、药品暴利等问题将不再困扰老百姓！

2010年

## 城管执法：里子面子都要顾

近些年，城管屡屡成为社会及媒体聚焦的对象。随着我国城市化进程的加快，作为三百六十行之外新产生的一个特殊行业，城管在市容管理中的作用越来越强化；与此同时，它所遭受的置疑和批评也越来越多。如何看待城管执法中屡屡出现的执法过当及不和谐现象？如何确立城管在城市管理中的身份定位？如何化解城管与市民已然存在的对立与冲突？请听来自本刊读者的声音。

### “小贩绝招”应对“城管秘籍”

在一些城市，城管与小贩似乎是一对“天敌”：城管与小贩过招的大戏天天上演：城管大打出手，掀车收摊、粗声秽语；小贩满街逃窜、躲躲藏藏；由城管部门制造的暴力流血事件时有发生，社会舆论对于城管的暴力执法多有谴责。

也许是为了避免过多地触犯众怒和惹来麻烦，有关部门专门编写并出版了一部名为《城管执法操作实务》的书，作为指导城管执法的专业教材（被市民称为“城管秘籍”）。由于其中的部分章节有“教唆”之嫌，便有好事者将其摘录并贴上网络，引来网友热议。诸如：“注意要使相对人的脸上不见血，身上不见伤，周围不见人，还应以超短快捷的连环式动作一次性做完，不留尾巴。一旦进入实施，一定要干净利落不可迟疑，要将所有力量全部用上……”

与“城管秘籍”相对应的是，坊间随之出现了小贩对付城管的“十大绝招”，其中之一是：“遇到手无寸铁被打时，尽量以刘翔一般的速度逃避，并在跑的过程中，向路人、同行、亲戚朋友发出求救信号”；“在求救时，遇到无法使用电话时，请以你最高的嗓音向几百米范围内呼叫‘救命啊，救命啊’！”等等。

如此城管对小贩，秘籍对绝招，无异于针尖对麦芒，谁是胜者？

“城管秘籍”和“小贩绝招”的先后出台，显示当前城管已经存在着很严重的问题。而这些问题的祸首，基本都是城管管理不当所造成的。城管与小贩相比，谁处于强势地位，谁处于弱势地位，老百姓心中自然有杆秤。而且，“小贩绝招”教给小贩的多是“哀求”和“逃跑”，显得十分弱势和无奈。因此，只有从根本上解决目前城管管理上所存在的诸多问题，“城管秘籍”和“小贩绝招”才会消失，城管和小贩也才会和谐相处。

安徽读者童克震说：城管与商贩矛盾尖锐、执法困难，关键还是执法理念、执法行为上存在问题。简单粗暴执法，抬手即来；以罚代管司空见惯；吃拿卡要、勒索威逼时有发生，管理者无情无义，必然催生被管理者“以牙还牙”，城管恶劣形象就是这样“炼”成的，矛盾冲突的导火索也就由此引发。难怪一些地方城管越管越难、越管越乱。

“小摊小贩是不能忽略的民生”——这是本刊不少读者一致的呼声。为此他们要求，在城管执法过程中，务必要“给小贩留条活路，给城管留点尊严”，无论什么“秘籍”，都不是城管制胜的“法宝”；“小贩绝招”给小贩带来的安全系数也十分有限，只有文明的人性化管理才是城管和小贩彼此最好的防身术。

## 城管执法应取消“罚没”条款

近期，一则与城管相关的消息引起社会关注：长沙市芙蓉区城管综合执法大队把罚没来的水果蔬菜送给当地的福利院或特困户，并把罚没物送出后的回执或收据通过“罚没物资去向”公示栏向公众公示。也许，媒体是希望借此宣传城管执法的某些亮点，但所带来的社会效果却适得其反。

许多读者质疑：城管有权处理罚没物资吗？用罚没来的物资作“慈善义举”合适吗？

有读者表示，城管“借花献佛”，暴露出市容管理的缺陷。城管罚没的对象都是小商小贩，在城市“面子”与民生“饭碗”之间，城市“面子”往往比商贩们的“饭碗”重要，也就让城管罚没得更理直气壮。城管做完了“恶人”，又去扮演“慈善家”，不过是“借花献佛”。城管“双面人”的举动，暴露的是城管执法的矛盾和市容管理的缺陷。

湖北读者徐光木指出：尽管我国不少城市的地方法规或都规定城管可以罚没违章小摊贩的物资，可至今尚没有任何一部法律授权城管有权罚没小摊贩的物资。根据法律对公权力“法无明文授权即禁止”的限制性规定，城管并不能合法地占有这些罚没的物资，当然也就没有资格把本不属于自己的东西转捐给别人了。

城管罚没物能否一送了之？安徽读者张永琪的看法是：不能。原因在于，城管对于罚没物资只有管理权，没有支配权。如果城管自作主张，将其全部送人，这是在滥用职权，已经涉嫌违法行政。此外，城管将罚没物资一送了之，轻易就捞了个“慈善”之名，更容易助长城管追求罚没政绩的倾向，导致执法过当，将罚没范围扩大化，给个体摊贩带来灾难。

为此，一读者建议，应该在城管执法中取消罚没条款。夏慧萍认为，小摊贩销售的物资都属私人财产，而私人财产按照物权法规定，应该受到法律保护。何况大多小摊贩都属于困难群体，倘若小摊贩刚将摊子摆出，就因违规遭到罚没，对于他们的生活来说，无异于雪上加霜。

城管形象不佳，除了部分执法者作风粗暴以外，城管部门执法权力泛化也是重要原因之一。可以这么说，没有哪一个部门的权力像城管这样集中，也没有哪一个部门如此密集地与普通百姓打交道。正如湖北读者胡艺所言，执法权力过于集中，与执法对象密切接触，如果处理不慎，矛盾必然扩大，权力失控在所难免。这或许是城管屡屡出事的重要原因。

## 在法理和人性之间找平衡

长期以来，城市的面子（市容）和里子（民生）就是一对十分突出的矛盾。城管要市容，商贩要生存。诚如本刊读者晏扬所形容的那样：城管与小贩长期僵持着、对峙着，没完没了的“猫捉老鼠”，有时还被“老鼠”反咬一口，双方都疲于奔命、精疲力竭，小贩们的生意做得不安生，城管们的形象也被“妖魔化”。

但双方的矛盾并非不可调和。近年来，许多地方政府都在积极地寻求对策，既能有效地维护市容市貌，又能兼顾民生。如新修订的《南京市市容管理条例》，就增加了“在不影响市容交通的前提下，方便群众生活，允许各类摊点在规定地段规定时间经营”的人性化管理条款。按照这一思路，南京将陆续接受四大类摊点的申报，为1万多个“规范”后的摊点发临时摆摊许可。哈尔滨市城管行政执法局直属分局推出新措施，对待困难群众实行“六不罚”，即对持有下岗证、学生证、失业证、特困证、残疾证、老人证证件的小商小贩，可免于行政处罚。

本刊不少读者对这些举措表示肯定。他们认为，这些城市管理的思路遵循的正是“给小摊小贩留条生路”的朴素道理，是一种双赢哲学——既有利于城市管理，也有利于底层民众的生存，更方便市民生活，也与构建和谐社会之内涵相吻合。

求生的本能，决定了小摊小贩是赶不绝逐不尽的。事实上，俯伏在社会底层的小摊小贩们，也是主流社会不该忽略的民生，应当给予生存的空间。

根据上述情况，部分读者提议，在城市秩序和底层民生之间，要寻求一种兼顾原则。即在社会转型期间，在民生多艰难的语境下，许多弱势群体除了摆摊外，很难找到其他合适的工作，摆摊成为他们生存下去的唯一途径，如果为了所谓的城市面子而堵住他们的生存之路，在社会保障体系尚未完整建立的情况下，很容易引发一系列社会问题。所以，城管和小贩双方都无法摆脱共存的局面，而且必有一方要付出代价换取对方的利益。

如果各地的城管部门都能像南京、哈尔滨等地一样，在管理城市的同时充分考虑到民生之艰难，在维护城市环境秩序的同时努力兼顾底层民众的生存需求，多出台一些利民惠民的举措，给小摊小贩留条生路，这样，我们的城市才能真正走上和谐发展的道路。

2009年5月

# 食品安全：一个沉重的话题

发生在2008年9月的“三鹿奶粉”事件，引发了国人对食品安全问题的极大担忧。它在很大程度上摧毁了民众对国产奶粉（包括众多食品）本来就很脆弱的信心。

作为必须每天面对“中国制造”的中国民众，“三鹿奶粉”事件无疑对他们造成的心理冲击和直接危害更大、更明显，同时，也迫使人们不得不进一步思考一些更深层次的问题。

## 食品安全事故频发，症结何在

问题食品困扰我们为时已久，以致人们对频频见诸媒体的有毒有害食品的报道已经见怪不惊：毒大米、毒奶粉、毒油、毒面、毒肉、假酒、假药以及形形色色的各类添加剂充斥在我们日常生活中，类似“大头娃娃”、“肾结石婴儿”这样给民众带来重大伤害的事故时有发生。

食品安全关系到广大民众的健康与生命安全，应该说是天大的事情。可是为什么近些年食品安全问题却呈愈演愈烈之势？从地沟油到苏丹红，从瘦肉精到三聚氰胺，问题食品越来越多，民众的疑问也越来越多，有关监管部门该如何解释这到底是为什么？

几乎在所有的食品安全事件中，首先都是消费者出现不适症状，然后向有关部门举报，有关部门才匆忙应对。甚至有江苏读者肖华所指出的那样，有的部门甚至想方设法隐瞒真相，或以“不便透露情况”等借口搪塞民众。为什么质检监督部门事先没有任何预警提示？为什么我们的食品安全预警提示如此滞后？重大安全事故为什么会不断发生？一个很大的原因就是因为有腐败、有失职，可是有关部门往往只会“就事故抓事故”，而忽视了安全事故背后的腐败与失职。

问题奶粉决不止是“三鹿”一家，也不是独立的、偶然的事件。有读者质疑，经历了长达数年的时间，难道就不曾有人举报过？就不曾有风声传到各级食品安全监管部门、质量监督部门、工商管理部门？为什么一定要让人们付出无可挽回的代价以后、众多的生命遭受无辜伤害以后，事件才得以摆上桌面？

众多知名奶制品企业陷入“三聚氰胺”事件，正是由于某些地方质量监督部门的失职，由此造成了一个个监管漏洞，不仅坑害了消费者，也伤害了企业本身。

在涉及到众多企业的“毒奶事件”中，各级质检部门的责任何在？山东读者邓子庆指出，他们负有不可推卸的责任，同时也暴露出了如免检制度、企业送检制度等质检制度所存在的重大缺失。因而，在乳制品行业全面整顿的同时，我国的质检部门也需好好整顿一下，尤其要唤醒某些质检人员的责任意识和主动作为意识。毫不夸张地说，质检部门的全面整顿比一些行业整顿更为重要，且刻不容缓。

## 谁来终结食品行业的“潜规则”

与医药行业一样，食品行业的健康与否，直接关系到每一个国民的健康与生命安全。然而，多年来，食品行业“潜规则”盛行已是不争的事实。从田间地头违禁化学农药的使用到工业化生产中的各种添加剂的滥用，本来是阴暗角落里的违法勾当，却逐渐演变成行业通用的“法宝”，并且越来越明目张胆，越来越手法翻新。如漂白粉、苏丹红、吊白块、孔雀石绿、福尔马林、三聚氰胺等有毒有害物质，竟然长时间作为添加剂用在各类食品中。本刊许多读者对此表示不解：从生产到流通再到销售，相关的管理部门各自都履行了怎样的职责？

如果说各职能部门对盛行于食品生产行业的潜规则一无所知，那么，这样的失职该如何向人民交代？如果说有关职能部门明知有各种各样的潜规则在作怪而充耳不闻，那么，其渎职之罪又该由谁来承担？正如一位安徽读者表示的，“三鹿奶粉”中的三聚氰胺到底是谁添加的，在哪个环节出了问题，这并不重要，重要的是奶制品行业普遍添加“三聚氰胺”的问题为什么迟迟未能引起重视？这个行业潜规则为什么迟迟没有人去捅破它？

“三鹿”问题奶粉事件的出现并非偶然，而是长期以来我们对食品安全监督缺乏常规性、必然性检查所造成的恶果，尤其是对于获得“免检”资格的产品更是放任不管。河北读者殷建光认为，像“三鹿”奶粉这样的“免检产品”都出现了严重的问题，实在是对免检制度的一个极大讽刺。

为此，浙江读者舒圣祥建议，在取消食品类企业免检制度的基础上，要建立严格的失检责任追究机制。理由在于，虽然免检制度取消了，但一些关系过硬的企业依然在事实上享受着等同于免检的待遇。而且，作为潜规则的免检比作为显规则的免检，其可能产生的后果将更为恶劣。因此，如果不能建立严格的失检责任追究机制，取消免检制度的预期效果就会大打折扣。并且，免检制度不仅应该在食品领域内取消，还应该在所有消费品领域内均予废除。因为，有可能对消费者形成伤害的不仅仅是食品，而是包括所有的消费品。

问题的实质在于，尽管“潜规则”一直在挑衅我们现行的各种法规，但却没有任何一个执法部门做出积极的反应，因而任由它明目张胆地危害社会和大众。看看我们身边，有多少人每天都在饮鸩食毒？也许，只有监管到位了，并且监管者本身也受到约束，被赋予职责的同时也承担压力与风险，食品行业的潜规则才有可能被终止。

必须强调的是，还有食品生产企业的良知与社会责任，如果整个行业都陷入对利益的追逐当中而无所顾忌，其后果是极其可怕的。

## 食品安全立法迫在眉睫

层出不穷的食品安全事故警示我们：食品安全立法已经迫在眉睫。

当前，我国在食品安全方面的立法还比较落后，标准体系也不尽完善，不少标准制约性已不能适应当前食品市场治理整顿的需要。因此，广大读者建议，当前，一是要对食品质量控制标准作相应的提高。比如，我国现行的《食品卫生法》，对104种农药在粮食、水果、蔬菜、食用油、肉、蛋、水产品等45种食品中规定了允许残留量，共含291个指标。而《国际食品法典》，对176种农药在375种食品中规定了2439条农药最高残留标准，可见我国的食品标准制定工作应进一步完善。

此外，对常用食品质量问题，应该采取一些果断措施，比如，禁止在牛奶、奶制品、肉制品、豆制品、面制品、水产品中滥用添加剂；加强对畜、禽、蛋、肉、水产品等生产的监控，提高上市食品的质量；整顿牛奶市场，提高奶制品质量；加强蔬菜、食用菌农药残留检测等等，都应该以立法的形式明确下来。

二是要痛下决心对食品市场进行治理整顿，从源头抓起。各职能部门如工商、卫生、技术监督等部门应真正负起责任，不能等事件出来以后再课以重罚。要确保食品安全的相关检测的科学性、合理性、周密性。检测漏洞是最可怕的"结石"，决不能让不法分子有机可乘、有漏可进、有洞可钻。仅仅满足于对事件责任人的处理是不够的，更要从检测机制、检测手段、检测程序等诸多方面的不完善上找问题、找根源，否则，潜在的危险仍然存在。

鉴于我国的食品生产企业远远没有负起本应承担的食品生产安全责任。因此，必须发挥法律体系的作用，通过法律的严厉处罚，让食品生产企业牢固树立安全至上理念，这显然是食品安全立法首先必须要解决的问题；此外，把好食品安全监管关和食品安全赔偿关，也是食品安全立法必须考虑的重要问题。

2008年9月

# 从民众视角看基本药物制度

**缘　起**：近日，国务院深化医药卫生体制改革领导小组发布了《关于建立国家基本药物制度的实施意见》等3个文件。这标志着我国建立国家基本药物制度工作正式实施。有关专家指出，此次建立国家基本药物制度，是“以国家的信誉为老百姓举荐药物”。对此，本刊广大读者在期盼与肯定之余，仍有不少疑虑和担心。因为，在潜规则普遍盛行的今天，一个好的法规或政策要得到不折不扣地执行，其阻力和障碍仍然不可小视。

## 基本药物制度不是降低医药费的“魔方”

多年来，普通民众深受看病难、看病贵之苦，因此，他们最关心的问题，就是基本药物制度实施后，药价到底能降多少？根据国家物价主管部门初步测算，基本药物价格平均降幅约在10%左右；同时，基本药物在基层实行零差率销售，取消15%药品加成，两者相加，群众在基层医疗卫生机构购买基本药物，价格上至少便宜25%。

然而，据业内人士披露，药品零售价有的已高出企业供货价6倍之多，这便宜25%又能解决多大问题呢？就像内蒙古读者马涤明所指出：药价贵的关键问题是药商暴利与销售环节中的层层贿赂，这些已是公开秘密的潜规则制造的水分如果挤不出来，基本药物制度给民众带来的实惠就有可能被抵消。

河南读者张遇哲也表示了同样的忧虑：药品采购环节的重重黑幕已经屡

见不鲜，“先公关、再卖药”成为制药行业的潜规则。在同一种药物有几十家甚至上百家企业生产的情况下，列入采购名单就意味着抢占竞争先机，赢得市场主要份额。巨大的诱惑之下，难免有人会铤而走险，存在很高的“权力寻租”风险。一旦出现猫腻，损害的不仅仅是患者的利益，还包括国家的公信力。

对于基本药物制度不能太过乐观，这是另一部分读者的观点。因为，启动基本药物制度后，医院的药品价格规范了，降低了，但门诊费、检查费和技术服务费却没有降低。其次，实行新医改，“以药补医”受到了抑制，但却允许医院增加服务性收费项目。比如允许新增“处方费”，以此提高医疗技术劳务价格，一些过去不需收费的项目也收费了，甚至职称高的医生看病价格也要高许多，患者还是难逃被鱼肉的厄运。因此，难以指望基本药物制度成为降低医药费的“魔方”。

## 如何避免基本药物遭弃用

推行基本药物制度的目的，在于解决医疗用药混乱的问题，但目前基本药物的使用权很大程度上掌握在医院以及医生手上。于是，不少民众担心，如果没有相应的监管及配套措施，如果“以药养医”局面得不到根本改变，不论是医院还是医生，都可能在一定程度上弃用基本药物。

老百姓当前最担心的是廉价的基本药物被弃用。因此，有关部门在出台国家基本药物制度的时候，应该考虑到基本药物被弃用的可能，及早堵住弃用基本药物的制度漏洞，让基本药物制度能真正为民造福，能真正缓解老百姓看病难、看病贵等问题。

有读者认真分析了推行基本药物制度的难度有二：一是医院方的操作惯性抵制，其利润大幅度剥离使其既得利益受损；二是药企的“潜规则”攻势，将惠政架空，挟国家名义弄出诸如“一药多名”等价格乱象。

在基本药物制度推行的一些配套措施中，虽然强调利用经济杠杆来刺激基本药物使用，但在医疗活动中，患者的博弈权是十分微弱的。广东读者吴帅就此表示，即使一些医生开出其他非基本药物名单的药物，患者也很难拒绝。推行基本药物与破除“以药养医”其实是一个硬币的两面，非此即彼。所以，这将意味着绝不可能绕开“怎么养医”这一个关键性的真问题。这一个问题如何解决？是否能真解决？将决定能否管好医生，将决定现实中推行基本药物制度的真正时间表。

其次，按照实施意见，虽然强调政府举办的基层医疗卫生机构全部配备和使用基本药物，其他各类医疗机构也都必须按规定使用基本药物。但从时间表来看，2009 年，每个省(区、市)在 30% 的政府办城市社区卫生服务机构和 30% 的县(基层医疗卫生机构)实施基本药物制度；到 2011 年，初步建立国家基本药物制度；到 2020 年，全面实施规范的、覆盖城乡的国家基本药物制度。所以，在未来的很长一段时间内，这依然还是一种建设性为主而非强制性的制度安排。

### 基本药物制度还需健全的配套措施

诚如广大读者所言，医药体制改革是一项综合性、全方位的系统工程，启动国家基本药物制度只是一个狭小的突破点，如果没有一整套的配套改革，比如，如何充分体现医院“治病救人”的公益性，如何破解医生业绩与“开方”挂钩的难题，如何使药品生产厂家和经销商在市场经济的格局中保证国家基本药物的足量生产和充分流通，都需要有详实、到位的制度和约束机制来保障。否则，“国家基本药物”就会成为民众可望而不可及的“空中楼阁”。

鉴于国家基本药物制度是“以国家的信誉为老百姓举荐药物”的一种制度，因此，不少读者建议，要对基本药物的遴选、生产、流通、使用、定价、报销、监测评价等整个环节实施系统管理。

无论是政府部门还是社会公众，显然都对国家基本药物制度寄予了非常高的期望。湖南读者舒圣祥说，这一制度要想真正发挥效果，需要注意三个方面：其一，国家基本药物目录制定要非常合理，这是制度有效和正常发挥积极效应的前提。其二，国家基本药物目录在医疗机构要真正得到尊重，虽有目录医院却不按目录开药，仍旧重点支持自我招标的目录外药品，那么基本药物制度肯定会被架空。其三，这也是最重要的一点，省级机构统一公开招标采购药品，既可能产生更低廉的价格，也可能滋生巨大的寻租腐败空间。

基本药物制度最大的特点，就是基于政府信誉的高度垄断性。不难想象，一个省所有公立医疗机构使用的基本目录药物，皆由一个省级政府机构来招标采购，那将是一个利益多么肥厚的权力领域，它必然需要面对种种糖衣炮弹的猛烈攻击，腐败寻租的机会则会比比皆是。从药物价格到药物质量，能否约束好招标采购者的权力，将直接决定着全体患者从基本药物制度中的获益。

由此可见，国家基本药物制度的成败关键，正在于约束权力。唯有对采购权力实施充分有效的约束与制衡，极力遏制集中垄断体制弊端的产生，才能使基本药物制度的设计初衷真正得以实现。稍显遗憾的是，在九部门印发的《建立国家基本药物制度实施意见》中，对此问题仅有非常空泛和原则性的描述，在如何约束权力的制度细节上仍然亟待完善。

2009 年

# 房地产市场乱象一瞥

近年来，楼市及房价，成为绝大多数中国人心头挥之不去的阴影。

特别是在即将过去的2009年，在全球金融危机的背景下，各地的楼市价格却逆市上涨，一路飙升；开发商们在成交量明显萎缩的行情下拼命拉抬价格，在国家宏观调控政策的缝隙中疯狂囤地，地价不断刷新的同时，大量“问题地王”纷纷浮出水面。临近年底，一些不法开发商又纷纷导演起“捂盘”的闹剧……在风云诡谲、乱象丛生的中国房地产市场，怪现象层出不穷，房价如脱缰的野马、盖楼不如倒地、惜售捂盘等这一系列问题，给国计民生带来了怎样的困顿与伤痛？

## 乱象之一：疯狂的房价

2009年，在本刊读者数以千万计的来信中，涉及到楼市及房价问题的来信始终高居榜首。其中，“疯狂的房价”成为绝大多数老百姓的心头之痛。

中国的房价有多疯狂？也许数据最有说服力：据媒体报道：今年9月，深圳新房成交均价达到创纪录的20940元/平方米，较深圳官方公布的2月份10770元/平方米的低点，上涨94%，7个月内房价几近翻番；而在北京城区二、三环以内，每平方米房价已经攀升到3—4万元甚至更高。有数据表明，今年11月，北京的房价收入比为30倍，租售比更是高达1:600，部分地区高达1:700。

在这一系列惊人的数据背后，是地方政府卖地财政结出的恶果以及房地产开发商的滚滚暴利，是广大老百姓无法承受的生存压力，是社会经济畸形发展的不良征兆。就像江苏读者吴学安所指出的：对于房价的快速攀升，房地产商、银行和地方政府都是乐见其成的，它们之间已经结成“一荣俱荣、一损俱损”的利益链。

近年来，出让土地收益已经成为地方政府财政收入的重要来源，对于他们来说，地卖得越多，“手头”越活；地价卖得越贵，收益越多。一些地方为了增加财政收入，搞政绩工程，不切实际地加大原有住房的拆迁规模，其目的就是增加住房的刚性需求，继续抬升房价；还有的城市为了抬高地价，不惜请房地产商来当“托儿”，与外地投标企业竞标，此种由政府“操盘”推动地价的手法往往屡试不爽。

有读者认为，对于房价暴涨，政府负有不可推卸的责任。地方政府对于“经营城市”“出售土地”的兴趣和冲动，为房地产与地方政府结盟提供了可能。一些地方政府官员在土地征用、地皮出让、工程项目中的腐败行为，更成为这种联盟关系的粘合剂。

“土地财政”、“房产税费”、房地产业成为地方支柱产业……商家有利益驱动的本性，政府也有利益驱动的“冲动”。尤其是当政府成为“驱利型政府”后，公共服务等政府的基本功能就会淡化弱化，取而代之的就是以财政增长为核心内容和主要标志的“发展与建设”。开发商建设城市、发展城市，尤其是对财政的贡献率，这些正是“驱利型政府”所期待的。“政府可以说是房地产最大的赢家。”这不是危言耸听。此外，房价中的“腐败成本”依然讳莫如深。

房价畸高，令大多数普通百姓倾尽几代人的积蓄也难以圆成他们的安居梦。江苏读者杨国栋指出，目前的高房价在很大程度上透支了购房者的消费能力，无论是节衣缩食买下新房的，还是努力筹钱准备买房的，人们普遍不敢花钱。房地产市场看似繁荣了，可其他产业却因消费者捂紧钱包而损失巨大。虽然住房制度市场化改革的大方向并没错，但如何平抑高房价、稳定楼市、满足百姓的住房需求，有关政府部门显然还有很多工作要做。

也许有人会说，高房价是市场经济所为。果真如此吗？江西读者魏文彪认为：当前出现的房价畸高并导致中低收入家庭无力购房问题，并不是由于房地产实行市场化所造成，在很大程度上恰是因为房地产市场受到诸多非市场化因素的干扰而出现了扭曲，比如部分地方政府为抬高地价而不遗余力地助推房价等等。所以，解决房价畸高与中等收入阶层住房问题，并不一定非要摒弃房地产市场化道路，而是恰恰相反，应当大力深化房地产市场化改革，剔除其中的非市场干扰因素，让房地产市场回归真正意义上的市场。

## 乱象之二："盖楼不如倒地"

据业内人士爆料：中国大约有1/3的房地产开发商是从来不盖房子的，靠囤地倒地牟利。

在地产界，"盖楼不如倒地"早已成业内不争的事实。某著名地产机构研究显示，从1998年到2008年，我国投入房地产市场开发的土地大约31亿平方米，截止到2008年底，实际开发仅19.4亿，还有近12亿平方米的土地闲置。另有统计数据显示，截止到今年三季度末，国内十大房地产企业的土地储备规模超过3亿平方米。其中，最高的土地储备为151年，最低的为20年。另据报道，全国城镇规划范围内有闲置土地107.93万亩，空闲土地84.24万亩，批而未供土地203.44万亩，三类土地总量为395.61万亩，相当于现有城镇建设用地总量的7.8%。中国房地产市场独有的"囤地"现象，催生了"只倒土地不盖房"的开发商，被人称之为"畸形房地产市场结出的怪胎"！

2007年是广州住宅用地最活跃的一年。全市总共成交住宅用地50余宗，其中27块地的地价因为一次次刷新了区域地价的新高，被冠以"地王"的称号。然而买地的热潮却并没有反映到2009年的楼市上，截至目前，27块地王居然有24宗地没有开发或者没有销售。参与竞拍天价地的开发商，大多数都是上市公司。通过拿高价地，来拉升股价，接着配发新股，大量圈钱，再用于买地。如此循环，开发商做到了房市和股市的双丰收。而整个房地产市场，也将沦为资本的游戏场，房地产少了真正建房的，仅剩下地产了，这必将影响整个行业的健康发展。而一旦降价风险到来，承担损失的却是股民和银行，开发商却始终在空空上过舒服日子。

开发商"囤地"引发市场主体的不正当竞争，大大加剧了土地市场的价格泡沫，直接导致住房供求关系紧张、助推房价上涨。然而，在现有的法律和政策框架下，开发商的"囤地"现象却愈益严重。尽管1994年颁布的《城市房地产管理法》和1999年颁发的《闲置土地处置办法》早就规定，"对超过出让合同约定动工开发日期满1年而尚未开发的，征收土地闲置费；满2年未动工开发的，将无偿收回土地使用权。"但从现实情况看，真正被无偿收回的土地少之又少。

一些政府部门的纵容等，是一些开发商猛炒地皮的真正动因。安徽读者徐经胜指出：尽管《城市房地产管理法》规定：超过出让合同约定的动工开发日期满一年未动工开发的，可以征收相当于土地使用权出让金20%以下的土地闲置费；满二年未动工开发的，可以无偿收回土地使用权。但是，对于这样一个规定，现在又有多少开发商当回事呢？与其说开发商不把这样的规定当回事，倒不如说是一些地方政府部门没把这样的规定当回事。正是由于政府部门的疏于监管，才造成了开发商有恃无恐炒地皮。

根据目前的惯例，对土地闲置费，一般为土地使用权出让金或转让时土地使用权评估价格的10%左右。福建读者彭兴庭认为，这点费用，对于暴涨的土地市场，无异于九牛一毛。更令人担忧的是，政府在炒地过程中，也是获利者之一。抛开其中的腐败不谈，就政府而言，一方面，他们可以从中获得丰厚的土地闲置费，另一方面，二级市场中土地价格的炒高，对于土地一级市场中的唯一出让者——地方政府来说，也无疑是一个利好消息。开发商与地方政府在这个利益链条中，就是一个攻守同盟，在这种情况下，房价焉能不涨？

对于开发商大肆囤地倒地，广大民众看法如何？

本刊不少读者认为，如果没有有关部门的纵容和默许，开发商怎敢触犯法律的底线，大规模囤地？众目睽睽之下，大量的地块又如何能囤得起来？显然，在开发商囤地背后存在失职、渎职行为，甚至是钱权交易的腐败。

是不是应该有公权部门为此承担责任呢？这是一位湖南读者的设问。他认为，囤地炒地历经这么多年得不到解决，违法囤地的开发商，既不用支付土地闲置费，更不用担心被无偿收回土地，反而有丰厚无比的炒地利润可赚，对此负有责任的有关部门，有没有感到土地违法泛滥的不正常，会不会为自身无能到脸红或者信任危机？“1/3开发商只倒地不建房”，“近半入市土地未开发”，如果让纳税人来集体投票，这样的执法成绩不被掀翻乌纱才怪。

更有读者发问：荒地哄抬房价的把戏还要玩多久？他们表示，借“地王”来哄抬房价，开发商玩起这样的把戏来可谓是屡试不爽。实际上，规范房地产市场，最主要的，还是要加强对违规行为的处罚。严格执行“两年不动工，土地要强制收回”的政策。

读者进一步提出，要想遏制土地闲置现象，一方面，有关部门要加大执法力度，建立一个具体、可操作的监督制约机制和管理办法，明确土地闲置的监督责任主体、对象和具体方法，更重要的是要明确责任人监管不力、渎职失察的责任追究办法，对闲置的“地王”更要加大处罚力度。另一方面，要完善制度，进一步增强政策的可操作性。比如，什么叫土地闲置 1 年？是从发土地证，还是从发开工证算起？动工一小部分后一直停工，算不算闲置等，都必须要进一步予以明确。如果土地闲置超过 2 年未被收回，有关部门和责任人应受什么处罚？如此，看哪个开发商还敢“只倒土地不盖房”？

## 乱象之三：捂盘惜售

一方面是多年积累的大量商品房闲置(据报道，京沪等地一些小区的空置率高达 50%)，一方面，房地产开发商却极力制造房源紧张的虚假现象。时近年底，上海、广东、山东等地纷纷出现开发商捂盘惜售的情形。这类利用制造虚假信息炒卖房号、捂盘惜售，以期哄抬房价的卑鄙伎俩，早已为国人所不齿，却不失时机地一再重演。

近期，住建部下发通知，要求及时查处开发商炒卖房号、捂盘惜售、囤积房源等违法违规行为。显示出规范房地产销售行为的姿态，但实际效果究竟怎样？看来难以令人乐观。

就像人们所熟知的那样，捂盘惜售并不是一个新问题。早在 2006 年，国务院办公厅转发建设部等部门《关于调整住房供应结构稳定住房价格意见的通知》就明确指出，对捂盘惜售、囤积房源、恶意炒作、哄抬房价的房地产企业，要加大整治查处力度，情节恶劣、性质严重的，依法依规给予经济处罚，直至吊销营业执照。2007 年，建设部等八部委联合在全国范围内集中开展房地产交易秩序专项整治行动。囤房惜售、哄抬房价、合同欺诈等行为都被列入整治行动的重点打击对象。

然而，现实中往往是刚性的法规敌不过人治的软环境。就此，湖北读者叶祝颐一针见血地指出：由于对捂盘行为缺乏明确的处罚细则，再加上不少地方政府沿袭房地产财政的思维惯性，不愿意打击违规开发商，更不愿意平抑房价，导致地方政府对捂盘惜售的打击“雷声大，雨点小”，问责板子高高举起，轻轻放下，相关规定最终被证实是一纸空文。再比如，最近南京市出台规定，对开发商捂盘最高罚款 1 万元，引起舆论一致炮轰。对此，有评论者尖锐指出“罚款1万是捂盘动员令”。罚款标准过低显然难以遏制开发商的捂盘冲动，最后的结果可能是抖落一地鸡毛。

那么，开发商捂盘是否能达到他们所期望的效果呢？福建读者陈英凤认为，目前经济增长形势并不支持房价上涨，居民收入水平和收入增长也不支持房价上涨。其次，目前的房价已经虚高。当前楼市的根本矛盾还是在于，过高的房价与市场需求的脱节，老百姓感觉房价过高、超出承受能力。而且，当前楼市还有大量闲置房等待市场消化，仅北京市闲置住房就高达1044.1万平方米。在这种情况下，开发商如果不识时务，还采取炒作、捂盘的老办法，只会让楼市“雪上加霜”！

要遏制开发商捂盘惜售、囤积房源，住建部不能发出一份没有可操作性的通知就万事大吉。据此，许多读者呼吁，应该制定明确而严厉的处罚规则，并提高执行力，从经济上让捂盘惜售的开发商得不偿失。开发商不是看重利益吗？开发商捂盘惜售、囤积房源，只要查证属实，就启动问责处罚程序，罚他个倾家荡产。从而督促开发商用正常的销售手段运作房产市场。也让消费者走出无休止涨价预期的恐慌阴影，逐渐回归购房理性。

2009年12月

# 公车治理改革势在必行

也许，世界上没有哪个国家拥有如此数量庞大的公车。据统计，目前我国公车已达 500 多万辆，年消费 4000 多亿元，每年公务用车购置费支出增长率为 20% 以上，地方公车消费占财政支出的比例达 6% ~ 12%。

长久以来，“车轮腐败”问题一直是社会关注的焦点。在财政负担沉重、运行成本居高不下、使用效率低下以及公车私用、滥用等弊端日渐突出的背景下，公务用车制度改革已是迫在眉睫。

## 治堵：绕不过公车这道坎

当偌大的北京成为名副其实的“首堵”，京城“治堵”已是刻不容缓。在北京出台若干“治堵”措施的同时，公众有关限制公车数量并进行公车改革的呼声日益高涨。舆论认为，缓解大城市交通问题，不能只针对私家车等社会车辆，公车改革不能成为治理的死角。公车改革，是大城市“治堵”绕不过去的一道坎。

诚如本刊读者所说，公车泛滥是造成城市拥堵的重要原因之一。统计显示，北京市的公务用车达到了 70 多万辆，占北京市机动车保有量的 1/6。同时，公车是城市车流中重复使用率、空置率最高的车族，对于本来就紧张的城市道路资源是巨大浪费。进行公车改革、控制公车使用，对于缓解拥堵的作用不可小视。无论是单双号限行、收取拥堵费，都是“堵流”不“堵源”的权宜之计，面对急剧增加的城市车辆，特别是爆炸性增长的公车大军，这些举措只是杯水车薪，精简、清理、最大化减少公车使用浪费，才是化解城市拥堵的必备“调控”。

管住公车是治理城市“肠梗阻”决定性的第一步，因为提高拥堵费、停车费、燃油费及税费等措施对公车而言是毫发无损。因此，安徽读者童克震表示，公车改革的成败，将决定化解城市拥堵的进程。

以往的实践表明，管住公车对于“治堵”效果十分明显。2006 年 11 月“中非论坛”期间，北京虽未对私家车采取任何限行措施，但封存了中央单位 50% 公车，市属单位、外省市驻京机构 80% 公车。上述措施使会议期间的拥堵路段明显减少，长安街平均车速比前一周提高了 20.5%。

值得期待的是，新近出台的北京“治堵”方案中，有关“十二五”期间北京市各级党政机关、全额拨款事业单位不再增加公务用车指标等措施表明，公车治理，已经提上了有关政府部门的议事日程。

## 公车消费弊端丛生

公车消费领域的弊端由来已久，超标超限，私用滥用，浪费惊人，漏洞巨大，滋生腐败，破坏公平……公众及舆论对此诟病连连，却无法遏制其且愈演愈烈之势。

读者来信指出，多年来，由于管理机制的松懈，从中央到地方，干部配车逐步突破规定，不仅数量剧增，档次也不断上台阶。尤其在县乡一级，公车消费数量惊人。在一些地区，县处级以上干部、较为富庶的乡镇一把手，基本上都是一人一车，其使用率不到社会车辆的 1/3，导致公共资源的极大浪费。公车的不合理消费已成为各级财政的沉重负担，成为蚕食社会财富的“无底洞”和滋生腐败的温床，引起群众的强烈不满。

社会上广为人知三个“三分之一”现象，则从另一方面反映了公车使用中的漏洞和弊端：即办公事占 1/3，领导干部及亲属私用占 1/3，司机私用占 1/3。至于维修保养环节的漏洞更是惊人。调查显示，有些单位一辆公车一年仅维修费用就高达 10 万元以上，有的公车一年甚至更换了 40 多个轮胎。

据本刊记者调查，在一些单位和部门，公车私用现象极为普遍，有的单位甚至中层以上干部人手一车，公车俨然成了这些干部的私有财产，接送老婆孩子、外出游玩、远程探亲、娱乐消遣，包括汽油、修车、过路过桥费用、甚至其家属私用公车造成车辆毁损等，全是公款买单，全是纳税人的血汗钱。此外，北京近年实行限号行车之后，有的单位领导甚至一人占用两辆公车。由此可见，公车消费领域的黑洞实在是深不见底，治理刻不容缓。

## 公车改革：势在必行

如此明显而巨大的公车消费漏洞，为何长久得不到有效治理？有关公车改革的呼声在人们耳边回荡了十多年，改革的步伐却依然蹒跚，至今没有实质性进展，其症结何在？

公车使用是干部职务消费的一个重要方面。正如读者所言，目前国内多数地方公务员工资相对较低，很多人实际是把公车使用权当作一种隐性补偿待遇；另一方面，国内财政法制化程度低，政府官员花钱缺乏应有制约，更没有严格规范的公车消费预算，从而造成公车消费无人问责的局面。

更重要的原因是，公车的受益者同时又是公车改革的决策者、执行者，要他们打破自己的既得利益，显然阻力重重。出于“利益自保”之目的，他们不可能自觉地、主动地倡导并进行彻底的公车改革。

2010年两会期间，民革中央提出了进行公车改革的提案，其中有建立刚性财政预算约束的公车管理体系、电子监控公务用车、公务用车社会化和公车保养社会公开招标、强化政策执行和监督环节四大措施，表达了社会各界对公车改革的建议与期盼。针对民革中央的提案，国家发改委表示，正抓紧启动中央国家机关公务用车制度改革相关工作，积极开展调查研究，促进此项工作加快推进，这无疑使民众看到了公车改革的希望。

针对近年来一些地方公车改革遇阻或不成熟的情况，河南读者王世奇表示，如果体制不改，公车改革不可能奢望有实质性的突破。以往实行的许多“车改”模式，不仅没有着力去“改”掉公车使用中的特权，相反，是在“车改”中用制度和政策的形式将公车使用中的特权合法化。这样的利益链条内的“改革”，实际是变相的普调工资，在一些经济相对落后、原来公务用车比较少的机关，车改后的补贴费用比原来的公车消耗还要多，这些改革自然很难获得社会的认可。

来自本刊读者的观点认为，我们并不缺少公车改革的方法，真正缺少的是自上而下的决心和行动。要做到这一点，关键是要加快行政体制改革步伐，加大权力运行下的“阳光管理”和监督力度，提高权力运行的透明度。只有权力运行规范了，各项改革才能够有效推进，才能防止上有政策、下有对策现象的出现。

河北一读者的来信代表了大多数读者的声音：公车浪费是中国最大的浪费，公车福利是中国最大的官僚特权，我期盼来一个公车改革风暴！因为这个风暴，将重新树立起公仆的良好形象，而老百姓也将因此得到更多的民生福利。

公车改革，势在必行！

2010年12月

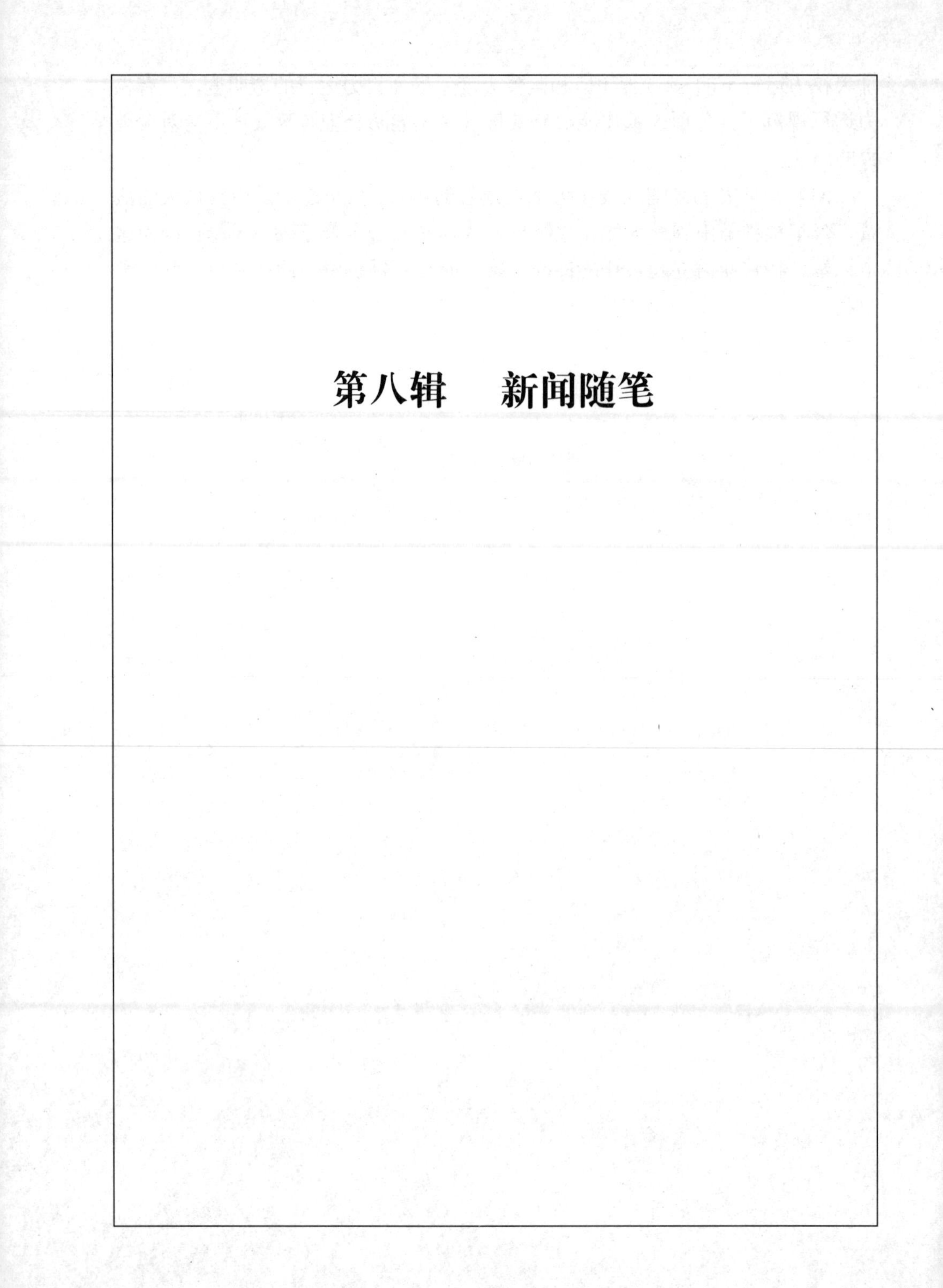

# 第八辑　新闻随笔

# 孩子辍学为哪般

一封封带着孩子们的焦虑、渴盼和请求的来信，向我传递着一个个令人不安的信息：一个孩子辍学了，又一个孩子辍学了……

辍学！辍学！！辍学！！！为什么学龄期孩童会中途失学？为什么花季的少年将流向社会？为什么求知心切的学子被逐出校门？请看这一桩桩不可理喻的现实：广西全州县某镇强迫在校学生参加养老保险，每个学生必须一次性交齐200元“养老保险金”，于是，一批因家贫而无力缴纳“养老保险金”的学生便被迫走出了校门。

黑龙江省852农场某分场的职工子弟，每人每年须缴纳1100元的年教育基金，交不起钱的，便从此饱受失学之苦。

山西省霍州市二中一位学生来信反映，该校一名高三学生，只因交不起10元钱的冬季烤火费，学校便劝他退学，连他的课桌椅也给搬走了……

河南省安阳县水冶镇部分家长来信反映，该县有关部门大量印制名目繁多的习题集，一些学校为得发行回扣，不顾学生的课业与经济负担，强迫学生订购，致使该县小学生全年的练习册费就达40元，中学生更是高达140—170元。

湖北公安县梅园中学一位同学在信中说，该校一个学期收取的各种费用多达300余元，使学生家长苦不堪言；河南邓州市张村乡一位中学生投诉道：他们学校一年收取的勤工俭学费达80元，不交者便勒令其退学……

湖南宁远县城关镇夏雨同学反映的情况更是令人吃惊：该县某重点中学打着“省重点中学”的招牌向学生征款，包括学校购买电视机的费用也要向学生收取（每人 50 元），还有建校费 100 元，重点中学学习费、师训费等莫名其妙的费用，一概向学生索取。此外，该校各项规章制度无不与金钱挂钩。该校规定：学生迟到一次罚款 1 元；大扫除缺席一次罚款 5 元；一次不交作业罚款 2 元，高、初中会考不合格者每生每科罚款 50 元；甚至高考摸底考试不达学校既定标准者，也是每生每科罚款 50 元……

名目繁多的收费项目，无休无止的罚款，有多少孩子经得起这样的折腾？

由海内外炎黄子孙用爱心筑起的“希望工程”，尚且千方百计使因贫困而失学的孩子重返校园；与此同时，另一批在校学生却因为种种不合理的收费而被迫失学，这，难道不值得人们深刻反思吗？

每一个孩子都有自己绚烂的理想之梦，而每一对父母又何尝不希望尽可能为自己的孩子提供受教育的机会？毋容置疑的是：今天，社会上多一个辍学的孩子，就意味着明天的社会要多一个文盲、半文盲或素质低下者。

几十年来，国家一直注重并致力于民众扫盲脱盲工作，另一方面，由于某些短视者的错误决策和行为，却又人为地制造出大批新的文盲。这与我们整个社会建设四个现代化的主旋律是何等地不协调！青少年是国家、社会的未来，他们的整体素质如何，关系到未来社会的文明与否，兴旺与否。我们决不可为了眼前短暂的局部利益而贻误了他们的前程。

中小学乱收费问题，早已引起国家有关部门的重视。1993 年 8 月，国家教委就曾发出《关于坚决纠正中小学乱收费的通知》，对各地中小学乱收费的势头起到了一定遏制作用。据有关部门统计，近两年，全国各地共取消各种不合理收费 783 项，清退乱收费金额 1.2 亿元。但是，从全国范围看，中小学乱收费问题仍未得到根本控制，有的地方和学校还没有切实清理和纠正乱收费问题，有的地方把社会对学校的摊派转嫁到中小学生头上。为此，国家教委于 1995 年 4 月再次发出《治理中小学乱收费工作的实施意见》，对治理中小学乱收费工作提出了 5 条具体措施。通知明确提出：“造成中小学乱收费的原因是多方面的，有政府的问题，有社会的问题，也有学校自身的问题。对此，各级领导必须给予真正的重视，各级地方政府应负起主要责任，要做到组织到位，行为到位，投入到位，监督到位，保证综合治理的措施落到实处。”

在中小学乱收费问题的背后，有着一系列深层次的社会原因：教育经费的不足；地方经济的捉襟见肘；某些部门和单位管理上的漏洞；对国民教育认识的偏差；以及部门利益、眼前利益的驱动……

“百年大计，教育为本。”健全、完整的国民教育，是国家、民族未来兴旺发达的根本前提。坚决有效地制止中小学乱收费，切实杜绝适龄少年儿童失学、辍学，乃国家、社会的当务之急。

1996年3月

# 学生不是摇钱树

学生是摇钱树吗？答案当然是否定的。

然而，在国家大力推行九年制义务教育的今天，许多学生及其家庭却因无力承受名目繁多的学费、杂费而不得不四处举债，有的甚至被迫辍学。

谁能数得清如今一些学校的收费项目有多少？该收的，不该收的，明的，暗的，零的，整的，合法的，不合法的，一股脑儿向学生头上压来。有的学校几乎是每周、每月都有不同名目的收费项目。湖北省蒲圻市某中学高二年级的一位同学在给记者的来信中说道：据不完全统计，自今年（1996年）3月3日至6月25日，在3个多月的时间内，学校便向学生收取了500多元十多个项目的各种费用，平均不到10天便出台一个收费项目。该学生心情沉重地写道："自上高中以来，各类费用之杂乱，数目之多，令我们学生和家长摇头叹气。我们几乎每个星期都会收到学校的收费通知，少则几元，多则几十元，我们父母所在的工厂生产效益都不好，有的甚至处于停产半停产状态，面对如此种类繁多的收费，父母及我们都苦不堪言。"

江西某中学高一年级部分学生来信说："今年开学之初我们交了570元的各种费用，但在填写收费卡时，学校却只填280多元，除此之外，学校还要我们交建校基金100元（名义是自愿，实际上不愿意也得交）。还有一些费用，开学初交了，中途又再交，有的连收据都没有。如此沉重的负担，我们的父母如何承担得了？"

湖北省蒲圻市一些农民联名反映：当地某镇政府自1993年开始集资修教学楼，向每个村民集资100元，每个学生交300元，另外中学生每人还要交

100 元借读费。一个中学生每年的费用(包括集资、学杂费等)高达三四千元，小学生也高达上千元。现在学校把学生当摇钱树，在这种恶劣的情况下，有 60%的同学被迫失学，而占地几千平方米的高档教学楼，却只有 300 多人上课。

看来，学生确乎成了"摇钱树"。学费、杂费、书本费、资料费、考试费、仪器费、勤工俭学费、借读费、集资费、补课费、试卷费、油印费、会考费、奖学金费、修缮费、卫生费、水电费、教学实验费、硬件配套费、班费、保险费、教育附加费、民办费、高考费，甚至还有什么"储蓄费"、"收费卡费"，真是名目繁多，令人不堪重负。

其实，国家教委早在 1993 年就发出通知，明令取消中小学自行规定的乱收费项目，其中包括：仪器设备购置、维修、管理费；电教设备管理费；校舍建设、维修费；义务教育办学条件保证金；校内课程测验、考试费；学习达标费；勤工俭学费；学生集训费；签发毕业证书费等 21 个不合理项目。

然而，这些早被取消的收费项目，在一些地方的一些学校仍然收得十分起劲。

更具讽刺意味的是，一些地方千方百计向学生集资凑钱，建成了崭新、豪华的教学楼，一部分学生却因学校收费太高而不得不走出校门，留下一间间空余的教室瞪着冷眼闲置在那里……

就在本文即将结束时，记者又收到湖南长沙某中专学校的学生来信，并随信附寄一张收费通知单：学校要求每个学生交 500 元建校基金！ 500 元，它意味着什么？它也许是贫困地区一个农民全年劳动的总收入；它也许是一户农家半年的生活费；它也许是农民养一头牛、几头猪的辛苦回报；它也许是汗珠子摔八瓣、泥里土里艰辛劳作的农民买种子、化肥、农药的备用金……它来得容易么？况且，这么大一笔数目的"建校基金"，该不该由学生承担？

集资办学，是国家广泛筹集教育资金的举措之一，但国家的政策历来是鼓励加自愿，重点是自愿。而一些地方则将它变成一项强制性措施，不管群众是否自愿，也不管群众承受能力如何，统统强迫集资，给部分困难群众带来很大经济压力。殊不知，一次次大规模的集资，一项项无休无止的收费，对于相当一部分本来就处于贫困线的农民群众来说，无异于雪上加霜，使他们的生活陷入更深的困境。更有甚者，一些地方政府和教育行政部门，把一些本来应该由政府承担的责任也转嫁到学生及其家长身上，由此造成许多弊端。

我们经常见到这样的口号：再穷不能穷教育，再苦不能苦孩子！而近几年，学校乱收费问题日益严重，有令不行，有禁不止，已成为当今社会的一大顽症。与此同时，压给学生的经济负担越来越重，失学孩童的比例越来越大，这就不能不引起人们的关注：一切“向钱看”的恶浊风气已然侵蚀到教育界，并正在侵蚀着我们的校园，如此下去，结局堪忧。

但无论如何，学生不是摇钱树，决不能把学生作为“创收”的对象！学生不是摇钱树，一切不合理的收费项目都应该立即取缔！

1996 年 10 月

# 责罚能出好学生吗

今年(1994年)的“五一”劳动节，对于北京市朝阳区某小学四年级某班的20多名学生来说，过得真是沉重。

原来,“五一”节前，这些学生所在的班进行了一次数学单元测验，全班只有十多名学生得满分。数学老师大为恼火，责令余下的20多名学生在“五一”期间，把教学书上第二单元所有的50多道应用题，外加十多道简单题各做五遍!

这样一来，20多个孩子在融融的节日气氛中，不得不带着沉重的心理压力，委屈地坐在家里赶做300多道数学题。更要命的是,“五一”之后还要接着考语文，孩子们同时又得加紧复习语文，时间哪够呀！一些孩子连正常睡觉的时间都挤了出来，一些家长也腾出手来给孩子“帮忙”，字体还要勉强学得跟孩子的一样。那情形，真够别扭的!

这种近似于惩罚的重复性、机械性作业，和教师的责任心是如何联系在一起的，我们姑且不论，可以肯定的是，这同国家教委三令五申、社会各界呼声颇高的“减轻学生课业负担”是不相符合的。

众所周知，教育行政管理部门早就作出了关于学生课业负担的有关规定。北京市教委规定：小学生一年级原则上不留作业，二年级作业不超过半小时；三、四年级作业不超过40分钟；五、六年级不超过一小时。

事实上，很多学校仍然置教委的规定于不顾，我行我素，任意加大学生的作业量，一些素质不高的教师更是在不轻的课业负担之外给学生加码。罚作业，就是其招数之一。

据反映，北京西城区某小学一位四年级学生，因未能按时完成老师布置的一篇周记，老师便罚他一夜之间完成10篇周记。当天晚上，这位学生苦赶急赶，才赶出三篇。

同是这所学校，某班的学生，一人做错了题，全班同学陪着挨罚；某学生错一个字，全班同学罚写十遍，某学生错一题，全班同学罚做十遍……

类似如此荒唐的事情，让被责罚的学生及其家长在苦不堪言的同时万分不解：如此教师，如此教学方法，果真能促使天真烂漫的孩子们学业有成、身心健康吗？

一些教师动辄以“罚作业”来惩处学生，也许他们以为唯有如此，使学生下笨工夫，才能提高学生的学习水平。但实际上，这种“笨工夫”下得有没有意义呢？当教师的为何不在改进教学方式、提高教学质量上下真工夫呢？“罚作业”能罚出好学生吗？

说到底，还是一些教师图省心省事，把作业布置下去，学生想做也得做，不想做也得做。一道题做上三遍五遍，总会在脑子里留点印象吧！也许，这种做法能收到一些短期效应，但对于提高学生的学习积极性、领悟能力、学习效率，乃至整体素质，则收效不大，相反，它只能增加学生的厌学情绪、逆反心理，甚至给学生的身心造成伤害。

北京市朝阳区教育局小教科有关人士认为，“罚作业，实际上是一种变相体罚，这在学校是决不允许的。”是的，我们的教学大纲，从整体上来说是科学的，有利于学生全面发展，但在执行中却往往走样。这就说明：光有好的目标，好的动机还远远不够，最根本的是要有一批素质高、责任心强的好教师。

当前社会各方面正大力提倡素质教育，但素质增长率也不是出几台措施、下几个指标就能到位的。要培养出高素质的学生，关键要有高素质的教师。不可否认，由于种种原因，我们的教师队伍还参差不齐，一些教师离合格的标准还有一定距离，因此，素质教育中出现一些不和谐的音符就在所难免，但我们不能对此熟视无睹。

“罚作业”，这种既伤害学生，又有悖于我国教育方针的做法，应该休矣！

1994年8月

# 悲剧岂能一再重演

农家子弟考上大学，"跃龙门"，本来应该是一件令亲朋好友皆大欢喜的事情。然而，近年来一些地方却频频发生这样的悲剧：儿女考上大学，贫困父母因忧愁无力供儿女读书而自寻短见……近日连续发生在山西的两位闻"喜讯"自尽的考生家长，均是靠土里刨食的农民，如今天价般的学费，对他们而言，简直如泰山压顶。这类因贫致"悲"的惨剧，看了着实令人揪心。

问题首先来自教育高收费。多年来扶摇直上的教育收费一直是压在普通百姓头顶的一座大山。据中国青少年发展基金会近日发布的《中国贫困高考生调查报告》指出：教育支出是贫困高考生致贫的主要原因，82.3%贫困高考学生家庭贫困的主因是教育支出；12.7%的贫困生因交不起学费可能放弃上大学。按照山西一自杀农民的家庭收入计算，他们一家要用七八年的全部收入，才能供儿子上一年大学，32年的收入才能供出一个大学生。这样沉重的负担，又有多少农民能承受得起？我国有八九亿农民，如果相当部分的农民都因教致贫或无力承受子女教育费用之重时，我们的教育收费制度是否该彻底反思并改革？

问题的另一面来自我们的社会保障制度的缺陷。尽管国家对于贫困学生有着一系列明确的扶助及优惠政策，但这些政策真正落到实处的有多少？最明显的一个例子就是：国家助学贷款的实施，在多少地方和学校被打了折扣？有关调查显示：截至2005年12月底，全国应开办国家助学贷款的1714所普通高校中，还有248所地方高校（主要是地、市所属高校）的国家助学贷款工作尚未启动；全部大学生中，"该贷而未贷"的比例约占11.4%，约有178万贫困大学生未能取得助学贷款。

此外，那些生活在偏僻、贫困地区的弱势群体，他们的知情权、被保障权落实了多少？如果事先知道国家对贫困学生有诸多保障、扶助政策，而这些政策又不折不扣地落到了实处，那些贫困的考生家长是否还会走上不归路？

悲剧一再地发生，它提醒着、警示着社会：决不能让这样的悲剧一再重演。

教育部近期发出通知，在今年秋季开学时，各公办全日制普通高等学校必须开辟“绿色通道”，以确保新考入公办全日制普通高等学校的贫困家庭学生顺利入学。

福建省今年将免费向考入公办全日制普通高等学校的新生，每人发放一本《国家助学贷款指南》，学校必须在寄送录取通知书时夹送《指南》，保证今年秋季被录取的全日制新生人手一册。此举是让人学生在入学前都能了解国家助学贷款政策。同时，从今年起，高校每年要从学费收入中按照10%的比例提取经费，由学生资助管理中心专项用于贫困生资助。

2006年7月

# 现在的孩子缺什么

谈到这个话题，恐怕会有人不以为然。的确，现在的孩子缺什么呢？

就城市而言，一般家庭都只有一个孩子，捧在手上怕摔了，含在口里怕化了，好吃的，好玩的，好穿的，好看的，尽可能地满足其需要。从物质的角度来讲，现在的孩子似乎不缺什么。

但从另一个角度来讲，现在的孩子似乎又缺乏很多东西，而这些恰恰是做人所必不可少的。

女儿今年 12 岁，从小学一年级到六年级，年年都被评为"三好学生"。但遗憾的是她至今不会自己梳理头发。好几个寒、暑假，我都给她下命令，让她学会自己梳头，但她始终也未能"达标"，实在逼急了，她也只能简单地在脑后扎一个"马尾巴"。如果训斥她，她还满有理由："我们班上没有一个女孩会梳头！"对她的这句话，我当然不信。

一天，她的几位要好的女同学来家玩（几乎全是班上的尖子生，包括大队长、中队长、三好生……），我一一询问，竟真的没有一个会自己梳头，问她们谁给梳头，异口同声回答："妈妈！"

这下轮到我叹气了。都是十二岁上下的孩子了，竟然一个个连梳头都不会。据女儿说，在他们班上，这都算不了什么，有一个成绩很不错的男生，吃鱼不会挑刺，总要大人帮着把鱼刺一根一根挑出来才能吃；不少孩子从未单独出过门；有的孩子吃水果，要家长把皮削了，切成小块小块，送到嘴边；至于不会买菜做饭，不会洗衣服，不会料理家务的，那就更普遍了。

对于这种情形，我们该说什么呢？

诚然，现在的孩子们都很聪明，他们有相对优越的物质生活条件和学习环境，他们的书本知识从某一方面来说也许超过他们父辈的童年，但他们的综合素质及总体知识水平却不容乐观。

80年代以后出生的这些孩子，大都是在外国卡通、洋动画片的熏陶下成长起来的，那些怪诞、虚幻的东西，究竟能给孩子们的心灵以多少积极的影响，恐怕谁也说不清。女儿的一个同学竟有这样的问题:“柴可夫司机(斯基)，怎么还会作曲？”

如今，学校对学生的培养，多在学分上下工夫。平时满篇满篇的作业，到期末做不完的卷子；孩子们从早到晚，就跟书虫似的，钻到课业中出不来。

一般家庭对孩子的期望，也大都只求学习好，学分高，而忽略了对孩子实际生活能力的培养。谁也舍不得让孩子吃点苦或受点委屈，殊不知正是家长们的这种“爱心”，极可能造成一代人的低能或无能。他们吃苦耐劳的精神差，心理、特别是对逆境承受能力差，关心、照顾他人及公共意识差，社会交往能力差。他们习惯于以自我为中心，往往是苦还没吃就叫苦连天，还没受罪就觉得委屈，用“温室里的花朵”形容这个时代的孩子们，真是一点也不过分。可温室里的花朵是经不起风雨的，谁能保证我们的孩子们今后的道路就能一帆风顺呢?

现在不少孩子缺乏锻炼，缺少磨砺；享受太多，吃苦太少；受宠爱多，受鞭策少。他们在各种营养普遍过剩的同时，独独缺“钙”。一旦离开家庭，离开父母，他们真是寸步难行。这样的孩子，今后又岂能指望他们担当国家和民族的大任？还有不少孩子不知艰辛，不懂节俭，崇尚高消费。我的一位朋友，每月给孩子的零花钱都在千元以上，孩子脚上穿的是六七百元一双的耐克鞋；身上的衣服，不是美国名牌就是日本名牌，从书包到日用品，非名牌不要……许多家庭，孩子们的一次生日，可能耗去家长一个月的工资，孩子们习惯了大手大脚，全然不懂得惜财惜物。

毋庸讳言，现在孩子们所缺乏的，正是他们将来走向社会做人做事最基本的必需条件：健康的心理和健康的人格；独立生存的本领；吃苦耐劳的精神；包容、忍让及无私的品行；关注社会、普济天下的社会责任感……

如果我们现在还不能意识到这一点并采取断然有力的措施予以补救，等到相当一部分孩子都成为人格、智能发育不全的次品、半次品时，我们的悲哀也就无济于事了。

1995年6月

# 莫让“会海”变“会灾”

人们曾经用“文山会海”来形容一些机关部门形式主义之严重，殊不知，如今在一些地方，“会海”已演变成了“会灾”。记者到某省采访，当地一名干部诉苦道：“现在的形式主义太可怕了！别的不说，光是各种会议，就占去了我们大部分工作时间。”

据说，曾有人作过统计，上级开一个大会，下面为贯彻这个会议精神，层层级级要开3000多个会。更何况，各部门、各行业、各条条块块，每年都有无数的会议，而每个会议几乎无一例外地要求主管领导参加，这就使得很多领导干部不得不花相当多的时间和精力应付会议。这名干部告诉记者，“省里几乎每天都有若干位省领导在开会，不是这会就是那会……而到了下面，又要一级一级传达贯彻，于是形成了没完没了的‘会灾’。”

一位市级干部抱怨说，“我们一年到头，基本上是前四个月在开会，后四个月也在开会，只有中间几个月能下去做点事。”

在各种会议中，各级干部消耗了大量的时间和精力。落实科学发展观，建设和谐社会，促进社会经济快速发展，解决人民群众的急难问题……国计民生，千头万绪，社会生活中的每一件事情，都需要各级干部亲历亲为，真抓实干。如果各级干部成天被“文山会海”包围住，成天在形式主义的漩涡中打转转，中国的现代化哪一天才能实现？广大老百姓何年何月才能过上小康日子？

为什么“会海”变成了“会灾”？就因为有大批人或靠开会过日子，或靠开会拉关系，或靠开会创收，或靠开会制造“政绩”。泡会议当然比下基层轻松，也比去解决头绪纷繁的实际问题省心。但是，为什么没有人算算这笔账：全国每年用于各种会议的开支，占到全年 GDP 的多少比重；因为会议耽误的大量时间，给国计民生造成了多少损失和影响。

我们不禁要问：一年到头，我们到底是否需要开那么些名目繁多的会议？有些可开可不开的会议为什么不可以取消？依靠会议我们究竟解决了多少问题？会议是要成本的，会议所产生的效益是否大于支出？需要会议举办者认真琢磨。看来，需要有关部门针对泛滥成灾的会议制定一些切实可行的制约机制，让那些不愿扎扎实实做工作而企图以开会代替工作的人彻底没有市场。

2007 年

# 是谁宠坏了“星”们

不久前，演艺界连续发生两起令观众哗然的事情：一是一位青年歌手在某地演出时临时要求加价，不给钱不唱，将数千观众晾在现场，最终引起众怒；另一起是一位资深演员现场假唱露丑，众人愕然。其实，似这类只认钱而丧失艺德及现场假唱的事情早已不新鲜。

近日，笔者又闻：某省电视台仿中央电视台“心连心”活动，也组织了一批演艺人员到某革命老区进行慰问演出。这场名目堂而皇之的所谓“下基层慰问演出”，实质上成了某些演员的变相“走穴”。据知情者透露，电视台为了请动几个并非“大腕”的演员，很是费了一些本钱。而几个到革命老区“走了一趟”的演员，全体演出不到两个小时，每人所得都在万元以上。尤为恶劣的是，演员们上台表演大都是“对口型”假说假唱，其中有位年轻演员动真格地唱了一首歌（另一首也是假唱），就把导演感动得不得了，连说：“这演员真不错，够给面子的。”

与此同时，还有人告知笔者：一位知名度颇高的以唱军旅歌曲出名的女歌手，每到一地演出，非最高档次的宾馆不住。一次到山东演出，接待人员将她安排到一家三星级宾馆下榻，她却连车都懒得下，冷冷地表示：“在济南，我只住××、××宾馆，其余的我从没住过。”弄得接待人员好生心凉，但还是不得不改变计划，将她拉到她所指定的那家豪华宾馆。

类似的传闻听多了，便不免生出几分感慨：时下中国的演艺人员们，何以架子都这么大，这么牛气冲天，难以侍候？是谁把他们宠成这样？

近几年来，社会上不知不觉地形成了一批居高自傲的演艺“贵族”。他们自以为优越，自以为了不得，有的人肆无忌惮地捞钱，千方百计地偷税、逃税，随心所欲地晾晒、耍弄观众，并且习惯于让人宠着、捧着、哄着、高标准养着，心却离人民群众越来越远。只要看看演艺界时不时爆出的个别演员罢演、罢唱、假唱、撂台、漫天要价、晾晒观众等丑闻，就可知一些演艺者的品格、艺德是何等糟糕。然而，为什么这样一些并不光彩的"星"们，却偏偏有人替他们捧场？有人邀他们出演，给他们制造出风头的机会？有人拱手把白花花的银子送给他们？说到底，还是我们的社会缺少严谨细密、操作性强的文艺法规，缺少是非分明的道德标准。

一些品格、艺德都让人唾弃的歌星影星，之所以能在社会上招摇，就在于社会上有他们的生存基础。一些涉世未深的青少年盲目追"星"，一些小报随意炒"星"，一些大款、暴发户拼命捧"星"，造成了"星"们的心态变异；再加上一些传媒的反复炒作，它们不仅炒丑闻，也炒恶俗，把那些格调不高、低级趣味的东西搬来弄去，从歌星影星的绯闻、婚变到怪癖、恶习，无一不炒。虽然说不上是诲淫诲盗，却也颇有负面影响，使其产生不健康的社会导向和示范作用；同时也助长了一些演艺人员的自负心理，使他们的所作所为离大众的需求越来越远。

此外，利益趋同，也是造成一些"星"们名声虽臭却仍有"市场"的重要原因。一场演出，穴头的利益、组织者的利益与"星"们的利益往往密不可分，虽然吃"肉"的是歌星影星，穴头及组织者们也少不了喝"汤"，利虽不均，但都属有利可得；既得利，也就难免利欲熏心，哪还管得了其他？演员假唱也好，晾晒观众也好，只要不撂台，不影响其个人利益，仍不惜一次又一次凑班底到处走穴演出，也就为一些品格、艺德不佳的演艺人员提供了一次又一次表演恶俗的机会。如果国家有关部门能在演出的各个环节严格把关，并制定有关管理细则，将所有商业性演出都纳入法制管理范围，类似撂台、晾晒观众、假唱等恶劣行为就不至频频出现了。

公众舆论制裁也是遏制不良演艺倾向的手段之一。如果众人都奋起抵制、谴责假唱(假唱，从本质上来讲，与卖假药、制假钞之类又有多少区别？)，抵制低级趣味及不道德演艺行为，想必有些人就会收敛许多，不至于明目张胆地欺负、蔑视观众，不计后果地为所欲为。

行风艺德，是古往今来演艺界一贯遵循的基本原则。"台上演戏，台下做人"，说明人品、人格对于演艺者的重要性。演艺这一行，就像社会上其他任何行业一样，只是整个社会的一个组成部分，演艺人员较之其他普通人，除了职业特点之外，并无其他任何特殊，既不高人一等，也不低人三分。因此，既不必因被冠以“明星”而自视甚高，也不必因为“明星”的身份而吃吹、吃捧。就像工人做工、农民种地一样，演员演戏，只是职业不同，又有什么必要处在特别受宠的地位？又有什么理由要将他们宠到坏的地步？

当然，首先应该冷静的是我们自己——大众及其传媒，不要捧“星”，更不要宠坏了“星”们。

1997年1月

# 中国货，为何取洋名

## 一

但凡上了年纪的老北京，闭着眼睛都能数出一串历史悠久的京城老字号：同仁堂、一得阁、六必居、全聚德、内联升……从六七十年代走过来的人们，也依然忘不了当年那深受国人喜爱的一些国产名牌：永久、凤凰（自行车）、海鸥（相机）、上海（手表）、中华（牙膏）、蝴蝶（缝纫机）……

然而，随着国门洞开，洋货涌入，带洋字号的东西便逐渐在国内市场风行开来。起初，还只是货真价实的洋货登台亮相，继之，便有仿冒的洋货登陆抢滩，再后来，则是“洋风”呼啸，无以数计的国货纷纷戴上了洋帽子，裹上了洋包装，直弄得国人眼花缭乱。

最近，记者曾到北京几家大商场实地调查，其结果令人吃惊：我们的国货——大到家用电器，小到一包休闲食品，相当一部分产品的品牌都已“洋化”。下面是记者顺手拈来的几类商品的品牌：

男西服：爱兰德、罗西奥、米兰诺……

女皮鞋：安琪尔、芭迪、米莲诺、哈森……

自行车：阿米尼、斯普瑞克、雷纳克……

化妆品：亚力山大、蕾迪雅、艾丝黛儿、雷蜜特……

需要说明的是，上述品牌，清一色的国产货，却是清一色的洋名称。国货洋名的商品几乎占了一些商场货柜陈列品的60%以上。

## 二

国货品牌的洋化倾向，已经引起了消费者的议论和质疑，那么，造成这种现状的原因何在？

国家工商行政管理局商标局的有关人士认为：注册难度的增加，是商标品牌洋化的原因之一。随着商品经济的发展，商标申请量逐年增加（目前我国已核准商标50余万件），一些常用的字词已经不能满足需要，一些厂家便改变思路，借用一些外文的谐音组成商标名称。此外，随着外来文化的影响，一些商、厂家为了避俗而有意识地借用一些洋文的谐音组成中文商标，试图给人一种新鲜感。

青年经济学家、中国社会科学院陈东琪博士认为：国货品牌的洋化，一方面说明部分厂家对自己信心不足，想要借用洋“虎皮”来给自己壮胆，另一方面也说明了消费者对某些国产产品质量的不认可。消费的超前性与发展的滞后性，是国货品牌洋化的主要原因。同时，这也表明我国一部分消费者的消费心理尚不成熟，一些人盲目地认为好东西都是外国的，不好的都是国产的。其实，品牌是一种竞争的结果。所有叫得响的洋名牌都是经过漫长岁月的淘汰最后才形成的一部分精品。我们的市场经济刚刚起步，品牌文化还没有形成，但又有特别想发展的渴望，故初始阶段的盲目混乱状况在所难免。

## 三

是不是有了一个洋化的名称，商品就能风行市场或者身价倍增？

取一个洋名做品牌，开始也许能给人以新鲜、洋派之感，一旦多了，滥了，便会走向反面。看一看充斥于国内市场的各种仿洋名的商品，除了极少数以强大的经济实力作后盾，靠广告打出了一点名气之外，大多数都被淹没在令人眼花缭乱的商品海洋中。

本文开头所列举的那些洋味十足的品牌，哪一个能在市场上独领风骚？又有哪一个成了中国消费者心目中的知名品牌？

一个产品能否在市场上站稳脚跟，不在于它有一个什么样的名称，也不在于它是否沾了“洋”气，而在于它本身的质量是否过硬。如果一种产品企图借助“洋虎皮”来替自己张威，那么这种产品注定没有生命力。

还有一个值得注意的倾向：我们合资企业的绝大多数产品，品牌几乎都是洋名，似乎名称不洋就不能体现其“合资”的特殊身份，其结果必然导致许多合资企业辛苦半天，最终只是替别人养大了孩子，而自己则膝下虚空，既无自己的拳头产品，也没有留下一点无形资产。

其实，企业价值的相当一部分乃在于它的无形资产——品牌，人们所熟知的可口可乐、皮尔卡丹等世界知名产品，其价值不正在于它们的品牌吗？

## 四

一个产品的命名，一种品牌的问世，无不有其特定的文化内涵和价值取向，而其中的文化内涵，则包容了地域条件、社会背景及传统特色等诸多因素。也就是说，一个品牌从形成到成熟，除了它本身应具有的竞争条件外，也离不开它本土文化的根基。

我们在引进外来商品时，都要考虑到本国传统文化因素及大众习惯心理，尽可能使洋品牌的中文译音适合国人的消费意向，如CAD BURY(英国巧克力)的中文品名叫“吉百利”，BUD’S(美国冰激凌)的中文品名叫“八喜”。而我们的一些厂家在为产品命名时，却很少考虑到上述因素，显然，这不是简单的疏忽，而是另有原因。

正如一位知名人士所言：“明明是百分之百的国货，却偏偏要起一个莫名其妙的‘洋名’，既无中文标识，也没有任何中文说明，实际上对中国消费者构成了一种欺骗。”

人们在日常消费中不难发现这样的情形：一些极普通的商品，如休闲服、夹克衫，或者是一支铅笔甚至一块橡皮，上面往往标有一串令人莫名其妙的洋文，人们既弄不清它是商品说明还是时髦口号。无论商标或说明文字，其目的都是为了使消费者明白其内涵并与其他商品相区别，如果弄到大多数消费者连看都看不懂的地步，这商标或说明又有什么意义？

不可否认，仿洋崇洋，或者以洋惑众，已成为消费领域中不可忽视的问题。它一方面误导了消费者对洋货的趋从心理，另一方面也构成了对消费者的实际侵害，因为不少人是在一种盲目状态下误将顶着“洋名”的国货当洋货购入的。

就像巴黎的时装不会取名“西施”或“杨贵妃”一样，日本的电器也决不会命名为“紫禁城”或“长城”。民族文化特色是商品品牌的基本要素之一。中国的民族工业要想立于不败之地，要想走向世界，除了产品的质量、品位要上去之外，也不可忽视其品牌的文化内涵。我们的东西再好，如果都取名叫玛格丽特、沃瑞卡之类，又怎能堂而皇之地走向世界经济舞台？

由此看来，品牌文化回归本位已是当务之急，但这需要有全民族的共识。

1996 年 1 月

# 也谈少儿“文化营养不良”

寒假，我带13岁的孩子去书店买书，在琳琅满目的书架上搜寻良久，终难找到一本反映当代少年儿童生活的读物，而这恰恰是孩子找了好久而一直没有找到的书。走出书店，孩子不高兴地嘀咕：“怎么就找不到我们要看的书呢！”

要说书店无书，实在有失公平。装帧讲究、精美的丛书、套书并不少见，而且动辄几本、十几本一套。不要说天性活泼好动的孩子根本没有耐心去读这些“鸿篇巨制”，就是哪一位天才有些耐心，那些内容也太显单调，不是有关“上下几千年”的历史说教，就是“千万个为什么”之类的科普翻版，再不就是重复了无数个版本的安徒生童话及外国卡通漫画之类。要想从中找出一本既有艺术性、又有可读性的反映当代少年儿童生活的文学读物，简直是难上加难。

当然，时下难以找到的不仅仅是好的儿童文学读物，与此同时，我们又能找出几部能打动童心的儿童电影？能找出几首脍炙人口的儿童歌曲？能找到几处像模像样的儿童文化场所？像一度深受少年儿童喜爱的《小兵张嘎》那样的儿童影片已经久违了；像《让我们荡起双桨》那样动人的校园歌曲已经久违了。以致现在的一些少年儿童竟盲目地拾起海外文化的垃圾当宝贝，把一些格调不高、内容荒诞的外国卡通当“必读书”，把一些表现成人情爱的流行歌曲当作常哼的小调。君不见，幼儿园的娃娃唱的是《纤夫的爱》，校园内的中学生唱的是《好想谈恋爱》……不能怪孩子们，而是现在确实缺乏适合少年儿童的文化食粮！

那么，谁来为少年儿童提供文化营养？当前，我们数得出几位有成果、有影响的儿童文学作家、儿童歌曲作家、儿童戏剧作家、儿童电影导演？

曾记得当年的许多文学大师、教育专家甚至科学家都深情地关注并热情地去儿童文学园地里辛勤耕耘。叶圣陶的《稻草人》、张天翼的《大林和小林》、茅以升的《明天的火车和铁路》、高士其的《我们的土壤妈妈》等，都曾经影响过一批又一批的少年读者，而当年写下《三寄小读者》、《小桔灯》等大量儿童文学作品的冰心老人，如今也已是九十高龄。但今天的少年儿童，不能只读《小桔灯》和《稻草人》，也不能只读《格林童话》和《安徒生童话》，时代呼唤今天的叶圣陶和冰心。

少年儿童除了需要学习科学文化知识外，也需要文学、艺术、音乐的熏陶和滋养。当各种课外复习辅导资料铺天盖地地向少年儿童压来的时候，他们更需要在有限的课余空间寻找一块精神栖息的园地，如果没有健康而又合适的精神食粮充实他们的头脑，不良文化就会趁虚而入。为什么一些有害无益的洋卡通能长期占据着我们的少儿图书市场？为什么电子游戏厅内少年学生的身影络绎不绝？为什么黄色书刊能悄悄地渗进中小学校园？其中原因值得人们深思。

一本好书，一篇好文章，一部好电影，一首好歌，往往能给少年儿童带来深刻的甚至是终身的影响。青少年正处于世界观逐渐形成的阶段，健康向上的文化艺术熏陶对他们显得尤为重要。但少年儿童的欣赏口味、阅读兴趣、消化能力决定了他们所需要的精神食粮的特殊性，既不能成人化，也不能简单化，更不能以“洋快餐”作替代品。

今天，我们正处在一个物质更为丰富、文化科技更为发达的时代，而我们的许多孩子，却在这文化发达的时代患了“文化营养不良”症，这是何等不可思议！

无疑，精神产品的生产是一个复杂的创造过程，决不是三两天就能轻易成型的，它需要智慧和远见卓识，也需要规划、积累和酝酿。如果意识到了问题的重要性，即使从现在开始准备，也还为时不晚。

1997 年 2 月

# 医疗乱收费，为何顽疾难治

近年来，医疗乱收费一直是老百姓反映最强烈的社会问题之一。据国家发改委通报，2005 年全国共查出各类医疗价格违法案件 1 万余件，涉及价格违法金额近 8 亿元，仅被点名批评的 8 家医疗机构的涉案金额就达 1325.62 万元。

一方面是老百姓对于看病难、看病贵不绝于耳的责难声，一方面是医疗服务机构我行我素、层出不穷、花样翻新的高收费、乱收费项目。除了超标准收费、重复收费、自立项目收费、分解检查项目收费等人们熟知的惯用手法外，有的医疗机构甚至用电脑作弊来多收费或采取不恰当的激励方式，诱发乱收费。

从闹得沸沸扬扬的哈尔滨天价住院费到全国 1 万余件、总金额达 8 亿元之巨的医疗价格违法案，被社会诟病已久的医疗乱收费问题，历经一次次整顿、查处之后，却呈逆势上扬之态。看来，有关监管部门的整顿和查处，根本就没有触及到医疗机构的要害。及至近日，一些被通报批评的医疗机构面对社会的责难和批评，还是一副敷衍塞责、避重就轻、遮遮掩掩的姿态。

医疗乱收费的顽疾如此难治，究竟症结何在？

首先，由于我国人口众多而医疗资源配置严重不均，导致那些聚集着大批先进医疗设备和技术骨干的城市大医院，无论服务质量如何糟糕却依然门庭若市，任意开大处方、全方位检查等过度服务的弊端在这些医院成了家常便饭，消费者即使被多收费、乱收费了亦无可奈何。如果可贵的医疗资源能合理分配，医疗行业之间能展开公平竞争，那些违规违法的医院自然会被淘汰出局。

其次，医疗收费和药品价格项目繁多，哪些项目该收费，哪些项目不该收费，收费标准是多少，患者很难分辨清楚，医患之间存在着严重的信息不对称，由此给医疗乱收费留下了空间。因此，物价部门应当加大监督检查力度，全面推行收费公示、实行住院病人一日费用清单制等措施。

此外，监管部门对医院的违法行为处罚不力，对于乱收费行为多采取罚款等处罚方式，使医院违规成本明显偏低。如果对乱收费的医院进行处罚并与取消行医资格联系起来，相信再“牛”的医院也不敢继续“顶风作案”，自砸饭碗。

与此同时，对于像医疗、教育等乱收费严重的行业，要实行全民共同监督的机制，尤其要引进公众舆论的监督，让一切不可见人的东西在阳光下曝光，以此形成强大的监督力量。

2006 年 8 月

## 查查假药致命案背后的问题

假药案又起风波：齐齐哈尔第二制药有限公司，一个已经通过了GMP认证的正规药厂，其生产的药品是经国家批准的，而这种药至今已导致“11人受害，其中4人因救治无效死亡”。

在已经见诸媒体的报道中，我们获悉了这样一些信息：首先，齐齐哈尔第二制药有限公司的前身是一家国有大中型企业，在齐齐哈尔是率先通过国家药监局GMP认证的。并且，据有关知情人透露，生产环节的明显漏洞发生在齐齐哈尔第二制药公司改制之前。

那么，此番假药案的发生，是否验证了监管部门工作的疏忽和漏洞？根据国家有关规定，药品生产企业2004年以前必须通过GMP认证，否则不许生产。“齐二药”生产的注射剂已经国家药监局认证。正常情况下若是通过GMP认证，就决不会再有“其生产环节存在明显漏洞”的问题。就像许多网民说的：“有关部门的认证肯定有问题，弄虚作假通过认证，监管部门有不可推卸的责任。”

一种有明显问题的假药，不仅出了厂，而且顺利地销往全国各地。据报道，“齐二药”生产的致人死命的亮菌甲素注射液“在广东省药品招投标中独家中标”。只此一个“独家中标”，就足以说明招标过程中难掩的黑幕。

此外，药品生产企业的日常监管和产品检验，由省药监局负责，如果相关监管工作严密到位的话，又怎么会出现企业“在购销活动中存在伪造药品注册证、药品生产许可证等违法行为及生产和质量管理混乱、检验环节失控、检验人员违反GMP有关规定”等诸多问题？

像以往任何一次假药事件一样，总是要等到出了人命案，有关监管部门才忙不迭地兴师动众，查这查那。并且总是将板子重重地打在企业或流通环节身上。其实，明眼人都知道，老百姓为什么总是要无端地承受假药、假酒、毒大米、伪劣食品等带来的重重伤害？就是因为替我们把关的环节出了问题，该管的地方没有管住，该负责任的人没有尽到他们应尽的责任，甚至形成了“猫鼠一家”的局面，才导致百姓必须用生命的代价来唤醒职能部门的良知和责任心。

这种代价是否太沉重？看来，实在有必要查查假药致命案背后的问题。

2008 年

# 豪华办公楼与奢靡之风

近些年，在一些地方，政府的办公楼是越盖越阔气、越盖越豪华了。无论是在经济发达地区还是欠发达地区，人们都不难看到，当地最显眼、最壮观甚至成本最高的建筑往往是政府办公楼。近日媒体披露的河南郑州某区政府占地500余亩的豪华办公楼，的确让人大开眼界：烟波淼淼的人工湖、精致的假山、典雅的亭阁、昂贵的古树、巨大的草坪、宽阔的护城河……统统成为政府办公区的组成部分，它们除了点缀、烘托该区政府办公楼的档次与气派，同时也成了在这里工作的“公仆”们养眼的风景，怪不得有人称之为“世界豪华第一区政府”。

问题是，建造这个豪华办公区的是一个经济并不怎么发达地区的区政府，据说该区年财政收入不过2亿元，却花了3倍于此的巨资建造了这个类似旅游生态公园的办公区。除了山、水、树、石、草等人工景区占地不菲外，人均办公面积竟然多达30平米。如此的大方，如此的气派，如此的阔绰，如此的不惜人力物力，究竟是谁赋予他们奢华摆阔的权力？当初，如此不切实际的建造方案是谁批准的？工程预算经过区人民代表大会审议了吗？如此大规模占地用地，侵占了多少农民赖以生存的保命田？

现在，不少地方政府不惜血本地比着盖豪华办公楼，一个比一个阔气，一个比一个奢华。耗资动辄数亿、十数亿，占地动辄数百亩甚至上千亩。有报道称，南方某市的政府办公楼耗资达20多亿元，简直就是用黄金堆起来的。把办公楼盖成宾馆楼堂型的、山水园林型的，甚至集宾馆楼堂与山水园林于一体的，应有尽有。人们不禁要问：政府办公楼是用来休闲享乐的还是为民众办事的？纳税人的辛苦钱在政府官员手中就是这样任意挥洒的吗？

当今社会，奢靡之风在一些地方已成弥漫之势，一些掌握经济财政大权的人，从大吃大喝到铺张浪费，从楼堂馆所到办公场地，从面子工程到政绩工程，从国内到国外，无不是在铺排、奢侈上下工夫。何曾有人想过：我们仍是一个发展中国家，有数亿仅勉强解决了温饱问题的农民，有成千上万下岗失业人员，还有多少无钱读书的孩子、多少无力就医的病人？可我们的一些"公仆"，却无视国情，不恤民情，动辄挥金如土，实在令人痛心！

今天，当我们致力于建设和谐社会、节约型社会的时候，那些喜好讲排场、摆阔气、追求奢华浪费甚至搞腐败的人无疑将受到人们的唾弃和指责，但我们更需要从制度层面上对奢靡之风进行制约和查办。

2006年6月

# 垄断之“肥”与百姓之“困”

今年(2006年)夏天，与炎热的气候同步升温的，是媒体和民间同时热议的“反垄断”话题。为什么整个社会都对这样一个经济话题如此感兴趣？因为垄断与老百姓的关系实在是太密切了。

在中国，其行业大凡够得上垄断资格的，无不与国计民生相关联。从石油、煤炭、交通，到通讯、电力、教育、医疗，哪个行业不是紧赶着从百姓口袋里掏钱以自肥？其中最能说明问题的例证就是：尽管电讯高收费已被百姓诟病多年，但手机双向收费及收费不透明等问题依然如故，而中国移动也就堂而皇之坐上了2005年中国垄断行业“12豪门”人工成本的头把交椅，人均人工成本12万多元，是全国平均工资水平的五六倍。

这些年，老百姓似乎已经看出了些门道：哪个行业富得流油，一定与垄断相关；哪个行业能够随意涨价，也一定与垄断有关。且看：10年间上涨了20倍的教育收费，贵得令多数人有病也不敢问津的医药费，三年一调、两年一涨的水电费，扶摇直上的机票费，更有那口口声声说是与国际“接轨”的汽油费……怪不得老百姓抱怨说，工资福利不“接轨”，管理制度不“接轨”，偏是那价格“接轨”，真是“接鬼”呢！

垄断行业往往集行政、资源优势于一身，并仰仗其垄断地位，坐享高收益、高工资、高福利、低风险甚至无风险的“盛宴”，将一切不利于他们自肥的因素统统转嫁给全社会，由此造成严重的社会分化和分配不公。尤其值得警惕的是，多年来，由垄断派生出了一个既得利益集团，他们全然不顾国家和民众的利益，一切只从狭隘的行业或集团利益出发，把全民的资源变成各自行业、团体或个人的摇钱树。人们不禁要问：垄断行业挟全民资源以自肥的现状还要维持多久？

现实表明，垄断行业越是收益高，老百姓所受的剥削就越重。也就是说，大多数垄断行业的收益是建立在对消费者的过度盘剥之上的。垄断行业之“肥”与百姓之“困”，折射出我国市场经济制度的不成熟与诸多缺陷。因此，通过立法，以法律的力量遏制垄断行业的暴利及不规范行为，不失为一种治本之策。人们在期盼《反垄断法》尽快出台的同时，也希望政府不断完善市场经济体制，在能够放开的领域，尽可能引入竞争机制，彻底打破垄断行业独霸一方或坐享全民利益的局面，还所有行业、企业以公平竞争的均等机会。

2006 年 7 月

# 算一算百姓的买房账

衣食住行，如今最令老百姓发愁的是住房问题。眼看着那房价如火箭升天般地往上飙升，平民百姓只有连连叹气的份儿。

自从20世纪90年代末推行房改政策后，老百姓都得自己掏腰包买房住，可那房子也不是萝卜白菜，说买就能买下来的。就说北京吧，据新华社报道，今年(2006年)一季度全市商品房预售均价为6885元/平方米。如此算来，一个三口之家，要在北京买一套均价水平、基本适合居住的房子(两室一厅、约六七十平方米)，就得花至少40多万元。而按一般工薪族的收入计算，两口子即使月收入达五六千元的，也要不吃不喝地攒上七八年。更何况这年头，老百姓无论是看病还是孩子上学，都要大把大把地花钱，哪年哪月能攒够买房的钱呢？

还有那些刚参加工作不久的年轻人，一般在企事业单位的月收入也就一两千元，他们要成家，要安居，如果没有外来的资助，“安乐窝”对他们来说就像是镜中花、水中月。

更有那些背井离乡进城打工的人，尤其需要有一个遮风避雨的处所，哪怕是简陋一点。据了解，他们的月收入大都在千元以下，按照这一收入水平，不吃不喝干上几十年，也难在京城圆买房梦。

如此算来，我们现在的房价，是不是离老百姓的现实需要和消费能力相差太远了呢？

这些年，我们眼看着京城的楼盘像春笋般插满了所有能立足的空间，但老百姓买得起的房子却越来越少，豪宅别墅则大量空置。据有关媒体报道，就是在国家实行宏观调控的2005年，全国的房价还是平均上涨了14.4%。

如果再提供一些与房地产相关的数据，我们就更能明白大多数老百姓为什么买不起房了：世界房地产业的平均利润在5%左右，而据有关人士测算我国房地产的平均利润高达20%～40%；据报道，2004年北京的房地产利润大约是249亿多元，平均不到两天就催生一个亿万富翁；据了解，通过房地产获利过百亿的地产巨头在北京、上海不少于百人。

居者有其屋，是和谐社会的基本要素，无论市场经济走到哪一步，大多数人的利益和正当需求都不应该被漠视。面对不断飙升的高房价，面对普通百姓的住房需求，政府的经济政策和调控力度该从何处着力？

2006年

# “扫黄打非”说净化

## 一

1995年12月18日，首都许多大报头版以《一位母亲的呼吁》为题，刊登了新华社播发的一封振聋发聩的读者来信，江苏一位身为母亲的普通女工，以她儿子被电脑黄毒所害的不幸事实，向社会呼吁：请为孩子们创造一个良好的社会环境！

这位母亲的呼吁，在全国各地引起了强烈反响。

其实，这个女工的家庭，只是我们社会的一个缩影。近年来在我国泛起的电子“黄潮”，日益危害着那些尚未成年或涉世未深的青年人和大、中学生。据某市公安局计算机监察管理部门对该市21所大专院校的抽查，在15所高校的实验室、开放机房和学生宿舍都发现了黄色软件和有害程序。

尽管国家和地方有关部门采取了很多措施加强电子出版物及音像管理，但并没有从根本上解决问题。随着电子计算机和多媒体技术的发展、普及，利用电子计算机等高技术手段“制黄”、“贩黄”的非法活动也日渐猖獗。去年，在广东等部分沿海地区的市场上仍可见到大量非法、盗版的音像制品，其内容大多为海外盗版故事片，其中夹杂有大量淫秽、色情内容。这些从各种渠道流入国内并经不法分子大量复制的黄色、非法电子音像制品，以极快的速度向全国各地扩散、传播。而全国各地数千家镭射放映厅，则成为非法公开放映盗版的淫秽、色情内容音像制品的重要场所。制黄、贩黄、盗版的团伙犯罪日渐突出，有的地方甚至形成产、供、销一条龙的地下网络，一些犯罪分子与境外不法分子相勾结，由境外提供母带、母盘，在境内复录加工，所制售的产品，大部分流入国内市场。它不仅严重扰乱了我国音像市场的正常秩序，也侵犯了海外一些著作人的权益，损害了我国的国际声誉。

## 二

电子音像制品市场的混乱状况，引起了从中央到地方各有关部门的高度重视。在此之前，各地“扫黄打非”活动一直在紧锣密鼓地进行，广东、福建、海南、江苏、北京等地相继破获了一批制售、贩卖黄色盗版光盘的大案。1995 年岁末，全国各地又集中行动，严厉打击制黄贩黄犯罪活动。

北京市在 1995 年 12 月中旬的一周之内，就查获制作、贩卖、复制、盗版音像电子出版物及非法出版活动 18 起 125 人，收缴盗版、淫秽音像电子出版物 5000 余盘。

深圳市公安机关年初搜查了位于该市大围坊的一个音像制品犯罪窝点，当场查获非法制作的激光唱盘、视盘共计 294 种 46 万余张。江苏苏州市查处了苏州宝碟公司“制黄”事件。

与此同时，铁道部、交通部、邮电部、民航总局也纷纷采取措施，堵塞“黄毒”的流通渠道。

1995 年 12 月 22 日，中宣部、新闻出版总署发出通知，明令禁止“买卖版号”，强调建立规范的音像出版发行秩序，促使我国音像出版业健康发展。

1996 年新年伊始，文化部、广电部又联合发出通知，要求在全国范围内禁止营业性放映激光视盘故事片。通知指出：激光视盘故事片的经营活动非常混乱，非法走私的激光视盘故事片充斥市场，一些部门还擅自审批进口激光视盘故事片，违反了国务院发布的《音像制品管理条例》中关于“家庭专用的音像制品不得用于营业性放映”的规定，侵犯了知识产权。为了进一步严厉打击走私和侵权盗版活动，整顿音像市场的经营秩序，加强对知识产权的保护，应坚决停止营业性放映激光视盘故事片及一切非法激光视盘的经营活动。

通知发出后，立即得到全国各地、各有关部门的支持和响应。目前，全国大部分地区的绝大多数影像产品经营单位已基本停止放映激光视盘故事片。在拥有 1000 多家营业性激光视盘放映场所的广州，1 月 3 日晚 6 时起已全面停止放映活动；到 1 月 6 日止，湖南省大部分镭射厅已关闭；天津等地大力清除现有镭射放映的宣传广告、招贴、灯箱等各种标记，收缴封存用于营业性放映的非法激光视盘故事片，严厉打击非法激光视盘的销售、租赁、放映活动。

同时，国家版权局和新闻出版总署还作出决定，将对国内36家光盘生产厂家派驻监督员，以便严格把住光盘复制加工环节，从源头上解决盗版、"制黄"、"贩黄"等问题。

事实证明：人民群众对"黄潮"泛滥极为不满，对"黄毒"流行深恶痛绝，人们纷纷希望在当今享受现代化物质文明的同时，清除电子黄毒，净化环境，拥有一片清纯、美好的精神乐园。

1996年2月

# 从“官股撤资”所想到的

在中央有关部门严肃查处、整顿官煤勾结一周年之际，有两则消息格外引人关注。一是2005年底以来，在清理纠正国家机关工作人员和国有企业负责人投资入股煤矿工作中，全国共申报登记5357人，申报登记投资入股金额7.55亿元，撤资退股金额7.09亿元；二是中央纪委、监察部等部门通报了6起国家干部投资入股煤矿典型案件。人们在为中央加大力度查处官煤勾结拍案叫好的同时，也心存不少疑问：首先，“官资”既然可以入股煤矿，并且是大面积、大规模地介入，那么，其他如金矿、铁矿、铜矿等矿山，是否也存在“官股”介入的问题？查了官煤勾结，是否也有必要对其他矿业的官企勾结问题展开清理？

其次，在中纪委、监察部通报的6起国家干部投资入股煤矿的典型案例中，我们看到，那些级别并不很高的官员，动辄投资数百万甚至近千万元到煤矿，他们的资金来源，难道不值得人们打一个大大的问号吗？如果本就是贪腐得来的“黑钱”，再将之入股开矿，岂不是黑上加黑了吗？对于这些“黑钱”，想必不应该只是“撤资退股”了之。

第三，惩治官煤勾结，目前似乎还只限于暴露出安全问题的地方和矿山，“官股撤资”，也仅仅是部分已申报登记人员。对于那些暂时尚未暴露的官煤勾结问题以及不自觉申报登记的“官股”，有关部门还有下文吗？如果有，惩治力度是否应该更大一些？毕竟，深藏不露及徘徊观望者还大有人在。

此外，近些年之所以有不少官员的热钱、黑钱流向煤矿等矿产开发行业，就是因为这些行业的利润惊人。一些把持着资源控制权的人，对自己眼皮底下的"肥肉"自然不甘放弃。如今虽然前期介入的一些"官股"被迫撤资，但如果没有强有力的监督力量和长效约束机制，面对高额利润的诱惑，一些官员仍会前赴后继，甚至不惜铤而走险。

无论是官煤勾结还是官商勾结，均是官员利用手中的权力，把国家资源转化为个人利益，损害的是国家和广大人民群众的利益，损害的是执政党和政府的公信力。我们要建立一个法制健全、公平和谐的社会，首先要形成一种有利于全体社会成员公平竞争的政治、经济环境，对贪腐、贪渎官员决不能姑息手软。好在我们已经看到了中央惩治官煤勾结的决心和行动，但愿反贪腐的风暴来得更猛烈些！

2008 年

# 后 记

## 记者是什么

——新闻背后的故事

### 一

少年时曾经梦想当作家的我，而立之年被命运牵引着走进了新闻界，直至年过半百。人生中最富激情和创造力的岁月，都在走南闯北、东奔西颠的职业生涯中度过。数以百万字的新闻作品，是行万里路、受千般苦、汗水伴着心血的产物；一篇篇印成铅字的文章背后，有着许多不为人知的故事。

曾经，在东北辽阔的黑土地上，我顶风冒雪，千里奔波，和公安干警一起分享打黑除恶的快意与艰辛。

曾经，在东南沿海的乡镇上，我面对数百位跪成一片的失地农民，百感交集，竭尽心力地充当他们和政府谈判的“中间人”，为他们争取合理的土地赔偿及善后安排……

曾经，在桂西北采访扶贫攻坚大战的归途中，我被困在茫茫夜雾之中，黑黝黝的山道，一边是壁立的山崖，另一边是深不见底的万丈沟壑，能见度不到 5 米，随行的司机万分小心地开着三菱吉普，提心吊胆、一步一挪地将我带出险境……

曾经，在特大洪灾泛滥的 1998 年，我主动申请到灾情最重的洞庭湖区，顶着炎炎烈日，踏着滚滚浊浪，与奋战在抗洪一线的军民共同经历着生与死的考验，亲身感受着灾民的苦难与不幸……

曾经，我和我的同事一道，冒着风险，千里迢迢赶赴粤东南一个偏僻而又贫困的乡村，在公安干警的配合下，悄悄地潜入村里，将被拐卖到那里的打工妹解救出来，送回江西老家……

曾经，在荆楚大地，在华北平原，在蒙山沂水，在桂北山区，我走进一户户农家，悉心聆听他们的倾诉与心声……

曾经，在南海边防，在云南空港，在中越边境，在京城狱所，我与和平年代的国家卫士——公安干警、边防及武警战士们近距离接触，一一记录下他们的不凡战绩与平凡生活……

为了采写《走过长长的边境线》(发表于2005年8月《人民日报》)，我先后三次从广西东兴一号界碑开始，沿着广西境内1020公里的中越边境线，一直走到广西和云南交界的那坡、文山接壤处。沿途翻山越岭、走村串户，一步一个脚印地丈量着这条见证了几十年共和国变迁和中越两国炮火交织的边境线。当地陪同我采访的同志深有感触地说，很多记者连一次也没有走完过这条边境线，而你却从边境公路设计施工到建成通车，三次全程都走了下来，真不容易！

一页页泛黄的手稿，堆积盈尺，上面浸透着我的心血与汗水，也凝聚着我的思想、思考与精神追求；一摞摞封存已久的采访笔记，与我等高，它记录了近30年来不同历史时期的社会变迁和人物命运，也记录下我近30年的行走足迹与人生价值……

## 二

高中毕业时，我的班主任邹昌伦老师在送给我的笔记本扉页写道：

用你手中的笔，把我们时代绚烂多彩的生活描绘。

几十年来，我始终铭记着老师的嘱托，尽管老师在多年前就魂归天国，但在我心中，他就像父亲一样，是我精神的导师和一生的朋友。我没有让老师失望，大学毕业后，一直不断地用我的笔，记录着国家、社会的变迁和变革，也记录着普通百姓的希望和心声。

我不是那种善于赶时髦的人。对于那些风行一时的口号或教条一类的东西，我从来不大理会。我真正关注的，是与国家的命运和老百姓生活密切相关的问题。

20世纪八九十年代，当反腐倡廉成为全民族的共识和期盼时，我写下了长篇通讯《廉政肃贪看潇湘》，其时，《法制日报》连续两天以两个整版的篇幅，刊出了这篇近两万字文章。

当我国第一代独生子女遭遇成长的挫折和教育的失误、独生子女犯罪问题刚刚萌芽时，我写下了《来自独生子女群体的叹息》，为独生子女教育敲了一记警钟。

当北京街头的小餐馆刚刚出现地沟油，当洗衣粉油条等问题食品刚刚冒头时，我写下了《京华饮食忧思录》，提示全民关注食品安全问题。令人始料不及的是，二十多年后，由于监管不力等原因，食品安全问题已经演变成令国人寝食不安的重大问题。

当国内外资本刚开始觊觎农民的土地、各地开发区正待大规模开发时，我写下了《农民为什么不愿出让土地》，较早地提出了如何解决失地农民的出路问题与土地开发的矛盾这一至今仍然十分突出的问题。

当农民负担问题日趋严重、农村干群矛盾日益尖锐、群体性事件频频发生时，我深入湖南宁乡农村，在曾经发生了“道林事件”的田间地头深入调查采访，写下了《田野的震撼与不安》、《基层、基础、基石》等调查报告，提出了“基础不稳、地动山摇”这样一个应当引起政府高层关注的重要问题。三年后，中央政府全面取消了农业税，农民负担问题得到最终解决。

当千千万万学子为“应试教育”所苦、全民都在呼吁为学生减负减压时，我写下了《减负，一个并不简单的话题》，就现行教育体制等问题展开调查，并采访了北京最具影响力的一批教育专家，请他们就素质教育等热点问题发表高见。

当中国的农民由合到分，分分合合，几经反复，到21世纪初，终于有了像样的农村合作经济组织时，我写下了长篇调查报告《农民合作启示录》，为中国农民的又一次组织起来鼓与呼。

当社会转型期，各种社会热点层出不穷，我从数千万字的读者来信中提炼出一批普通民众关心、关注的社会问题，写下了《诚信为执政之本——聚焦政府官员的诚信缺失》、《新农村建设，谨防跑偏走岔》、《药品暴利的三大顽症》、《城管执法：里子面子都要顾》、《 个税改革，天平该怎样倾斜》《贫富班背后的社会隐忧》《公祭：不拜苍生拜鬼神》、《地方政府“救市”救了谁》等数十篇专栏文章，被国内各大媒体广泛转载……

因为曾经主持一个名为“时事寻呼”的新闻热点专栏，我有机会听到来自普通百姓的心声与呼声，而其中尤以来自孩子们的呼声最使我心动。为此，我写下了《孩子辍学为哪般》、《学生不是摇钱树》、《悲剧岂能一再重演》等新闻时评，为寒门子弟、贫困学生鸣不平。

多年来，无论在哪里，无论做什么，我都遵循一条原则：天道与良知。天道即自然之道，即使头上悬着一把剑，也不能违背自然规律和法则任意胡为。良知是一个新闻从业者必须具备的基本素质，没有以天下之乐为乐、以天下之忧为忧的情怀，是很难坚守这些基本原则的。

## 三

二十多年前，当我在采访途中，我那5岁的女儿向幼儿园老师倾诉：

“我真痛苦！”

老师一脸的诧异：5岁孩子的痛苦从何而来？

“因为我妈妈总是出差……”

由于常年外出采访，孩子年幼时不得不在幼儿园全托。在她最需要亲情和母爱的时候欠下的这一份“感情债”，我一生都在积极弥补。

十四年前，当我在采访途中，我最敬爱的父亲却突然因病辞世，我没能赶回家见他最后一面，为他送终(临离世的前一天，父亲曾打电话给我，希望我能回家一趟，“你哪怕回家待一天也好！”他说。也许，他已有某种预感，知道自己来日无多。只是愚笨的我并不清楚他身体的真实状况，而荒唐地以工作不能脱身为由，失去了与父亲见最后一面的机会)。一向自认为对父亲十二分孝顺的我，最终没能为父亲尽孝。这是我此生中永远无法消除的隐痛，十多年过去了，我仍然没能从深深的自责中走出来。

经常外出采访，最难对付的是吃喝关。国人的好客与不惜财力在采访接待中表现出的过度“大方”，以及为来访者杀鸡宰羊、以酒当水般泼洒的“慷慨”(因为大多是公款接待)，常常令我汗颜并自省(我曾亲眼目睹一次又一次公务接待中惊人的奢侈与浪费)。为此，我下决心自律，决不因自己的原因给接待者以浪费和讲排场的机会。因此，十余年来，无论走到哪里，无论面对如何奢华的饮宴场面，我都坚持只吃素食，不为口腹之欲所动。

为了提高工作效率，采访中，我经常是夜以继日，白天采访，晚上座谈，一天干出两天的活。说实话，尽管很累，但却缩短了我在外出差时间，减少了我对家人与孩子的亏欠……

“人生不满百，常怀千岁忧”。深重的忧患意识一直伴随着我的整个职业生涯。对“三农”问题的关注与思考，对中小学教育问题的探讨与研究，对国人道德素质滑坡乃至堕落的忧虑与痛心，对弱势群体的同情与怜悯，对腐败黑恶势力的愤恨与批判……一一体现在我的新闻作品中，与此相关的内容占了相当的篇幅。

因为从上小学开始（“文革”期间）就经常被学校拉到农村去“学农”（与农民同吃、同住、同劳动），高中毕业后又下乡当了三年知青，我对农民有一种发自内心的真情实感。因此，在一段相当长的时间内，我的关注点集中在“三农”（农村、农业、农民）问题上，而我笔下写得最具社会意义的作品，也与“三农”问题密切相关。如:《乡村债务为何如此沉重》、《农民为何不愿出让土地》、《农民合作启示录》、《关于农村稳定问题的调查》、《让公共财政的阳光普照农村》、《稳定发展的根本大计》《中国西部的绿色革命》、《农民工：回家的路有多难》、《黄土地上的扶贫壮歌》、《正在消失的鸿沟》……无不饱含着我对“三农”问题的积极思考以及对中国农民命运的深切关注。

我采访中跑得最多的地方，是广大农村地区，有的甚至是极其偏远落后的地方。当我走进一个又一个偏远的山村，人们对我说：你是我们见到的第一位新华社记者，我既难过，又欣慰。

## 四

记者是什么？

在西方人眼中，记者是“无冕之王”，在中国，记者常常被称之为“喉舌”——即党和政府的宣传工具。

记者到底是什么？20多年的新闻职业生涯，我感触最深的是：记者应该是良知、道义和社会责任的担当者，应该是人文精神的传播者和实践者，应该具有悲悯与大爱情怀。更重要的是，记者笔下的东西，应该以真实为生命。

多年来，无论何时何地，无论在怎样的情境下，我都忠实地履行一个新闻工作者的职责：坚持道德自我完善，以良知和职业操守为重，以悲悯情怀和人文精神统领自己的行为。

在我居住的小区附近，方圆十数公里，没有一个像样的农贸市场，于是，在小区通往大路的胡同中，一个由外来农民工自发组成的小市场应运而生，极大地方便了附近居民的生活。可是，这些靠出卖劳动力为生的底层小贩，时常会遭遇城管们的光顾。好几次，我亲眼看见城管们开着“执法车”，将正在卖菜的小贩们的蔬菜、果品粗暴地没收，然后开车扬长而去，小贩们又气又恨又无奈……有一次，又见城管的车开了过来，卖菜的小贩们立刻收起菜筐作鸟兽散。我终于忍不住了，上前拦住车头，对趾高气扬地坐在车内的城管人员喊道：你们要干什么？他们又没在大街上卖菜，既不影响市容，又没阻塞交通，你们凭什么没收他们的东西？一见我这不怕鬼的样子，他们也愣了：你要干什么？

我大声对他们说：你们不要总和这些靠卖苦力维持生计的农民工过不去！他们挺不容易的，哪个权贵人家的亲属子女会在这里摆地摊卖菜？都是为了谋生啊，给他们一条生路吧，你们也有亲属子女的！

也许我的话打动了他们，也许我的气势镇住了他们，总之，他们没有下车来没收小贩的东西，而是掉转车头，将车开走了，吓得如惊弓之鸟四处躲藏的小贩们又回到原地摆起了摊子。此后，我再也没有见到城管在此出没的影子。

我为此写下了《城管执法：里子面子都要顾》的文章，就城管执法的诸多问题进行论述和探讨。

很多时候，记者的作为和作用不仅仅体现在新闻稿上。一份真诚的爱心，一份额外的付出，一份至诚的人文关怀，都会有意想不到的社会效果。

一次，在湘黔交界处一个少数民族地区的贫困山村，我遇到一位农妇，她丈夫刚刚去世，她一人带着两个年幼的孩子，艰难度日。我问她：目前家里最需要的帮助是什么？她说，家里穷得买不起牛，田也没法耕，真不知道以后的日子怎么过……我当即给她留下了买牛的钱，并承诺日后继续帮助她。

此后一段时间，我和我的一位同事不时地从经济上给她以资助。那年春节，我收到她给我寄来的一个包裹，里面有一小块腊肉，还有一些炒南瓜籽和炒花生……看着这些东西，我的眼睛湿润了：这是孩子们从他们并不丰富的年货中省下来的，多重的一份年礼呀！后来，这两个孩子叫我干妈，当年那个幼小的女孩，如今已经是大学二年级的学生，并经常和我保持通信联系……

1996年高考过后，一位名叫张雷的安徽考生给我写信，诉说他虽然考了近600分的好成绩，却因一只眼睛残疾而被剥夺了上大学的资格，人生陷入迷茫与困顿。我和编辑部的同志立即将他的来信以《谁来帮帮这个农民的儿子》为题，刊登在当年第十九期的《半月谈》上，并积极为他联系各有关部门和学校。一个多月后，张雷同学被山东滨州医学院录取，正式成为该院残疾人临床医学系的一名学生。

十多年后的一天，一位30出头的小伙子找到我的办公室，一见面就自我介绍：我叫张雷……尽管我和他从未谋面，但张雷这个名字在我心中已经非常熟悉。我喜出望外，拉着他的手，就像见到我久违的孩子一样亲切、喜悦。张雷告诉我，大学毕业后，他又攻读了研究生，如今在广东一家大型医药公司担任业务主管，并已结婚成家。看到他的成长和成就，我心中有说不出的欣慰和高兴。

同样是十多年前的事。西部一位陌生的读者给我写信，说他因故得罪了当地一位权势人物，全家人都陷入困境之中，不断被权势人物威胁、恐吓甚至打击报复……当时，出于正义感和责任感，我在自己力所能及的范围内，给了他些微的帮助。恰逢那年，我去他所在的城市开会，会后他来宾馆看我，并拿出一个装有现金的信封给我，被我严辞拒绝。从那以后，我们再也没有见过面，但此后整整10年，他每年都会给我寄来一包他家乡的特产——枸杞。在这里我想告诉这位读者：其实，我所做的微不足道。如果要说感谢，是我应该感谢他和所有的读者，是他们让我有了为社会尽职尽责的机会。

西南某省一位村民，因当地企业肆意排污造成严重污染而病故身亡，他的亲属为他讨公道却被抓去关押。他的女儿前来编辑部求助，我接待了这个本应享受花一样年华的不幸少女，并承诺一定尽力替他父亲讨回公道。经过与当地主要负责人沟通交涉，当地政府不仅将他的亲属释放回家，还给了家属几十万元的赔偿金。家属利用这笔赔偿，办起了小企业，一家人的生计终于有了着落，我的心也踏实了。

古人云：勿以善小而不为。在我们的工作中，有时不经意间的一点付出或努力，或许真能改变某个人或某一家人的处境或命运，我们又何乐而不为？

## 五

当然，并非所有的付出都有收获，采访中遭遇无言的结局亦是常事。

有一年，沿海某县渔民来信反映，年初时，当地政府配合保险公司动员渔民上保险，并信誓旦旦地表示信守承诺，出了问题政府担保理赔。但当灾情真正来临、渔民惨遭损失时，保险公司却拒不赔偿……编辑部让我赶赴该县调查。为了避开当地有关部门的干扰，我悄悄地从县里乘出租车赶到村里，采访刚进行到一半，突然接到编辑部头儿的电话，他在那头大声说：你赶紧回来吧，你跑到某老总的家乡去了！我一愣：怎么这么巧？怪不得我一进村，就感觉被人跟踪了，原来这里的宣传干部与本单位老总有热线联系！这次采访就此被迫中断，结局可想而知。类似有采访无结果的情况不止一次两次。

某次，我去某经济强市采访，当地的经济发展势头强劲，GDP增长迅速，农业产业化也十分喜人。当我采访三天下来，却发现自己在当地没有一天能够畅快地呼吸。原来，当地各项产业迅猛发展的背后，是环境污染的加剧和生态的严重恶化。

回到北京，我一个字也写不出来。官员要的是政绩和GDP，而老百姓要的是安居乐业，要的是与自然和谐相处。两相比较，我岂能违背百姓的意愿？

在我的采访中，有不少群众反映强烈的问题性报道。做这类采访，一般是不受地方干部欢迎的。于是，我经常是到了目的地之后，悄悄地乘出租车或乘摩托车进村采访，这样便于直接与群众接触，便于掌握第一手真实情况。而一般地方宣传部门的干部是最反感记者这样做的。我就曾经不止一次地被宣传部门的干部抱怨：没见过像你这样的记者！是的，不接受政府的款待、不住舒适的宾馆，宁愿乘摩托车下乡、自己找苦吃的记者毕竟不多。采访中有地方干部陪同，好吃好喝着，走马观花地看看，当然省心省事，但那不是我的风格！

特别值得回味的是，当你做问题性报道时，可能会遭遇一些意想不到的麻烦或不测。我就曾经在一次采访中差点遭遇人为制造的车祸，是当地农民及时给我通风报信，让我坚持乘坐当地主要领导的车离开采访现场，然后再改乘临时租来的一辆车匆匆离开了当地……

可以问心无愧地说，二十多年来，我的每一次采访，都是脚踏实地的进行，我的每一篇文章，都是良知和心血的产物，因而也都是真实可信的。

遗憾的是，并不是所有的心血都能换来令人满意的效果。

有时候，你辛辛苦苦地调查采访，竭尽心力地写出文章，却因为题材或内容“敏感”而遭“枪毙”，那种感觉，真的很无奈。更多的时候，你为了一篇内容真实、结构完整的文章不惜呕心沥血，字斟句酌，到了某些并不高明的“刀斧手”那里却不幸被腰斩、被抽筋断骨、被卸胳膊卸腿，弄得你的文章惨不忍睹，面目全非，所有的锐气和风骨荡然无存。这时候，你真是欲哭无泪！收集在本书中的一些作品，有一些就曾经享受了上述“礼遇”，细心的读者也许能从中找出一些痕迹。在本书结集的过程中，有一些真实记录某些特定时期社会问题、颇能反映某个历史时期重要社会现象的作品，由于可以理解的原因，也只好暂时尘封起来。

好在这部书只是我的新闻作品的一部分，为的是对自己的职业生涯作一个小结。由于是职业状态下的产物，局限与不足在所难免。但愿读者们能在笔者后续的散文和其他作品集中找回些许补偿。

汤延涓　2011 年于北京静心斋

责任编辑:侯俊智
封面设计:岳建一

**图书在版编目(CIP)数据**

行大道于天下——一位新华社记者的独特视野/汤延涓 著.
-北京:人民出版社,2011.8
ISBN 978-7-01-010184-2

Ⅰ.①行 … Ⅱ.①汤 … Ⅲ.①新闻报道-作品集-中国-当代 Ⅳ.I253

中国版本图书馆 CIP 数据核字(2011)第 167950 号

**行大道于天下**

XINGDADAO YU TIANXIA

——一位新华社记者的独特视野

汤延涓 著

人民出版社 出版发行
(100706 北京朝阳门内大街 166 号)

北京中科印刷有限公司印刷 新华书店经销

2011 年 8 月第 1 版 2011 年 8 月北京第 1 次印刷
开本:710 毫米×1000 毫米 1/16 印张:29
字数:470 千字

ISBN 978-7-01-010184-2 定价:58.00 元

邮购地址 100706 北京朝阳门内大街 166 号
人民东方图书销售中心 电话 (010)65250042 65289539